Anna Grue
Gemeinsam sind wir einzig

PIPER

Zu diesem Buch

Nach einem furchtbaren Schicksalsschlag weiß sich Vittoria keinen anderen Rat, als zusammen mit ihrem Säugling von Rom nach Kopenhagen zu flüchten. Schnell wird sich die Italienerin bewusst, dass der Neuanfang nicht einfach ist – und der Mangel an Olivenöl, Knoblauch und frischem Mozzarella ihr kleinstes Problem darstellt. Doch die Freundschaft zur etwa gleichaltrigen Dänin Conny verleiht ihr Mut. Und obwohl die beiden unterschiedlicher nicht sein könnten, werden sie Freundinnen fürs Leben. Wäre da nur nicht Vittorias gut gehütetes Geheimnis. Denn als es zutage kommt, muss sie eine Entscheidung treffen, die sie vielleicht für immer bereuen wird ...

Anna Grue, 1957 in Nykøbing geboren, zählt zu den erfolgreichsten skandinavischen Autorinnen. Ihre Kriminalromane um Detektiv Dan Sommerdahl erstürmen regelmäßig die dänische Bestsellerliste. Nach einigen Stationen im Journalismus schreibt sie heute nur mehr Romane. Sie lebt mit ihrer Familie in der Nähe von Kopenhagen. »Gemeinsam sind wir einzig« ist ihr erster Frauenroman.

Buchhandlung Wagner
Friedrich-Ebert-Str. 5
55218 Ingelheim
Tel.: 06132/2544
Fax.: 06132/73446
www.buch-wagner.de
St.-Nr.:08/052/0183/9
1

Bon-Nr	Pers.	Datum/Zeit
401322	1	15.01.2018 18:20:02

9783492311656 Gemeinsam sind 11,00 A

Endsumme 11,00 *

Bar 11,00 *

	MwSt	Netto-Betrag
A: 7%	0,72	10,28

Positionen[1] Artikel[1] Druck[1]

Anna Grue

GEMEINSAM SIND WIR EINZIG

Roman

Aus dem Dänischen
von Marieke Heimburger

PIPER

Mehr über unsere Autoren und Bücher:
www.piper.de

Von Anna Grue liegen im Piper Verlag vor:

Dan-Sommerdahl-Reihe:
Die guten Frauen von Christianssund
Der Judaskuss
Die Kunst zu sterben
Es bleibt in der Familie

Gemeinsam sind wir einzig

MIX
Papier aus verantwortungsvollen Quellen
FSC® C083411
FSC
www.fsc.org

Deutsche Erstausgabe
ISBN 978-3-492-31165-6
Januar 2018

Titel der dänischen Originalausgabe:
»Italiensvej«, Politikens Forlag, Kopenhagen 2015
Published by arrangement with Copenhagen Literary Agency ApS, Copenhagen

Umschlaggestaltung: zero-media.net, München
Umschlagabbildung: FinePic®, München und Gettyimages/Ikon Images/Neil Webb
Satz: Uhl + Massopust, Aalen
Gesetzt aus der Aldus
Druck und Bindung: CPI books GmbH, Leck
Printed in the EU

Für Jesper. Amager, amore!

VOLARE

16. Februar – 6. März 1958

Vittoria Contini hatte ihre gesamte Habe im Auto verstaut: Kleidung, etwas Hausrat, warme Decken, den Schmuck ihrer Mutter und die Madonnenfigur sowie unzählige Taschen, Beutel und Pappkartons. Alles häufte sich nun im Wageninneren des kleinen Fiat 500. Auf der Rückbank, eingeklemmt zwischen Koffern und Wäschestapeln, stand ein Weidenkorb. Darin lag wohlbehütet ihr kleiner Junge. Der dicke Umschlag mit dem Geld aber steckte sicher unter dem Fahrersitz.

Vittoria verließ das Viertel Trastevere gegen Mitternacht. Im Rückspiegel sah sie, dass *Suor* Giovanna ihr noch lange hinterherwinkte. Bis zu diesem Moment war es Vittoria gelungen, die Fassung zu bewahren, aber kaum war die große, knochige Gestalt in der schwarzen Nonnentracht außer Sicht, verschleierten Tränen ihren Blick, und so hielt sie gleich hinter der Ponte Garibaldi auf dem Seitenstreifen und gab ihren Gefühlen nach. Sie beweinte ihre toten Eltern, Aurelia und das Leben, das sie nun hinter sich ließ: das Restaurant, die schmalen Gassen um die Piazza di Santa Maria, ihre Arbeit. Aber am meisten weinte sie, weil sie wusste, wie sehr Schwester Giovanna ihr fehlen würde.

Nach einigen Minuten hatte Vittoria sich wieder

gefangen. Sie hatte eine Entscheidung getroffen, und wer A sagte, musste auch B sagen. Der Abschied von ihrem Zuhause war der Preis, den sie zahlen musste, wenn sie mit dem Kind einen Neubeginn wagen wollte. Vittoria putzte sich gründlich die Nase, dann drehte sie sich auf dem Sitz um und betrachtete den schlafenden Säugling. Wird schon werden, dachte sie. *Muss*.

Der Motor startete mit einem eifrigen Brummen, der Wagen war nagelneu. Während sie sich durch die nördlichen Stadtteile Roms schlängelte, wurde die Traurigkeit von einer berauschenden Erleichterung abgelöst. Sie hatte es geschafft! Sie war frei! Sie beide waren frei. Jetzt galt es, so schnell wie möglich von hier fortzukommen, bevor irgendjemand Lunte roch.

Vittoria fuhr ohne eine Pause, bis der Kleine gegen vier Uhr morgens aufwachte. Zu diesem Zeitpunkt hatten sie die Stadt längst hinter sich gelassen und befanden sich an der Küste vor Albinia. Sie fuhr rechts heran und war dankbar für den Vollmond, der ihr ein wenig Licht spendete, während sie den Jungen wickelte. Als sie die nasse Windel in der Hand hielt, ging ihr auf, dass dies ein Problem war, das sie nicht bedacht hatte: Schmutzwäsche. Die Häufchenwindeln würde sie wegwerfen müssen, damit es nicht im ganzen Fahrzeug danach stank, die anderen konnte sie behalten, würde aber unterwegs nach Waschsalons Ausschau halten müssen. Sie holte die Thermosflasche mit der Milchmischung hervor, schüttelte sie gründlich und öffnete den Verschluss.

Wie lange würden sie, einschließlich der nötigen Rastzeiten, wohl bis Kopenhagen brauchen?, fragte sich Vittoria und goss die Flüssigkeit in eine Nuckelflasche. Zwei

Wochen? Drei? Auch ein neuer Fiat 500 war nicht für lange Strecken gebaut. Nur gut, dass sie genügend Bargeld bei sich hatte, sie würden ein paarmal übernachten müssen. Bei der nächsten Bank musste sie etwas von dem Geld in die benötigten Währungen umtauschen.

Während sie dem Jungen das Fläschchen gab, ließ sie den Blick über sein Gesicht und seinen Körper wandern. Ihre Augen hatten sich inzwischen an die schwachen Lichtverhältnisse gewöhnt, sie konnte ihn ganz deutlich erkennen. Seine langen, geschwungenen Wimpern, die unfassbar perfekte kleine Nase, den dunklen Flaum auf dem Kopf, der sich bereits in weiche Locken verwandelte. Sein Griff um ihren Zeigefinger war erstaunlich fest. Der kleine Mann war so stark und gleichzeitig so hilflos. Vittoria beugte sich über ihn und sog seinen Duft ein. Salz, süß, ein Hauch von fetter Olivenseife.

Wie sehr ich dieses Kind doch liebe, dachte sie, und in derselben Sekunde fiel ihr auf, dass sie es konsequent vermied, es bei seinem Namen zu nennen – selbst in Gedanken. Es war immer nur der Junge, das Kind, der Kleine, mein Schatz … Vielleicht sollte sie ihm einen neuen Namen geben? Eigentlich war er nach seinem Vater benannt, aber das hatte ihr von Anfang an widerstrebt. Diesen Mann wollte sie am liebsten vergessen, und das konnte sie nicht, wenn sie immer an die Vergangenheit erinnert wurde, sobald sie das Kind rief.

Und da wusste sie auf einmal, wie es von jetzt an heißen sollte – natürlich nach ihrem eigenen fürsorglichen, humorvollen Vater, der einen ganz hervorragenden Großvater abgegeben hätte. Warum war sie nicht schon früher darauf gekommen?

»Massimo«, sagte sie leise und strich dem Jungen mit einer Fingerspitze über die gewölbte Stirn. »Massimo Contini, *bambino mio*. Ich werde immer auf dich achtgeben. Immer.«

*

Die Tage vor ihrer Abreise aus Rom waren hektisch gewesen. Vieles hatte sie regeln und besorgen müssen, von Koffern über Babyartikel bis hin zum Proviant. Und das alles so unauffällig wie möglich, damit niemand Verdacht schöpfte – darum hatte sie die Einkäufe in weit von Trastevere entfernten Stadtteilen erledigt. Ja, Vittoria hatte sich sogar regelrecht verkleidet, bevor sie in einer gut sortierten Buchhandlung auf dem Corso einen vernünftigen Straßenatlas ausgesucht hatte: Sie trug einen breitkrempigen Hut ihrer verstorbenen Mutter und Schwester Giovannas aussortierte Brille. Danach hatte sie in jeder freien Minute die Landkarten studiert. Sie wagte es nicht, die Strecke über die Alpen zu nehmen, aus Angst, der kleine Motor ihres Fiat würde an der Herausforderung scheitern – und weil um diese Jahreszeit noch mit Schnee zu rechnen war. Darum wollte sie an der Mittelmeerküste entlang- und dann durch Frankreich und Westdeutschland fahren. Auf alternativen Routen, sodass sie nicht so leicht wie auf den Hauptstraßen zu verfolgen wäre.

Fünfzehn Tage dauerte die Reise durch Europa gen Norden schließlich. Sie fuhr und fuhr, und doch ging es viel zu langsam voran. Nur etwa zweihundert Kilometer schaffte sie am Tag, oft holperte sie über schmale, schlechte Nebenstrecken, die sie durch kleine Bergdörfer und an winterkahlen Weingärten vorbeiführte. Jedes Mal, wenn Massimo aufwachte, musste Vittoria anhalten, um ihn zu versorgen. Gut, dass er noch so klein ist, dachte sie. Ein größeres Kind hätte häufigere und längere Ruhepausen verlangt, und das hätte die Reisezeit noch viel mehr in die Länge gezogen. Es war schon schlimm genug, dass sie immer mal wieder für mehrere Stunden rasten mussten, wenn Vittoria müde wurde.

Die Nächte verbrachten sie stets in Gasthäusern – kleinen Pensionen oder bescheidenen Herbergen –, wo Vittoria nicht mehr als zwei, drei Stunden am Stück schlief, wie es das Los aller jungen Mütter war. Nach ihrer Ankunft dort spülte Vittoria immer gleich die benutzten Windeln aus, damit sie bis zum nächsten Morgen neben dem Kachelofen trocknen konnten, und bereitete – entweder in der Küche oder auf ihrem kleinen Primus-Gaskocher – die Milchrationen vor, die Massimo im Lauf des nächsten Tages brauchen würde. Mit ein bisschen Einfallsreichtum und geschickter Planung ging das ganz gut, aber dieses Nomadendasein war nicht unproblematisch. So geriet Vittoria einmal ziemlich heftig mit einem französischen Wirt aneinander, dem das Babygeschrei auf die Nerven ging, und ein paarmal war sie der Verzweiflung nah, weil sie die Fläschchen und Sauger nicht in der Hotelküche auskochen durfte. Sie war vom Wohlwollen anderer Menschen abhängig und deren Launen schutzlos ausgeliefert.

Schon nach wenigen Tagen war Vittoria vollkommen erschöpft. Der Schlafmangel, das ständige Improvisieren und die vielen Stunden am Steuer forderten ihren Tribut. Und auch psychisch war sie angegriffen. Wie unendlich zermürbend es doch war, nur mit Händen und Füßen zu kommunizieren – aber eine andere Möglichkeit blieb ihr nicht, nachdem sie Italien erst verlassen hatte. Sie sprach weder Deutsch noch Französisch – und die Menschen um sie herum konnten kein Italienisch. Vittoria sehnte sich danach, mit jemandem reden zu können, um Hilfe bitten zu können, von ihren Sorgen und Zweifeln erzählen zu können oder auch einfach nur ein paar freundliche Worte zu wechseln. Ihr Kopf drohte zu zerplatzen vor so vielen neuen Eindrücken, und jedes Mal, wenn sie die Augen schloss, sah sie die endlose Straße vor sich. Vittorias Körper schrie förmlich nach einer vernünftigen Mahlzeit, nach einem guten Bett, nach mehr als drei Stunden ungestörtem Schlaf – und je frustrierter Vittoria wurde, desto unruhiger reagierte auch Massimo.

Und dann war da die Angst. Die ganze Zeit hatte sie das Gefühl, sich buchstäblich über die Schulter sehen zu müssen. Natürlich hatten Schwester Giovanna und sie alles sehr gründlich vorbereitet, und offenbar hatten auch alle die Geschichte geglaubt, die sie beide sich ausgedacht hatten. Die Wahrscheinlichkeit, dass Vittoria verfolgt wurde, war gering und schrumpfte mit jedem zurückgelegten Kilometer. Trotzdem brachte die Angst, gefunden zu werden, sie manchmal fast um den Verstand. Sie musste ihre letzten Kräfte mobilisieren, um sich zusammenzureißen, die Route des nächsten Tages auswendig zu lernen und sich darauf zu konzentrieren weiterzufahren.

*

Am Montag, dem dritten März, erreichte Vittoria Kopenhagen. Sie war so müde, dass sie kaum noch einen klaren Gedanken fassen konnte außer diesem: Sie musste ein Zimmer finden, wo sie und Massimo eine Weile bleiben konnten. Schluss mit dem täglichen Ein- und Auspacken, mit den langen, anstrengenden Fahrten. Sie hatte vor, möglichst zentral zu wohnen, und als sie in die Gegend hinter dem Hauptbahnhof kam, stellte sie erleichtert fest, dass sich dort ein Hotel an das andere reihte.

Sie parkte in der Helgolandsgade und nahm den Weidenkorb mit Massimo an sich. Erkundigte sich in den Unterkünften nach Preisen und sah sich gründlich um. Viele waren zu schäbig, als dass sie dort mit einem Säugling hätte bleiben können. Es wimmelte nur so vor betrunkenen Männern darin, obwohl es noch nicht einmal Abend war, und die Frauen, denen sie begegnete, sahen aus, als gehörten sie einem Gewerbe an, vor dem Vittorias Mutter sie gewarnt hatte. Einige wenige Hotels waren ansprechend, aber viel zu teuer, in anderen wiederum erklärte man nachdrücklich, kein Baby beherbergen zu wollen.

Letztendlich entschied sie sich für das Hotel Epsilon in der Colbjørnsensgade. Zu diesem Zeitpunkt war Massimo wieder wach, und Vittoria brauchte einen Ort, an dem sie ihn wickeln und füttern konnte. Deshalb war sie womöglich nicht ganz so kritisch, wie sie es sonst gewesen wäre, aber dieses Hotel wirkte doch zumindest sauber. Der pickelige Rezeptionist war ganz beeindruckt von Vittorias Dänischkenntnissen und sagte, Massimo sei ebenfalls willkommen. Kurz darauf betrat sie Zimmer zweihundertvierzehn. Es war klein und sehr weit vom Bad entfernt, ansonsten aber völlig ausreichend. Sie hatte nur das Notwendigste aus dem Auto mit nach oben genommen: Kleidung, alles für den Säugling, den Gaskocher, das Geld. Und die Heilige Jungfrau natürlich. Kaum war die schöne Figur ausgepackt und hatte einen Platz auf der

Fensterbank bekommen, fühlte Vittoria sich schon gleich viel mehr zu Hause.

Die ersten Tage nach ihrer Ankunft schlief sie immer sofort ein, wenn Massimo einschlief. Sie versorgte ihn wie in Trance, und ihre eigenen Mahlzeiten bestanden lediglich aus Brot, Butter und Käse aus dem Milchladen um die Ecke. Doch nach und nach kam Vittoria wieder zu Kräften, und ihr angeborener Optimismus machte sich ebenfalls wieder bemerkbar, obwohl sie sich noch nicht in der Lage sah, sich auf die Suche nach einer festen Bleibe zu machen.

Nach drei Tagen im Hotel Epsilon bekam Massimo Bauchschmerzen. Mit dem Kind auf dem Arm ging sie im Zimmer auf und ab – was gar nicht so einfach war auf dem doch recht engen Raum zwischen Bett, Waschtisch, Schrank und Koffer. Unzählige Male wachte der Junge in der Nacht brüllend auf, Vittoria musste immer wieder aufstehen und ihn herumtragen. Im Morgengrauen kam Massimo endlich zur Ruhe, aber ein paar Stunden später war er schon wieder wach und schrie aus Leibeskräften. Vittoria war so aufgewühlt, dass ihr der Schweiß ausbrach. Zum ersten Mal fragte sie sich ernsthaft, ob sie das Richtige getan hatte. War *das* wirklich das Leben, für das sie alles andere aufs Spiel gesetzt hatte?

6. März 1958

In Connys Faust saß der über mehrere Stunden aufgestaute Frust: Dreimal klopfte sie kräftig an die Tür. Sie wurde sofort geöffnet.

»Ja bitte?«, sagte die Frau. Mit einem Säugling auf dem Arm stand sie in der Tür und wirkte abweisend.

»Ich wohne im Zimmer nebenan«, begann Conny.

Die andere Frau sah sie an und antwortete nicht.

»Würden Sie bitte Ihr Kind beruhigen?«, fuhr Conny fort und zog ihren Morgenmantel am Hals etwas weiter zu. »Ich war gerade erst eingeschlafen.«

Die andere warf einen Blick auf ihre Armbanduhr.

»Ja, ich weiß«, wandte Conny ein, bevor die Fremde etwas sagen konnte. »Es ist zehn. Ich habe aber immer erst um vier Uhr morgens Feierabend. Und auch ich brauche meinen Schlaf.«

»Entschuldigung. Es … tut mir leid, dass wir Sie geweckt haben.« Die junge Frau sprach mit ausländischem Akzent.

»Vielleicht könnten Sie ja mit ihm spazieren gehen … oder … Ist es ein Mädchen?« Conny hob die Hand, um dem Kind die Wange zu streicheln. Die Frau wich einen Schritt zurück und drückte es schützend an sich.

»Verzeihung«, sagte Conny erschrocken und ließ die Hand sinken. »Ich wollte nicht …«

»Es ist ein Junge.« Mit einem entschuldigenden Blick trat die Mutter wieder vor, damit Conny sein Gesicht sehen konnte. »Er heißt Massimo.«

»Massimo? Das ist ja ein … ungewöhnlicher Name.«

Die Frau legte dem Kleinen eine Hand um den Hinterkopf. »Das ist italienisch.«

»Kommen Sie denn aus Italien?«

»Aus Rom.« Die junge Frau reichte Conny die freie Hand. »Vittoria Contini.«

»Conny Mortensen.« Sie schüttelte die Hand und sah ihrem Gegenüber zum ersten Mal in die Augen. Eins war blau, das andere braun. Das alles wirkte auf sie irgendwie beunruhigend. »Sind Sie wirklich Italienerin?«

»Ja.«

»Dafür sprechen Sie aber erstaunlich gut Dänisch.«

»Danke. Meine Mutter war Dänin. Wir sprechen immer Dänisch zusammen.« Frau Contini hielt inne. »Nein, nicht sprechen … sprachen.«

»Oh.«

»Meine Mutter ist letzten Herbst gestorben.«

»Oh«, wiederholte Conny. »Dann hat sie ihren Enkel also gar nicht mehr kennengelernt?«

»Nein.«

Der Säugling fing wieder an zu schreien.

»Entschuldigung, er hat Hunger«, sagte Frau Contini. Sie nahm ein Fläschchen aus einem Topf, der auf einem Gaskocher stand, und ließ routiniert ein paar Tropfen Milch auf ihr Handgelenk fallen. Offenbar war sie mit der Temperatur zufrieden, denn sie drehte das Gas ab und setzte sich auf das Bett. Gierig fing der Kleine an zu saugen.

Hinter Conny ging ein anderer Hotelgast auf dem Flur vorbei und murmelte einen kaum hörbaren Gruß. Conny drehte sich um. Die Schultern in seinem Wollmantel hingen tief herab. Ein unangenehmer, von ihm ausgehender Alkoholgeruch stieg ihr in die Nase.

Sie sah wieder zu Frau Contini. »Sie wissen schon, dass das verboten ist, oder?«

»Was? Sein Kind zu füttern?« Vittoria Contini blickte auf.

»Nein, nein, natürlich nicht. Es ist verboten, einen Gaskocher im Zimmer zu haben. Von wegen Feuergefahr. Wenn der Hoteldirektor dahinterkommt, dann …«

Frau Contini zuckte die Achseln. »Was soll ich machen? Der Junge muss ja etwas essen. Ich gebe dem Zimmermädchen jeden Tag eine Krone, damit es … *Come si dice?* Den Mund behält?« Sie sah Conny an. »Sie werden doch nichts sagen, oder?«

»Natürlich nicht.« Conny lachte. »Ich glaube, das Zimmermädchen verdient nicht schlecht. Ich stecke ihr auch hin und wieder was zu, damit sie mein Zimmer immer als Letztes macht. Damit ich noch ein bisschen länger schlafen kann.«

Die andere Frau lächelte knapp.

»Es wäre doch viel einfacher, wenn Sie dem Kind die Brust gäben«, merkte Conny an.

»Stimmt. Ich habe nur leider keine Milch«, sagte Vittoria Contini. »Würden Sie bitte die Tür hinter sich schließen, damit niemand den Gaskocher sieht?«

Conny verstand sie absichtlich falsch und kam herein, bevor sie die Tür hinter sich zuzog. Dann sah sie sich um, während die andere Frau sich auf ihr Kind konzentrierte. Das Zimmer war ziemlich vollgestellt. Zwei große, edle Lederkoffer lagen aufgeschlagen auf dem Boden, sodass nur ein schmaler Gang neben dem Bett frei war. In einer

Ecke standen ein kräftiger Leinenseesack und ein ovaler Weidenkorb, im offenen Kleiderschrank ein Karton mit Lebensmitteln. Über dem Heizkörper hingen Stoffwindeln und ein paar Babysachen zum Trocknen, und auf der Fensterbank befanden sich leere Fläschchen, Sauger, eine bunte Marienfigur und diverser Kleinkram. Der schwere Geruch von warmer Milch und Schmutzwäsche hing in der Luft.

»Wie lange wohnen Sie schon im Epsilon?«

»Seit Montag. Und Sie?«

»Seit zwei Monaten.« Conny wurde ganz heiß in der stickigen Zimmerluft, sie öffnete den Morgenmantel über ihrem Nachthemd und räusperte sich. »Und wie lange wollen Sie hierbleiben?«

Vittoria Contini sah sie an. »Hören Sie, normalerweise macht er nicht so ein ... Wie sagt man? Ach ja, Theater«, erklärte sie. »Ich verspreche Ihnen, dass ich besser aufpassen werde. Jetzt weiß ich ja, dass Sie tagsüber schlafen.«

»So war das nicht gemeint«, sagte Conny. »Ich dachte nur ... Es ist doch bestimmt nicht einfach, hier mit einem kleinen Kind zu wohnen.«

»Ich komme zurecht«, sagte Frau Contini.

»Vielleicht könnten Sie ja irgendwo ein Zimmer mit Zugang zu Küche und Bad bekommen?«

»Ich habe in drei Pensionen nachgefragt. Keine wollte mich wegen des Kleinen aufnehmen.«

»Aber warum sind Sie denn überhaupt ...« Conny bremste sich. Sollte Vittoria Contini ihr eines Tages erzählen wollen, warum sie – eine junge, elegante Römerin mit teuren Koffern – hier mit ihrem Kind in einem heruntergekommenen Hotelzimmer in der Colbjørnsensgade saß, würde sie es schon tun. »Hätten Sie Lust auf eine Tasse Kaffee?«, fragte Conny stattdessen.

»Sehr gerne, ja.« Frau Continis Miene hellte sich auf.

»Ich hab welchen im Zimmer.« Conny ging zur Tür.

»Aber wollten Sie denn nicht schlafen?«

»Jetzt bin ich ja wach. Vielleicht kann ich heute Nachmittag noch ein Nickerchen machen, ich muss erst um acht zur Arbeit.« Sie verschwand in ihrem Zimmer und zog sich um, bevor sie einen Tauchsieder und eine Blechdose mit Nescafé hervorholte und ins Nachbarzimmer zurückkehrte.

Neugierig sah die Italienerin ihr bei der Zubereitung des Kaffees zu. »Ich dachte immer, Dänen benutzen einen … *Come si dice?* Trichter?«

»Nicht für Pulverkaffee«, sagte Conny und gab je einen Teelöffel voll in zwei Tassen. »Ist kolossal praktisch. Kennen Sie das gar nicht?«

Frau Contini schüttelte den Kopf. Sie schnupperte am dampfenden Kaffee und stellte ihn auf dem Nachttisch ab. »Setzen Sie sich doch. Da ans …« Sie machte eine Handbewegung und suchte wieder nach dem richtigen Wort.

»Fußende?«, schlug Conny vor.

»Ja, genau.« Die andere Frau lächelte verlegen. »Entschuldigen Sie die Unordnung.«

»Keine Sorge.« Conny schob einen Haufen Kleidung zur Seite und nahm Platz.

»Bitte, bedienen Sie sich«, sagte Frau Contini und hielt ihr eine Schachtel Schokolade hin. »Habe ich von zu Hause mitgebracht.«

»Danke.« Conny nahm ein Stück weiches Nougat in

den Mund. Es zerschmolz sofort auf der Zunge, war aber so süß, dass es in den Zähnen schmerzte.

Schweigend saßen sie da.

Vittoria Contini stellte die leere Babyflasche weg und legte sich das Kind an die Schulter, damit es sein Bäuerchen machen konnte. Dann nippte sie am Kaffee – und schwieg.

»Schmeckt er ihnen nicht?«, fragte Conny. »Sie können noch einen Löffel mehr reintun, wenn Sie möchten.«

»Nein danke. Er ist gut so.«

Wieder schwiegen sie einen Moment. Conny rauchte eine Zigarette, während sie ihr Gegenüber heimlich beobachtete. Mit Ausnahme der Augen sah Vittoria Contini nicht besonders exotisch aus. Noch nicht einmal wie eine richtige Italienerin, stellte Conny mit einer gewissen Enttäuschung fest. Sie hatte weder die schwarze Mähne noch den üppigen Vorbau oder die riesigen Goldohrringe, die Conny damit assoziierte. Ihr Haar war straßenköterblond, ihre Brüste klein und die Handgelenke so zierlich, als könnten sie jederzeit brechen. Der einzige Schmuck, den sie trug, war ein silberner Ring mit einem glitzernden blauen Stein. Sie war keine ausgeprägte Schönheit, aber die nachlässig aufgesteckten Haare, der lange Hals und das figurbetonte puderblaue Kleid verliehen ihr dennoch eine fremde Aura, die sie in den Augen eines gewöhnlichen Dänen ziemlich mondän erscheinen ließ.

Vittoria Contini drückte Nase und Lippen gegen die Wange des Kleinen. In regelmäßigen Abständen fielen ihr die blau marmorierten Lider zu – sie war in ihre ganz eigene Welt versunken. Und sicher auch todmüde, dachte Conny. Wenn der kleine Schreihals die ganze Nacht so einen Aufstand gemacht hatte, hatte seine Mutter wohl kaum ein Auge zugetan. Kein einziges Mal wandte sie sich ihrem Gast zu, es sei denn, Conny sprach sie direkt an.

Conny fühlte sich nicht willkommen. Sie bereute das mit dem Kaffee. In Wirklichkeit war Pulverkaffee für sie auch etwas relativ Neues, ganz gleich, wie nonchalant sie gerade darüber geredet hatte. In ihrem Elternhaus hatte es so etwas nicht gegeben, ihre Mutter hatte die Mischung aus Kaffeeersatz von Rich und echtem Kaffee stets zweimal aufgebrüht, um wirklich alles aus dem Getränk herauszuholen. Conny trank ihren Nescafé nur zu ganz besonderen Gelegenheiten. Immerhin kostete er ja über vier Kronen pro Dose. Was für eine Verschwendung, ihn jemandem zu servieren, der ihn nicht zu schätzen wusste, dachte sie und warf einen Blick auf Frau Continis Tasse, in der der kaum angerührte Kaffee inzwischen kalt geworden war.

Der Kopf des Säuglings lief rot an, er stieß einen lauten Schrei aus. Die Kindsmutter riss die Augen auf, rief »Oh!« und war mit einem Mal wieder hellwach. »Ich hole eben etwas Wasser.«

Während sie alles für den Windelwechsel vorbereitete, saß Conny auf dem Bett und betrachtete den kleinen Massimo. Nichts deutete darauf hin, dass der Junge die unterschiedlich gefärbten Augen seiner Mutter geerbt hatte. Seine Iris war so dunkelbraun, dass man kaum die Pupillen sehen konnte. Sie berührte sein rosa Händchen. Sofort umklammerte er ihren Zeigefinger. Der mohnrote Nagellack, den Conny eigentlich wahnsinnig schick fand, nahm sich neben Massimos perfekten runden, fast durchsichtigen Nägeln geradezu vulgär aus. Sie gab einen Laut von sich, ein sanftes Gurren, von dem sie nicht gewusst hatte, dass sie es in sich trug. Massimo drehte den Kopf und sah sie an. Dann lächelte er, breit und zahnlos.

»Wie alt ist er?«, fragte Conny, als Frau Contini sich kurz darauf daranmachte, dem Jungen die schmutzige Windel auszuziehen.

»Zweieinhalb Monate«, antwortete sie. »Ist er nicht süß?«

»Sehr süß.« Fasziniert beobachtete sie, wie Vittoria Contini den Jungen wusch und jede Hautfalte trocken tupfte. Massimo lag ganz still, er schien den Vorgang zu genießen. Seine Mutter puderte ihn mit Talkum und zog ihn wieder an.

»Ich habe fast keine sauberen Windeln mehr«, sagte Frau Contini und knöpfte den weißen Strampelanzug ihres Sohnes an den Schultern zu.

»Dann müssen Sie welche waschen.«

»Das ist ja gerade das Problem«, begann die andere Frau und richtete sich auf. »Ich habe einen Topf, um die Windeln auf dem Primus auszukochen, dann spüle ich sie im Bad aus – aber ich kann sie nirgends richtig trocknen.« Ratlos zog sie die Schultern hoch. »Wie machen Sie das denn? Gibt es hier in der Nähe eine Wäscherei?«

»Ja, gleich um die Ecke in der Istedgade.« Conny sah Frau Contini an. »Ich muss sowieso da hin und saubere Wäsche abholen. Wollen Sie mitkommen?«

»Sehr gerne.« Vittoria Contini lächelte. »Ich hasse waschen.«

»Wer tut das nicht?«

Conny ging ihre Jacke holen, während Vittoria Contini

einen beeindruckenden Haufen Schmutzwäsche zusammensammelte.

»Geben Sie her«, sagte Conny und streckte die Hand nach dem vollgestopften Seesack aus.

»Danke.« Frau Contini wickelte Massimo in eine dicke Wolldecke, zog ihm eine Strickmütze über das Köpfchen und legte ihn in den Weidenkorb. Dann steckte sie ihre Geldbörse unter seine Decke, bevor sie den Korb aufnahm und die Tür hinter sich abschloss.

»So einen Korb habe ich noch nie gesehen. Jedenfalls nicht, um Babys darin zu transportieren«, sagte Conny, als sie kurz darauf den Gehsteig entlangspazierten.

»Den hier?« Die Ausländerin sah auf den Weidenkorb hinunter. »Die sind in Italien ganz normal.«

»Aber wäre ein Kinderwagen denn nicht einfacher?«

»Ich möchte keinen kaufen, solange ich noch keine feste Bleibe gefunden habe«, sagte Frau Contini, die unter dem Gewicht des Kindes den Oberkörper neigen musste. »Ein Kinderwagen passt nicht in mein Auto.«

»Auto?«

Vittoria Contini lächelte. »Das da.« Sie nickte in Richtung eines cremefarbenen Wagens, der auf der anderen Straßenseite parkte. »Mein kleiner *cinquecento*. Er bietet nur Platz für das absolut Notwendigste. War schon schwer genug, unser ganzes Gepäck darin unterzubringen.«

Conny blieb stehen. »Das ist *Ihrer*? Der weiße Fiat?«

»Ja.«

»Ein eigenes Auto ...«

Frau Contini sah sie an. »Haben Sie ein ... Wie heißt das auf Dänisch? *Patente di guida* ... Führerpatent?«

»Führerschein? Nein, aber ich hätte gerne einen.«

Conny erwiderte ihren Blick. »Können wir nicht eine Spritztour damit machen?«

»Jetzt?«

»Nachdem wir die Wäsche weggebracht haben. Ich lade Sie auch zum Mittagessen in den Jægersborg Hirschpark ein. Was meinen Sie?«

*

Das war ein richtig schöner Ausflug, dachte Conny, als sie wenige Stunden später wieder in ihrem Zimmer war, um dringend ein paar Stunden Schlaf nachzuholen. Die beiden Frauen hatten sich mit dem Tragen des Säuglings abgewechselt und im Gasthaus Peter Liep Smørrebrød gegessen. Vittoria Contini hatte den ganzen Tag in ihren hohen Pumps bestritten. Es war Conny ein Rätsel, wie sie das aushalten konnte. Sie selbst hasste die Stilettos, die sie als Bedienung im Nachtklub tragen musste, und konnte sich überhaupt nicht vorstellen, in ihrer Freizeit in so etwas herumzulaufen.

Eigentlich weiß ich immer noch nicht besonders viel über meine neue Nachbarin, dachte sie und stellte den Wecker auf sieben Uhr abends. Vittoria Contini hatte ihr praktisch nichts von sich erzählt, und Conny hatte sich bemüht, ihre Neugier im Zaum zu halten. Es mag ja nicht jeder sein Innerstes nach außen kehren und seine ganze Lebensgeschichte erzählen, dachte sie und drückte ihre Zigarette im überfüllten Aschenbecher auf dem Nachttisch aus.

7. März 1958

Am nächsten Vormittag ließ Vittoria die Fenster beim Aufräumen weit offen stehen. Ohne die Schmutzwäsche sah es im Zimmer schon wesentlich ordentlicher aus, aber es lag immer noch sehr viel herum. Das Chaos, in dem sie zurzeit leben musste, belastete sie, die sie von Natur aus ein Ordnungsmensch war. Andererseits redete ihr zum ersten Mal in ihrem Leben niemand herein, was sie zu tun und zu lassen hatte. Da musste sie sich eben mit den Nachteilen, die das mit sich brachte, arrangieren. Vittoria war jedenfalls so optimistisch, daran zu glauben, dass ihr Aufenthalt im Hotel Epsilon nur von kurzer Dauer sein würde. Sie bereute nichts. Zumindest nicht mehr seit Massimos kleinem Schreianfall gestern, der die Bekanntschaft mit Conny Mortensen zur Folge gehabt hatte.

Sie holte Wasser aus dem Bad, nahm die Flasche mit der Kuhmilch vom Gesims und machte sich daran, die Mischung für Massimo herzustellen: zwei Teile Milch, ein Teil Wasser, ein Löffel Zucker. So hatte sie es von Schwester Giovanna gelernt. Geistesabwesend rührte sie im Topf, bis die Flüssigkeit fast kochte, und füllte sie in eine Thermosflasche.

Massimo lag ganz entspannt mit vollem Milchbauch auf dem Bett und sah zur gemusterten Tapete, strampelte hin und wieder unter der Häkeldecke oder boxte in die Luft. Vittoria betrachtete ihn. Sie liebte ihn, natürlich liebte sie ihn, aber manchmal hatte sie das Gefühl, mit der Verantwortung für dieses kleine Kind überfordert zu sein.

Vor allem unter diesen Umständen. Conny Mortensen hatte ganz recht gehabt, als sie sagte, sie bräuchten eine Küche, eine eigene Toilette und etwas mehr Platz. Vittoria hatte sich vorgestellt, eine kleine Wohnung zu mieten, aber das war gar nicht so einfach. Die Wohnungsnot in Kopenhagen war noch größer als in Rom, und für eine alleinstehende Frau wie sie war es schier unmöglich, etwas zu finden. Aber irgendetwas wird sich schon ergeben, dachte Vittoria und strich dem Jungen über die Wange.

Die Idee, von Rom wegzuziehen, war Vittoria gekommen, als ihre Mutter im Sterben lag – aber erst nach Massimos Geburt hatte festgestanden, dass ein Umzug unvermeidbar war. Vittoria war davon überzeugt gewesen, im Vaterland ihrer Mutter leben und dort heimisch werden zu können. Zwar war sie als Kind nur ein-, zweimal in Dänemark gewesen, aber ihre Eltern hatten stets betont, dass sie zur Hälfte Dänin war. Bis zu ihrer Ankunft hier hatte Vittoria geglaubt, fließend Dänisch zu sprechen, aber ohne ihre Mutter an ihrer Seite war sie plötzlich überraschend unsicher in dieser eigenartigen Sprache. Mehrfach hatte sie ihr Gegenüber bitten müssen, einen Satz zu wiederholen, und ganz oft kannte sie bestimmte Wörter nicht oder verstand eine Redewendung falsch. Sie kam sich dumm vor und fühlte sich isoliert.

Vittoria fiel ein, wie sie ihren Vater einmal in einer ganz ähnlichen Situation erlebt hatte. Der breitschultrige Gastronom stammte aus einer einflussreichen Familie und war sehr selbstsicher gewesen. Massimo Contini hatte alle anderen überragt, körperlich wie geistig, von nichts und niemandem hatte er sich unterkriegen lassen. Jedenfalls nicht bis zu den Ferien direkt nach dem Krieg, als er mit seiner Frau und seiner Tochter seine Schwiegereltern in Store Magleby besucht hatte. Dort hatte der stolze Mann sich ständig wie ein Außenseiter gefühlt. Niemand verstand, was er sagte, niemand redete mit ihm. »*Di cosa parlate?*«, fragte er die ganze Zeit. »Wovon redet ihr?« Immer und immer wieder. Dass er mit der Sprache seiner Frau nicht zurechtkam, verletzte nicht nur Herrn Continis ausgeprägtes Ehrgefühl – er langweilte sich auch ganz einfach. Massimo Contini war von jeher ein geselliger Mensch gewesen, und in Dänemark kam er sich vor wie amputiert. Nur, wenn er mit seiner Frau und Vittoria allein war, blühte er auf und war wieder ganz die Selbstsicherheit in Person, aber das hielt nie lange an. Denn sobald entweder die Schwiegermutter oder eine Nachbarin auftauchte und erneut anfing, Dänisch zu reden, war Vittorias Vater wieder schweigsam und gereizt gewesen. In jenem Sommer hatte Vittoria zum ersten Mal so etwas wie Mitleid mit ihrem Vater verspürt – aber auch einen Hauch von Verachtung. Gänzlich unbewusst hatte sie sich vom Kopfschütteln der anderen anstecken lassen: Wieso lernte der Mann denn nicht einfach Dänisch? War doch die leichteste Sprache der Welt! Erst jetzt, nach so vielen Jahren, verstand sie, wie einsam er sich damals gefühlt haben musste.

Vittoria griff unter die Bettmatratze und zog den Umschlag mit den Banknoten hervor. Auf dem Boden sitzend, betrachtete sie die vielen Lirescheine, die ihr gesamtes verfügbares Kapital darstellten. Jeder Tausendlireschein war elf dänische Kronen wert, das hatte sie sich gemerkt. Sie zählte das Geld und überlegte, wie lange es wohl noch reichen würde. Vermutlich mehrere Jahre. Sie könnte sich sogar jetzt sofort ein kleines Haus davon kaufen, wenn es sein müsste. Aber wovon sollten sie dann leben? Und wie sähe ihre und Massimos Zukunft aus, wenn sie schon gleich zu Beginn sämtliches Geld verpulverte? Nein, sie musste vernünftig sein und so lange wie nötig sparsam damit haushalten. Man wusste ja nie, was käme. Bald würde sie sich eine Arbeit suchen müssen. Das Problem war nur, dass sie ihren Jungen dorthin mitnehmen musste, sie konnte also weder in einem Laden noch an einem Fließband stehen.

Und die freie Stelle in dem Nachtklub, von der ihre neue Bekannte ihr erzählt hatte, konnte sie auch nicht annehmen. Selbst wenn Massimo im Pausenraum liegen könnte, solange sie arbeitete, wie Fräulein Mortensen ihr versichert hatte. Vittoria lächelte schief und schüttelte den Kopf. Glaubte sie denn, der Kleine würde den Rest seines Lebens still daliegen und das Tapetenmuster beäugen? Vittoria wusste, dass Massimo sich schon in wenigen Wochen würde umdrehen können. Bald darauf würde er sich aufsetzen und anfangen zu krabbeln, dann aufstehen und laufen. Und damit würde auch sein Schlafbedürfnis sinken und seine Neugier wachsen. Ein Kleinkind im Hinterzimmer eines belebten Nachtklubs voller alkoholisierter Menschen – unmöglich!

Vittoria nahm dreißigtausend Lire aus dem Umschlag und steckte ihn wieder unter die Matratze. Sie musste zur Bank, um so viel Geld zu wechseln, dass es für ihren Lebensunterhalt in der nächsten Woche reichte.

Die Heilige Jungfrau sah mit einem liebevollen Blick von der Fensterbank auf sie herunter, und Vittoria bekreuzigte sich unwillkürlich. Eigentlich war sie selbst nicht besonders religiös, aber die Madonnenfigur spielte eine ganz wichtige Rolle in ihrem Leben. Ihr italienischer Großvater aus Umbrien hatte sie Vittoria zur Taufe geschenkt, und seither hatte sie die Familie beschützt.

Vittoria holte die Metallkiste mit den Lebensmitteln hervor, schmierte sich eine dicke Scheibe Weißbrot, belegte sie mit Salami und schenkte sich ein Glas Wasser ein. Sie sehnte sich so sehr nach einer richtigen Mahlzeit! Einer *warmen* Mahlzeit. Das Mittagessen am Vortag war eine Enttäuschung gewesen. Vittoria hatte sich auf ein ordentliches Stück Fleisch gefreut, dampfendes Gemüse und jede Menge dicke braune Soße – so, wie sie es von ihrer dänischen Großmutter her kannte. Doch Conny Mortensen hatte Smørrebrød bestellt. Das sei typisch dänisch, hatte sie gesagt. Kalte, pappige Scheiben dunkles Brot mit einer dicken Schicht Margarine, auf der sich viel zu viele verschiedene Sachen stapelten. Dass man das Mittagessen nennen konnte, ging über Vittorias Verstand.

Massimo war eingeschlafen. Vittoria legte ihn in den Korb auf dem Boden, setzte sich mit ihrer Schreibmappe aufs Bett, schraubte den Deckel von ihrem Füllhalter und schrieb:

Kopenhagen, den 7. März 1958
Liebste Suor Giovanna,
nur ein kurzer Brief, damit Sie wissen, dass wir vor ein paar Tagen wohlbehalten in Kopenhagen angekommen sind. Die Fahrt war sehr anstrengend und hat länger gedauert, als ich dachte, aber nun sind wir hier, und alles ist gut.
Wir wohnen in einem Hotel in der Innenstadt.

Es ist billig und sauber, aber das Publikum lässt etwas zu wünschen übrig. Ich hoffe, bald eine geeignete Unterkunft zu finden, und schreibe Ihnen dann wieder, sobald ich eine feste Adresse habe. Bis dahin erreichen Sie mich unter dieser: Hotel Epsilon, Colbjørnsensgade, Kopenhagen.
Noch einmal tausend Dank für alles! Ich weiß, dass Sie ein großes Risiko eingegangen sind, um mir zu helfen, das steigert meine Dankbarkeit nur noch.
Gott sei mit Ihnen.
Ganz herzliche Grüße von
Vittoria

Sie schrieb das nicht bloß, um der alten Nonne eine Freude zu machen. Sie war Schwester Giovanna wirklich zutiefst dankbar. Ohne sie hätte sie ihre Spuren niemals so effektiv verwischen können. Es gab keinerlei Anzeichen dafür, dass jemand ihr gefolgt war, obwohl die Angst davor sie immer noch ab und zu einmal beschlich. Sie las den Brief abermals durch. Hätte sie Fräulein Mortensen erwähnen sollen? Es würde Schwester Giovanna freuen, dass Vittoria bereits ein bisschen Anschluss gefunden hatte, dass ihr und dem Jungen freundlich begegnet wurde. Andererseits … Conny Mortensen war nicht gerade das, was die alte Nonne guten Umgang nennen würde. Dazu war sie viel zu aufreizend gekleidet – sie trug Hosen! –, und ihre Arbeit im Nachtklub klang auch nicht nach einer respektablen Tätigkeit für eine junge Frau. Außerdem rauchte und trank die Dänin ziemlich viel. Schon wenige Worte über sie würden ausreichen, um Schwester Giovanna zu beunruhigen. Conny Mortensen gehörte wohl zu den

Dingen, von denen Vittoria ihrer alten Mentorin nicht zu berichten brauchte.

Auf der anderen Seite der dünnen Wand lief ein Radio. Ihre rothaarige Nachbarin war also schon wach. Vittoria stellte sich vor, wie sie im Zimmer umherlief und aufräumte. Vielleicht versuchte sie mit einer Zigarette im Mund, ein Loch im Strumpf zu stopfen. Vittoria lächelte. Sie war froh über diese neue Bekanntschaft. Fräulein Mortensen war hilfsbereit, sie hatten Spaß zusammen, und sie mochte den Kleinen. Vittoria steckte den Brief in einen Umschlag, legte ihn auf den Waschtisch und dankte der Heiligen Jungfrau, dass sie Conny Mortensen begegnet war.

13. März 1958

»Für welche Art von Anzeigen interessieren Sie sich, werte Frau? Stellenanzeigen? Wohnungen?«

»Beides.«

»Die meisten sind in der *Berlingske Tidende*, aber wenn ich Sie wäre, würde ich auch die *Politiken* nehmen. Da sind auch einige Kleinanzeigen drin.« Der Verkäufer des Vesterbro-Kiosks hob beide Tageszeitungen hoch. »Vierzig Öre das Stück, bitte.«

Vittoria wusste nicht, was Kleinanzeigen waren, hakte aber nicht nach. Sie zählte die Münzen ab und reichte sie ihm. »Bitte schön.«

Der Zeitungsmann lächelte. Im Unterkiefer fehlten ihm zwei Zähne.

Vittoria steckte die Zeitungen ins Einkaufsnetz zu den Waren aus dem Milchladen. Sie ging weiter zur Istedgade. In der Wäscherei überreichte man ihr den Seesack mit ihrer sauberen Wäsche. Fräulein Mortensen hat recht, dachte Vittoria, als sie den schweren Sack schulterte und das Netz und den Korb mit Massimo anhob: Schon bald würde sie einen Kinderwagen brauchen. Der Junge wurde schließlich nicht leichter. Die Dame hinter dem Wäschereitresen kam ihr zu Hilfe und öffnete Vittoria die Tür.

Es gibt also doch freundliche Menschen in Dänemark, dachte Vittoria, während sie durch den Schneematsch zum Hotel in der Colbjørnsensgade zurückging. Ihre Mutter hatte immer behauptet, die Dänen seien alle missmutig, weil das Wetter in Dänemark so schlecht sei, und da war wohl auch etwas dran. Vittoria hatte selten so viele abgewandte Blicke erlebt, so viele Menschen, die sich offenbar mehr für den Gehsteig interessierten als für die Menschen, an denen sie vorbeikamen. Umso erfreulicher war es, wenn man einem Einheimischen begegnete, der sich von dem dichten weißgrauen Schleier, der über der Stadt lag, nicht beeindrucken ließ.

Zurück in ihrem Zimmer, beugte sie sich zu Massimo über das Bett, zog ihm die Mütze aus und schlug sein Deckchen ein bisschen zurück, damit ihm nicht zu heiß wurde. Er schlief so tief und fest, dass er überhaupt nicht reagierte. Sie richtete sich gerade wieder auf, als es an der Tür klopfte. Draußen im Gang stand Conny Mortensen. »Störe ich?« Um ihre Schultern lag ein Handtuch, und ihre Haare waren feucht, als käme sie geradewegs aus der Dusche.

»Überhaupt nicht.« Vittoria bat sie herein.

»Ich dachte, wir könnten vielleicht Brüderschaft trinken?« Fräulein Mortensen hielt eine Flasche und zwei Gläser hoch. »Ein Dubonnet. Auf den krieg ich im Klub Prozente.«

»Brüderschaft trinken?«

»Ja, wenn wir schon Nachbarn sind, dann sollten wir uns doch duzen, oder nicht?« Vittoria sah offenbar immer noch etwas verwirrt aus, denn Fräulein Mortensen fuhr fort: »Ich zeig's Ihnen.«

Vittoria stellte den Korb mit Massimo auf den Boden, und die beiden Frauen setzten sich auf die Bettkante.

»Also«, sagte Fräulein Mortensen und schenkte ihnen beiden einen kräftigen Schluck von dem Dubonnet ein. »Man hält das Glas auf diese Art«, sagte sie und machte vor, wie man den rechten Arm mit dem Arm seines Gegenübers verschlang. »Und dann trinkt man.«

Vittoria tat, was Conny ihr sagte.

»So«, sagte Fräulein Mortensen und zog ihren Arm wieder zurück. »Und jetzt sind wir per Du.«

»Perduh?«

»Kennst du den Ausdruck nicht? Das heißt einfach nur, dass wir uns von jetzt an duzen. Und mit Vornamen anreden.«

»Ach so!« Vittoria lachte. »Jetzt versteh ich.« Sie trank noch einen Schluck. »Schmeckt lecker, du, Conny.«

Conny lächelte. »Eigentlich gehört da Eis rein, das machen wir nächstes Mal.« Sie hatte sich die Lippen mohnrot angemalt, was ihren blassen, sommersprossigen Hauttyp unterstrich. »Wie alt bist du eigentlich, wenn ich fragen darf?«

»Vierundzwanzig. Und du?«

»Einundzwanzig.« Conny hielt ihr die Flasche hin. »Noch einen?«

»Nein danke, davon werde ich so furchtbar müde. Noch etwas Nougat? Ein bisschen ist noch da.«

»Nein danke«, sagte Conny.

Über den Rand ihres Glases hinweg sah sie Vittoria an. Sie wirkte, als wollte sie etwas sagen, hielte sich dann aber doch zurück.

»Was?«, fragte Vittoria.

»Wie ›was‹?«

»Du wolltest mich doch gerade etwas fragen, oder?«

»Woher weißt du das?«

»Frag einfach.«

Conny stellte ihr Glas ab und zündete sich in aller Ruhe eine Zigarette an. Erst, als sie den Rauch auspustete, richtete sie ihren Blick wieder auf Vittoria. »Deine Augen«, sagte sie. »Ich habe noch nie jemanden mit zwei verschiedenfarbigen Augen gesehen.«

Vittoria lächelte. »Ich bin so geboren«, sagte sie. »Das braune« – sie zeigte auf das rechte Auge – »habe ich von meinem Vater, und das blaue« – sie bewegte den Finger nach links – »von meiner Mutter.«

»Das ist ja … eigenartig.«

»Ich habe gelernt, damit zu leben, aber als ich klein war, habe ich meine Augen gehasst«, sagte Vittoria. »Die anderen Kinder in der Straße haben mich immer geärgert, haben gesagt, ich sei eine Teufelsbrut oder eine Missgeburt. Abends im Bett habe ich oft geweint und gebetet, Gott möge mir zwei gleichfarbige Augen geben wie allen anderen auch. Ich fühlte mich so hässlich. Potthässlich.«

»Du bist überhaupt nicht hässlich.«

»Danke.«

»Kannst du mit beiden Augen gleich gut sehen?«

»Sicher.« Vittoria lachte. Der Dubonnet fing an, ihr zu Kopf zu steigen. »Eigentlich witzig, dass du das sagst. Mein Vater meinte immer, meine Augen seien ein ganz besonderes Geschenk, das mir besondere Kräfte verleihe. Er hat behauptet, ich könne die Welt entweder wie eine Dänin sehen oder wie eine Italienerin – je nach Lust und Laune.«

»Und? Kannst du das?«

»Ich bin wohl eher so etwas wie ein Mischwesen. Aber als ich klein war, habe ich das wortwörtlich genommen. Ich dachte, wenn ich nur mit dem linken Auge guckte, sei ich Dänin – und umgekehrt. Manchmal habe ich mir sogar mit meinem Kopftuch ein Auge verbunden, als wäre ich ein … *pirata*. Wie heißt das? Pirat?«

»Ja.«

Vittoria lachte. »Die anderen Mädchen haben mich für verrückt erklärt.«

»Klingt, als hättest du einen guten Vater gehabt.«

»Stimmt. Er war wirklich einzigartig.« Vittoria wurde ernst. »Vor ein paar Jahren hatte er einen Herzanfall. Rums, da lag er auf einmal in seiner Küche. Mausetot. Mit vierundsechzig.«

»Schrecklich.« Conny runzelte die Stirn. »Du sagst ›in seiner Küche‹. Hat bei euch zu Hause dein Vater gekocht?«

»Mein Vater besaß ein Restaurant. Das hatte er von seinem Vater geerbt.«

»Und wem gehört es jetzt? Deinem Bruder?«

Vittoria merkte, wie sich ihre Miene verschloss. »Einem anderen Familienmitglied.«

Conny schien den Stimmungswechsel nicht bemerkt zu haben.

»Und jetzt ist deine Mutter auch tot … Woran ist sie gestorben?«

»An Krebs. Darmkrebs.«

»Heißt das, du bist jetzt ganz allein auf der Welt? Was ist mit dem Rest der Familie?«

Vittoria zuckte mit den Schultern. »Ich hab ja Massimo.«

»Du hast also keine Geschwister?«

Wieder zuckte Vittoria mit den Schultern. Wie genau muss ich ihr antworten?, fragte sich Vittoria. Sie hätte sich Conny jetzt wirklich gerne geöffnet, wusste aber auch, wie gefährlich es einem werden konnte, wenn man zu vertrauensselig war. Sie hatte Schwester Giovanna versprochen, vorsichtig zu sein. Aber wie konnte man mit jemandem befreundet sein und sich ihm gleichzeitig erschließen? Das war ein regelrechter Balanceakt. Von Massimo kam ein Wimmern. Vittoria war froh über die Ablenkung, stand auf und gab ihm den Schnuller. Der Junge seufzte zufrieden und schlief weiter.

Als Conny in den zerkratzten Blechaschenbecher auf dem Nachttisch aschte, fiel ihr Blick auf die Zeitungen.

»Nein! Guck doch mal, sind die süß!« Sie faltete die *Politiken* auseinander und zeigte auf das große Bild auf der Titelseite: im Schnee spielende Zirkuselefanten. »Die sind vom Zirkus Benneweis.«

»Ich dachte immer, Elefanten mögen keinen Schnee«, sagte Vittoria und fröstelte allein bei der Vorstellung, damit in Berührung zu kommen. »Die stammen doch aus Afrika.«

»Indien, glaube ich. Die sehen doch aus, als hätten sie ihren Spaß.« Conny suchte nach dem Datum. »Ist die von heute?«

»Ja.«

»Typisch«, sagte Conny und blätterte die Seiten um. »Kein Wort über den Grand Prix. Bei uns lief gestern den ganzen Abend der Fernseher.«

»Im Nachtklub gibt es einen *Fernseher*?«

»Eigentlich steht er im Büro vom Chef, aber gestern hat er ihn im Klub aufgestellt, damit die Gäste und wir mitgucken konnten. Mann, war das spannend! Obwohl Dänemark nicht gewonnen hat.«

»Vielleicht haben sie deshalb nichts darüber geschrieben.«

»Doch, hier«, sagte Conny. »Auf Seite zehn.« Sie las Vittoria den kurzen spöttischen Text mit Wörtern wie »Gedudel« und »Schmachtfetzen« laut vor. »Beim Siegertitel handelt es sich um einen überdurchschnittlich durchschnittlichen, seichten Schlager.«

»Wer hat denn gewonnen?«

»Frankreich. Aber hör mal hier: ›Lediglich der Beitrag der Schweiz – Musik von Paul Burkhard – sowie der Beitrag Italiens waren von etwas beseelt, das an Originalität erinnern könnte.‹« Conny sah sie an. »Das muss dich doch freuen.«

Vittoria lächelte schief. »O ja.«

»Der italienische Beitrag war wirklich gut«, sagte Conny. »Ein richtiger Ohrwurm.« Sie fing an zu singen: »*Volaaaaare, oh-oh, cantaaaare, oh-hoho-ho.*«

»Das heißt ›ich fliege, ich singe‹«, erklärte Vittoria und warf einen Blick zu Massimo hinüber, der sich von Connys Gesang zum Glück nicht stören ließ.

»Ach ja? War wirklich gut, kam aber nur auf den dritten Platz. Ich verstehe das nicht.«

»Können wir mal zu den Stellenanzeigen vorblättern? Ich muss mir langsam wieder Arbeit suchen.«

»Ja, sicher«, antwortete Conny und hielt kurz inne. »Wir haben übrigens noch immer niemanden für die Garderobe gefunden.«

»Aber das geht doch nicht...«

»Was schwebt dir denn vor?«

»Ich würde so gut wie alles machen, Hauptsache, ich kann Massimo mitnehmen.« Vittoria zuckte die Achseln.

»Wenn du eine gut bezahlte Arbeit fändest, könntest du den Jungen in eine Krippe geben.«

»In eine was?«

»In eine Krippe. Das ist so eine Art...« Conny überlegte, wie sie das erklären sollte. »Also, eine Einrichtung, in der sich Kinderpflegerinnen um dein Kind kümmern, während du arbeitest.«

»Massimo in die Obhut anderer geben? Niemals!«

»Wäre das denn so schlimm?«

»Ich habe mal in einem Säuglingsheim gearbeitet. Ich weiß, wovon ich rede.« Vittoria biss sich auf die Lippe. »Niemals«, wiederholte sie.

Conny sah sie an, wartete aber vergebens auf eine genauere Erklärung. »Hm. Na, dann wollen wir mal gucken, was es so gibt.« Sie blätterte weiter zu den Kleinanzeigen. Durch den Zigarettengeruch nahm Vittoria den Duft von Connys Shampoo wahr.

»Hier. Da sucht jemand Näherinnen in Heimarbeit. Kannst du nähen?«

»Ja«, sagte Vittoria und beugte sich etwas tiefer über

die Zeitung, um die kleine, leicht zerknitterte Anzeige zu lesen. »Aber guck mal, da steht, dass man eine eigene Nähmaschine braucht. Selbst wenn ich eine hätte – hier ist einfach kein Platz dafür.«

»Stimmt.« Conny ließ den Zeigefinger weiter über die Zeitungsspalten gleiten. »Wie wär's damit? ›Daells Warenhaus sucht Fotomodelle‹. Das dauert immer nur ein paar Stunden. In der Zeit könnte ich auf den Jungen aufpassen.«

»Fotomodell? Hör doch auf!«

»Du hast doch eine gute Figur.«

»Und deshalb soll ich mich in Unterwäsche fotografieren lassen?« Vittoria lachte.

»Soweit ich weiß, wird Unterwäsche auf Zeichnungen dargestellt. Es gibt noch weitaus mehr Kleidung, die fotografiert werden soll. Mäntel und Kleider.«

»Ich weiß nicht …« Vittoria sah Conny an. »Wäre das nicht eher was für dich? Du hast doch so schöne Beine.«

»Danke, jetzt, wo du es sagst! Ein bisschen mehr Geld kann man immer gebrauchen.« Sie angelte sich einen Stift von Vittorias Nachttisch und kringelte die Anzeige ein. »Mannequin zu sein stelle ich mir wahnsinnig aufregend vor.« Sie beugte sich wieder über die Tagespresse. »Hier ist was«, sagte sie.

»›Damen zur Reinschrift in Heimarbeit. Schreibmaschine wird kostenlos zur Verfügung gestellt‹.« Vittoria richtete sich auf. »Das geht *überhaupt* nicht.«

»Warum? Für eine Schreibmaschine wäre hier doch Platz.«

»Aber ich kann nicht dänisch schreiben.«

»Wieso? Dein Dänisch ist doch fantastisch.«

»Sprechen ist nicht dasselbe wie schreiben. Ich kann zwar Dänisch *lesen*, aber ich habe noch nie etwas auf Dänisch *geschrieben*«, unterstrich Vittoria. Da fiel ihr ein, dass das nicht ganz der Wahrheit entsprach: Als Kind hatte sie mithilfe ihrer Mutter Weihnachtskarten an ihre dänische Großmutter geschrieben. Sie erinnerte sich noch an das Gefühl des viel zu dicken Füllhalters in ihrer schwitzigen Hand, an die Zungenspitze im Mundwinkel und die Stimme ihrer Mutter, die ihr geduldig jedes schwere Wort buchstabierte. Sie hatte den Eindruck, dass Dänisch völlig anders geschrieben als ausgesprochen wurde, und Vittoria hatte noch nicht herausgefunden, ob ein System dahintersteckte.

»Das ist natürlich nicht so gut.« Conny steckte sich noch eine Zigarette an und ließ sich auf das Bett zurücksinken. »Was kannst du denn überhaupt?«, fragte sie und stieß blauen Rauch aus. »Worin bist du gut?«

»Hm«, machte Vittoria. »Ich bin ja in einem Restaurant aufgewachsen, darum … kann ich gut kochen.« Sie zählte mithilfe ihrer Finger auf: »Und ich kann backen. Und *dolce* zubereiten … Desserts. Servieren. Sauber machen. Abwaschen.« Kurz saß sie einfach so da und sah in die Luft. »Ich kann bügeln und nähen und stricken … und Kinder hüten, natürlich.«

Conny lachte. »Die perfekte Hausmutter.«

»Hausmutter?«

»Ja.«

»Das Wort kenne ich nicht.«

»Eine Hausmutter ist eine verheiratete Frau, die nicht arbeitet und sich zu Hause um die Kinder, das Heim und alles andere kümmert.«

»Ja, aber ich bin doch nicht verheiratet.«

Wieder lachte Conny. »Vielleicht solltest du dir lieber einen Mann statt Arbeit suchen.« Sie setzte sich wieder auf, beugte sich über Vittoria zum Aschenbecher und klopfte mit einem langen roten Fingernagel die Asche von der Zigarette. »So einen richtigen Scheich mit jeder Menge Geld und einem großen Anwesen.«

»Ich will nicht heiraten«, sagte Vittoria und fügte noch hinzu: »Einmal reicht.«

»Hat Massimos Vater dich nicht gut behandelt?«

»Er ist tot.«

»Oh. Das tut mir leid.«

Vittoria wandte sich wieder der Zeitung zu. »Hier sucht jemand eine Haushälterin«, sagte sie. »Was ist das?«

»Fast dasselbe wie eine Hausmutter – allerdings ohne verheiratet zu sein. Eine Haushälterin ist eine Frau, die sich um die Kinder und den Haushalt von reichen Ehefrauen kümmert, die keine Lust haben, das selbst zu tun.«

»Ach so, eine *governante* also.« Vittoria zeigte auf eine Annonce. »›Kind kein Hindernis‹, steht da. Und die heißen Mortensen. Wie du. Sind das vielleicht Verwandte von dir?«

»Es gibt Tausende Menschen, die Mortensen heißen, Vittoria.«

»Guck doch mal.« Vittoria schob Conny die Zeitung zu.

»Meinst du die?« Conny las vor: »›Haushälterin für kleine Landwirtschaft bei Taastrup gesucht. Kind kein Hindernis.‹«

»Taastrup ist nicht so weit, oder?«

»Glaube ich nicht.« Sie sah Vittoria an. »Aber so ein Landhaushalt ist eine große Verantwortung«, sagte sie.

»Und harte Arbeit. Da wird geschlachtet und eingemacht und Brot gebacken und richtig viel Wäsche gewaschen.«

»Das schreckt mich nicht ab. Ich kann gut… Wie sagt man? Anpacken?«

Conny lächelte. »Zupacken?«

»Genau«, sagte Vittoria. »Aber da ist ja noch eine. Da.«

Conny beugte sich über die Zeitung. »›Witwe sucht gebildete, patente Haushälterin. Gammel Kongevej – freie Logis. Frau Professor Helgasson‹.« Sie schüttelte den Kopf. »Da langweilst du dich zu Tode, Vittoria. Den lieben langen Tag mit einer alten Dame in einer Wohnung eingesperrt… Und was ist mit Massimo?«

»Es kann doch nicht schaden, mal mit ihr zu reden. Und mit den Leuten in Taastrup auch. Kannst du ein paar Minuten hier bei dem Kleinen bleiben, während ich runtergehe und telefoniere?«

14. März 1958

Ein Kalkanstrich hätte dem Wohnhaus und den beiden Ställen gut zu Gesicht gestanden, und das Reetdach würde in nicht allzu ferner Zukunft erneuert werden müssen, aber ansonsten sahen die Gebäude doch eigentlich ganz einladend aus, dachte Vittoria, als sie am nächsten Tag gegen Mittag den Hof erreichte. Der gepflasterte Hofplatz war aufgeräumt, die Linden entlang der Einfahrt waren frisch gestutzt.

Sie hatte problemlos hierhergefunden. Mithilfe einer

neu angeschafften, detaillierten Karte von der Insel Seeland war sie nach Taastrup gelangt, und von dort aus hatte sie nur zweimal anhalten und nach dem Weg zum Ringgård fragen müssen. Unterwegs, auf immer schmaler werdenden Straßen, war es Vittoria so vorgekommen, als wäre sie auf einem fremden Planeten gelandet. Die hügelige Landschaft war so trostlos, so braun, so grau unter dem farblosen Himmel. In der Stadt gab es so viel anderes Interessantes zu sehen, aber hier draußen … Ja, trostlos war das richtige Wort. Ihr wurde bewusst, dass sie noch nie in Dänemark auf dem Land gewesen war, jedenfalls nicht im Winter. Ihre Großeltern in Store Magleby hatten sie immer nur im Sommerhalbjahr besucht, und als Vittoria vor wenigen Tagen auf der Reise nach Dänemark Seeland überquert hatte, war sie von den Strapazen der Fahrt so erschöpft gewesen, dass sie die Umgebung kaum wahrnahm. Sie hatte nur die endlose Straße und den Kilometer für Kilometer unter ihren Reifen dahinziehenden Asphalt gesehen. Jetzt aber betrachtete sie die Landschaft richtig, und ihr wurde schwer ums Herz.

Vittoria parkte vor der Scheune und blieb noch eine Weile sitzen, um sich zu sammeln. Ihre Selbstsicherheit von gestern hatte sich in Luft aufgelöst. War es nicht ein bisschen naiv von ihr zu glauben, dass sie – eine junge, verwöhnte Frau aus der Großstadt – einen Landhaushalt führen könnte? Allein der Anblick der Hofgebäude reichte, um Zweifel aufkommen zu lassen. Herr Mortensen hatte ihr am Telefon gesagt, seine Mutter werde ihr am Anfang behilflich sein, aber nur die ersten Wochen. Dann solle sie auf ihre alten Tage nicht mehr so hart arbeiten müssen. Der Haushalt bestehe nur aus ihnen beiden, dem unverheirateten Landwirt und seiner Mutter. Ein Knecht gehe ihnen bei der Arbeit im Stall und auf dem Feld zur Hand, und Vittorias Verantwortungsbereich solle die Hausarbeit sein: Kochen, Putzen und was sonst noch so dazugehöre, wie er sich ausgedrückt hatte. Sie hatte großspurig geantwortet, das sei überhaupt kein Problem für sie – aber jetzt war sie sich da nicht mehr so sicher. Wirklich ärgerlich, dass die Witwe im Gammel Kongevej es kategorisch abgelehnt hatte, auch ein Kind bei sich aufzunehmen. Vittoria hätte viel lieber eine Arbeit in der Stadt gehabt, aber Frau Professor Helgasson war nicht einmal an einem Vorstellungsgespräch interessiert gewesen.

Die Tür zum Wohnhaus öffnete sich, und ein Mann mittleren Alters in grauer Arbeitskleidung und Holzschuhen erschien auf der Türschwelle. Eine braun karierte Kappe warf einen Schatten auf seine obere Gesichtshälfte, sodass Vittoria seine Augen nicht sehen konnte, aber seine Körperhaltung wirkte abwartend. Kurz darauf setzte er sich zu ihrem Auto in Bewegung. Vittoria atmete tief durch und öffnete den Wagenschlag.

»Tach«, sagte der Mann und reichte ihr seine Pranke. »Marinus Mortensen.«

»Tach«, erwiderte Vittoria den ihr fremden Gruß und kam sich dabei etwas komisch vor. »Vittoria Contini.«

»Wo kommen Sie her? Das habe ich schon am Telefon gehört, dass Sie nicht dänisch sind.«

»Aus Italien. Rom.«

»Und das ist also der Junge?« Bauer Mortensen bückte sich zum Seitenfenster hinunter und sah in den Wagen. »Noch ganz frisch, was?«

»Ja. Drei Monate.«

»Und Sie glauben, Sie können den Haushalt führen und sich gleichzeitig um ihn kümmern?«

»Das tun Frauen doch schon immer.«

»Ja, aber da standen sie nicht allein mit der Arbeit da. Als ich klein war, hatte meine Mutter eine Dienstmagd.« Er sah sie an. »Sie bekommen keine Hilfe.«

Vittoria kniff die Augen zusammen. »In der Anzeige stand, Kind kein Hindernis.«

»Stimmt.« Er warf noch einen Blick auf Massimo, der auf der Rückbank lag. »Aber der ist ja noch *sehr* klein.«

»Ich habe Ihnen gestern gesagt, dass es sich bei meinem Sohn um einen Säugling handelt, Herr Mortensen.«

»Ja, aber da wusste ich ja noch nicht, dass Sie selbst so ein schmächtiges Mädchen sind.« Er ließ den Blick über ihren Körper wandern, bis ganz hinunter zu den hochhackigen hellen Kalbslederschuhen und wieder nach oben. »Sie sehen nicht gerade so aus, als ob Sie viel abkönnten.«

Vittoria kniff die Lippen zusammen. Sie spürte, wie ihr Blutdruck anstieg. Was bildete der sich eigentlich ein? Wollte er sie aufgrund seines allerersten Eindrucks etwa wieder wegschicken? War sie ganz umsonst die lange Strecke hierhergefahren?

»Meine Mutter wartet mit dem Kaffee, kommen Sie doch rein«, sagte er beschwichtigend. Er wandte sich ab und überließ es Vittoria, den Weidenkorb mit Massimo vom Rücksitz zu wuchten.

Im Haus war es dunkel. In der Küche mit der niedrigen Decke und den abgenutzten, aber sauberen Schränken roch es nach Ofenrauch und Kaffee. Eine alte Frau trocknete sich die Hände mit einem Geschirrtuch ab, bevor sie

Vittoria begrüßte, sich vorstellte und sie bat, sich zu setzen. Sie selbst nahm am Ende des Küchentisches Platz. Vittoria bemerkte die tiefen roten Furchen an ihren Fingerkuppen und die geschwollenen Gelenke. So werden auch meine Hände eines Tages aussehen, schoss es ihr durch den Kopf.

Die Mutter des Landwirts hatte einen Kranz mit jeder Menge Rosinen und Zitronat gebacken. Er schmeckte wie der, den es immer bei Vittorias dänischer Großmutter gegeben hatte.

»Hier ist immer genug zu tun«, sagte die alte Frau.

»Das glaube ich gerne«, sagte Vittoria höflich.

Die Alte war zwar etwas entgegenkommender als ihr Sohn, aber auch sie konnte ihre Skepsis angesichts der eleganten Römerin nicht verbergen. Sie bombardierte sie mit Fragen. Ob Frau Contini denn schon mal ein Schwein geschlachtet und zerlegt habe? Das sei nicht das Gleiche wie bei Hühnern und Kaninchen, kommentierte sie trocken Vittorias Antwort. Und was sei mit Salzen, Räuchern und Einkochen von Fleisch? Könne sie Würste und Pasteten herstellen? »Na, dann ist ja gut«, sagte Frau Mortensen jedes Mal, wenn Vittoria bejahte, nur um dann das Verhör fortzusetzen: Habe sie Erfahrung mit dem Einwecken von Obst? Mit Backen? Putzen? Habe sie schon mal einen Gemüsegarten gehegt? Gemolken? Auf diesem Hof sei man sehr stolz darauf, sich das ganze Jahr über selbst versorgen zu können, erklärte sie, als sie Vittorias Erstaunen über die vielen Fragen bemerkte.

Vittoria nahm Massimo auf den Arm, wo er friedlich weiterschlummerte, als ihr wenig später der Hof gezeigt wurde: der Garten, die Obstbäume, das Waschhaus, der

Schuppen fürs Feuerholz, der Kuhstall, sogar das Plumpsklo, das Marinus Mortensen nach dem Tod seines Vaters vor ein paar Jahren eigenhändig gebaut hatte.

»Vater hätte das albern gefunden«, sagte er. »Als er noch gelebt hat, haben wir uns einfach nur in den Stall gehockt.« Vittoria lächelte verbindlich. Sie kam aus der Stadt und war richtige Porzellanklosetts mit Spülung gewöhnt. Sie fand dieses neue, aber stinkende Häuschen fast genauso abscheulich wie die Vorstellung, seine Notdurft bei den Kühen zu verrichten.

Zurück im Wohnhaus, sollte es zum Abschluss der Führung in den ersten Stock, zu den Schlafzimmern, gehen.

»Steigt ihr mal allein da hoch. Mir ist die Treppe zu steil geworden, ich schlafe jetzt in der ehemaligen Dienstmagdkammer«, sagte die Alte, an Vittoria gewandt, und deutete auf eine schmale Tür ganz hinten in der Küche. »Ich bleib solang hier und pass auf den Buben auf.«

»Achtung, Kopf einziehen«, warnte sie Marinus Mortensen. Er hatte die Kappe abgenommen, sie hinterließ einen Abdruck in seinem grauen Haar und eine rote Rille auf seiner Stirn.

»Ich bin gerade in das alte Elternschlafzimmer gezogen«, erklärte er und öffnete die Tür zu einem großen Raum am Giebelende des Hauses, in dem ein riesiges, weiß gestrichenes Ehebett mit hohem Kopfbrett stand. Ein Stück über den Kopfkissen befanden sich zwei speckige Flecken am Brett – Spuren jahrzehntelangen Kontakts mit zwei nicht besonders sauberen Köpfen. »Und das hier ist dann dein Reich«, fuhr er plötzlich in deutlich vertraulicherem Ton fort und öffnete eine weitere Tür. »Mein altes Zimmer.«

Schmal, kalt, heruntergekommen. Eine kaputte Scheibe war durch ein Stück braune Pappe ersetzt worden.

»Die Scheibe setze ich natürlich noch ein, bevor du hier anfängst«, sagte Marinus Mortensen, als er ihren Blick bemerkte. »Und überhaupt richte ich das alles noch schön her. Wird gemütlich. Und dann sind wir hier oben ganz für uns.«

»Ja«, sagte sie, »aber ich glaube nicht …«

»Dann hast du es auch nicht so weit, wenn du nachts mal frierst«, unterbrach er sie.

Verwirrt sah Vittoria ihn an.

»In meinem Bett ist immer Platz für ein bisschen Gesellschaft«, redete er weiter und lächelte zum ersten Mal. Bevor Vittoria wusste, wie ihr geschah, hatte er auch schon einen Arm um sie gelegt und sie an sich gedrückt. »Du bist jederzeit willkommen.«

Obwohl Vittoria mit aller Kraft zuschlug, war sie doch überrascht, wie laut die Ohrfeige schallte. Marinus Mortensen fasste sich an die Wange und starrte sie aus seinen aufgerissenen graublauen Augen an. Er wollte etwas sagen, doch Vittoria machte auf dem Absatz kehrt und stürzte die Treppe hinunter.

Sie riss Massimo der alten Frau aus der Hand, klaubte ihre Sachen zusammen und war zur Tür hinaus, ehe Bauer Mortensen wieder unten angekommen war. Die konsternierten Fragen der Alten ignorierte sie. Einfach nur weg hier. Sofort. Nicht weinen, dachte Vittoria. Bloß nicht weinen.

Es wurde bereits dunkel, als Vittoria wieder zurück in Vesterbro war. Durch das Licht in den Schaufenstern und die Straßenbeleuchtung strahlte die Istedgade eine Geborgenheit aus, die in krassem Gegensatz stand zu der ländlichen Barschheit, die sie gerade hinter sich gelassen hatte. Eins ist allemal sicher, dachte sie bei sich, während sie die Hoteltreppe hinaufstieg – ich will in der Zivilisation bleiben. Das Landleben ist nichts für mich.

In den folgenden Stunden fuhren die Gedanken in ihrem Kopf Karussell. Geistesabwesend kümmerte sie sich um Massimo, badete ihn im Waschbecken des Gemeinschaftsbadezimmers und machte ihn bettfertig. Hatte sie auch wirklich das Richtige getan? War es überhaupt möglich, in diesem kalten, fremden Land ein neues Leben anzufangen? Wäre es nicht besser, wenn sie es ganz woanders, weiter im Süden, versuchen würde? In Portugal? Spanien? Frankreich? Darüber grübelte sie eine ganze Weile nach, doch dann erkannte sie: Mit ihren Sprachkenntnissen hatte sie keine große Wahl, da kamen nur Italien und Dänemark infrage. In Italien konnte sie auf keinen Fall bleiben, das war einfach zu gefährlich. Also blieb nur Dänemark. Damit musste sie jetzt leben.

Vittoria hörte das Radio im Nachbarzimmer. Conny hatte Besuch, von einem Mann. Sein Lachen übertönte hin und wieder die Musik. Vittoria wärmte sich eine Dose Spargelsuppe auf und aß sie direkt aus dem Topf, dazu eine Scheibe Brot von gestern. Vergeblich versuchte sie zu verstehen, was auf der anderen Seite der Wand gesprochen wurde. Sie hoffte, Conny würde noch bei ihr hereinschauen, bevor sie zur Arbeit ging. Vittoria wollte so gerne mit jemandem über das reden, was sie heute erlebt hatte, und sehnte sich nach dem dreifachen harten Klopfen, mit dem die Freundin immer ihren Besuch ankündigte. Freundin?, dachte sie, als das Radio verstummte. Connys Tür wurde geöffnet und wieder geschlossen, und beide Stimmen entfernten sich den Gang hinunter, ohne dass bei Vittoria angeklopft wurde. Ja, die rothaarige Nachtklubbedienung war wohl so eine Art Freundin – und in jedem Fall der einzige Mensch in diesem Land, der diese Bezeichnung verdient hatte.

Später am Abend, als Massimo endlich eingeschlafen war, zündete Vittoria zwei Kerzenreste an und stellte sie vor die Heilige Jungfrau auf die Fensterbank. Je eine Kerze für ihre beiden Eltern. Sie saß da und betrachtete die flackernden Flammen. Wie immer war es ihr ein bisschen unangenehm, dass sie ihren Vater viel mehr vermisste als ihre Mutter. Signe Contini war die beste Mutter gewesen, die man sich vorstellen konnte. Ein bisschen streng vielleicht, dabei aber stets gerecht und fürsorglich. Bis ganz zum Schluss, bis die Krankheit endgültig siegte, war es Vittorias Mutter gewesen, die alles zusammengehalten hatte: die Familie, das Geschäft. Vittoria hatte nichts Schlechtes über ihre Mutter zu sagen, und sie wusste genau, dass sie viel mehr nach ihrer Mutter kam als nach ihrem Vater. Sie hatte fast alles von ihr geerbt – das mittelblonde Haar, das Temperament. Und trotzdem fehlte ihr der Vater am meisten.

Vittoria betrachtete ihren Ring. Den hatte sie zu ihrem achtzehnten Geburtstag bekommen. Massimo Contini war höchstpersönlich bei einem Juwelier an der Piazza di Spagna gewesen, um ihn in Auftrag zu geben: einen eckigen Saphir in Weißgold. Typisch Vater, dachte sie jetzt und berührte den Edelstein mit der Fingerspitze. Er hatte gewusst, wie sehr sie kühle Farben mochte und dass ihr Silber lieber war als Gold. Aber er hatte sich nicht dazu herablassen wollen, einen Silberring für seine geliebte Tochter zu kaufen, und darum den Goldschmied gebeten, einen Weißgoldring für sie anzufertigen.

Ohne nachzudenken, faltete Vittoria die Hände. »*Ave, o Maria, piena di grazia, il Signore è con te …*« Nach dem einleitenden Gebet sprach sie sogleich das Gebet für die Toten, »*L'eterno riposo*«, und betete dann in ihren eigenen Worten weiter für die Lebenden: den kleinen Massimo, Conny und Schwester Giovanna. Ach, wenn ich jetzt nur mit *Suor* Giovanna reden könnte, dachte sie und gab schließlich den Widerstand gegen den dicken Klumpen auf, der sich über mehrere Stunden in ihrem Hals gebildet hatte.

Nach einem abschließenden Ave Maria hob Vittoria den Kopf und sah in das selige Gesicht der Jungfrau. »Bitte gib mir doch ein Zeichen«, murmelte sie. »Nur ein ganz kleines Zeichen.«

15. März 1958

In jener Nacht träumte Vittoria von dem Restaurant ihres Vaters. In diesem Traum war sie noch ein Kind, um die acht oder zehn Jahre, jedenfalls genau in dem Alter, in dem sie im wirklichen Leben zum ersten Mal in der Küche hatte helfen dürfen. Sie stand neben ihrer Mutter, die eine gelblich weiße Milchcreme in die Eismaschine kippte. Dann schaltete die Mutter die Maschine ein, deren kräftiges Brummen nicht nur in der ganzen Küche, sondern bis in den Gastraum zu hören war. Vittoria fühlte sich bei diesem Geräusch geborgen. Das Casa Contini war für seine Eisdesserts berühmt, jeden Tag standen immer mindestens fünf hausgemachte *gelati* auf der regelmäßig wechselnden Karte. Ihre Mutter sagte etwas zu ihr, doch Vittoria hörte sie nicht. Vollkommen fasziniert beobachtete sie ihren Vater. Die weiße Kochjacke schlug an seinen Schultern Falten; sie bewegten sich, wurden tiefer, glätteten sich wieder. Es dauerte einige Sekunden, bis Vittoria verstand, warum: Er knetete Teig. Sie lief zu ihm. Ihr Vater hob sie auf den Tisch. In ihrem Traum war er ein älterer Mann, viel älter als damals, als Vittoria tatsächlich acht gewesen war. Sie erzählte ihm von einem Mann mit einer Kappe und versuchte, ihm zu erklären, was an ihm so unangenehm gewesen war, aber er sah sie nur aus müden Augen an und sagte: »*In italiano, bambina.*« Da fiel Vittoria auf, dass sie Dänisch gesprochen hatte. Etwas kitzelte sie an ihrem Unterarm, und als sie hinsah, war es Mehl. Sie wachte davon auf, dass sie versuchte, sich den weißen Staub vom Arm zu wischen. Es dauerte eine Weile, bis sie begriff, wo sie sich befand. Der Duft von Oregano und Tomatensoße, von Vanille, Hefeteig und frischem Salbei, die von dem Steinofen und den Gasflammen auf dem Herd ausgehende Wärme, das Geräusch der Eismaschine und das Lachen der Küchengehilfen … All das war nur ein Traum gewesen. Sie war ganz deprimiert. Im Weidenkorb lag Massimo und weinte.

»Ich komme schon, *caro*«, sagte Vittoria und schlug die Decke beiseite. Der Fußboden war eiskalt. Sie sollte sich endlich einmal richtige Pantoffeln kaufen, dachte sie und zog sich ein Paar Wollsocken an.

Nachdem sie Massimo von der durchnässten Windel befreit hatte, deckte sie ihn wieder zu und wärmte eine Flasche für ihn. Die blaue Flamme des Primus spiegelte sich in der Fensterscheibe. Draußen war es noch fast ganz dunkel, obwohl die Sonne doch bereits vor einer Stunde aufgegangen sein musste. Wurde es hier denn nie Frühling?, dachte Vittoria. Als sie angezogen war, hatte die Milchmischung die richtige Temperatur, und sie setzte sich mit ihrem Jungen aufs Bett. Während er trank, sah er sie tiefernst aus seinen großen dunklen Augen an. Er vertraute ihr. Blind. Vittoria bekam einen Kloß im Hals. So viel Vertrauen hatte sie nicht verdient.

Als Massimo satt war, aß Vittoria den Rest des inzwischen ziemlich trockenen Brotes mit einer dicken Butterschicht darauf. Heute musste sie einkaufen gehen. Lebensmittel, Zeitungen. Vielleicht auch mal eben bei der Wäscherei vorbeischauen. Und zur Bank musste sie eigentlich auch. Und zu einem Schuhgeschäft. Und wäre es nicht traumhaft, sich in einer Konditorei endlich einmal eine vernünftige Tasse Kaffee zu gönnen? Aber Vittoria wusste, dass das ein viel zu anspruchsvolles Programm war, solange sie den schweren Korb mit sich herumschleppen musste.

Massimo riss Vittoria mit einem ungeduldigen Schrei aus ihren Gedanken. Darauf bedacht, die vormittags schlafende Conny nicht zu stören, zog Vittoria ihn in Windeseile an und verließ das Hotel. Erst draußen fiel ihr auf, dass es nieselte. Vittoria blieb stehen und überlegte, was sie jetzt tun sollte. Dann eilte sie zu ihrem Fiat. Im Auto war es kalt, aber wenigstens trocken. Außerdem wusste sie, dass Autofahren Massimo immer ganz schnell beruhigte.

Sie bog am Rathausplatz ab und fuhr ziellos Richtung Amager. Nach und nach ging es ihr besser. Der Wagen war ihre Zuflucht, der einzige Ort, an dem sie ganz sie selbst sein konnte. Ihre Laune verbesserte sich mit jedem Kilometer, den sie hinter sich ließ. Jetzt wusste sie, wohin sie wollte. Ihren Großeltern hatte früher eine Gastwirtschaft in Store Magleby gehört, dort wollte sie ihren Kaffee trinken! Vittoria war schon lange nicht mehr in dem Ort gewesen. Sie rechnete nach – das musste zehn Jahre her sein. Nein, elf. Die Eltern ihrer Mutter waren bei einem Unfall ums Leben gekommen, als Vittoria vierzehn gewesen war. Niemand hatte es je laut gesagt, aber alle hatten vermutet, dass der alte Gastwirt betrunken gewesen war, als der betagte Ford, in dem er und seine Frau gesessen hatten, an einem Bahnübergang bei Tømmerup von einem Zug erfasst worden war. Danach war die Gastwirtschaft verkauft worden, an wen, wusste Vittoria nicht. Sie wusste nur, dass der Erlös aus dem Verkauf dem Casa Contini in den schweren Nachkriegsjahren aus einer kleinen finanziellen Krise geholfen hatte.

Als sie dort ankam, betrachtete Vittoria das hellgelbe Gebäude aus dem Fahrzeug heraus. Sie reckte den Hals, um einen Blick auf die Kegelbahn werfen zu können. So vertraut und doch so fremd. Auf einmal war ihre Lust, sich in die Gaststube zu setzen und einen Kaffee zu trinken, verpufft. Vittoria wendete und fuhr wieder Richtung Stadt. Es war jetzt wichtiger, sich mit Lebensmitteln zu versorgen.

*

Zwei Stunden später war Vittoria wieder in ihrem Hotelzimmer, regelrecht beschwingt von ihrem kleinen Ausflug. Frischen Mutes machte sie sich daran, ihre täglichen Aufgaben zu erledigen. Sie bereitete Massimos Milchmischung vor, räumte auf, sammelte Schmutzwäsche zusammen und spielte mit Massimo. Als er kurz darauf einschlief, nähte sie ihren besten Rock enger. Vittoria hatte seit ihrer Flucht aus Rom abgenommen, und ihre Kleidung fing an, schlecht zu sitzen.

Tock-tock-tock. Endlich! »Herein!«, rief Vittoria und räumte die Nähsachen beiseite.

Connys Kopf erschien in der Türöffnung, sie warf einen Blick auf das schlafende Kind. »Guten Morgen!«, flüsterte sie. »Oder guten Vormittag, wenn man so früh aufsteht wie du.«

»Der Vormittag ist doch auch schon rum. Komm rein.«

»Wollen wir nicht zu mir rübergehen?« Conny flüsterte immer noch. »Damit wir den Kleinen nicht wecken?«

Skeptisch ließ Vittoria den Blick von Conny zum Weidenkorb und wieder zurück wandern. »Na gut. Wenn wir die Türen anlehnen, können wir ihn ja hören.«

Connys Zimmer war so unordentlich, dass Vittoria kaum einen Fuß auf den Boden setzen konnte. Kleidung, Kosmetik, Zeitschriften, benutzte Gläser und zerknülltes Bonbonpapier. Wie konnte der Raum binnen eines Tages in so einen Zustand geraten? Das Zimmermädchen kam doch jeden Nachmittag. Sie verstand das nicht.

»Ich habe Louise gestern gebeten, mein Zimmer auszulassen«, sagte Conny, als würde sie auf Vittorias unausgesprochene Frage antworten. »Ich hatte Besuch von einem Freund ...«

»Das habe ich mitbekommen«, sagte Vittoria.

»Waren wir zu laut?«

»Nein. Aber die Wände hier sind dünn, wie du weißt.« Vittoria lächelte.

»Kaffee?« Conny machte Platz auf dem Bett, damit Vittoria sich setzen konnte.

»Gerne.« Besser Pulverkaffee als gar kein Kaffee, dachte Vittoria. Man konnte sich sicher an die Plörre gewöhnen.

»Wie lief es gestern?«, fragte Conny, während sie das Getränk zubereitete. »Hast du die Arbeit bekommen?«

»Ach, Conny, wenn du wüsstest…« Die Worte sprudelten nur so aus Vittoria hervor. Der trostlose Hof, die viele Arbeit, die kalte Kammer, das Plumpsklo, der aufdringliche Landwirt. »Der hat mich *angefasst*«, sagte sie. »Hier.« Sie legte eine Hand auf ihre Hüfte. »Und mich an sich gedrückt. Das war so… Wie sagt man? Bäh!«

»Was für ein Dreckskerl!«, sagte Conny und reichte Vittoria den fertigen Kaffee. »Für den arbeitest du besser nicht.«

»Nein, ganz bestimmt nicht!«

Auf einmal fühlte sich die ganze Geschichte gar nicht mehr so schrecklich an. Es hatte wirklich geholfen, sie jemandem zu erzählen.

Conny setzte sich neben sie aufs Bett. »Der dachte wohl, du bist leicht zu haben.«

»Leicht zu haben? Wieso?« Vittoria wurde wieder ernst. »Ich habe ihn nicht… ermuntert. Oder wie heißt das?«

Conny nickte. »Du hast ein Kind, Vittoria, und du bist allein. Das kann er als einen Fingerzeig dafür aufgefasst haben, dass du leicht herumzukriegen bist. Verstehst du das denn nicht?«

»Ich bin nur allein, weil mein Mann tot ist.«

»Aber das könntest du dir auch nur ausgedacht haben.«

»Aber es stimmt!«

»Natürlich stimmt das. Aber das weiß er ja nicht.«

Vittoria schüttelte den Kopf. »Normalerweise behandeln Männer Frauen mit Kindern doch ordentlich. Schließlich sind wir *Mütter*, Conny. Jeder Mann hat Respekt vor Müttern.«

»Vielleicht da, wo du herkommst. In Dänemark nicht. Jedenfalls nicht, soweit ich das bisher mitbekommen habe.«

»Dänische Männer sind seltsam.«

Conny zuckte die Achseln. »Und jetzt? Du gibst doch wohl nicht auf?«

»Also, auf einem Bauernhof werde ich jedenfalls nicht arbeiten«, sagte Vittoria.

»Aber du willst immer noch irgendwo den Haushalt führen?«

»Wenn ich etwas Anständiges bei einer guten Familie finde, ja.«

»Hast du die Zeitungen noch? Die *Berlingske* hatten wir ja gar nicht erst aufgeschlagen, weil du dich auf die erstbesten Anzeigen gestürzt hast.«

Vittoria holte die Zeitung aus ihrem Zimmer.

»Guck, hier«, sagte Conny. »In der Spalte mit Hausarbeit gibt es jede Menge Stellen.«

»Zeig mal.« Vittoria ließ den Finger über die Kleinanzeigen wandern. »Küchenhilfe … Haushaltshilfe … Was ist das genau?«

»Die macht fast das Gleiche wie eine Haushälterin, trägt aber weniger Verantwortung und bekommt weniger Geld.«

»Hm.« Vittoria suchte weiter. »Hier!«, rief sie. »Haushälterin.« Sie las den Rest der Anzeige und bekam eine Gänsehaut. Das ist ein Zeichen, dachte sie bei sich. »Die Familie wohnt im *Italiensvej,* Conny!«

»Lass mal sehen.« Conny drückte ihre Zigarette aus. »›Arztfamilie mit zwei Kindern (drei und sieben Jahre) sucht schnellstmöglich eine Haushälterin. Italiensvej, Kopenhagen. Selbstständiges Arbeiten, freie Kost und Logis. Schriftliche Bewerbungen mit Empfehlungsschreiben an Chiffre …‹« Sie sah Vittoria an. »Klingt gar nicht schlecht«, sagte sie. »Aber ob man da sein eigenes Kind mitbringen darf? Davon steht da nichts.«

»Ich kann ja mal fragen«, sagte Vittoria. »Die alte Dame in Frederiksberg war Kinder vielleicht einfach nur nicht gewöhnt. Aber das hier ist eine Familie mit kleinen Kindern. Da stehen die Chancen doch nicht schlecht.«

»Du könntest recht haben.«

Vittoria kam nicht recht über den seltsamen Zufall hinweg. »Ich wusste gar nicht, dass es eine Straße gibt, die Italiensvej heißt! Weißt du, wo das ist?«

»Ich glaube, in einem Vorort von Kopenhagen, dem Teil, der schon auf Amager liegt.«

Jetzt war sich Vittoria ganz sicher, dass es sich um ein Zeichen handelte. »Mein Vater hat Amager immer ›Insel der Liebe‹ genannt, weil meine Mutter von da kam. Und weil Amager ein bisschen wie *amore* klingt. Das …«

»Das heißt Liebe, ja, ich weiß.«

»Amager, *amore.*«

Conny sah sie an. Ihre Mundwinkel zuckten, als verkniffe sie sich ein Lächeln. »Insel der Liebe?«

»Ja.«

»Die Kopenhagener nennen sie ›Scheißinsel‹.«

»Warum?«

»Da wurden früher die Latrinen aus der Stadt entleert. Außerdem sind da reihenweise Müllkippen.«

»Kein schöner Name.« Vittoria rümpfte die Nase.

»Und, willst du dich bewerben?«

»*È un segno.* Einem Zeichen sollte man folgen, alles andere wäre dumm«, sagte Vittoria.

»Wieso ›Zeichen‹?«

Vittoria spürte, wie ihre Wangen anfingen zu glühen. »Ich habe die Heilige Jungfrau um ein Zeichen gebeten«, sagte sie. »Und das habe ich jetzt bekommen. Das kann kein Zufall sein, dass ausgerechnet im *Italiensvej* eine Haushälterin gesucht wird – und ich bin Italienerin und suche Arbeit! Siehst du das denn nicht?«

Conny zog die Augenbraue hoch. »Das heißt, wenn die Familie im Englandsvej wohnen würde, würdest du dich nicht bewerben?«

Vittoria zuckte die Achseln. »Es ist nur … Bei dieser Familie kann man nicht anrufen … Hilfst du mir? Bei der Bewerbung, meine ich? Beim Schreiben?«

Conny verzog das Gesicht. »Meine Rechtschreibung ist das Hinterletzte«, sagte sie. »Aber ich habe eine Idee«, fuhr sie fort, nachdem sie ein paar Sekunden nachgedacht hatte.

»Ja?«

»Ich kenne jemanden, der vielleicht Korrektur lesen könnte, bevor du den Brief abschickst. Was ist mit dem Empfehlungsschreiben?«

»Ich habe eins von der Leiterin des Kinderheims, in dem ich gearbeitet habe. Das ist natürlich auf Italienisch, aber ich könnte es ja übersetzen.«

»Ich glaube nicht, dass du dir allzu große Hoffnungen auf diese Arbeitsstelle machen solltest«, sagte Conny. »Ich kann mir nicht vorstellen, dass eine Arztfrau die Verantwortung für die Haushaltsführung einer jungen Frau ohne Erfahrung – aber dafür mit Kind – übertragen wird.«

»Eins ist sicher: Wenn ich es nicht versuche, bekomme ich die Stelle auf gar keinen Fall.«

15. März 1958

Conny Mortensen stammte aus einer Bäckersfamilie in Langå, einer Kleinstadt in Ostjütland. Sie war das jüngste von fünf Kindern, mager und rothaarig, und hatte ein schrilles Lachen. Von Anfang an war sie anders gewesen als die anderen, aber als sie älter wurde und ihr Körper anfing, sich an den richtigen Stellen zu runden, fand sie in der kleinen Gemeinschaft ihre Nische. Die Jungen sahen ihr nach, und die Mädchen nahmen es nolens volens hin, dass sie etwas hatte, was sie gar nicht recht benennen konnten.

Nach der Mittelschule arbeitete Conny dreieinhalb Jahre als die jüngste Kraft in der Bäckerei ihres Vaters. So vermied sie es, wie ihre beiden großen Schwestern bei fremden Leuten im Haushalt zu helfen – ein Schicksal, das Connys Meinung nach fast schlimmer war als der

Tod. Hinter dem Verkaufstresen hatte sie gelernt, mit Menschen umzugehen. Hier war sie die höfliche Bäckereiverkäuferin, wenn sie den Damen aus der Stadt dunkle Brotlaibe und Tortenböden reichte, und das liebreizende junge Mädchen, wenn sonntagmorgens die Herren für Brötchen anstanden. Und auch abseits der Bäckerei hatte sie unbewusst zwei Rollen angenommen. Zu Hause bei ihren Eltern war sie deren Augenstern, das hübsche und beliebte Nesthäkchen, das mit seinen vielen Freundinnen ein Handarbeitskränzchen gründete. Aber in Wirklichkeit verbrachte sie die meiste Zeit mit Jungs, und dann beschäftigten sich ihre Hände nicht gerade mit Handarbeiten.

Der Kummer der Bäckersleute war groß gewesen, als Conny mit knapp neunzehn Jahren schwanger geworden war. Sie verlor das Baby – zum Glück, wie ihre Mutter sagte – im vierten Monat, aber sowohl Connys Eltern als auch die restlichen Langåer hatten die leichte Rundung ihres Bauches bemerkt, und es gab Gerede. Ihre Eltern konnten ihre Erleichterung nur schwer verbergen, als Conny wenige Wochen nach der Fehlgeburt verkündete, sie werde ihr Glück in der Großstadt suchen.

Mit einem Koffer, etwas Erspartem und einer Adresse von einer Pension in der Smallegade in der Hand war sie im Herbst 56 nach Kopenhagen gekommen. Arbeit fand sie schnell, die allerwärmste Empfehlung ihres Vaters verhalf ihr zu einer Stelle bei einem Kaufmann in der Falkonér Allé. Allerdings kündigte sie schon nach wenigen Monaten wieder, nachdem sie mehrfach mit dem etwas in die Jahre gekommenen Verkäufer aneinandergeraten war. Dieser hatte von Anfang an nicht viel für das neue

Mädchen übriggehabt, dessen breiter jütländischer Dialekt sich seiner Ansicht nach negativ auf das Renommee des Ladens auswirkte. Es folgte eine ganze Reihe häufig wechselnder Arbeitsstellen, die drei Wochen am Fließband eines Elektronikunternehmens in Rødovre waren der absolute Tiefpunkt gewesen.

Ihre derzeitige Stelle im Nachtklub Bella Notte hatte Conny nun schon vier Monate, und das war der beste Job von allen bisherigen, wie Conny fand. Sie hatte nichts dagegen, nachts zu arbeiten, und sie kam sowohl mit den Gästen als auch mit den anderen Kellnerinnen gut aus. Sie zog ins Hotel Epsilon – eine armselige Sammelstätte für Handelsreisende, Prostituierte und andere, die vorübergehend eine günstige Bleibe brauchten – und legte langsam, aber sicher nicht nur ihren jütländischen Dialekt ab, sondern auch ihre provinzielle Garderobe. Und sie lernte, sich immer findiger unerwünschter Männerhände zu erwehren.

Aber die Arbeit als Kellnerin war hart, wie Conny immer häufiger feststellte. Nach acht Stunden Herumlaufen mit schwer beladenen Tabletts tat ihr oft der Rücken weh, und die vielen Stunden auf hohen Absätzen hatten bereits zu dauerhaften Fußschmerzen geführt. Viel lieber hätte sie eine körperlich weniger anstrengende Arbeit auf der kleinen Bühne des Nachtklubs gehabt. Sie war ansehnlich genug dafür und überzeugt, sich mindestens genauso gut halb nackt zur Musik räkeln zu können wie die anderen Frauen, die sich Tänzerinnen nannten. Wenn ich eine von ihnen wäre, dachte Conny, hätte ich wenigstens zwischen den Auftritten öfter mal eine Pause und müsste nie etwas anderes tragen als ihre spärliche Kleidung. Aber

Conny war nicht die einzige Kellnerin, die deshalb hin und wieder beim Chef vorfühlte. Wenn man dem Tratsch im Pausenraum Glauben schenkte, bekäme sie jedoch keinen Platz auf der Bühne, solange sie nicht seinen diskreten, aber beharrlichen Annäherungsversuchen nachgäbe.

Wenn er wenigstens attraktiv gewesen wäre … Aber das konnte man nun wirklich nicht behaupten. Der Eigentümer des Nachtklubs, Hans Villadsen, hatte stets schlaffe und feuchtrosa glänzende Lippen. Conny fand, dass sie wie Schamlippen aussahen, und einmal war ihr das auch herausgerutscht. Die anderen Mädchen hatten geschrien vor Lachen, und seither hieß der Mann bei ihnen nur noch *Muschimund* – aber natürlich nur, solange er außer Hörweite war.

Jetzt war es kurz nach sieben Uhr abends, und Conny musste gleich zur Arbeit. Eine Viertelstunde früher als sonst. Sie hatte ein paar Scheiben dunkles Brot mit Leberpastete gegessen, sie mit Pulverkaffee runtergespült und saß nun da und wedelte mit den Händen, damit die frisch lackierten Nägel trockneten. Ihr Transistorradio war wie immer auf Radio Luxemburg eingestellt, und sie summte die Schlager mit und versuchte, die englischsprachige Reklame zu verstehen, während ihre Gedanken um Hans Villadsen kreisten. Sie musste noch vor der Arbeit mit ihrem Chef reden.

Conny würde nicht zum ersten Mal mit schweißnassen Händen vor seinem Büro warten, aber dieses Mal war es trotzdem etwas anderes. Sie wollte ihn um einen Gefallen für ihre neue Freundin bitten. Gemeinsam hatten Vittoria und sie den Nachmittag damit verbracht, eine Bewerbung für die Stelle als Haushälterin im Italiensvej zu schreiben, und danach hat Vittoria ihr Empfehlungsschreiben ins Dänische übersetzt. Aber mit der Rechtschreibung hatte es arg gehapert. Und dass man auf keinen Fall einen Brief voller Fehler an eine feine Arztfamilie schicken konnte, darin waren sich die beiden völlig einig gewesen. Irgendjemand musste sich den Text ansehen und ihn korrigieren, und wenn das jemand konnte, dann Hans Villadsen. Er schrieb neben seiner Arbeit im Nachtklub nämlich regelmäßig Texte und Lieder für das Kabarett.

Als der Nagellack trocken war, stopfte Conny ihre Schmutzwäsche in eine Stofftasche und stellte den unförmigen Beutel neben die Tür. Morgen muss ich zur Wäscherei, dachte sie und verzog das Gesicht, als sie mit den schmerzenden Füßen in ein Paar flache Schuhe schlüpfte. Ihre neuen calypsoroten Stöckelschuhe wollte sie nicht früher anziehen als unbedingt nötig. Sie betrachtete sich im Spiegel, zog den Lippenstift noch einmal nach, kämmte sich und wischte sich einen Fleck Wimperntusche aus dem Augenwinkel. Dann warf sie sich selbst einen Luftkuss zu und verließ das Hotelzimmer, das sie ihr Zuhause nannte.

Der Personaleingang des Nachtklubs war deutlich bescheidener als der Eingang für die Gäste. Messingklinken, schöne Lampen und weiche Teppiche suchte man hier vergebens, aber immerhin war der kleine, dunkle Pausenraum vor nicht allzu langer Zeit tapeziert worden und insgesamt sauber und aufgeräumt. An einer Wand stand ein Schminktisch mit einem großen Spiegel, vor dem die Tänzerinnen sich zurechtmachen konnten, darüber hinaus gab es einen Esstisch mit Stühlen, ein paar Regale für saubere Uniformen und die persönlichen Dinge der Mädchen sowie einen betagten Sessel.

Ihr Chef kümmerte sich um sein Personal, dachte Conny, als sie die aufreizende Kellnerinnenuniform anzog: schwarz, kurz, ziemlich tief ausgeschnitten und mit einer kleinen weißen Schürze versehen – als wäre sie ein etwas freizügiges Zimmermädchen auf einem englischen Gut. Ihr war natürlich bewusst, dass sie heute Abend versuchen musste, von dem eher abstoßenden Äußeren ihres Chefs abzusehen. Daran führte kein Weg vorbei, dachte sie. Schließlich konnte man nicht einfach so jemanden um einen Gefallen bitten, den man im Grunde seines Herzens gar nicht mochte. Aber war ihre Abneigung überhaupt begründet? Sie band sich die Schürze um und schloss sie hinter dem Rücken mit einer Schleife. Hans Villadsen behandelte seine Angestellten grundsätzlich gut und war fast immer gut gelaunt.

Ein Klopfen an der Tür.

»Ja bitte?«, rief sie.

Der Barkeeper, ein älterer Herr namens Sørensen, der schon so lange im Nachtklub arbeitete, dass er bereits drei Eigentümer miterlebt hatte, sah in den Pausenraum.

»Na, sind Sie auch brav?«, fragte er grinsend.

»Das wäre vielleicht zu viel gesagt, aber ich habe immerhin was an«, lachte Conny.

»Ich wollte nur sagen, dass Annelise sich krankgemeldet hat. Irgendwas mit dem Magen. Sie klang richtig matschig.«

»So ein Mist. Und jetzt?«

»Ich hab bei Kisser und bei Jytte angerufen und eine

Nachricht hinterlassen. Wollen hoffen, dass eine von ihnen kommen kann. Ansonsten …« Er zuckte mit den Schultern.

»Ansonsten müssen Vimse und ich eben allein zurechtkommen.« Conny seufzte. »Das heißt, auf viele Pausen können wir heute Nacht nicht hoffen.«

»Dafür gibt es mehr Trinkgeld«, sagte der Barkeeper und fügte hinzu: »Wenn es zu viel wird, helfe ich euch bei den Tischen.«

»Danke, Sørensen.«

Conny folgte ihm aus dem Pausenraum und hielt auf das Büro des Chefs zu. Eine der Tänzerinnen kam ihnen auf dem Korridor entgegen, eine vollbusige Brünette namens Bodil, die noch Mantel und Mütze trug.

»Du bist aber früh dran heute«, sagte sie, an Conny gerichtet.

»Ich muss mit Muschimund reden«, sagte Conny, ohne ihrem Blick zu begegnen.

»Oh, là, là.« Bodil lachte. »Willst du befördert werden? … In die Horizontale vielleicht?«

»Weder noch. Ich möchte ihn um einen Gefallen bitten, das ist alles.«

»Und um was für einen, wenn man fragen darf?«

»Das geht dich überhaupt nichts an, Bodil.« Conny ging weiter und schenkte dem verärgerten Prusten der Tänzerin keine Beachtung. Erst vor der Tür des Chefs blieb sie wieder stehen. Räusperte sich. Klopfte an.

»Ja?«

Conny öffnete die Tür. »Haben Sie einen Augenblick Zeit, Herr Villadsen?«

»Conny. Kommen Sie herein.« Er lehnte sich auf seinem Bürostuhl zurück und sah sie erwartungsvoll an. »Was kann ich für Sie tun?«

»Die Sache ist die…« Conny strich den Bewerbungsbrief und das Empfehlungsschreiben glatt und erklärte ihr Anliegen. Wortlos streckte er die Hand nach ihnen aus, und Conny gab sie ihm. »Ich kenne sonst niemanden, der gut schreiben kann, darum…« Verunsichert stand sie da, während er las.

»Ihre Freundin ist Italienerin?«, fragte er und sah auf.

»Halbitalienerin, ja. Sie spricht sehr gut Dänisch. Nur mit dem Schriftlichen hapert es ein wenig.«

Ihr Chef nickte. Er legte die Papiere vor sich auf den Tisch, schraubte die Kappe von seinem Füllhalter, beugte sich vor und korrigierte versiert. Dann rollte er den Tintenlöscher auf dem Empfehlungsschreiben und der Bewerbung ab, bevor er ihr die Bögen zurückgab.

»Ihre Freundin hat eine sehr schöne Handschrift«, bemerkte er. »Das ist auch wichtig.«

»Danke, Herr Villadsen. Ich werde es ihr sagen.«

Er lehnte sich wieder zurück. »Ist dieses Fräulein denn genauso schön wie ihre Schrift?«

Conny zuckte mit den Schultern. »Sie ist ganz nett anzusehen.«

»Nur nett anzusehen?« Er lächelte. »Vielleicht sind Sie nicht die Richtige, um das zu beurteilen.«

»Sie hat ein blaues und ein braunes Auge.«

»Tatsächlich? Das ist selten.« Villadsen angelte sich eine Zigarre aus der Blechdose auf seinem Schreibtisch, schnupperte daran und schnitt in aller Seelenruhe die Spitze ab, bevor er sie sich in den Mund steckte und anzündete. »Richten Sie Ihrer Freundin aus, dass ich gerne mit ihr sprechen würde, falls sie Arbeit sucht.«

Er blies eine Rauchwolke in die Luft.

»Ich glaube nicht, dass Vittoria der Typ ist, der …«

»Papperlapapp«, sagte Connys Chef. »Wenn sie nicht gerade aussieht wie jemand, dem man besser einen Sack über den Kopf stülpt, könnte ich mir gut vorstellen, sie an der Garderobe einzusetzen.«

»Das ist sehr freundlich von Ihnen, Herr Villadsen, aber …«

»Eine Italienerin am Eingang – das wäre doch großartig! Da würden die Gäste schon gleich richtig eingestimmt. Schließlich heißt der Klub ja Bella Notte«, sprach er unangefochten weiter. »Das sehen Sie doch auch so, oder?«

Ja, das sah Conny auch so. Alles Italienische war derzeit der letzte Schrei. Fast alle jungen – und viele ältere – Männer waren fasziniert von italienischer Musik, italienischer Mode und italienischen Kinofilmen. Im Restaurant Nimb konnte man zu Bruno Martinos Orchester tanzen, und in den Lichtspieltheatern seufzten Männer wie Frauen beim Anblick der göttlichen Sophia Loren. Wer etwas auf sich hielt, trug Strohhut oder Petticoat und kaufte Rotwein im Bastmantel. Italien war in den Augen der etwas unterkühlten Dänen der Inbegriff der Romantik, und so war es nur vernünftig und geschäftstüchtig von Hans Villadsen gewesen, dem etwas angestaubten Klub vor einem knappen Jahr einen neuen, italienischen Namen zu geben. Alles andere – Einrichtung, Getränkekarte und Musik – hatte beim Alten bleiben dürfen.

»Das Problem ist nur, dass Vittoria keine normale

Arbeit annehmen kann«, erklärte Conny. »Sie ist Witwe und hat ein Baby, und sie will unbedingt selbst darauf aufpassen.«

»Soso.« Villadsen sah sie an. »Und wie will sie das machen, wenn sie als Haushälterin arbeitet?«

Conny zuckte die Achseln. »Sie meint, das geht. Eine Hausfrau kümmert sich ja auch um Haushalt *und* Kinder.«

Er zog an seiner Zigarre und kniff die Augen gegen den Rauch zusammen. »Vielleicht sollte Frau Contini den kleinen Umstand, dass sie ein Kind hat, in ihrer Bewerbung erwähnen.«

»Damit möchte sie lieber bis zum Vorstellungsgespräch warten. Sie glaubt, dass es den Eheleuten schwerer fallen würde, sie abzulehnen, wenn sie sich gegenübersäßen.«

Villadsen lachte. »Gewiefte junge Dame«, sagte er und zog die Hosenbeine ein wenig hoch, um dann die Füße auf den Tisch zu legen. Seine handgenähten Schuhe waren auf Hochglanz poliert. »Und was ist mit Ihnen, Conny? Wollen Sie auch mal Kinder haben?«

»Nein danke. Vorerst nicht.«

»Na ja, dazu bräuchten Sie ja auch einen Mann, nicht wahr? Haben Sie denn schon jemanden im Auge?«

Conny zwang sich, weiter zu lächeln. »Nein.«

»Sie müssen nur Bescheid sagen.«

»Soll das etwa ein Antrag sein?«, entfuhr es Conny.

Er hob eine Augenbraue. »Sie sind ganz schön keck.«

»War nicht so gemeint.« Conny spürte, wie sie rot wurde. »Vielen Dank für Ihre Hilfe, Herr Villadsen.«

»Gern geschehen.« Er wedelte abwinkend mit der Zigarre. »*So long.* Würden Sie bitte die Tür hinter sich schließen?«

24. März 1958

Massimo war krank. Ohne Thermometer war es natürlich schwer, seine Temperatur zu bestimmen, aber er wirkte fiebrig. Seine kleine Nase lief, er jammerte die ganze Zeit, und bei jedem Atemzug rasselte es in seiner Brust. Vittoria hatte ein Kissen unter seinen Kopf getan, damit er etwas erhöht lag und besser atmen konnte.

»Meinst du nicht, dass er einfach nur erkältet ist?«, fragte Conny.

»Bestimmt. Bei diesem Klima ja auch kein Wunder.« Vittoria putzte sich die Nase. Auch sie plagte ein hartnäckiger Schnupfen. Es war nun Ende März, aber die Außentemperatur bewegte sich immer noch rund um den Gefrierpunkt, und auf den Gehsteigen lag dick und dreckig der Schneematsch. Heute war es noch dazu sehr windig. Die dünnen Fenster des Hotelzimmers klapperten bei jedem Windstoß, weshalb Vittoria eine zusammengerollte Decke auf die Fensterbank gelegt hatte, damit es nicht so zog. »Ist es hier immer so kalt?«

Conny machte ein Geräusch, das irgendwo zwischen Lachen und Schnauben lag. »Ich dachte, du bist früher schon mal in Dänemark gewesen?«

»Aber nicht zu dieser Jahreszeit.« Vittoria tupfte sich die Nase mit dem zerknäulten Taschentuch ab und steckte es in ihre Kleidtasche. »Wann wird es denn Frühling hier?«

»Das kann noch ein paar Wochen dauern«, sagte Conny. »Das ist gerade ein richtiges Scheißwetter.«

»In Italien fängt der Frühling am 21. März an.«

»Wie kann man das so genau wissen? Der Frühling kommt eben, wenn er kommt.«

Vittoria zuckte die Achseln. »Am 21. März packt man die Wintergarderobe weg. Nicht früher und nicht später. Egal, wie das Wetter ist.«

»Verrückt.«

»Finden wir nicht.« Vittoria bemühte sich, nicht beleidigt zu klingen.

Massimo wachte hustend auf und fing sofort an zu weinen. Vittoria hob ihn hoch und wiegte ihn, während sie sein Fläschchen vorbereitete. Der blaue Stein in ihrem Ring glitzerte in dem fahlen durch das Fenster fallenden Lichtschein.

»Ich glaube, ich muss mit ihm zum *dottore* … zum Arzt, es geht ihm nicht gut«, sagte sie, als der Junge trank.

Conny warf einen Blick auf das fiebernde Kind. Die geschwungenen schwarzen Wimpern waren tränennass. »Meinst du nicht, dass das von selbst wieder weggeht?«

»Aber er ist noch so klein.«

»Besorg ein bisschen Hustensaft. Für dich und für ihn. Damit ihr mal wieder schlafen könnt.«

»Hm …«

»Meine Mutter hat uns immer Aspirin gegeben, als wir klein waren. Das hat das Fieber gesenkt, und uns ging es besser.«

»Ich könnte ja mal mit einem Apotheker reden.«

»Schade, dass du noch nicht bei dem Arzt auf Amager arbeitest. Dann hätte er sich den Jungen einmal ansehen können.«

»Ich glaube nicht, dass ich die Stelle bekomme.«

»Hast du immer noch nichts gehört?«

Vittoria schüttelte den Kopf und strich Massimo mit dem Zeigefinger über die Wange. »Ist schon ganz schön lange her, dass ich die Bewerbung abgeschickt habe.«

»Du musst Geduld haben. Der Brief geht ja erst mal an die Zeitung, und da liegt er dann ein paar Tage, bis noch mehr Bewerbungen eingegangen sind, und dann schicken sie die gesammelt weiter. So läuft das nun mal bei Chiffreanzeigen.« Conny zündete sich eine Zigarette an. »Kann gut sein, dass das noch ein paar Tage dauert.«

»Mir wäre es lieber, wenn du hier drin nicht rauchen würdest, Conny. Mir brennt das jetzt mit der Erkältung fürchterlich in den Augen. Und Massimo …«

»Ja, natürlich, daran hab ich nicht gedacht. Verzeihung.« Conny drückte die Zigarette aus und wedelte den Rauch weg.

Sie saßen eine Weile schweigend da. Nur Massimos schniefendes Atmen und sein regelmäßiges, kräftiges Saugen waren zu hören. Wenn Vittoria ganz ehrlich war, ging ihre Freundin ihr gerade ziemlich auf die Nerven. Conny hatte gestern Nacht wieder Herrenbesuch gehabt und so für Schlaflosigkeit auch auf dieser Seite der dünnen Wand gesorgt. Und dann diese ewige Qualmerei … Sie wusste, dass sie ungerecht war. Conny war ihr eine große Hilfe gewesen. Aber manchmal wurde Vittoria das alles einfach zu viel. Sie legte sich Massimo an die Schulter, damit er sein Bäucherchen machen konnte.

»Ich brauche Milch«, sagte sie. »Und Brot. Und etwas zum Abendessen.«

»Soll ich schnell für dich einkaufen gehen?«

»Nein danke, ich gehe besser selbst. Ich muss ja auch

noch zur Apotheke. Und zur Bank… Allerdings möchte ich Massimo bei dem Wetter nicht so gerne mit nach draußen nehmen.«

»Ich kann gern solange auf ihn aufpassen«, sagte Conny.

Und so stand Vittoria kurz darauf unten auf der Straße, dick eingemummelt in ihren Wintermantel und einen von Conny geliehenen Pullover. Sie fror trotzdem. Der Wind pfiff durch sämtliche Stofflagen. Sie eilte von einem Ort zum anderen und kam schließlich zum Kaufmann, bei dem sie einen kleinen Vorrat an Dosensuppen und anderen Konserven erstand. Als Tochter eines Restaurantbesitzers tat es ihr in der Seele weh, sich mit Fertigessen zu versorgen, aber von irgendetwas musste sie ja leben. Wie sehr wünschte sie sich, das Leben im Hotel möge bald ein Ende haben!

Als sie wieder zurück in der Colbjørnsensgade war, blieb sie abrupt stehen. Ein dunkelgrüner Lancia mit römischem Kennzeichen hielt direkt vor dem Hotel. Das konnte kein Zufall sein. Angst schnürte Vittoria die Luft ab. Massimos Vater hatte sie gefunden! Sie versteckte sich in einem Hauseingang auf der gegenüberliegenden Straßenseite und hielt nach ihrem Fenster Ausschau. Zweiter Stock, drittes von links. Da. Ob er wohl schon oben war? Was machte er mit Conny? Würde er ihr Massimo wegnehmen? Vittoria hörte sich selbst leise jammern. Was sollte sie tun? Die Polizei konnte sie auf keinen Fall rufen, und sie allein war nicht stark genug, um ihren Verfolger zu übermannen. Aber vielleicht hätten sie eine Chance, wenn Conny und sie sich ihm gemeinsam entgegenstellten oder wenn sie sich ihm von hinten nähern und ihm eins überziehen könnte … In ihrem Einkaufsnetz suchte Vittoria nach einer geeigneten Waffe. Die schwere Glasflasche mit der Milch. Sie atmete tief ein und ging hinüber zum Hotel.

In der Rezeption war alles so friedlich wie immer.

»Hat jemand nach mir gefragt?«, erkundigte sich Vittoria.

Der pickelige Jungspund riss sich nur widerwillig von seinem Buch los. »Nicht dass ich wüsste.«

»Hast du die ganze Zeit hier gesessen?«

»Ich war vielleicht einmal kurz austreten, aber …«

»Wann?«

Der Junge zuckte die Achseln und wandte sich wieder seiner Lektüre zu. Vittoria legte die Finger um den Flaschenhals und ging die Treppe hinauf. Alles war ruhig. Kein Mensch zu sehen, auch nicht in dem langen Flur, der zu ihrem Zimmer führte. Vor ihrer Tür blieb sie stehen und lauschte. Nichts. Sie setzte das Einkaufsnetz ab und drückte vorsichtig die Klinke hinunter, die Milchflasche schlagbereit erhoben.

Conny lag auf dem Bett, Massimo in ihren Armen. Verdutzt sah sie Vittoria an. »Was machst *du* denn da?«

Vittoria atmete auf. »Ach, nichts«, sagte sie und stellte die Flasche auf den Waschtisch. Sie schloss die Tür ab und ging zum Fenster. »Ist jemand hier gewesen?«, fragte sie, während sie hinausspähte.

Conny lachte. »Wer denn, zum Beispiel?«

Vittoria antwortete nicht. Ihr Blick war fest auf den grünen Lancia gerichtet.

»Ist jemand hinter dir her?« Jetzt klang Conny plötzlich ernst. »Vittoria?«, hakte sie nach, als keine Antwort kam.

Ich hätte mich hier unter falschem Namen einmieten

sollen, dachte Vittoria. Aber an der Rezeption wollten sie ja meinen Pass sehen, und … Sie drehte sich um. Conny hatte sich aufgesetzt. »Nein, ich glaube nicht. Ich bin wohl nur ein bisschen überspannt.«

»Jetzt hör schon auf! Vor wem hast du solche Angst?«

»Vor niemandem.« Sie warf erneut einen Blick zu dem Auto.

»Vor deinem Mann? Vor deinen Eltern?«

»Die sind alle drei tot, das habe ich dir doch schon erzählt.«

»Vor wem dann?«

»Vor niemandem, Conny.« Vittoria sah sie an. »Ich möchte nicht darüber reden. Kannst du das nicht einfach respektieren?«

Conny setzte ein enttäuschtes Gesicht auf.

Vittoria machte sich daran, ihre Einkäufe wegzuräumen. Immer wieder trat sie zwischendurch ans Fenster und sah nach dem Wagen. Er war das nicht, natürlich war er das nicht, sagte sie sich. Sie und Schwester Giovanna hatten beim Verwischen ihrer Spuren größte Sorgfalt walten lassen. Wie sollte er sie je hier in Vesterbro finden? Sie faltete einen kleinen Zettel auseinander und legte ihn auf die Fensterbank.

»Was ist das?«, fragte Conny.

»Der Apotheker hat mir zwei Telefonnummern aufgeschrieben, eine von einem Arzt und eine von der … *Come si dice?* Ach ja: Notaufnahme. Für alle Fälle.«

Conny nickte nur. Sie war immer noch beleidigt.

Vittoria fuhr fort: »Wollen wir heute Abend zusammen essen? Es gibt Tomatensuppe. Und ich habe Brot und Fassbutter eingekauft.«

»Danke, aber ich glaube, ich schlafe lieber noch ein paar Stunden, bevor ich zur Arbeit muss. Ist gestern etwas spät geworden.«

»Ja, das habe ich gehört.«

Conny sah sie an. »Haben wir dich geweckt?«

»Ach was«, log Vittoria. »Wer war denn da?«

»Ach, bloß ein … Bekannter. Ich darf ja wohl auch Geheimnisse haben«, antwortete Conny spitz.

»Natürlich«, sagte Vittoria.

»Ganz ehrlich: Ich weiß nicht mal mehr, wie er heißt.«

Vittoria antwortete nicht. Sie stand wieder am Fenster.

»Bist du sauer?«, fragte Conny.

»Nein … Ich verstehe das nur nicht.«

»Was verstehst du nicht?«

»Wenn es dir nichts bedeutet, warum …« Vittoria drehte sich zu ihr um. »Was willst du dann mit ihm?«

»Jetzt tu mal nicht so unschuldig«, lachte Conny. »Du weißt doch ganz genau, was ich mit ihm will. Wer kann schon ohne Verkehr leben?«

»Ich.« Ungebeten tauchte ein Erinnerungsfetzen in Vittorias Kopf auf. Eine Hand, die sich um ihre Brust schloss. Der Salzgeschmack warmer Haut. Aber sie betonte noch einmal: »Ich komme prima ohne aus.«

»Da bist du aber eine Ausnahme.«

»Und was ist mit ihm? Bedeutet ihm das auch gar nichts?«

»Woher soll ich das wissen? Ich schätze mal, er ist verheiratet.«

Sowohl das blaue als auch das braune Auge wurden aufgerissen. »Du gehst mit einem verheirateten Mann ins Bett?«

»War ja nur das eine Mal.«

»Das heißt, das gestern war ein anderer als der vor ein paar Tagen?« Vittoria setzte sich auf die Bettkante. »Du nimmst verschiedene Männer mit nach Hause?«

»Ja, was meinst du denn, wie ich es mir sonst leisten könnte, im Hotel zu wohnen und mir ab und zu was Neues zum Anziehen zu kaufen? So viel verdient man nun auch wieder nicht damit, im Bella Notte Getränketabletts zu schleppen.«

»Du nimmst *Geld* dafür?«

Conny verzog das Gesicht. »Die geben mir ein bisschen Taschengeld, das ist alles. Um mir den Alltag ein wenig zu versüßen.« Sie erhob sich. »Ich mache dann jetzt mal ein Nickerchen. Sag Bescheid, wenn jemand kommt und dich überfällt.«

»Das ist nicht lustig, Conny.«

Conny entriegelte die Tür und schloss sie etwas geräuschvoller hinter sich als sonst. Es ging Vittoria nicht gut damit, ihre neue Freundin abzuweisen und sie nicht in ihr Geheimnis einzuweihen, aber sie hatte es Schwester Giovanna versprochen – sie durfte sich niemandem anvertrauen.

Vittoria hob den wimmernden Massimo hoch und stellte sich wieder an das Fenster. Das Fahrzeug stand immer noch dort. Da kamen ein Mann und eine Frau mittleren Alters auf der anderen Straßenseite an. Er war schlank, hatte grau meliertes Haar, einen Schnurrbart und trug einen maßgeschneidert aussehenden marineblauen Wollmantel. Die Frau war schwarzhaarig und etwas runder gebaut. Große Brüste, die Andeutung eines Doppelkinns. Ein pfiffiger Pillbox-Hut wippte auf ihrer Hochsteckfrisur. Sie sahen italienisch aus, fand Vittoria, als das Paar die Straße überquerte und den dunkelgrünen Lancia ansteuerte. Kaum waren sie darin weggefahren, atmete Vittoria auf.

»*Grazie, Vergine*«, flüsterte Vittoria und berührte den Kopf der Jungfrau Maria. »Danke.«

26. März 1958

Vittoria war immer noch verschnupft und hatte sich deshalb warm angezogen, obwohl die Sonne just heute beschlossen hatte, sich ein wenig zu zeigen. Dennoch zitterte Vittoria vor Kälte, als sie in der Linie fünf Richtung Ostamager Platz nahm. Sie hätte natürlich auch mit dem Auto fahren können, aber der Verkehr in Kopenhagen war doch ganz anders als in Rom – allein diese vielen Fahrradfahrer! Wie auch der kuriose Umstand, dass den Dänen die Einhaltung der Verkehrsregeln wichtiger zu sein schien als die tatsächlichen Verkehrsverhältnisse. Ihr war nun schon mehrfach aufgefallen, dass man an roten Ampeln auch dann anhielt, wenn von rechts und links niemand kam. Merkwürdig. Nein, es war besser, mit der Straßenbahn zu fahren und den Weg hinaus zum Italiensvej auf diese Weise kennenzulernen, als sich selbst ans Steuer zu setzen und bei ihrem Bewerbungsgespräch ganz konfus zu erscheinen. Conny hatte ihr erzählt, dass es ganz in der Nähe der Adresse der Arztfamilie eine Haltestelle gab.

Vittoria suchte sich so weit von der offenen Tür entfernt wie möglich einen Sitzplatz. Sie war leider in einem der alten, unbeheizten Waggons mit Holzbänken gelandet und fror so sehr, dass sie nur mit Mühe die Münzen für den Kontrolleur zusammenklauben konnte.

»Sind Sie krank?«, fragte dieser und sah besorgt auf ihre Hände. »Sie zittern ja.«

»Ach, das ist nur ein Schnupfen«, antwortete Vittoria und steckte das Portemonnaie zurück in die Handtasche.

»Sie wären wohl besser im Bett geblieben.« Der Kontrolleur tippte sich zum Abschied an die Mütze und setzte seine Runde durch die klappernde Straßenbahn fort. »Noch jemand ohne Fahrschein?«

Der hatte gut reden, dachte Vittoria und schlug den Mantelkragen hoch. Sie konnte es sich in keiner Hinsicht leisten, das Vorstellungsgespräch mit der Arztfrau im Italiensvej zu versäumen – sie war froh gewesen, überhaupt endlich einen Termin dafür bekommen zu haben. Conny hatte sich bereit erklärt, währenddessen auf den Kleinen aufzupassen, und Vittoria hatte ein paar Aspirin genommen, bevor sie das Hotel verließ. Wird schon gehen, dachte sie und drückte auf eine Stelle an der linken Augenbraue, hinter der ein dumpfer Schmerz pochte.

Die Straßenbahn bog in die Østrigsgade ab, fuhr am Lergravspark mit dem eleganten Wasserturm vorbei und weiter in den Backersvej. Statt Mietshäuser säumten nun Einfamilienhäuser die Straße, und der Verkehr nahm deutlich ab. Auf der rechten Seite lag ein großer Friedhof.

»Sie wollten doch bis Italiensvej, oder?«, fragte der Kontrolleur.

»Ja, genau. Ist das hier? Danke!«

Vittoria war viel zu früh dran, wie sie bemerkte, als sie ausgestiegen war. Sie ging das kurze Stück von der Haltestelle zum Haus der Arztfamilie so langsam wie möglich und betrachtete im Vorbeigehen die umliegenden Häuser.

Kurz vor ihrem Ziel blieb sie stehen und putzte sich lange und gründlich, jedoch relativ ergebnislos die Nase. Sie hatte das Gefühl, die Erkältung hatte sich richtig festgesetzt. Sie knäulte das Taschentuch zusammen und ließ es in der Manteltasche verschwinden.

Das Haus lag an der Ecke Genuavej/Italiensvej: ein imposantes weißes Gebäude mit einem Garten, der zu dieser Jahreszeit ein wenig trist aussah. Allerdings blühten Schneeglöckchen entlang der Hecke und unter den Bäumen und taten ihr Bestes, die Trostlosigkeit zu durchbrechen. Von dem schwarz lackierten Eisentor führte ein gepflasterter Weg zum Haus und gabelte sich: Links ging es zu einem niedrigen Nebengebäude, an dem ein Messingschild die Sprechzeiten von »Ejnar Møller, Arzt« verkündete, rechts zu einer grün gestrichenen Haustür.

Nach kurzem Überlegen entschied sich Vittoria für den Privateingang. Die Tür ging auf, bevor sie den Klingelknopf wieder losgelassen hatte. Eine mollige Frau mit honigblondem Haar und in einer rosa Bluse stand vor ihr. »Ja bitte?«

»Guten Tag, Frau Møller. Vittoria Contini. Ich habe eine Verabredung mit …«

»Ah ja.« Die Frau gab Vittoria die Hand. Ihr Blick huschte zuerst zu Vittorias Augen, wanderte dann weiter über ihr Gesicht und verharrte schließlich an einem neutralen Punkt an der Nasenwurzel. »Ich heiße allerdings nicht Møller.«

»Aber ich dachte …« Nun war es Vittorias Blick, der auf Wanderschaft ging: zu dem Schild am Briefschlitz, auf dem der Name Møller mit schwungvoller Schrift eingraviert war, und zurück zu den grünlichen Augen ihres Gegenübers.

»Margit Simonsen, guten Tag.« Die Frau lächelte entschuldigend, als laute Kinderstimmen aus dem Haus drangen. »Sie sind mit meinem Schwager verabredet«, sagte sie dann und fuhr mit einer Spur von Skepsis in der Stimme fort: »Das heißt, wenn Sie wegen der Stelle als Haushälterin hier sind.«

Vittoria nickte verstört. »Ich dachte nur, die Frau Doktor selbst würde das Gespräch mit mir führen.« Wie immer, wenn sie verunsichert war, trat ihr Akzent stärker hervor.

»Da müssen Sie etwas missverstanden haben«, sagte Frau Simonsen und richtete ihre steif gesprühte Stirntolle. »Die Frau Doktor … Meine Schwester ist vor Kurzem gestorben. Darum braucht Doktor Møller eine Haushälterin.«

»Oh.«

»Ja. Ich helfe natürlich, so gut ich kann, aber …« Frau Simonsen machte eine Kopfbewegung in die Richtung, in der die schrillen Rufe sich zu lautem Gebrüll gesteigert hatten. »Ich habe selbst Kinder und ein Haus, um das ich mich kümmern muss, darum … Entschuldigen Sie, aber ich muss wieder rein, bevor die Rasselbande alles auf den Kopf stellt.« Sie zeigte zum Anbau. »Wenn Sie da rübergehen, können Sie mit meinem Schwager sprechen, sobald der letzte Patient weg ist.« Noch bevor die Tür wieder ins Schloss gefallen war, fing Frau Simonsen an, die Kinder zurechtzuweisen.

Vittoria blieb noch einen Moment stehen. Sie hatte sich auf eine Familie mit Vater und Mutter eingestellt, die einander schätzten und liebten. Stattdessen schien es sich abermals um einen alleinstehenden und womöglich liebeshungrigen Mann zu handeln. Die Vorstellung, sich wieder gegen die Annäherungsversuche eines potenziellen Arbeitgebers zur Wehr setzen zu müssen, war ihr fast unerträglich. Andererseits handelte es sich hier um einen Arzt. Und ein Arzt wusste doch sicher besser, was sich gehörte, als ein Bauer? Aber vielleicht spielte der Beruf da gar keine Rolle. Letztendlich war es die Kälte, die sie den Weg zur Praxis einschlagen ließ: Vittoria musste sich einfach dringend aufwärmen, bevor sie zurückfuhr. Außerdem konnte es wohl kaum schaden, wenigstens kurz mit Doktor Møller zu reden.

Eine Dame mittleren Alters saß gleich bei der Tür hinter einem Schreibtisch. Das kleine Melaminschild an ihrem weißen Kittel wies sie als »Helene H. Iversen, Sprechstundenhilfe« aus. Sie stellte keine weiteren Fragen, als Vittoria ihr erklärte, sie sei nicht als Patientin gekommen, und bat sie lediglich, im Wartezimmer Platz zu nehmen.

Vittoria saß allein in dem kleinen, dunklen Raum, in den lediglich durch ein winziges Fenster mit einer Milchglasscheibe Licht fiel. Sie vermutete, dass dahinter der private Garten lag, in dem man gerne vor fremden Blicken geschützt sein wollte. Acht unbequeme Stühle und ein niedriger Tisch mit einer Kiste angestoßener Bauklötze sowie ein paar Illustrierte – das war die gesamte Einrichtung des Wartezimmers. An der Wand hingen eine bunte gerahmte Lithografie von zwei kleinen Mädchen auf einem Haferfeld und ein schwarzes Brett mit Informationen zu Themen, von denen man glaubte, sie seien für die Patienten von Interesse.

Nach einer Viertelstunde verließ der letzte Patient das Sprechzimmer und ging, sich den Mantel zuknöpfend, grußlos an Vittoria vorbei.

Die Sprechstundenhilfe sah in das Wartezimmer. »Sie können dann rein. Der Herr Doktor hat jetzt Zeit.«

»Danke.«

Ein heller Raum mit einem modernen Schreibtisch aus Teak. Jalousien vor dem Fenster zum Genuavej. Eine Untersuchungsliege in der hintersten Ecke, daneben sorgfältig aufgereihte Instrumente. Bücherregale und ein kleines, geflügeltes Bronzepferd. Ein alter Apothekerschrank mit handgeschriebenen Schildchen an den Schubladen. Zwei Besucherstühle mit grün-grau gestreiftem Kammgarnbezug. Ein ordentlicher Papierstoß auf dem Schreibtisch. Das alles nahm Vittoria auf den ersten Blick wahr – dann richtete sie ihre Aufmerksamkeit auf den Mann, der sich nun von seinem Schreibtischstuhl erhob und ihr die Hand reichte.

»Ejnar Møller.« Seine Hand war kühl und leicht feucht, ohne sich verschwitzt anzufühlen, dachte Vittoria. Es kam ihr eher so vor, als hätte er sich gerade in dem weißen Porzellanwaschbecken in der Ecke die Hände gewaschen. Sie stellte sich vor.

»Entschuldigen Sie bitte«, sagte er, hängte seinen Kittel an einen Kleiderständer und zog sich eine hellbraune Tweedjacke über. »Hier ist es nicht sonderlich gemütlich, aber wenn wir uns einen Moment in Ruhe unterhalten wollen …« Er zuckte mit den Schultern und lächelte gewandt. »Setzen Sie sich doch.« Er wies auf die Besucherstühle.

»Danke«, sagte Vittoria und nahm Platz. »Ja, Ihre Schwägerin war so freundlich, mich herüberzuschicken.«

»Margit. Sie ist ein Goldstück. Hat Sie Ihnen erzählt, dass …?« Vittoria öffnete den Mund, doch Ejnar Møller wartete ihre Antwort gar nicht erst ab, sondern sprach gleich weiter: »Dann wissen Sie also … dass meine Gattin vor knapp acht Wochen gestorben ist. Ein angeborenes Aneurysma im Gehirn.« Er sah sie an. »Wissen Sie, was das ist?« Vittoria schüttelte den Kopf, und er erklärte: »Eine krankhafte Aussackung eines Blutgefäßes. Keiner hat etwas davon geahnt, und dann … Eines Morgens ist es geplatzt. Sie ist einfach in der Küche umgefallen. Eine massive Gehirnblutung. Da war nichts mehr zu machen. Eine Stunde später war sie tot. Mit fünfunddreißig Jahren.«

Unwillkürlich hatte Vittoria die Hand vor den Mund geschlagen vor Entsetzen. Jetzt ließ sie sie wieder sinken. »Das tut mir aufrichtig leid. Ich habe auch schon jemanden verloren, und …«

»Ich weiß nicht, was ich ohne Gerdas Schwester gemacht hätte. Ohne Margit. Frau Simonsen.« Ejnar Møller sah sie an. »Sie kommt jeden Tag mit ihren eigenen Kindern her und passt am Nachmittag für ein paar Stunden auf alle vier auf.«

»Und in der übrigen Zeit?«

»Die Große geht in die Schule, der Kleine ist seit Kurzem bis nachmittags im Kindergarten drüben im Højdevej – den Großteil des Tages kommen wir also zurecht. Und der Haushalt ist nicht weiter problematisch. Zweimal in der Woche kommt eine Zugehfrau und putzt, Margit kauft für mich ein und hilft beim Kochen. Aber ich möchte, dass jemand zu Hause ist, wenn meine Tochter aus der Schule kommt. Außerdem werde ich abends oder nachts manchmal zu einem Patienten gerufen, und dann …« Er schwieg.

»Sie brauchen noch einen Erwachsenen im Haus. Das verstehe ich gut.« Vittoria sah ihn an. Ejnar Møllers Alter war schwer einzuschätzen, aber sie tippte auf etwa vierzig. Jedenfalls hatte er bereits Geheimratsecken. Er war drahtig bis sehnig, die Augen hinter der Brille mit dunklem, eckigem Gestell wirkten müde. »Die Kinder sind drei und sieben Jahre alt, stand in Ihrem Inserat?«

»Helle wird im Sommer acht und geht in die erste Klasse, Jan ist dreieinhalb. Ganz wunderbare Kinder, aber … Na ja, ihnen fehlt natürlich die Mutter.« Sein Gesicht verzog sich.

»Natürlich.« Vittoria bekam fast ein schlechtes Gewissen. Sie fühlte sich wie eine Verräterin, weil sie die kostbare Zeit des viel beschäftigten Arztes in Anspruch nahm, ohne ihm erzählt zu haben, dass sie auch ein Kind hatte, das sie mitbringen wollte. Und das, obwohl es in seinem Haushalt jetzt schon turbulent zuging. Sie fasste sich ein Herz und begann: »Es gibt da etwas, das ich Ihnen sagen muss, bevor wir …«

»Soll ich Ihnen nicht lieber erzählen, was ich alles von Ihnen erwarte?«, schnitt Ejnar Møller ihr das Wort ab. »Über die Einzelheiten können wir anschließend reden – wenn Sie dann immer noch interessiert sind.«

Vittoria schloss den Mund und nickte, gleichermaßen verärgert und erleichtert darüber, dass sie ihr Anliegen noch nicht hatte vorbringen können.

»Also, die Kinder müssen jeden Morgen zur Schule und zum Kindergarten gebracht und nachmittags von dort wieder abgeholt werden.« Er sah sie an. »Genau genommen ist es nicht notwendig, dass Jan den Kindergarten besucht, wenn jemand zu Hause ist, der auf ihn aufpassen könnte, aber er geht sehr gerne hin. Jetzt, da seine große Schwester in der Schule ist, tut ihm die Gesellschaft anderer Kinder auch gut.«

»Vielleicht würde es ja reichen, wenn er nur ein paar Stunden hingeht.«

»Vielleicht.« Ejnar Møller räusperte sich. »Und dann alles andere: Die Kleidung der Kinder muss gewaschen, gebügelt und geflickt werden – und meine im Grunde auch … Sie wären für sämtliche Einkäufe und Mahlzeiten zuständig, gegessen wird selbstverständlich gemeinsam. Für den Hausputz und die Wäsche bekommen Sie Unterstützung.«

»Sie geben Ihre Wäsche nicht in die Wäscherei?«

»Nicht die private – nur die aus der Praxis. Das ist ja ganz schön teuer. Aber wir haben einen wunderbaren Waschkeller.«

Vittoria nickte. Mit einem Mal erhöhte sich der Druck hinter ihren Augen wieder. Sie war froh, dass Ejnar Møller sie nicht nach ihren Waschkünsten fragte – von zu Hause her war sie es nämlich gewohnt, dass sämtliche Wäsche von einer dicken Frau in der Via del Moro gewaschen wurde.

»Können Sie denn kochen?«

»Meine Eltern hatten ein Restaurant, ich bin praktisch in der Küche groß geworden, von daher: ja. Natürlich kenne ich vor allem italienische Gerichte, aber ich werde schon lernen, auch dänisches Essen zuzubereiten. Meine Mutter war Dänin.«

»Ja, das schrieben Sie in Ihrer Bewerbung. Darf ich mir die Bemerkung erlauben, dass Sie ganz wunderbar Dänisch sprechen?«

»Danke.«

»Haben Sie Ihren Namen dem alten König zu verdanken?« Vittoria sah ihn verwirrt an, und er fuhr fort: »Vittorio Emanuele. Hieß er nicht so? Der vorletzte König Italiens?«

»Ach so.« Vittoria lächelte. »Nein, meine Eltern haben mich nach dem einzigen Schiff Magellans genannt, das nach der Weltumsegelung fünfzehnhundertirgendwas wieder unversehrt in den Heimathafen zurückgekehrt war. Mein Vater hat sich nämlich sehr für Entdeckungsreisen interessiert.«

»Soso.« Er rückte seine Brille zurecht. »Sie haben jeden Sonntag frei.«

Vittorias schmerzendem Kopf fiel es schwer, dem abrupten Themenwechsel zu folgen, aber sie versuchte sich zu konzentrieren. »Und der Lohn?«

»Zweihundertfünfzig Kronen im Monat. Und freie Kost und Logis.«

Das war nicht gerade fürstlich, dachte Vittoria. Allein die Kinderkleidung für den rasant wachsenden Massimo würde den größten Teil des Geldes verschlingen, aber das war natürlich nicht das Problem ihres Arbeitgebers. Vielleicht war das der Augenblick, in dem sie endlich offen mit ihm reden sollte. Sie straffte die Schultern und räusperte sich. »Es gibt da etwas, das Sie wissen …«

Wieder schnitt er ihr das Wort ab. Er war es offenbar

gewöhnt, den Ton anzugeben. »Wie alt waren die Kinder, um die Sie sich in dem Kinderheim in Rom gekümmert haben, Fräulein Contini?«

»Jünger als Ihre. Nicht älter als zwei Jahre. Es war ein Säuglingsheim.«

Vittoria versuchte sich bei der Beschreibung ihres ehemaligen Arbeitsplatzes so kurz wie möglich zu fassen. Sie hatte wieder das traurige Bild von den Zimmern mit den Gitterbettchen vor Augen, in denen elternlose Kinder Wochen, Monate, manchmal sogar Jahre verbrachten, bis sie adoptiert wurden oder ihre Familie sie wieder zu sich nehmen konnte ...

»Wie lange waren Sie dort angestellt?«

»Fast sieben Jahre. Mit knapp siebzehn habe ich dort angefangen, und ich war bis diesen Winter dort. Eigentlich wollte ich Köchin werden. Von klein auf habe ich meinen Eltern in der Küche geholfen, aber sie wollten, dass ich noch etwas anderes sehe, bevor ich mich für den einen oder den anderen Beruf entschied. Darum hat meine Mutter mit Schwester Giovanna ...« Vittoria deutete auf das Empfehlungsschreiben auf dem Schreibtisch des Arztes und warf erklärend ein: »Das ist die, die den Brief geschrieben hat.« Ejnar Møller nickte, dann sprach sie weiter: »Meine Mutter und Schwester Giovanna haben verabredet, dass ich eine Weile im Kinderheim des Klosters arbeiten sollte. Anfangs war ich bloß eine der *volontari*, die oft in solchen Heimen helfen. Ich weiß nicht mehr, wie das auf Dänisch heißt.«

»*Volontari*? Ich vermute mal, das sind freiwillige Helfer.«

»Ja, genau. Können Sie Italienisch?«

»Kein Wort. Aber mit Latein kommt man ziemlich weit.«

»Ach ja, natürlich.« Vittoria versuchte sich nichts anmerken zu lassen, als die Schmerzen hinter ihren Augen wieder stärker wurden. »Nach zwei, drei Jahren hat das Kloster angefangen, mich für meine Arbeit zu bezahlen, weil mir die Arbeit solchen Spaß gemacht hat, dass ich nicht mehr von dort fortwollte, und am Ende habe ich mich professionelle Kinderpflegerin nennen dürfen.«

»Und Ihr Traum, Köchin zu werden?«

»Den habe ich noch nicht ganz aufgegeben«, räumte Vittoria ein. »Ich koche für mein Leben gern. Wenn ich ganz ehrlich bin, dann tue ich nichts lieber als das.«

»Und warum sind Sie dann in dem Heim geblieben statt für Ihren Vater zu arbeiten? Hatten Sie Streit?«

»Nicht im Geringsten.« Plötzlich wurden die Schmerzen so heftig, dass Vittoria schwarz vor Augen wurde. Bevor sie ging, würde sie noch ein paar Tabletten schlucken müssen. »Eigentlich sollte ich nach ein paar Jahren im Kinderheim bei ihm arbeiten. Aber dann … ist sehr viel passiert. Vor vier Jahren ist er gestorben, und als meine Mutter dann auch noch krank wurde, musste sie notgedrungen verkaufen …«

»Und Sie konnten das Geschäft nicht übernehmen?«

»Nein. Wissen Sie, dann starb auch noch mein Mann, und …« Sie schlug die Augen nieder, als wollte sie ihre Trauer verbergen, und hoffte inständig, er würde keine weiteren Einzelheiten wissen wollen. Sie wollte nicht mehr lügen als unbedingt nötig.

Ejnar Møller hatte die Hände vor sich auf dem Tisch

gefaltet und sah sie an. Als sie gerade den dritten Anlauf nehmen wollte, um ihm von Massimo zu erzählen, neigte er sich nach vorn und fragte: »Sagen Sie mal, sind Ihre Nebenhöhlen entzündet?«

»Weiß ich nicht«, antwortete Vittoria überrumpelt und fasste sich unwillkürlich an die Stirn. »Warum?«

»Sie klingen sehr verstopft ... und Sie sehen aus, als hätten Sie Schmerzen. Tut Ihnen etwas weh?«

Sie nickte. Plötzlich brannten Tränen in ihren Augen.

»Sind Sie schon beim Arzt gewesen?«

Sie schüttelte den Kopf.

»Darf ich?« Ohne ihre Antwort abzuwarten, erhob sich Ejnar Møller und holte ein eher unangenehm aussehendes Instrument. Er nahm auf dem Besucherstuhl neben ihr Platz und konzentrierte sich voll und ganz auf die Untersuchung.

»Ich bin mir ziemlich sicher, dass Sie eine Stirnhöhlenentzündung haben«, sagte er dann. »Und Sie haben Fieber. Sie hätten heute gar nicht aus dem Haus gehen dürfen.« Er wusch sich die Hände, bevor er sich wieder hinter seinen Schreibtisch setzte. »Ihr Geburtsdatum?«

»16. Oktober 33.«

Ejnar Møller notierte sich das Datum auf einem schmalen Block. »Ich verschreibe Ihnen Penizillin und Nasentropfen. Die Tabletten nehmen Sie zweimal täglich, bis keine mehr übrig sind. Sie dürfen die Einnahme nicht abbrechen, auch wenn es Ihnen besser geht. Verstanden?« Sie nickte, und er fuhr fort: »Und hüten Sie das Bett.« Er unterschrieb das Rezept. »Wenn das nicht hilft, müssen Sie zu einem Spezialisten.«

»Und ... was ist mit der Stelle?«

»Wie bitte?« Er sah auf.

»Na ja, wenn ich krank bin, kann ich ja nicht …«

Doktor Møller lächelte. »Ich glaube, Sie würden sich perfekt eignen – und Sie werden ja wohl nicht ewig krank sein.« Er riss das Rezept vom Block und reichte es ihr. »Diesen Infekt werden wir schon bezwingen.«

»Danke.«

»Dann können wir ja jetzt den Kindern guten Tag sagen. Das heißt, wenn Sie noch interessiert sind?«

»Ja sicher, aber es gibt da etwas, das ich Ihnen …«

»Dann können Sie auch schon gleich einen Blick auf Ihr künftiges Zimmer werfen. Im Erdgeschoss. Im Moment dient es mir noch als Büro, aber ich benutze es ohnehin nie.«

»Das klingt ganz wunderbar, aber es gibt da immer noch etwas, das ich …«

»Im Erdgeschoss befindet sich auch eine Toilette, aber duschen kann man nur oben, im gemeinsamen Badezimmer. Können Sie damit leben?«

»Ganz hervorragend sogar.«

»Großartig.« Er erhob sich. »Dann lassen Sie uns rübergehen. Meine Schwägerin muss jetzt nach Hause. Sie hat ja auch einen Mann, um den sie sich kümmern muss.«

Vittoria blieb sitzen. »Aber vorher …«

Ejnar Møller verharrte auf der Türschwelle. »Ja?«

»Vorher muss ich Ihnen noch etwas sagen.«

26. März 1958

»Sollte die junge Dame sich denn nicht das Zimmer angucken?«, fragte Margit Simonsen, während sie ihrem Sohn Bo die Schuhe zuband. »Oder seid ihr euch nicht einig geworden?«

»Ach, das ist ein bisschen kompliziert«, sagte Ejnar. »Wir sind so verblieben, dass wir beide noch mal drüber nachdenken. Die Sache ist nämlich die, dass ...«

»Papa!« Ein Kleinkind kam in den Flur gerannt und schmiss sich an Ejnars Beine.

»Hallo, mein Sohn«, sagte Ejnar, warf Margit einen entschuldigenden Blick zu und nahm den Jungen auf den Arm. »Na, bist du heute auch schön frech gewesen?«, fragte er und kitzelte den Kleinen. »Na, sag schon. Bist du frech gewesen?« Jan wand sich vor Lachen.

»Hallo, Papa.« Helle erschien in der Tür zum Wohnzimmer.

Nicht zum ersten Mal staunte er, wie groß sie geworden war. Helle war schon immer ein sehr braves Kind gewesen, sie war vernünftig und achtete darauf, sich nicht schmutzig zu machen. Aber seit sie in die Schule ging, wirkte sie erst recht erwachsen. Und vielleicht hatte das auch mit dem Tod ihrer Mutter zu tun. Helle war seither fast noch ernster geworden als sie es sowieso schon von Natur aus war. Insgesamt ähnelte sie ihm selbst sehr – vielleicht ein bisschen zu sehr, dachte er. Alles behielt sie für sich, stets beherrschte sie sich. Er hoffte, dass sie diesen Zug irgendwann ablegen würde. Es war eine Bürde, grüblerisch veranlagt zu sein, besonders für ein Mädchen.

»Hallo, Lieblingstochter«, sagte er. Ejnar kannte Helle gut genug, um zu wissen, dass er ihr langes, sorgfältig frisiertes Haar nicht durcheinanderbringen durfte, weshalb er sich damit begnügte, ihr sanft über die Schulter zu streichen.

»Könnt ihr beiden bitte mal zehn Minuten leise zusammen spielen?«, fragte er und setzte Jan wieder ab. »Ich muss eben mal etwas mit Tante Margit besprechen.«

»Ach je«, sagte Margit mit einem Blick auf die Armbanduhr. Ihre fünfjährigen Zwillinge Bo und Lars standen bereits gestiefelt und gespornt an der Tür, und auch sie selbst trug schon ihre Jacke. »In einer Stunde kommt Jørgen nach Hause, und ich muss noch einkaufen und …«

»Nur ganz kurz«, sagte Ejnar. »Ich fahre euch auch, das geht schneller als mit dem Bus.«

Margit seufzte. »Dann müssen sie die Jacken aber wieder ausziehen«, sagte sie. »Die Schuhe behaltet ihr an«, wandte sie sich an die Kinder. »Na los! Wenn ihr jetzt noch einen Moment lang ganz ruhig seid und malt, gibt es morgen Nachmittag Förtchen.«

»Juhuuuu!«, erklang der mehrstimmige Jubel – in den Jan etwas verspätet einfiel, weil er erst sehen musste, wie die Großen reagierten.

»Komm, wir gehen in die Küche«, schlug Ejnar vor, nachdem die Kinder sich an den Couchtisch gesetzt hatten.

»Gibt es einen Haken?«, fragte Margit, als sie sich in der Essecke gegenübersaßen. »Sie sah doch sehr nett aus. Ein bisschen jung ist sie natürlich, aber das wussten wir ja. Und an diese Augen kann man sich bestimmt gewöhnen.«

»An die Augen?« Verwirrt sah Ejnar sie an. »Ach so! Nein, es geht um etwas ganz anderes. Sie hat ein Kind.«

»Sie hat ein Kind? Aber sie ist doch selbst fast noch eins.«

»Sie ist vierundzwanzig, sie wäre nicht die Erste, die früh schwanger geworden ist. Ihr Sohn ist erst drei Monate alt.«

»Unehelich?«

»Sie ist Witwe.« Er räusperte sich. »Aber darum geht es mir nicht. Mir stellt sich die Frage, ob sie sich gut genug um Jan und Helle kümmern kann, wenn sie daneben noch einen Säugling versorgen muss.«

Margit zuckte die Achseln. »Die Haushälterin meines Vaters hatte auch ein Kind. Warum sollte das nicht funktionieren?« Wie so viele andere Mütter von Zwillingen war auch Margit überzeugt davon, dass die Betreuung eines einzigen Babys ein Kinderspiel war, bei dem einem auch noch Zeit für alle möglichen anderen Erledigungen blieb.

»Ja, aber …« Ejnar nahm die Brille ab und rieb sich die Augen. Er war so unendlich müde. »Meine Kinder brauchen jemanden, bei dem sie im Mittelpunkt stehen. Sie haben gerade ihre Mutter verloren.«

»Ejnar.« Margit legte eine Hand auf seinen Arm. »Du musst jemanden einstellen. Du brauchst Hilfe, und ich kann nicht ewig jeden Nachmittag hier angetanzt kommen.«

»Das weiß ich doch. Und ich bin dir so unendlich dankbar, dass du …«

»Jaja, ich weiß«, unterbrach sie ihn. »Aber so kann das nicht weitergehen. Du kannst nicht eine Bewerberin nach der anderen abweisen. Du hast doch selbst gesagt, dass Haushaltshilfen zurzeit Mangelware sind. Und die anderen Damen, die sich bisher für die Stelle interessiert haben …«

»Verschon mich!«, sagte Ejnar und musste lachen. »Wenn ich nur an die Dickmadam von gestern denke! Die Frau konnte ja kaum ohne Hilfe von ihrem Stuhl aufstehen. Wie hätte sie sich denn allein um einen ganzen Haushalt kümmern wollen?«

»Oder die andere letzte Woche.« Margit lächelte. »Die so nach Alkohol roch.«

Eine weitere Bewerberin schließlich hatte auf den ersten Blick perfekt gewirkt, sich dann aber, nach dem Kennenlernen der Kinder, doch als ungeeignet erwiesen: Weil Jan die Erwachsenen bei ihrem Gespräch gestört hatte, hatte sie ihn so sehr ausgeschimpft, dass der kleine Junge zu weinen angefangen hatte. Ejnar schüttelte den Kopf. »Frau Contini ist bis jetzt die beste Kandidatin gewesen«, räumte er ein. »Ja, sie ist noch jung, aber sie hat jede Menge Erfahrung im Umgang mit kleinen Kindern, sie kann kochen und nähen. Und sie wirkt insgesamt sehr klug und vernünftig.«

»Na, das klingt doch ausgezeichnet«, merkte Margit an.

»Wenn sie nur nicht dieses Kind hätte.«

Margit erhob sich. »Ich muss jetzt los«, sagte sie. »Im Kühlschrank steht fertiges Fisch-Hack fürs Abendessen, Kartoffeln und Möhren habe ich schon geschält. Die Buttersoße machst du selbst, oder?«

»Du bist ein Engel, Margit.« Ejnar blieb sitzen. Schon

der Gedanke daran, was ihm in den nächsten Stunden alles bevorstand, raubte ihm jede Kraft: Essen kochen, bei den Hausaufgaben helfen, die Kinder baden, sie ins Bett bringen, ihnen eine Gutenachtgeschichte vorlesen. Und höchstwahrscheinlich würde er sie zwischendurch immer mal wieder trösten müssen, wenn sie ihre Mutter vermissten. Glücklicherweise kam es immer seltener zu solchen Traueranfällen, aber sie strengten ihn jedes Mal enorm an.

Ejnar ging es selbst nicht so besonders, obwohl es ihm gut gelang, das vor den anderen zu verbergen. Die Sprechstundenhilfe, die bereits zu Zeiten seines Vorgängers in der Praxis gearbeitet hatte, ahnte natürlich, wie schwer es ihm fiel, jeden einzelnen Tag zu überstehen, aber er war sich sicher, dass die Patienten nichts davon bemerkten. Nicht einmal Margit ließ er so nah an sich heran. Ab und zu hatte sie versucht, mit ihm über Gerdas Tod zu sprechen, aber er wand sich jedes Mal heraus und wechselte schnellstmöglich das Thema. Wenigstens einer in der Familie musste doch den Kopf hochhalten. Aber abends, wenn die Kinder im Bett lagen, war er vollkommen erledigt. Inzwischen weinte er nicht mehr so oft – die Phase war mehr oder weniger vorbei –, aber er zog sich sehr zurück, lehnte jede Einladung ab und wollte einfach nur allein sein, schweigen und Pfeife rauchen. Es gab nur einen Menschen, mit dem er wirlich gerne seine Freizeit verbracht hatte, und diesen Menschen gab es nicht mehr.

Ejnar gähnte. Hoffentlich wurde er diese Nacht nicht zu einem Patienten gerufen. Die Nachbarin, Frau Larsen, setzte sich zwar gerne nachts zu den Kindern, aber er hatte das Gefühl, ihre Hilfsbereitschaft bereits über Gebühr strapaziert zu haben.

»Weißt du, was ich finde, Ejnar?« Margit stand bereits halb im Flur.

»Lass hören.«

»Gib Frau Contini eine Chance. Wenn es nicht funktioniert, suchen wir eben jemand anderen. Ist doch keine Katastrophe.«

Er nickte müde. »Vielleicht sollte sie erst mal die Kinder kennenlernen.« Er sah auf. »Und zwar zusammen mit ihrem kleinen Sohn. Das wird uns allen die Entscheidung erleichtern.«

»Das klingt doch sehr gut.« Margit rief die Zwillinge zu sich und fing noch einmal von vorne an, sie anzuziehen. »Und abgesehen davon …«, rief sie kurz darauf aus dem Flur Richtung Küche.

»Ja?« Ejnar riss sich zusammen und ging zu ihr.

»Abgesehen davon ist es auch gut, dass sie nicht gerade eine S-E-X-B-O-M-B-E ist.« Margit buchstabierte das schlimme Wort und sah zu Helle, die in der Tür zum Wohnzimmer herumhing.

»Wie meinst du das?«

»Na, dann brauchst du dir keine Gedanken über den Nachbarsklatsch zu machen. So eine graue Maus wird ja wohl kaum Argwohn wecken«, erklärte sie.

Graue Maus?, dachte Ejnar, als er wenig später am Herd Fischfrikadellen briet. So würde er die graziöse Frau mit dem langen, schlanken Hals nun nicht gerade bezeichnen. Zwar war sie ungeschminkt gewesen und hatte ihr mittelblondes Haar zu einer etwas altmodischen Frisur aufgesteckt gehabt – das hatte aber nicht verbergen können, wie feminin sie war. Doch so etwas sahen vielleicht nur Männeraugen.

28. März 1958

Zwei Tage später hatte auch Conny Mortensen ein Vorstellungsgespräch, wenn auch der etwas anderen Art. Der Fotograf von Daells Warenhaus hatte ein Dutzend junge Bewerberinnen zu Probeaufnahmen in sein Atelier in der Odensegade im Stadtteil Østerbro eingeladen. Eine nach der anderen war hereingerufen worden, hatte ein paar einfache Fragen beantwortet und war dann gebeten worden, sich bis auf das Unterkleid auszuziehen. Über den Fotografen und die jungen Frauen hinaus war auch eine reife Frau in züchtigem Kostüm zugegen, deren primäre Funktion die einer Anstandsdame war. Sie ging aber auch bei ein paar praktischen Dingen zur Hand, nahm bei den Bewerberinnen Maß und notierte sämtliche Informationen über sie, einschließlich Augen- und Haarfarbe.

»Vielleicht hören Sie von uns, wenn wir den Herbstkatalog vorbereiten«, sagte der Fotograf, ein beleibter Herr in den Fünfzigern, nachdem er Conny im Profil und von vorne, im Portrait und von Kopf bis Fuß fotografiert hatte. »Sollen wir Sie unter Ihrer Hoteladresse anschreiben, Fräulein Mortensen?«

»Ja. Oder Sie rufen in der Rezeption an, falls es eilt. Ich bekomme dann ganz schnell Bescheid.«

»Großartig.« Er nickte der Dame im Kostüm zu. »Notieren Sie das doch bitte, Frau Jacobsen.«

»Sie meinen also, dass es Verwendung für mich geben könnte?«, fragte Conny und schloss den Reißverschluss ihrer Hose.

»Die endgültige Entscheidung trifft die Werbeabteilung«, sagte er und lächelte. »Aber warum nicht? Sie haben eine gute Figur und ein, äh … charakteristisches Gesicht.«

Charakteristisch?, dachte Conny. Nicht schön oder hübsch oder wenigstens ansprechend? Hieß das womöglich, dass der Fotograf sie in Wirklichkeit hässlich fand? Lag es an ihren roten Haaren und den Sommersprossen? Oder an ihrer Nase, die nun wirklich zu klein war, als dass sie als klassisch bezeichnet werden konnte? Sie wagte es nicht nachzufragen.

Als Conny kurz darauf an der Haltestelle Trianglen stand, verspürte sie eine merkwürdige innere Unruhe. Ihr ganzes Leben erschien ihr auf einmal so chaotisch. Schuld daran war bestimmt nur der Schlafmangel – sie hatte sich gerade mal zwei Stunden hinlegen können, bevor sie zum Probefotografieren musste. Früher hatten ihr die Arbeitszeiten im Nachtklub doch gar nichts ausgemacht, genauso wenig wie der Herrenbesuch danach. Aber seitdem Vittoria Contini und ihr kleiner Sohn in ihr Leben getreten waren, bekam sie noch viel weniger Schlaf als sonst.

Vittoria war in mehrfacher Hinsicht exotisch. Schon allein ihr Akzent verlieh ihr etwas Fremdartiges, Faszinierendes, und eine natürliche Eleganz wie die ihre sah man in Dänemark eher selten. Dennoch fand Conny ihre Freundin ein bisschen langweilig. Sie wirkte fast wie eine verheiratete Frau aus der Provinz, dachte Conny und stieg in die Straßenbahn, in der sie nur noch einen Sitzplatz neben einer fettleibigen Frau bekam. Conny fluchte innerlich, dass sie auf öffentliche Transportmittel angewiesen war. Sie musste endlich ihr Fahrrad flicken lassen. Conny zündete sich eine Zigarette an, um den Schweißgeruch ihrer Sitznachbarin zu überdecken, und ließ ihren Gedanken freien Lauf.

Ihr kam es vor, als würde Vittoria ständig auf Distanz zum Rest der Welt gehen. Sie öffnete sich nie auch nur einen Millimeter weit. Noch nicht einmal, als Conny ihr ihre intimsten Probleme anvertraut hatte, hatte Vittoria sich revanchiert. Aber vielleicht war es gerade das Geheimnisvolle, das Vittoria doch wieder interessant machte, dachte Conny und blies Rauch hinüber zu ihrer Mitreisenden.

Im Grunde wusste sie überhaupt nichts über Vittoria. Warum war sie nach Dänemark geflüchtet, wenn sie hier doch weder Freunde noch Familie hatte? Und von wem fühlte sie sich verfolgt? Vittoria besaß ein Geheimnis, und Conny hätte inzwischen viel dafür gegeben, herauszufinden, worin es bestand.

Conny atmete erleichtert auf, als die Schwitzmadam neben ihr am Städtischen Krankenhaus ausstieg, und lehnte den Kopf an die kühle Scheibe. Den Rest der Fahrt behielt sie die Augen geschlossen.

Zurück im Hotel Epsilon, blieb sie weder wie üblich an der Rezeption stehen, um mit dem Portier zu flirten, noch klopfte sie bei Vittoria an. Sie ging schnurstracks in ihr Zimmer. Ich *muss* einfach ein paar Stunden schlafen, bevor ich zur Arbeit gehe, dachte sie und kroch unter die Decke.

*

Um vier Uhr nachmittags weckte sie ein Klopfen. Das Zimmermädchen Louise sah zur Tür herein.

»Ach, du bist's …«, stöhnte Conny halb bewusstlos. »Kannst du mein Zimmer heute nicht einfach auslassen? Ich bin so müde.«

»Schon.« Louise blieb in der Tür stehen. Ihr Blick wanderte über die diversen Haufen auf dem Boden. »Es ist nur …«

»Was?«

»Heute ist Freitag.«

»Ach so. Gib mir bitte mal meine Tasche.« Conny stützte sich mit Mühe auf den Ellbogen. »Ich hab nur zwei Kronen.«

Das Zimmermädchen, ein pummeliger Backfisch aus Südjütland, zuckte die Achseln. In Wirklichkeit war es Louise piepegal, in welcher Reihenfolge sie die Zimmer herrichtete, aber Conny bezahlte gerne für den Luxus, immer die letzte Station zu sein.

»Hier.« Conny reichte ihr eine Münze.

»Es hat Beschwerden gegeben«, sagte das Zimmermädchen plötzlich. »Über die da drüben.« Sie machte eine Kopfbewegung zur linken Wand.

»Über Vittoria?« Schlagartig war Conny wach. »Warum?«

»Der Kleine hat heute Nacht stundenlang geschrien. Und letzte Nacht auch. Der Gast im Zimmer unter ihr hat kein Auge zugetan.«

»Also, ich höre so gut wie gar nichts«, log Conny.

»Du bist nachts ja auch gar nicht hier.« Louise steckte sich das Geld in die Schürzentasche und ging.

Conny drehte sich auf den Rücken und zündete sich eine Zigarette an, sie würde ohnehin nicht wieder einschlafen können. Zum Teufel aber auch mit dem Fotografen, der unbedingt um zehn Uhr vormittags Probeaufnahmen machen musste! Genau zu der Zeit, zu der sie normalerweise schlief. Wenn sie den Job jetzt gar nicht bekäme, dann …

Durch die Wand hörte Conny Massimo weinen. Sofort plagte sie ein schlechtes Gewissen: Hier lag sie und tat gar nichts, während Vittoria, die ohnehin angeschlagen war von ihrer Erkältung, nebenan mit allem auf sich allein gestellt war.

Conny stürzte eine Tasse Pulverkaffee herunter, dann klopfte sie bei ihrer Freundin an.

»Herein.« Vittoria saß auf dem Bett. Massimo lag nackt vor ihr auf der Bettdecke und schrie herzzerreißend.

»Was ist los?«, fragte Conny.

»Haben wir dich geweckt?«

»Nein, ihr nicht.« Sie setzte sich neben das Bett und berührte Massimos erhitzte Wange. »Bist du traurig, süßer kleiner Massimo?«, gurrte sie, und er verstummte verblüfft. Aber nur für einen Moment – dann schrie er wieder aus Leibeskräften.

»Er kann es einfach nicht leiden, gewaschen zu werden«, sagte Vittoria und nahm eine gelbliche Tube in die Hand. »Und sein Po ist ganz wund.« Sie sah aus, als würde sie auch gleich zu weinen anfangen. »Das tut bestimmt fürchterlich weh.«

»Lass mich mal. Und du legst dich hin und ruhst dich ein bisschen aus«, sagte Conny.

Sie schmierte die fette weiße Zinksalbe auf die wunden Stellen, bevor sie dem Jungen eine frische Windel anzog. Dann griff sie nach der Kleidung, die Vittoria für ihren Sohn bereitgelegt hatte: ein weißes Nickioberteil mit winzigen Perlmuttknöpfen auf den Schultern und ein dazu passender Strampelanzug.

»Neue Sachen?«, fragte sie.

»Ja, aus dem … Wie heißt das? Schlussverkauf?«

»Ja. Wie süß.«

»Er wächst so schnell«, sagte Vittoria, die nicht besonders bequem auf dem freien Bettende lag. »Alles, was wir von zu Hause mithatten, ist ihm schon zu klein geworden«, fügte sie hinzu.

»Er sieht aus wie ein kleiner Prinz.«

Vittoria rollte sich auf die Seite. »Ich habe beschlossen, die Stelle nicht anzunehmen.«

»Die im Italiensvej? Warum?«

»Ich will nicht mit einem alleinstehenden Mann unter einem Dach wohnen. Das schickt sich nicht.«

»Ihr seid doch gar nicht alleine.«

»Aber die Kinder schlafen ja auch mal. Soll ich jeden Abend stundenlang mit einem fremden Mann im selben Zimmer sitzen? Ich würde immerzu auf der Hut sein und mein Zimmer abschließen müssen, dürfte ihm nie zu nah kommen … Das wäre wirklich … Wie sagt man? Anstrengend? Mir wäre nicht wohl dabei.«

»Jetzt hör mir mal zu, Vittoria.« Conny nahm Massimo hoch und setzte sich auf die Bettkante. »Nicht alle dänischen Männer sind wie dieser Bauerntrampel neulich. Nach allem, was du so erzählt hast, ist dieser Doktor Møller doch ein anständiger Mensch.«

»Er war nicht besonders freundlich.«

»Er hat dich doch umsonst untersucht und dir ein Rezept ausgestellt.«

»Ja, aber davon mal abgesehen, hat er mich ständig unterbrochen und war sehr von oben herab. Ich fand ihn nicht besonders sympathisch.«

»Vittoria.« Conny legte ihrer Freundin die freie Hand auf die Schulter. »Du musst etwas unternehmen. Hier kannst du nicht ewig bleiben. Weißt du, dass man sich über dich beschwert hat?«

»Schon wieder?« Vittoria rollte sich zurück auf den Rücken.

»Hast du schon mal daran gedacht, dich an die Mütterhilfe zu wenden?«, fragte Conny. »Vielleicht können die dir einen Platz in einem Mutter-Kind-Heim besorgen, bis du eine Wohnung gefunden hast.«

Vittoria blieb liegen, den Blick zur Zimmerdecke gerichtet. »Ich hab gerade keine Kraft mehr, um darüber nachzudenken.«

»Na dann.« Conny strich Massimo beruhigend über den Rücken. »Soll ich ihm ein Fläschchen geben?«

»Er hat erst vor Kurzem eins gehabt. Eigentlich sollte er jetzt schlafen, aber ...«

Ein Klopfen an der Tür unterbrach sie. Erschrocken setzte Vittoria sich auf.

»Der Gaskocher!«, flüsterte sie.

»Ganz ruhig. Du hast ihn schon weggeräumt«, sagte Conny, nachdem sie zum Waschtisch gesehen hatte. »Herein!«, rief sie.

Der Hoteldirektor, ein untersetzter Mann mit braunen Hosenträgern, stand in der Tür.

»Ach, die beiden Schönheiten feiern«, sagte er. »Darf man vielleicht dazustoßen?«

Conny schenkte ihm ihr liebreizendstes Lächeln. »Aber gerne doch, Herr Lorenzen. Wenn Sie einen Sitzplatz finden.«

»Ein andermal vielleicht.« Er reichte ihr einen gefalteten Zettel. »Er hat gesagt, es eile, darum dachte ich, ich komme am besten gleich damit hoch.«

»Hat jemand angerufen?« Conny reichte den Zettel an Vittoria weiter, die immer noch mit vor Schreck geweiteten Augen dasaß und sich nicht an dem Gespräch beteiligte. Conny wandte sich wieder an den Hoteldirektor. »Warum kommen Sie selbst damit?«

»Es tut mir sehr leid, aber …« Lorenzen sah zu Vittoria.

Vittoria nickte. »Ich habe schon davon gehört. Es hat wieder eine Beschwerde gegeben.«

»Nicht nur eine, meine Liebe. Drei. Die anderen Gäste sagen, dass der Kleine sie jede Nacht wach hält.«

»Das ist maßlos übertrieben. Es waren gerade mal zwei Nächte, in denen …«

»Es tut mir leid«, wiederholte der Hoteldirektor. »Aber so geht das nicht weiter.«

»Sie werfen mich raus?«

»Nicht jetzt sofort. Aber je eher Sie ausziehen, desto besser.« Er bemerkte die Tränen, die Vittoria in die Augen stiegen. »Sagen wir, spätestens Donnerstag? Das ist noch fast eine ganze Woche«, fuhr er in etwas sanfterem Ton fort.

Kaum war er gegangen, sprang Vittoria vom Bett auf und verschwand in Richtung Badezimmer. Als sie wiederkam, waren ihre Augen ganz rot und geschwollen, aber insgesamt wirkte sie gefasst. »Morgen suche ich uns etwas anderes«, sagte sie. »Das wird schon.« Ihr Blick wanderte über ihre Sachen: die Koffer, den Seesack, die Pappkartons, die vielen Babysachen. »Das wird schon«, sagte sie noch einmal.

»Was steht auf dem Zettel?«, fragte Conny, die den inzwischen eingeschlafenen Massimo in seinen Korb gelegt hatte.

»Ach ja, wo ist er denn?« Vittoria durchwühlte suchend die Schmutzwäsche, Decken und Kissen auf dem Bett. »Hier.« Sie faltete ihn auseinander. »Ich soll bei Ejnar Møller anrufen.«

»Dann hast du die Stelle«, sagte Conny.

Vittoria ließ sich aufs Bett sinken. »Das kann doch genauso gut heißen, dass ich die Stelle *nicht* habe.«

»Dann hätte er dir einfach ausrichten lassen, dass er sich für eine andere Bewerberin entschieden hat. Wenn er dich bittet, ihn anzurufen, bedeutet das, dass er gerne noch mal mit dir reden möchte. Begreifst du das denn nicht?«

»Doch, schon ... aber ich hatte mich doch gegen die Stelle entschieden.«

»Jetzt bist du aber wirklich albern, Vittoria.« Conny zündete sich eine Zigarette an und steckte sich das erloschene Streichholz in die Hosentasche. »Ausgerechnet du, die ständig von irgendwelchen Zeichen redet. Das hier ist ein Zeichen! In dem Augenblick, in dem du hier rausgeschmissen wirst, flattert dir ein Angebot mit einer neuen Unterkunft ins Haus. Siehst du das denn gar nicht?«

»Doch, schon ...« Vittoria starrte auf den Zettel.

»Wenn es nicht gut läuft, suchst du dir eben wieder was Neues«, beharrte Conny.

»Ich weiß nicht ...«

»Versuch es doch wenigstens. Wenn er dich betatscht oder anzügliche Bemerkungen macht, verschwindest du einfach wieder.«

»Ich möchte mir lieber ein anderes Hotel suchen.«

Conny seufzte frustriert. »Da geht doch alles nur wieder von vorne los, Vittoria. Da wirst du auch rausgeschmissen, wenn Massimo nachts zu laut weint. Und irgendwann wird dir ja wohl auch das Geld ausgehen.«

»Der Junge hört aber auch nicht auf zu schreien, nur weil wir in einen anderen Stadtteil ziehen.«

»In so einem feinen Haus sind die Wände bestimmt dicker als hier«, gab Conny zu bedenken.

»Doktor Møller war überhaupt nicht erfreut zu hören, dass ich ein Kind habe.«

»Der wird sich schon noch freuen. Massimo ist doch unwiderstehlich.«

Vittoria sah sie an. »Verstehst du das denn nicht, Conny? Ich will nicht irgendwo sein, wo mein Sohn nicht willkommen ist.«

»Der Mann war doch bestimmt nur deshalb ein bisschen verschnupft, weil du ihn angelogen hattest. Darüber hätte ich mich auch geärgert.«

»Ich habe ihn nicht angelogen.«

»Aber du hast ihm auch nicht die Wahrheit gesagt. Oder erst im letzten Augenblick.«

Vittoria schwieg.

»Habe ich recht?«

Achselzucken.

Conny seufzte. »Herrje, Vittoria, nun ruf ihn schon zurück und hör dir an, was er zu sagen hat.«

FLEISSIGES LIESCHEN

29. Mai 1958

Aus Massimo war Mads geworden. Und aus Vittoria Vita. Ihr neuer Rufname machte ihr nichts aus, ihre Eltern hatten sie auch oft so genannt, und sie fand, Vita war im Grunde ein schöner Name. Auch der Bedeutungswechsel war in Ordnung: Aus dem Sieg war das Leben geworden. Kein schlechter Tausch. Aber *Mads*? Vittoria konnte sich mit diesem abgehackten dänischen Namen nicht recht anfreunden. Er war ohne jede Melodie.

Ejnar rückte jedoch nicht davon ab. Er weigerte sich, den Jungen Massimo zu nennen, und forderte Vittoria auf, ebenfalls zu Mads überzugehen. Massimo sei in Dänemark ein völlig hoffnungsloser Name, argumentierte er. Der Junge werde von anderen Kindern deswegen aufgezogen werden – ein so fremder Name lade ja förmlich dazu ein. Und als sie mitbekam, wie viele Jungen in Jans Kindergarten ebenfalls moderne einsilbige Vornamen wie Per, Finn, Bo, Leif und Kim hatten, gab sie nach. Jedenfalls nach außen. Wenn sie alleine waren, trug ihr Sohn allerdings weiterhin den schönen erzrömischen Namen ihres Vaters.

Vittoria hatte sich seit dem Antritt ihrer Stelle als Haushälterin in vielerlei Hinsicht umgewöhnen müssen, und die Sache mit den Namen war nur ein Punkt auf einer sehr langen Liste von Neuerungen gewesen. Die meisten anderen Dinge waren indes ausschließlich positiv zu sehen. Zum Beispiel hatte Ejnar Møller ihr gleich als Erstes den ausrangierten Kinderwagen seines Sohnes geschenkt. Die Gabe verband er jedoch mit der etwas seltsamen Aufforderung, Massimo seinen Mittagsschlaf ab sofort draußen machen zu lassen. So etwas hatte Vittoria ja noch nie gehört – aber sie stellte ihren Protest schnell ein, als sie bemerkte, wie gut der Kleine an der frischen Luft schlief.

Und dann standen auf dem Dachboden große Kisten mit Kinderkleidung, aus der Jan herausgewachsen war. Die verstorbene Frau Møller hatte sich noch ein bis zwei Kinder gewünscht, darum hatte sie die kaum gebrauchte Babyausstattung nie weggegeben, und Vittoria durfte sie übernehmen. Kleidung, Rasseln, Babybadewanne und Sportwagen – alles da. Selbst eine Kinderleine fand Vittoria in einer der Kisten. Die würde sicher ihre Anwendung finden, wenn der Junge erst anfing zu laufen.

Ebenfalls positiv zu bewerten waren Ejnars Kinder, zwei sehr hübsche und wohlerzogene Sprösslinge. Vittoria war schon nach wenigen Sekunden völlig vernarrt in Jan, der mit seinen fast weißen Locken und den Pausbacken aussah wie einer der Engel in ihrer kleinen Kirche zu Hause in Trastevere. Sie schmolz dahin, als er sich wie ein richtiger kleiner Mann mit geradem Rücken auf den Küchenschemel setzte und seine Patschehände auf den Knien ruhen ließ. Jan war ein liebes, zartes Kind, und er hungerte so sehr nach Körperkontakt, dass er fast alles tat, um mal kräftig durchgekitzelt zu werden oder bei einem Erwachsenen auf dem Schoß sitzen zu dürfen. Wenn sein Vater es ihm erlaubt hätte, wäre er jede Nacht zu ihm ins Bett gekrochen, aber auch in diesem Punkt war Ejnar unnachgiebig: Jan sollte lernen, in seinem eigenen Bett zu schlafen. Wenn der Junge nachts weinend aufwachte, war es nun Vittoria, die sich in sein Zimmer schlich und seine Hand hielt, bis er wieder eingeschlafen war. Jan fragte inzwischen nicht mehr nach seiner Mutter, aber ein Blick in seine moosgrünen Augen verriet, dass er noch immer durcheinander war. Doch das würde sicher bald vergehen.

Helle war ganz anders, sie war mehr in sich gekehrt. Sie redete nie von ihrer Mutter, es sei denn, jemand sprach sie direkt auf sie an. Helle war alt genug, um zu wissen, dass ihre Mutter der Vergangenheit angehörte und dass sie ihren Vater nur traurig machte, wenn sie sie erwähnte. Innerlich hatte die Siebenjährige aber noch nicht mit ihrer Trauer abgeschlossen, dessen war sich Vittoria ganz sicher. Am Anfang hatte sie das Gefühl gehabt, dass Helle sie ständig prüfend beobachtete, so, als legte die neue Haushälterin Tag um Tag ein Examen bei ihr ab. Doch dann ging Vittoria auf, dass Helle alle so ansah. Sie hörte zu, sie beobachtete, sie registrierte sämtliche Nuancen in dem, was die Erwachsenen zu ihr oder zueinander sagten, und verstand beunruhigend viel – nämlich auch das, was zwischen den Zeilen gesagt wurde. Helle war aufrichtig angetan von Massimo. Sie half gerne dabei, den Kinderwagen im Vorgarten hin und her zu schieben, wenn er einschlafen sollte, und als er neulich angefangen hatte, Brei zu essen, hatte Helle ihn mit großer Geduld Löffel für Löffel gefüttert. Vittoria war noch nicht ganz dahintergekommen, ob das ältere der Møller-Kinder die neue Haushälterin nun endlich voll akzeptiert hatte oder nicht, aber wenigstens war Helle jetzt ab und zu mal vorlaut. Das war in Vittorias Augen ein gutes Zeichen.

Zu den großen Vorteilen ihrer neuen Stelle gehörte auch ein eigenes Zimmer, das sich gleich neben der Küche befand. Zwar war es, da sie es sich mit Massimo teilte, nicht besonders groß, aber im Vergleich zu der Abstellkammer im Hotel Epsilon der reine Luxus. Durch die Zentralheizung war es darin immer warm und gemütlich, und nachmittags schien die Sonne durch das Fenster zum Garten. Die Möblierung war schlicht: ein schmales Bett für sie, ein etwas zerschrammtes, aber voll gebrauchsfähiges Gitterbett für Massimo, Tisch und Stuhl, eine Kommode, ein geräumiger Kleiderschrank mit Stange und Ablagefächern. An den Wänden hingen drei Ölgemälde mit Waldmotiven. Vittoria vermutete, dass sie alle von demselben Maler stammten und dass dieser Maler kein professioneller Künstler war. Eins nahm sie ab und hängte stattdessen das Gruppenfoto auf, das bei der Fünfzigjahrfeier des Casa Contini entstanden war, und als dann auch noch die Madonnenfigur ihren Platz auf der Kommode gefunden hatte, fühlte Vittoria sich fast wie zu Hause.

Ihr Geld versteckte sie hinter der Heizkörperverkleidung unter dem Fenster. Sie war dem Rat der Bank gefolgt und hatte alle italienischen Lire in Kronen gewechselt. Nun lagen in ihrem Umschlag deutlich weniger – aber immer noch beeindruckend viele – nagelneue Banknoten. Die Dame in der Bank hatte Vittoria empfohlen, ein Konto zu eröffnen und das Geld dort einzuzahlen, aber das Misstrauen gegenüber Banken, dem Finanzamt und Behörden, mit dem Vittoria aufgewachsen war, ließ das nicht zu. Ihr

Vater hatte immer gesagt, man dürfe seine Barbestände niemals aus den Augen lassen.

Ein ganz enormer Pluspunkt ihrer neuen Arbeit war, dass Vittoria für sich und ihren Sohn einen Arzt im Haus hatte – und noch dazu gratis. Das allein wog eigentlich schon sämtliche Nachteile auf, die es in Vittorias neuem Leben natürlich auch gab.

Die Wäsche war eindeutig das Schlimmste, auch wenn die Zugehfrau Elvira Sloth beim wöchentlichen Waschen mit anpackte. Im Keller stand ein großer Waschkessel zum Erhitzen des Wassers, und eine halb automatische Waschmaschine mit elektrischer Trommel minimierte das anstrengende Schrubben auf einem Waschbrett. Trotzdem erforderte es viel Kraft, je nach Wasch- oder Spülgang mal heißes, mal kaltes Wasser in die Maschine zu füllen, die nasse Wäsche in die Wringmaschine zu geben und den Schwengel zu drehen. Anschließend mussten die feuchten Laken und Bettbezüge ausgebreitet werden, bevor sie aufgehängt wurden. Wenn sie die Sachen doch nur in die Wäscherei schicken würden! Aber nein: Das wären unnötige zusätzliche Ausgaben, und solange Vittoria und Frau Sloth sich nur um die private Wäsche kümmern müssten, sei das doch gar kein Problem, sagte Ejnar. Seine verstorbene Frau habe die Wäsche ebenfalls selbst gemacht, dann könne Vittoria das auch. Alle vierzehn Tage, wenn der Bote der Wäscherei Dehn mit einem Paket blitzsauberer, gestärkter und gebügelter Kittel, Handtücher und Laken durch den Vorgarten zur Arztpraxis marschierte, sah Vittoria ihm sehnsüchtig nach. Nein, Waschen würde nie eine ihrer Lieblingsbeschäftigungen werden.

Ganz anders sah es da mit dem Kochen aus, wenngleich sie sich nie mit der dänischen Küche anfreunden würde. Ejnar Møller hatte ihr ganz zu Anfang eine Liste mit den Leibgerichten der Familie gegeben: Frikadellen mit gestovtem Weißkohl, Schinkenomelett, Schweinebraten mit Petersiliensoße, panierte Scholle mit Zitronenscheiben, falscher Hase. Und Kartoffeln, Kartoffeln und noch mal Kartoffeln – jeden Tag mussten Kartoffeln geschält werden. Die Kartoffeln *mussten* gekocht serviert werden, hin und wieder als Püree, und die Soße musste immer auf die gleiche Weise zubereitet werden: als Mehlschwitze. Zu Fleisch dunkel, zu Fisch hell, gewürzt ausschließlich mit Pfeffer und Salz und vielleicht einem Maggiwürfel. Tagein, tagaus. In einem Küchenschrank hatte Vittoria ein dänisches Kochbuch gefunden, das ihr Rettungsanker war. Die Zubereitung der einzelnen Gerichte stellte kein Problem dar, und das, was sie servierte, wurde denn auch von Jung und Alt gelobt. Aber wenn man wie Vittoria an das turbulente Leben in einer Restaurantküche gewöhnt war, nahm es sich unglaublich langweilig aus, ganz allein am Herd zu stehen. Noch dazu war das dänische Essen fürchterlich abwechslungslos, dachte sie und erinnerte sich sehnsüchtig an den Duft von Knoblauch, frischen Gewürzkräutern und leckeren Desserts.

Ebenso abwechslungslos waren die Pausenbrote der Kinder: Aufschnitt und einzig und allein Roggenbrot, wie Ejnars Order lautete. Seiner Meinung nach konnten Kinder offenbar nur dann groß und stark werden, wenn sie mit der landesüblichen Brotsorte ernährt wurden. An dieses Brot würde sich Vittoria nie gewöhnen. Diese Konsistenz, dieser Geschmack … Das sollte Brot sein? Ein-, zweimal pro Woche backte sie selbst das köstliche *pane* nach einem Rezept ihrer italienischen Großmutter. Zwar fehlte ihr dazu das ganz richtige Mehl, aber das Ergebnis war dennoch akzeptabel. Weißbrot – das hier »Franzbrot« genannt wurde – gab es im Møllerschen Haushalt nur zum Frühstück oder nachmittags zum Kaffee. Kaum zu glauben, dass der Rest der Weltbevölkerung bisher überlebt hatte, ohne je einen Krümel Roggenbrot gekostet zu haben, dachte Vittoria. Ejnar aß mittags auch selbst belegte Brote – aus Roggenbrot, versteht sich. Er wollte nicht, dass Vittoria extra den Esstisch für ihn deckte –, und er verspeiste die tristen Stullen, am Küchentisch stehend, mit einem Gesichtsausdruck, als müsste diese Mahlzeit einfach nur hinter sich gebracht werden. Und er trank Milch dazu. Milch! Ein erwachsener Mann, der Milch trank! Hatte man so etwas schon gehört? Milch war etwas für Kinder und Bauern, das wusste doch jeder.

Am Mittagessen konnte sie nichts ändern, das hatte sie bald eingesehen. Aber das Abendessen müsste sich doch zumindest erweitern lassen, auch wenn das leichter gesagt wäre als getan, dachte Vittoria. Nicht, weil die Familie großen Widerstand geleistet hätte – Ejnar ließe sich bestimmt mit der Zeit überzeugen, sobald er erst mal eines ihrer Gerichte gekostet hätte, im Grunde war er nicht anspruchsvoll, und die Kinder würden sich schnell daran gewöhnen. Das Problem war vielmehr, dass die Auswahl in den Geschäften vor Ort begrenzt war. Einerseits konnte sie fast alles an Fleisch und Fisch bekommen, und ab und zu hatte der Fischhändler sogar – wenn auch zu astronomischen Preisen – Schalentiere im Angebot, andererseits gab es in ihren Augen ganz gewöhnliche Grundnahrungsmittel wie Olivenöl, Knoblauch und frischen Mozzarella einfach nicht. Und das Obst- und Gemüseangebot ließ auch zu wünschen übrig. So blasse, geschmacklose Tomaten hatte Vittoria bei sich zu Hause noch nie gesehen, aber in Dänemark waren sie an der Tagesordnung. Der Gemüsehändler hatte nur eine Sorte Salat – und der war nicht sonderlich ansprechend. Zucchini, Auberginen und Melonen, die tatsächlich nach Melone *schmeckten*, waren nicht aufzutreiben. Das Angebot frischer Kräuter beschränkte sich auf Petersilie, Dill und Schnittlauch. Pasta konnte man nur getrocknet und von zweifelhafter Qualität bekommen.

Auf die Liste der Minuspunkte gehörte, wie Vittoria etwas beschämt feststellen musste, auch Ejnar Møllers Schwägerin, die emsige Margit Simonsen. Objektiv gesehen, war Margit sehr freundlich und hilfsbereit, und die Kinder liebten sie. In der Regel sorgte sie jede Woche an Vittorias freiem Tag für das Abendessen. Dann brachte sie ihre Familie und einen vollen Einkaufskorb mit und wirbelte in der Küche herum, während die Männer mit den Kindern im Garten spielten oder mit ihnen an den Strand gingen. Vittoria verließ an diesen Tagen, so weit möglich, das Haus. Sie traf sich mit Conny, oder sie fuhr mit dem Auto einfach ins Blaue. Bei schlechtem Wetter und genereller Unlust jedoch hielt sie sich manchmal in ihrem Zimmer auf, wo sie Margit in der Küche mit Töpfen und Pfannen klappern und leise vor sich hin schimpfen hören konnte.

Vittoria kannte den Grund für Margits Groll: Die neue Haushälterin hatte in den Küchenschränken umgeräumt. In den Küchenschränken, die die selige Frau Møller einst eingeräumt hatte. Margit zufolge war die Art und Weise, wie Vittoria die Schränke eingerichtet hatte, nicht nur unlogisch und verwirrend, sondern auch pietätlos gegenüber ihrer Schwester. Wann immer sich Margit die Gelegenheit bot, beförderte sie daher alles wieder an seinen alten Platz. Die beiden Frauen sprachen nie offen darüber, aber jedes Mal, wenn Margit mit Mann und Kindern in ihr Reihenhaus im Saltværksvej zurückgekehrt war, räumte Vittoria in der Küche wieder alles zurück.

Sie war sich sicher, dass Ejnar nichts von dem stillen Machtkampf zwischen seiner Schwägerin und seiner Haushälterin ahnte. Zumindest kommentierte er ihn nie – obwohl Margit keine Gelegenheit ausließ, in einem Ton, den Vittoria als kritisierend empfand, auf die vielen Vorzüge ihrer verstorbenen Schwester aufmerksam zu machen: »Ach, so machst du das, Vita? Ja, das geht natürlich auch, aber Gerda hat immer …« Vittoria lächelte dann höflich und hielt den Mund. Sie behandelte Margit ganz bewusst wie einen etwas lästigen Restaurantgast, der eben nachsehen muss, ob das Besteck auch sauber ist, und der um das Salz bittet, bevor er überhaupt einen Bissen gekostet hat. Vittoria fühlte sich auch regelmäßig herabgesetzt, wenn es um die Kinder ging: »Das hat Vita doch nicht zu bestimmen. Natürlich darfst du dir noch einen nehmen, mein Schatz.« Immer mit einem schiefen Seitenblick zur Haushälterin ihres Schwagers, um zu sehen, ob diese die Botschaft zwischen den Zeilen verstanden hatte.

Aber gut. Damit konnte Vittoria umgehen. Ungleich schwerer fiel es ihr, die Contenance zu bewahren, wenn Margit mehr oder weniger direkt versuchte, sie über Massimo auszufragen. Kleine, unschuldige Fragen, die alle an der Schutzmauer kratzten, die Vittoria um ihr Privatleben herum errichtet hatte. Margit kommentierte immer wieder die goldbraune Hautfarbe des Jungen und fragte dann direkt, ob er die von seinem Vater habe, über den zu reden Vittoria kategorisch ablehnte. Sie deutete an, dass das wohl das südländische Temperament sei, das mit ihm durchgehe, wenn Massimo ab und zu mal einen Schreianfall hatte. Selbst wenn Margit sich mit zärtlicher Stimme dem fünf Monate alten Säugling zuwandte, witterte Vittoria, dass sie nur seine Andersartigkeit hervorheben wollte. So sagte sie zum Beispiel, der kleine Italiener werde sicher viele Mädchenherzen brechen, wenn er groß sei. Vittoria kochte innerlich, sagte aber nichts.

Und dann war da noch Ejnar Møller selbst. Gehörte er zu den Plus- oder den Minuspunkten? Da war sich Vittoria nach knapp zwei Monaten in seinem Haushalt immer noch nicht sicher. Einerseits war er ausgesprochen höflich. Er hatte gleich am ersten Tag vorgeschlagen, sich zu duzen, da sie ja nun familienähnlich unter einem Dach wohnen würden, aber er war Vittoria nie zu nahe getreten. Abgesehen von einem einzigen Händeschütteln, hatte er seine Haushälterin seit jenem Tag, an dem er sie untersucht hatte, nicht wieder angefasst, und wenn er sie ansah, war sein Blick stets neutral und entbehrte jeder Anzüglichkeit. Vittoria entspannte sich von Tag zu Tag mehr, seit Neuestem schloss sie nicht einmal mehr ihr Zimmer ab, wenn sie ins Bett ging. Ebenfalls positiv war, dass Ejnar sich nicht einmischte, wofür sie das Haushaltsgeld ausgeben sollte, wodurch Vittoria sich auf sehr angenehme Weise verantwortlich fühlte.

Andererseits … Ihr neuer Arbeitgeber war es ganz offensichtlich gewöhnt, stets seinen Willen zu bekommen, und sein Perfektionismus war auch etwas anstrengend. Mit Unordnung konnte Ejnar überhaupt nicht umgehen, weshalb Vittoria ständig für ein aufgeräumtes Haus sorgen musste – mit drei Kindern gar nicht so einfach, aber sie tat ihr Bestes. Wenn sie seine saubere Wäsche einräumte, sorgte sie penibel dafür, dass alles am richtigen Platz lag und auf die richtige Weise zusammengelegt war. Ejnar konnte sich maßlos aufregen über ein Paar zu einer Kugel verkrempelten Socken oder eine Jacke, die auf der falschen Sorte Bügel hing. Und wehe, ein frisch gebügelter Pyjama war in der Schublade mit den Unterhosen gelandet! Diese Art von Unregelmäßigkeiten sprach er mit großem Ernst an, und Vittoria verzog dann keine Miene und versprach hoch und heilig, nächstes Mal besser aufzupassen. Innerlich amüsierte sie sich köstlich. Sie hatte immer gedacht, nur Hausfrauen, die zu viel Zeit hätten, würden auf derlei Wert legen.

Insgesamt regte sich Ejnar schnell auf, wenn etwas anders ablief, als er es sich vorgestellt hatte. Er hielt nichts von Vittorias Freundschaft mit Conny, der er einmal begegnet war und die er unglaublich herablassend behandelt hatte, und er begegnete Menschen, die unsicher waren oder andere Schwächen zeigten, nicht mit Respekt.

Vittoria wagte kaum, ihm zu erzählen, wie schwer es für sie war, die Versorgung eines Säuglings zu vereinen mit der verantwortungvollen Aufgabe, einen Haushalt zu führen, in dem alles anders gemacht wurde als bei ihr zu Hause. Die paar Mal, die sie versucht hatte, etwas anzusprechen, das nicht recht funktionierte, wurde sie abgefertigt mit einem »Dann musst du eben dafür sorgen, dass es funktioniert, Vita«.

Vittoria wusste, dass sie sich noch in der Probezeit befand, und darum tat sie alles, um jedes erdenkliche auftauchende Problem zu lösen. Wenn sie sich selbst einmal auf die Schulter klopfen durfte, dann bewältigte sie den Alltag inzwischen ganz gut. Nach der anfänglichen Unsicherheit hatte sie eigene Routinen entwickelt, die alles leichter machten. Zum Beispiel hielt sie eisern daran fest, Massimo erst dann sein Mittagsschläfchen machen zu lassen, wenn Helle aus der Schule kam. So konnte der Kleine nämlich im Kinderwagen schlafen, während Vittoria mit Helle loszog, um Jan aus dem Kindergarten abzuholen, und meist schlief er danach auch noch eine Weile draußen im Garten weiter. Einkaufen, aufräumen, Wäsche waschen und die Essensvorbereitungen erledigte sie, solange die beiden Großen aus dem Haus waren. So konnte sie am Nachmittag in der Regel ein, zwei ungestörte Stunden mit den Møller-Kindern verbringen. Vittoria half Helle bei den Hausaufgaben, malte Giraffen, Kreise und Nonnen für Jan und brachte den beiden *Giro, giro, tondo* bei, ein einfaches italienisches Kinderlied, das sie eines Abends beim Essen ihrem hocherfreuten und verblüfften Vater vorsangen.

Auch innerlich war Vittoria mehr zur Ruhe gekommen. Zwar überprüfte sie immer noch sämtliche Autokennzeichen, ob nicht vielleicht eins aus Rom darunter war – diese Marotte würde sie wohl nie ablegen, räumte sie sich selbst gegenüber ein –, aber das Gefühl, ständig auf der Hut sein zu müssen, hatte nachgelassen. Wenn sie die Angst ab und zu dennoch übermannte, beruhigte sie sich, indem sie eine bestimmte Passage aus einem Brief von Schwester Giovanna las:

Du fragst immer wieder, ob Du Grund hast, Dich um Eure Sicherheit zu sorgen. Darauf kann ich glücklicherweise mit Nein antworten, liebste Vittoria. Niemand hat je Verdacht geschöpft, dass etwas anderes vorgefallen sein könnte als das, was ich allen – nach Absprache mit Dir – erzählt habe. Dein Name wird stets in aller Freundlichkeit genannt und verbunden mit großer Dankbarkeit für Deine großzügige Spende für das Kloster. Alle wünschen Dir, dass Gott mit Dir sei. Alle glauben, dass Du jetzt in Lissabon lebst. Du kannst mit anderen Worten aufhören, Angst zu haben. Allerdings rate ich Dir weiter dringend davon ab, nach Rom zu kommen, ganz gleich, wie stark Dein Heimweh sein mag. Es gehört nicht viel dazu, und schon reden die Leute.

Vittoria bewahrte alle Briefe der alten Nonne ganz hinten in der obersten Schublade der Kommode auf. Sie hatte jeden einzelnen von ihnen schon viele Male gelesen, und sie selbst schrieb ihrer alten Vertrauten einmal pro Woche. Die Briefe waren – zusammen mit den gelegentlichen Gebeten vor der Marienfigur – Vittorias Verbindung zu allem, was sie hinter sich gelassen hatte. Die Heimat fehlte ihr, und doch bereute sie nichts. Mit dem Heimweh musste sie leben.

Die Abende in dem weißen Haus verliefen im Großen und Ganzen immer gleich: Nach dem Abendessen kümmerte sich Ejnar, seinem eigenen Wunsch entsprechend, um die Kinder, während Vittoria die Küche aufräumte und Massimo sein letztes Fläschchen gab. Vittoria hatte noch nie einen Mann kennengelernt, der seine Kinder badete, ihnen die Zähne putzte und eine Gutenachtgeschichte vorlas. Vielleicht lag das daran, dass Ejnar Arzt war, dachte sie. Er war der erste Arzt, den sie privat kannte, und sie hatte den Eindruck, Ärzte gehörten einer besonderen Kategorie Mensch an, für die andere Regeln und Normen galt als für den Rest.

Später saßen Ejnar und Vittoria dann im Wohnzimmer. Er in dem großen roten Sessel vor dem Fenster, sie in dem braunen bei der Tür, von dem aus sie die Kinder rufen hören konnte. Ab und zu wechselten sie ein paar Worte zu Alltagsdingen, aber die meiste Zeit saßen die beiden Erwachsenen schweigend beisammen und hörten Radio oder beschäftigten sich jeweils auf ihre Art. Manchmal las Ejnar, manchmal saß er einfach mit seiner Pfeife da und sah ins Leere. Vittoria schrieb gelegentlich an Schwester Giovanna oder machte Handarbeiten: reparierte Kleidung, nähte Knöpfe an, stopfte Strümpfe oder häkelte. Im Augenblick arbeitete sie an einem buttergelben Sommeroberteil mit Muschelmuster für Helle, das die Siebenjährige im *Familie Journal*, das sie jede Woche von Tante Margit erbten, gesehen und begeistert kommentiert hatte. Das Oberteil sollte eine Überraschung sein, darum arbeitete Vittoria nur abends daran, wenn die Kinder im Bett waren. Wenn sie sich beeilte, würde sie bis zu Helles Geburtstag damit fertig werden.

Gegen neun Uhr servierte Vittoria ihnen eine Tasse Tee und eine Scheibe Brot mit Käse, und danach sagte ihr Arbeitgeber gute Nacht und ging ins Bett. Die Abende mit

Ejnar zu verbringen war nicht weiter schwer, dachte Vittoria oft, wenn sie als letzte Handlung des Tages die Tassen und Teller abwusch. Er war zufrieden, wenn er seine Ruhe hatte. Weil er jeden Tag mit so vielen Menschen sprach, hielt sich sein Gesprächsbedarf in der Freizeit in Grenzen. Dass Vittoria sich gerne ein wenig mit anderen Erwachsenen austauschen würde, stand auf einem anderen Blatt. Ejnar bot sich dafür jedenfalls nicht an.

1. Juni 1958

»Warum heiratest du ihn nicht, wenn ihr euch doch so gut vertragt?«, fragte Conny.

»Ach, Conny! So gut vertragen wir uns nun auch wieder nicht. Er redet ja kaum ein Wort mit mir, wenn wir allein sind. Und wieso willst du unbedingt, dass ich heirate?«

»Ganz im Ernst: Dein Leben würde so viel leichter werden, wenn du seine Frau wärst. Dann wärst du Arztfrau, das ist nicht schlecht.«

»Ich will aber nicht heiraten, und schon gar nicht Ejnar. Der ist viel zu langweilig für mich. Und zu alt.«

»Aber ein fescher Kerl.«

»Findest du? Finde ich nicht.«

»Wie müsste denn dein Traummann sein?«

Vittoria lachte. »Jünger. Witziger. Impulsiver. Aber das ist auch ganz gleich. Ejnar hat doch überhaupt kein Auge auf mich.«

»Dann muss er blind sein. Und taub.« Conny musterte ihre Freundin. »Wenn du dir eine flotte Frisur schneiden lassen und etwas Lippenstift auftragen würdest, würden ihm bestimmt die Augen aufgehen. Oder wenn du mal was anderes anziehen würdest, etwas … hm …« Sie suchte nach einem passenden Ausdruck, während sie Vittorias adrettes blau kariertes Sommerkleid betrachtete. »Etwas, das deine weiblichen Vorzüge ein bisschen besser unterstreicht vielleicht. Das irgendwie sexy ist. Soll ich mal mit dir einkaufen gehen? Dann werden wir schon was Hübsches finden.«

»Das könnte dir so passen!« Vittoria lachte. »Was meinst du wohl, was Ejnar denken würde, wenn ich plötzlich in so etwas herumliefe?« Sie warf einen bedeutungsschwangeren Blick auf Connys enges korallenrotes Oberteil, dessen Ausschnitt so tief war, dass man den Rand des torpedoförmigen Büstenhalters erahnen konnte. »Oder Tante Margit? Die kriegt einen Herzanfall.«

Vittoria machte es Spaß, mit Conny – der einzigen Gleichaltrigen in ihrem sehr überschaubaren Bekanntenkreis – so ausgelassen zu sein. Heute waren die beiden unterwegs zum Vergnügungspark im Jægersborg Hirschpark.

Der Sportwagen passte nicht in ihren kleinen Fiat, darum war Vittoria die fünf Kilometer zum Kopenhagener Hauptbahnhof zu Fuß gegangen. Dort hatte sie sich mit Conny getroffen, und nun saßen sie im Zug nach Klampenborg. Ein freundlicher Kondukteur half ihnen mit dem Kinderwagen.

»Glaub mir, Vittoria, ich werde schon etwas für dich finden.«

Vittoria freute sich jedes Mal, wenn Conny sie mit ihrem richtigen Namen ansprach. In Dänemark war sie die Einzige, die das tat.

»Ich will Ejnar nicht beeindrucken«, sagte sie. »Aber ein neues Kleid wäre nicht schlecht, ich muss ja nicht *alles* selbst nähen.«

»Frag doch mal, ob du mal einen Nachmittag freikriegen kannst«, schlug Conny vor. »Es wäre doch schön, wenn wir mal zusammen bummeln gehen könnten.«

»Ja …« Vittoria nickte. Die Chance, an einem ganz normalen Werktag freizubekommen, war mehr als gering, aber sie wollte die Flinte nicht sofort ins Korn werfen. Vielleicht in den Sommerferien. Ejnar hatte ihr noch nicht verraten, was er dafür plante. Wenn Vittoria Glück hatte, würde er mit den Kindern für ein paar Wochen allein verreisen, dann hätte sie mal ein bisschen Zeit für sich. Sie trat auf den Gang und sah nach Massimo. Er schlief tief und fest. »Genug von mir geredet«, sagte sie, als sie wiederkam. »Wie sieht es mit *deinem* Liebesleben aus? Triffst du dich noch mit diesem Kjeld?«

»Nee, den hab ich abserviert.« Connys Lächeln erstarb.

»Warum?«

»Weil er mir eine gelangt hat, und so was lasse ich mir nicht gefallen.« Conny sah sie an.

»Eine gelangt?«

»Eine Ohrfeige gegeben.«

»Oh.« Vittoria runzelte die Stirn. »Ich hasse Männer, die Frauen schlagen!«, brach es dann, etwas heftiger als erwartet, aus ihr hervor.

Neugierig sah Conny sie an. »Hat Massimos Vater dich geschlagen?«

»Nein, aber ich kannte mal einen, der …« Den Rest des Satzes schluckte Vittoria herunter. »Von Kjeld hätte ich das jedenfalls nicht gedacht.«

»Du kennst ihn doch gar nicht«, sagte Conny. Sie war immer ein wenig pikiert, wenn Vittoria ihren Fragen auswich.

»Nein, aber nach allem, was du so erzählt hast, schien er doch sehr nett.«

Achselzucken. »So sind sie am Anfang alle.« Conny verzog traurig das Gesicht. »Ich hatte mich eigentlich ein bisschen auf ihn eingeschossen. Kjeld hat eine eigene Dreizimmerwohnung und ist Ingenieur. Der hätte mich prima versorgen können, wenn wir geheiratet hätten.«

»Wart ihr denn verlobt?«

»Nee, nicht richtig …« Conny sah aus dem Fenster.

»Hast du denn schon einen Neuen im Auge?« Vittoria stupste ihre Freundin an, sie wollte die unbeschwerte Stimmung wiederherstellen: »Was ist mit deinem Chef?«

Conny drehte den Kopf zu ihr und lachte laut: »Muschimund?« Ihr Trübsinn war wie weggeblasen.

»Conny, wenn uns jemand hört!« Entsetzt sah sich Vittoria in dem offenen Abteil um.

»Mann, bist du prüde.«

»Jetzt mal im Ernst, Conny: Wäre der nichts für dich? Geld hat er doch genug, und du hast gesagt, dass er sich für dich interessiert.«

»Der interessiert sich höchstens dafür, mich schnell mal flachzulegen, mehr nicht. Ich bin mir ziemlich sicher, dass er bereits verheiratet ist.«

Vittoria sah sich abermals im Abteil um, aber die anderen Reisenden schienen Connys frivole Bemerkungen überhört zu haben. Sie beschloss, das Thema zu wechseln.

»Wie lief es neulich mit dem Fototermin?«

»Fabelhaft!« Conny lächelte. »Wir waren zu dritt und hatten jede Menge Spaß. Ich glaube, ich komme auf die Titelseite des Katalogs. Das hat der Fotograf jedenfalls gesagt. Und er hat gefragt, ob ich weitere Fotoaufnahmen machen würde.«

»Auch für Daells Warenhaus?«

»Ja, bestimmt auch für die. Aber zuerst einmal für eine Seifenreklame. Ich soll so aussehen, als würde ich baden.«

»Nackt?«

»Immer mit der Ruhe, man wird nichts sehen können. Nur eine Schulter und ein bisschen von meinem Rücken. Und mein Gesicht natürlich. Ich bin mordsmäßig gespannt.«

Vittoria schüttelte den Kopf. Sie verstand einfach nicht, wieso Conny sich so zur Schau stellen wollte.

»Charlottenlund. Nur mehr zwei Haltestellen«, sagte Conny und reckte den Hals. »Hach, ich freu mich. Ich bin dieses Jahr noch gar nicht im Bakken gewesen.«

»Ich hätte da mal eine dumme Frage…«, begann Vittoria.

»Schieß los.«

»Was genau erwartet mich eigentlich in diesem Bakken?«

»Ach, da wirst du dich amüsieren!«, rief Conny aus und beschrieb ihr dann in den buntesten Farben, was es im Dyrehavsbakken alles Tolles zu erleben gab. Die Fahrgeschäfte, die Schießbuden, den Pierrot. »Und Männer, Vittoria! Jede Menge Männer. Die kommen da hin, um um die Wette zu trinken, zu schießen und um Frauen zu treffen. Wenn du Lust hast, gehen wir heute Abend ins Bakkens Hvile. Da sind immer ganz viele Burschen, die für alles offen sind.«

»Bist du dir sicher, dass es überhaupt so eine gute Idee ist, da rauszufahren?«, fragte Vittoria vorsichtig. »Mit Massimo, meine ich? Wenn da betrunkene Männer herumlaufen und sich womöglich prügeln, dann ist es vielleicht nicht gerade …«

»Dazu kommt es erst abends«, beeilte Conny sich zu sagen. »Tagsüber wimmelt es da vor Kindern. Da ist es ganz friedlich. Wirst schon sehen.«

Conny behielt allerdings nicht ganz recht. Tatsächlich besuchten an diesem milden Sonntagnachmittag viele Familien mit Kindern, die Eis aßen und Karussell fuhren, den Vergnügungspark, aber viele waren auch aus anderen Gründen gekommen. Die jungen Pärchen, die verliebt von einem Fahrgeschäft zum anderen gingen, störten niemanden, aber die vielen Handwerkerlehrlinge und kichernden Arbeitermädchen, die jeweils in Gruppen auftraten, konnten einem schon ein wenig Angst einjagen. Die seien hier, um ihren Spaß zu haben, wie Conny sich ausdrückte. Der Sonntag war ihr einziger freier Tag in der Woche, und sie tranken reichlich – sowohl in den Schankstuben als auch von ihren mitgebrachten Flaschen. Bereits am frühen Nachmittag herrschte Hochstimmung. Es wurde gerufen und geflirtet und mit den Muskeln gespielt, und Vittoria fühlte sich alles andere als wohl, wenn sie an diesen lautstarken Menschentrauben vorbeigingen.

Conny dagegen warf sehnsüchtige Blicke auf die pomadisierten Typen in Lederjacken und Motorradstiefeln. Es war kaum zu übersehen, dass sie sich hin und wieder am liebsten von Vittoria und dem Kinderwagen losgerissen und zu den anderen jungen Leuten gesellt hätte. Nicht zum ersten Mal fühlte sich Vittoria eine ganze Generation älter als die nur drei Jahre jüngere Conny.

Als Massimo irgendwann aufwachte, verzog sich Vittoria hinter ein Tombolazelt, um ihm die Windel zu wechseln. Conny sagte, sie werde auf sie warten, aber als Vittoria zurückkam, war ihre Freundin nirgends zu sehen. Vittoria suchte einige Minuten vergeblich nach ihr, dann setzte sie sich mit dem Jungen auf eine Bank und fütterte ihn mit einer zerdrückten Banane. Zwischendurch gab sie ihm Milch aus einem kleinen bunten Blechbecher mit Märchenmotiven. Den Becher hatte sie in der vergangenen Woche bei Schous Seifenhaus gekauft, nachdem sie beschlossen hatte, der Junge müsse nun lernen, eigenständig zu trinken.

Massimo saß mit einer Windel als Lätzchen um den Hals da und sah sich mit seinen braunen Samtaugen um. Er ist ganz schön groß geworden, dachte Vittoria und wischte ihm einen Klecks Bananenmus vom Kinn. Die federleichten dunklen Locken waren länger und kräftiger geworden und lagen nun wie ein Heiligenschein um seinen Kopf. Wie immer beäugte sie das Kind etwas beunruhigt hinsichtlich Ähnlichkeiten mit dem Kindsvater, aber bisher zeichnete sich da glücklicherweise nichts ab. Keine kantigen Züge in Massimos rundem, neugierigem Gesicht. Der Junge konnte nun gestützt sitzen, und seine kleinen Hände griffen eifrig um sich: nach dem Teelöffel, nach Vittorias Haar, nach dem Trinkbecher. Es erforderte einige Wachsamkeit und eine schnelle Reaktionszeit, das Kind zu füttern, ohne dass am Ende die Hälfte des Essens auf seiner oder ihrer Sonntagskleidung gelandet war.

Massimo sah seiner Mutter in die Augen, lächelte glücklich und zeigte dabei seine beiden Zähne. Vittoria erwiderte sein Lächeln und spürte die grenzenlose Liebe zu ihm wie einen großen, bebenden Klumpen in der Brust. Nicht zum ersten Mal überlegte sie, ob das wohl ihr Herz war. Befand sich die Liebe tatsächlich genau da? Im Herzen? Das musste sie Ejnar bei Gelegenheit einmal fragen. So etwas musste ein Arzt doch wissen.

Als Massimo satt war, setzte Vittoria ihn mit einer kleinen Decke im Rücken in den Kinderwagen und ging auf die Suche nach Conny. Nach der Pause auf der Bank wurde ihr plötzlich bewusst, wie müde ihre Beine waren. Die fünf Kilometer vom Italiensvej zum Hauptbahnhof plus der eine vom Bahnhof Klampenborg zum Bakken hatten Kraft gekostet, und sie hatte ja auch noch den Rückweg vor sich. Sie bedauerte, nicht die flachen Schuhe angezogen zu haben, aber was das betraf, konnte sie einfach nicht aus ihrer Haut: Sie wollte sich in der Öffentlichkeit nur in präsentablem Schuhwerk zeigen, in dem sie besonders aufrecht ging und ihre Waden schön rund wirkten. Vittoria beschloss, den Heimweg anzutreten, nachdem sie ihren Durst gestillt hatte. Sie fand eine Schankstube, bei der sie draußen sitzen und den mit Conny verabredeten Treffpunkt im Auge behalten konnte. Der Kellner flirtete diskret mit ihr, und Vittoria fühlte sich unwillkürlich geschmeichelt. Das war ja fast wie zu Hause in Rom, dachte sie. Offenes, freundliches Interesse, auf das man sich einlassen konnte oder nicht, ohne dass es irgendwelche Konsequenzen hatte. Vittoria hasste plumpe Annäherungsversuche wie die des Marinus Mortensen, aber das hier fehlte ihr eigentlich ein wenig, diese unverbindliche Spannung in der Luft zwischen ihr und einem Vertreter des anderen Geschlechts. Sie wollte so gerne mal wieder ausgeführt werden, gut essen, Händchen halten, nach Hause gebracht werden und vielleicht einen Gutenachtkuss bekommen, nach dem jeder in sein eigenes Bett ging.

Aber so, wie die Dinge derzeit lagen, war kein Platz für Romantik. Wer soll sich denn um Massimo kümmern, wenn ich mal einen Abend ausgehe?, dachte sie und legte nach kurzem Zögern ihre Hand auf den Tisch, damit der Kellner den Saphirring sehen konnte. Er stellte umgehend sein Werben ein und holte ohne weiteren Kommentar die bestellte Zitronenlimonade. Vittoria sah ihm auf seinem Weg zur Bar nach. Der Rücken unter der weißen Jacke war gerade, der Nacken golden unter dem kurzen Haar. Mist aber auch. Sie blieb eine Weile sitzen und spielte mit dem Ring an ihrem Finger, während ihr Blick über die unzähligen Gesichter der ausgelassenen Bakken-Besucher wanderte – keine Spur von Conny. Irgendwann war die Limoflasche leer, und Massimos Geduld erschöpft. Vittoria stand auf und war auf dem Weg zum Ausgang, als sie jemanden nach ihr rufen hörte und eine Hand auf der Schulter spürte. Sie fuhr herum.

»Conny! Wo, um alles in der Welt, bist du gewesen?«

»Ich habe ein paar von meinen Kolleginnen getroffen«, sagte Conny. Ihre Wangen glühten, und ihr Atem roch nach Bier und Zigaretten. »Und noch ein paar andere, ein paar Burschen. Da hab ich völlig die Zeit vergessen!« Sie lachte, aber das schlechte Gewissen stand ihr ins Gesicht geschrieben.

»Ich habe mir solche Sorgen gemacht«, sagte Vittoria.

Conny lachte wieder gekünstelt. »Sorgen? Wieso?«

»Ich dachte, dir wäre vielleicht was passiert.«

»Was bist du denn für eine Glucke«, sagte Conny und beugte sich über Massimo, der sofort glücklich nach ihren Haaren griff. »Na, was sagst du, kleiner süßer Massimo? Ist deine Mama eine Glucke?«

Vittoria wurde so wütend, dass sie Mühe hatte, ihre Stimme zu beherrschen: »So etwas gehört sich einfach nicht, Conny. Mich hier, wo ich mich überhaupt nicht auskenne, einfach so allein zu lassen! Und offenbar keinen Gedanken daran zu verschwenden, wie es mir wohl ergeht!«

Conny richtete sich auf. »Uiuiui. Reg dich ab.«

»Ich habe aber keine Lust, mich abzuregen. Wir wollten uns einen schönen Tag zusammen machen, darum sind wir hier, und dann lässt du mich einfach stehen.«

»Ich kann doch nicht die ganze Zeit dein Kindermädchen spielen. Wir sind schließlich auch hier, um mal andere Leute zu treffen, oder etwa nicht?«

Vittoria starrte sie an. In diesem Augenblick hasste sie Conny. Inbrünstig. »Ich gehe jetzt nach Hause.«

»Ach, jetzt komm schon mit und trink ein Bier mit uns, Vittoria. Und danach brechen wir zusammen auf.« Conny legte eine Hand auf Vittorias Arm, doch sie schüttelte sie wütend ab.

»Nein danke.«

Conny beharrte: »Wir sitzen gleich da drüben.« Sie machte eine Kopfbewegung zu einem Holzhaus mit aufgemaltem Fachwerk und einem großen Schild, das Musik und Tanz versprach. »Jetzt komm schon. Das wird lustig.«

»Nein. Ich will nach Hause.«

»Wir können doch nicht jetzt schon zurück in die Stadt fahren. Es ist erst drei Uhr, und ich habe heute Abend frei.«

»Du kannst ja hierbleiben«, sagte Vittoria, ohne sie anzusehen. »Bei deinen Freunden. Ich habe noch ein gutes Stück Fußmarsch vor mir, bis ich daheim bin.«

Etwas verloren stand Conny da. Dann zuckte sie die Achseln. »Na ja, gut. Wenn es dir nichts ausmacht, dann … Wir sehen uns nächsten Sonntag, ja?«

»Mal sehen.« Vittorias Hände zitterten, als sie Massimo zudeckte. »Tschüss.« Ohne Conny eines weiteren Blickes zu würdigen, setzte sie sich in Bewegung.

»*So long,* Vittoria!«, rief Conny ihr hinterher.

Vittoria antwortete nicht. Sie rammte die hohen Absätze bei jedem ihrer langen Schritte in den Kiesweg und schob wutschnaubend den Kinderwagen vor sich her.

1. Juni 1958

Im Zug Richtung Stadt schäumte Vittoria immer noch vor Wut. Sie fühlte sich im Stich gelassen, lächerlich gemacht und sehr allein – und sie verfluchte Conny dahin, wo der Pfeffer wuchs. Ich weiß nicht, ob ich mich überhaupt wieder mit ihr treffen möchte, dachte Vittoria. Ich glaube, wir sind einfach viel zu verschieden.

Doch schließlich erkannte Vittoria, dass der Frust, der sich Bahn brach, nicht nur ihrer Freundin geschuldet war. Ihre gesamte Situation erschien ihr plötzlich so festgefahren. Die alleinige Verantwortung für ein kleines Kind zu tragen war eine Sache – noch dazu als Haushälterin zu arbeiten steigerte das tägliche Arbeitspensum derart, dass sie im Prinzip zu nichts anderem mehr kam. Selbst wenn sie Lust gehabt hätte, hin und wieder mehr wie Conny zu sein – sie hätte ja keinerlei Gelegenheit dazu. In ihrer Freizeit war sie genauso eingespannt wie in ihrer Arbeitszeit. Fast wünschte sie sich in das Säuglingsheim zurück. Da hatte sie zumindest richtig Feierabend gehabt, eine Aushilfe, wenn sie krank gewesen war, und Kolleginnen, mit denen gemeinsam sie Pflichten nachgekommen war und Pausen gemacht hatte.

Ihre Füße schmerzten immer ärger, als sie über die Langebro marschierte. Massimo schlief tief und fest. Vittoria beneidete ihn. Lag einfach da in seinem schaukelnden Kinderwagen und ließ sich herumtransportieren. Die schmerzenden Füße waren natürlich ihre eigene Schuld, warum musste sie auch auf so hohen Absätzen gehen? Vittoria musste an die Schuhe denken, die im Kinderheim zu ihrer Kinderpflegerinnenuniform gehört hatten: praktische weiße Holzpantoffeln. Die hätte sie jetzt gut gebrauchen können. Auf den Rest der Uniform jedoch – die steife weiße Haube und den hellgrauen Kittel – konnte sie gut verzichten. Und es hatte bei ihrer alten Arbeitsstelle noch mehr Dinge gegeben, die ihr jetzt wirklich nicht fehlten.

Natürlich hatte es ihr eine gewisse Sicherheit gegeben, dass Schwester Giovanna ihr immer gesagt hatte, was zu tun war. Aber wenn Vittoria ehrlich war, dann gefiel ihr die Verantwortung sehr gut, die sie nun bei ihrer neuen Stelle trug. *Sie* entschied, was es zum Abendessen gab oder ob Helle nach der Schule eine Freundin mit nach Hause bringen durfte. *Sie* entschied, wie warm die Kinder sich anziehen sollten und wofür das Haushaltsgeld ausgegeben wurde. *Sie* entschied, um welchen Teil des Hauses Frau Sloth sich ganz besonders gründlich kümmern sollte. Ejnar mischte sich in all das nicht ein.

Am besten fand Vittoria, dass sie – zumindest tagsüber – den Kindern gegenüber völlig freie Hand hatte. Sie konnte bei Konflikten eingreifen, ohne sich erst mit einer Vorgesetzten besprechen zu müssen, und sie konnte so streng oder nachgiebig sein, wie sie wollte. Und noch viel besser: Sie durfte die Kinder trösten, wenn sie traurig waren, sie auf den Arm nehmen, an sich drücken und streicheln, so viel sie wollte. Das war im Kinderheim anders gewesen. Nie würde Vittoria vergessen, wie sie zum ersten Mal gemaßregelt worden war, weil sie ein neues Findelkind getröstet hatte.

Diese Sorgen hatte sie jetzt glücklicherweise nicht, dachte Vittoria. Sie durfte es zulassen, dass zwischen ihr und den Kindern eine Bindung entstand. Im møllerschen Haushalt musste sich niemand in den Schlaf weinen. Zumindest keines der Kinder.

*

Margit und Jørgen waren zu Besuch, als Vittoria endlich nach Hause kam. Margit hatte gekocht – ein seltsames, aber zugegebenermaßen wohlschmeckendes Gericht, das sie »Brennende Liebe« nannte –, dann waren sie und ihre Familie gegangen. Kaum jedoch war die Tür hinter ihnen ins Schloss gefallen, nahm Vittoria ihre übliche Sonntagabendbeschäftigung in Angriff: Sie ging sämtliche Küchenschränke durch, stellte die Tellerstapel wieder dorthin, wo sie vorher gestanden hatten, sortierte die Gewürze wieder nach ihrem Belieben, stellte die Butter an den richtigen Platz im Kühlschrank und hängte den Wischlappen auf die einzig richtige Weise über den Wasserhahn – nämlich zweimal gefaltet, nicht nur einmal. Mürrisch brummte sie vor sich hin, während sie in der Hocke auch noch Pfannen und Töpfe miteinander tauschte, und fluchte laut, als ihr eine Kasserolle herunterfiel.

»Herrje, was machst du denn für einen Lärm?«, fragte Ejnar, der die Kinder zu Bett gebracht hatte. »Was ist denn hier los?«

»Ich wünschte, sie könnte die Sachen einfach an ihrem Platz stehen lassen«, sagte Vittoria. Sie war so müde, dass ihr Ton etwas schärfer ausfiel, als sie es eigentlich ihrem Arbeitgeber gegenüber für angemessen hielt. »Dann müsste ich sie nicht jeden Sonntag wieder zurückstellen.«

»Dann lass es doch einfach bleiben«, sagte er.

»Ich bin es aber, die sechs Tage die Woche in dieser Küche arbeitet«, entgegnete sie und erhob sich. »Also bin ich es auch, die bestimmt, wo was stehen soll.«

»Margit meint es nur gut«, sagte er.

»Ich finde das ziemlich unverschämt von ihr!«

»Na, na. Jetzt mal langsam, Vita.«

»Mir würde es nicht im Traum einfallen, ihre Sachen umzustellen, wenn ich in ihrer Küche Essen machen würde.« Vittoria wusste, dass sie zu weit ging, aber der

Jähzorn rauschte in ihren Ohren. »Was fällt dieser Person überhaupt ein, sich einzumischen?«

»Vita!«

Sie drehte sich um. »Ich bin es so leid.«

»Margit glaubt wohl, das ihrer Schwester zu schulden«, sagte er. »Dafür zu sorgen, dass alles so bleibt, wie Gerda es haben wollte.«

»Also, ich finde, das ist eine sehr seltsame Art und Weise, das Andenken an seine Schwester zu ehren: indem man dem Menschen, der sich um ihre Hinterbliebenen kümmert, das Leben so schwer wie möglich macht. Siehst du das denn nicht?«

»Du bist es, die hier etwas nicht sieht, Vita.« Ejnar setzte sich auf den Küchenschemel und holte seinen Tabakbeutel hervor. »Als Gerda starb, hat Margit sich selbst und mir versprochen, dass sie sich um uns kümmern würde. Sie tut alles, um dieses Versprechen zu halten, wenn auch manchmal auf etwas seltsame Weise. Herrje, du könntest wirklich ein bisschen nachsichtiger mit ihr sein.«

Sie sah ihn an. »Und du? Geht es dir genauso? Bist du auch unzufrieden damit, dass ich in der Küche deiner Frau umgeräumt habe?«

»Mir ist das völlig gleich, Vita.« Den Blick auf Zeigefinger und Daumen gerichtet, die eine geeignete Menge Tabak aus dem Beutel fischten, begann er, seine Pfeife zu stopfen. »Wenn ich an meine Frau denke, drehen sich meine Gedanken gewiss nicht darum, wie sie die Küche organisiert hatte.«

»Nein, natürlich nicht.« Vittoria blickte sich um. Die hellgrauen Unterschränke, die abgenutzte Linoleum-

Arbeitsfläche, der Gasherd, die moderne Tapete mit dem geometrischen Muster. Plötzlich sah sie vor sich, wie die verstorbene Frau Møller Kartoffeln schälte. Ob sie den Lappen wohl so aufgehängt hatte, wie Margit es jetzt penetrant immer wieder tat? »Standen die beiden sich sehr nah?«, fragte sie. »Margit und Gerda, meine ich?«

Ejnar sah auf. »Als sie jünger waren, nicht. Sie waren sehr verschieden und hatten kaum gemeinsame Interessen. Ehrlich gesagt glaube ich nicht, dass sie sich besonders mochten. Vor allem Margit war ihrer Schwester gegenüber immer in der Defensive. Aber als sie die Zwillinge bekam …« Er schüttelte den Kopf. »Ohne Gerda wäre sie in der ersten Zeit aufgeschmissen gewesen«, sagte er und legte die Pfeife auf den Küchentisch, während er den Tabakbeutel wieder zusammenpackte. »Du kannst dir gar nicht vorstellen, wie schlimm das für sie war.« Er sah Vittoria an.

Vittoria setzte sich auf den Küchentisch und ließ die Beine baumeln. »Das muss hart gewesen sein«, räumte sie ein.

»Wenn Gerda mit den Zwillingen spazieren ging, damit Margit einen Mittagsschlaf machen konnte, saß Helle auf einem kleinen Geschwistersitz oben auf dem Kinderwagen, und wenn sie ungeduldig wurde, fütterte Gerda sie mit Rosinen und brachte ihr alberne Kinderreime bei.«

»Deine Frau muss etwas ganz Besonderes gewesen sein«, sagte Vittoria leise, als sie sah, dass Ejnars Augen hinter der dicken Brille glasig geworden waren. »Ich kann gut verstehen, dass ihr alle Gerda so vermisst.«

Ejnar nickte. »Margit hat seit dieser Zeit mit den Zwillingen ständig das Gefühl gehabt, ihrer Schwester etwas zu schulden. Und nach Gerdas Tod hat sie alles darangesetzt, diese Schuld einzulösen. Ich weiß nicht, was ich ohne Margit getan hätte, Vita. Sie war mein Fels in der Brandung.«

»Aber jetzt hast du doch mich«, sagte Vittoria.

»Ja, und darüber ist sie auch ganz bestimmt sehr froh. Ihr Alltag ist zweifellos um einiges leichter geworden, seitdem sie sich nur noch um ihre eigene Familie kümmern muss.« Ejnar nahm die Pfeife vom Tisch und erhob sich. »Aber es fällt ihr eben auch schwer, die Verantwortung ganz abzugeben. Jedenfalls, solange sie nicht ganz sicher sein kann, ob du bleibst.«

»Ich habe nicht vor wegzugehen«, sagte Vittoria.

»Es wäre schön, wenn du Margit gegenüber etwas mehr Verständnis zeigen könntest.«

»Wenn du meinst.« Vita rutschte vom Tisch und verzog das Gesicht, als ihre Füße auf dem Boden aufkamen. »Ich werde es versuchen. Wenn sie mich doch nur auch ein klein wenig respektieren könnte. Du hast selbst gesagt, dass ich die Verantwortung habe für …«

»Ich werde mit ihr reden«, unterbrach Ejnar sie. »Aber jetzt will ich das Radiokonzert hören. In ein paar Minuten geht es los.«

Kurz darauf saßen sie auf ihren jeweiligen Plätzen im Wohnzimmer. Aus dem Radio erklang ein Grammofonkonzert, ein Klavierkonzert von Mozart, das Vittoria irgendwie an den furchtbaren Lärm im Dyrehavsbakken erinnerte, während Ejnar es zu genießen schien. Er wippte mit dem Fuß und nuckelte an seiner Pfeife.

Vittoria war schrecklich erschöpft. Sie hatte ihren freien Tag damit verbracht, einen anstrengenden Ausflug zu einem frustrierenden Ziel zu unternehmen, und jetzt tat ihr neben Zehen, Waden und Schenkeln auch das Kreuz weh. Und die Auseinandersetzung mit Conny stimmte sie deprimiert. Vittoria war immer noch wütend darüber, wie ihre Freundin sich verhalten hatte. So etwas machte man doch nicht! Die Frage war auch, ob sie überhaupt noch Freundinnen waren. Bei diesem Gedanken wurde Vittoria traurig. Wenn Conny aus ihrem Leben verschwände, hätte sie keine Bekannte in ihrem Alter mehr. Ihr Leben würde nur noch aus Ejnar und den Kindern bestehen.

Und jetzt war sie auch noch mit ihm aneinandergeraten … Tränen brannten in ihren Augen, doch sie blinzelte sie schnell weg. Das war bloß die Müdigkeit, sie sollte ins Bett gehen, sagte sie sich, und fing ein neues Knäuel buttergelbes Baumwollgarn an. Aber sie war zu kaputt, um aufzustehen, zu kaputt, um irgendetwas anderes zu tun, als hier zu sitzen und Doppelstäbchen zu häkeln. Wenn sie doch nur jemand in ihr Zimmer bringen und sie zudecken würde. Sie schielte zu Ejnar hinüber. Er würde sie sicher nicht ins Bett bringen, dachte sie und stellte zu ihrer eigenen Überraschung fest, dass sie bei der Vorstellung lächelte.

Hatte Conny recht? War er fesch? In Vittorias Augen nicht, das musste sie gestehen. Ejnar war ein gut aussehender Mann, ja, obwohl seine etwas knochige Statur Vittoria nicht besonders ansprach. Aber objektiv gesehen, war an Ejnars Äußerem nichts auszusetzen – jedenfalls nicht, wenn sie das italienische Auge zukniff und ihn nur aus ihrem dänischen Auge betrachtete. Im Vergleich zu vielen anderen Männern hier in Dänemark war er in der Tat ziemlich attraktiv. Sein kräftiges, kastanienbraunes Haar wurde an den Schläfen ein wenig grau, war ansonsten aber noch voll. Die Augenbrauen waren markant, die Augen hinter den dicken Brillengläsern graubraun, die Wangenknochen etwas zu ausgeprägt, die Zähne gerade, wenn auch leicht von Tabak verfärbt. Er sah weder umwerfend gut aus, noch war er ausgesprochen hässlich, dachte Vittoria. Er war ein ganz normaler Mann bald mittleren Alters.

Wieso Conny Ejnar attraktiv fand, erschloss sich Vittoria nicht. Sie selbst zog Männer mit etwas mehr Speck auf den Rippen vor. Männer, die sich auch mal gehen ließen, die laut lachten und lautstark diskutierten, die ihre Mahlzeit mit allen Sinnen genossen und nicht bloß aßen, um sich zu ernähren. Männer, die eine Frau auch schon mal aus ihrem Sessel hoben und ins Bett trugen, wenn sie müde war. Männer wie ihren Vater, ging ihr da auf. Der lebensfrohe Massimo Contini hatte seine Frau immer aufheitern können, ganz gleich, wie missmutig oder müde oder gereizt sie gewesen war. Ihre Eltern hatten sich auf der Straße genauso in den Arm genommen und geküsst wie in der Küche des Restaurants – und manchmal sogar vor den Gästen. Als Kind hatte Vittoria diese offenkundige Verliebtheit ihrer Eltern oft peinlich gefunden, aber jetzt, da sie selbst erwachsen war, verstand sie, dass es gerade diese offen gezeigte Zuneigung gewesen war, die dem schuftenden Gastronomenehepaar durch den häufig anstrengenden Alltag geholfen hatte.

Vittoria log nicht, wenn sie Conny gegenüber beteuerte, sie wolle nicht heiraten. Diese Entscheidung hatte sie schon vor langer Zeit getroffen. Sollte sie eines Tages wieder heiraten, dann erst, wenn Massimo erwachsen war.

Und bis dahin darf man ja wohl ein bisschen träumen, dachte sie und warf einen weiteren verstohlenen Blick auf Ejnar, der die Augen nun geschlossen hatte und aussah, als hätte der merkwürdige, aus dem Radio tönende Lärm ihn in einen Trancezustand versetzt. Nein, von einem wie Ejnar träumte sie wirklich nicht!

Als das Konzert vorbei war, verkündete der Sprecher, als Nächstes stehe eine Sendung zu den Problemen rund um die außerordentliche Neuwahl des Reichstags in Schweden auf dem Programm. Das war zu viel für Vittoria. Sie legte ihre Handarbeit beiseite, während Ejnar den Inhalt seiner Pfeife in den Aschenbecher entleerte. *Tock-tock-tock*.

»Ich gehe heute mal früher ins Bett«, sagte Vittoria. »Soll ich dir vorher noch deinen Tee machen?«

Verblüfft sah Ejnar auf – so, als hätte er ganz vergessen, dass sie ja auch noch da war. »Das mache ich selbst. Schließlich hast du heute frei. Möchtest du nichts mehr?«

»Nein. Ich schlafe gleich ein«, sagte Vittoria und erhob sich. »War ein langer Tag für mich.«

Ejnar Møller antwortete mit einem zerstreuten Nicken. Die Sendung hatte angefangen, seine Aufmerksamkeit galt wieder einzig und allein dem Radio. Vittoria schloss die Tür hinter sich.

2. Juni 1958

»Guten Abend, Conny, und herzlich willkommen!« Hans Villadsen stand mit einer Zigarre in der Hand auf der Türschwelle zum Pausenraum. »Hatten Sie ein schönes Wochenende?«

»Ja danke.« Conny war dabei, ihre Sommersprossen unter einer zusätzlichen Schicht Puder zu verbergen, sah ihren Chef im Spiegel an und drehte sich zu ihm um. »Ein richtig schönes sogar. Ich kann mich gar nicht erinnern, wann ich zuletzt einen Samstag *und* einen Sonntag auf einmal freihatte.«

Villadsen saugte an seiner Zigarre, seine Lippen hinterließen einen feuchten Rand. »Haben wir uns ein wenig amüsiert?« Rauch schwebte in den Raum.

»Ja, habe ich«, sagte Conny und lächelte. »Ich war gestern zusammen mit einer Freundin im Bakken.«

»Mit der italienischen Witwe?«

»Dass Sie sich daran noch erinnern können, Herr Villadsen.« Sie schloss die Puderdose – *klick!* – und steckte sie in die Tasche. »Das ist doch schon Monate her.«

»Hat sie die Stelle bekommen?«

»Ja, hat sie.«

»Und das Kind? Darf sie es mitbringen?«

Conny antwortete mit einem kurzen Nicken, das nicht zu weiteren Fragen einlud.

»Ich habe gestern im Bakkens Hvile eins von Ihren Liedern gehört«, sagte sie.

»Ach, sieh mal einer an. Welches denn?« Villadsen kam

ganz herein und zog sich einen Stuhl heran. Er zupfte an seinen Bügelfalten, bevor er sich rittlings daraufsetzte. Zu beiden Seiten der Rückenlehne ragte nun ein knochiges Knie hervor.

»Das mit dem … Gemüse.« Conny stellte verblüfft fest, dass sie errötete.

Er lachte laut. »Das von dem Mädchen mit den tollen Melonen und dem Gemüsehändler mit der strammen Gurke.« Er verschränkte seine Arme vor der Stuhllehne. »Hat es Ihnen gefallen?«

»Es war lustig, ja. Die Leute haben sehr geklatscht.«

»Und Ihre Freundin? Fand die das nicht zu gewagt?«

»Sie war da schon nach Hause gegangen.« Conny spürte den Anflug eines schlechten Gewissens. »Abends war ich mit ein paar anderen zusammen.«

»Unter anderem mit mir«, erklang da eine Stimme von der Tür her. Die vollbusige Bodil betrat den Pausenraum und brachte eine Wolke schweren Parfums mit sich. »Und ein paar anderen von uns. Hallo, Conny. Guten Abend, Herr Villadsen.« Sie hängte ihren Mantel auf und marschierte direkt zum Schminkspiegel, um sicherzustellen, dass ihre Haare so saßen, wie sie sollten.

»Kennen Sie noch weitere Lieder von mir, Conny?«, fragte der Chef, der die Unterbrechung schlicht ignorierte.

»Nur das von den Tätowierungen des Königs. Das ist fast noch besser, finde ich.«

»Haben Sie das letztes Jahr im Revuetheater gehört?«

Conny schüttelte den Kopf. »Ich bin noch nie im Varieté gewesen.«

»*Wie bitte?*« Bodil staunte.

Schlagartig kam Conny sich vor wie die letzte Landpomeranze. »Das Lied mit den Tätowierungen habe ich im Radio gehört. Und danach wurde Ihr Name genannt, Herr Villadsen.«

»Du musst *unbedingt* mal mit in die Cirkusrevyen«, beharrte Bodil. »Das ist sooo witzig! Wir könnten ja zusammen hingehen. Und vielleicht will auch noch jemand von den anderen mit.«

Bodil fingerte an den Knöpfen ihres Kleides herum, bis Hans Villadsen sich erhob. »Na, dann will ich euch mal eure Privatsphäre lassen. Umziehen wollt ihr euch ja sicher lieber ohne Publikum.« Er wandte sich zur Tür. »Vielleicht könnten wir ja mal einen Betriebsausflug zur Cirkusrevyen machen. Die singen da dieses Jahr zwei Lieder von mir, ich könnte also günstig an Karten kommen.«

»Wir können doch nicht alle auf einmal hier fehlen«, gab Conny zu bedenken.

»Mittwochs gibt es eine Nachmittagsvorstellung.« Villadsen zündete seine inzwischen erloschene Zigarre wieder an. »Ich kümmer mich mal drum«, sagte er, ging und hinterließ einen Schwaden Zigarrenrauch.

»Na? Seid ihr jetzt plötzlich Busenfreunde, oder was?«, fragte Bodil und befreite ihre schweren, bleichen Brüste aus dem Büstenhalter. Sie zog sich vollkommen aus und schlüpfte dann in einen Bademantel. Sie musste erst in über einer Stunde auf die Bühne, aber da sie bei ihrem Auftritt lediglich einen Schlüpfer und zwei strategisch platzierte Seidenlappen am Leib trug, sollte ihr Oberkörper möglichst keine Abdrücke von knapp sitzenden Gummibändern aufweisen.

»Wir haben uns gerade mal fünf Minuten unterhalten«, entgegnete Conny pikiert.

»Jaja, ist klar.« Bodil vermochte es, unfreundlich zu lächeln. »So, wie der dich anglotzt... Meinst du, wir haben keine Augen im Kopf?«

Die Tür ging auf, und zwei weitere Kolleginnen kamen herein: Ellen, die neue Garderobendame, und Hanne, eine der Kellnerinnen.

»Hältst du uns für blöd, oder was?«, bohrte Bodil weiter, nachdem sie den Neuankömmlingen zugenickt hatte. »Der steckt doch schon halb in dir drin.«

»Jetzt hör schon auf!« Conny schlüpfte in ihre schwarze Servieruniform. »Zwischen uns ist nichts. Er hat mir bei etwas Papierkram geholfen, das ist alles.«

»Worüber zankt ihr euch?«, fragte Hanne und legte ihre Handtasche ins Regal.

»Conny leugnet, dass zwischen ihr und Muschimund was läuft.« Bodil machte es sich auf dem einzigen Sessel im Pausenraum bequem. Sowohl sie als auch Conny hatten sich eine Zigarette angezündet, entsprechend konnte man die Luft in Scheiben schneiden.

»Fängst du schon wieder damit an?«, sagte Hanne. »Wenn Conny mit dem Chef ins Bett gehen würde, würde sie wohl kaum jeden Abend Getränketabletts schleppen. Das müsstest *du* doch wissen, Bodil.«

»Was soll *das* denn jetzt bitte heißen?« Bodil sah sie an. Ihre geschminkten Lippen wirkten wie eine Wunde in dem weiß gepuderten Gesicht.

»Tja, was wohl?« Hanne himmelte mit den Augen. »Als wüssten wir nicht, wie du an deinen Job auf der Bühne gekommen bist.«

Conny lachte, und Garderoben-Ellen wagte ein vorsichtiges Lächeln. Sie arbeitete erst seit einem Monat im Bella Notte und hatte sich noch nicht entschieden, auf welche Seite sie sich im ewig schwelenden Konflikt zwischen Servicepersonal und Bühnenkünstlerinnen stellen sollte.

»Jetzt reicht's aber!«, rief Bodil. »Kommst hier rein und behauptest, ich hätte …«

Den Rest des Satzes hörte Conny nicht mehr. Sie nutzte die Gelegenheit, nicht mehr Gegenstand des Gespächs zu sein, und verließ den Pausenraum. Nach dem Streit am Sonntag mit Vittoria war sie wohl etwas empfindlicher als sonst. Sie schämte sich dafür, ihren kleinen Ausflug verdorben zu haben, ärgerte sich aber auch über ihre Freundin. Wieso hatte sie sich nicht einfach zu ihnen gesetzt und ein Bier mit ihnen getrunken? Sie hätten noch so viel Spaß zusammen haben können, und die anderen Mädchen wären sicher ganz vernarrt in den kleinen Massimo gewesen. Sie hätten ihn von einer zur anderen gereicht, während die Erwachsenen ein paar Biere getrunken und ein bisschen das Tanzbein geschwungen hätten. Es hätte Vittoria gut getan, mal ein bisschen angetatscht zu werden. Dann wäre sie vielleicht mal ein wenig aufgetaut.

Conny kam es vor, als wollte Vittoria mit diesem Teil des Lebens ihrer Freundin nichts zu tun haben, als wollte sie nur diese eine Seite von Conny akzeptieren, die damit zufrieden war, das Baby zu kitzeln und unverfänglich über Klamotten und Männer zu plaudern. Den Rest ignorierte sie einfach. Wenn Conny etwas erzählte, das sie nicht so gerne hören wollte, wechselte Vittoria einfach das Thema. Sie würde nie das werden, was Conny am meisten brauchte: eine gleichaltrige Freundin, mit der sie über ihre Zukunft und ihre Träume reden, mit der sie sich über ihre Gedanken zu Männern und Arbeit und Lebensumständen austauschen konnte. Zum Beispiel würde sie Vittoria niemals anvertrauen können, wie schlecht es ihr damit gegangen war, sich zu prostituieren – auch wenn sie es nur fünf-, sechsmal getan hatte.

Ein paarmal war Conny kurz davor gewesen, Vittoria von jenem Morgen vor einem knappen Monat zu erzählen, der für sie ein Wendepunkt gewesen war. Da war sie wieder einmal mit einem fremden Mann im Bett aufgewacht. Conny hatte dagelegen und den schlafenden Kerl betrachtet: seine behaarten Schultern, seine schlaffen Wangen, seinen Mund, der sich bei jedem Atemzug ein wenig bewegte und schwefelartigen Dunst ausstieß. Sie hatte keine Ahnung gehabt, wer er war oder wie er hieß, aber sie konnte sich an seine unsensible Grobheit Stunden zuvor erinnern. Wie er sich auf sie gestürzt hatte, kaum dass sie im Zimmer gewesen waren, und nur schnell ertastet hatte, ob sie auch schon feucht war, bevor er sein halb steifes Glied in sie eingeführt und dann Ewigkeiten gebraucht hatte, bis er gekommen war. Rein-raus-rein-raus-rein-aus. Es hatte kein Ende nehmen wollen, und Conny war immer wunder geworden. Irgendwann hatte sie regelrecht Brechreiz verspürt. Hinterher war der betrunkene Idiot einfach von ihr heruntergerollt, auf dem Rücken liegen geblieben und sofort eingeschlafen. Sie hasste ihn, hatte sie damals gedacht. Hasste ihn und seinen schlechten Atem und seinen hässlichen Schwanz. Das einzig Gute an der Sache war das Geld, das er auf ihren Nachttisch legen würde, bevor er wieder nach Hause zu seiner Frau ging. Und da, wenige Sekunden bevor sie ihren Freier mit einem unsanften

Knuff in die Seite weckte, beschloss sie, dass dies das letzte Mal gewesen war. Nie wieder, hatte sie sich geschworen. In Zukunft würde sie nur noch mit jemandem ins Bett gehen, wenn sie Lust darauf hatte. Auch wenn das bedeutete, dass sie das Hotelzimmer aufgeben und sich eine billigere Bleibe suchen musste. Dieser Entschluss war wie eine Offenbarung für sie gewesen, und sie hätte so gerne mit Vittoria darüber geredet.

Aber das war ausgeschlossen. Vittoria wäre entsetzt gewesen. Sie missbilligte alles, was mit Sexualität zu tun hatte. Und das war doch eigentlich merkwürdig, dachte Conny. Ihre italienische Freundin war schließlich Mutter, also musste sie doch irgendwann einmal mit einem Mann zusammen gewesen sein, egal, ob sie da verheiratet gewesen war oder nicht. Trotzdem schien alles, was mit Geschlechtsverkehr zu tun hatte, sie abzustoßen, ja, abzuschrecken. Vielleicht redete sie sich ja selbst ein, dass Massimo das Ergebnis einer jungfräulichen Empfängnis war, dachte Conny und lächelte vor sich hin. Vittoria war ja katholisch. Und Katholiken glaubten doch an alles Mögliche.

Conny blieben noch zehn Minuten, bis sie ihren Dienst in der Bar antreten musste. Sie ging hinaus in den Hinterhof, sonnte sich und rauchte. Noch eine Kellnerin, die hochgewachsene Kisser mit dem Überbiss, eilte vorbei und winkte Conny zu, bevor sie im Gebäude verschwand. Conny musste wieder an den Konflikt mit Bodil denken. Alle wussten, dass sowohl Bodil als auch die drei anderen Mädchen, die abwechselnd auf der kleinen Bühne des Nachtklubs auftraten, mit Hans Villadsen im Bett gewesen waren. Warum also stritten sie das immer noch ab?

Doch dann kam Conny ein beunruhigender Gedanke: Was, wenn die Tänzerinnen die Wahrheit sagten? Vielleicht waren das wirklich bloß böse Gerüchte?

Vielleicht, dachte sie und wandte das Gesicht der Abendsonne zu, vielleicht sollte sie es mal darauf ankommen lassen. Vielleicht sollte sie Villadsen direkt darauf ansprechen, warum er sie nicht auftreten ließ. Vielleicht hatte er ja seine Meinung inwischen geändert, nachdem sie ein professionelles Fotomodell war? Mit geschlossenen Augen wog sie die Vor- und Nachteile ab. Das Schlimmste, was passieren könnte, wäre wohl, dass der Mann von ihr verlangte, mit ihm zu schlafen – und sie rausschmiss, falls sie ihn abweisen würde. Und so furchtbar wäre das eigentlich gar nicht, dann würde sie sich eben eine andere Arbeit suchen. Conny war jetzt seit über einem halben Jahr im Bella Notte, länger war sie seit ihrer Ankunft in Kopenhagen nirgendwo angestellt gewesen – und offen gestanden, begann der Job sie zu langweilen. Irgendetwas musste passieren. Vom Modeln allein – hier mal zwei Stunden, da mal ein Nachmittag – konnte sie allerdings noch nicht leben. Sie brauchte also eine feste Arbeit – wenn nicht hier, dann anderswo.

An diesem Punkt angelangt, traf sie eine Entscheidung. Sie ging geradewegs zu Hans Villadsens Büro, bevor sie es sich wieder anders überlegen konnte, und klopfte schnell an.

»Herein«, hörte sie ihn sagen.

Sekunden später stand sie vor seinem Schreibtisch und brachte stammelnd ihr Anliegen vor. Sie schloss mit einem »Warum?«, woraufhin er eine Weile einfach nur dasaß und sie prüfend betrachtete.

»Ich glaube nicht, dass das der richtige Job für Sie ist«, sagte er schließlich.

»Warum?«, fragte Conny abermals.

»Aus vielerlei Gründen.«

»Sehe ich vielleicht nicht so gut aus wie Bodil?« Ihre Stimme klang wütender, als sie beabsichtigt hatte.

»Doch, natürlich.« Villadsen lachte. »Mindestens.«

»Liegt es daran, dass ich nicht ... dass ich nicht möchte, dass Sie ... weil Sie bei mir nicht ...« Sie brachte es nicht fertig, den Satz zu Ende zu sprechen, der ja eine ziemlich schwerwiegende Anschuldigung gewesen wäre.

»Sie glauben, dass man mich mit Beischlaf bestechen kann?« Der Chef lachte wieder. »Soso, das erzählt ihr euch also über mich«, sagte er. »Hatte ich mir schon fast gedacht.« Dann wurde er ernst. »Und die Antwort ist Nein. Das hat damit überhaupt nichts zu tun.«

»Woran liegt es dann?«, bohrte Conny weiter nach. Sie hatte nichts zu verlieren, rief sie sich in Erinnerung.

»Setzen Sie sich.«

»Ich muss in einer Minute in der Bar sein.«

»Das geht schon in Ordnung. Setzen Sie sich. Ich möchte mit Ihnen reden.« Mit seinem Zigarrenstummel deutete er auf einen Stuhl.

Conny nahm auf der Stuhlkante Platz. Schwarzes Leder, ziemlich abgenutzt.

»Ich möchte, dass Sie jetzt ganz ehrlich sind, Conny.« Er sah sie an. »Warum möchten Sie so gerne auf die Bühne?«

»Weil ich ...« Die Frage überrumpelte sie ein wenig, aber sie riss sich schnell zusammen. »Weil ich schon immer davon geträumt habe, Tänzerin zu werden«, log sie.

»Tatsächlich? Und wo haben Sie bisher getanzt?«

»An der … äh, in der Tanzschule. Zu Hause. In Langå.«

»Als Kind?«

Conny nickte.

Er musterte sie, während sich seine schlaffen, feuchten Lippen ein letztes Mal um die Zigarre schlossen und daran zogen, bevor er sie in den Aschenbecher legte. »Und das nennen Sie ganz ehrlich sein?«

»Na ja, ich …« Sie errötete. »Ich meine, dass das ein toller Job wäre«, behauptete sie weiter.

»Sie wollen wirklich da oben stehen, mit Ihren Titten wackeln und sich von Horden von Männern dabei anglotzen lassen?«

Conny sah auf ihre Hände hinunter. Ein winziges Stück mohnroter Lack war von ihrem Zeigefingernagel abgeblättert. Sie zuckte die Achseln.

»Wissen Sie, was ich glaube?«, fuhr Villadsen fort. »Ich glaube, Ihnen geht es einzig und allein darum, nicht mehr zu kellnern.«

Conny sah ihn an. »Nicht nur.«

»Aber in erster Linie, nicht wahr?«

Wieder zuckte sie die Achseln.

»Oder vielleicht ist es die Aufmerksamkeit, die Sie gerne hätten und von der Sie träumen.«

Sie senkte wieder den Blick.

»Wissen Sie was?«, sagte er, nachdem er sie eine Weile angesehen hatte. »Ich glaube, Sie würden sich auf der Bühne ziemlich gut machen.«

»Ja?« Überrascht sah Conny ihn an. »Das heißt, dass Sie mich doch …«

»Nein«, unterbrach ihr Chef sie. »Ich habe andere Pläne mit Ihnen.«

Sie rutschte auf dem Stuhl herum und zündete sich eine Zigarette an, während sie auf die Fortsetzung wartete.

»Sie sind ein hübsches Mädchen«, fing er an. »Stets sauber und gepflegt.«

Sofort ließ Conny die linke Hand sinken, damit er den abgeblätterten Nagellack nicht sah.

»Und noch dazu sind Sie begabt«, fuhr er fort. »Sie verstehen es, die Herren in Schach zu halten, ohne dabei abweisend zu wirken, und Sie bewahren stets den Überblick, auch wenn es hoch hergeht. Der Barkeeper hat mir erzählt, dass Sie ein Händchen dafür haben, die Gäste dazu zu animieren, Schnaps in Flaschen zu kaufen – und für ihre Begleiterinnen Sekt zu bestellen.«

»Danke«, sagte Conny, als ihr Chef innehielt, um sich eine neue Zigarre anzuzünden. »Aber genau das ist ja meine Aufgabe. Und das muss doch nicht heißen, dass ich nicht auch auf der Bühne gut wäre.«

»Daran habe ich, wie gesagt, gar keinen Zweifel«, sagte er und steckte sein schweres silbernes Feuerzeug in die Westentasche. »Aber unter uns gesagt, das wäre Verschwendung. Ich brauche Sie im Lokal.«

»Ich soll also weiter kellnern«, sagte Conny niedergeschlagen.

»Jetzt hören Sie doch mal zu«, sagte Villadsen. »Es gibt massenweise Mädchen, die sich auf einer Bühne räkeln und im Takt zur Musik mit ihren Vorzügen wackeln können, aber es gibt nur wenige, die können, was Sie können, wenn es um den Umgang mit den Gästen geht. Darum habe ich mir überlegt, eine völlig neue Stelle für Sie zu schaffen.« Er sah sie an. Da sie nicht den Anschein machte, irgendetwas sagen zu wollen, sprach er weiter: »Was würden Sie davon halten, Bella Nottes Dame des Hauses zu sein?«

Conny kniff die Augen ein wenig zusammen. »Und was genau müsste ich da tun?«

»Die Gäste in Empfang nehmen, begrüßen, zum Tisch geleiten, dafür sorgen, dass jemand kommt, der ihre Bestellung aufnimmt, mit ihnen reden, ihre Spendierlaune wecken. Vielleicht ein bisschen mit den Herren flirten.«

»Das mache ich doch schon jetzt.«

»Ja, aber im Rahmen der neuen Stelle würden Sie nicht mehr kellnern – eins der anderen Mädchen würde die Bestellung aufnehmen und die Getränke an den Tisch bringen. Ihre Aufgabe wäre es ... Wie soll ich sagen?« Villadsen zeichnete mit der Zigarre einen Bogen in die Luft. »Sie müssten gewissermaßen über alldem schweben. Für Atmosphäre sorgen und dafür, dass die Kellnerinnen ihren Job machen und alle glücklich und zufrieden sind. Es würde dann auch zu Ihren Aufgaben gehören, die Dienstpläne zu machen.«

»Aber das macht doch Sørensen«, warf Conny ein. »Was wird er denn sagen, wenn ...«

»Es war seine Idee. Er ist ja nicht mehr der Jüngste und hat keine Lust mehr auf den Hickhack mit dem Personal. Er will sich lieber ganz und gar seinen Cocktails hinter der Bar widmen und freihaben, wenn er freihat. Ach, und da wir schon davon reden ...« Der Chef erhob sich und holte eine Flasche und zwei Gläser aus dem Eckschrank. »Zu einem kleinen Cognac sagen Sie doch sicher nicht Nein?« Er schenkte ihr ein, ohne ihre Antwort abzuwarten. »Hier.« Er reichte ihr ein Glas. »Also, was meinen Sie?«

»Tja.« Conny schnupperte an dem Cognac. Ihr war ganz schwindlig von den neuen Möglichkeiten, die sich ihr plötzlich boten. »Sie wollen mich also zur Vorgesetzten der anderen Mädchen machen?«

»Der Kellnerinnen und der Garderobendame, ja. Um die Tänzerinnen kümmere ich mich weiter selbst.« Ihm entging nicht, dass Conny sich ein anzügliches Grinsen verkniff. »Doch nicht so, verdammt. Aber ich habe da ein paar Ideen. Ich überlege, auch noch eine Sängerin einzustellen, damit nicht immer nur getanzt wird.« Er hob das Glas. »*Skål!*«

»*Skål!*«

Sie leerten die Gläser. Conny spürte, wie der Alkohol sich seinen Weg die Speiseröhre hinunterbrannte.

»Selbstverständlich bekommen Sie dann auch mehr Geld«, sagte Villadsen. »Und das Trinkgeld können Sie weiterhin behalten.«

»Und was ist damit?« Conny zeigte auf ihr kurzes Kleidchen mit der Schürze. »Bekomme ich dann auch eine andere Uniform?«

Villadsen nickte bedächtig. »Vielleicht etwas … Erwachseneres«, schlug er vor. »Aber trotzdem aufreizend.«

»Genau.« Conny betrachtete ihre Knie. Dann hob sie den Kopf. »Ich fühle mich geehrt, Herr Villadsen, aber … Jetzt haben Sie selbst das Wort ›erwachsen‹ ins Spiel gebracht. Finden Sie nicht, dass ich für so eine Position zu jung bin? Ich bin gerade erst zweiundzwanzig geworden und erst seit einem halben Jahr hier.«

»Genau das war auch mein Einwand, aber Sørensen hat mich überzeugt. Er hält große Stücke auf Sie.« Villadsen stellte das leere Glas ab. »Finden Sie denn, dass Sie zu jung sind? Oder anders gefragt: Befürchten Sie, der Aufgabe nicht gewachsen zu sein?«

»Nein!«, entfuhr es ihr so prompt, dass sie beide lächeln mussten. »Natürlich muss ich noch viel lernen«, beeilte sie sich hinzuzufügen, »aber ich glaube, die Arbeit passt zu mir.«

»Und die anderen Damen? Werden die Sie respektieren können?«

»Wenn nicht, kriegen sie es mit mir zu tun.«

6. und 8. Juni 1958

Leicht vornübergebeugt saß Ejnar auf der Bettkante. Mit der rechten Hand rieb er rhythmisch sein Glied, in der linken hielt er ein Stück Toilettenpapier. Gleich war es so weit. Eins, zwei, drei … Er drückte etwas fester, bewegte die Hand etwas schneller … Dann kam er. Routiniert fing er das Sperma auf, wischte alles ab und richtete sich auf. Eine Mischung aus Erleichterung und Ekel, die stets auf dieses tägliche Ritual folgte, machte sich in ihm breit.

Früher war er sehr gerne sexuell aktiv gewesen, natürlich ganz besonders zusammen mit seiner Frau, aber auch, wenn er sich hin und wieder selbst befriedigt hatte. Das Onanieren war das Salz in der Suppe gewesen, ein aufregender Zusatz in einem ansonsten guten Sexualleben. Aber seit Gerdas Tod war alles anders. Jetzt war die Selbstbefriedigung nur noch ein Ventil, eine pragmatische Handlung, um körperlich ausgeglichen zu bleiben.

Vergleichbar mit einer schnell verspeisten Stulle, wenn er mal zwischen den Mahlzeiten Hunger bekam. Effektiv, aber nichts, worauf er sich freute und woran er sich gerne erinnerte. Ejnar hatte die Masturbation systematisiert, um so wenig wie möglich darüber nachdenken zu müssen. Jeden Tag vor dem Aufstehen sorgte er dafür, seine Morgenerektion loszuwerden. Das dauerte insgesamt höchstens fünf Minuten. Um in Fahrt zu kommen, stellte er sich so einiges vor oder dachte an die Bilder aus einem Nudistenmagazin, obwohl ihm meistens sein eigenes Kopfkino reichte: flimmernde, anonyme Bilder von Brüsten, Gesäßen und Geschlechtsteilen.

Ejnar erhob sich, warf einen Blick auf die leere Hälfte des Ehebettes und ging ins Bad. Er konnte Vita unten mit den Kindern sprechen hören, Kaffeeduft zog die Treppe herauf. Er schloss die Tür hinter sich und warf das klebrige Toilettenpapier ins Klo, dann griff er nach Rasierpinsel, Seife und Messer. Minutenlang konzentrierte er sich einzig und allein auf seine Rasur. Zum Schluss legte er das Rasiermesser auf den Medizinschrank, damit die Kinder nicht drankamen.

Als er unter der Dusche stand und sich wieder anderen Dingen zuwenden konnte, kehrten seine Gedanken zu seiner momentanen Situation zurück. Sie besserte sich von Tag zu Tag, musste er einräumen. Die Lücke, die Gerda hinterlassen hatte, schloss sich allmählich, je mehr Alltagsprobleme gelöst wurden. Vita hatte den Haushalt und die Kinder gut im Griff, und die Abende waren auch nicht mehr ganz so einsam.

Und doch verursachte ihm die Sehnsucht nach seiner verstorbenen Frau fast körperliche Schmerzen. Sie fehlte ihm ganz schrecklich – nicht nur im Bett, sondern auch in anderer Hinsicht. Zum Beispiel hatte er niemanden, mit dem er über seine Arbeit reden konnte. Mit Gerda, die eine ausgebildete Krankenschwester gewesen war und die Schweigepflicht ebenso sehr wie er respektiert hatte, hatte er die Probleme seiner Patienten erörtern können. Die Fälle unerklärlicher Gehirnschäden bei Arbeitern der Farben- und Lackfabrik Sadolin & Holmblad, die Sorge über die fehlernährten Kinder in den Obdachlosenunterkünften am Messinavej, den einen oder anderen Verdacht auf häusliche Gewalt, aber auch seine Unsicherheit im Zusammenhang mit zweideutigen Symptomen und seltenen Krankheiten.

Seine Sprechstundenhilfe wollte solche Dinge nur ungern mit ihrem Chef besprechen. Sie wünschte einen selbstsicheren, tatkräftigen Fels in der Brandung in ihm zu sehen – keinen ganz normalen Menschen mit Zweifeln. Ihm war gar nicht klar gewesen, wie wichtig der Austausch mit seiner cleveren, stets loyalen Ehefrau für ihn gewesen war – bis sie auf einmal nicht mehr da gewesen war. Und genau in diesem Punkt konnte Vita leider nicht an ihre Stelle treten, dachte er und drehte das Wasser ab. Was man seiner Frau anvertraute, war eine Sache – was seiner Haushälterin, eine ganz andere. Das war einfach eine Frage der Ethik.

Auch hinsichtlich der Kinder konnte Vita Gerda nicht vollständig ersetzen – obwohl sie tat, was sie konnte. Dieses Jahr in den Sommerferien musste er beispielsweise allein mit den Kindern verreisen, und wie sehr er sich auch anstrengte, würde es für sie alle nicht dasselbe wie früher sein. Die ersten zehn Tage würden sie bei seinen

Eltern, einem Lehrerehepaar, in Silkeborg verbringen und anschließend eine knappe Woche auf dem Bauernhof von Gerdas Eltern bei Bogense. Er hatte überlegt, Vita zu verpflichten mitzukommen, damit er selbst ab und zu einmal ein bisschen freihätte, die Idee aber schnell wieder verworfen, als ihm die bescheidenen Übernachtungsmöglichkeiten bei seinen Eltern eingefallen waren: ein Gästezimmer mit einem Ehebett und zwei Luftmatratzen. Der Kinderwagen würde auch gar nicht in den Saab passen, ging Ejnar in diesem Moment noch auf, und er konnte wohl schlecht erwarten, dass Vita und Mads mit dem Zug fuhren, während die anderen bequem im Auto saßen. Nein, sie blieb besser hier, dachte er. War vielleicht gar nicht so schlecht, schließlich brauchte sie auch mal ein bisschen Urlaub.

Ejnar setzte einen Fuß auf den kalten Fliesenboden und griff nach seinem Handtuch. Jeder im Haushalt hatte sein eigenes Frotteetuch an seinem eigenen Haken, damit niemand aus Versehen das Handtuch eines anderen benutzte. Ejnar legte großen Wert auf Hygiene, und er war froh, dass auch Vita auf derlei achtete. Die junge Witwe hatte gleich am ersten Tag kleine Namensschilder an den Haken angebracht. Auf Jans Schild hatte sie eine Sonne gemalt, damit auch das jüngste Familienmitglied sein Handtuch identifizieren konnte. Sehr praktisch, dachte Ejnar und ging zurück ins Schlafzimmer. Praktisch *und* fürsorglich – so verhielt sich Vita den Kindern gegenüber mit allem.

Ejnar wusste, dass es nicht zu seinen Stärken gehörte, Dankbarkeit zu zeigen, aber er war wirklich *sehr* froh über seine neue Haushälterin, obwohl es natürlich auch ein Balanceakt war, rund um die Uhr eine Fremde im Haus zu haben. Und auch der kleine Mads war ihm ans Herz gewachsen. Er wunderte sich nur, dass die sonst so verantwortungsbewusste Vita ihrem Kind nicht die Brust gab, wofür er sich als Arzt besonders stark machte. Aber mal abgesehen davon, war er vollauf damit zufrieden, wie sie sich um den Kleinen kümmerte. Er fand es schön, einen Säugling im Haus zu haben, und seine Kinder genossen es offenbar auch. Manchmal, wenn sie alle fünf zu Tisch saßen – Jan auf ein paar Kissen, Mads in seinem Hochstuhl –, fühlte es sich fast so an, als wären sie eine richtige Familie.

Aber das waren sie ja nicht, dachte er und band sich die blau-rot gestreifte Krawatte vor dem Spiegel. Das Verhältnis zwischen Ejnar und Vita war rein dienstlich, wie man es auch drehte und wendete. Falls Vita auf einmal eine andere, bessere Stelle fände, würden Ejnar und die Kinder sie höchstwahrscheinlich nie wiedersehen. Und dann müssten sie wieder von vorne anfangen und sich eine neue Haushälterin suchen. Gott bewahre! Er musste Vita irgendwie zeigen, wie sehr er sie schätzte. Aber womit? Ein Blumenstrauß war zu romantisch, Schmuck erst recht. Er grübelte immer noch darüber nach, als er kurz darauf die Treppe hinunterging. Vita stand mit dem Kleinen auf dem Arm an der geöffneten Haustür. Die beiden großen Kinder waren frisiert und hatten ihre Jacken an.

»Ach, da sind Sie ja doch noch rechtzeitig«, sagte Vita. »Guten Morgen.«

»Ich muss mich doch noch von meinem Nachwuchs verabschieden«, sagte Ejnar und drückte Jan an sich. Der Junge duftete nach Seife und Haferflocken. »Ich wünsche dir einen wunderschönen Tag im Kindergarten, mein Schatz«, murmelte er. »Und dir, meine Schöne …« Er legte eine Hand in Helles Nacken. Ihr blondes Haar war zu zwei langen Zöpfen geflochten. »Dir wünsche ich auch einen schönen Tag, Helle. Bis später.«

»Dugdeuge«, sagte Jan, breitete die Arme aus wie zwei Flügel, machte »Brrrrroooouuuuummmmm …« und galoppierte den Fliesenweg durch den Garten hinunter.

»Was?« Fragend sah Ejnar Vita an, die Antwort kam aber von Helle.

»Wir gucken uns nachher Flugzeuge an«, sagte sie.

»Ach ja? Mit der Klasse?«

»Nein.« Helle kicherte bei der Vorstellung, während der Schulzeit etwas so Verwegenes zu unternehmen. »Nach der Schule. Zusammen mit Vita.«

Ejnar hob eine Augenbraue.

»Natürlich nur, wenn du einverstanden bist«, erklärte Vita schnell. »Ich wollte die Kinder heute mit dem Auto abholen und mit ihnen zum Flughafen fahren, um die Maschinen starten und landen zu sehen.«

»Und Mads?«

»Der kann auf der Rückbank sein Mittagsschläfchen halten.«

»Und wir essen Softeis«, fügte Helle hinzu. »Mit Sahne.«

»Und Marmelade!«, rief Jan. »Brrrrroooooouuuuuuuummmmm.« Er kam den Weg zum Haus zurückgeflogen und lachte vergnügt.

»Natürlich bin ich einverstanden«, sagte Ejnar, nachdem er kurz nachgedacht hatte. »Viel Spaß.«

Er blieb auf der Türschwelle stehen und sah Vita und

den Kindern nach. Sie waren *keine* richtige Familie, wiederholte er im Geiste.

Ejnar Møller guckte in Vitas Zimmer. Das war gegen alle Regeln, und er schämte sich auch ein wenig dafür, aber inzwischen gehörte das zu seinen morgendlichen Ritualen. Ihre Schubladen rührte er natürlich nicht an, das würde ihm im Traum nicht einfallen. Er sah sich nur kurz in ihrer Welt um. Auf der Fensterbank lag ein hellblauer Luftpostumschlag. Mit italienischer Briefmarke. Kein Absender. Beschämt zog Ejnar den Brief heraus, nur um festzustellen, dass er kein Wort von dem verstand, was irgendjemand, dessen Name mit einem »G« begann, mit dunkelblauer Tinte geschrieben hatte. Er steckte den Brief wieder zurück in den Umschlag, missbilligend beobachtet von der Madonnenfigur. Ejnar ließ den Blick durch die Kammer schweifen. Das Bett war ordentlich gemacht, auf dem Wickelplatz lagen saubere Handtücher, alles war an seinem Platz. Das Einzige, das an diesem Morgen die fast schon militärische Ordnung störte, war ein gelb-weiß gestreiftes Stoffstück auf dem Bett, an den ein Papierbogen mit gestrichelten Linien geheftet war. Ejnar trat näher. Ein Schnittmuster. »Sommerrock für Schulmädchen«, stand ganz oben auf dem Bogen. Offenbar wollte Vita einen Rock für Helle nähen – farblich passend zu dem Oberteil, an dem sie abends immer häkelte. Ejnar war so gerührt, dass er plötzlich einen Kloß im Hals verspürte.

*

Am Sonntag frühstückten sie alle fünf gemeinsam. Zusätzlich zu dem von Vita gebackenen dänischen Weißbrot holte Ejnar Kopenhagener beim Bäcker. Vita war wie üblich dafür zuständig, das Frühstück zuzubereiten, obwohl es eigentlich ihr freier Tag war. »Mach dir deswegen keine Gedanken«, sagte sie, wenn Ejnar halbherzig protestierte. »Massi… Mads und ich müssen schließlich auch frühstücken. Und so ist es doch viel gemütlicher.« Erst nach der Morgenmahlzeit hatte Vita dann frei. Während Ejnar abwusch, konnte er hören, wie sie in ihrem Zimmer umherging und mit ihrem Sohn plauderte. Die beiden großen Kinder waren in den Garten hinausgelaufen, wo sie seit Neuestem ein Kaninchen hielten. Den Käfig und das dazugehörige Gehege hatten Ejnar und sein Schwager Jørgen aus Abfallbrettern gebaut. Das Ergebnis war nicht besonders schön, erfüllte aber seinen Zweck.

Als Vita später in ihrem hübschen blau karierten Kleid im Flur erschien, hatte sie Mads auf dem Arm. In der anderen Hand hielt sie seine Decke und einen Leinenbeutel mit allem, was man so brauchte, wenn man mit einem bald sechs Monate alten Kind das Haus verließ. »Wir gehen jetzt«, sagte sie. »Bis heute Abend.«

»Wir essen heute ausnahmsweise mal bei Margit und Jørgen«, sagte Ejnar. »Du hast das Haus also bis ungefähr um halb acht ganz für dich.«

»Wunderbar.«

»Triffst du dich mit deiner Freundin?« Ejnar hoffte, möglichst neutral zu klingen. Er versuchte sich tolerant zu zeigen, was Vitas Umgang anging, aber das war manchmal schwer. Allein der Gedanke an die grell geschminkte und stark toupierte, von einer Wolke aus Zigarettenrauch und billigem Eau de Toilette umgebene Conny weckte geradezu körperliches Unwohlsein in ihm. Er hatte keine Ahnung, wie sie ihr Geld verdiente, aber er war überzeugt davon, dass man das besser nicht in der Gegenwart von Kindern und anderen zarten Seelen besprach. Weshalb die grundanständige Vita sich mit dieser vulgären Person abgab, war ihm ein Rätsel.

»Heute nicht.« Vita wich seinem Blick aus. »Ich will einfach nur ein bisschen auf der Insel herumfahren. Vielleicht in Store Magleby einen Kaffee trinken. Meine Großeltern … Wie heißt das? Die Eltern meiner Mutter?«

»Mütterlicherseits.«

»Ach ja, natürlich. Wie dumm von mir. Auf der Seite meiner Mutter. Meinen Großeltern mütterlicherseits gehörte die Gastwirtschaft dort, und als ich klein war, habe ich sie da ein paarmal in den Ferien besucht, darum …«

»Fährst du allein?«

Sie nickte. Ihr Lächeln reichte nicht ganz bis zu den verschiedenfarbigen Augen, aber sie bemühte sich.

Ejnar sah sie an und dachte – nicht zum ersten Mal –, dass Vita einsam wirkte. Kannte sie außer dieser Conny überhaupt noch jemand anders? Vita war fremd in der Stadt, und ihre Möglichkeiten, Gleichaltrige kennenzulernen, waren begrenzt. Während ihrer Arbeitszeit hatte sie nur mit ihm und den Kindern Kontakt, und manchmal vielleicht mit anderen Müttern beim Kindergarten. Margit und sie verstanden sich offenkundig nicht besonders gut, und er bezweifelte, dass die Nachbarinnen der jungen Italienerin mehr entgegenbrachten als die notwendige oberflächliche Freundlichkeit.

Ejnar ging in den Garten zu seinen Kindern. Er half Helle etwas zerstreut dabei, das Stroh im Kaninchenstall zu erneuern, und holte ein paar Möhren, mit denen Jan den kleinen Nager füttern konnte. Noch einmal überprüfte er die Einzäunung – schließlich wollten sie nicht, dass einer der Hunde aus der Nachbarschaft in Hoppels Gehege einbrach –, und als er damit fertig war, setzte er sich mit der Sonntagszeitung an den Gartentisch und beaufsichtigte seine Kinder aus dem Augenwinkel.

Helle wirkte heute richtig glücklich, so ausgeglichen hatte er sie lange nicht gesehen. Das Kaninchen tat der verschlossenen Siebenjährigen gut. Fast Achtjährigen, rief Ejnar sich in Erinnerung. In zwei Wochen hatte sie Geburtstag, es wurde Zeit, dass sie die Einladungen verschickten. Er beschloss, am Abend, wenn die Kinder im Bett waren, mit Vita zu besprechen, wie alles ablaufen sollte. Einerseits hatte er das Gefühl, dass er zu viel verlangte, wenn er seine Haushälterin darum bat, ein Fest für Helles gesamte Klasse zu organisieren, andererseits war sein Eindruck, dass sie nicht weniger als er daran interessiert war, seine Tochter aufzuheitern. Und das brachte ihn wieder zurück an den Anfang all seiner Überlegungen: dass er Vita eine Anerkennung zuteilwerden lassen wollte.

*

Er sprach das Thema an, als er etwas später bei Margit und Jørgen zu Besuch war. Die vier Kinder spielten einigermaßen friedlich miteinander im Sandkasten, und die Erwachsenen hatten mit einer Tasse Kaffee draußen im Schatten Platz genommen.

»Du bezahlst sie doch für ihre Arbeit, oder nicht?«, sagte Margit, nachdem Ejnar seine Überlegungen vorgebracht hatte. »Ist das nicht Dank und Anerkennung genug?«

»Vita tut mehr als das, wofür sie bezahlt wird«, entgegnete Ejnar. »Viel mehr sogar.« Er erzählte ihr von der Kleidung für Helle und davon, was Vita alles für Jan tat, damit er nachts in seinem Zimmer keine Angst zu haben brauchte. »Und das macht sie wohlgemerkt außerhalb ihrer Arbeitszeit und vollkommen freiwillig.«

»Ja, du hast Glück mit ihr«, räumte Margit ein und nahm sich noch einen Vanillekringel.

»Vita ist ja so eine Art Ersatzmutter«, sagte ihr Mann und strich sich salbungsvoll über den Schnurrbart.

»Das ist sie ganz bestimmt nicht, Jørgen«, hielt Margit dagegen. »Sie wird dafür bezahlt, sich um die Kinder zu kümmern. Eine Angestellte kann niemals eine Mutter ersetzen.«

»Nein. ›Ersatzmutter‹ sagt man ja wohl auch eher im Zusammenhang mit einer Stiefmutter«, bemerkte Ejnar.

»*Das* wäre doch vielleicht eine Idee«, sagte Jørgen breit grinsend und knuffte seinen Schwager in die Seite. »Heirate sie. Dann brauchst du sie auch nicht mehr zu bezahlen.«

»Jørgen!« Margit starrte ihren Mann an. »Wie kannst du so etwas sagen? Gerda ist noch nicht mal ein halbes Jahr tot!« Sie wandte sich an Ejnar. »Entschuldige bitte. Er ist manchmal so ein Trampel.«

Ejnar hob beschwichtigend die Hand. »Schon gut.« Dann dachte er weiter nach. »Ich habe eine Idee«, sagte er schließlich.

»Ja?«

»Die Wäsche. Vita würde sich wahnsinnig freuen, wenn sie sich nicht mehr um die Wäsche kümmern müsste.«

»Wer würde das nicht?«, sagte Margit. »Aber Wäsche

waschen ist nun mal ein Teil der Hausarbeit. Außerdem geht Frau Sloth ihr ja dabei zur Hand. Den Luxus haben andere nicht.«

»Stimmt. Aber Vita würde sich sehr darüber freuen«, wiederholte Ejnar.

»Willst du denn alles in die Wäscherei schicken?«

»Warum nicht? Dann hätte sie mehr Zeit für die Kinder.«

»Aber das kostet doch ein Vermögen!«

»Kann sein.« Ejnar rückte seine Brille zurecht. »Aber Vita hasst Wäsche waschen. Sie sagt nichts, aber ich sehe es ihr an.«

»Hm.«

»Außerdem scheint mir, dass das eine viel zu harte Arbeit für sie ist. Obwohl Frau Sloth ihr hilft. Sie ist doch so zierlich.«

Margit verkniff die Lippen. Jedwede Bemerkung über die Schlankheit anderer Frauen fasste sie als Anspielung auf ihre etwas üppigere Bauweise auf.

»Wäre es da nicht sinnvoller, eine Waschmaschine zu kaufen?«, gab Jørgen zu bedenken. »Die ist zwar teuer, würde sich aber mit der Zeit sicher rentieren.«

»Ejnar hat doch schon eine«, sagte Margit.

»Ich meine aber eine von den neuen, vollautomatischen«, beharrte ihr Mann. »Die saugen selbst Wasser an und pumpen es wieder ab, und die erhitzen das Wasser auch selbst, sodass der Kessel überflüssig wird.«

»Interessant, wie gut du plötzlich übers Wäschewaschen Bescheid weißt, Jørgen«, sagte Margit. »Dann weißt du ja bestimmt auch, dass die Wäsche in einem solchen Apparat nicht richtig sauber wird?«

»Einer der Verkäufer hat mir das erzählt, Ejnar«, fuhr Jørgen unangefochten fort. »Er hat eine zu Hause ausprobieren dürfen, und seine Frau war begeistert.« Jørgen arbeitete als Ingenieur bei der Maschinenfabrik Vølund und hatte – obwohl sein Fachgebiet Schiffsmotoren waren – eine Schwäche für elektrische Haushaltsgeräte.

»Und warum kaufst du mir dann keine, wenn die doch so toll ist?«, fragte Margit.

Er boxte sie spielerisch in die Seite. »Ich dachte, die Wäsche wird darin nicht ordentlich sauber?«

Da musste Margit lächeln.

»Außerdem können wir uns das nicht leisten«, fuhr Jørgen etwas ernsthafter fort. »So ein Gerät kostet über neunhundert Kronen. Ich könnte natürlich einen erklecklichen Rabatt bekommen, aber das ist trotzdem ein Haufen Geld.«

Es wurde still am Tisch. Neunhundert Kronen waren viel Geld, keine Frage.

»Kannst du in der Fabrik mal ein paar Preise für mich einholen?«, bat Ejnar ihn, nachdem er ein bisschen darüber nachgedacht hatte. »Ich glaube, das wäre eine gute Investition. Das Geld spart man sicher an anderer Stelle wieder ein.«

17. bis 21. Juni 1958

»Was habe ich da gehört?«

Vittoria fuhr herum. Jenseits der Hecke stand Frau Larsen, von der nur die obere Gesichtshälfte und das ergrauende Haupthaar zu sehen waren. Vittoria ließ das nasse Laken zurück in den Wäschekorb fallen und ging auf sie zu. »Ja, was haben Sie denn gehört?«

»Ist es wahr, dass Sie eine vollautomatische Waschmaschine bekommen haben?« Die Augen der Nachbarin glänzten hinter den Brillengläsern. Ihre Oberlippe war seltsam schnabelähnlich geformt.

»Ja, das ist wahr.« Vittoria lächelte. »Möchten Sie sie mal sehen?«

Das ließ Frau Larsen sich nicht zweimal sagen. In einem für ihr Alter beträchtlichen Tempo verließ sie ihren eigenen Garten und kam zu Vittoria herüber. Sie geriet regelrecht außer Puste.

Gemeinsam gingen die beiden Frauen in den Waschkeller, wo die blitzende Maschine von Vølund ausgiebigst bewundert wurde. So etwas hatte Frau Larsen noch nie gesehen, wie sie mehrmals betonte. Vittoria genoss die Aufmerksamkeit und demonstrierte ihrer Nachbarin nur zu gerne die vielen Finessen des Wunderapparates.

»Damit ist die Sache doch ein Klacks«, sagte Frau Larsen. »Das Gerät nimmt Ihnen ja die ganze Arbeit ab.«

»Na ja, nicht die ganze«, sagte Vittoria und schloss die Luke ihres neuen Haushaltshelfers. »Es kann die Wäsche schließlich nicht wringen, und es schleppt sie auch nicht hoch in den Garten und hängt sie auf. Vom Plätten ganz zu schweigen.« Dass Ejnar im Zuge der Anschaffung der neuen Waschmaschine beschlossen hatte, Vita und Elvira Sloth nun auch die Wäsche aus der Praxis waschen zu lassen, damit sich die Investition in die moderne Technik auch wirklich lohnte, erwähnte sie an dieser Stelle nicht. Die Praxiswäsche brachte nämlich ganz neue Probleme mit sich. Die Kittel – ein bis zwei pro Woche von Frau Iversen sowie sechs von Ejnar – mussten gestärkt und gebügelt und die schmalen Laken für die Untersuchungsliege gemangelt werden. Alles in allem wendete Vita immer noch genauso viel Zeit wie vorher für die große Wäsche auf – nur hatten die anfallenden Arbeiten sich verändert. Aber das wollte sie der Nachbarin gegenüber nicht aufs Tapet bringen. Ejnar hatte die Waschmaschine gekauft, um Vittoria eine Freude zu machen und sie zu entlasten, und sie wollte auf keinen Fall undankbar erscheinen.

»Kann ich Ihnen eine Tasse Kaffee anbieten?«, fragte sie stattdessen. Bisher hatte keine einzige der Nachbarinnen Vittoria so direkt angesprochen wie Frau Larsen heute, und darum war Vittoria wild entschlossen, die Gelegenheit, eine neue Bekanntschaft zu machen, zu nutzen.

»Da sag ich nicht Nein.« Der Schnabel verformte sich zu einem Lächeln.

Sie setzten sich in den Garten, in gebührendem Abstand zum Kinderwagen, in dem Massimo sein vormittägliches Nickerchen hielt.

»Zucker?« Vittoria hielt Frau Larsen die Zuckerdose hin.

Die Nachbarin nahm sich ein Stück, tunkte es in den Kaffee, spitzte die Lippen und saugte daran, bevor sie es erneut eintunkte. Vielleicht hatte ihr Mund daher diese Form, dachte Vittoria. »Ja, das ist meine kleine Schwäche«, sagte Frau Larsen, als sie Vittorias Blick bemerkte.

Vittoria wusste nicht recht, worüber sie mit der Nachbarin reden sollte, aber das ergab sich wie von selbst. Als Frau Larsen erst in Fahrt gekommen war, plapperte sie in einem fort. Und ließ nichts aus. Sie kommentierte Vittorias verschiedenfarbige Augen, für die sie natürlich nichts könne, und dass Massimo eines Tages sicher gut Dänisch sprechen würde, obwohl er ja Ausländer sei. Sie sprach von der verstorbenen Frau Doktor, die eine ungewöhnlich ansehnliche Frau gewesen sei, und von den armen, armen Kindern, die ja nun ohne Mutter aufwachsen würden, was sie sofort auf ihre eigenen beiden Kinder brachte, die bereits ausgezogen seien und als Buchbinder beziehungsweise Schreiner jeweils eine gute Arbeit gefunden hätten. Der eine habe sich vor Kurzem verlobt, der andere dagegen … Vittoria nickte und bemühte sich, hin und wieder eine höfliche Bemerkung anzubringen, aber so langsam begann sie, ihre spontane Einladung zu bereuen.

Da unterbrach Frau Larsen plötzlich ganz von selbst ihren Redestrom und sah sich verblüfft um. »Sagen Sie mal, meine Liebe, was haben Sie denn bloß mit dem Garten gemacht?«

»Was ich damit gemacht habe?« Vittoria folgte dem Blick ihrer Nachbarin. Ejnar hatte vor einer Woche den Rasen gemäht, aber rundherum, in den Beeten, lieferten Blumen und Giersch sich einen Kampf um den meisten

Platz. Es sah ein wenig ungepflegt aus, stellte Vittoria fest. »Gar nichts habe ich damit gemacht.«

Frau Larsen lachte. »Nein, das sehe ich auch.«

»So hat es hier immer ausgesehen«, sagte Vittoria.

»Nicht zu Frau Møllers Lebzeiten. Sie hat den Garten immer wunderbar gepflegt. Und da hinten …« Mit der Tasse in der Hand erhob sich Frau Larsen und bewegte sich auf das andere Ende des Gartens zu. »Sie haben sich ja noch gar nicht um den Gemüsegarten gekümmert.«

»Ja, aber …« Vittoria folgte ihr. »Ich wusste nicht … Ich dachte …« Ja, was hatte sie eigentlich gedacht? Dass das Gemüse von selbst wachsen würde? Vittoria war in einer Stadtwohnung aufgewachsen. Die Topfpflanzen, die ihre Mutter auf den breiten Fenstersimsen zur Straße hin platziert hatte, waren der Garten ihrer Kindheit gewesen. Sie hatte noch nie im Leben eine Hecke geschnitten, eine Sommerblume gesät oder einen Strauch gepflanzt. Und Gemüse – das kaufte man doch auf dem Markt?

»Es ist noch nicht zu spät«, informierte Frau Larsen sie, als sie nun neben einem Stück Erdreich stand, das von Kamille und Quecken bewachsen war. »Sie können jetzt noch Kartoffeln legen und Zwiebeln und Lauch stecken … Samen und Stecklinge bekommen Sie in der Gärtnerei. Aber Sie müssen sich beeilen, der Sommer steht vor der Tür.«

Vittoria nickte geistesabwesend. Die Vorstellung, ihre ohnehin schon umfangreiche Arbeitsbelastung durch einen weiteren Aufgabenbereich zu erhöhen, erschreckte sie, aber gleichzeitig keimte in ihr eine Idee. Wenn sie ihr eigenes Gemüse anpflanzte, musste sie sich nicht mehr über die kümmerlichen Exemplare ärgern, die der

Gemüsehändler um die Ecke verkaufte. Damit war die Sache entschieden. »Wo ist diese Gärtnerei?«

»Draußen am Amager Landevej. Sie haben doch ein Auto, oder?« Vittoria nickte, und Frau Larsen fuhr fort: »Ich kann mitfahren und Ihnen den Weg zeigen. Ist nicht sehr weit von hier. Wir können sofort losfahren.«

»Das geht leider nicht. Ich muss Jan gleich abholen. Aber vielleicht morgen Vormittag?« Ihre Dankbarkeit für das Hilfsangebot war so groß, dass Vittoria bereit war, dafür einen weiteren unendlichen Redefluss in Kauf zu nehmen. »Das würde mich sehr freuen.«

»Gut. Abgemacht.« Frau Larsen bückte sich und zog zufrieden ein Queckenbüschel aus dem Boden.

»Wissen Sie, was das da ist?« Vittoria zeigte auf ein paar Sträucher mit großen Trauben grüner, glänzender Beeren. »Sieht aus wie *ribes rosso* … Wie heißen die auf Dänisch?«

»Rote Johannisbeeren. Sie sind natürlich noch nicht reif, aber das dauert auch nur noch zwei Wochen. Und das hier sind Schwarze Johannisbeeren.« Frau Larsen zeigte mit der Kaffeetasse der Reihe nach auf andere Sträucher und Pflanzen. »Stachelbeeren. Rhabarber. Und da drüben bei der Hecke sind Erdbeeren. Sehen Sie mal, ein paar sind sogar schon reif!« Sie ging hinüber, pflückte zwei rote Beeren und reichte Vittoria eine davon. »Hier muss nur mal ordentlich Unkraut gejätet werden, dann geht alles wie von alleine.«

»Ja, aber …« Vittoria nahm die reife Frucht in den Mund und betrachtete noch einmal das unebene, von Unkraut überwucherte Stück Erde. »Wie mache ich das? Ich habe noch nie in meinem Leben einen Garten gehabt.«

»Das kann ich Ihnen gerne zeigen. Zu zweit geht das ganz schnell.«

»Ist das Ihr Ernst?« Vittoria sah sie an.

Frau Larsen sah sich in dem vernachlässigten Garten um und strahlte fast dabei. »Zu ein bisschen zusätzlicher Gartenarbeit sage ich nie Nein.«

*

Frau Larsen hielt Wort. Die nächsten Tage machte sie sich von früh bis spät im Garten der Familie Møller zu schaffen: Sie grub um, düngte, pflanzte und säte. Vittoria ging ihr hier und da zur Hand, musste aber auch noch ihre anderen Aufgaben erledigen. Doch sobald sie eine freie Minute hatte, packte sie mit an und sog Frau Larsens gute Ratschläge in sich auf, mit denen diese ihre Betrachtungen zum Wetter, den anderen Nachbarn, ihren wohlgeratenen Kindern und Herrn Larsens Vorliebe für Erbsensupppe dann und wann unterbrach. Abends fiel Vittoria nach der letzten Tasse Tee im Wohnzimmer immer todmüde ins Bett. Die körperliche Arbeit an der frischen Luft erschöpfte sie auf wundersam befriedigende Weise. Viel mehr als die große Wäsche und Fußbödenschrubben.

Am vierten Tag, einem Samstag, erklärte Frau Larsen die Mission für vollbracht, und Vittoria rief Ejnar herbei. »Sehen Sie mal, wir haben jetzt einen Gemüsegarten«, sagte sie zu ihm mit Massimo auf dem Arm, weil dieser sich allein auf seiner Spieldecke gelangweilt hatte. Sie zeigte auf den Miniacker, über den sich nun schnurgerade Reihen von Lauch- und Zwiebelstecklingen zogen und auf dem frisch gesäte Mohrrüben, Radieschen und Speiserüben mit kleinen Schildchen markiert waren. Es gab auch ein kleines Kräuterbeet, zwischen den Erdbeeren war kräftig gejätet worden, und unter den länglichen Aufhäufungen lagen reihenweise Kartoffeln. »Heute Abend gibt es Rhabarbermus«, sagte Vittoria. Sie und Frau Larsen sahen Ejnar Møller erwartungsvoll an. »Aus eigener Ernte.«

»Schön«, brummte er. Aber richtig froh sah er dabei nicht aus. »Und die Blumenbeete habt ihr auch auf Vordermann gebracht, wie ich sehe«, fuhr er fort und blickte zu dem großen Staudenbeet an der Westseite des Hauses, wo Frau Larsen zumindest den sichtbaren Teilen des Gierschs den Garaus gemacht hatte. Da verzog er unvermittelt das Gesicht. »Ich muss dann mal den Rasen mähen.« Jäh wandte er sich ab und verschwand Richtung Gartenschuppen.

»Was ist denn mit dem Herrn Doktor los?« Frau Larsen sah Vittoria an.

»Keine Ahnung«, sagte diese. Obwohl – vielleicht hatte sie doch eine Ahnung. Konnte es nicht sein, dass der auf so fantastische Weise wiederauferstandene Garten Ejnar an seine Gerda erinnerte? Wundern würde es sie eigentlich nicht. Aber das behielt sie Frau Larsen gegenüber für sich. Sie wollte ihr besser keine Einzelheiten liefern, die diese hinterher in eine ihrer epischen Anekdoten über das Leben in der Arztfamilie einbauen konnte. Und so sagte sie: »Der Herr Doktor hat letzte Nacht wohl nicht genügend geschlafen. Er wurde zu einem Patienten gerufen.«

Als die Nachbarin nach Hause gegangen war, ließ Vittoria sich auf einen Stuhl sinken, nahm Massimo auf den Schoß und schloss die Augen. Nur fünf Minuten, dachte sie. Nur bis die Zwölfuhrsirene heulte. Dann kam Helle aus der Schule, und sie könnten Jan etwas früher als üblich abholen, dachte sie und schloss die Augen. Zum Glück war sie mit den Vorbereitungen für Helles Geburtstagsfeier am nächsten Tag bereits fertig, und die Geschenke waren auch alle eingepackt: der Anorak, den sie sich schon so lange gewünscht hatte, sowie eine Miniatur-Puppenfamilie von Ejnar, vier Bogen Glanzbilder von Jan und das selbst gehäkelte und geschneiderte Sommerset von Vittoria.

Sie hatte von selbst angeboten, auf ihren freien Sonntag zu verzichten, um bei allem helfen zu können. Die winzigen Zuckerrosen für die Torte hatte sie längst geformt und die Böden gebacken. Jetzt musste sie nur noch die Creme herstellen, die Böden übereinanderstapeln und alles verzieren. Und eine Ladung Milchbrötchen für das Frühstück backen. Ejnar hatte eine Schatzsuche mit Schokoladen-Goldtalern als Gewinn vorbereitet, und eine Mutter aus Helles Klasse hatte dafür ihre Hilfe zugesagt. Das würde schon alles gehen. Vittoria musste nur mal eben ein paar Minuten hier in der Sonne sitzen, dann hätte sie wieder etwas Energie.

Doch damit war Massimo überhaupt nicht einverstanden. Er war ungnädig und wand sich jammernd von einer Seite zur anderen. Vittoria öffnete die Augen und seufzte. »Na, kleiner Mann? Hast du Hunger?«, fragte sie. »Willst du etwas essen?« Sie stand auf und trug ihn in die Küche.

Während Massimo Möhrenbrei löffelte, warf Vittoria hin und wieder einen Blick aus dem Fenster. Eigentlich seltsam, dachte sie, wie viel Spaß es trotz der Plackerei gemacht hatte, den Gemüsegarten wieder in Schuss zu bringen. Wenn sie doch nur jemanden hätte, dem sie das alles zeigen könnte. Conny zum Beispiel. Sie fände es so schön, wenn ihre Freundin sie mal besuchen würde. Aber dafür müsste sie zum einen den ersten Schritt unternehmen, um ihren Zwist beizulegen, und zum anderen müsste Ejnar seine Vorbehalte Conny gegenüber überwinden. Ersteres würde ja vielleicht noch gehen, aber Letzteres … Nein.

Vittoria schob Massimo noch einen Löffel Mus in den Mund und wischte ihm einen orangefarbenen Klecks vom Kinn. Er war ein guter Esser, dachte sie, bald würde er selbst essen können. Im Säuglingsheim wäre es undenkbar gewesen, die Kinder eigenständig essen zu lassen, bevor sie mit Besteck und Tellern umgehen konnten. Ejnar aber hatte empfohlen, Massimo dies tun zu lassen, sobald er daran interessiert schien. Das würde wahrscheinlich eine ziemliche Schweinerei werden, dachte Vittoria nun und wischte noch einen Breiklecks vom Strampler des Jungen, aber laut Ejnar bekäme er den Dreh schnell raus. So sei es zumindest bei seinen Kindern gewesen und außerdem sei das gut für die Motorik, hatte er behauptet. Komisch, dachte sie, dass ausgerechnet der sonst fast hysterisch penible Ejnar so entspannt mit dem Durcheinander umging, das kleine Kinder so mit sich brachten. Als hätte er sich ganz bewusst entschieden, mit dieser Art von Unordnung leben zu können.

Als Massimo satt war, setzte sie ihn auf den Boden und sah wieder zum Fenster hinaus. Da tauchte Ejnar in ihrem Blickfeld auf. Mit verbissener Miene schob er den Rasenmäher vor sich her. Sein Gesicht war schweißnass von der Anstrengung. Am Rand der Rasenfläche blieb er stehen, legte die Brille ab, zog sein Hemd aus, wischte sich damit den Schweiß von der Stirn und legte es dann ordentlich zusammengefaltet auf den Gartentisch. Dann setzte er die Brille wieder auf und mähte weiter. Seine Haut war ganz blass, fiel Vittoria auf. Und er hatte kaum Haare auf der Brust. Ejnar war nun nicht gerade das, was sie eine männliche Schönheit nennen würde, aber beim Anblick seines entblößten, schlanken Oberkörpers wurde Vittoria doch ein wenig … warm. Was sie etwas erschreckte.

Sie trat einen Schritt vom Fenster zurück, damit Ejnar sie nicht sah, aber ihr Blick klebte förmlich an ihm. Wann immer er den Mäher kräftig anschob, um gegen ein besonders widerspenstiges Grasbüschel anzukommen, traten auf seinen Schultern die Deltamuskeln hervor, und sein Bizeps schwoll an. Vittoria stand noch einige Minuten wie gebannt da, bis sie sich endlich von seinem Anblick losreißen konnte.

*

Als Vittoria sich abends spät in ihr Zimmer zurückgezogen hatte, setzte sie sich mit ihrer Schreibmappe aufs Bett und verfasste einen Brief an Schwester Giovanna:

Kopenhagen, den 21. Juni 1958
Liebste Schwester Giovanna,
vielen Dank für Ihren Brief. Ich freue mich sehr, dass Sie mir so fleißig schreiben: Es ist immer wieder schön, zu lesen, was es zu Hause Neues gibt.
Hier ist immer noch alles gut. In den letzten Tagen habe ich sehr viel im Garten gearbeitet, wer hätte das jemals gedacht! Ich wünschte, ich hätte damals besser zugehört, als Schwester Maddalena mir

erklären wollte, wie man den Klostergarten pflegt, aber seinerzeit hätte ich nie geglaubt, dass mir dieses Wissen einmal nützlich sein könnte. Nun wurde mir eine freundliche Nachbarin zur Lehrmeisterin, sie hat mir gezeigt, wie man die Sache angeht …

Vittoria schilderte ausführlich das Anlegen des Gemüsegartens und schloss eine längere Beschreibung von Massimos Entwicklung an. Erst ganz am Ende kam sie zu dem, was ihr am meisten auf der Seele brannte:

Liebe Schwester, Sie haben so oft gesagt, dass ich mit allem, was ich mit meiner Mutter besprochen hätte, wenn sie noch lebte, zu Ihnen kommen dürfe. Und jetzt gibt es tatsächlich etwas, worüber ich seit geraumer Zeit nachdenke: Kann man lernen, auch ohne Mann glücklich zu sein, oder hört diese Sehnsucht nie auf?
Ich halte weiter an meiner Entscheidung fest, ganz und gar enthaltsam zu leben, bis Massimo aus dem Gröbsten heraus ist, aber ich habe mich nun schon öfter dabei ertappt, Gefühle für einen Mann zu haben. Ich bin ja nicht wie Sie und die anderen Schwestern mit Jesus verheiratet, aber sollte es mir nicht trotzdem möglich sein, zölibatär zu leben? Ich hoffe sehr auf Ihren guten Rat.
Die herzlichsten Grüße
Ihre Vittoria

Vittoria adressierte den Brief ans Kloster und fügte in sehr deutlicher Schrift hinzu: »Schwester Giovanna – persönlich«. Kein Absender. Ihre alte Mentorin wusste, wohin sie ihre Briefe schicken sollte, und außer ihr ging Vittorias Wohnort in Dänemark niemanden etwas an. Vittoria legte die Mappe und den Umschlag auf den Nachttisch und löschte das Licht. Wie immer, wenn sie im Geiste Kontakt zu Schwester Giovanna aufgenommen hatte, vermisste sie sie ganz fürchterlich.

Schwester Giovanna war eine gute Bekannte ihrer Mutter gewesen, weshalb Vittoria sie bereits ihr Leben lang kannte. Die hochgewachsene, grobknochige Frau strahlte nur wenig Weiblichkeit aus, aber wenn sie lächelte, sah man, wie schön ihre nussbraunen Augen hinter der Brille waren, und als Vittoria mit knapp siebzehn angefangen hatte, mit ihr zu arbeiten, waren aus Schwester Giovanna und ihr trotz des großen Altersunterschieds gute Freundinnen geworden. Nach und nach hatte Vittoria der alternden Nonne deren Lebensgeschichte aus der Nase gezogen: Giovanna hatte schon früh ihre Eltern verloren und war mit sechs Jahren in das Kloster gekommen. Man hatte eine Adoptivfamilie für sie gesucht, was sich aber aufgrund ihres wenig ansprechenden Äußeren als schwierig erwiesen hatte. Nach zwei missglückten Versuchen hatte die Äbtissin beschlossen, das Mädchen dauerhaft im Kloster aufzunehmen. Die kleine Giovanna bekam ein Bett im Schlafsaal der etwas älteren Novizinnen und half trotz ihres deutlich jüngeren Alters bei allem, was diese taten. Von früh bis spät schrubbte sie Böden, ging in der Küche zur Hand, ging zur Schule und zum Gebet – und man hörte sie nie klagen.

Erst, als Schwester Giovanna ein vollwertiges Mitglied des Ordens geworden war, hatte sie sich ein Herz gefasst und der Äbtissin einen Wunsch vorgetragen: Sie träumte davon, den Waisenkindern des Viertels ein Zuhause zu geben, und nach anfänglichem Zögern erteilte die Äbtissin dazu ihre Erlaubnis. Binnen weniger Jahre gelang es Schwester Giovanna und ein paar weiteren Nonnen sowie einer Gruppe *volontari* aus der näheren Umgebung, eines der besten Säuglingsheime Roms zu etablieren. Von Luxus konnte in dem Heim keine Rede sein, aber es gab zu essen, man hatte es warm, und durch regelmäßige Arztbesuche waren die kleinen Bewohner läusefrei und relativ wohlgenährt. Schwester Giovanna war wahnsinnig stolz auf das, was sie erreicht hatte, aber jedes Mal, wenn dieses sündige Gefühl sich in ihr breitmachte, ging sie sofort zur *confessione*. Stolz zu empfinden schickte sich nicht, auch nicht, wenn man wusste, dass man etwas Gutes getan hatte.

Vittoria wünschte, sie könnte ebenfalls wie Schwester Giovanna Trost in der Beichte finden, aber es war Jahre her, seit sie zuletzt einem Priester von ihren völlig oberflächlichen Sünden erzählt hatte: Neid angesichts des schönen Schmucks eines weiblichen Gastes im Restaurant ihrer Eltern, Faulheit, wenn sie an ihren freien Tagen zu lange im Bett liegen geblieben war, solche Kleinigkeiten. Die ernsteren Dinge hatte sie Schwester Giovanna anvertraut, Dinge, die sie ihren Eltern nicht verraten wollte. Wie zum Beispiel ihre Verliebtheit in Cesare. Eigentlich seltsam. Ihre Eltern hatten ihren jüngsten Kochlehrling nämlich sehr geschätzt und hätten höchstwahrscheinlich gar nichts gegen diese Verbindung gehabt, aber es war Vittoria zu privat, zu intim gewesen, mit ihren Eltern über ihre Gefühle zu sprechen – zumal sie das Objekt ihrer Zuneigung so gut kannten. Mit Schwester Giovanna dagegen war das etwas ganz anderes gewesen. Sie hatte Cesare nur aus Erzählungen gekannt und Vittoria deshalb unvoreingenommen zugehört, wenn diese ihr von ihren Gefühlen für den jungen Mann berichtete. Sie gab der jungen Frau keine guten Ratschläge, wenn diese laut darüber nachdachte, warum Cesare ihr wohl keinen Heiratsantrag machte, und sie verurteilte sie nicht, wenn es um fleischliches Verlangen ging. Sie hörte einfach nur zu. Ließ Vittoria plappern und zog ihre eigenen Schlüsse. Sollten die jugendlichen Irrungen und Wirrungen, die Vittoria ihr damals anvertraut hatte, Schwester Giovanna gelangweilt haben, dann hatte sie es sich zumindest nie anmerken lassen.

24. Juni 1958

»Frau Contini? Hier spricht Doktor Møllers Vorzimmer.«

»Frau Iversen. Guten Tag. Ist etwas nicht in Ordnung?«

»Sie haben heute Nachmittag einen Termin.«

»Massimo hat einen, ja. Um vierzehn Uhr.« Vittoria wischte sich die freie Hand an der Schürze ab. Sie war gerade dabei, die Kartoffeln fürs Abendessen zu schälen.

»Genau.« Helene Iversen räusperte sich. »Ich habe schon mal seine Krankenakte herausgesucht, um sie Doktor Møller hereinzureichen, und dabei fiel mir auf, dass der Junge noch gar nicht krankenversichert ist.«

»Aber ich dachte, es sei ausreichend, dass *ich* ein Krankenversicherungsheft habe.«

»Ihr Sohn muss darin vermerkt sein.«

»Ach so, das wusste ich nicht.« Vittoria schluckte.

»Ich bin mir aber sicher, dass ich es Ihnen schon einmal gesagt habe.«

»Tut mir leid. Das hatte ich wohl vergessen.«

»Es wäre schön, wenn Sie sich darum kümmern könnten, Frau Contini, sonst bekommt der Herr Doktor kein Geld von der Krankenkasse.«

»Natürlich.«

Vittoria legte auf. Ihre Gedanken fuhren Karussell. Es war gar nicht so einfach, Massimo in ihr Krankenversicherungsheft aufnehmen zu lassen, aber Frau Iversen hatte selbstverständlich recht: Vittoria musste eine Lösung finden. Das würde allerdings einige Tricksereien erfordern, und wie sollte sie diese Ejnar erklären, falls er sie fragte? Aber vielleicht erfuhr er ja auch gar nicht davon, dachte sie und machte sich wieder an die Arbeit. Frau Iversen weihte ihn ja sicher nicht in sämtliche verwaltungstechnische Einzelheiten ein.

Doch da hatte Vittoria sich getäuscht. Nachdem er Massimos Untersuchung abgeschlossen und ihm die Kombination aus Diphterie- und Tetanusspritze gegeben hatte, die Kindern im Alter von sechs Monaten verabreicht wurde, brachte er das Gespräch darauf.

»Vita – Frau Iversen sagt, Mads ist immer noch nicht krankenversichert.«

»Ich sorge so schnell wie möglich dafür«, sagte Vittoria, die Massimo beruhigend wiegte. Er weinte noch immer nach dem Piekser. »Für heute kann ich gerne in bar bezahlen.«

Ejnar schüttelte lächelnd den Kopf. »Mir geht es gar nicht ums Geld. Ich denke dabei mehr an Frau Iversens Nerven.« Er sah sie an. »Nichts bringt meine Sprechstundenhilfe mehr aus der Fassung als Unordnung in den Krankenakten. Und das kann man ihr wohl kaum verdenken. Schließlich wird sie dafür bezahlt, sie ordentlich zu führen.«

Vorsichtig erwiderte Vittoria sein Lächeln. »Ich weiß.«

»Abgesehen davon… Sollte Mads eines Tages einen Facharzt benötigen oder – Gott bewahre – ins Krankenhaus müssen, dann müssen die Papiere einfach in Ordnung sein.«

»Ich gehe zur Krankenversicherung, sobald ich Zeit dafür habe.«

»Das heißt, wenn du morgen Nachmittag mit deinem Krankenversicherungsheft zu Frau Iversen kommst, dann steht Mads auch darin?«

»Bis morgen werde ich das wohl nicht schaffen, aber…«

Ejnars Lächeln wurde schief. »Du weißt schon, dass du genau dasselbe auch schon vor zwei Monaten gesagt hast, oder?«

»Schon, aber es ist ja auch so viel los gewesen.«

»Das passt überhaupt nicht zu dir, Vita, irgendetwas nicht tipptopp in Ordnung zu haben.«

»Nein, aber es war so…«

»Setz dich bitte«, schnitt Ejnar ihr das Wort ab und sah sie nun sehr ernst an.

Vittoria setzte sich.

»Und jetzt sag mir, was das Problem ist.«

»Es ist…« Vittoria seufzte. Jetzt musste sie ihm zumindest einen Teil der Wahrheit erzählen. »Das Problem ist, dass Mads' Urkunde weg ist.«

»Seine Taufurkunde?«

»Seine Geburtsurkunde.«

»Und wo ist sie?«

»Ich habe sie… bei unserem Umzug verloren. Ich dachte, ich hätte alles dabei, aber als ich dann hier war, konnte ich sie nicht mehr finden.« Klang doch ganz plausibel, fand Vittoria. »Ich habe überall danach gesucht, alle meine Sachen mehrfach durchgesehen, aber die Urkunde war nirgends.«

»Dann musst du eben eine neue besorgen, das kann doch nicht so schwer sein«, sagte Ejnar.

»Eigentlich nicht, aber du weißt ja, die italienischen Behörden… Wenn man da nicht jemanden kennt, der jemanden kennt…« Vittoria zuckte die Achseln und sah Ejnar an. Sie hoffte, dass die vollkommen berechtigten Vorurteile der Dänen gegenüber der italienischen Bürokratie ihre Geschichte glaubhaft erscheinen ließen. »Ich habe natürlich schon längst eine Ersatzurkunde beantragt«, fügte sie hinzu, als sie sah, dass er ihre Erklärung glaubte. »Aber das dauert nun mal.« Vittoria erhob sich. »Und jetzt muss ich Jan abholen.«

Den ganzen Nachmittag dachte sie fieberhaft über eine Lösung nach. Als Frau Iversen sie vor einiger Zeit zum ersten Mal gebeten hatte, Massimo in ihr Krankenversicherungsbüchlein eintragen zu lassen, hatte sie die nötigen Papiere tatsächlich in Italien angefordert. Allerdings nicht bei den Behörden, sondern bei Schwester Giovanna. Darauf hatte sie nie eine Antwort erhalten, und seither verdrängte sie die Angelegenheit, offen gestanden. Ich muss ihr heute Abend noch einmal schreiben, dachte Vittoria. Aber jetzt musste sie sich auf den Dreijährigen konzentrieren.

Sie hob Jan auf den Geschwistersitz des Kinderwagens und löste die Bremse.

Der kleine Mann hatte kurze Hosen an, und seine nackten Knie sahen einfach zum Anbeißen aus. Sie lächelte ihn an. Helle war bei einer Freundin, darum hatte Vittoria einen kleinen Ausflug vorbereitet, mit dem sie sich einen Teil des Nachmittags vertreiben konnten.

»Wo gehen wir hin?«, fragte Jan, als Vittoria den schwer beladenen Kinderwagen nach links lenkte, statt direkt nach Hause zu gehen.

»Das ist eine Überraschung«, sagte sie.

»Zum Spielwarenladen?«

»Nein.«

»Zum Bäcker?«

»Dann müssten wir doch in die andere Richtung, du Dummerjan.«

»Jetzt weiß ich's!«, rief er: »Wir gehen zur Tierhandlung! Wir gucken uns Fische an!«

»Psssst«, machte Vittoria. »Sonst weckst du noch Mads auf. Nein, wir gehen auch nicht zur Tierhandlung.«

»Wohin dann?«

»Wart's ab«, sagte sie und spielte mit seinen hellblonden Engelslocken.

»Ich will es aber jetzt wissen!«

»Gut«, sagte sie. »Dann wollen wir mal sehen, ob du es

erraten kannst. Wir gehen dahin, wo gewisse Dinge mit Rädern dran nachts schlafen.«

»Zu einem … Fahrradständer?«

»Gar nicht schlecht geraten. Aber nein. Es geht nicht um Fahrräder. Es geht um etwas, das mehr als zwei Räder hat.«

»Autos?«

»Noch mehr Räder als Autos.«

»Züge?«

»Sehr gut, Jan!« Vittoria lachte. »Du hast es schon fast raus.«

Da erreichten sie auch schon die Amagerbrogade, und eine Straßenbahn der Linie 2 rumpelte vorbei. Jan sah ihr nach und strahlte. »Straßenbahnen!«

»Ganz genau. Wir machen einen Spaziergang zur Sundbyer Remise, wo die Straßenbahnen nachts geparkt werden.«

Jan runzelte die Stirn. »Aber es ist doch gar nicht Nacht.«

»Aber wir können bestimmt trotzdem etwas sehen«, sagte Vittoria. »Vielleicht ist ja eine Straßenbahn zu Hause geblieben, die repariert werden muss.«

Als sie die Remise erreichten, hob sie Jan vom Kinderwagen, damit er sich direkt an den Zaun stellen und den Platz vor dem imposanten Gebäude sehen konnte. Es gab nicht ganz so viel zu entdecken, wie Vittoria gehofft hatte, lediglich ein paar Mechaniker, die an einem Waggon arbeiteten, aber Jan schien zufrieden zu sein. Fasziniert drückte er die Nase gegen den Drahtzaun und beobachtete die Männer, die auf dem Straßenbahnwagen herumkletterten, immer wieder interessante Klopflaute produzierten und sich laut etwas zuriefen.

Vittoria schob den Kinderwagen in schöner Regelmäßigkeit vor und zurück. Massimo hatte sich gerade erst richtig beruhigt, die Impfung hatte ihm wohl doch zugesetzt. Sie hoffte, er werde nun zwei Stunden schlafen, damit er nicht den ganzen Nachmittag jammerte. Dass der Junge sich vor zwei Tagen bei Helles Geburtstagsfeier so unmöglich benommen hatte, hatte wirklich gereicht, dachte Vittoria. Den ganzen Nachmittag hatte sie mit fünfundzwanzig kleinen Gästen und einem schreienden Säugling jongliert. Zum Glück hatten auch Ejnar und Annettes Mutter geholfen. Dennoch war Vittoria entsetzt gewesen, wie anstrengend das Ganze war. Als sie klein gewesen war, hatte es keine Kindergeburtstage gegeben. Natürlich hatte man Geschenke bekommen und den Tag mit seiner Familie gefeiert, und in der Schule hatte man sich vor der Mittagspause ein Lied wünschen dürfen – aber das war alles gewesen. Dass ein ganzer Haufen festlich gekleideter Kinder zusammenkam und bewirtet und unterhalten werden wollte, das hatte Vittoria so noch nie erlebt.

Sie war sehr dankbar für die Hilfe von Annettes Mutter gewesen, aber wenn sie ganz ehrlich war, hatte Frau Sørensen gleichzeitig zu Vittorias Gefühl von Unzulänglichkeit beigetragen. Gut, sie hatte die kunstfertige Torte bewundert, Vittoria aber im selben Satz darüber informiert, dass eine echte dänische Torte mit Sahne bedeckt sowie mit kleinen dänischen Flaggen und Schokoladenbrezeln dekoriert werde. Und ständig hatte Frau Sørensen Vittorias Aussprache korrigiert – zwar jedes Mal mit einem freundlichen Lächeln und dem Kommentar, sie wolle ja nur helfen, aber Vittoria war der kritische Unterton nicht entgangen.

Vittoria hob Massimos Decke ein wenig an, damit ihm nicht zu heiß wurde. Die Sonne strahlte mit den erwartungsfrohen Menschen um die Wette. Schon seltsam, dachte sie. Einerseits fanden die meisten Dänen es spannend, dass Vittoria aus dem romantischen Italien kam, andererseits waren sie irgendwie enttäuscht, weil sie so gar nicht dem Klischeebild einer Italienerin entsprach. Manchmal kam es Vittoria fast so vor, als erwartete man von ihr, hier und da eine Arie anzustimmen. Andere wiederum, wie zum Beispiel Frau Sørensen, meinten offenbar, dass Vittoria sich nicht genügend anstrengte, um sich den Dänen anzupassen. Sie hatte aufgehört, zu zählen, wie oft sie schon gefragt worden war, ob sie immer noch katholisch sei. Als wäre Religion etwas, das man einfach so nach Gusto wechselte.

Vittoria vermisste ihre Freundin Conny. Sie war zwar nicht perfekt, aber zumindest hatte sie Vittoria so akzeptiert, wie sie war. Sich über ihre Andersartigkeit amüsiert, statt sich über sie aufzuregen. Und sie hatte Massimo ins Herz geschlossen, gar keine Frage. Vittoria hätte sich am liebsten bei Conny gemeldet, um ihre Streitigkeiten beizulegen und so weiterzumachen, als wäre diese Sache neulich gar nicht passiert – aber ihr Stolz verbot es ihr. Schließlich war Conny es gewesen, die sich falsch verhalten hatte, und darum war es auch an ihr, sich als Erste wieder zu melden, dachte Vittoria.

Jans Faszination für die Straßenbahnmechaniker hatte nachgelassen. Er hatte den Blick von ihnen abgewandt und trat geistesabwesend immer wieder leicht gegen den Zaun.

»Sollen wir gehen, Jan?«

»Nein.« Er trat weiter.

»Ich habe zu Hause eine Kanne Saft in den Kühlschrank gestellt«, versuchte sie, ihn zu locken.

Jan verharrte und dachte nach. Dann versetzte er dem Zaun einen Abschiedstritt und ließ sich von Vittoria auf den Geschwistersitz heben.

*

Als die Kinder abends im Bett lagen, setzte Vittoria sich mit ihrer Schreibmappe in die Küche, doch bevor sie den Brief an Schwester Giovanna anfangen konnte, kam Ejnar herein.

»Störe ich?«, fragte er.

»Ich komme gleich«, sagte Vittoria. »Ich möchte nur schnell ein Schreiben aufsetzen, um wegen Mads' Geburtsurkunde nachzuhaken.«

»Das ist nicht nötig.« Er strahlte stolz.

»Wieso?«

»Ich dachte mir, ich könnte doch ein bisschen nachhelfen«, sagte Ejnar.

Vittoria runzelte die Augenbrauen. »Und wie?«

»Einer meiner Schulkameraden aus dem Gymnasium ist Oberregierungsrat im Außenministerium. Ich habe ihn heute Nachmittag angerufen und ihm dein Problem erklärt.«

»Du hast *was*?« Vittoria wurde ganz eng um die Brust vor Angst.

»Er will dir gerne helfen, Vita«, fuhr Ejnar fort, ohne Notiz von ihrer erschrockenen Miene zu nehmen. »Wenn du ihm die relevanten Informationen schickst, wird er sich darum kümmern, dass jemand den italienischen

Behörden Beine macht. Die Geburtsdaten von dir, deinem Mann und Mads sowie der Name des Krankenhauses, in dem er geboren wurde – das müsste reichen. Dann kann das Ministerium den offiziellen Weg gehen und …«

»Nein!«, wehrte Vittoria heftig ab. »Nein danke«, schob sie etwas beherrschter hinterher. »Vielen Dank, Ejnar. Aber ich möchte mich bitte selbst darum kümmern.«

Überrascht sah Ejnar sie an. »Ich bin mir sicher, es würde helfen, wenn das Ministerium sich einmischte.«

»Das mag sein, aber ich möchte das nicht.«

»Ja, aber warum denn nicht?«

»Das ist meine Privatsache.«

Er schüttelte den Kopf. »Ich verstehe dich nicht, Vita. Warum nimmst du die Hilfe, die man dir anbietet, nicht an?«

»Ich bin dir wirklich dankbar für deine Fürsorge, aber nein.«

»Entschuldige bitte, aber das ist doch wirklich albern. Um nicht zu sagen dumm.«

»Gut, dann bin ich eben dumm.« Vittoria erhob sich, ihre innere Unruhe war einfach zu groß, um sitzen zu bleiben. »Bitte ruf sofort deinen Freund an und sag ihm, dass es sich um ein Missverständnis handelt. Dass alles läuft, wie es soll.«

»Das kann ich nicht«, sagte Ejnar.

»Sofort«, wiederholte sie. »Ich bestehe darauf.«

»Vita.« Ejnars Blick hinter den dicken Brillengläsern drückte Verwirrung aus. »Nun seien Sie doch vernünftig. Wenn sowohl er als auch ich bereit sind, dir zu helfen, wäre es doch idiotisch, das nicht …«

»*Ich habe dich nicht um deine Hilfe gebeten!*« Vittoria wurde richtiggehend laut. »Es steht dir nicht zu, mit den Behörden über meine privaten Angelegenheiten zu sprechen, ohne mich zu fragen.« Sie schnappte sich einen schweren Aschenbecher aus dem Schrank und schickte sich an, ihn nach ihrem Arbeitgeber zu werfen. »Ruf ihn an!«

Ejnar starrte sie an. »Wenn du das wirklich ernst meinst…«

»Ja, das tue ich. Ruf ihn an. Sofort.« Vittoria hob den Aschenbecher noch etwas höher. »JETZT!«

28. und 29. Juni 1958

Wenige Tage später war ihr Streit zwar nicht vergessen, aber vorerst beigelegt. Ejnar hatte seinen Freund im Außenministerium angerufen und die ganze Sache abgeblasen, und weder er noch Vittoria hatten noch ein Wort darüber verloren.

Zwar hatte Vittoria den Disput gewonnen, aber er hatte Spuren bei ihr hinterlassen. Sie fing wieder an, auf der Straße nach italienischen Autos Ausschau zu halten, und schrak mehrmals zusammen, wenn sie von Fremden angesprochen wurde. Der Seelenfrieden, den sie sich in den drei Monaten im Haushalt von Doktor Møller erkämpft hatte, war nachhaltig gestört worden. Wie konnte Ejnar sich nur einfach so in ihr Privatleben einmischen?, fragte sie sich. Sie wusste, dass er es nur gut gemeint hatte, aber seine Hilfsbereitschaft könnte katastrophale Folgen nach sich ziehen, und Vittoria graute es bereits vor der nächsten Konfrontation, falls es Schwester Giovanna nicht bald gelänge, ihr die nötigen Papiere zu besorgen. Ejnars Schrecken angesichts der heftigen Reaktion seiner Haushälterin schien noch nachzuwirken – er behandelte sie wie ein rohes Ei. Wenn er sich von ihr unbeobachtet fühlte, sah er sie oft auf eine Art und Weise an, die ihr neu war.

Aber der Alltag ging weiter, und es wurde immer wärmer. Die dänischen Zeitungen brachten jeden Tag Meldungen über die enorme Hitzewelle, die offenbar ein echtes Risiko für die Volksgesundheit darstellte. Hitzewelle? Der Wetterbericht der heutigen Zeitung kündigte gerade mal vierundzwanzig Grad an! Für Italiener war das nicht mehr als ein lauwarmer Frühlingstag, aber hier in Dänemark ließen solche Temperaturen die Menschen in Ohnmacht sinken, an die Strände strömen und an den Eisbuden anstehen. Wobei sie sich lautstark über die nicht auszuhaltende Hitze beklagten.

Insgeheim amüsierte sich Vittoria über das landesweite Wehklagen, aber sie achtete sehr darauf, ihren leisen Spott nicht zu zeigen. Die Dänen waren nicht offen für neue Ansichten, wenn es um Themen ging, über die sich im Prinzip alle einig waren.

Auch Ejnar machte sich Sorgen. Wie sollte das bloß werden, wenn die Leibgarde am nächsten Tag anlässlich ihres dreihundertjährigen Jubiläums durch die ganze Stadt bis nach Amalienborg marschieren würde? Die aktiven Gardisten mussten in Uniform und mit Bärenfellmütze antreten, und einige von ihnen würden garantiert einen Hitzschlag erleiden und umfallen, prophezeihte Ejnar. Unter den früheren Leibgardisten befänden sich ja bereits viele ältere Herren. Da könne man nur hoffen, dass die Veranstalter auch für eine vernünftige Notbereitschaft sorgten, sagte er und schaltete das Radio aus, nachdem in den Nachrichten ein weiterer sonniger Tag angekündigt worden war.

Auch Ejnar gehörte zu den ehemaligen Gardisten und würde mit seinen Soldatenkameraden an diesem großen Festtag teilnehmen. Neben eben diesem Marsch in Anwesenheit Seiner Majestät Frederik IX. und der königlichen Familie sollten auch diverse Aufführungen, Wettkämpfe, ein Picknick im Park Kongens Have sowie ein festliches Abendessen stattfinden. Ejnar bereitete sich bis ins letzte Detail darauf vor. In die Innentasche seines frisch gebügelten Sakkoanzugs steckte er einen Flachmann, allerdings gefüllt mit stinknormalem Wasser – damit sein Wasserhaushalt nicht aus dem Gleichgewicht geriete sowie um seinen Bierdurst einzudämmen, wie er Vittoria mit ernster Miene erklärte. Wasser sei das wichtigste Mittel gegen Hitzschlag, sagte er und ermahnte Vittoria zum x-ten Male, auch für die Kinder ja genügend zu trinken mitzunehmen, wenn sie sich auf den Weg in die Stadt machten, um dem bunten Treiben zuzusehen. Und ob sie eigentlich wisse, dass Bier dehydrierende Wirkung habe?

»Tatsächlich? Na, so was aber auch.« Vittoria verkniff sich ein Schmunzeln. »Nur gut, dass die Kinder so etwas nicht trinken.«

Ejnar lachte. »Du bist ganz schön naseweis.«

»Entschuldigung«, antwortete sie und beugte sich wieder über das Bügelbrett. Ejnars bestes weißes Hemd musste für morgen makellos sein. Auch Helle und Jan sollten ihren Vater bei dem Defilee sehen, und Vittoria hatte – obwohl es eigentlich ihr freier Tag war – beschlossen, etwas Verpflegung vorzubereiten und mit ihnen und Mads im Kinderwagen einen Ausflug daraus zu machen. »Keine Sorge, Doktor Møller: Ich nehme eine große Flasche Wasser mit. Die Kinder werden keine Not leiden.«

»Hervorragend«, sagte er und zog seine Brieftasche hervor. »Ich gebe dir etwas Geld für Eis und Süßigkeiten.«

»Nicht nötig, in der Haushaltskasse ist noch genug.« Sie freute sich über diese Geste ihres Arbeitgebers, war aber auch ein bisschen beleidigt, weil er zu glauben schien, dass sie diese Zusatzausgaben nicht berücksichtigt hatte.

»Natürlich, tut mir leid.« Flugs steckte Ejnar die Brieftasche wieder ein.

»So.« Vittoria hängte das Hemd auf einen Bügel. »Das Taschentuch und den Schlips habe ich auf die Kommode gelegt.«

»Vielen Dank, Vita, du bist ein Engel.«

Sie lächelte verlegen. Trotz ihrer Auseinandersetzung neulich war sie immer noch verwirrt wegen ihrer körperlichen Reaktion auf Ejnar vor einer Woche. Seitdem war sie in seiner Gegenwart immer befangen. Schon seltsam, wie ein solcher Moment alles auf den Kopf stellen konnte, dachte sie. Ejnar sah genauso aus wie immer, aber Vittoria betrachtete den etwas drögen Arzt jetzt mit anderen Augen. Des Öfteren ertappte sie sich dabei, wie sie an ihre erste Begegnung zurückdachte, bei der er sie ärztlich untersucht hatte. Waren seine Hände immer so kühl?, fragte sie sich. Und wenn ja, wie würde es sich wohl anfühlen, wenn sie andere Bereiche ihres Körpers erforschten? Der Gedanke allein ließ ihr das Blut in die Wangen steigen, doch sie verwarf ihn als Unsinn. Das kam einzig und allein daher, dass Ejnar das einzige männliche Wesen in ihrer näheren Umgebung war. Sie musste sich angewöhnen, an etwas anderes zu denken. Wenn Schwester Giovanna und die anderen Nonnen ohne Mann leben konnten, dann konnte Vittoria das ja wohl auch!

Ejnar ging in den Garten, wo seine beiden Kinder und eine Freundin von Helle mit dem Kaninchen spielten. Massimo schlief im Kinderwagen hinter dem Haus. Alle Fenster standen offen, das fröhliche Kindergeplapper und der Duft des Sommergartens wehten herein. Vittoria machte sich an den Rest der Bügelwäsche. Die Kinder sollten morgen ordentlich aussehen, und auch ihr Kleid war ziemlich zerknautscht. Leinen knitterte einfach so schnell bei den warmen Temperaturen, da sah man nach zehn Minuten schon wieder ungepflegt aus, ganz gleich, wie viel Mühe man sich vorher mit dem Bügeln gegeben hatte. Sie hatte sich neue, offene Schuhe gekauft. Schließlich wollte sie sich von ihrer allerbesten Seite zeigen, wenn sie schon mal die Gelegenheit hatte, den König zu sehen. Und die kleinen Prinzessinnen! Vittoria freute sich fast genauso sehr wie Ejnar und die Kinder. Sie besprengte Jans winziges weißes Hemd mit Wasser und widmete sich mit großer Sorgfalt Kragen und Manschetten.

Am selben Abend wich Vittoria erstmalig von dem eintönigen Speiseplan ab und servierte kleine Pizzen: mit Rinderhack und Zwiebeln sowie Tomaten und geriebenem dänischen Käse. Sie schmeckten natürlich nicht ganz so, wie sie sollten – Vittoria hatte gewöhnliches dänisches

Mehl verwenden und das Olivenöl durch Maisöl ersetzen müssen –, aber das wussten die anderen ja nicht. Und sie war bestimmt auch die Einzige, der Knoblauch, Mozzarella und Oregano fehlten. Nach anfänglichem Zögern hatten Ejnar und die Kinder die duftenden Fladen gekostet, und zehn Minuten später war kein Krümel mehr davon übrig gewesen. Selbst der kleine Massimo hatte auf ein paar Stücken Pizza herumgelutscht.

»Es hat euch also geschmeckt, ja?«, fragte Vittoria und schob den Märchenbecher von Massimo weg. Als er weinerlich das Gesicht verzog, gab sie ihm einen Löffel zum Spielen.

»Jaaa!«, rief Jan, der sich etwas Tomatensoße in die goldenen Locken geschmiert hatte. »Pissa!«

»Doch. Durchaus wohlschmeckend. Aber ich glaube kaum, dass das so richtig gesund ist«, sagte Ejnar. »Jedenfalls nicht so wie Kartoffeln.«

Lächelnd schüttelte Vittoria den Kopf. »Keine Sorge, morgen gibt es ganz bestimmt wieder Kartoffeln«, sagte sie und stellte die Teller zusammen.

»Morgen Abend bin ich doch bei dem Festessen im Forum, Vita. Hast du das vergessen?«

»Nein. Und ich bin mir sicher, dass einem Haufen alter Soldaten jede Menge Kartoffeln serviert werden.«

Er lachte. »Na, hoffentlich.«

»Was gibt es zum Nachtisch?«, fragte Helle.

»Rhabarberkompott.« Vittoria holte eine Schüssel aus der kühlen Speisekammer.

Helle rümpfte die Nase. »Schon wieder?«

»Ja, schon wieder.« Vittoria stellte die Schüssel auf den Tisch und holte die Sahnekanne aus dem Kühlschrank.

»Und es wird auch noch öfter Rhabarberkompott geben. Bis die Saison vorbei ist.«

»Was ist Saison?«

»Das ist die Zeit des Jahres, in der man Rhabarber ernten kann«, erklärte Ejnar. »Es gibt auch eine Erbsen-, Apfel- und Pflaumensaison, und auch alle anderen Obst- und Gemüsesorten haben ihre Saison.«

»Hoffentlich ist diese Saison bald vorbei.« Helle machte einen Schmollmund. »Ich hab keine Lust mehr auf Vitas Rhabarberkompott. Das ist sauer.«

»Jetzt benimm dich bitte, Helle«, sagte ihr Vater. »Du isst, was auf den Tisch kommt.«

»Du kannst dir gerne etwas Zucker draufstreuen«, sagte Vittoria und stellte die Zuckerdose vor sie. »Morgen gibt es etwas anderes, versprochen. Wenn du eine Weile auf Mads aufpasst, mache ich Pfannkuchen.«

Helle strahlte. »Mit Marmelade?«

»Mit Rhabarbermarmelade«, sagte Vittoria, und als der Schmollmund wieder anschwoll, fügte sie hinzu: »Nein, Helle, ich ziehe dich bloß auf. Morgen gibt es keinen Rhabarber. Frau Larsen hat mir ein Glas von ihrer guten Erdbeermarmelade geschenkt.«

»Annette hat heute in der Mathestunde eine Ohrfeige bekommen«, berichtete Helle, während sie sich mit Zucker versorgte. »Von Herrn Frandsen.«

»Und warum?«, fragte Ejnar und nahm die Zuckerdose weg, bevor seine Tochter sie komplett leerte.

»Sie hat ihm Widerworte gegeben, und dann wollte sie sich nicht bei ihm entschuldigen. Aber findest du das denn in Ordnung, dass er *ein Mädchen* schlägt?«

»Mädchen müssen sich doch wohl auch benehmen«,

sagte Vittoria und tat Jan auf, der jetzt natürlich auch Zucker auf seinem Kompott haben wollte. »Wenn Annette vorlaut gewesen ist, musste Herr Frandsen sie doch zurechtweisen.«

»Ist das dein Ernst?« Ejnar sah sie stirnrunzelnd an.

»Dass Kinder sich benehmen müssen?« Vittoria sah ihn an. »Ja, natürlich ist das mein Ernst.«

»Nein, dass Lehrer Kinder schlagen dürfen?«

Vittoria zuckte mit den Schultern. »Hat noch niemandem geschadet.«

»Da irrst du dich aber ganz gewaltig, Vita.« Ejnar sah jetzt richtig wütend aus. »Körperliche Züchtigung schadet Kindern sehr wohl. Opfer solcher Art von Gewalt nehmen lebenslangen psychischen Schaden.«

»Wenn das so ist, müsste ich ziemlich geschädigt sein«, sagte Vittoria. »Mein Vater hat sich mit Ohrfeigen jedenfalls nicht zurückgehalten, wenn ich am Tisch herumgezappelt habe oder ihm naseweis gekommen bin. Und ich habe ihn trotzdem geliebt.«

»Wie kann man nur Kinder schlagen?«, empörte sich Ejnar. »Ich begreife das nicht.«

»Ich sage nicht, dass es angenehm war, aber ich habe nie daran gezweifelt, dass es zu meinem Besten war. In der Schule war das etwas anderes. Da waren ein paar Lehrer, die, glaube ich, einfach nur geschlagen haben, weil es ihnen Spaß gemacht hat, und das geht natürlich nicht.«

Ejnar sah sie an. »In diesem Haus haben solche Methoden jedenfalls nichts verloren. Ich hoffe, wir verstehen uns.«

»Meinen eigenen Sohn werde ich aber schon erziehen müssen, wenn er älter wird.«

»Nicht mit Gewalt. Das kann ich auf gar keinen Fall tolerieren, nicht unter meinem Dach.«

Vittoria wollte gerade eine schnippische Antwort geben, als ihr Blick auf Helle und Jan fiel, die mit angehaltenem Atem dem Wortwechsel folgten. Sie zwang sich, sich zu beruhigen. »Meinetwegen. Aber dann kann ich nicht dafür garantieren, dass er immer artig ist«, sagte sie.

»Wie du an meinen Kindern siehst, kann man sich durchaus auch ohne eine einzige Ohrfeige zu einem artigen Kind entwickeln. Stimmt's, ihr beiden?«

Zwei Blondschöpfe nickten schweigend.

»Ich kann dir gerne ein Buch über Kindererziehung ausleihen, falls du nicht weißt, was du statt schlagen tun sollst«, sagte Ejnar.

»Das klingt ja fast so, als hieltest du mich für eine Gewaltverbrecherin.«

»So war das nicht gemeint.«

Ohne noch ein Wort zu sagen, aßen sie weiter. Vittoria fühlte sich bloßgestellt. Und noch dazu vor den Kindern.

»Übrigens habe ich wegen der Ferien jetzt alles unter Dach und Fach«, sagte Ejnar endlich, als das Kompott fast aufgegessen war. »Am Samstag fahren wir nach Silkeborg, dort bleiben wir bis zum Sechzehnten. Danach sind wir bei meinen Schwiegereltern und kommen am Sonntag, dem Zwanzigsten, wieder. Ich lege dir einen Zettel mit den Telefonnummern hin, damit du mich erreichen kannst.«

»Wunderbar«, sagte Vittoria. »Frau Sloth und ich fangen mit dem Großreinemachen an, sobald ihr alle aus dem Haus seid. Wir bringen hier alles auf Hochglanz.«

»Aber du machst doch auch ein bisschen Urlaub?«

»Ein gründlicher Hausputz ist wirklich dringend nötig, Ejnar. Ist dir noch gar nicht aufgefallen, wie verstaubt die Bücherregale sind?«

»Hauptsache, du ruhst dich auch mal ein bisschen aus.«

»Ausruhen kann ich mich, wenn ich alt bin«, sagte Vittoria, ohne ihn anzusehen.

*

Natürlich hatte Vittoria damit gerechnet, dass auf dem Schlossplatz vor Amalienborg viele Menschen versammelt sein würden – aber dass *so viele* den großen Jubiläumsumzug aus der Nähe sehen wollten, erstaunte sie dann doch. An die hunderttausend Zuschauer, schätzte der Reporter der *Politiken* in der Ausgabe am nächsten Tag. Viele hatten kleine dänische Flaggen dabei, und Vittoria war nicht die Einzige, die einen schwer beladenen Kinderwagen vor sich herschob.

Am Schiebegriff hing ein großes Nylonnetz, das Proviant, Thermosflaschen mit kaltem Wasser und Wickelutensilien enthielt. Massimo saß gestützt im Wagen, Jan wie üblich auf dem Geschwistersitz. Seine Füße stießen jedes Mal an das Netz, wenn es durch die Bewegung des Kinderwagens vor- und zurückschaukelte.

»Du hältst dich am besten am Kinderwagen fest«, sagte Vittoria zu Helle. »Nicht, dass du uns in dem Gewühl abhandenkommst.«

»Ich komme nicht abhanden«, sagte Helle. »Ich bin acht.«

»Ich weiß, Helle«, sagte Vittoria und bugsierte den Kinderwagen um einige Frauen mittleren Alters mit Sommerhüten und Perlenketten herum, die den Durchgang nach vorne zu den Absperrseilen blockierten. Sicher Ehefrauen ehemaliger Leibgardisten, dachte sie und kassierte einen indignierten Blick, als sie eine der Damen streifte. »Und ich weiß auch, dass du groß und vernünftig bist, aber wir müssen uns aneinander festhalten. Du siehst doch, wie voll es hier ist, oder? Wenn wir uns verlieren, können wir uns nur sehr schwer wiederfinden. Hast du den Zettel?«

Helle zog an dem Band unter ihrem Oberteil, sodass Vittoria das mit ihrem Namen, ihrer Adresse und ihrer Telefonnummer beschriftete Papier sehen konnte. Jan hatte ihnen aufmerksam zugehört und begann nun, an seiner karierten Fliege zu fummeln, um sich das Hemd aufzuknöpfen.

»Schon gut, Jan, schon gut«, bremste Vittoria ihn. »Du musst mir deinen Zettel nicht zeigen. Ich kann ihn durch dein Hemd hindurch sehen.«

Ein Ehepaar drängelte sich an ihnen vorbei. Der Mann mit einem Mädchen auf den Schultern vorneweg, die Frau hinterher. Sie nickte entschuldigend.

»Es wird schwierig werden, bis ganz nach vorne zu kommen«, sagte Vittoria.

»Wir müssen aber ganz nach vorne!«, sagte Helle. »Ich will Vati vorbeigehen sehen.«

»Da sind noch viel mehr Menschen.« Vittoria reckte den Hals, um sich einen Überblick zu verschaffen. Etwa fünfzig Meter entfernt stand die Tribüne, von der aus die königliche Familie in einer halben Stunde dem Marsch der Gardisten zusehen würde. Am liebsten wollte Vittoria direkt dort stehen, aber das konnte sie wohl vergessen, die

Zuschauer standen da bereits Schulter an Schulter, dahin würde sie mit dem Kinderwagen niemals kommen können. »Komm, hier entlang«, sagte sie und setzte sich in Richtung Bredgade in Bewegung. »Wenn wir uns beeilen, kriegen wir noch einen Platz an der Ecke da.«

Massimo fing an zu jammern, vermutlich war es ihm zu warm und zu laut und seine Mutter ihm zu angespannt. Auch Jan wurde langsam ungeduldig. Helle dagegen marschierte, die Hand fest am Schiebegriff des Kinderwagens, zielstrebig voran. Vittoria quetschte sich bis zur Absperrung durch und versuchte, die Verärgerung, die das bei den Umstehenden verursachte, auszublenden.

Als sie endlich den Straßenrand erreichten, wendete sie den Kinderwagen so, dass er mit der offenen Seite zur Straße stand, hob Massimo heraus, half Helle hineinzuklettern und setzte ihr den Jungen auf den Schoß. »So, jetzt könnt ihr alles sehen!«, verkündete sie stolz und übertrieben optimistisch und klappte das Verdeck hoch, damit Helle und Massimo im Schatten saßen. Sie selbst und Jan mussten es in der knallenden Sonne aushalten.

»Ätsch, ich sitze ganz vorne«, sagte Jan triumphierend von seinem Thron.

»Du versperrst mir die Sicht«, beklagte Helle sich. »Und Mads kann auch überhaupt nichts sehen, darum heult er auch so.«

»Das ist *mein* Kinderwagen!«

»Nein«, sagte Helle. »Bevor du geboren wurdest, war das meiner.«

»Das ist *meiner*!«

»Und jetzt gehört er eigentlich Mads.«

»Bäh.« Jan wandte sich halb um.

»Du darfst die Zunge nicht rausstrecken! Das sage ich Vati!«

»Ruhe jetzt.« Vittoria fischte Trinkwasser und vier Becher aus dem Netz und ignorierte dabei die bösen Blicke einer humorlosen älteren Dame, die offenbar davon ausgegangen war, die Straßenecke ganz für sich allein beanspruchen zu können. »Hier.« Sie gab jedem Kind etwas gegen den Durst und verabreichte Massimo anschließend einen Schnuller. Die Gemüter beruhigten sich ein wenig. Die humorlose Dame rückte ein kleines Stück von ihnen ab.

»Wann kommen die denn?«, fragte Jan.

»Das dauert noch ein bisschen, mein Schatz.« Vittoria strich ihm über die Wange. »Wir mussten etwas früher hier sein, um einen guten Platz zu bekommen.«

»Die sollen jetzt kommen.« Jan trat einmal fest gegen das Netz.

Vittoria hielt seinen Fuß fest. »Hör auf damit, Jan, du zerquetschst ja unsere Brote.«

Der Dreijährige sah sie unverwandt an. Kaum ließ Vittoria seinen Fuß wieder los, rammte er seine hellbraune Sandale wieder dagegen.

Da packte Vittoria wieder seinen Fuß. »Es reicht!«, sagte sie und griff etwas fester zu. »Noch einmal, und du bekommst kein Eis.« Sie sah in seine vor Wut zusammengekniffenen moosgrünen Augen. An einen süßen Engel erinnerte er in diesem Augenblick eher weniger. »Hast du mich verstanden, Jan?« Sie hielt seinen Fuß immer noch fest.

»JA!«, schrie Jan und schlug nach ihr.

Wäre Jan ihr Sohn gewesen, hätte er sich jetzt eine

gefangen, dachte Vittoria. Aber sie erinnerte sich noch sehr gut an das gestrige Gespräch mit Ejnar und wusste, sie musste Jans Ungezogenheit ignorieren. Nicht, dass sie Ejnars Gedankengang folgen konnte, aber sie musste natürlich tun, was ihr Arbeitgeber sagte. Vittoria stellte sich auf die Zehenspitzen, um einen Blick in Richtung Kongens Nytorv zu werfen. Soweit sie wusste, würden die Soldaten von dort kommen. Aus der Ferne konnte sie Marschmusik hören. Dann war der Freiluftgottesdienst mit Pastor Arnberg von der Garnisonskirche wohl vorbei. Der nächste Programmpunkt war der Marsch vom Exerzierplatz zum Schloss Amalienborg. Nun würde es nicht mehr lange dauern, bis sie hier wären.

Die Sonne brannte gnadenlos auf sie herab, und Vittoria musste sich selbst daran erinnern, dass die hiesigen Temperaturen, verglichen mit denen in Rom, ein Witz waren – aber das half ihr auch nicht. Ihr schönes Kleid war am Rücken und unter den Armen schon ganz durchgeschwitzt, und die Haare klebten ihr schweißnass am Kopf. Warum hatte sie eigentlich keinen Sonnenschirm mitgenommen?

»Vita?« Helle zupfte an Vittorias Kleid. »Ich glaube, Mads hat Aa gemacht.«

»O nein!« Vittoria hob den Jungen hoch und schnupperte an seinem Hintern. »Kein Wunder, dass er so unleidlich ist.«

»Was machen wir jetzt?« Helle sah ehrlich besorgt aus. »Hier kannst du ihn nicht wickeln.«

»Nein, das geht auf gar keinen Fall.« Vittoria setzte das übel riechende Baby wieder auf Helles Schoß. »Wir müssen warten, bis der Umzug vorbei ist.«

»Aber er stinkt.«

»Wir suchen uns gleich ein Plätzchen, wo wir das machen können.«

»Er *stinkt.*« Helle sah aus, als würde sie gleich in Tränen ausbrechen.

»Dann atme durch den Mund.« Vittoria bückte sich, bis ihre Lippen Helles Ohr berührten. »Wenn wir nach Hause kommen, bekommst du eine Krone«, flüsterte sie. »Als Dank für deine Hilfe. Du bist doch mein großes Mädchen, oder?«

Helle schluckte ihren Missmut herunter und nickte. »Er kann ja nichts dafür«, sagte sie und legte die Arme um Massimo.

»Da!« Vittoria fasste nach Jans kleiner, verschwitzer Hand. »Hörst du die Musik, Jan?«

»Ja!« Seine Miene hellte sich auf. »Jetzt kommen sie!«

Und sie kamen wirklich. Endlich. Nach einigen weiteren Minuten tauchte der Vortrupp auf. Er bestand aus passend zum Anlass verkleideten Kindergartenkindern: Die Jungs trugen kleine Bärenfellkappen, die Mädchen winkten mit dänischen Flaggen. Die Zuschauer auf beiden Seiten der Straße klatschten und lachten, als die Kinder feierlich vorbeizogen. Direkt hinter ihnen kam das Orchester, flankiert von Polizisten mit auf Hochglanz polierten Uniformknöpfen.

Die laute Blasmusik erschreckte Massimo, der nun richtig anfing zu plärren. Vittoria nahm ihn auf den Arm, und Helle kniete sich hinter ihren kleinen Bruder, um besser sehen zu können. Jeglicher Zank war vergessen, ihre Augen glänzten vor Begeisterung. Mit der freien Hand wischte Vittoria sich den Schweiß von der

Stirn. Sie ärgerte sich, dass sie nicht daran gedacht hatte, kleine Flaggen für Helle und Jan zu besorgen wie sie alle anderen Kinder am Straßenrand hatten. Sie hatte ja keine Ahnung gehabt, dass das zu solchen Begebenheiten Tradition war, und für Ejnar war das wohl so selbstverständlich, dass er gar nicht auf den Gedanken gekommen war, sie darauf aufmerksam zu machen.

Nach dem Orchester kamen die aktiven Kräfte in Galauniform. Ejnar hat recht gehabt, dachte Vittoria: Unter den schweren Bärenfellmützen musste es wirklich fürchterlich heiß sein. Sie betrachtete die Gesichter der Männer und suchte nach Anzeichen von Anstrengung oder Unbehagen, aber die meisten Soldaten sahen einfach nur froh und stolz aus, während sie unter dem Jubel ihrer Landsleute auf die königliche Tribüne zumarschierten.

Nicht zum ersten Mal dachte Vittoria darüber nach, ob Italien sich vielleicht besser entwickelt hätte, wenn es immer noch eine Monarchie wäre. Für die Dänen war es, soweit sie das sehen konnte, jedenfalls gut, ein Staatsoberhaupt zu haben, das es vermochte, die Bevölkerung zu einen. Frederik IX. war der König der Kleinen und der Großen, der Jungen und der Alten. Selbst unter den Kommunisten zollte man der königlichen Familie einen gewissen Respekt, hatte Ejnar ihr erzählt. Kaum auszudenken, wie alles gekommen wäre, wenn Italien einen König wie ihn gehabt hätte! Vittoria lächelte in sich hinein: Sie wusste natürlich genau, dass selbst der stärkste und beliebteste König nicht in der Lage wäre, das italienische Volk zu einen. Dazu war nichts und niemand in der Lage. Das Einzige, worin sich die Italiener einig waren, war ihre grundsätzliche Uneinigkeit. Vittoria stellte sich noch einmal auf die Zehenspitzen und sah hinüber zur Tribüne. Der große Mann in der roten Jacke und mit der riesigen blauen Feder am Hut … Ob das wohl der König war? Sie war sich nicht ganz sicher, darum sagte sie den Kindern nichts.

Auf die in Reih und Glied vorbeimarschierenden jungen Soldaten in Gala folgte der größte Teil des Umzugs: ein paar Tausend frühere Leibgardisten, die nicht ganz so streng sortiert marschierten und Zivil trugen. Vorneweg gingen die ältesten, von denen einige schon fast Greise waren. Hinter ihnen wurden die Gesichter immer jünger. Vittoria hätte die ganze Angelegenheit restlos faszinierend gefunden, wenn es nicht so drückend heiß und Massimo nicht nicht so ungeduldig gewesen wäre und die beiden großen Kinder sich nicht ständig gestritten hätten. Helle und Jan fanden die zahllosen Männer in dunklen Anzügen längst nicht so unterhaltsam wie die bunt gekleideten Gardisten.

Massimo verlor seinen Schnuller und fing wieder an zu schreien. Vittoria bückte sich, um den Sauger aufzuheben, lutschte den Schmutz ab und steckte ihn Massimo wieder in den Mund.

»So, ihr Lieben«, sagte sie und zeigte auf die vorbeiziehenden Männer. »Jetzt könnt ihr langsam nach eurem Vater Ausschau halten.«

»Wo ist er?«, fragte Jan.

»Ich kann ihn noch nicht sehen, aber lange kann es nicht mehr dauern.«

»Da!«, schrie Jan und zeigte auf einen Herrn mit Brille. Der Mann winkte freundlich zurück, war aber nicht Ejnar. »Da!«, schrie Jan abermals. Und: »Da!« Unglaublich, wie viele Männer seinem Vater ähnlich sahen.

Vittorias und Helles Blick begegneten sich hinter dem Rücken des aufgeregten Jan. Vittoria lächelte. Als sie wieder zum Umzug sah, guckte sie Ejnar direkt in die Augen. Es war, als hätte sie einen kleinen Stromschlag bekommen. Sie winkte. »Da, seht ihr, Kinder?«, sagte sie. »Da ist euer Vater.«

Ejnar lächelte ihnen zu, erwiderte das Winken aber nicht. Vermutlich fand er, das gehörte sich nicht für einen Soldaten, dachte Vittoria. Als er verblüffend schnell wieder verschwunden war, traten sie den Rückzug an und blieben kurze Zeit später in einer Seitenstraße hinter Schloss Charlottenborg stehen. Hier waren so gut wie keine Menschen, und der Gehsteig lag in köstlichem Schatten. Sie wechselte Massimo die Windel und gab den Kindern noch mehr zu trinken.

»War das alles?«, fragte Helle, nachdem sie ihren Blechbecher geleert hatte.

»Nein. Jetzt suchen wir uns einen schönen Platz für unser Picknick«, sagte Vittoria und machte sich daran, Massimo mit kaltem Wasser zu waschen. Sein Geschrei durchbohrte Vittorias ohnehin schon von der Hitze geschädigten Kopf und trieb ihren Puls derart in die Höhe, dass ihr ganz schwindelig wurde. »Schließlich wollen wir doch unsere leckeren Brote essen, oder?«, fragte sie mit aufgesetzter Munterkeit.

»Aber ich will Vati noch mal sehen!« Helle hatte Tränen in den Augen. »Und den König! Und die Königin!«

»Ich will den König sehen!« Jetzt weinte auch Jan.

Und so kam es, dass Vittoria plötzlich in einer ihr unbekannten Straße inmitten einer brüllenden Kinderschar stand, während sie selbst fast vor Hitze verging. Sie war fix und fertig. Am liebsten hätte sie sich abgesetzt, die Kinder Kinder sein lassen und sich zum Schlafen in eine ruhige Ecke verkrochen. Wenn sie nicht zur dreifachen Kindsmörderin werden wollte, musste sie sich ganz schnell etwas überlegen.

»Hört mal her«, sagte sie laut. Da das Geschrei nicht nachließ, wurde sie etwas lauter: »HÖRT MAL EBEN HER!« Die beiden Großen verstummten verblüfft, und Vittoria beeilte sich weiterzusprechen: »Was haltet ihr davon, wenn wir uns eine Eisbude suchen?«

Helle schniefte. »Wo?« Sie sah sich in der menschenleeren Peder Skrams Gade um. »Hier ist doch niemand.«

Vittoria hob Massimo hoch, der darauf auch aufhörte zu schreien. »Wir könnten doch schon mal wieder zurück nach Amager gehen, da ist es nicht so voll wie in der Innenstadt. Und ich weiß, dass wir am Christianshavn Torv an einem Eisladen vorbeikommen.«

»Vati soll auch ein Eis essen«, sagte Jan. Sein Gesicht war nach den vielen Stunden in der Sonne ganz rot, und seine Wangen glänzten nass von Tränen. »Vati soll auch mit.«

»Nein.« Vittoria wischte ihm mit der freien Hand die Wangen ab. »Euer Vater kommt erst spät heute Abend nach Hause. Er ist zu einem Soldatenfest.« Sie küsste ihn auf die Stirn. »Aber wir haben ihn doch gesehen, oder etwa nicht? Und jetzt machen wir vier einen Ausflug. Erst essen wir ein Eis, um uns ein bisschen abzukühlen, und hinterher machen wir ein Picknick. Vielleicht auf dem Wall.«

»*Vati soll mit.*« Jans Augen füllten sich wieder mit Tränen.

»Ach, jetzt hör schon auf, Jan«, sagte Helle, die nun wieder ganz vernünftig war. »Wir machen jetzt einen Ausflug. Stimmt's, Vita?«

*

Später, viel später, als die Kinder endlich zu Abend gegessen hatten und im Bett lagen, ließ Vittoria sich in ihren Sessel sinken. Sie strickte zwei Reihen und musste sie wieder aufribbeln, weil sie einen Fehler gemacht hatte. Sie legte die Handarbeit zur Seite, saß einfach da und guckte Löcher in die Luft. Es rauschte ihr in den Ohren. Erst, als ihr der Kopf wegzusacken drohte, bemerkte sie, dass sie zum Umfallen müde war. Sie sollte ins Bett gehen, aber es war erst acht Uhr, und die Sonne stand noch immer am Himmel. Vittoria überlegte kurz, das Radio einzuschalten, entschied sich aber dagegen. Stattdessen packte sie ihr Strickzeug weg und erhob sich. Sie wollte noch ihre Post erledigen, danach konnte sie sich guten Gewissens zurückziehen.

Vittoria setzte sich an den Esstisch und holte das jüngste Lebenszeichen von Schwester Giovanna hervor: eine kolorierte Ansichtskarte, ein Luftbild des Petersdoms. Sie betrachtete das Bild und aß ein Stück weiches Nougat – sie hatte endlich ein Schokoladengeschäft gefunden, das Waren führte, die fast wie die aus Signora Carluzzis feinem Geschäft zu Hause in Italien schmeckten.

Irgendwie seltsam, wie wenig so eine Fotografie eigentlich aussagte, dachte sie. Ein schönes Gebäude und davor ein Platz mit Menschen, klein wie Ameisen. Alles sah so ruhig, kühl und majestätisch aus. Nichts deutete auf den Verkehrslärm hin, nichts auf das Gemurmel Tausender Pilger, nichts auf die Hitze, auf den Duft von heißem Staub, auf den Gestank des Flusses, der je nach Windrichtung bis zum Petersplatz herüberwehte. Auf einmal ergriff sie ein solches Heimweh nach Rom, dass sich ihr die Kehle zuschnürte. Sie drehte die Karte um und las:

Rom, den 21. Juni 1958
Liebste V,
dies nur, damit Du weißt, dass ich an Dich und den Kleinen denke, wann immer ich Zeit habe. Ich bete jeden Tag für Euch. Was für ein Segen, dass Du eine gute Arbeitsstelle gefunden hast.
Gott sei mit Dir.
G.

Die Schrift verschwamm vor Vittorias Augen. Mit einer entschiedenen Bewegung legte sie die Postkarte beiseite, wischte sich die Finger an ihrem Taschentuch ab und nahm sich einen Briefbogen.

Kopenhagen, den 29. Juni 1958
Liebste Schwester Giovanna,
haben Sie vielen Dank für Ihre liebe Karte. Jetzt sitze ich hier und heule. Haben Sie meinen Brief vom 21. erhalten? Ich fürchte, da habe ich mich ganz schön selbst bemitleidet. Ich fühle mich manchmal ziemlich einsam hier. Ich vermisse Rom mehr, als ich gedacht hätte.
Haben Sie sich schon um Massimos Papiere kümmern können? So langsam wird es zum Problem, dass ich keine Geburtsurkunde habe. Entschuldigen Sie bitte

meine Ungeduld. Ich hoffe, dass Sie schnell eine Lösung finden.
Heute habe ich mit allen drei Kindern einen Ausflug unternommen, und stellen Sie sich vor: Wir haben sogar den König gesehen! Wir standen etwas zu weit von ihm entfernt, als dass wir Einzelheiten hätten erkennen können, aber…

Lang und breit schilderte Vittoria das Gardistenjubiläum. Sie ließ nichts aus, auch nicht die vielen kleinen Ärgernisse, die im Lauf des Tages entstanden waren – sie wusste, die Geschichte würde die kinderliebe Nonne amüsieren, und ihr selbst ging es auch gleich besser, nachdem sie ihre Erlebnisse erst zu Papier gebracht hatte. Es war bereits halb zehn, als sie den Brief unterschrieb. Endlich Zeit fürs Bett.

11. und 14. Juli 1958

Conny fiel sofort aus dem Hotelbett, als der Wecker klingelte – sie wusste, anderenfalls würde sie wieder einschlafen, und das ging nun wirklich nicht. Bald sollte sie frisch und munter vor der Kamera stehen, und da sie aus bitterer Erfahrung wusste, dass ihr Gesicht sich erst zwei Stunden nach dem Aufstehen restlos entfaltet hatte, musste sie jetzt erst recht aus dem Bett. Barfuß lief sie den Korridor zum Badezimmer hinunter, wo sie sich in Rekordzeit frisch machte, bevor sie wieder in ihrem Zimmer verschwand und sich eine Tasse extrastarken Pulverkaffee zubereitete. Sie war müde. Nein, mehr als das: Sie war erschöpft. Vier Stunden Schlaf reichten einfach nicht aus. Schon gar nicht, wenn sie mehr die Regel als die Ausnahme darstellten.

Ihre neue Arbeit als Dame des Hauses im Bella Notte verlangte ihr mehr ab, als sie es sich vorgestellt hatte. Früher hatte sie sich nur auf ihre eigenen Tische konzentrieren müssen – jetzt musste sie über alles, was im Nachtklub vor sich ging, den Überblick behalten und ständig den Bedienungen auf die Finger schauen. Sie hatte auch nicht mehr so oft frei, nur noch montags, weil da am wenigsten los war. An allen anderen Tagen arbeitete sie von acht Uhr abends bis vier Uhr morgens. Darüber hinaus musste sie einmal pro Woche zwei Stunden früher kommen, um mit Hans Villadsen die Dienstpläne und Fragen rund um das Personal zu besprechen. Außerdem war Conny jetzt für Neueinstellungen zuständig und für das Anlernen der neuen Kräfte im ständig wechselnden Stab der Kellnerinnen. Unterm Strich arbeitete sie nun fast zehn Stunden pro Woche mehr, sodass die hübsche Lohnerhöhung, die ihre Beförderung mit sich gebracht hatte, im Grunde gar keine war. Umgerechnet in einen Stundenlohn, bekam Conny nun sogar weniger als vorher. Sie wusste nicht, ob Hans Villadsen diesen Aspekt mitbedacht hatte, als er ihren Lohn festsetzte, aber sie hatte auch noch nicht den Mut gehabt, ihn darauf anzusprechen.

Die Arbeitszeit an sich wäre auch kein Problem gewesen, da Conny ihr neuer Verantwortungsbereich gut gefiel – aber die gestiegene Arbeitsbelastung fiel nun unglücklicherweise damit zusammen, dass sie auch als Fotomodell immer gefragter war. Ständig bekam sie neue Angebote. Mehrmals pro Woche erwartete sie an der Hotelrezeption eine Nachricht, sie möge bitte diesen Fotografen oder jenen Werbeverantwortlichen zurückrufen. Conny posierte für Werbeanzeigen für Radiogeräte, Waschpulver und Nylonstrümpfe. Sie war in den Katalogen des namhaften Magasin du Nord und von Daells Warenhaus abgebildet, und heute sollte sie für das Titelblatt einer Frauenillustrierten Modell stehen. Sie war schon ein paarmal auf der Straße darauf angesprochen worden, und einmal hatte ein verlegenes junges Mädchen sogar ein Autogramm von ihr haben wollen. Der Job machte ihr Spaß und forderte sie heraus, und Conny war vor der Kamera schnell sicher geworden. Noch dazu wurde sie gut bezahlt – so gut, dass sie zum ersten Mal in ihrem Leben etwas Geld ansparen konnte. Conny hoffte, sich eines Tages von den Wartelisten für eine Mietwohnung streichen lassen und sich etwas Eigenes kaufen zu können. Vielleicht sogar irgendwann ein kleines Reihenhaus.

Wenn nur diese Erschöpfung nicht gewesen wäre… Von dem Schlafmangel mal abgesehen, konnte sie auch nicht mehr in Ruhe essen – mal holte sie sich hier ein rotes Würstchen, mal da ein Brötchen. Kaffee und Zigaretten waren ihr Hauptnahrungsmittel, und die dunklen Schatten unter Connys Augen waren nicht dort hingeschminkt. Der Adrenalinschub, der es ihr anfangs ermöglicht hatte, auch mal zwei Tage und Nächte durchzuarbeiten, ließ immer mehr nach, und die Langzeitfolgen wurden spürbar.

Aber das Schlimmste war die Einsamkeit. Das bisschen Freizeit, das Conny blieb, reichte einfach nicht aus, um

Freundschaften zu pflegen. Hinzu kam, dass die Kolleginnen, mit denen sie früher während der Arbeit und privat herumgealbert hatte, nun ihre Untergebenen waren, was die Stimmung dämpfte. Conny war es schon mehr als einmal passiert, dass ein Gespräch verstummte, wenn sie den Pausenraum betrat. Die Frauen, die sie früher für ihre Freundinnen gehalten hatte, teilten außerdem regelmäßig Seitenhiebe in ihre Richtung aus. Und auch der Job als Fotomodell war nicht das geeignetste Umfeld, um neue Bekanntschaften zu schließen. Die anderen Modelle sah sie selten öfter als einmal, und wenn sie dann mal von einem nach dem Fototermin noch auf einen Drink eingeladen wurde, musste Conny praktisch immer ablehnen. Sie musste bei jeder sich ihr bietenden Gelegenheit schlafen.

Und was die Männer betraf… Sie lachte kurz und trocken auf. Ihr letzter näherer Kontakt mit einem Vertreter des männlichen Geschlechts war nun schon zwei Monate her. Nicht, dass es ihr an Angeboten mangelte – sowohl unter den Gästen des Nachtklubs als auch unter den Fotografen gab es genügend Freiwillige –, aber Conny hielt sich an ihren Schwur, nur noch mit Männern ins Bett zu gehen, in die sie wenigstens ein klein wenig verliebt war. Und so ein Exemplar war ihr schon länger nicht untergekommen.

Am meisten vermisste sie jedoch Vittoria. Über fünf Wochen hatte Conny sie nicht mehr gesehen. Gut möglich, dass die junge Witwe, verglichen mit den Mädchen im Nachtklub und Connys neuen Kolleginnen vor der Kamera, ein bisschen langweilig war, wie sie so ganz in Hausarbeit und Kindern aufging, aber vielleicht war es auch gerade diese simple, erdverbundene Lebensart, die sie anzog. Oder war es sogar ein Teil ihrer eigenen Persönlichkeit, den Conny da vermisste? Wenn sie mit ihrer italienischen Freundin zusammen war, trat nämlich des Öfteren eine ganz bestimmte Seite an ihr hervor: die hilfsbereite, tatkräftige, fürsorgliche Conny, die weder Flirts noch Schminke noch hochhackige Schuhe brauchte, um sich gut zu fühlen. Und genau diese Conny fehlte Conny hin und wieder.

Wie alt Massimo jetzt wohl war?, fragte sie sich und rechnete nach. Um die sieben Monate, schätzte sie. Vielleicht konnte er jetzt schon frei sitzen. Und bestimmt hatte er ein paar Zähne mehr bekommen. Ob er wohl immer noch so herzallerliebst lachte, wenn man ihm auf den nackten Bauch prustete? Beim Gedanken an die weiche Haut des Jungen ging ein Ruck durch Connys Brust.

Es war Zeit, das Kriegsbeil zu begraben. Conny trank den letzten Schluck ihres kalten, bitteren Kaffees und zog sich an. Zum Glück musste sie sich heute keine Gedanken um ihre Frisur und ihr Make-up machen. Wie man ihr mitgeteilt hatte, war für ein so wichtiges Foto – das Titelblatt für *Alt for Damerne* – eine richtige Maskenbildnerin von Nordisk Film angeheuert worden. Conny kämmte sich einmal schnell das feuchte Haar, dann ging sie.

Wie üblich flirtete Conny auf dem Weg nach draußen mit dem Portier und steckte ihm einen Fünfkronenschein zu. Er war es, der die Anrufe entgegennahm und die Nachrichten für sie notierte, darum war es wichtig, ihn bei Laune zu halten. Sie schob das Fahrrad bis zur Istedgade und steuerte die nächste Telefonzelle an.

Doktor Ejnar Møllers Telefonnummer war nicht schwer

zu finden, allerdings waren zwei auf seinen Namen registriert. Conny bat die Zentrale, zur Privatnummer durchzustellen, und wartete. Die Sonne schien direkt in das kleine Häuschen, und die seidenglatte Oberfläche des Bakelithörers war so heiß, dass Conny ihn nur mit spitzen Fingern halten konnte.

»Hier bei Doktor Møller«, erklang Vittorias Stimme. Conny entspannte sich etwas. Sie hatte befürchtet, den arroganten Hausherrn selbst an den Apparat zu bekommen.

»Vittoria? Ich bin's … Conny.«

Stille.

»Hallo?«

»Ja bitte?«

»Ich wollte dich fragen, ob wir uns nicht mal wieder treffen wollen?« Und als Vittorias Antwort ausblieb, fuhr Conny fort: »Wir haben uns so lange nicht gesehen.«

»Stimmt.«

Conny lauschte einige Sekunden der Stille. »Entschuldigung«, sagte sie dann. »Tut mir wirklich leid, dass ich dich im Bakken so hängen gelassen habe. Das war nicht nett von mir.«

Noch immer nichts. »Du hast mir gefehlt«, sagte Vittoria dann.

»Gibt's was Neues? Wie geht's dem kleinen Massimann?«

»Gut.« Vittorias Stimme klang gleich viel wärmer. »Er ist ein richtiger kleiner Wonneproppen geworden.«

»Willst du damit etwa sagen, dass er dick geworden ist?«

»Das verschwindet wieder, wenn er erst mal anfängt zu

krabbeln«, sagte Vittoria. »Komm doch mal vorbei, und sieh ihn dir an.«

»Gerne.« Conny überlegte fieberhaft, wann in ihrem übervollen Arbeitskalender überhaupt mal eine Lücke war.

»Irgendwann nachmittags diese Woche?«, schlug Vittoria vor. »Ich habe das Haus ganz für mich. Ejnar und die Kinder sind bis zum Zwanzigsten verreist.«

»Gerne«, sagte Conny noch einmal, während ihr Gehirn auf Hochtouren arbeitete. Am Wochenende hatte sie keine Fototermine, aber sie musste ja auch mal schlafen … »Würde es am Montag gehen? Da habe ich meinen freien Abend. Ich könnte schon so um drei kommen, dann habe ich noch etwas von Massimo, bevor er ins Bett geht.«

Als Conny wenige Minuten später Richtung Østerbro radelte, lächelte sie allen zu, die ihr begegneten.

*

Mit einem Strauß rosa Rosen stand sie vor der Tür des Hauses am Italiensvej. Vittoria wirkte beim Anblick der bescheidenen Aufmerksamkeit sehr gerührt, und nachdem sie sich auf die Wangen geküsst hatten, nahm sie Conny ein paar Sekunden länger als üblich in den Arm.

»Du hast dir die Haare schneiden lassen.« Conny schob Vittoria auf Armeslänge von sich und betrachtete den kurzen Pagenkopf. »Steht dir gut.«

»Danke.« Vittoria fuhr sich mit der Hand durch die Frisur und lächelte scheu. »Wurde einfach viel zu warm mit den langen Haaren.« Sie führte Conny ins Wohnzimmer. Der Couchtisch war mit Tee und selbst gebackenem Kuchen gedeckt.

»Ich dachte, wir könnten jetzt vielleicht eine Tasse Tee trinken und dann etwas später essen. Es gibt Hühnerbraten«, erzählte sie freudig. »Ist schon alles vorbereitet. Ich habe Rotwein gekauft. Und zum Nachtisch lassen wir uns die letzten eigenen Erdbeeren schmecken. Wenn Massimo schläft, haben wir auch unsere Ruhe.«

»Klingt alles gut«, sagte Conny. »Wo ist denn der kleine Sonnenschein?«

»Hier.« Vittoria führte sie in eine Kammer gleich neben der Küche. Conny erkannte sofort die blau-rot gekleidete Madonnenfigur auf der Kommode wieder. Auf dem Boden stand Massimos Weidenkorb, der jetzt mit Spielsachen gefüllt war, während er selbst in einem Gitterbett neben Vittorias Bett saß. Er spielte mit einer Strickpuppe, die jedes Mal rasselte, wenn er sie bewegte. Aus großen Augen sah er Conny an. Massimo war tatsächlich ganz schön dick geworden, dachte Conny und hob ihn aus dem Bettchen. Aber seine großen dunkelbraunen Augen und der üppige braune Lockenschopf waren betörender denn je. Sein Vater musste ein schöner Mann gewesen sein.

»Darf ich auch den Rest des Hauses sehen?«, fragte Conny.

»Ich weiß nicht …« Vittoria zögerte. »Oben sind nur Ejnars Schlafzimmer und die Kinderzimmer.«

»Ach, komm schon«, drängelte Conny. »Ist doch keiner da. Merkt doch keiner, wenn wir mal eben kurz gucken.«

Vittoria zögerte immer noch. Dann zuckte sie mit den Schultern und ging Conny voraus die Treppe hinauf.

Als sie oben im Flur standen, öffnete Vittoria nacheinander zwei Türen und verkündete stolz: »Das ist Helles Zimmer … und das Jans.«

»Die Kinder haben jeweils ein eigenes Zimmer? Nicht schlecht.« Conny warf erst einen Blick in das eine, dann in das andere. Schöne, helle Räume. Beide sahen so sauber und aufgeräumt aus, dass Conny sicher war, dass Vittoria die Abwesenheit der Kinder dazu genutzt hatte, mal richtig gründlich reinezumachen. Die Tapete in Jans Zimmer war mit unzähligen marschierenden Leibgardisten bedruckt, und mehrere Holzkisten mit Spielsachen standen an einer Wand. Helles Zimmerwände zierte eine gelbe Blumentapete, und Regale mit Bilderbüchern und bunten Pappschachteln zogen sich über die Längsseite.

»Was hat sie da in den Schachteln?«, fragte Conny. »Bunte Hühnerringe?«

Vittoria lachte. »Ja. Und Glassteine für Hickelkästchen und Papierservietten und Anziehpuppen und alles Mögliche andere. Helle sammelt ganz viele Dinge, hält alles aber auch wunderbar in Ordnung.« Sie nahm ein Album aus dem Regal und schlug es auf. »Guck mal. Darin hat sie ihre sämtlichen Glanzbilder nach Motiv und Größe sortiert. Hier sind die Engel. Erst die kleinen, dann die großen. Und da sind die Hunde. Und da Katzen. Märchenfiguren. Blumen … Und sieh mal hier.« Sie blätterte ganz nach hinten. »Die teuren Glanzbilder mit Glitzer sind ganz für sich auf den letzten Seiten.«

Massimo streckte seine kleine Patschehand nach den bunten Figuren aus, erwischte eine und zerknüllte sie sofort.

»Nein!«, rief Vittoria und versuchte, ihm das bunte Papier zu entwinden.

»Gib ihm doch eins auf die Finger, dann wird er schon loslassen«, sagte Conny.

»Ejnar möchte nicht, dass ich ihn schlage.«

»Und warum nicht?«

Vittoria zuckte die Achseln. »Ist so eine fixe Idee von ihm.« Sie holte einen Teddy vom Regal. Als Massimo ihn sah, ließ er das Glanzbild sofort los. »Aber wie es aussieht, gibt es tatsächlich andere Methoden.« Vittoria lächelte. Sie strich das Bild glatt und legte es zurück in das Album.

»Fehlen dir die Kinder, oder ist es eigentlich ganz schön, sie mal los zu sein?«, fragte Conny und bat darum, Massimo auf den Arm nehmen zu dürfen. Vittoria reichte ihn ihr.

Vittoria lächelte schief. »Beides, glaube ich. Ist jedenfalls ziemlich still hier, wenn sie nicht da sind.«

»Und wo schläft Doktor Møller?«, wollte Conny wissen. »Das muss ich auch unbedingt noch sehen!«

»Ich weiß nicht …« Vittoria zögerte.

»Ach, jetzt hör schon auf«, sagte Conny. Sie ging in den Flur, öffnete eine Tür und steckte den Kopf in ein schmales Zimmer mit zwei Einzelbetten und einem weißen Schreibtisch. »Hier?«

»Nein, das ist das Gästezimmer.«

»Also hier?« Conny öffnete eine andere Tür am Ende des Flurs.

»Ja.«

Conny sah sich in dem großen Schlafzimmer um. Ein Ehebett mit gestreiftem Überwurf, zwei Nachtschränke, ein großer Schrank aus dunklem Holz und eine dazu passende Kommode. Vor dem Fenster stand ein Frisiertisch aus demselben Holz, darauf lauter Töpfe und Tiegel. Eine

Glastür führte auf einen kleinen Balkon mit Blick auf das Nachbarhaus.

»Sind das die Sachen von seiner Frau?« Conny nickte zum Frisiertisch.

»Er ist noch nicht so weit, sie wegzuwerfen.«

»Und was ist mit ihrer Kleidung? Ist die auch noch da?«

Conny setzte sich bereits Richtung Kleiderschrank in Bewegung, doch Vittoria hielt sie auf, indem sie sagte: »Das geht uns nichts an.« Sie versuchte, Conny aus dem Zimmer zu drängen.

»Hallo?«, war da eine Stimme aus dem Erdgeschoss zu hören.

Vittoria erstarrte. »Margit?«, rief sie. »Ich bin oben!«

Margit kam die Treppe herauf. Conny erblickte eine kleine, gedrungene Frau mit gelber Dauerwelle. »Wer sind Sie?«, fragte Margit, als sie Conny aus dem Schlafzimmer kommen sah.

»Das ist meine Freundin«, erklärte Vittoria nervös und zog die Tür zu. »Conny Mortensen. Conny, das ist Doktor Møllers Schwägerin, Frau Margit Simonsen.«

Frau Simonsen berührte kaum Connys Fingerspitzen. Conny empfand die Hand als warm und feucht.

»Was macht ihr hier oben, Vita?«, fragte Frau Simonsen. »Ist das eine öffentliche Hausführung?«

»Nein … Ich wollte nur … Es war bloß …«, stammelte Vittoria und verstummte dann. Sie nahm Conny Massimo ab und drückte ihn an sich, als könnte der kleine Körper ihr Mut spenden.

»Ich war neugierig«, sagte Conny. »Ich wollte gerne das Haus sehen und habe Vittoria überredet, es mir zu zeigen. Das sind ja wirklich ganz entzückende Kinderzimmer«, sprach sie weiter. »So schöne Tapeten. Kurz bevor Sie kamen, hat Vittoria mir erzählt, dass …«

»In diesem Haus heißt sie Vita«, fiel Frau Simonsen ihr ins Wort.

»Wolltest du etwas Bestimmtes, Margit?« Vittoria hatte sich wieder gefangen.

Frau Simonsen wandte sich Vittoria zu. »Wir fahren morgen nach Fünen, und Ejnar hat mich gebeten, ihm ein paar saubere Hemden mitzubringen. Und ein paar Sachen für die Kinder.«

»Und warum hast du nicht geklingelt?«

»Wozu habe ich denn einen eigenen Schlüssel?«

Die beiden Frauen starrten einander an. Frau Simonsens lachsfarbenes Oberteil passte mit einem Mal hervorragend zu ihrer Gesichtsfarbe. Alles in allem musste Conny bei ihrem Anblick an eine frisch geschrubbte Sau denken.

Vittoria stand mit sehr geradem Rücken und ihrem Sohn auf dem Arm da. Sie hatte das Kinn ein wenig angehoben, und in ihren zweifarbigen Augen stand Trotz. »Solange Ejnar verreist ist, habe ich hier im Haus die Verantwortung«, sagte sie. »Und ich möchte, dass du klingelst.«

Frau Simonsen sah Vittoria weiter unverwandt an und schwieg. Dann drängelte sie sich an den beiden Frauen vorbei und ging zum Kleiderschrank im Schlafzimmer.

»Kann ich Ihnen behilflich sein?«, fragte Vittoria. »Was braucht er denn genau?«

»Vielen Dank, Vita, du hast für heute genug getan.« Sie drehte sich nicht einmal um.

Vittoria betrachtete Frau Simonsens Rücken. Dann wandte sie sich an Conny. »Gut, dann trinken wir jetzt unseren Tee.«

»Ist die immer so?«, raunte Conny, als sie kurz darauf am Couchtisch saßen. Sie hörten den Fußboden der Oberetage knarzen, während Margit Simonsen von Zimmer zu Zimmer ging.

»Nicht, wenn Ejnar hier ist.« Vittoria legte Massimo auf eine Decke und holte den Korb mit den Spielsachen. Dann lupfte sie die Teehaube und schenkte ein. »Dann traut sie sich das nicht.«

Sie saßen da und versuchten, ins Gespräch zu kommen, aber es fiel ihnen schwer, auszublenden, dass Frau Simonsen direkt über ihren Köpfen herumspazierte.

»Warum wohnst du mit Massimo eigentlich in dem kleinen Zimmer hier unten?«, fragte Conny. »Das Gästezimmer ist doch viel größer.«

»Ich bin ganz froh über etwas Privatsphäre.«

»Aber viel Platz habt ihr nicht.«

»Mir reicht es.« Vittoria klang ein bisschen beleidigt. »Wir halten uns ja auch viel in der Küche und im Wohnzimmer auf. Und wir haben den Garten.«

»Ja, aber …«

»Ich beklage mich nicht.« Vittoria legte ihrer Freundin ein Stück Mohnkuchen auf den Teller. »Uns geht es hier gut.«

»Das freut mich zu hören.« Conny aß einen Bissen von dem Kuchen und lobte ihn in den höchsten Tönen. Als Bäckerstochter kannte sie sich schließlich aus, und dieser war sehr gelungen.

»Das Rezept habe ich von meiner Mutter«, sagte

Vittoria. »Kommt, glaube ich, ursprünglich aus Polen. Es gab ihn bei uns immer zu Ostern.«

»Sehr lecker.«

Vittoria lächelte. »Wenn es aufhört zu regnen, können wir eine Runde durch den Garten gehen. Du musst dir unbedingt angucken, wie fleißig ich gewesen bin.«

»Wie bitte? Willst du damit sagen, dass du dich auch noch um den Garten kümmerst? Das ist doch die reinste Ausbeutung!«

»Die Nachbarin hilft mir dabei. Und Ejnar mäht den Rasen. Außerdem kommt zweimal die Woche eine Zugehfrau. Ich kann nun wirklich nicht behaupten, dass alle Arbeit an mir allein hängen bleibt.« Vittoria trank einen Schluck Tee. »Wieso kritisierst du ihn eigentlich die ganze Zeit? Ich sage doch, mir geht es hier gut. Ja, ich habe viel zu tun, aber es macht mir Spaß.«

»Ich wollte ihn ja gar nicht kritisieren. Ich kann es nur nicht mit ansehen, wenn man dich ausnutzt.«

»Ich werde nicht ausgenutzt.«

»Wollen wir ein bisschen Musik hören?« Conny erhob sich. »Er hat ja enorm viele Platten, dein Doktor Møller.«

»Ich glaube kaum, dass du da etwas findest, das dir gefällt«, sagte Vittoria.

»Das werden wir ja sehen.« Conny blätterte sich durch seine Sammlung von 78er-Schellackplatten in braunen Kartonhüllen. »Händel?«, sagte sie und runzelte die Stirn. »Verdi? Debussy?« Den letzten Namen sprach sie mit normalem »u« und Betonung auf der vorletzten Silbe aus. »Hat er denn nichts Vernünftiges?«

Vittoria schnaubte. »Hab ich dir doch gesagt.«

»Dann hören wir eben Radio. Das Ding da kann ja wohl Luxemburg empfangen, oder?«

»Ich verschwinde dann mal wieder!«, hörten sie Frau Simonsen von der Treppe her rufen.

Vittoria stand auf und ging zur Tür. »Schöne Grüße an Ejnar«, sagte sie. »Und sagen Sie den Kindern, dass sie mir fehlen.«

Frau Simonsens Adlerblick sauste durch das Wohnzimmer ihres Schwagers. Sie registrierte alles: die Spielsachen und die Decke auf dem Boden, den Kuchen, die Tassen, Connys Handtasche auf dem Sessel, Vittorias Gast, der sich auf der Suche nach der richtigen Frequenz am Radiogerät zu schaffen machte. »Na, das sieht ja gemütlich aus«, sagte sie und klammerte sich an dem Bündel Kleider fest, das sie für Ejnar und die Kinder herausgesucht hatte.

»Stimmt«, sagte Vittoria und blieb stehen, ohne der Schwägerin ihres Arbeitgebers das Stück Kuchen anzubieten, auf das deren Stielaugen gerichtet waren. »Schönen Tag noch, Margit.«

Es folgte angespanntes Schweigen. Mitten in die Stille hinein fand Conny ihren Lieblingssender, und Elvis' Stimme erfüllte den Raum.

»*Love me tender, love me sweet*«, sang Conny mit einem imaginären Mikrofon vor dem Mund mit. »*Never let me go …*«

Frau Simonsen bedachte sie mit einem wütenden Blick und ging. Conny und Vittoria hielten sich die Bäuche vor Lachen. Vittoria sah Ejnars Schwägerin durch das Fenster hinterher, bis sie das Gartentor hinter sich geschlossen hatte.

»Meinst du, sie petzt?«, fragte Conny und drehte den Schmachtfetzen etwas leiser.

»Bestimmt.«

»Und? Bekommst du dann Ärger?«

»Wir werden sehen.« Seufzend setzte Vittoria sich wieder. Dann fragte sie mit glockenheller, jeden Konflikt ignorierender Gastgeberinnenstimme: »Und wie geht es dir sonst so, Conny? Arbeitest du immer noch im Nachtklub?«

»Ja.« Conny berichtete Vittoria lang und breit von ihrer neuen Stelle, von der neuen Verantwortung, von ihrem Job als Fotomodell ... Und ehe sie sich versah, hatte sie ihrer Freundin auch alles anvertraut, was sie eigentlich für sich behalten wollte: Sie erzählte ihr von ihrem chronischen Schlafmangel, von der Einsamkeit, von der Sehnsucht nach geordneten Verhältnissen. Vittoria hörte aufmerksam zu, ohne irgendetwas zu kommentieren.

Erst, als Conny verstummte, ergriff sie das Wort: »Das kann so nicht weitergehen.«

Conny schüttelte niedergeschlagen den Kopf.

»Ich habe auch schon mal zwei Jobs gleichzeitig gehabt«, fuhr Vittoria fort. »Ich weiß, wie das ist.«

»Und was waren das für welche?«, fragte Conny mit bebender Stimme.

»Ich habe in einem Säuglingsheim gearbeitet ... Das weißt du doch noch?« Als Conny nickte, sprach sie weiter: »Anfangs nur halbtags, aber es wurde immer mehr und war dann irgendwann ganztags. Und nebenbei habe ich immer noch im Restaurant meines Vaters ausgeholfen. Das war natürlich nicht ganz so extrem wie deine Situation jetzt. Ich konnte mir zu Hause freinehmen, wenn es mir zu viel wurde. Und ich habe immer genug geschlafen.« Vittoria sah sie an. »Ich will damit nur sagen, dass ich weiß, was du da durchmachst. Und dass der Schlafmangel auf Dauer nicht gut für dich ist. Du musst dich entscheiden, Conny.«

Conny nickte. »Ich weiß.« Sie zündete sich eine Zigarette an und blies den blauen Rauch mit spitzem Mund wieder aus. »Hast du eigentlich Fotos?«, fragte sie. »Ich meine, von deinen Eltern? Und ihrem Restaurant?«

Vittoria lächelte. »Natürlich.« Sie verschwand in ihrem Zimmer und kam kurz darauf mit einem Bilderrahmen wieder. »Na, da war wohl einer müde«, sagte sie leise und sah zu Massimo hinunter, der auf seiner wattierten Decke eingeschlafen war. »Der kleine Mann.« Sie reichte Conny das Bild und deckte ihren Sohn zu.

Conny betrachtete das Schwarz-Weiß-Foto. Es zeigte zwölf Menschen vor einem Eckrestaurant, über dessen Tür in schwungvollen Buchstaben der Name »Casa Contini« stand. Ganz vorne auf der Aufnahme war Vittoria zu sehen. Sie war wohl achtzehn, neunzehn Jahre alt. Ihre Haare waren damals heller gewesen, sicher hatte sie ziemlich viel Aufsehen erregt, dachte Conny, der gleich darauf noch eine Blondine auffiel, eine schöne Frau mittleren Alters, die in der Mitte des Grüppchens stand und sich bei einem hochgewachsenen, etwas älteren Herrn untergehakt hatte. Der Mann trug wie einige der anderen Männer auch eine weiße Kochuniform und fiel durch einen beeindruckenden schwarzen Schnurrbart und ebenso schwarze Augenbrauen auf.

»Ist das dein Vater?« Conny zeigte auf den Mann.

»Ja.« Vittoria setzte sich neben sie auf das Sofa. Ein leichter Vanilleduft streifte Connys Nase. »Und das ist meine Mutter.«

»Eine schöne Frau. Vermisst du sie?«

»Ja. Sehr.« Vittoria räusperte sich. »Das Foto wurde gemacht, als das Restaurant fünfzig Jahre alt wurde. An dem Abend haben wir tüchtig gefeiert, mit allen Stammkunden. Und unseren Verwandten. Es war brechend voll.«

»Fünfzig Jahre?«

»Ja. Mein Großvater hatte es eröffnet.« Vittoria lächelte. »Du hättest es mal von innen sehen müssen! An allen Wänden umbrische Landschaften. Die Mutter meines Vaters stammte aus Branca, und die Wandmalereien waren ein Geschenk meines Großvaters an sie, als sie das Restaurant aufmachten. Leider habe ich keine Fotos davon.« Sie zeigte auf ein Gesims direkt über dem Schild mit dem Namen des Restaurants. »Da oben im ersten Stock haben wir gewohnt. Meine Mutter, mein Vater und ich. Ist leider nicht ganz mit drauf.«

»Und wer ist das?« Conny zeigte auf einen jungen Mann in perfekt gebügeltem, hellem Anzug mit einer Blume im Knopfloch. »Der ist der Einzige, der nicht lächelt. Und außer dir und deiner Mutter der Einzige, der nicht in Koch- oder Kellneruniform steckt.«

»Das ist Sandro. Mein Großvetter«, sagte Vittoria. »Hat darauf bestanden, sich umzuziehen, bevor das Foto gemacht wurde. Ist wahnsinnig eitel.«

»Hat er auch da gearbeitet?«

»Er arbeitet da immer noch. Er ist Koch.«

»Und die da?« Connys Finger wanderte zu einer jungen Frau, die sehr dicht neben Sandro stand. Mit ihrer dichten schwarzen Lockenmähne und ihren riesigen dunklen Augen entsprach sie viel mehr Connys Vorstellung von einer echten Italienerin, als Vittoria es je getan hatte. Ihre Uniform war der, die Conny immer im Bella Notte getragen hatte, zum Verwechseln ähnlich, wenngleich der Ausschnitt nicht ganz so tief und die Rocklänge etwas züchtiger war. »War sie Kellnerin?«

»Ja.«

»Waren sie und Sandro ein Paar?«

»Später, ja.« Vittoria beugte sich etwas tiefer über das Foto und studierte das winzige, bildhübsche Gesicht. »Aurelia hätte jeden haben können, hat sich aber für ihn entschieden. Sie war total verrückt nach ihm, dabei habe ich immer wieder versucht, ihr das auszureden.«

»Ihr wart Freundinnen?«

Vittoria richtete sich auf. »Sie ist die einzige richtige Freundin, die ich je in meinem Leben hatte. Also, abgesehen von dir.«

»Hattest du denn in der Schule keine Freunde?«

»Nicht so richtig. Wie das ist, jemanden zu haben, mit dem man über alles reden kann, habe ich erst erfahren, als Aurelia anfing, im Casa Contini zu arbeiten. Sie war so lustig, viel lustiger als ich. Sie konnte jeden um den Finger wickeln und kam mit allem durch. Einmal wollte sie mir zeigen, dass sie jonglieren kann.« Vittoria lachte. »Dabei ist sie gestolpert, gegen den Dessertwagen gefallen und hat ihn umgeschmissen. Die ganzen leckeren Kuchen landeten auf dem Boden. Überall war Kuchencreme und Schlagsahne. Der Dessertkoch musste noch mal von vorne anfangen, und Aurelia wurde nach Hause geschickt, um sich umzuziehen. Jeder andere wäre sofort gefeuert worden, aber sie hat sowohl meinen Vater als auch den Dessertkoch als auch den Oberkellner zum Lachen gebracht, und dann brachte es keiner von ihnen über sich, sie ernsthaft zurechtzuweisen.«

»Die würde ich gerne mal kennenlernen!«

»Ihr seid euch auch ein bisschen ähnlich«, sagte Vittoria und lächelte.

»Hast du noch Kontakt zu ihr und Sandro?«

»Nein.«

»Warum nicht?«

Vittoria zuckte die Achseln. »Er hat das Restaurant gekauft, als meine Mutter im Sterben lag.«

»Und darüber habt ihr euch zerstritten? Hat er euch denn übervorteilt?«

»Ich möchte nicht darüber reden«, sagte Vittoria und zeigte auf einen hübschen schwarzhaarigen Jungen. »Das ist Cesare«, sagte sie. »In den war *ich* sehr verliebt.«

Conny, die eigentlich gerne mehr über Vittorias angespanntes Verhältnis zu ihrem feschen Großvetter gehört hätte, ließ sich sofort auf den Themenwechsel ein: »Oh, là, là! In den hätte ich mich allerdings auch verguckt!«

»Er war damals Kochlehrling.«

»Und? Wart ihr ein Paar?«

Vittoria nickte. »Ja, zwei Jahre sogar.«

»Aber dann wurde nicht mehr daraus?«

»Die Sache nahm ein … nicht so gutes Ende«, sagte Vittoria. »Aber sah er nicht toll aus?«

Ja, er sah sogar sehr gut aus, dachte Conny und betrachtete interessiert das junge Gesicht. Gewelltes schwarzes Haar, markantes Kinn. Im Gegensatz zu den meisten anderen Männern auf dem Foto war er glatt rasiert, sodass unter der großen Nase seine fein geschwungene Oberlippe zu erahnen war. Conny ließ den Blick von dem leicht vergilbten Foto zu dem schlafenden Massimo mit den langen, geschwungenen Wimpern und dem Lockenschopf wandern. Dann sah sie Vittoria an. »Ist Cesare Massimos Vater?«

»Du weißt, dass ich nicht über Massimos Vater sprechen möchte.« Vittoria nahm Conny das Gruppenbild aus der Hand.

Die Abfuhr schmerzte Conny. »Und warum willst du nicht über ihn reden?«

»Darum.« Vittoria erhob sich. »Wollen wir uns jetzt eben den Garten ansehen, bevor ich mich ums Essen kümmere?«

Conny war sehr verletzt, wollte das aber nicht zeigen. Und sie hatte gedacht, sie seien Freundinnen! Warum schloss Vittoria sie immer noch aus? Am liebsten wäre sie gegangen. Sollte sich Vittoria ihren blöden Garten doch allein ansehen. Sollte sie ihren Hühnerbraten doch allein essen. Aber Conny wusste, wenn sie jetzt, da sie endlich wieder zusammengefunden hatten, ginge, dann wäre ihre Freundschaft endgültig vorbei. Also hielt sie sich an ein einigermaßen neutrales »Ich verstehe dich nicht. Ich verstehe nicht, warum du so ein Geheimnis daraus machst«.

Vittoria seufzte. »Weil …« Sie stand mitten im Wohnzimmer, das gerahmte Bild gegen den Bauch gedrückt. »Das ist schwer zu erklären, Conny. Es sind Dinge vorgefallen, von denen ich niemandem erzählen kann. Wenn du mich unter Druck setzt, werde ich dich letztendlich anlügen, und ich hasse es zu lügen. Also lass uns bestimmte Themen einfach vermeiden.«

Conny platzte fast vor Neugier, aber sie wusste auch, wann sie unterlegen war und besser die Waffen streckte. »Gut«, sagte sie und stand auf. »Dann gucken wir uns jetzt eben endlich den Garten an.«

19. Juli 1958

Der Traktor, ein roter Massey-Ferguson, war erst wenige Monate alt. Ejnars Schwiegervater hatte ihn gekauft, als er sich endlich entschieden hatte, die Pferde gegen Motoren einzutauschen, und seine Stimme bebte vor Ehrfurcht, wenn er von dem Fahrzeug sprach.

Poul Rasmussen umhegte das Wunder der Technik mit einer Hingabe, wie sie seiner Frau und seinen Kindern nur selten zuteilwurden, und es verging kein Tag, an dem er nicht irgendetwas daran zu schrauben hatte. Die Begeisterung für diese kraftvolle Landmaschine teilte Poul mit seinem Schwiegersohn Jørgen. Der Maschinenbauingenieur machte immer gerne mit beim täglichen Traktorverwöhnprogramm, und seit er und Margit angekommen waren, war Poul restlos glücklich.

Ejnar dagegen hatte nicht viel für den Fuhrpark seines Schwiegervaters übrig. Er führte stattdessen lange, tiefsinnige Gespräche mit Marie, der Mutter seiner verstorbenen Frau, die sich wohl nie von dem plötzlichen Tod ihrer Tochter erholen würde. Eigentlich wäre es ja naheliegender gewesen, dass Margit ihre Mutter getröstet hätte, aber alte Geschwisterrivalität und tief sitzende

Minderwertigkeitskomplexe machten die Sache ziemlich kompliziert. Dass ihre Mutter die Erstgeborene so vermisste, gab Margit das Gefühl, von ihr weniger geliebt zu werden, und sie war nicht in der Lage, ihre Eifersucht zu kontrollieren.

Alle vier Kinder – Jan, Helle und ihre beiden Vettern – genossen den Urlaub auf dem Bauernhof. Helle hatte sich vom ersten Tag an vorgenommen, dem verfressenen Hühnerhund ihrer Großeltern beizubringen, brav zu sitzen. Das klappte nicht besonders gut, aber sowohl Hund als auch Mädchen hatten ihren Spaß, und das war die Hauptsache, dachte Ejnar, der insgeheim bereits ahnte, wohin das Hundeinteresse seiner Tochter früher oder später führen würde. Bisher schien Helle mit dem Kaninchen zu Hause ganz zufrieden zu sein, aber der Wunsch nach einem etwas anspruchsvolleren Haustier schlummerte bereits dicht unter der Oberfläche, da war er sich ganz sicher. Jan und die Zwillinge waren nicht ganz so begeistert von dem alten Hund, sie folgten die meiste Zeit dem Knecht auf Schritt und Tritt, der seinen kleinen Begleitern und deren zahllosen Fragen mit einer Engelsgeduld begegnete.

Heute allerdings werde weder der Traktor gepflegt noch herumgealbert noch Seelsorge betrieben, verkündete Ejnars Schwiegervater am Frühstückstisch. Heute müssten alle raus aufs Feld, wie in alten Zeiten. »Wir müssen den restlichen Roggen ernten, und das Heu von der großen Wiese muss eingebracht werden«, sagte er. »Heute Abend soll es Regen geben.« Poul teilte die Aufgaben zu. Frauen und Kinder sollten zusammen mit Ejnar und Jørgen das Heu zu Haufen zusammenrechen, und dann sollten die Männer dem Knecht dabei helfen, es auf den Anhänger zu laden. Poul selbst würde natürlich den Traktor fahren.

»Also, ich weiß ja nicht, ob Jan uns dabei eine so große Hilfe sein wird«, sagte Ejnar und betrachtete seinen Sohn, dessen Gesicht und Hände ganz rot waren von dem Marmeladenbrot, das er gerade verzehrte.

»Meine Jungs bestimmt auch nicht«, sagte Margit. »Aber wir können sie doch trotzdem mitnehmen. Wir drücken jedem einen kleinen Rechen in die Hand und wechseln uns damit ab, sie im Auge zu behalten.«

»Ich kann sie mit nach Hause nehmen, wenn ich das Mittagessen mache«, sagte Marie. »Das wird schön.« Mit der Hand fuhr sie ihrem jüngsten Enkel durch die Locken und navigierte dabei geschickt um die klebrigen Flecken auf seinen Wangen herum. Jan belohnte seine Großmutter mit einem Lächeln und bat um noch ein Marmeladenbrot.

Den Rest des Frühstücks saß Ejnar da und ließ den Blick von einem Gesicht zum nächsten wandern. Jan hatte seine hellen Engelslocken nicht von Fremden: Sowohl seine Großmutter als auch seine Tante – und seinerzeit seine Mutter – hatten die gleiche Mähne, und auch die grünlichen Augen und die porzellanähnliche Haut wurden von Generation zu Generation weitergereicht.

Eigentlich kurios, dachte Ejnar und schenkte sich noch einmal Kaffee aus der blauen Emaillekanne nach, wie unterschiedlich stark ausgeprägt verschiedene erbliche Merkmale bei den einzelnen Menschen auftraten. Seine Frau war in jeder Hinsicht eine Schönheit gewesen: blond, zierlich, schmale Taille, intelligenter Blick. Margit dagegen würde man nicht als schön bezeichnen, obwohl die beiden Schwestern sich ganz klar ähnlich gesehen hatten. Doch Gerdas Wangen waren von zartem Rosa gewesen, während Margits stets unschön erröteten. Gerdas blonde Locken waren immer von selbst hübsch gefallen, während Margits sich ohne Haarlack störrisch gebärdeten. Gerda war schlank gewesen, auch nach zwei Schwangerschaften, während ihre Schwester Zeit ihres Lebens das Format einer Tonne hatte.

Und dann ihre Persönlichkeiten. Als Ejnar vor Jahren seine künftige Frau kennenlernte, hatte sie gerade ihre Ausbildung zur Krankenschwester abgeschlossen. Bis zu Helles Geburt arbeitete sie weiter in der Notaufnahme des städtischen Krankenhauses. Gerda hatte immer viel gelesen und häufig Konzerte besucht – jedenfalls, bis die Kinder kamen – sowie alles, was in Politik und Gesellschaft vor sich ging, aufmerksam verfolgt. Ihre Schwester dagegen war ohne Ausbildung. Margit hatte in einem Haushalt nach dem anderen ausgeholfen, bis sie und Jørgen heirateten. Bereits Jahre bevor die Zwillinge zur Welt kamen, hatte sie jede Erwerbstätigkeit aufgegeben und sich dem Hausfrauendasein gewidmet. Interessen hatte sie, soweit Ejnar wusste, keine. Jedenfalls keine, die über ihren Haushalt und ihre Familie hinausgingen, dachte er.

*

Die ganze Familie, der Knecht und die Magd wurden auf den Anhänger gesetzt und zu der großen Weide gefahren, die sich bis hinunter nach Stegø erstreckte. Der Blick über das Kattegat allein war den Ausflug wert, dachte Ejnar, der sich ansonsten in seinen Ferien Besseres vorstellen konnte als Feldarbeit. Die Wiese war bedeckt mit gemähtem Gras, das in den letzten Tagen nach allen Regeln der Kunst gewendet und getrocknet worden war, und jetzt machten sich alle daran, das Heu zusammenzurechen. Die Kinder rotteten sich schnell zusammen und verbrachten mehr Zeit damit, mit dem Hühnerhund herumzutoben als zu arbeiten, aber wenigstens waren sie beschäftigt, stellte Margit fest, als sie und Ejnar in der östlichsten Ecke des Feldes mit dem Rechen anfingen.

Sie arbeiteten eine ganze Weile, ohne viel zu reden. Trotz der Bewölkung herrschte eine drückende Hitze, eindeutiger Vorbote eines aufziehenden Gewitters.

»Puh«, sagte Margit und richtete sich auf, als die erste Ladung Heuhaufen weggefahren wurde. »Ganz schön schwül.« Schweißperlen sammelten sich auf ihrem erhitzten Gesicht, und ihre Haare hatte sie unter einem gemusterten Baumwolltuch zusammengebunden. Auf einmal sah sie ganz genau wie das aus, was sie ja auch war: eine Bauerntochter.

»Allerdings«, sagte Ejnar. »Möchtest du etwas trinken?« Er reichte ihr eine Flasche mit kaltem Wasser.

»Danke.« Margit schenkte sich etwas in einen Becher und trank. »Hast du heute morgen bei Vita angerufen?«, fragte sie dann.

»Ja, habe ich. Alles in Ordnung.« Ejnar nahm die Brille ab und putzte sie mit einem Zipfel seines Hemdes. »Keine wichtigen Briefe, keine Katastrophen. Das Kaninchen lebt noch.«

»Was hatte sie zu ihrer Verteidigung zu sagen?«

»Was meinst du?«

»Na, sie hat doch diesem ›Fotomodell‹ dein Schlafzimmer gezeigt, oder etwa nicht?« Aus Margits Mund klang Connys Berufsbezeichnung wie etwas zutiefst Suspektes.

»Ach das. Das habe ich gar nicht angesprochen.« Er sah sie an. »Also wirklich, Margit. Was ist denn schon dabei, wenn man einem Gast das Haus zeigt, in dem man wohnt? Vita ist einfach nur stolz auf ihre Arbeit.«

»Du findest es also in Ordnung, dass sie fremden Leuten deine Privaträume zeigt?«

»Na ja, das mit dem Schlafzimmer war vielleicht etwas unpassend.« Ejnar hob den Kopf und zählte schnell die Kinder, die dabei waren, einen Tunnel durch den größten Heuhaufen zu graben.

»*Etwas unpassend?* Das ist absolut inakzeptabel, Ejnar.«

»Ich rede mit ihr, wenn wir wieder zu Hause sind.«

»Also, *ich* finde es wirklich nicht in Ordnung, dass …«

»Es reicht jetzt, Margit. Ich möchte nicht, dass du Vita ständig anschwärzt.«

»Ich schwärze überhaupt niemanden an.« Margit sah ihn an. »Gib es doch zu, Ejnar: Du hast Angst vor ihr.«

»Angst? Ich bitte dich.«

»Seit der Geschichte mit der Geburtsurkunde hast du kein Wort der Kritik mehr über Vita hören wollen. Ich glaube, du hast Angst, dass sie wieder explodiert.«

»So ein Quatsch.«

»Du darfst dich von ihr nicht tyrannisieren lassen.«

»Das tue ich auch gar nicht.«

»Sie ist tüchtig, das muss ich zugeben, und sie hat deinen Haushalt wirklich gut im Griff, aber sie muss lernen, sich zu beherrschen, und sich auch mal ein klein wenig dankbar zeigen, wenn du versuchst, ihr zu helfen.«

»So schlimm ist es nun auch wieder nicht, Margit.«

Ejnar hätte sich sonstwohin beißen können dafür, dass er seiner Schwägerin von der kleinen Kontroverse bezüglich Massimos Papieren erzählt hatte. »In der Regel ist Vita sehr ausgeglichen.«

»Ja, aber …«

»Für mich ist das Gespräch damit beendet«, schnitt er ihr das Wort ab. »Ich kann es nicht leiden, schlecht über andere zu reden.«

Margit zuckte die Achseln und rechte weiter.

Wieder arbeiteten sie schweigend nebeneinander her. Dann richtete Margit sich erneut auf. »Also, mich würde es ja nicht wundern …«, hob sie an.

»Was?«, fragte Ejnar. »Was würde dich nicht wundern, liebe Schwägerin?«

»Ist dir eigentlich noch nie der Gedanke gekommen, dass sie Mads heimlich zur Welt gebracht haben könnte?«

Ejnar runzelte die Brauen. »Wie um alles in der Welt kommst du denn auf so eine Idee?«

»Es muss doch einen Grund dafür geben, dass Vita Rom verlassen hat. Vielleicht darf ihre Familie nicht wissen, dass sie ein Kind hat?« Margit schielte zu ihm hinüber. »Vielleicht wollte sie ihn zur Adoption freigeben, hat es sich aber im letzten Moment doch noch anders überlegt. Vielleicht hat er deshalb keine Geburtsurkunde.«

Ejnar konnte sich ein Lachen nicht verkneifen. »Du hast wirklich eine lebhafte Fantasie, Margit.«

»Du musst doch zugeben, dass das auch erklären würde, warum sie keinerlei Kontakt mit irgendjemandem da unten hat.«

»Es ist durchaus im Bereich des Möglichen, dass Vita Briefe erhält oder schreibt, von denen ich nichts weiß«, sagte Ejnar und musste mit einem Anflug von schlechtem Gewissen an den hellblauen Luftpostumschlag denken. »Ich weiß nicht über jeden einzelnen ihrer Schritte Bescheid.«

Margit zuckte mit den Schultern. »Ich glaube, meine Theorie ist stichhaltig. Sie ist katholisch, sie ist unverheiratet …«

»Das weißt du doch alles gar nicht.«

»Sie weicht immer aus, wenn man sie nach ihrem Mann fragt. Ich glaube nicht, dass sie je einen hatte.«

»Vita ist Witwe, Margit.«

»Und warum will sie dann nie über ihre Vergangenheit reden? Warum darf man nicht erfahren, wie ihr Mann hieß oder woran er gestorben ist?«

Ejnar zuckte die Achseln. »Sie spricht eben nicht gern über ihr Privatleben. So viel weiß ich zumindest inzwischen über sie. Vita legt Wert darauf, ihre persönlichen Probleme für sich zu behalten, und möchte am liebsten alles ohne fremde Hilfe schaffen.«

»Also, ich finde, sie könnte schon ein Mindestmaß an Höflichkeit an den Tag legen, wenn man Interesse an ihr und ihrem …«

»Und ich finde, dass es weder dir noch mir zusteht, Vita bezüglich ihres Privatlebens auszufragen, Margit«, unterbrach Ejnar sie. »Sie hat deutlich gemacht, dass sie nicht über ihren Hintergrund sprechen möchte. Wer weiß, was sie alles durchgemacht hat, bevor sie nach Dänemark gekommen ist.«

»Du sagst es. Du weißt überhaupt nichts über sie.«

»Wenn ich mich recht erinnere«, sagte Ejnar, »warst du es, die auf mich eingewirkt hat, Vita einzustellen. Und seit sie da ist, tust du alles, um sie zu diskreditieren.«

»Das stimmt doch gar nicht.«

»Ach ja? Und wie würdest du das dann nennen?« Ejnar entfernte sich einige Meter von Margit, wandte ihr den Rücken zu und konzentrierte sich auf die Arbeit. Er bereute es bitter, jemals mit ihr über Vitas Privatleben gesprochen zu haben. Dass er das getan hatte, bedeutete wohl leider, dass er sonst niemanden hatte, mit dem er über diese Angelegenheiten reden konnte. Wie er es auch drehte und wendete, seine Haushälterin und seine Schwägerin waren ihm im Alltag die Nächsten. Dieser Umstand war gleichermaßen unumstößlich wie traurig.

Nach einiger Zeit fuhr der Traktor auf die Wiese, und die drei Jungs kamen herbeigestürzt. Einer von Margits Zwillingen, der fünfjährige Lars, schnappte sich in einem unbeobachteten Augenblick eine Heugabel. Er spießte sie in einen Heuhaufen und versuchte, ihn auf den Anhänger zu verfrachten, wie er es bei den Erwachsenen beobachtet hatte. Auf ein lautes, knirschendes Geräusch hin drehten sich alle nach ihm um. Die spitze Gabel hatte im glänzend roten Lack der hinteren Radkappe einen tiefen Kratzer hinterlassen.

»Herrje, Junge, was machst du denn da?«, schrie der Großvater des Kleinen und sprang vom Anhänger. »Jetzt sieh dir an, was du angerichtet hast!«

Die folgenden Minuten waren etwas chaotisch. Lars brüllte sich die Seele aus dem Leib, und sein Zwillingsbruder stimmte solidarisch mit ein. Der Vater der Jungen schimpfte mit ihnen, während Margit gleichzeitig versuchte, sie zu trösten – mit dem Ergebnis, dass sie und Jørgen anfingen, sich anzugiften. Ejnars Teil der Familie beteiligte sich nicht an dem Aufruhr. Helle spielte am anderen Ende der Wiese mit dem Hund, und Ejnar entfernte sich mit Jan auf dem Arm von den anderen. Er wollte sich da auf gar keinen Fall einmischen, ließ seinen Schwiegervater aber nicht aus den Augen. Der Hüne von einem Landwirt war kurz davor zu weinen und streichelte die Radkappe, als könnte er den Kratzer durch Handauflegen heilen.

Das erinnerte Ejnar an etwas: an Vittoria, wie sie vor ein paar Wochen einen großen, schleimigen Möwenschiss auf der Windschutzscheibe ihres geliebten Fiat 500 entdeckt hatte. Ejnar hatte ihr vom Wohnzimmerfenster aus dabei zugesehen, wie sie hinausgestürzt war und den Dreck abgewaschen hatte. Als die Scheibe wieder sauber gewesen war, hatte sie die Motorhaube des Wagens getätschelt und dabei den Mund bewegt, als würde sie beruhigend auf das kleine cremefarbene Fahrzeug einreden. In dem Moment hatte Ejnar sich über ihre fast kindliche Fürsorge amüsiert, und jetzt, da er sich an die Szene erinnerte, fiel ihm auf, dass er wieder lächeln musste. Schnell setzte er wieder eine ernste Miene auf, bevor sein Schwiegervater mitbekam, dass Ejnar sich in dieser dramatischen Stunde amüsierte.

AMORE

7. Oktober 1958

Das Auto machte ein merkwürdiges Geräusch. Jedes Mal, wenn Vittoria es nach links lenkte, knirschte es irgendwie, und sie hatte auch das Gefühl, das Steuer ruckele leicht, aber Letzteres bildete sie sich vielleicht nur ein. Sie wusste nicht, ob das gefährlich war. Wäre Ejnar ein anderer Typ Mann gewesen, hätte sie ihn um seinen Rat gefragt, aber er hatte von Autos genauso wenig Ahnung wie sie selbst. Wenn sein Saab mal einen Platten hatte, beauftragte er wie selbstverständlich einen Mechaniker damit, den Reifen zu wechseln, darum wusste Vittoria auch im Voraus, wie seine Empfehlung in ihrem Fall lauten würde: die Fiat-Werkstatt in der Holmbladsgade aufzusuchen. Das wäre wahrscheinlich das Klügste, dachte Vittoria und beschloss, auf dem Nachhauseweg dort Halt zu machen. Wenn sie sich beeilte, würde sie es noch schaffen, bevor die Autowerkstatt schließen würde.

Vittoria parkte vor der Gärtnerei am Amager Landevej. Massimo lag im Kinderwageneinsatz auf dem Rücksitz und schlief. Autofahren war das reinste Schlafmittel für den kleinen Jungen. Das einzige Lebenszeichen war das regelmäßige Schnullerzucken. Vittoria stopfte die Decke etwas enger um den pummeligen kleinen Körper und drückte die Autotür mit großer Vorsicht zu, um ihren Sohn nicht zu wecken. Er konnte ohne Weiteres zehn Minuten hier liegen, während sie mit Kristoffersen sprach.

Sie schlug den Kragen hoch und eilte durch den kalten Wind über den Kiesweg zu der niedrigen Baracke, in der sich der Verkaufsraum der Gärtnerei befand. Der Herbst hatte sehr plötzlich und unnachgiebig Einzug gehalten. Noch vor zwei Wochen war eine Strickjacke draußen warm genug gewesen – jetzt ging ein vernünftiger Mensch nicht mehr ohne richtige Jacke vor die Tür.

»Fräulein Küchenkraut!« Kristoffersen wandte sich von dem Regal ab, in dem er gerade sein Sortiment an Frühjahrszwiebeln arrangierte. »Wie komme ich zu der Ehre?«

»Ich möchte Tulpen«, sagte Vittoria. »Jede Menge Tulpen.«

»Da sind Sie hier an der richtigen Adresse«, sagte der Inhaber der Gärtnerei und zeigte auf seine Auswahl an Zwiebeln. »Welche Farbe hätten Sie denn gerne? Rot?«

»Nein danke … Rot mag ich nicht so gerne.« Vittoria überlegte. »Weiß. Und Gelb. Hauptsache, hell.«

»Gerne.«

»Blaue Tulpen gibt es nicht, oder?«

»Ich habe da eine Sorte, die lila ist. Aber ganz blau kann ich nicht bieten.« Kristoffersen nahm ein paar Kästen aus dem Regal. Sorgfältig notierte er Farbe und Sorte auf ein paar Papiertüten, bevor er die Pflanzzwiebeln abzählte und hineinlegte. »Und der Knoblauch, den ich für Sie bestellt hatte, Gnädigste?«, erkundigte er sich im Plauderton. »Hat der gekeimt?«

»Der wächst und gedeiht.« Vittoria lächelte. »Nächsten Sommer kann ich massenweise Knoblauch ernten.«

»Tja, jedem das Seine.« Kristoffersen schloss die letzte Tüte und griff nach seinem Rechnungsblock. »Ich finde, das Zeug stinkt ganz fürchterlich.«

Vittoria antwortete nicht. Ihr Blick war an Krokuszwiebeln mit der Aufschrift »blau« hängen geblieben. »Sind die wirklich richtig blau?«, fragte sie.

»Also, ich würde das violett nennen.« Er griff nach einem anderen Kasten. »Wenn Sie richtig blaue Frühjahrsblumen wollen, dann müssen Sie sich an Szilla halten.«

Als Vittoria kurze Zeit später die Gärtnerei verließ, steckten lauter kleine braune Papiertüten in ihrem Einkaufsnetz. Die Zwiebeln würde sie setzen, sobald der fiese Wind sich gelegt hatte.

Es machte ihr immer wieder Spaß, durch das abwechslungsreiche Viertel zu fahren. In einer typischen Straße in Sundby gab es sowohl teure Villen als auch mehrstöckige Mietshäuser und meist auch etwas Kleinindustrie. Hübsche Reihenhäuser wechselten sich ab mit vernachlässigten Mietskasernen oder modernen Etagenhäusern, und die Bewohner entstammten allen Einkommensklassen: Handwerker, Arbeiter, Lehrer und Direktoren – und nicht zu vergessen die Obdachlosen in den Baracken am Backersvej. Eine solch bunte Mischung fand man nur selten, dachte Vittoria. In Sundby konnte man den Status der Menschen nicht auf einen Blick an ihrer Adresse ablesen, wie es in so vielen anderen Stadtteilen der Fall war.

Massimo träumte noch immer süß, als sie den Motor des Fiat vor dem Kindergarten am Højdevej abschaltete. Unentschlossen betrachtete Vittoria ihr Kind. Sie wollte den Jungen nicht gerne allein hier liegen lassen, andererseits brachte sie es kaum über sich, ihn zu wecken. Und Jan würde sich sicher auch freuen, wenn ihm beim Abholen zur Abwechslung mal ihre volle Aufmerksamkeit zuteilwurde. Helle war nach der Schule mit zu einer Freundin nach Hause gegangen, das machte sie in letzter Zeit immer öfter. Das Mädchen hatte viele Spielkameraden, und Vittoria, die, was das betraf, nie besonders verwöhnt gewesen war, gönnte ihr das von ganzem Herzen. Sie warf einen letzten Blick auf Massimo, dann eilte sie in den Kindergarten.

Wie schon einige Male zuvor fiel ihr auch heute wieder der große Unterschied auf, der zwischen dieser modernen dänischen Einrichtung und dem Säuglingsheim herrschte, in dem sie ihre ersten Erfahrungen mit Kindern gesammelt hatte. Hier waren die Räume nicht gefliest, hier gab es keine kalten Steinfußböden, hier standen nicht reihenweise weiß lackierte Gitterbetten. Hier herrschte keine Krankenhausatmosphäre, hier klapperten keine Mitarbeiterinnen mit Kinderschwesternhäubchen mit ihren Pantinen. Stattdessen waren die Räume mit Holzmöbeln in kindgerechter Größe, massenweise Spielsachen und bunten Bildern an den Wänden ausgestattet. Die Kindergärtnerinnen in Alltagskleidung wirkten deutlich entspannter als die Nonnen in Italien. Vittoria wusste, dass es Jan und den anderen Kindern im Kindergarten gut ging. Er wollte jeden Morgen gerne dort hin und sträubte sich, wenn er nachmittags abgeholt wurde, regelmäßig dagegen, sich von seinen Spielkameraden zu trennen. Trotzdem tat es Vittoria in der Seele weh, dass er jeden Tag mehrere Stunden dort verbringen musste statt zu Hause. Sie fand das unnatürlich. Kleine Kinder gehörten ihrer Ansicht nach zu ihrer Mutter. Oder zumindest zu dem, was ihrer Mutter am nächsten kam.

»Vita!« Jan sah von der Knetfigur auf, die er gerade bearbeitete. Er sprang auf und lief zu ihr.

Vittoria ging in die Hocke und nahm ihn in den Arm, erleichtert, dass es mit dem Abholen heute offenbar zügig gehen würde. »Willst du nicht noch eben deinen Platz aufräumen?«, fragte sie und strich ihm zärtlich übers Haar. Die hellblonde Lockenmähne war vor Kurzem der Friseurschere zum Opfer gefallen. Jan sah nun zur großen Zufriedenheit seines Vaters wie ein richtiger Junge aus – aber Vittoria vermisste sein Engelshaar.

»Ach, keine Sorge«, sagte Fräulein Keldsen, eine Frau mittleren Alters mit Halbbrille auf der Nase. »Das mache ich schon. Die anderen Kinder sind ja noch nicht fertig.«

»Danke.« Vittoria wandte sich wieder an Jan. »Wir waschen noch schnell deine Hände, und dann fahren wir nach Hause, ja?«

Doch Jan war nicht so abholbereit, wie sie gedacht hatte. Erst fiel ihm ein, dass er seine Figur gerne noch fertig kneten wollte. Dann weigerte er sich, sich die Hände zu waschen. Und schließlich war er so aufgedreht, dass er sich auch nicht seine Jacke anziehen lassen wollte. Jeder einzelne Schritt erforderte langes Verhandeln. Vittoria versuchte mit aller Macht, den Vorgang zu beschleunigen, schließlich lag Massimo alleine draußen im Auto, und das setzte sie unter Druck. Sie versuchte, Jan mit der Aussicht auf einen Becher heißen Kakao zu locken, auf einen Besuch bei der Autowerkstatt, ja, sogar auf Süßigkeiten, wenn Jan sich nur ein wenig beeilte. Die ganze Zeit spürte sie Fräulein Keldsens Blick im Nacken und hatte das

Gefühl, von ihr beurteilt zu werden. Sie wusste, was die Kindergärtnerinnen von ihr dachten: zu jung, zu ausländisch und vor allem nicht die richtige Mutter des Jungen. Vittoria war schweißgebadet, als sie den Kindergarten endlich mit einem schmollenden Jan an der Hand verließ.

Schon aus einigen Metern Entfernung konnte sie Massimo im Auto schreien hören. Der Kleine stand zwischen Rückbank und Vordersitz, offenbar war er aus dem Kinderwageneinsatz gekrabbelt und zu Boden gefallen. Sein Mund war weit aufgerissen, sein Gesicht tomatenrot und ganz streifig von seinen Tränen. Massimo musste schon etwas länger geweint haben, stellte sie mit schlechtem Gewissen fest und fummelte an dem Schloss herum, bis sich die Wagentür endlich öffnen ließ und sie den Jungen aus dem Wagen heben konnte. Vittoria war selbst kurz davor zu heulen, als sie das untröstliche Kind an sich gedrückt hielt. Was war sie nur für eine Mutter?, dachte sie. Sie hatte ihn gar nicht verdient.

Jan blieb ein paar Minuten neben ihr stehen, hatte dann aber genug von dem eiskalten Wind und krabbelte auf den Rücksitz. Als Massimo sich wieder beruhigt hatte, legte Vittoria ihn zurück in den Einsatz. Sie ließ den Motor an, um nach Hause zu fahren, aber als sie auf die Straße bog, war das Knirschen noch viel schlimmer als vorher. Sie musste das sofort überprüfen lassen.

Vittoria war bereits ein paarmal bei der Fiat-Werkstatt gewesen und fuhr einigermaßen routiniert durch die Toreinfahrt in der Geislersgade. Sie nahm Massimo auf den Arm und sagte Jan, er solle ordentlich neben ihr hergehen. Dann betrat sie das kleine verqualmte Büro, in dem der Meister hinter einem unter Papierstapeln, bunten Broschüren und einem überquellenden Aschenbecher verschwindenden Schreibtisch saß.

Er lauschte ihr mit leicht herablassender Miene, während Vittoria versuchte, das auffällige Geräusch nachzumachen.

»Darf ich mal die Schlüssel haben?« Er streckte die Hand aus. »Ich muss mal eben um den Block fahren und das selbst hören.«

Vittoria setzte sich mit Massimo auf dem Schoß auf einen Stuhl, solange sie warteten. Sie gab dem Jungen ihren ledernen Schlüsselring mit den Hausschlüsseln – eine Gunst, die ihm nur selten zuteilwurde. Vittoria hoffte, das werde ihn beschäftigen, bis der Werkstattinhaber zurück war. Durch eine offene Tür drangen die Geräusche aus der Werkstatt zu ihnen – fröhliche Männerstimmen vermischten sich mit Popmusik und metallischen *Klongs*. Sie versuchte, auch Jan dazu zu bewegen, sich hinzusetzen, aber er war vollkommen fasziniert von dem, was da im Nebenraum vor sich ging. Die offene Tür wirkte wie ein Magnet auf ihn.

Schließlich gab Vittoria auf und stellte sich zu ihm an die Werkstatttür. Als würden sie in eine fremde Welt blicken, dachte sie. Und doch kam ihr alles eigenartig bekannt vor. Wären die beiden Mechaniker schwarzhaarig statt blond gewesen und hätte das Radio italienische statt amerikanische Popnummern gespielt, dann hätte der fensterlose Raum sich genauso gut in Rom befinden können. Vom Fiat-Lieferwagen, der auf einer Hebeapparatur hoch über dem Fußboden schwebte, bis zum nur mit einem Bikini bekleideten Pin-up-Girl auf dem Kalender über der Werkbank. Der Geruch von Motorenöl, Zigarettenrauch und Männerschweiß erfüllte die Luft. Das hier war so weit weg von Vittorias Alltag, wie man sich nur vorstellen konnte, und doch fühlte sie sich irgendwie heimisch. Der jüngere der beiden Mechaniker entdeckte die drei und zwinkerte Jan zu, bevor er sich wieder dem Auspuff des Lieferwagens widmete.

»So.« Vittoria drehte sich um, als sie die Stimme des Meisters hinter sich hörte. »Gut, dass Sie hergekommen sind. Sie können vorläufig nicht mit dem Auto fahren. Das muss erst repariert werden.« Er zog die Tür hinter sich zu.

»Was ist denn kaputt?«

»Zerbrechen Sie sich darüber mal nicht Ihr hübsches Köpfchen«, sagte der Mann und grinste breit. »Am Montag können Sie den Wagen wiederhaben.«

»Am *Montag*? Können Sie das denn nicht jetzt gleich richten?«

»Ich brauche erst ein paar Ersatzteile.«

»Ja, aber …« Vittoria dachte an den Nachhauseweg. Was sollte sie jetzt mit ihren Einkäufen und den Kindern machen? Es ging zwar nur um eineinhalb bis zwei Kilometer Heimweg, aber bei dem Wind … »Könnten Sie mich wohl nach Hause fahren, bitte?«, fragte sie. »Wir wohnen im Italiensvej.«

»Kann Ihr Mann Sie denn nicht holen? Sie dürfen gerne mein Telefon benutzen.«

Vittoria hatte keine Lust, ihm ihre Verhältnisse zu erklären. »Der hat erst in ein paar Stunden Feierabend.« Sie sah ihn an. »Ich habe so viel zu schleppen.«

Der Meister zögerte. Dann zuckte er mit den Schultern und ging zur Werkstatttür. »Karl!« Er musste richtig schreien, um das Radio zu übertönen. »Kommst du mal?«

Der junge Mechaniker, der Jan zugezwinkert hatte, betrat das Büro. Er blies sich eine blonde Locke aus der Stirn und wischte seine Hände an einem groben Lappen ab, während er seine Anweisungen erhielt. Kaum hatte er den Autoschlüssel des Meisters entgegengenommen, wandte er sich an Vittoria: »Soll ich den nehmen, Gnädigste?« Er nickte zu dem Kinderwageneinsatz, in das sie das Netz mit den Blumenzwiebeln gelegt hatte.

»Ach, das wäre sehr nett, danke«, sagte sie.

Der große, glänzende Wagen stand in einer Garage hinter der Werkstatt. Jan verschlug es vor lauter Ehrfurcht die Sprache, als Karl ihn auf den Rücksitz hob. Vittoria setzte sich mit Massimo dazu. Sie konnte ihn einfach noch nicht wieder loslassen, sie hatte den Schock über ihre eigene Nachlässigkeit noch nicht überwunden.

»Sollen wir einen Umweg fahren?«, fragte Karl und drehte sich zu Jan um.

»Jaaaaaa!«

»Aber keinen allzu großen«, sagte Vittoria. »Das sieht Ihr Chef sicher nicht gerne.«

»Ach, nur eben einen kleinen Abstecher zum Flughafen. Sie müssen doch mal sehen, was dieses Fahrzeug hier kann, wenn es darf.«

»Dass Sie nur keine Schwierigkeiten bekommen. Und wir dürfen auch nicht zu spät nach Hause kommen. Jans Schwester müsste jederzeit da sein.«

»Sie haben noch eins?«, fragte Karl und sah Vittoria zum ersten Mal direkt an. »Wie alt?«

»Acht!«, rief Jan.

»Acht? Sagen Sie mal, waren Sie eigentlich schon konfirmiert, als Sie geheiratet haben?«, fragte er neckend. »Sie sind doch keinen Tag älter als zwanzig!«

Vittoria musste lachen. »Das sind nicht alles meine Kinder. Nur der hier«, sagte sie und drückte Massimo an sich. »Ich bin Haushälterin beim Vater der beiden Großen.«

»Ah«, sagte Karl. »Das erklärt einiges.«

»Und zu Ihrer Information: Ich bin schon weit über zwanzig«, fuhr sie kokett fort.

»Aber Sie sind nicht verheiratet?«

»Nein.«

Er hatte das Ende der Holmbladsgade erreicht und ließ den Verkehr der kreuzenden Straße passieren. Er drehte den Kopf zu Vittoria und lächelte sie an. Es war ein offenes, jungenhaftes Lächeln. Seine Augen waren so blau wie der Stein in Vittorias Ring.

»Und der?«, fragte er mit Blick auf Vittorias linke Hand. »Sind Sie verlobt?«

»Das ist einfach nur ein Ring.« Unwillkürlich erwiderte sie sein Lächeln. »Den hat mein Vater mir vor vielen Jahren geschenkt.«

»Schneller!«, rief Jan von der Rückbank, als sie kurz darauf über den Amager Strandvej fuhren. »Schneller!«

»Nein«, sagte Vittoria, als Karl sofort schneller fuhr. »Nicht ganz so schnell. Wir möchten gerne heil nach Hause kommen.«

Er nahm den Fuß wieder vom Gas. »So sind wir auch ein bisschen länger zusammen«, sagte er.

»Na, na.« Vittoria lachte. Ihr war so leicht ums Herz wie schon lange nicht mehr.

Als sie zehn Minuten später vor dem Haus im Italiensvej hielten, half Karl ihr mit dem Gepäck.

Vittoria nahm Massimo auf ihren linken Arm und reichte Karl die rechte Hand. »Vielen, vielen Dank«, sagte sie. »Das war wirklich sehr liebenswürdig von Ihnen.«

»Darf ich fragen, wie Sie heißen?« Er hielt ihre Hand etwas länger als nötig fest.

»Vittoria Contini.«

»Karl Dirksen. Contini? Klingt italienisch.«

»*Sì, signore.*« Sie lächelte. »*Sono italiana*. Vielleicht sehen wir uns, wenn ich am Montag meinen Wagen hole.«

»Wie wäre es mit Samstag?«, fragte Karl. »Hätten Sie vielleicht Lust, ins Kino zu gehen? Ich habe zwar nicht so einen schicken Schlitten wie den da.« Er nickte zu dem großen Wagen, der am Bordstein stand. »Aber ich habe eine Vespa mit viel Platz hinten drauf.«

Vittoria schwankte. Sie hatte sich geschworen, nicht … »Gerne!«, entfuhr es ihr, bevor sie richtig nachdenken konnte. »Wenn ich jemanden finde, der auf meinen Sohn aufpasst, komme ich sehr gerne mit, Herr Dirksen.«

*

»Warum hast du mich denn nicht angerufen, Vita?«, fragte Ejnar, nachdem sie beim Abendessen von den Ereignissen des Nachmittags berichtet hatte.

»Während der Sprechstunde?«

»Ich kann jederzeit mal für eine Viertelstunde verschwinden, wenn es wichtig ist. Oder Frau Iversen hätte dir ein Taxi schicken können.«

Vittoria hatte sich eigentlich rücksichtsvoll zeigen wollen, indem sie den viel beschäftigten Ejnar nicht mit ihrem Malheur belästigte, und jetzt wirkte er geradezu verärgert, dachte sie und verteilte Petersiliensoße auf den

Kartoffeln der Kinder. Ab und zu hatte sie das Gefühl, ihr Leben sei ein einziger großer Balanceakt.

»Wir sind mit einem Ami-Schlitten gefahren«, erzählte Jan strahlend. »Nagelneu.«

»Ach ja?« Ejnar sah Vittoria an.

»Ja, stimmt«, sagte sie, erleichtert über den Themenwechsel. »Ein großer Buick mit Heckflossen und Lederpolstern.«

»Wruuuuuuuuummm!«, machte Jan ziemlich laut.

»Pssst«, sagte Vittoria. »Nicht mit vollem Mund.«

»Warte, bis wir mit dem Essen fertig sind«, sagte sein Vater. »Dann spielen wir im Wohnzimmer Auto.«

»Der, der euch nach Hause gefahren hat, war ganz schön fesch!«, sagte Helle, die alles vom Fenster aus beobachtet hatte. »Der sah aus wie der Peter aus den ›Vater von vieren‹-Filmen.«

Ejnar lächelte. »Wie Ib Mossin?« Als Helle nickte, fuhr er fort: »Na, das ist doch gar nicht schlecht, oder?«

»Ach, *so* gut sah er nun auch wieder nicht aus«, sagte Vittoria. Sie spürte Ejnars Blick auf sich und strengte sich sehr an, unbeteiligt zu wirken. Sie zerdrückte ein paar Kartoffeln mit Soße, schnitt ein Stück gebratenen Schweinebauch in kleine Stücke und vermengte alles auf Massimos Teller. »Das machst du großartig, mein Schatz«, sagte sie, als der Junge den vollen Löffel in die Hand nahm und ihn sich selbst in den Mund schob.

»Helle, hast du deine Hausaufgaben gemacht?«, fragte Ejnar.

»Ja, zusammen mit Lise. Ihre Mutter hat uns geholfen.«

»Gut.« Er sah zu Vittoria. »Ich wollte nicht gereizt

klingen, Vita«, sagte er. »Ich wünschte nur manchmal, du würdest dir leichter helfen lassen. Du musst nicht immer die Zähne zusammenbeißen und alles alleine schaffen. Schließlich sind wir zwei Erwachsene in diesem Haus.«

Vittoria zuckte die Achseln. »Ich tue ja nur, was ich kann«, sagte sie. »Und manchmal kann ich nur schwer erraten, was in dem jeweiligen Moment das Richtige wäre.«

»Willst du damit sagen, dass *ich* das Problem bin?« Ejnar ließ seine Gabel auf den Teller sinken.

»Natürlich nicht«, sagte Vittoria und warf einen bedeutungsschwangeren Blick auf die Kinder. Helle lauschte mit großen Augen dem Wortwechsel, der ganz klar nach dem Auftakt eines Streites klang. »Und du hast ganz recht«, fuhr sie fort. »Ich will am liebsten immer alles eigenständig bewältigen.«

»Und das ist in der Regel ja auch völlig in Ordnung und großartig.« Ejnar lächelte. »Aber es darf Ausnahmen von der Regel geben.«

»Die Geburtsurkunde habe ich letztendlich allein besorgt, oder etwa nicht?«

Ejnar hob ergeben die Hände. »Ja, hast du. Du bist ein Genie!«

Hatte er ihr gerade zugezwinkert? Oder hatte sie sich das nur eingebildet? Vittoria konzentrierte sich auf Massimo. Ihre Gefühle für Ejnar verwirrten sie. In ihren Augen war er immer noch ein steifer und recht langweiliger Mann mit fast schon krankhaftem Ordnungssinn. Aber ab und zu glaubte sie, auch andere Seiten an ihm erahnen zu können. Dann witterte sie einen subtilen Humor, einen gut versteckten Spaßvogel und etwas, das vielleicht Herzenswärme sein könnte. Dann drängten sich ihr ungefragt alle möglichen Assoziationen auf: Sie sah seinen nackten Oberkörper vor sich, die zarte Haut an seinem Hals, erinnerte sich an das Gefühl seiner ruhigen, kühlen Hände, und ehe sie sich versah, durchströmte ihren Unterleib eine beunruhigende Wärme.

Abrupt stand sie auf. »Zum Nachtisch gibt es Apfelkompott.«

»Aber du hast fast noch gar nichts gegessen«, merkte die stets überaufmerksame Helle an.

»Stimmt etwas nicht?«, fragte Ejnar.

»Ich habe einfach keinen Hunger.« Vittoria sammelte die Teller ein und stellte sie ins Spülbecken. »Trink deine Milch, Jan.«

Der Rest der Mahlzeit verlief ruhig und ohne jede Anspielung auf die kleine Indifferenz zwischen den Erwachsenen. Aber als die Kinder im Bett waren und Ejnar und Vittoria auf ihren Stammplätzen in der guten Stube saßen, griff Ejnar das Thema wieder auf:

»Ich meine das ernst, Vita. Du bist unglaublich verantwortungsbewusst, und dafür bin ich dir sehr dankbar. Aber du darfst gerne zulassen, dass ich hin und wieder auch mal etwas für dich tue.«

»Du tust doch schon so viel für mich«, sagte sie, ohne von ihrem Strickzeug – einer karamellbraunen Sturmhaube für Massimo – aufzusehen. »Ich könnte mir keinen besseren Arbeitgeber wünschen.«

»Wenn du wieder mal irgendwo abgeholt werden müssen oder sonstwie Hilfe brauchst, gib doch bitte Bescheid. Und ich sage das nicht, weil ich mich in dein Leben einmischen möchte«, fügte er noch schnell hinzu.

Vittoria sah ihn immer noch nicht an. »Danke.«

»Ich habe zu danken.«

»Da wäre tatsächlich etwas …« Vittoria blickte zu ihm.

»Ja?«

»Karl Dirksen … der Mechaniker, der uns nach Hause gebracht hat … Er hat mich für Samstag ins Kino eingeladen.« Ejnars Antwort bestand vorerst nur in einer hochgezogenen Augenbraue. Sie sprach weiter: »Ich dachte mir, ich könnte Conny bitten, auf Mads aufzupassen, wenn du nichts dagegen hast. Vielleicht könnte sie sich mal einen Abend freinehmen und …«

»Nein. Ich habe keine Lust, einen ganzen Abend allein mit Fräulein Mortensen zu verbringen«, sagte Ejnar.

»Sie könnte ja in meinem Zimmer sitzen.«

»Kommt gar nicht infrage, du weißt, was ich von dieser Person halte.« Ejnar griff nach seinem Tabakbeutel und fing an, seine Pfeife zu stopfen.

»Du bist ihr erst einmal begegnet. Fünf Minuten. Und das ist schon über ein halbes Jahr her. Du kennst sie doch gar nicht. Conny ist meine beste Freundin.« Vittoria versuchte, zu verbergen, wie sehr seine Ablehnung sie verletzte. »Wie wäre es dann mit Frau Larsen? Ich bin mir sicher, sie würde …«

»Noch schlimmer«, unterbrach Ejnar sie. »Die müsste ich ja ins Wohnzimmer bitten, und wenn es eins gibt, worauf ich an einem Samstagabend verzichten kann, dann ist es Frau Larsens endloser Redefluss.«

Vittoria musste lachen. »Jetzt bist du aber gemein, Ejnar … Frau Larsen ist doch immer so hilfsbereit.«

»Einen ganzen Abend halte ich sie aber nicht aus.«

»Und was soll ich dann machen?« Vittoria spürte Verzweiflung in sich wachsen. »Kann ich denn nie mal ausgehen und mich amüsieren?«

»So ist das leider, wenn man kleine Kinder hat.«

»Nicht unbedingt«, regte sie sich auf. »Wenn ich eine eigene Wohnung hätte, wäre es kein Problem, dass ein Kindermädchen sich darin aufhält.«

Ejnar antwortete nicht. Mit langen Zügen entfachte er die Pfeife und betrachtete die Flamme, die sich immer wieder in den gestopften Tabak hinabsenkte.

»Du weißt genau, dass ich recht habe«, insistierte Vittoria.

»Meinetwegen«, sagte er nach einer Pause. »Mir gefällt nun mal die Vorstellung nicht, einen ganzen Abend mit einer Fremden Konversation betreiben zu müssen.« Er legte das heruntergebrannte Streichholz auf dem Rand des Aschenbechers ab. »Warum kann ich denn am Samstag nicht einfach nach Mads sehen?«

»Du?«

»Ich bin doch sowieso hier, und er kennt mich. Außerdem wacht er doch sowieso so gut wie nie auf, wenn er erst eingeschlafen ist.«

»Schon, aber …«

»Das würde mir nichts ausmachen, Vita. Wie ich vorhin bereits sagte: Du musst lernen, ab und zu auch mal Hilfe anzunehmen.«

Vittoria saß da und musterte ihn. »Gut, dann nehme ich dein Angebot an. Vielen Dank«, sagte sie. »Das ist wirklich liebenswürdig.« Sie neigte sich wieder über ihr Strickzeug und schämte sich ein wenig, sich so aufgeregt zu haben.

Ejnar schwieg eine Weile, sie konnte jedoch hören, wie

er leise an seiner Pfeife nuckelte. Er saß da und betrachtete sie, das konnte sie spüren, und es machte sie ganz unruhig. Er räusperte sich. »Du hast bald Geburtstag, richtig?«

Überrascht sah Vittoria auf. »Ja.«

»Am Sechzehnten, wenn ich mich recht erinnere.« Da sie ihn nicht korrigierte, fuhr er fort: »Hast du etwas geplant?«

Sie lachte. »Was sollte ich denn planen? Ich wollte abends zum Nachtisch eine Torte machen, aber darüber hinaus habe ich keine Pläne, nein.«

»Belass es dabei.«

»Was meinst du?«

»Halte dir den Abend frei. Und setz die Torte den Kindern schon am Nachmittag vor, wenn du unbedingt eine backen willst.«

»Ich verstehe nicht ...«

»Am Sechzehnten gehst du auswärts essen.«

»Mit wem?«

»Mit mir?«

»Und was ist mit den Kindern?«

»Darüber brauchst du dir keine Gedanken zu machen. Ich regele das alles.«

»Ja, aber ...«

»Vita. Nimm es doch einfach an. Tu mir den Gefallen.« Ejnar erhob sich und ging zum Radio. »Gleich fängt das Radiotheater an. Und wenn das vorbei ist, hören wir noch eben die Nachrichten. Vielleicht gibt es ja etwas Neues von deinem Papst.«

»Er ist nicht mein Papst«, sagte Vittoria.

»Aber du bist doch Katholikin, oder?«

Sie verzog ein wenig das Gesicht. »Ja. Aber Religion bedeutet mir nicht besonders viel.«

Ejnar sah sie an. »Und was ist mit der Marienfigur? Ist sie denn kein Ausdruck deines …«

»Das ist etwas anderes.«

Ejnar zuckte mit den Schultern und stellte das Radio an. »Das Radiotheater sendet nun eine Wiederholung von J. P. Jacobsens *Frau Marie Grubbe* in der Bearbeitung von Beatrice Bonnesen. Regie: John Price«, erklang eine klare, wohlklingende Stimme aus dem Lautsprecher. »Es wirken mit: …«

Die Stimme wurde vom Klingeln des Telefons übertönt. Vita und Ejnar wechselten einen Blick. Wenn so spät am Abend jemand anrief, konnte das eigentlich nur eins heißen. Ejnar seufzte.

»Doktor Møller … Ja? … Ja … Wie lange geht das schon so? … Hat sie Fieber?« Das Gespräch dauerte nicht lang, da legte er auch schon auf und setzte sich Richtung Haustür in Bewegung.

»Etwas Ernstes?«, fragte Vittoria.

Ejnar zog sich die Jacke über. »Ein vierzehnjähriges Mädchen mit heftigen Bauchschmerzen. Könnte eine Blinddarmentzündung sein.«

»Auweia.«

»Bis später«, sagte Ejnar und drückte sich energisch den Hut auf den Kopf, bevor er die Tür öffnete und hinaustrat.

Kaum war Vittoria allein, schaltete sie das Radio aus. Sie hatte erst mal gedanklich genug damit zu tun, die beiden Geschenke zu verdauen, die Doktor Møller ihr gerade gemacht hatte. Sie freute sich auf die kommenden Tage.

Erst ein Kinoabend mit einem jungen Burschen, den sie kaum kannte, der ihr aber auf schmeichelhafte Weise Aufmerksamkeit entgegenbrachte. Und dann ein Abendessen mit Ejnar. Auswärts. Sie beide. In feinem Zwirn und ohne Kinder. Vergessen war ihr Vorsatz, einen großen Bogen um alle Männer zu machen. Plötzlich bemerkte Vittoria, dass sie vor sich hin summte.

10. Oktober 1958

Besonders häuslich würde sie wohl nie werden, dachte Conny und schielte hinüber zu den Stapeln benutzten Geschirrs. Sie hatte sich eingebildet, das werde sich ändern, wenn sie erst mal eine eigene Wohnung habe, sie hatte gedacht, Aufräumen, Fensterputzen und Sofakissenhäkeln würden ihr dann plötzlich Spaß machen. Stattdessen war es seit ihrem Auszug aus dem Hotel und ohne Zimmermädchen nur noch deutlicher geworden, wie unordentlich sie veranlagt war.

Conny wohnte nun schon seit fast einem Monat in der kleinen Einzimmerwohnung in der Vordingborggade, aber sie hatte sich immer noch nicht richtig eingerichtet. Ihre paar Habseligkeiten standen in Kisten und Taschen herum, sie schlief auf dem Boden, und ihre Kleidung lag überall verteilt. Letzteres lag in erster Linie daran, dass sie sich weder Kommode noch Kleiderschrank hatte leisten können. Denn nachdem sie die drei Monatsmieten Kaution bezahlt hatte, war nur noch gerade so viel Geld übrig gewesen, um sich einen Telefonanschluss legen zu lassen sowie beim Gebrauchtwarenhändler Geschirr, eine Küchenausstattung, eine etwas schmuddelige Matratze und einen großen Spiegel zu erstehen. Der Rest muss nach und nach kommen, wann immer ich etwas Geld übrig habe, dachte sie und atmete tief durch, bevor sie sich daranmachte, Teller und Gläser zu spülen.

Vielleicht hätte sie doch besser warten sollen, bis sie noch mehr Geld gespart hatte, aber als ihr diese Wohnung angeboten worden war, hatte Conny einfach nicht Nein sagen können. Ein Stammkunde des Nachtklubs, ein Rechtsanwalt aus Vanløse, hatte sie auf der Warteliste für ein Objekt, das er verwaltete, gleich ganz nach oben befördert, und sie hatte sofort zugeschlagen. Alles andere wäre in diesen Zeiten großer Wohnungsnot in der Hauptstadt völliger Irrsinn gewesen.

Vielleicht könnte sie ja ihre Eltern bitten, ihr etwas Geld zu leihen. Conny schrubbte verbissen an einem Teller und den eingetrockneten Resten von Dosenhacksteak herum. Herr und Frau Mortensen hatten ihrer etwas widerspenstigen Tochter derweil verziehen – wobei die relative Berühmtheit, die sie inzwischen errungen hatte, wohl ihren Teil dazu beigetragen hatte. Selbst in Langå kannte man schließlich die Kataloge von Daells Warenhaus, in denen Conny schon einige Male abgebildet worden war, und einige der Anzeigen, für die sie Modell gestanden hatte, waren auch im lokalen Käseblatt erschienen. Für Langåer Verhältnisse war Conny schlicht und ergreifend ein Star, und ihre Eltern sonnten sich mit bescheidener Miene in ihrem Glanz. Sie mussten doch dazu zu bewegen sein, ihren Geldbeutel zu öffnen. Zwei-, dreihundert Kronen würden schon reichen, und sie würde sie ja auch bald zurückzahlen können. Heute Abend, bevor sie zur Arbeit ging, würde sie sie anrufen und fragen.

Damit verschloss Conny einmal mehr gründlich die Augen davor, dass es nicht nur am fehlenden Geld lag, dass ihre chaotische Umgebung sich nicht in ein gemütliches Zuhause verwandeln wollte. Mindestens genauso problematisch war es, dass sie so wenig Zeit hatte. Conny hatte immer noch die volle Stelle als Dame des Hauses im Bella Notte und arbeitete nebenher weiterhin sehr viel als Fotomodell. Für ihr Schlafproblem hatte sie bislang keine Lösung gefunden. Sie schlief mal zwei Stunden hier und mal eine halbe Nacht da und hatte sich ansonsten schon fast daran gewöhnt, mehr oder weniger dösend durch den Tag zu laufen. Für die Hausarbeit und die Einrichtung ihrer Wohnung hatte sie einfach keine Kraft übrig. Conny legte die Spülbürste weg. Wenn sie pünktlich bei ihrem nächsten Fototermin sein wollte, musste sie jetzt aufbrechen. Die Reste würden sich sicher ohnehin besser lösen, wenn das Geschirr noch ein paar Stunden lang einweichte.

Conny zog sich das leicht verschmutzte Hauskleid aus und einen kirschroten Pullover mit V-Ausschnitt an, band sich ein Tuch um das Haar und zog ihren Lippenstift nach. Dann ließ sie einen letzten Blick durch die unordentliche Wohnung schweifen und stürzte zur Tür hinaus. Sie knöpfte die Jacke bis zum Hals zu und radelte zur Østerbrogade, wo sie sich am Eckkiosk drei Schachteln Zigaretten kaufte.

*

»Fräulein Conny!« Der Fotograf schlug einen strengen Ton an. »Was ist denn los mit Ihnen?«

»Verzeihung.« Conny hatte gehofft, ihr Gähnen verbergen zu können. »Fangen Sie einfach an.« Sie nahm die gewünschte Positur ein: die Füße in einem eleganten Winkel, die Schultern nach hinten und den nicht vorhandenen Bauch eingezogen. »Ich bin so weit.«

»Nein, sind Sie nicht. Ich werde kein Stück Film mehr auf Sie verschwenden, solange Sie nicht richtig wach sind«, sagte der Fotograf, ein hagerer, eine Tweedjacke tragender Schweizer namens Herluf Glock. »Gehen Sie einen Kaffee trinken.« Sichtlich verägert machte er sich daran, an einer Lampe herumzuhantieren.

Conny schäumte vor Wut auf Glock, als sie in die Küche ging, wo die Maskenbildnerin und ein paar andere Modelle gerade Pause machten.

»Schon fertig, Fräulein Conny?«, fragte Jytte, eine langbeinige Brünette mit aristokratischer Nase und einem ganz und gar unweiblichen Hang zu Zigarillos.

»Nee, er hat mich Kaffeetrinken geschickt.« Conny gähnte abermals und streckte sich dabei. »Ich war kurz davor einzuschlafen.« Sie steckte sich eine Zigarette an.

»Sie sehen aber auch wirklich müde aus«, bemerkte die Maskenbildnerin und reichte Conny eine Tasse Kolbenkaffee. »Ich glaube, ich habe noch irgendwo ein paar Augentropfen.« Sie ging ins Studio zu ihren Utensilien.

»Arbeiten Sie immer noch jede Nacht in dem Nachtklub?«, fragte Jytte und nuckelte an ihrem Zigarillo. Dann blies sie eine kleine, dichte Rauchwolke aus.

»Jeps.« Conny entledigte sich ihrer hochhackigen Schuhe und legte die Füße auf einen freien Stuhl. »Ich schlafe weniger, als wenn ich einen Säugling zu versorgen hätte. Aber ich brauche das Geld.«

»Sie haben doch jede Menge Modelljobs.«

»Das schwankt. Und ich muss schließlich jeden Monat Miete bezahlen.«

Jytte schlug ihre langen Beine übereinander und bewunderte kurz ihr linkes Knie, bevor sie den Blick wieder auf Conny richtete. »Sie sollten das machen wie ich.«

»Was machen Sie denn?«

»Ich habe jetzt einen Job bei der Kopenhagener Telefongesellschaft.«

»Als Telefonistin? Ist das nicht todlangweilig?«

Jytte zuckte die Achseln. »Schon, aber es ist so einfach, und die anderen Damen sind sehr nett. Und es ist nur in Teilzeit. Ich bekomme im Grunde immer die Schichten, die ich mir wünsche, und kann das so problemlos mit meinen Modelljobs vereinbaren.«

»Rund um die Uhr?«

»Tagsüber und in den frühen Abendstunden brauchen sie natürlich am meisten Leute, aber man kann sich auch Nachtschichten wünschen, wenn man das möchte.« Sie blies noch eine Rauchwolke in die Luft. »Die Bezahlung ist nicht üppig, aber als Ergänzung zu den Honoraren fürs Modellstehen ist es wunderbar. Und man ist sehr frei.«

»Hmhm …« Sofort begannen Connys Gedanken zu kreisen. Das Bella Notte aufgeben? Ihre erste leitende Stelle? Wäre das nicht dumm? Sie trank noch einen Schluck Kaffee. Andererseits war ihr ja schon lange klar, dass die momentane Situation auf Dauer nicht haltbar war. Und sie musste nicht eine Sekunde lang überlegen, welchen ihrer beiden Jobs sie lieber behalten wollte.

»Vielleicht«, sagte sie nach einigem intensiven Nachdenken. »Brauchen die denn gerade Personal?«

»Telefonistinnen können die immer gebrauchen. Rufen Sie mal hier an ...« Jytte kritzelte einen Namen und eine Telefonnummer auf einen Zettel. »Das ist der Personalchef.«

Conny steckte das Papier in die Handtasche. »Wäre eine schriftliche Bewerbung nicht besser?«

»Bei einer Telefongesellschaft?« Jytte lachte. »Ich glaube, Ingvorsen kann gut mit telefonischen Anfragen leben. Sie sollen ihn ja nur darum bitten, Ihnen ein Bewerbungsformular zuzusenden.«

Die Maskenbildnerin kam mit einer kleinen Glasflasche wieder. »Legen Sie mal den Kopf in den Nacken«, sagte sie und platzierte eine Hand auf Connys Stirn. »Ich sorge schon dafür, dass Ihre Augen gleich wieder hellwach aussehen.«

Ob es nun am Kaffee lag, an den Augentropfen oder an dem hochinteressanten Gespräch mit Jytte, war schwer zu sagen. Aber irgendetwas hatte Wirkung gezeigt, denn fünf Minuten später stand Conny wieder vor der Kamera, und dieses Mal schien Herr Glock mit ihr zufrieden zu sein. Den Rest des Nachmittags ging es Schlag auf Schlag. Kleider, Anzüge, Winterjacken und praktische Kittel. Letztere waren natürlich nicht dafür gemacht, dass Frauen besonders reizvoll darin aussahen, aber paradoxerweise wirkten sie ganz genau so, wenn Frauen wie Conny oder Jytte sie trugen. Conny musste kichern, als sie sich im Spiegel sah. Die Garderobiere hatte ihr, passend zum grünen Kittel, ein geblümtes Tuch um den Kopf gewickelt. Conny wirkte wie die perfekte Hausfrau, bereit, ihre blütenweißen Laken für jeden sichtbar zum Trocknen aufzuhängen. Wenn die Leute bloß wüssten, dachte sie, als Jytte und sie sich vor dem Papierhintergrund aufstellten. Gut, dass die Leser des Kataloges nicht sehen konnten, wie es bei dem schnieken Fotomodell zu Hause aussah.

*

Conny hatte Glück, als sie ihre Mutter etwas später am selben Tag bat, ihr etwas Geld zu leihen. Im Hintergrund konnte sie ihren Vater hören, der auflistete, welche Möbel er ihr gratis beschaffen und mit einem Fuhrunternehmer nach Kopenhagen schicken könnte, aber ihre Mutter fertigte ihn ab: »Conny möchte die Möbel für ihre erste eigene Wohnung doch gerne selbst aussuchen«, sagte sie und bot im selben Atemzug an, mit dem Zug anzureisen und Conny ein bisschen zur Hand zu gehen. Ihre Hilfsbereitschaft konnte Conny nur mit Mühe und Not ablehnen. Conny gruselte es bei der Vorstellung, ihre Mutter könnte den Zustand ihrer Wohnung sehen, und allein die Androhung ihres Besuches reichte aus, um Conny ganz schnell zu einem Entschluss kommen zu lassen: Sobald das Geld da wäre, würde sie sich im Bella Notte ein paar Tage krankmelden, sich passende Möbel kaufen und gründlich aufräumen. Sie wollte ja – dessen war sie sich inzwischen so gut wie sicher – ohnehin kündigen, und da konnte sie ruhig mal ein paar Tage blaumachen.

Beschwingt von so vielen Neuentwicklungen und ihrer eigenen Entschlossenheit, tätigte Conny gleich noch einen Anruf. Wenn irgendjemand in der Lage wäre, Ordnung in ihr Chaos zu bringen, dann Vittoria, die Hausfrau aller Hausfrauen.

»Hier bei Møller.« Das war Ejnar Møllers Stimme. Mist. Conny hatte nicht daran gedacht, dass der arrogante Stiesel zu dieser Tageszeit natürlich zu Hause war.

»Guten Abend, Doktor Møller«, sagte sie und versuchte dabei, so reif wie irgend möglich zu klingen. »Hier ist Conny Mortensen. Ich möchte bitte mit Vittoria sprechen.«

»Vita bringt den kleinen Mads ins Bett, darum passt es gerade nicht so gut.«

»Verzeihung, daran hätte ich denken müssen.«

»Sie können es in einer halben Stunde noch mal versuchen. Oder wäre es besser, wenn Vita sich bei Ihnen meldet?«

Der Mann war heute ja geradezu höflich, dachte Conny. »Vielen Dank, aber ich muss gleich aus dem Haus. Wenn sie es bis Viertel nach sieben schaffen könnte? Sonst rufe ich morgen wieder an.«

»Ich werde es ihr ausrichten.« Er räusperte sich. »Ich würde Sie übrigens gerne etwas fragen, Fräulein Mortensen.«

»Ja?«

»Haben Sie am Sechzehnten schon etwas vor?«

»Was für ein Tag ist das?«

»Ein Donnerstag.«

»Da muss ich arbeiten. Warum?«

»Vita hat Geburtstag, und ich möchte sie gerne ins Restaurant einladen.«

»Das klingt famos!« Conny zündete sich eine Zigarette an. »Und Sie hätten mich gerne als Kindermädchen?«

»Nein, nein!« Dieses Abwehren kam ein bisschen zu schnell. »Das habe ich bereits besorgt. Meine sehr zuvorkommende Zugehfrau nimmt sich des Kleinen an.«

»Gut.« Conny war verwirrt. »Aber …«

»Ich wollte Sie fragen, ob Sie uns bei dem Abendessen Gesellschaft leisten möchten? Sie sind Vitas einzige Freundin in Kopenhagen, und das wäre eine schöne Überraschung für sie.«

»Schon, aber …«

»Ich habe im Ristorante Italiano einen Tisch reserviert. Ich glaube, Vita würde sich sehr freuen, mal wieder richtiges italienisches Essen zu bekommen.«

»Wirklich eine ganz wunderbare Idee, aber …«

»Das ist aber ein Geheimnis«, unterbrach er sie abermals.

»Aber ich dachte, dass Sie …« Dieses Mal war es Conny selbst, die den Satz einfach nicht zu Ende sprach.

»Dass ich was?«

»Dass Sie mich nicht mögen«, sagte sie.

»Ich glaube, wir hatten einen etwas ungünstigen Start. Aber nun bietet sich doch die Gelegenheit, sich richtig kennenzulernen.«

»Aha …«

»Ich glaube, es würde Vita sehr viel bedeuten, wenn wir zwei gut miteinander auskämen.«

»Das glaube ich allerdings auch.« Conny fragte sich, ob Ejnar Møller wohl ein kleines bisschen dünkelhaft war. Als sie noch als einfache Bedienung in einem Nachtklub gearbeitet hatte, hatte er nichts mit ihr zu tun haben wollen, aber jetzt, da man ihr Gesicht aus Zeitschriften kannte, schlug er plötzlich einen ganz anderen Ton an. Genau wie ihre Eltern. Manche Leute waren so einfach zu durchschauen.

»Ich weiß, wie sehr Vita Sie mag. Nun sagen Sie schon

Ja«, drängte er. »Es muss Ihnen doch möglich sein, mal einen Abend freizunehmen.«

»Okay«, sagte Conny, nachdem sie noch einen Augenblick darüber nachgedacht hatte. »Ich werde sehen, was ich tun kann. Vielen Dank für die Einladung, Doktor Møller.«

»Keine Ursache.«

Conny widmete sich wieder dem Abwasch, während sie auf Vittorias Rückruf wartete. Im Hintergrund lief das Radio mit den Nachrichten. Es wurde aus Italien berichtet, wo der verstorbene Papst in seinem Sommersitz aufgebahrt war. Den ganzen letzten Tag hatte es dort Unruhen gegeben, weil Tausende trauernder Katholiken ins Castel hatten vordringen wollen, um seine sterblichen Überreste zu sehen. Conny überlegte flüchtig, ob der Tod des Papstes Vittoria wohl in irgendeiner Weise berührte. Ob sie trauerte? Ob sie Heimweh hatte? Oder hatte sie wirklich sämtliche Verbindungen nach Italien abgebrochen, wie sie stets behauptete?

Als der Küchentisch und die Spüle zum ersten Mal seit Tagen völlig aufgeräumt waren, zog sich Conny Jacke und Handschuhe an, um sich auf den Weg zum Nachtklub zu machen. Sie rechnete nicht mehr damit, heute noch von Vittoria zu hören, doch gerade, als sie die Wohnungstür öffnete, klingelte das Telefon. Conny hastete zurück.

Ja, Vittoria wollte ihr gerne helfen, wenn es noch zwei Wochen warten könne. Mit dem allergrößten Vergnügen sogar, wie sie betonte, als Conny sich dafür entschuldigte, ihre Freundin zu bitten, sich in ihrer Freizeit einer solchen Aufgabe anzunehmen, die sich doch kaum von ihrer täglichen Arbeit unterschied. Aber Vittoria freute sich sehr darauf, die Wohnung ihrer Freundin zu sehen, sagte sie.

»Und weißt du was?«, fuhr Vittoria fort, als sie alles abgesprochen hatten. »Ich gehe demnächst mit ganzen zwei Herren aus!«

»Was du nicht sagst! Und was macht ihr?«

»Morgen bin ich mit einem jungen Mann fürs Kino verabredet.«

»Wurde aber auch langsam Zeit, dass du deine Röcke mal ein bisschen lüftest«, sagte Conny. »Und was ist das für ein Bursche?«

»Er arbeitet in der Fiat-Werkstatt und heißt Karl Dirksen. Ich kenne ihn kaum, aber er wirkt sehr nett.«

»Sieht er gut aus?«

»Helle findet, er sieht aus wie Ib Mossin.« Vittoria schnaubte lachend. Das kam nur selten vor. »Stimmt wohl auch irgendwie ein bisschen.«

Conny pfiff leise. »Nicht schlecht. Ich freue mich schon, mehr darüber zu hören.«

»Ich rufe dich übermorgen an und erzähle dir alles.«

»Aber bitte erst nach vier, ja?«

»Natürlich.«

»Und wer ist der andere?«

»Ejnar hat mich zum Essen eingeladen. Zu meinem Geburtstag nächste Woche. Ist das nicht nett?«

Conny biss sich auf die Zunge und amüsierte sich im Stillen königlich. Das würde wirklich eine Überraschung werden für Vittoria! Sie sah auf die Uhr, beendete das Gespräch und lief eiligst Richtung Østerbrogade. Durch das Telefonat war sie spät dran. Wenn sie die Straßenbahn nähme, würde sie es nicht mehr pünktlich schaffen, und auf das Fahrrad hatte sie bei dieser Kälte einfach keine Lust. Sie sah ein freies Taxi und winkte es sofort herbei.

Das war natürlich eine ziemlich teure Lösung, aber was soll's, dachte sie und setzte sich auf den Rücksitz. Das Geld von ihren Eltern war ja unterwegs.

11. und 12. Oktober 1958

Vittorias erste und größte Liebe war Cesare gewesen. Bereits an seinem allerersten Arbeitstag in der Küche des Casa Contini hatte sie sich in ihn verliebt, da war er siebzehn gewesen und sie vierzehn. Vittoria hatte ihn aus der Ferne angehimmelt, während er seiner kleinen Verehrerin lange nur Freundlichkeit entgegengebracht hatte.

Vittoria war zu allem bereit gewesen, um in Cesares Nähe sein zu können, und wenn sie ihm einfach nur dabei zusah, wie er mit einer selbst gedrehten Zigarette zwischen den Lippen kiloweise Salat in den Hinterhof warf. Sie liebte ihn. Liebte seine reine goldene Haut und das Muttermal an seinem Mundwinkel. Liebte sein kräftiges blauschwarzes Haar und die dunklen Augen unter den dichten Brauen. Sie saß neben ihm auf dem Küchentisch, während sie ihn mit Blicken verschlang und wie ein Wasserfall redete, um zu verbergen, wie schwer es ihr fiel, einfach nur dazusitzen und ihm zuzusehen, während alles in ihr danach schrie, sich auf ihn zu stürzen, ihm die Kleider vom Leib zu reißen und … Ja, was eigentlich? Vittoria hatte zu dem Zeitpunkt nicht recht gewusst, was genau danach folgte, aber ihr Instinkt sagte ihr, dass alles Weitere direkten Hautkontakt erforderte.

Vittoria war fast achtzehn, als es endlich zu ihrem ersten Kuss kam. Da hatte Cesare sich von einem schlaksigen Jungen in einen breitschultrigen Mann verwandelt. Vittoria war so glücklich gewesen, dass sie dachte, sie müsse sterben.

Die beiden hatten sich darauf geeinigt, ihr Verhältnis vor seinen Kollegen in der Küche und vor Vittorias Eltern geheim zu halten. Das Casa Contini war eine kleine Welt, und eine Romanze zwischen zweien ihrer Bewohner hätte viel zu viel Unruhe mit sich gebracht. Und dann war da ja auch noch Sandro gewesen. Sandro Contini war ausschließlich aufgrund seines Familiennamens eingestellt worden. Ein fein gesponnenes Netz aus Gefälligkeiten verband die Mitglieder der Familie Contini miteinander, und so bestand überhaupt kein Zweifel daran, dass der Sohn von Massimo Continis Vetter Anspruch auf eine Stelle im Casa Contini hatte, obwohl niemand sonst im Restaurant glücklich über diese Entscheidung war. Der geschniegelte Sandro war ein fähiger Koch, aber gleichzeitig ein ungewöhnlich unangenehmer Zeitgenosse, der nach oben Speichel leckte und nach unten terrorisierte. Sein Lieblingsopfer war der Jüngste der Truppe, Cesare, der mit seiner sanften Art ein leichtes Opfer war und außerdem – das war allgemein bekannt – von der jungen Vittoria angehimmelt wurde. Sandro Contini machte wiederum seiner Großkusine heftigst den Hof und war eifersüchtig auf Cesare. Insgeheim hoffte Sandro wohl, dass Vittoria eines Tages zur Vernunft kommen würde, damit er mit ihr Bett und Geschäft teilen könnte. Hätte Sandro Wind davon bekommen, dass der junge Kochlehrling Vittorias Gefühle erwiderte, hätte er sich sicher noch viel boshafter verhalten, und schon allein deswegen war es das Beste, wenn sie ihr Verhältnis für sich behielten.

Anfangs war das auch gar nicht schlimm, die Geheimniskrämerei hatte die ganze Sache eigentlich nur noch aufregender gemacht. Vittoria wurde noch heute ganz warm bei dem Gedanken an die leidenschaftlichen Küsse hinter dem Schuppen im Nachbarhof oder an das Kribbeln in ihrem ganzen Körper, wenn sie sich in der Küche des Casa Contini wie zufällig berührten oder sie sich hinter Sandros Rücken tief in die Augen sahen.

Unbewusst hatte Vittoria seither alle anderen Männer an Cesare gemessen, und bis heute hatte ihm erst einer – zumindest, was das gute Aussehen anging – einigermaßen das Wasser reichen können. Karl war zweifellos ein schöner Mann, einer, nach dem sich die Frauen auf der Straße umdrehten. Das konnte Vittoria erneut feststellen, als er am Samstagabend vor der Tür stand, um sie abzuholen. Keine Spur mehr von dem dreckigen blauen Overall und den grauen Ölflecken auf seinen Armen. Nun trug er enge Bluejeans und eine schwarze Lederjacke. Unter seinen Nägeln haftete immer noch etwas Dreck von seiner Arbeit in der Autowerkstatt, aber er war frisch rasiert, und das blonde, gewellte Haar hatte er sich sorgfältig mit Pomade zu einem Ducktail zurückgekämmt.

Sein Anblick löste einen wohligen Schauer in Vittoria aus, und sie musste sich abermals in Erinnerung rufen, dass es heute Abend ausschließlich um einen unschuldigen Kinobesuch ging. Sie war immer noch fest entschlossen, erst dann wieder eine Liebesbeziehung einzugehen, wenn Massimo erwachsen war. Aber bis dahin war es ja sicher in Ordnung, wenn sie sich mal ein klein wenig amüsierte, dachte sie, während sie an seiner Seite den Gartenweg hinunterging. Dagegen hätte sicher nicht einmal Schwester Giovanna etwas einzuwenden.

»Wäre es nicht einfacher, wenn wir uns duzen?«, fragte Karl.

»Es wäre auf jeden Fall angenehmer.« Vittoria lächelte.

Karl gab ihr seinen Sturzhelm. »Hier. Damit dein hübscher Kopf keinen Schaden nimmt, falls du runterfällst«, sagte er.

»Danke.« Der Helm war zu groß, und Vittoria machte sich ein bisschen Sorgen, dass ihr frisch gewaschenes Haar hinterher ganz pappig sein könnte von den Resten von Karls Brylcreem, aber seine Fürsorge rührte sie. »Wo fahren wir hin?«

»Wir können es noch gerade so zur Siebenuhrvorstellung im Merry schaffen«, sagte er.

»Was läuft da?«

»Keine Ahnung«, sagte er. »Aber das ist das nächstgelegene Kino.« Er ließ den Motor an. »Hältst du dich fest?«

Vittoria fühlte sich sofort wie zu Hause: hinten auf einer grünen Vespa, die Finger um den schwarz lackierten Griff zwischen den beiden Sitzen geklammert. Es fühlte sich fast so an, als ginge sie mit einem Römer aus, dachte sie und winkte Ejnar zu, der am Wohnzimmerfenster stand und ihnen nachsah. Sie wusste aus Erfahrung, dass man besser saß, wenn man die Arme um den Fahrer schlang, aber so weit konnte und wollte sie auf keinen Fall gehen. Immerhin hatte sie bereits ihren Rock hochgezogen, und die Innenseiten ihrer bestrumpften Beine berührten Karls Oberschenkel. Sie lachte, als sie mit einem solchen Tempo in die Elbagade abbogen, dass der Roller sich fast seitwärts auf die Fahrbahn legte, und hielt sich unwillkürlich an Karls Lederjacke fest. Sie sausten in die Amagerbrogade und hielten vor dem Kino.

»Das ging aber schnell!«, sagte Vittoria, als Karl den Motor abgeschaltet hatte. »Viel zu schnell.«

Karl lachte. »Wir können ja nach dem Film noch eine Runde drehen, wenn du willst.«

»Hauptsache, ich bin spätestens um zehn wieder zu Hause. Ich muss morgen früh raus.«

»Morgen ist Sonntag.«

»Wenn man Kinder hat, muss man jeden Morgen früh raus. Du musst mir versprechen, dass ich nicht zu spät nach Hause komme, Karl.«

»Versprochen«, sagte er lachend und half ihr vom Roller. »Gib mir mal den Helm«, sagte er und legte die klobige Kopfbedeckung auf das Trittbrett.

»Ha!«, rief Vittoria, die inzwischen das Plakat entdeckt hatte, auf dem die Abendvorstellung angekündigt wurde. »Heute läuft ›Ein Herz und eine Krone‹. Den liebe ich!«

»Der ist doch schon mindestens fünf Jahre alt«, beklagte Karl sich.

»Hast du ihn schon mal gesehen?«

»Nö.«

»Der spielt in Rom, und sie trägt ein Kleid genau wie meins, und die beiden fahren auf einem Roller wie deinem herum, und … Ach, der wird dir bestimmt gefallen!«

Karls unzufriedene Miene hellte sich auf. »Klingt, als hätte er eine Chance verdient«, sagte er.

Die nächsten zwei Stunden war Vittoria restlos glücklich in dem verqualmten Kino. Der Film berührte sie jetzt, da sie bereits über ein halbes Jahr fort war aus ihrer Heimatstadt, umso mehr. Die Bilder von der Via Margutta und der Spanischen Treppe, dem Trevibrunnen, der Villa Borghese. Die Unbeschwertheit, die Kleider, Audrey Hepburns Rehaugen. All das verwob sich zu einem Teppich der Erinnerungen. Vittoria war so versunken in alles, was sich auf der Leinwand abspielte, dass sie, ohne nachzudenken, Karls Hand nahm, als er sie ihr probehalber auf den Oberschenkel legte. Sie war warm, die Fingerspitzen etwas rau. Einen winzigen Augenblick lang drehte sie den Kopf zu ihm und lächelte ihm zu, dann tauchte sie wieder ganz in den Film ein.

»Ist das wirklich so in Rom?«, fragte er, als sie Hand in Hand das Kino verließen.

Vittoria lachte. Sie schwebte immer noch wie auf Wolken. »Das ist doch nur ein Film«, sagte sie. »Aber ja. All die Orte, die die beiden besucht haben, gibt es tatsächlich.«

»Der war gar nicht schlecht«, sagte Karl und reichte ihr den schweren Sturzhelm. »Besser, als ich erwartet hatte.« Er betrachtete sie, während sie den Riemen festzog. »Du siehst ihr schon ein bisschen ähnlich. Der Prinzessin, meine ich.«

»Ach, hör doch auf.« Vittoria lachte schon wieder. »So ein Quatsch.«

»Doch, wirklich«, beharrte er. »Du hast eine ganz ähnliche Figur. Und einen …« Er strich ihr mit dem Finger vom Ohrläppchen bis zur Schulter. »Einen langen Schwanenhals.«

Vittoria schüttelte den Kopf. »Papperlapapp. Die Kinder zu Hause meinen, du würdest aussehen wie Søs' Freund aus ›Vater von vieren‹.«

Jetzt war Karl dran mit Lachen, aber er wirkte nicht ganz so überrascht, wie sie erwartet hatte. Vielleicht war es nicht das erste Mal, dass er das hörte. »Wir sind schon ein tolles Paar, was?«, sagte er und half ihr aufzusteigen. »Ib Mossin und Audrey Hepburn. Stell dir bloß mal die Kinder vor, die wir kriegen könnten!«

Vittoria war froh, dass er mit dem Aufschließen der Vespa beschäftigt war und nicht mitbekam, wie sich ihr Gesicht verfärbte. Nach einem einzigen Abend im Kino redete er schon von Kindern! Sie würde sich wirklich anstrengen müssen, um ihn auf Abstand zu halten.

*

»Und dann?«, fragte Conny, als sie und Vittoria am nächsten Tag telefonierten. »Habt ihr euch geküsst?«

»Ein bisschen. Und er hat auch etwas mehr versucht, als wir unten am Strand waren«, antwortete Vittoria. »Aber das wollte ich nicht.«

»Der Ärmste.« Vittoria hörte, wie Conny Zigarettenrauch ausstieß. »Da stürzt er sich für dich in Unkosten, bezahlt Kinokarten und Benzin, und dann bist du nicht mal zu einer Gegenleistung bereit.«

»So kann man das doch nicht aufrechnen«, wehrte Vittoria sich. »Mein Körper ist schließlich keine Handelsware.«

»War er denn nicht sauer?«

»Nee, nicht so richtig…« Vittoria zögerte. Karl hatte etwas verkniffen gewirkt, als er sie um kurz nach zehn Uhr vor dem Haus im Italiensvej absetzte. »Vielleicht ein bisschen enttäuscht«, räumte sie ein. »Aber er hat mich gefragt, ob wir noch mal zusammen ausgehen wollen.«

»Und was hast du gesagt?«

»Fest verabredet haben wir uns nicht. Ich möchte Doktor Møller nicht gleich wieder bitten, Kindermädchen zu spielen.«

»Wenn du noch einmal mit ihm losziehst, Vittoria, musst du also schon etwas mehr zulassen als nur ein paar Küsse. Alles andere wäre Betrug.«

»Betrug, sagst du? Aber ich habe ihm doch überhaupt nichts versprochen.«

»In dem Moment, in dem du dich darauf einlässt, ein zweites Mal mit einem Mann auszugehen, *hast* du ihm etwas versprochen«, beharrte Conny.

»So ein Blödsinn. Ich bin doch schon mit anderen jungen Männern ausgegangen, und die haben nichts von mir erwartet außer meiner Gesellschaft. Vielleicht ein bisschen Händchenhalten, ein Gutenachtküsschen … mehr nicht. Auch nicht beim zweiten, dritten oder vierten Mal.«

»Das war ja auch in Rom. Katholiken sehen die Dinge anders.«

»Ich bin Katholikin, Conny.«

»Ja, aber die dänischen Männer sind nicht katholisch. Hier geht es insgesamt etwas ungezwungener zu.«

Darüber dachte Vittoria noch eine Weile nach, nachdem sie aufgelegt hatten. Hieß das, wer ungezwungen war, erwartete für seine Aufmerksamkeit Gegenleistungen? Damit übte er dann aber doch einen gewissen Zwang auf den anderen aus. Vittoria fand die Einstellung, eine Kinoeinladung müsse mit so und so viel Fummelei entgolten werden, genauso starrsinnig wie das katholische Prinzip, absolut gar keinen fleischlichen Umgang zu pflegen – und daran hielten sich ja im Übrigen auch längst nicht alle

Katholiken. Wie nah man sich körperlich kommen wollte, hing doch allein von den Gefühlen ab, die man füreinander hatte. Sollte Vittoria je unverheiratet mit einem Mann intim werden, dann doch, weil sie so verliebt war, dass sie es nicht sein lassen konnte. Aber von diesem Punkt war sie mit Karl Dirksen weit entfernt, und das würde sie Conny wohl nie begreiflich machen können.

Vittoria sah nach Massimo, der in seinem Gitterbett lag und mit seinen Rasseln und Teddys spielte. Sie baumelten an einem Bindfaden quer über seinem Bett. Eigentlich war er für diese Art des Spielens schon zu groß, aber ab und zu erwachte sein Interesse an dem Spielzeugmobile doch noch mal. Sie sah ihm in die Augen und lächelte, dann richtete sie sich auf und blickte in den Garten, wo das letzte Laub versuchte, sich an den Zweigen festzuhalten.

Hatte Conny recht?, überlegte sie. Sollte Vittoria sich in Liebesangelegenheiten auf die in Dänemark herrschenden, ungeschriebenen Spielregeln einlassen? In dem Fall hatte sie nur zwei Möglichkeiten: entweder Karls Annäherungsversuchen nachgeben oder die Verbindung rechtzeitig beenden. Vittoria sah zu ihrer Madonna, als erwartete sie sich von der Figur einen guten Rat. Dann schüttelte sie den Kopf. Sie wusste es ja selbst ganz genau. Mist. Dabei war es doch so ein schöner Abend gewesen.

16. Oktober 1958

»Jetzt darfst du gucken!« Ejnar entfernte Vittorias Augenbinde. »Na? Was sagst du?«

Vittoria richtete sich die Haare und blinzelte einige Male. Dann erblickte sie das Neonschild an der Fassade des Restaurants.

»Ristorante Italiano!« Sie drehte sich zu Ejnar um und sah ihn an. »Ich hatte ja keine Ahnung, dass es in Kopenhagen ein italienisches Restaurant gibt.« Einen Moment lang sah sie aus, als wollte sie ihm um den Hals fallen, aber dann hakte sie sich einfach nur bei ihm unter. »Vielen Dank, Ejnar.«

Ein Kellner nahm ihnen ihre Garderobe ab und führte sie zu ihrem Tisch. Vita trug ein neues Kleid, das sie extra für diesen Anlass gekauft hatte, das entging Ejnar nicht. Er betrachtete sie genau: eine türkisblaue, knielange Angelegenheit mit Petticoatrock und breitem Gürtel. Der Saphirring funkelte an ihrem Finger. Sie sah jung, glücklich und schick aus. Ejnar wartete höflich, bis sie Platz genommen hatte, dann setzte er sich und bestellte ein Begrüßungsgetränk. Der Kellner und er einigten sich auf Prosecco.

»Da sind ja drei Gedecke?« Fragend sah Vittoria ihn an, als der Kellner wieder gegangen war.

»Ja, ganz richtig.« Ejnar lächelte.

»Ich dachte, wir wären nur zu zweit.«

»Du sollst doch an deinem fünfundzwanzigsten Geburtstag nicht mit mir allein hier rumsitzen. Du hast ein richtiges kleines Fest verdient, Vita.«

Sie sah nicht so erfreut aus, wie er gehofft hatte. »Wer kommt denn noch? Frau Larsen?«

»I wo!« Ejnar lachte. »Wirst schon sehen.«

»Möchten Sie warten, bis Sie vollzählig sind, oder haben die Herrschaften bereits Durst?«, erkundigte sich der Kellner und stellte drei Sektgläser auf den Tisch.

»Bringen Sie uns doch vorerst eine Karaffe Wasser«, bat Ejnar. »Sie ist sicher gleich da.«

»Sie?«, fragte Vittoria. »Also doch Frau Larsen?«

Im selben Augenblick betrat Conny das Restaurant. Vita saß mit dem Rücken zur Tür, sodass Ejnar seinen Überraschungsgast einige Sekunden ungehindert in Augenschein nehmen konnte. Conny hatte sich verändert, wie er feststellte. Vor einem halben Jahr, bei ihrer ersten und bislang einzigen Begegnung, war sie eine vulgär gekleidete Landpomeranze gewesen. Aber jetzt … Kaum zu glauben, dass es sich um ein und dieselbe Frau handelte, dachte er. Sie trug einen auf Figur gearbeiteten feuerroten Wollmantel über einem knielangen schwarzen Cocktailkleid. Das rote Haar hatte sie zu einer Hochfrisur aufgetürmt und vorn mit einer schwarzen Samtschleife dekoriert, an ihren Ohren baumelten goldene Ohrringe. Das Einzige, was noch genauso war wie beim letzten Mal, waren der knallrote Lippenstift und die strahlend blauen Augen. Conny hatte sich enorm gemacht, dachte er und erhob sich, als sie sich dem Tisch näherte. Mit der konnte man sich gut sehen lassen.

Vittoria bemerkte erst jetzt, dass hinter ihrem Rücken etwas vor sich ging. Sie drehte sich um und schlug die Hand vor den Mund. »Conny!« Blitzschnell sah sie zu Ejnar und wieder zurück zu ihrer Freundin. »Ja, aber wie …?« Sie stand auf und küsste Conny auf die Wangen, erst links, dann rechts.

Die meisten Dänen hätte die komplizierte Küsserei nur verwirrt, aber Conny nicht. Sie kannte das bestimmt schon, dachte Ejnar und reichte ihr die Hand. Sieben Monate mit einer Italienerin befreundet zu sein hatte sicher Spuren hinterlassen. Aber warum hatte er noch nie gesehen, wie Vita jemanden auf die Wange küsste? Im selben Moment ging ihm auf, dass seine Haushälterin ihre südländischen Gewohnheiten im Beisein von ihm und seiner Familie wohl bewusst unterdrückte. Als wollte sie um jeden Preis beweisen, wie dänisch sie war. In Connys Gegenwart agierte sie deutlich entspannter und war viel mehr sie selbst. Es verblüffte ihn, wie sehr ihn diese Erkenntnis schmerzte. Unwillkürlich fragte er sich, ob es wirklich richtig gewesen war, von Vita zu verlangen, ihren schönen italienischen Vornamen dänisch zu verkürzen.

»Na? Ist das eine Überraschung?«, sagte Ejnar, als sie kurz darauf jeder mit einem Glas Schaumwein am Tisch saßen.

»Allerdings.« Vittoria lächelte.

»Bisschen besser als Frau Larsen, oder?«

Sie lachte, aber in ihrem Blick lag immer noch etwas, das eine gewisse Ambivalenz verriet. Als könnte sie sich nicht von ganzem Herzen über seine Initiative freuen. Vielleicht, weil sie sich nicht sicher war, ob ihr Arbeitgeber und ihre beste Freundin einen ganzen Abend lang miteinander auskommen würden, dachte er. Wenn das das Problem war, dann war die Lösung Gott sei Dank leicht. Ejnar hob das Glas und sah Conny an:

»Ich freue mich wirklich sehr, dass Sie der Einladung

gefolgt sind. Zum Wohl, Fräulein Mortensen. – Oder darf ich Conny sagen?«

Der Kellner brachte ihnen die Karte, und Ejnar hatte nun die Gelegenheit, eine völlig neue Seite an Vita zu entdecken, die vor Eifer kleine rote Flecken auf den Wangen bekam.

Hochinteressant, stellte Ejnar fest und beobachtete seine junge Haushälterin über den Rand seiner Speisekarte hinweg. Vita war ja wie ausgewechselt, wenn sie ihre Muttersprache sprach. Ihre Stimme klang ganz anders, heller und melodischer. Sie flirtete mit dem deutlich älteren Kellner. Nur ein klein wenig, aber sie flirtete. Erstaunlich. Vita war doch sonst immer so zurückhaltend und geradezu formell. Hier war sie offenbar ganz in ihrem Element, selbstsicher und zu Scherzen aufgelegt. Ejnar stutzte kurz, als sie sich mit Vittoria Cantolini vorstellte, hielt sich aber nicht weiter damit auf. Vielleicht hatte er sich auch nur verhört.

Vittoria ließ sich vom Kellner die Zubereitung jedes einzelnen Gerichts erklären und übersetzte alles, was er sagte, für die anderen. Am Ende dieses etwas mühseligen Prozesses beschlossen sie, alle das Gleiche zu bestellen. Vittoria bestand auf einem kompletten Menü: *antipasti, primo piatto, secondo piatto, dolce*. Dahinter verbargen sich in diesem Fall ein Tomatensalat mit einem weichen weißen Käse, kleine, mit Hackfleisch gefüllte Nudelkissen, ein Rindersteak mit gratiniertem Kartoffelbrei und ein Mokka-Dessert.

Das Restaurant war nur halb voll, aber festliche Stimmung kam dennoch auf, denn aus den Lautsprechern erklang italienische Schlagermusik. Conny und Vittoria summten den Gassenhauer *Volare* mit. Im letzten Sommer war es so gut wie unmöglich gewesen, dieser Melodie aus dem Weg zu gehen – zumal Osvald Helmuth danach mit seiner für das Kabarett im Tivoli gedichteten dänischen Version einen Riesenhit gelandet hatte. Im Prinzip hätte Ejnar auch mitsummen können, aber das verbot ihm sein Stolz. Es passte einfach nicht in sein Selbstbild, auch nur ansatzweise Gefallen an Populärmusik zu finden.

Nach der Vorspeise überreichte Conny Vittoria ein hübsch eingewickeltes Geschenk.

»Für mich?« Vittorias Augen leuchteten. »Aber ich habe heute doch schon so viele Geschenke bekommen.«

So viele waren das nun auch wieder nicht gewesen, dachte Ejnar beschämt. In seinen Augen war dieses Abendessen das Hauptgeschenk, darum hatten am Morgen auf dem Geburtstagstisch auch nur ein paar Kleinigkeiten gelegen: von den Kindern eine Schürze und von ihm der Debütroman des Lyrikers Klaus Rifbjerg. Zum Kaffeekränzchen am Nachmittag hatte Frau Larsen eine Schachtel Katzenzungen mitgebracht, Frau Sloth eine Kiste mit Staudenablegern aus ihrem Garten, und Ejnars Sprechstundenhilfe, Frau Iversen, eine Halbliterflasche Sherry. Jede etwas mehr Luxus gewöhnte Frau hätte darüber wohl müde gelächelt, aber Vita hatte vor Freude über die bescheidenen Gaben gestrahlt.

»Handschuhe!« Vittoria schlang die Arme um Conny. »Vielen, vielen Dank!«

»Wenn du mit dem Kinderwagen unterwegs bist, bekommst doch sicher eiskalte Finger«, erklärte Conny.

»Die sehen aber teuer aus«, sagte Vittoria und strich über das weiche braune Leder.

»Am Dienstag habe ich für Fonnesbech Modell gestanden, da konnte ich sie günstig kriegen.« Conny schlug den Saum eines Handschuhs um. »Guck mal. Die sind mit Kaninchenfell gefüttert.«

»Kaninchen?«, schaltete Ejnar sich ein und lächelte schief. »Das sagen wir mal besser nicht den Kindern.«

Vittoria lachte und zog den Handschuh an. »Jetzt muss ich nie mehr frieren«, sagte sie.

Ejnar lobte das schöne, praktische Geschenk – aber insgeheim ärgerte er sich. Warum war er nicht auf diese Idee gekommen? Handschuhe konnte sie wenigstens gebrauchen, wogegen sein Geschenk… Eigentlich war er sich überhaupt nicht sicher, ob das Buch überhaupt etwas für Vita war. Laut der Rezension von Tom Kristensen in *Politiken* steckte der Roman *Der schnelle Tag ist hin* voller Schimpfwörter, Suff und Sex. Ihm wurde klar, dass er das Buch ausgesucht hatte, weil er selbst neugierig darauf war, und nicht, weil er glaubte, es könnte Vita gefallen.

Da kam der Kellner mit dem ersten Hauptgericht, ihrem *primo piatto*. Die kleinen Nudelkissen lagen in einer roten Soße und sahen etwas merkwürdig aus, schmeckten zu Ejnars Überraschung aber ganz vorzüglich. Er hob die Hand und bestellte noch eine Flasche Chianti.

Ejnar, Conny und das Geburtstagskind aßen und tranken mit großem Appetit. Der Kellner brachte ihnen immer wieder neue improvisierte Kostproben aus der Küche, nachdem der Koch erfahren hatte, dass eine junge Landsmännin Gast in seinem Restaurant war. Einen Salat aus Orangenscheiben und frischem Fenchel mit gehackten Haselnüssen; eine winzige Portion von etwas, das wie Reisbrei aussah, aber sehr intensiv nach etwas schmeckte, von dem Vittoria behauptete, es seien Trüffeln; ein Korb voll warmem Brot, das mit Olivenöl beträufelt war; kleine Scheiben gegrillten Ziegenkäses mit karamellisiertem Zucker und schwarzem Pfeffer. Ejnar war selbst überrascht, wie sehr es ihm mundete. Er hatte fettes, viel zu stark gewürztes Essen aus seltsamen Zutaten erwartet, und jetzt war alles ein solcher Genuss!

Mit jedem Glas Wein, das Ejnar trank, und mit jedem neuen Gericht, von dem er zunächst zaghaft kostete und das er dann mit großem Vergnügen verspeiste, entspannte er sich mehr und mehr. Er hatte eine anstrengende Woche hinter sich. Er brauchte wirklich mal eine Pause.

Er aß äußerst selten in Restaurants und konnte sich überhaupt nicht erinnern, wann er das zuletzt einmal getan hatte. Das musste vor Gerdas Tod gewesen sein. Ihm wurde klar, wie isoliert er in den letzten Monaten gelebt hatte. Früher war es Gerda gewesen, die dafür sorgte, den Kontakt zu seinen und ihren alten Freunden aus dem Studium zu pflegen; Gerda, die zu Abendessen einlud und Ausflüge plante; Gerda, die Theaterkarten kaufte und sicherstellte, dass sie ab und zu in den Tivoli gingen. Nach Gerdas Tod hatte es kaum noch Einladungen zum Abendessen gegeben, und das Telefon war mit der Zeit auch verstummt. Ihre Freunde hatten sich von ihm zurückgezogen.

Im Alltag dachte Ejnar kaum darüber nach. Vita hatte ohne großes Aufheben einen Platz in seinem ruhigen Dasein eingenommen und deckte grundsätzlich seinen Bedarf an Gesellschaft. Ejnar war gar nicht bewusst gewesen, dass er mehr brauchte als das. Aber jetzt, an diesem Tisch mit diesen beiden jungen Frauen, angeregt von einer steten Zufuhr köstlichen Essens und guten Weins … Plötzlich merkte er, dass Sehnsüchte in ihm schlummerten, von denen er gar nichts gewusst hatte. Diese Art unverbindlicher Gespräche über Gott und die Welt hatte ihm gefehlt. Und es hatte ihm gefehlt, mal ein bisschen zu flirten.

Auch bei den beiden Frauen zeigte der Wein Wirkung. Vita redete viel freier und lebhafter als sonst, während Conny jedes Mal, wenn sie den Kopf in den Nacken warf und laut über ihre eigenen witzigen Bemerkungen lachte, Blicke von den Nachbartischen auf sich zog. Sie schenkte Ejnar und Vita gleich viel Aufmerksamkeit, aber hin und wieder meinte Ejnar, einen Anflug von gesteigertem Interesse in ihren Augen zu sehen, so, als wäre sie neugierig auf ihn. Mehrmals ertappte er sich dabei, wie er sie unverwandt ansah. Trotz ihrer Jugend war Conny eine der glamourösesten Frauen, mit denen er es je zu tun gehabt hatte. Sie war wie ein Glanzbild, das sich vor seinen Augen in Fleisch und Blut verwandelt hatte.

Er wurde aus seinen Überlegungen gerissen, als mit einem Mal ein korpulenter Mann neben ihrem Tisch stand. »Ich wollte Ihnen gerne guten Abend sagen«, erklärte er mit starkem Akzent. »Ich bin der Koch.« Der letzte Satz war eigentlich überflüssig, da der Mann eine weiße Kochuniform samt Kochmütze trug. »Ich hoffe, es hat Ihnen geschmeckt.«

»Oh.« Vittoria gab ihm die Hand. »Es war ganz hervorragend. Vielen Dank.« Nachdem auch Conny und Ejnar ihrer Begeisterung Ausdruck verliehen hatten, unterhielten sich Vittoria und der Koch auf Italienisch weiter. Erst saßen Ejnar und Conny einfach nur da und lauschten fasziniert den fremden Klängen, die aus den Mündern der beiden Südländer kamen. Connys und Ejnars Blicke trafen sich, und Conny lächelte, als teilten sie ein Geheimnis. Verblüfft merkte Ejnar, wie sich sofort sein Glied versteifte, und er versicherte sich flugs, dass die Tischdecke alles verbarg.

»Der Koch fragt, ob wir noch einen Dessertteller haben möchten«, meldete sich Vittoria zu Wort. »Auf Kosten des Hauses.«

»Schaffen wir denn überhaupt noch mehr?« Ejnar war pappsatt. »Also, ich glaube, ich lasse den Nachtisch aus.«

»So ein Quatsch«, sagte Conny. »Sag ihm, sehr gerne, Vittoria.«

Vittoria wandte sich wieder dem Koch zu, und das für die anderen völlig unverständliche Gespräch setzte sich in rasantem Tempo fort.

Conny lehnte sich zu Ejnar hinüber. »Sie können ja einfach übrig lassen, was Sie nicht schaffen«, sagte sie. »Ich esse gerne Ihre Reste. Ich habe einen sehr gesunden Appetit.« Ihr Parfum duftete süß, würzig. Und war das da gerade ihre Brust gewesen, die seinen Oberarm gestreift hatte? Die Tischdecke war nötiger denn je.

»Er bietet mir an, mit in die Küche zu kommen, um mir die Dessertauswahl anzusehen«, sagte Vittoria.

»Geh nur«, sagte Conny. »Wir können uns auch ohne dich unterhalten.«

Sie wandte sich wieder Ejnar zu, ein kleines Gespräch entwickelte sich. Der Inhalt war nicht gerade nobelpreisverdächtig, aber die Untertöne, die Blicke, die diskreten, wie zufälligen Berührungen … Ejnar fiel es verdammt schwer, sich auf die Unterhaltung zu konzentrieren. Aber das musste er tun, um sich von seinen Fantasien darüber abzulenken, wie Connys Körper unter dem eng anliegenden Kleid wohl aussehen mochte, wie die Haut an der Innenseite ihrer schlanken Oberarme sich wohl anfühlte, wie ihre Lippen wohl schmeckten und wie ihr Schoß. Er musste seine Hände beschäftigen, um Conny nicht plötzlich anzufassen, und spielte darum mit Pfeife und Tabak.

»Wären Sie so nett?« Conny steckte sich eine Zigarette zwischen die roten Lippen, legte die Finger um seine Hand, während er ihr Feuer gab, und sog die Flamme des Feuerzeugs in die Zigarette. Dabei sah sie Ejnar tief in die Augen. Er bekam kaum noch Luft.

Da kehrte Vittoria zurück. »Ich habe kurz das Telefon benutzen dürfen, um zu Hause anzurufen«, sagte sie und raffte den Rock, bevor sie sich wieder setzte. »Die Kinder schlafen. Ich habe Frau Sloth angeboten, im Gästezimmer zu übernachten, aber sie möchte lieber heim.«

Ejnar sah auf die Uhr. »Es ist ja schon nach elf!«, sagte er. »Ich hätte nicht gedacht, dass es schon so spät ist.«

»Jetzt essen wir aber schon noch eben unseren Nachtisch«, sagte Conny.

»Natürlich.«

»Übrigens …« Vittoria beugte sich über den Tisch und senkte die Stimme. »Falls einer von den beiden noch einmal an unseren Tisch kommen sollte, sagt bitte nichts von dem Restaurant.«

»Von welchem Restaurant?« Ejnar runzelte die Brauen.

»Von dem meiner Eltern. Sowohl der Koch als auch der Kellner stammen aus Rom, und es besteht eine gewisse Wahrscheinlichkeit, dass sie die neuen Eigentümer des Casa Contini kennen, darum …«

»Gehört das Restaurant nicht deinem Vetter?«, fragte Conny.

»Großvetter.« Vittoria zuckte die Achseln. »Wir verstehen uns nicht so gut.«

»Ja, und was macht es denn schon, wenn er…«

Abermaliges Achselzucken. »Ich möchte nicht, dass getratscht wird.«

»Getratscht?«, sagte Conny. »Aber du tust doch nichts Unrechtes.«

»Hast du dich deshalb als Cantolini vorgestellt?«, fragte Ejnar.

Vittoria nickte. »Du hast ja keine Ahnung, wie die zu Hause sich das Maul zerreißen würden, wenn sie erfahren würden, dass ich im gottlosen Dänemark sitze und mich amüsiere. Nach allem, was passiert ist. Der Tod meiner Mutter und…« Vittoria sah Ejnar an. »Ich möchte nicht, dass mein Großvetter erfährt, wo ich bin.«

»Und warum?«

»Das ist… eine lange Geschichte, Ejnar. Und die möchte ich am liebsten für mich behalten.«

»Wenn du meinst«, sagte Ejnar und klang leicht beleidigt.

»Psst«, machte Conny, als der Kellner sich mit drei Desserttellern näherte. »Jetzt kommt der Nachtisch.«

Der Kellner erläuterte, worum es sich bei den einzelnen Kostproben handelte, dann wandte er sich an Vittoria. »Und dann sollte ich Ihnen noch das hier vom Koch geben«, sagte er und reichte Vittoria einen Zettel.

»Danke.« Sie warf einen Blick auf das Papier und richtete die Augen dann wieder auf den Kellner. »Sagen Sie ihm einen schönen Gruß und ganz herzlichen Dank!«

»Was steht denn da drauf?«, fragte Conny. »Doch wohl nicht etwa seine Telefonnummer? Ganz schön verwegen.«

»Doch. Seine Telefonnummer.« Vittoria lächelte schelmisch. »Das schönste Geschenk des Tages.«

Ejnar hob eine Augenbraue. »Ach ja?« Diese Art von Frivolität sah Vita doch überhaupt nicht ähnlich, dachte er. War der dickbauchige Koch überhaupt etwas für sie? Im Vergleich zu dem gut aussehenden Mechaniker, mit dem sie neulich aus war, schnitt er doch denkbar schlecht ab.

Sie lachte. »Nicht, was ihr jetzt denkt.« Vittoria aß einen Löffel Schokoladeneis. »Der Koch hat mir angeboten, ein paar Sachen für mich zu besorgen.« Die anderen sahen sie fragend an. »Na, alles, was ich nicht in den dänischen Geschäften bekommen und auch nicht selbst im Garten ziehen kann. Mozzarella zum Beispiel – das ist der Käse, der an eurer Vorspeise war. Oder italienisches Mehl, um selbst Brot zu backen und Pasta zu machen. Pinienkerne, Parmesan, getrocknete Pilze, Olivenöl, kanisterweise Olivenöl!« Vittoria strahlte die beiden an. »Der Koch hat gesagt, es gebe zwar einen italienischen Lebensmittelladen in Kopenhagen, aber er hat mir angeboten, mir die Sachen zum Großhandelspreis zu besorgen, das sei viel billiger. Er will mir auch eine kleine Pastamaschine beschaffen, damit wir zu Hause frische Nudeln essen können.« Sie sah zu Ejnar. »Die bezahle ich natürlich selbst«, beeilte sie sich zu sagen.

»Kommt gar nicht infrage. Diese Maschine ist noch ein kleines zusätzliches Geschenk von mir«, sagte Ejnar, der sich plötzlich schämte, an Vitas Geburtstagsabend praktisch nur Augen für Conny gehabt zu haben. »Ich habe so die Vermutung, dass wir anderen auch etwas von dem Apparat haben werden.«

»Allerdings! Pass nur auf, was ich dir und den Kindern in Zukunft servieren werde! So etwas wie das hier kann ich jeden Tag auf den Tisch bringen, wenn du möchtest.«

»So lange es ab und zu auch noch mal Kartoffeln mit brauner Soße gibt«, sagte Ejnar.

Conny streckte den Arm aus und legte ihre Hand auf Vittorias. »Wie schön, dich so glücklich zu sehen.«

18. Oktober 1958

»Warum bist du eigentlich so verklemmt?« Karl ließ die Arme sinken. Er hatte versucht, seinen Kuss zu vertiefen, und war auf Widerstand gestoßen, als seine Zunge sich zwischen ihre Lippen hatte schieben wollen.

»Bin ich doch gar nicht«, sagte Vittoria und zog sich ein wenig zurück. »Ich finde nur, dass wir uns erst mal ein bisschen besser kennenlernen sollten.«

Sie waren wieder zusammen im Kino gewesen. Diesmal hatte Karl den Film ausgesucht – irgendwas mit Soldaten –, und jetzt standen sie nach der Vorstellung vor dem Palladium auf dem Gehsteig, wo sich laut rufende, rotwangige Kopenhagener in Feierabendlaune an ihnen vorbeidrängten. Die Neonlichter vom Rathausplatz blinkten in allen Farben und spiegelten sich auf dem nassen Asphalt.

Karl machte ein ärgerliches Gesicht. »Und wie sollen wir uns besser kennenlernen, wenn du mich nicht an dich heranlässt?«

»Wir könnten ja erst mal miteinander *reden*«, sagte Vittoria.

»Haben wir doch.« Karls Miene erinnerte Vittoria an Jan, wenn er nicht seinen Willen bekam. Sie schaffte es gerade noch, sich ein Lächeln zu verkneifen. Sicher hätte es Karls Laune noch verschlechtert, wenn sie ihn mit einem bockigen kleinen Jungen verglichen hätte.

»Aber nicht besonders viel«, antwortete Vittoria. »Wir haben uns noch nie gegenübergesessen und uns richtig unterhalten. Bisher haben wir immer nur nebeneinander im Kino gesessen oder hintereinander auf der Vespa.«

Karl sah sie an. Dann lachte er. »Gut. Wenn es das ist, was du brauchst. Dann suchen wir uns jetzt einen Ort, an dem wir uns unterhalten können.« Er machte eine Geste in Richtung Vespa. »Darf ich Sie zu einer Erfrischung einladen, gnädiges Fräulein?«

»Sehr gerne, Herr Dirksen.« Vittoria setzte sich den viel zu großen Sturzhelm auf. »Ich bin aber kein Fräulein, sondern Frau. Witwe.«

»Ach ja«, sagte Karl. »Bist du so weit?« Er gab Gas und bog auf den H. C. Andersens Boulevard ab. Sofort spürte Vittoria die beißende Kälte an den Knien. Ein dänischer Oktoberabend lud nicht gerade zu Rollerfahrten in dünnen Nylonstrümpfen ein. Vittoria war aufgefallen, dass die meisten jungen Däninnen, die auf zwei Rädern unterwegs waren – sei es auf dem Fahrrad oder auf dem Sozius –, lange Hosen und vernünftiges Schuhwerk trugen. Wenn sie sich keine Blasenentzündung zuziehen wollte, wären wärmere Kleidung und ein Paar gefütterte Stiefel sicher eine gute Investition – aber Vittoria fiel es nicht im Traum ein, sich so unfeminin zu kleiden. Dann friere ich lieber, dachte sie und schlang die Arme um Karl. Er richtete sich ein wenig auf, sodass ihre Körper sich noch enger aneinanderschmiegten. Vittoria genoss die Wärme seines Körpers an ihrem, und als sie an einer roten Ampel hielten, legte er seine behandschuhte Hand auf ihr Knie. Karl hatte Vittorias Bedürfnis, sich aufzuwärmen, ganz offensichtlich als Aufforderung zu mehr Körperkontakt verstanden.

Er hielt vor einer Gaststätte am Volden und nahm seine Begleiterin in den Arm, bevor sie hineingingen. Vittoria plagte der Anflug eines schlechten Gewissens, weil sie so zweideutige Signale ausgesendet hatte, und küsste ihn auf die Wange, bevor sie sich aus seiner Umarmung befreite und Richtung Eingang ging.

»Man könnte meinen, du wolltest ins Kloster«, sagte Karl, als sie sich an einen Fenstertisch setzten.

»Ich habe tatsächlich mal eine ganze Weile in einem Kloster gearbeitet«, erzählte Vittoria betont leichtfüßig. »Vielleicht hat das abgefärbt.«

»Könnte man durchaus meinen.« Karl sah sie nicht an, während er eine Kippe aus der grünen Cecil-Schachtel fischte, die in seiner Gesäßtasche gesteckt hatte. »Oh, der Sargnagel ist aber krumm geworden«, sagte er und hielt die platt gedrückte, leicht gebogene Zigarette hoch.

»Der was?« Vittoria runzelte die Stirn.

»Der Sargnagel. Kennst du den Ausdruck nicht?« Er grinste schief. »Ist ein anderes Wort für Zigarette«, erklärte er, als Vittoria immer noch verwirrt guckte. »Weil manche Leute meinen, dass Rauchen ungesund ist und man dran sterben kann.«

Vittoria lachte bemüht. In den letzten sieben Monaten in Kopenhagen hatte sie fast fließend Dänisch sprechen gelernt, aber viele der Wortspiele, die die Dänen so gerne mochten, verstand sie immer noch nicht. Und selbst wenn sie sie verstand, fand sie sie nur selten lustig. Der Film, den sie sich gerade angesehen hatten, hatte ihr aus demselben Grund nicht viel gesagt.

Der Kellner kam mit ihren Getränken: einem Carlsberg für den Herrn und einem Portwein für die Dame. Sie stießen an und tranken einen Schluck, dann kam Karl zurück auf sein eigentliches Thema:

»Willst du mich deshalb nicht richtig küssen, weil du mich nicht magst?«

»Natürlich mag ich dich, Karl«, sagte Vittoria. »Es ist nur … Ich bin noch nicht so weit. Ich kenne dich doch noch gar nicht.«

»Okay«, sagte er und lehnte sich mit der glimmenden Zigarette zwischen den Lippen zurück. »Du kannst mich alles fragen, was du willst.«

»Gut.« Vittoria nippte an ihrem Wein. Er schmeckte eigentlich nur nach Säure und Alkohol. Sie vermutete, dass die Flasche monatelang offen herumgestanden hatte. »Woher kommst du? Hier von Amager?«

Karl erzählte. Von seinem Elternhaus am Øresundsvej, nur wenige Meter von der Fiat-Werkstatt entfernt, von seiner Mutter, die seit einigen Jahren in der Versandabteilung von Daells Warenhaus arbeitete, und von seinen beiden älteren Brüdern, die beide zur See fuhren – der eine als Maschinenmeister bei der Handelsflotte, der andere als Offizier der Marine.

»Und dein Vater?«, fragte Vittoria, die sehr darauf achtete, nicht auf ihre Armbanduhr zu schielen, obwohl ihr bewusst war, dass sie bald nach Hause musste. »Was arbeitet der?«

»Mein Vater ist gestorben, als ich siebzehn war.«

»Das tut mir leid. Mein Vater ist auch seit zwei Jahren tot. Woran ist deiner gestorben?«

»An einem Arbeitsunfall auf der Werft. Ein Drahtseil ist gerissen, und eine riesige Eisenplatte ist auf ihn draufgefallen. Er war schon verblutet, bevor der Krankenwagen da war.«

»Wie schrecklich.«

»Ja.« Karl sah sie an. »Und dein Vater? War das auch ein Unfall?«

»Er ist an einem Herzinfarkt gestorben, mitten in der Küche. Mein Vater hatte ein Restaurant«, fügte Vittoria hinzu, als sie Karls fragenden Blick sah. »Er war mit einem Korb Tomaten hereingekommen und ist dann einfach umgekippt. Alle Angestellten sind aufgeregt durcheinandergelaufen und haben versucht, ihn zu retten. Manche sind auf den Tomaten ausgerutscht, es war eine ziemliche Sauerei. Mein Freund hat es noch mit Mund-zu-Mund-Beatmung versucht, aber da war nichts mehr zu machen.«

»Dein Freund?« Karl stürzte sich sofort auf das Wort, mit dem er das Gespräch wieder in für ihn interessantere Bahnen lenken konnte. »Du hattest also schon mal einen Freund?«

»Ja.« Vittoria lächelte. »Allerdings. Er hieß Cesare. Wir waren zwei Jahre ein Paar.«

»Durfte der auch nichts?«

»Er musste ein paar Monate warten.«

»So lange?«

»Wir waren so jung, und da, wo ich herkomme, ist es nicht üblich, dass man …«

»Und was ist jetzt?«, schnitt Karl ihr ein klein wenig aggressiv das Wort ab. »Du bist verheiratet gewesen, du bist Mutter. Ist ja nicht gerade so, als müsstest du immer noch deine Jungfräulichkeit bewahren.«

»Aber ich habe meine Prinzipien.« Vittoria wich seinem Blick aus. Je mehr Karl sie bedrängte, desto weniger Lust hatte sie darauf, sich mit ihm einzulassen. Und das war eigentlich auch ganz gut so, dachte sie und sah auf die Uhr. »Es ist Viertel nach zehn, Karl!« Sie stand auf, ohne ihr Glas zu leeren. »Komm.«

Karl gab sich große Mühe, weiter einen zuvorkommenden Ton anzuschlagen, aber sein Ärger war nicht zu übersehen, als er ihr auf den Roller half. Zehn Minuten später vor dem Haus am Italiensvej unternahm er nicht einmal mehr den Versuch, Vittoria zu küssen, und als sie sagte, sie habe bis auf Weiteres keine Zeit, sich wieder mit ihm zu treffen, zuckte er nur die Achseln und fuhr davon. Den würde sie wohl nicht wiedersehen, dachte Vittoria. Er war sauer, und das konnte sie gut verstehen. Karl war ein anständiger Kerl, getrieben von ganz natürlichen Gelüsten eines erwachsenen Mannes. Er konnte nichts dafür, dass er einer Frau begegnet war, die sich nur auf einen Flirt und eine rein platonische Freundschaft einlassen wollte, ging ihr durch den Kopf, als sie die Tür aufschloss.

Ejnar hatte das Licht über der Haustür brennen lassen, aber im Haus war alles dunkel. Er war längst ins

Bett gegangen. Die Tür zu Vittorias Kammer stand weit offen, bestimmt, damit er Massimo hören konnte. Vittoria schlich sich die Treppe hinauf und ins Badezimmer und verrichtete ihre Abendtoilette. Dann blieb sie vor dem Spiegel stehen und betrachtete sich. Sie schämte sich für ihr Benehmen. Sie hätte es mit Karl nie so weit kommen lassen dürfen, dachte sie. Der Ärmste. Kein Wunder, dass er sich betrogen fühlte. Vittoria war schon einmal in einer ganz ähnlichen Situation gewesen. Sie wusste, wie sehr eine Abfuhr wehtat – ganz gleich, wie behutsam sie ausgesprochen wurde.

Vittoria löschte das Licht im Bad und ging in ihr Zimmer. Obwohl Massimo tief und fest schlief, knipste sie die Nachttischlampe nicht an, als sie kurz darauf unter die kühle Decke schlüpfte. Sie wollte nicht riskieren, ihn zu wecken und dann wieder ewig damit beschäftigt zu sein, ihn zum Einschlafen zu bringen. Sie legte sich auf die Seite und schloss die Augen, kam aber nicht zur Ruhe. Das Gedankenkarussell wollte nicht stillstehen. Immer, wenn sie mit Karl zusammen war, kamen die Erinnerungen an Cesare hoch. Kein Wunder eigentlich, schließlich hatte sie ja noch nicht mit sehr vielen Männern Umgang gehabt. Und außerdem hatte Cesare eine ganz besondere Rolle in ihrem Leben gespielt.

Vittoria zog die kalten Füße an, bis sie in Embryohaltung dalag, und versuchte sich auf Karl zu konzentrieren. Seine strahlenden Augen, die blonden Haare, die ihm immer wieder in die Augen fielen, die breiten Hände, deren Fingerspitzen mit Motoröl wie tätowiert waren, weil es unter den Nägeln und in feinsten Hautritzen festsaß, ganz gleich, wie sehr er schrubbte. Karl war wirklich nett, aber ihre anfängliche Begeisterung für ihn hatte stark nachgelassen, und jetzt empfand sie nur noch schwache Sympathie für ihn. Vom Gefühl körperlicher Hingezogenheit war kaum noch etwas übrig – und der klägliche Rest war sehr weit von der alles verzehrenden Sehnsucht entfernt, die Cesare stets in ihr geweckt hatte. Cesare. Sein Name allein reichte aus, um Vittorias Blut in Wallung zu bringen. Doch kaum hatte sie sich den süßen Erinnerungen hingegeben, ernüchterte sie auch schon wieder der Gedanke an Karl.

Vittoria hatte zu Beginn ihres Verhältnisses mit Cesare lange wie auf Wolken geschwebt. Ihre Küsse waren mit der Zeit immer intensiver und leidenschaftlicher geworden, und im Lauf der Monate hatte Vittoria sich nach mehr gesehnt. Gleichzeitig hatte sie sich gewünscht, andere an ihrem Glück teilhaben zu lassen. Nach dem plötzlichen Tod ihres Vaters brauchte ihre Mutter dringend eine gute Nachricht, argumentierte Vittoria, doch Cesare überzeugte sie davon, dass es unpassend wäre, so kurz nach dieser Tragödie eine neue Liebe zur Schau zu tragen. Vittoria hätte nur zu gerne wenigstens ihre beste Freundin einweiht, aber Aurelia war die größte Plaudertasche des Restaurants. Außerdem machte sie sich gerade mächtig an Sandro heran, und wenn Sandro Wind von der Sache bekäme … Nein, es war schon ganz richtig gewesen, Aurelia nichts zu sagen.

Cesare hatte nicht dasselbe Bedürfnis wie Vittoria verspürt, ihr Verhältnis öffentlich zu machen. Zu keinem Zeitpunkt hatte er zum Ausdruck gebracht, etwas anderes oder mehr zu wollen, und das hatte Vittoria gewundert. Immer wieder hatte sie gehört, Männer hätten in puncto Frauen nur das eine im Kopf, aber für Cesare galt das offenbar nicht. Seine Küsse waren zärtlich gewesen, er hatte Vittorias Brüste und ihren Hintern gestreichelt, jedoch ohne dass seine Hände sich je unter ihr Kleid verirrt hätten, und wenn sie ihre Hand zu seinem Schritt hatte wandern lassen, hatte er sie stets irgendwie zerstreut entfernt.

Als sie endlich einmal den Mut zusammengenommen und ihn gefragt hatte, warum er das nicht wolle, hatte er entgegnet, er finde, sie sollten damit warten, denn schließlich gehörten diese Dinge zu einer Ehe. Das hätte eigentlich ich sagen müssen, dachte Vittoria. Das hätte eine anständige Frau zu ihrem Freund sagen müssen, wenn dieser mehr von ihr wollte als sie zu geben bereit war. Nicht umgekehrt. Aber vielleicht war Cesare einfach nur höflich, und daran war ja auch nichts auszusetzen. Nach diesem Gespräch hatte Vittoria lange darauf gewartet, dass Cesare die logische Schlussfolgerung ziehen und ganz formell um ihre Hand anhalten würde. Wenn er das täte, wären nämlich alle Probleme gelöst. Sie könnte sich darauf freuen, nach der Hochzeit auch fleischlich mit ihm vereinigt zu werden, und Sandro würde es nicht länger wagen, Cesare im selben Umfang wie bisher zu schikanieren, wenn dieser der zukünftige Schwiegersohn der Chefin wäre. Außerdem würde eine offizielle Verlobung Sandros Annäherungsversuchen ein Ende bereiten, dachte Vittoria damals. Das allein wäre schon ein großer Gewinn gewesen.

Cesare hatte sich mit seinem Antrag jedoch verdammt viel Zeit gelassen. Aus Monaten wurden Jahre, und Vittorias Frustration wuchs. Eines Tages war sie einfach explodiert – sehr zur Verblüffung ihres Geliebten. Wenn jetzt nicht bald etwas passiere, hatte sie ihn angeherrscht, sei Schluss. Cesare hatte gestammelt, er verdiene nicht genug, um sie heiraten zu können. Der Zwischenfall endete damit, dass Vittoria sich abermals mit dem Status quo abfand – während ihr gleichzeitig dämmerte, dass da irgendetwas nicht stimmte. Nur was, das wusste sie noch nicht.

Eines Abends gegen Mitternacht, als sie von ihrer Spätschicht im Kinderheim nach Hause gekommen war, hatte Cesare, recht übel zugerichet, auf dem Sofa im Wohnzimmer ihrer Mutter gelegen. Sandro hatte Cesare verprügelt. Drei, vier heftige Faustschläge, dann habe der junge Mann auf dem Kopfsteinpflaster gelegen und geblutet wie ein frisch geschlachtetes Lamm, wie ihre Mutter sich ausdrückte.

Cesare hatte sich standhaft geweigert, ihnen den Grund für den Angriff zu verraten, aber Vittoria gelang es, die Geschichte aus den anderen Mitarbeitern herauszukitzeln: Die beiden jungen Männer hätten nach Feierabend zusammen auf der Treppe im Hof gesessen, einige Grappa getrunken und seien ziemlich aufgekratzt gewesen. Selbst Sandro habe ausnahmsweise einmal gute Laune gehabt und sich ganz freundlich mit Cesare unterhalten, ohne jedes Wort mit Hohn und Spott zu würzen. Doch damit sei es schlagartig vorbei gewesen, als Cesare plötzlich den Arm um Sandros Schultern gelegt und ihn geküsst habe. Sandro habe den Kopf noch weggedreht, sodass der Kuss auf seiner Wange gelandet sei, aber trotzdem: Dieser Annäherungsversuch habe eine Kränkung unbeschreiblichen Ausmaßes für den stolzen Sandro bedeutet. Sofort habe er auf seinen unglückseligen Freier eingeschlagen, was unter anderem eine gebrochene Nase und ein dunkles Veilchen zur Folge gehabt habe, so die Kollegen.

Der Umstand, dass Cesares sexuelles Interesse sich auf sein eigenes Geschlecht richtete, war natürlich erschütternd, für Vittoria aber vielleicht nicht ganz so überraschend wie für alle anderen. Das erklärte ja einiges, hatte sie gedacht. Aber dass Sandro so brutal reagieren konnte … damit hatte Vittoria nicht gerechnet. Gut, sie wusste, wie aufbrausend ihr Großvetter sein konnte, aber das hier war doch ein starkes Stück. Später hatte sie überlegt, ob das vielleicht darauf zurückzuführen war, dass sein Stolz auf zweierlei Weise gekränkt worden war. Zum einen stellte der Annäherungsversuch an sich eine Beleidigung dar, das verstand jeder. Viel schlimmer war aber wohl, dass Sandro in dem Augenblick klar geworden war, für was für eine Sorte Mann Vittoria all die Jahre geschwärmt hatte. Sie hatte den kleinen *finnochio* ihm, einem richtigen Mann, vorgezogen!

Cesare war einige Tage mit einem großen Verband um die Nase herumgelaufen und hatte ausgesehen, als hätte ihm ein Pferd ins Gesicht getreten. Vittoria stellte erstaunt fest, dass außer ihr niemand Mitleid mit ihm hatte. Selbst die Mitarbeiter, die Sandro sonst verabscheuten, hielten jetzt zu ihm. Sie tuschelten hinter Cesares Rücken und beschimpften ihn. Wenn ein Mann sich an einen anderen Mann heranmachte, konnte er kein Mitgefühl erwarten, nur weil er seine gerechte Strafe bekommen hatte – so sah Aurelia das, als Vittoria die Angelegenheit mit ihrer Freundin besprechen wollte. Signe Contini beschloss kurze Zeit später, Cesare zu kündigen – in ihrer kleinen Küche sei kein Platz für diese Art von Konflikten. Und wenn sie die Wahl zwischen dem Großvetter ihres Mannes und einem jungen Koch mit dubiosen Neigungen habe … nun ja.

Als die Wogen sich wieder geglättet hatten, wurde Vittoria bewusst, dass es eine Erleichterung für sie war, Gewissheit zu haben. Nicht mit *ihr* hatte etwas nicht gestimmt, sondern mit *ihm*. Er hatte sie doch zum Narren gehalten! Und so, wie er sich als Opfer gebärdet hatte, waren ihre Gefühle für ihn beträchtlich abgekühlt. Warum hatte er sich denn nicht zur Wehr gesetzt wie ein richtiger Mann? Vittoria hatte lange zwischen Verachtung und Trauer geschwankt und hätte mehr denn je jemanden gebraucht, mit dem sie über die ganze Sache hätte reden können. Aber ihre Mutter war da ausgeschlossen, und Aurelia konnte nicht über Cesare sprechen, ohne nach jedem zweiten Satz verächtlich auszuspucken. Was würde sie denken, wenn Vittoria ihr die ganze Wahrheit sagte?

Letzten Endes war es Schwester Giovanna gewesen, die Vittoria erklärte, dass es zwar eine Sünde und unverzeihlich sei, es aber dennoch solche Menschen gebe, die sich in andere Menschen ihres eigenen Geschlechts verliebten. Schwester Giovanna hatte Vittoria dazu aufgefordert, für Cesares verlorene Seele zu beten und ihre eigenen unreinen Gedanken zu beichten. Vittoria hatte ihren Rat befolgt, und nach einiger Zeit war es ihr tatsächlich besser gegangen, obwohl ihre Sehnsucht nach Cesare irgendwo tief in ihrem Innersten nie ganz nachgelassen hatte.

Eigentlich seltsam, dachte sie nun, wie sich kurz vorm Einschlafen die verschiedenen Zeiten miteinander verweben. Die Vergangenheit in Form von Cesare, die Gegenwart in Form von Karl und die Zukunft … Plötzlich tauchten vor Vittorias innerem Auge neue Bilder auf. Ejnar, der auf dem Boden lag und mit seinem Sohn spielte. Ejnar, der im Wohnzimmer saß, an seiner Pfeife nuckelte und völlig versunken war in die aus dem Radio kommenden Töne. Ejnar, der sein Hemd auszog und sich damit die Brille putzte. Als Vittoria in Gedanken dort angekommen war, bereitete sie ihnen ein Ende. Vielleicht sollte sie sich allmählich ihre Gefühle für ihn eingestehen, dachte sie. Auch wenn niemals mehr daraus werden würde.

Ein Geräusch aus dem Gitterbett riss Vittoria aus ihren Gedanken. Abrupt setzte sie sich auf, nur um festzustellen, dass Massimo lediglich im Schlaf brabbelte. Vittoria ließ sich wieder auf ihr Kissen sinken. Massimo. Er war das alles wert gewesen.

23. Oktober 1958

Ejnar ertappte sich bei einem Lächeln, als er den Telefonhörer wieder auf die Gabel legte. Conny hatte Ja gesagt, das hätte er kaum zu hoffen gewagt.

Eine ganze Woche hatte er Mut gesammelt, Vittorias attraktive Freundin anzurufen. Seit dem Geburtstagsessen für seine Haushälterin hatte er sie sich nicht mehr aus dem Kopf schlagen können, aber gewisse Bedenken hatten seinen Eifer gedämpft. Zum Beispiel war er sich nicht sicher, ob er überhaupt schon so weit war, sich wieder zu verlieben – aber diese Phase würde früher oder später vorübergehen. Viel schlimmer war sein Zweifel daran, ob eine blutjunge, bildschöne Frau wie Conny überhaupt an einem stinknormalen Familienvater mittleren Alters interessiert sein könnte. Aber Conny hatte ihm ihre Telefonnummer gegeben, als Vita mal nicht hingesehen hatte, und das sicher nicht ohne Grund. Die Anziehung, die er an jenem Abend verspürt hatte, hatte auf Gegenseitigkeit beruht, sein Flirten war nicht einseitig gewesen – aber wenn er wollte, dass mehr passierte, musste er selbst die Initiative ergreifen, so viel war Ejnar gleich klar gewesen. Und doch hatte er sich erst heute dazu aufgerafft. Er hatte Angst vor ihrer Reaktion gehabt, vor einer Reaktion irgendwo zwischen Spott und Gleichgültigkeit, aber Conny hatte aufrichtig erfreut geklungen, als er seine Einladung ausgesprochen hatte.

Nächsten Mittwoch, dachte er und erhob sich von seinem Schreibtischstuhl. In sechs Tagen. Sie hatten sich bereits am Telefon darauf geeinigt, ihre Verabredung für sich zu behalten. Ejnar wollte nicht, dass Vita und die Kinder etwas von einer eventuellen Affäre erfuhren, und Conny hatte nicht protestiert. »Vittoria ist ziemlich prüde«, hatte sie gesagt. »Sie hält nichts von solchen Sachen.« Von solchen Sachen, dachte Ejnar jetzt und öffnete die Tür zum Vorzimmer. Aus Connys Mund klangen diese unschuldigen Worte so verheißungsvoll, dass er kurz erbebte.

»Der Nächste bitte, Frau Iversen«, sagte er.

Die Sprechstundenhilfe war damit befasst, die Krankenakten der heutigen Patienten zu archivieren. Die eine Hand auf dem Aktenschrank abgestützt, drehte sie sich zu ihm um. »Frau Klausen hat ihren Termin abgesagt. Ihr Herzflimmern hat von selbst wieder aufgehört.«

»Das muss das erste Mal sein, dass sie nicht zu einer Untersuchung kommt«, sagte Ejnar.

»Stimmt, Frau Klausen hält sonst jeden Termin ein.«

Ejnar lächelte schief. »Na ja, kein Grund zur Sorge. Der fehlt bestimmt bald wieder etwas anderes. Solange es Hypochonder wie sie gibt, werde ich nie ganz arbeitslos werden.«

Frau Iversen lächelte verkniffen. Sie mochte es nicht, wenn der Doktor sich über seine Patienten lustig machte.

»Und sonst sitzt niemand mehr im Wartezimmer?«

»Nein«, antwortete sie. »Und Hausbesuche stehen auch keine an. Ich glaube, Sie können heute früh Feierabend machen.«

»Und was ist mit Ihnen?«

»Ich habe noch zu tun.« Frau Iversen packte die letzte Akte in den Schrank und schloss die schwere Schublade. »Ich bleibe bis vier, wie üblich.«

»Sie rufen an, falls etwas Dringendes anfällt, ja?«

»Selbstverständlich.«

Das Haus war leer. Ejnar stand einen Moment verwirrt im Flur, bis ihm einfiel, dass Vita mit den Kindern hatte Kastanien sammeln gehen wollen, falls das Wetter es zuließ. Ejnar hatte sich darauf gefreut, ein paar schöne Stunden mit den Kindern zu verbringen, aber vielleicht war es auch ganz gut so. Er hatte diversen Kleinkram zu erledigen. Zum Beispiel hatte er morgens beschlossen, alle Heizkörper gründlich zu entlüften. Am Anfang der Heizsaison gab es nämlich stets Probleme mit zu viel Luft im System. Ejnar hatte eher zwei linke Hände, aber das war doch immerhin eine handwerkliche Aufgabe, der sogar er gewachsen war, dachte er und holte die Rohrzange aus dem Keller.

Er fing im ersten Stock an. Kinderzimmer, Gästezimmer, Badezimmer. Als er mit dem Heizkörper in seinem Zimmer fertig war, wischte er etwas Schmutzwasser vom Boden auf und stellte fest, dass auch Gerdas Lieblingsschuhe etwas abbekommen hatten. Sie standen fein säuberlich an ihrem angestammten Platz – wie damals, als sie noch lebte. Ejnar wischte die Wassertropfen von dem hellbraunen Leder. Dann stand er eine Weile einfach nur da und betrachtete die Schuhe. Fast, als würde er sie zum ersten Mal sehen. Warum standen die eigentlich da? Er drehte sich um und öffnete den Schrank, in dem sich die Kleidung seiner Frau befand. Wie albern, dachte er und strich mit dem Zeigefinger über den Ärmel eines lavendelblauen, gepunkteten Seidenkleides. Gerda war jetzt schon über neun Monate tot… Sollte er ihre Sachen wirklich immer weiter aufbewahren, als könnte sie jederzeit wieder zur Tür hereinspazieren? Er schloss die Schranktüren. Es wurde Zeit, mit der Vergangenheit abzuschließen und nach vorn zu blicken. Ejnar legte die Hand auf den Heizkörper. Er wurde langsam wärmer.

Als er mit Wohnzimmer, Esszimmer und Küche fertig war, stand er etwas unentschlossen vor Vitas Zimmertür. Normalerweise wagte er nur, ihr Zimmer zu betreten, wenn sie Jan morgens zum Kindergarten brachte und mindestens eine halbe Stunde unterwegs war. Wann sie heute wiederkommen würde, wusste er nicht. Was würde sie sagen, wenn sie ihn in ihrem Zimmer anträfe? Ach was, dachte er. Es gab ja einen praktischen Grund.

Abgesehen von einigen herumliegenden Spielsachen,

war es in dem Zimmer so aufgeräumt wie immer. Ejnar schob den Nachttisch beiseite, um die Heizkörperverkleidung entfernen zu können. Seltsam, dachte er. Sonst klemmte sie doch immer, aber diesmal ließ sie sich ohne Probleme lösen. Er wunderte sich nur flüchtig, dann konzentrierte er sich auf das Entlüften. Mit der Zange packte er das Ventil und drehte daran. Die Luft wich aus dem Heizkörper, der nur lauwarm war, obwohl der Thermostat voll aufgedreht war. Warum hatte Vita denn nichts gesagt? Sie und der Junge mussten in letzter Zeit doch gefroren haben. Ein Spritzer Wasser war das Zeichen dafür, dass alle Luft entwichen war. Ejnar schloss das Ventil.

Er ging in die Hocke, um die kleine Pfütze aufzuwischen, und bemerkte dabei, dass etwas unter den Heizkörper geklemmt war. Es sah aus wie ein brauner Umschlag. Wie einer von denen, in die er immer seine Belege steckte. Hatte er vielleicht einen hier vergessen, als er sein Büro in die Praxis verlegt hatte? Ejnar angelte den Umschlag hervor. Keine Beschriftung, weder vorn noch hinten. Und das Kuvert war ziemlich dick. Das war keins von seinen. Er saß kurz damit da, dann siegte die Neugier. Er sah hinein.

Geldscheine. Massenweise Geldscheine. Ejnar zog ein Bündel heraus. Fünfhundertkronenscheine noch und nöcher. Ihm wurde ganz eng um den Hals. Er ging zum Bett und leerte den Umschlag darauf aus. Wie vom Donner gerührt ließ er sich danebensinken. Jeder Gedanke daran, das Zimmer zu verlassen, bevor Vita zurückkam, war verflogen. Er machte sich daran, das Geld zu zählen. Nach zwanzigtausend hörte er auf. Das war ja ein Vermögen! Wo um alles in der Welt hatte seine bescheidene

Haushälterin so viel Geld her? Hatte sie etwa – ja, das war ein verrückter Gedanke – eine Bank ausgeraubt? Hatte sie in großem Stil Schwindel betrieben? Hatte die adrette, anständige Vita von einem früheren Arbeitgeber Geld unterschlagen?

Ejnar war so abgelenkt, dass er zusammenzuckte, als die Haustür aufging. Hektisch steckte er die Scheine zurück in das Kuvert und stand auf, während er Vita mit den Kindern reden hörte. Da kam Vita plötzlich in ihr Zimmer. Sie hatte das Kopftuch abgelegt, aber nicht den Mantel. Sie brachte einen Duft von frischer Luft und nassem Gras mit herein. Als sie Ejnar sah, erstarrte sie.

»Was machst du hier?«, fragte sie und ließ den Blick durch den Raum wandern. Von der auf dem Boden liegenden Heizkörperverkleidung über die Rohrzange und den Wischlappen auf der Fensterbank zum Musterumschlag in Ejnars Hand. »Schnüffelst du etwa in meinen Sachen herum?« Sie riss ihm das Geldpäckchen aus der Hand.

»Ich …« Ejnar wusste nicht, was er sagen sollte.

»Was fällt dir eigentlich ein?« Er hatte sie noch nie so wütend gesehen.

»Ich habe deinen Heizkörper entlüftet, und dabei fand ich …«

»Raus«, sagte Vita. »Du hast in meinem Zimmer *nichts* zu suchen.«

»Aber es war doch so kalt hier drin, und ich dachte …«

»Raus!«, schrie sie fast.

Helle erschien in der Tür. »Was ist los?«

Vittoria und Ejnar sahen sich an. Das hier musste warten, bis die Kinder im Bett waren. Er hörte, wie Vittoria tief Luft holte, um sich zu beherrschen.

»Gar nichts, mein Schatz«, sagte Ejnar. »Ich habe im ganzen Haus die Heizkörper entlüftet.«

Er nahm die Utensilien von der Fensterbank und legte Helle die freie Hand auf die Schulter. »Habt ihr einen schönen Nachmittag gehabt?« Er zog die Tür hinter sich zu, ohne Vita noch einmal anzusehen, die mitten im Zimmer stand und sich den Umschlag an die Brust drückte.

»Ja.« Helle lächelte. »Es gab nicht mehr so viele Kastanien, aber ein paar haben wir trotzdem gefunden.«

Den Rest des Nachmittags sprachen die beiden Erwachsenen nicht miteinander. Ejnar setzte sich mit seinen Kindern an den Esstisch und bastelte mit ihnen Kastanientiere, während Vittoria sich um Mads und das Essen kümmerte. Sie aßen Omelette mit Speck, ohne direkt miteinander zu reden, und brachten dann jeder den eigenen Nachwuchs ins Bett. Erst, als sie mit dem Abwasch fertig war, ging Vittoria zu Ejnar ins Wohnzimmer.

»Entschuldigung«, sagte sie, bevor Ejnar den Mund aufmachen konnte. »Ich hätte nicht so wütend werden dürfen. Danke, dass du dich um meine Heizung gekümmert hast. Es ist jetzt richtig schön warm im Zimmer.«

»Ich habe nicht geschnüffelt, Vita«, sagte Ejnar und zog an seiner Pfeife. »Wirklich nicht. Ich dachte, das sei einer von meinen Umschlägen, der versehentlich hinter die Verkleidung gerutscht sei, als ich das Zimmer für Sie hergerichtet habe, darum habe ich reingesehen, aber …«

Sie schüttelte den Kopf. »Reden wir nicht mehr davon.«

Ejnar sah sie durch den Pfeifenrauch an, der wie eine Gardine zwischen ihnen hing. »Ich glaube, wir *müssen* darüber reden, Vita. Du musst mir erklären, wo du so viel Geld herhast.«

Vita nahm ihr Strickzeug aus dem Korb. »Das ist meine Privatangelegenheit.«

»Mag ja sein, dass du das so siehst.« Ejnar räusperte sich. »Aber du wohnst unter meinem Dach, und ich werde auf keinen Fall dazu beitragen, ein Verbrechen zu decken.«

»Ein Verbrechen?« Vittoria ließ ihre Handarbeit in den Schoß sinken, bevor sie überhaupt auch nur eine Masche gestrickt hatte. »Was willst du denn damit sagen?«

»Na ja, so viel Geld… An das kannst du doch kaum auf rechtschaffene Weise herangekommen sein. Man hat nicht so viel Bargeld herumliegen – es sei denn, man möchte es vor den Behörden verbergen. Ich glaube, ich habe noch nie so viele Fünfhunderter auf einmal gesehen. Wie viel Geld ist das?«

»Etwa fünfundsiebzigtausend«, antwortete sie ganz ruhig. »Und ich *bin* auf *rechtschaffene Weise* daran gekommen, um deine Worte zu benutzen. Das sind meine Ersparnisse.«

Ejnar ließ sie nicht aus den Augen, während er an seiner Pfeife nuckelte. »Das nehme ich dir nicht ab, dass eine Kinderschwester es schafft, fünfundsiebzigtausend Kronen anzusparen.«

Sie zuckte die Achseln und wich seinem Blick aus.

»Ich möchte…« Er legte die Pfeife in den Aschenbecher. »Nein, ich *verlange* von dir, dass du mir erklärst, woher dieses Geld kommt, Vita.«

Sie starrte auf ihr Strickzeug und schwieg.

»Vita!«, rief Ejnar.

Vittoria seufzte. »Gut. Dann erzähle ich dir eben die ganze Geschichte.« Sie legte das Strickzeug zurück in den

Korb, setzte sich aufrecht hin, drückte die Knie aneinander, stellte die Füße eng parallel und faltete die Hände im Schoß. »Als meine Mutter krank wurde, hat sie das Restaurant an einen Verwandten verkauft.«

»An deinen Großvetter, ja. Das hast du bereits erzählt. Und der hat in bar in dänischen Kronen bezahlt?«

»Jetzt hör mir doch einfach mal zu, Ejnar. Natürlich hat er das nicht getan. Er hat in bar bezahlt, aber in Lire. Fast elf Millionen, um ganz genau zu sein.«

»Elf Millionen!«

»Das entspricht in etwa hundertzwanzigtausend dänischen Kronen.«

»In bar?« Als Vittoria nickte, fuhr er fort: »Du willst mir doch nicht weismachen, dass jemand in bar für ein ganzes Restaurant bezahlt?«

»In Italien ist das durchaus üblich. Generell ist das Vertrauen in Banken und Behörden sehr schlecht.«

»Meinetwegen. Und Ihr Vetter ...«

»Großvetter.«

»Und dein Großvetter«, wiederholte Ejnar ungeduldig. »Woher hatte der so viel Geld?«

»Das weiß ich nicht. Vielleicht geerbt? Oder gespart? Vielleicht hat er es von seinen Eltern bekommen. Die sind recht wohlhabend. Woher soll ich das wissen? Mein Großvetter und ich hatten kein besonders enges Verhältnis zueinander.«

»Gut, gut.«

»Meine Mutter hatte das Geld in ihrem Geldschrank liegen, und als sie letztes Jahr starb, habe ich das Geld geerbt. Einen ziemlich großen Teil davon habe ich dem Kinderheim gespendet, in dem ich gearbeitet hatte. Das

Kinderheim stellt einen großen Kostenfaktor für das Kloster dar, man ist dort ständig auf Spenden angewiesen. Und Schwester Giovanna – die Nonne, die das Empfehlungsschreiben verfasst hat … die ist immer so gut zu mir gewesen und hat mir so oft geholfen. Da fand ich, sie habe das Geld verdient.«

»Und der Rest?«

»Den Rest habe ich hierher mitgenommen. Die Lirescheine haben so viel Platz in Anspruch genommen, dass ich sie gewechselt habe, als ich hier eingezogen bin.«

»Und warum hast du das Geld nicht auf ein Konto eingezahlt?«

Vittoria lächelte schief. »So dänisch bin ich immer noch nicht, Ejnar. Ich möchte gerne selbst auf mein Geld aufpassen, bis ich es brauche.«

»Aber so bekommst du doch überhaupt keine Zinsen.«

Sie zuckte mit den Schultern.

»Ich finde es eben gut, das Geld in der Hinterhand zu haben, falls … falls ich es eines Tages mal brauchen sollte.«

»Du könntest dir ein Haus kaufen und aufhören zu arbeiten.«

»Wenn alles andere nicht funktioniert, ja.« Sie lächelte. »Aber ich möchte das Geld lieber sparen. Vielleicht kann ich ja eines Tages ein kleines Restaurant eröffnen.«

»Ist das immer noch dein Traum?«

»Ja, irgendwann in der Zukunft. Aber bis dahin möchte ich am liebsten weiter hier arbeiten.«

Ejnar nahm die Pfeife zur Hand und zündete sie wieder an, ohne Vita dabei aus den Augen zu lassen. Sie sah so jung aus, wie sie so dasaß, ganz rank und etwas nervös, und ständig mit ihrem Saphirring spielte. Die verschiedenfarbigen Augen standen weit offen. Irgendetwas verbarg sie noch, dachte er.

»Na, das erklärt ja so einiges«, sagte Ejnar und bemerkte, wie sich ihre Schultern ein wenig senkten. »Und das müsste ja auch leicht zu überprüfen sein.«

»Zu überprüfen?«

»Ja, ich schätze, ein Telefonanruf beim neuen Besitzer des Restaurants dürfte ausreichen, um das zu bestätigen?«

»Nein!« Sie setzte sich ganz vorn auf die Stuhlkante. »Du rufst da nicht an, Ejnar!«

»Wenn deine Geschichte stimmt, hast du doch gar nichts zu befürchten. Casa Contini hieß das Restaurant, richtig?«

»Das wirst du nicht tun!« Abrupt stand Vittoria auf. »Was fällt dir ein, mich derartig unter Verdacht zu stellen? Als wenn ich ein Verbrecher wäre! Oder ein aufsässiges Kind. Du wirst da nicht anrufen! Ich will das nicht!«

»Aber warum?«

»Weil ich... Weil der neue Besitzer... Weil... Du musst mir einfach vertrauen.« Sie stand mitten im Wohnzimmer und japste nach Luft vor Aufregung. »Wie ich bereits sagte, mein Großvetter und ich sind uns nicht grün.«

»Ach ja, ich erinnere mich – der ganze Zirkus, als wir im Ristorante Italiano waren. Was ist denn vorgefallen? Warum darf dein Großvetter nicht wissen, wo du bist?«

»Er ist… Wir sind uns nicht grün«, wiederholte sie. »Und er könnte mir das Leben wirklich schwer machen. Mir und Massi… Mads.«

»Warum?«

»Das willst du nicht hören.«

»Doch.«

»Das … kann ich nicht. Das ist zu privat. Ich hab's versprochen …« Sie hielt inne und sah ihn verzweifelt an. »Kannst du mir nicht einfach vertrauen und das Ganze so annehmen, wie es ist, Ejnar?«

Er sah sie an. »Es fällt mir schwer, wenn du so reagierst, Vita.«

Sie verschränkte die Arme vor der Brust. »Wenn du dich an den neuen Besitzer wendest, verschwinde ich von hier. Sofort!«

»Du drohst mir mit Kündigung?«

»Wenn es sein muss, bin ich in weniger als einer Stunde hier raus.« Vittoria fiel es schwer, ihre Stimme zu beherrschen. »Das ist mein voller Ernst.«

Ejnar nickte. Er blieb in seinem Sessel sitzen und paffte. »Dann haben wir ein handfestes Problem«, sagte er betont ruhig. »Denn wenn ich mir deine Geschichte nicht von dritter Seite bestätigen lassen darf, dann bin ich es, der der ganzen Sache ein Ende bereitet.«

»Du feuerst mich?«

»Sieht ganz so aus«, sagte er.

»Und warum, um alles in der Welt?«

»Weil ich mich nicht hundertprozentig auf dich verlassen kann, Vita. Ich kann spüren, dass du lügst.«

»Ich lüge nicht!«

»Dann verschweigst du eben etwas, und das ist fast

genauso schlimm. So kann ich kein Vertrauen zu dir haben.«

»Ja, aber …«

»Nichts aber. Entweder gestattest du mir diesen Anruf, oder du verlässt mein Haus. Du kannst dir das bis morgen überlegen.«

Vittoria schnappte nach Luft, als wollte sie ihm eine bitterböse Retourkutsche verpassen, überlegte es sich dann aber doch anders. Stattdessen machte sie auf dem Absatz kehrt und verschwand. Wenig später hörte Ejnar, wie die Tür zu ihrem Zimmer geschlossen wurde.

24. Oktober 1958

»Sotto la tua protezione
cerchiamo rifugio,
santa Madre di Dio …«

Vittoria kniete vor der Kommode nieder, auf der die Marienfigur stand. Sie sprach das römische Gebet an die *Madonna dei Miracoli,* weil sie heute wirklich ein Wunder gebrauchen konnte.

Die ganze Nacht hatte sie sich im Bett hin- und hergewälzt und überlegt, was sie tun sollte. Als morgens der Wecker geklingelt hatte, hatte sie das Gefühl gehabt, nur wenige Minuten geschlafen zu haben. Sie erledigte sämtliche Routinehandgriffe wie von einem dichten Nebel umgeben. Bevor sie Jan zum Kindergarten brachte, zögerte sie kurz und ging noch mal zurück zu ihrem Zimmer. Noch nie, seit sie in das Haus am Italiensvej eingezogen war, hatte sie ihre Zimmertür von außen abgeschlossen. Aber der Gedanke daran, dass Ejnar ihren Privatbereich einfach betreten konnte, wann immer er wollte, war ihr plötzlich unerträglich. Früher wäre ihr nie in den Sinn gekommen, dass er so etwas tun könnte. Ganz gleich, wie der aktuelle Konflikt zwischen ihnen enden würde – ihr Vertrauensverhältnis hatte dauerhaften Schaden genommen, und zwar beiderseits.

Vittoria war hier so glücklich gewesen, so erleichtert, dass sie und ihr Junge in Sicherheit waren. Die anfängliche Angst hatte sie so gut wie abgelegt. Es war Monate her, seit sie in den umliegenden Straßen nach Autos mit italienischen Kennzeichen Ausschau gehalten hatte. Würde sie dieses neue Gefühl der Sicherheit jetzt wirklich verlieren? Wenn ich Ejnar die ganze Geschichte erzähle, lässt er mich vielleicht doch bleiben, dachte sie. Aber was, wenn gerade die Wahrheit für ihn ein Grund wäre, mich hinauszuwerfen …?

An genau dieser Stelle in ihren Überlegungen war sie vor der Heiligen Jungfrau auf die Knie gefallen, um zu ihr zu beten und sie um ihren Rat zu bitten. Um ein Zeichen. Doch die Jungfrau hatte sie nur freundlich angesehen, während Vittoria das Gebet gesprochen hatte, das die Nonnen ihr in der Schule beigebracht hatten und das sie nur dann sprach, wenn sie sich wirklich sehr allein fühlte. Das Gebet hatte ihr ein kurzes Gefühl der Geborgenheit gegeben, wie zu Kindertagen, aber Klarheit hatte es ihr nicht gebracht.

Sie konnte auf gar keinen Fall zulassen, dass Ejnar sich

mit Sandro in Verbindung setzte. Sie hatte zuletzt bei der Beerdigung ihrer Mutter mit ihrem Großvetter geredet, und da war sein Ton so harsch gewesen, dass sie schon bei der Erinnerung daran wieder Bauchschmerzen bekam. Sandro hatte sie gebeten, sich in Zukunft vom Restaurant fernzuhalten, und Vittoria war es nicht schwergefallen, ihm diesen Wunsch zu erfüllen. Als Jugendlicher hatte Sandro Vittoria sehr umworben, aber stets auf eine aufbrausende, fast schon aggressive Art und Weise. Sein hitziges Temperament hatte Vittoria immer verunsichert, und sie hatte weitestgehend vermieden, mit ihm allein zu sein.

Massimo Contini hatte indes nie einen Hehl daraus gemacht, dass er von einer Heirat seiner Tochter mit dem Sohn seines Vetters träumte. Eine derartige Allianz hätte die beiden Zweige der Familie miteinander vereint und den Fortbestand des Casa Contini gesichert. Signe Contini dagegen hatte ihre Tochter in ihrer beständigen Abweisung der Annäherungsversuche ihres Großvetters unterstützt, und nach dem Tod von Vittorias Vater hatte Sandro schließlich eingesehen, dass sein Werben vergebens war, und Aurelia geheiratet.

Vittoria hatte den Verdacht, dass ihre Mutter Sandro genauso wenig ausstehen konnte wie sie selbst. Und doch hatte Signe Contini nicht damit gezögert, ihm das Restaurant zu verkaufen, als sie wusste, dass sie sterben würde. Vittoria sei noch zu jung und unerfahren, um das Geschäft allein zu führen, hatte sie erklärt. Und das Casa Contini müsse einem Contini gehören, daran bestehe überhaupt kein Zweifel. Sandro hatte zum damaligen Zeitpunkt bereits zehn Jahre im Restaurant gearbeitet und kannte den Betrieb in- und auswendig. Und er hatte das nötige Geld. Sandros Teil der Familie war deutlich wohlhabender als Massimos – über den Grund dafür sprach man nicht gerne, aber sowohl Vittoria als auch ihre Mutter waren sich klar darüber, dass das Vermögen seiner Eltern aus zwielichtigen Geschäften stammte. Spekulation mit diversen, einst von den Faschisten beschlagnahmten Kunstgegenständen gehörte da noch zu den gelinderen.

Kaum war ihre Mutter tot, hatten Sandro und seine Frau Aurelia Vittoria gebeten, aus der Wohnung im ersten Stock über dem Restaurant auszuziehen. Sie hatte protestiert und um zwei Monate Kündigungsfrist gebeten, aber Sandro war unnachgiebig geblieben. Er hatte seiner Großcousine die Zurückweisung nie verziehen. Binnen weniger Tage hatte Vittoria den gesamten Hausstand ihrer Kindheit zusammenpacken müssen. Eine Nachbarin war ihr zur Hand gegangen, aber die meiste Zeit hatte Vittoria ganz allein geschuftet. Sie war so kreuzunglücklich gewesen, dass sie kaum klar sehen konnte, doch sie hatte die Zähne zusammengebissen und das fast Unmögliche in der vorgegebenen Frist geschafft. Die Möbel hatte sie teils verkauft, teils im Schuppen eines Fuhrunternehmers untergestellt. Die Kleider ihrer Mutter, Leinen und Hausrat hatte sie der Wohlfahrt übergeben. In die bescheidene Wohnung schräg gegenüber dem Kloster, die sie gemietet hatte, nahm sie nur wenige kleine Gegenstände von ideellem Wert mit: die Madonnenfigur und den Schmuck ihrer Mutter.

Es war der erste Umzug in Vittorias Leben gewesen. Das erste Mal, dass sie sich von einem Ort verabschieden musste, an dem sie Wurzeln geschlagen hatte. Dann, nur kurze Zeit später, hatte sie wiederum alle Zelte abgebrochen und war – diesmal mit Kind – nach Dänemark gegangen. Wenn sie sich Ejnars Forderung nicht beugte, würde das einen weiteren Umbruch mit sich bringen. Und sie hatte nicht vor, sich zu beugen. Dass sie und Sandro eine Feindschaft verband, durfte Ejnar gerne wissen, aber von den Geschehnissen nach dem Rauswurf aus der Restaurantwohnung konnte Vittoria niemandem jemals erzählen.

Nachdem Vittoria das abschließende Ave Maria gebetet hatte, erhob sie sich wieder und wischte sich ein paar Tränen ab. Sie sah nach Klein Massimo, der im Gitterbett saß und mit einem von Jans Modellautos spielte, und machte sich daran, ihre Sachen zu packen. In den sieben Monaten seit ihrem Einzug hatte sich immer mehr angesammelt. Massimos Kleidung und Spielsachen nahmen ziemlich viel Raum ein, und auch sie selbst verfügte über ziemlich viele neue Kleider. Die Frage war, ob das überhaupt alles in den Wagen passte. Und wohin wollte sie eigentlich fahren? Wollte sie wieder von einem Hotel zum nächsten tingeln und darum betteln, mit ihrem Kind dort wohnen zu dürfen? Nein, dachte sie, auf gar keinen Fall. Allein die Vorstellung reichte schon, dass sie wieder anfing zu weinen.

*

»Die Kinder und ich essen heute bei Margit und Jørgen«, teilte Ejnar Vittoria mit, als er nachmittags aus der Praxis kam. »Wir zwei können dann reden, wenn wir wieder zurück sind.«

»Oh.« Vittoria stand in der Küchentür. »Ich habe aber schon Fischfrikadellen vorbereitet.«

»Die können bestimmt bis morgen warten.« Ohne sie

anzusehen, ging er ins Wohnzimmer, wo Helle und Jan am Couchtisch saßen und malten. »Kommt, Kinder«, sagte er. »Wir fahren zu Tante Margit.«

Vittoria half ihm, den beiden Jacken anzuziehen. Tränen brannten in ihren Augen, aber sie konnte sie zurückhalten, bis der blaue Saab auf dem Backersvej verschwunden war. Sie wusste genau, warum er zu Margit fuhr. Er wollte den Konflikt mit Vittoria mit jemandem besprechen, von dem er Rückendeckung erwarten konnte. Mit jemandem, der ihn garantiert in seiner Auffassung bestätigen würde, dass seine Haushälterin im Unrecht war. Wie schön das sein musste, eine Verbündete zu haben, dachte Vittoria und überlegte kurz, Schwester Giovanna anzurufen, verwarf den Gedanken aber so schnell wieder, wie er gekommen war. Im Kloster gab es nur ein einziges Telefon, und das stand im Kontor der Äbtissin. Die Nonnen durften es nur im äußersten Notfall verwenden – und eine sich in fernen Landen befindliche Freundin zu trösten war keiner. Außerdem gehörte es sich nicht, vom Telefon ihres Arbeitgebers aus im Ausland anzurufen, dachte sie. Das grenzte an Diebstahl. Und eine Diebin war sie nicht, ganz gleich, was Ejnar glaubte.

Vittoria briet die Frikadellen und gab Massimo zwei zum Abendessen. Sie selbst brachte keinen Bissen herunter. Sie badete den Jungen, brachte ihn ins Bett und setzte sich dann ins Wohnzimmer. Sie versuchte zu stricken, konnte sich aber nicht auf das komplizierte Lochmuster konzentrieren und ließ die Hände wieder sinken. Dann saß sie im Halbdunkel da und bemitleidete sich selbst. Sie wusste, dass Ejnar noch heute Abend ihre Antwort haben wollte. Wenn sie ihm nicht erlaubte, Sandro anzurufen, würde er ihr kündigen, aber …

Da kam ihr ein grauenhafter Gedanke, der sie erstarren ließ: Wer sagte denn, dass Ejnar sich *nicht* mit Sandro in Verbindung setzen würde, wenn sie erst fort war? Vielleicht würde ihn die Sache so umtreiben, dass er die Wahrheit einfach wissen *musste*. Er kannte den Namen des Restaurants, er wusste, dass es sich in Rom befand. Wenn er *das* täte … Vittoria konnte den Gedanken kaum zu Ende denken. Sie musste Kopenhagen verlassen, dachte sie. Sie musste sich etwas Neues suchen. In einer anderen Stadt. Vielleicht in einem anderen Land.

Die nächsten Stunden lief Vittoria rastlos im Haus umher. Sie räumte die Malsachen der Kinder beiseite, sortierte die Einmachgläser im Speiseschrank neu, arrangierte Ejnars Pfeifen ordentlich auf dem Halter. Immer wieder spähte sie zur Straße hinaus, aber das charakteristische Knattern des Zweitaktmotors hörte sie erst um acht.

»Na, habt ihr einen schönen Abend gehabt?«, fragte Vittoria so ungezwungen wie möglich. Sie ging vor Jan in die Hocke, um ihm dabei zu helfen, seine neue Jacke aufzumachen. Die Knöpfe waren viel zu fest angenäht für seine kleinen Finger. Sie dachte gerade noch, dass sie das gleich morgen ändern würde, da fiel ihr ein, dass Jans Kleidung ab morgen nicht mehr in ihrer Verantwortung läge. Da wurde sie wieder traurig. »Soll ich helfen, sie ins Bett zu bringen?«, fragte sie.

»Danke, wir schaffen das schon«, sagte Ejnar mit abgewandtem Blick und schob die Kinder die Treppe hinauf.

Vittoria sah ihnen nach. Es war ihr letzter Abend in diesem Haus, und sie durfte den Kindern noch nicht einmal richtig gute Nacht sagen. Sie nahm ihr rastloses Auf-

und Abmarschieren wieder auf und hörte von oben die so vertrauten Geräusche des allabendlichen Rituals. Wieder verspürte sie das Bedürfnis, mit Schwester Giovanna zu sprechen. Allein die Vorstellung von der festen Stimme der Nonne beruhigte Vittoria etwas. Unvermittelt blieb sie stehen. Vielleicht gab es doch noch einen Ausweg.

Als Ejnar eine halbe Stunde später herunterkam, hatte sie einen Plan. »Ich habe da eine Idee«, sagte sie, kaum dass er auf seinem Sessel Platz genommen hatte.

Er saß, über Pfeife und Tabak gebeugt, da. »Lass hören.«

»Ich kann verstehen, dass du dir die Geschichte zu meinem Erbe von jemandem bestätigen lassen möchtest«, sagte Vittoria und setzte sich auf den braunen Sessel. »Ich kann dir immer noch nicht gestatten, dich an Sandro zu wenden, aber vielleicht kannst du stattdessen mit Schwester Giovanna sprechen?«

Ejnar runzelte die Brauen. »Mit deiner Nonne?«

»Ja, mit meiner Nonne.« Vittoria wagte ein Lächeln. »Nonnen lügen nicht.«

»Spricht sie denn außer Italienisch irgendeine andere Sprache?«

»Nein, du wirst natürlich einen Dolmetscher brauchen, aber das würdest du ja auch, wenn du mit meinem Großvetter sprechen würdest, nicht wahr?«

Ejnar nickte bedächtig. »Das stimmt, ja.«

»Schwester Giovanna kann dir auch den genauen Betrag der Erbschaft nennen und den meiner Spende an das Kinderheim.«

»Hm.« Er betrachtete immer noch seine Pfeife.

»Was meinst du?«

»Ich weiß nicht …«

Vittoria blieb auf der Sesselkante sitzen, jeder Muskel in ihrem Körper war angespannt. Nun sieh mich schon an, dachte sie.

»Gut«, sagte Ejnar schließlich. »Ich vermute, das ist ein gangbarer Kompromiss.«

»Ich kann also bleiben?«

»Ja, Vita. Du kannst bleiben.« Zum ersten Mal seit ihrem Streit sah er sie an. »Aber das hatte ich schon entschieden, bevor du deinen Vorschlag gemacht hast.«

»Ach?«

»Margit hat mich überzeugt.« Er sog immer wieder an der Pfeife, während er sie anzündete.

Vittoria starrte ihn an. »Margit?«

»Damit hattest du wohl nicht gerechnet?«

»Nein.« Vittoria rutschte auf dem Sessel zurück. »Was hat sie gesagt?«

Ejnar blies eine Rauchwolke in die Luft. »Sie hat gesagt, dass es mich überhaupt nichts angehe, warum du und dein Großvetter zerstritten seid. Dass du ein Recht auf ein Privatleben hast und dass deine Vergangenheit deine Angelegenheit sei. Dass du sicher gute Gründe dafür haben, nach Dänemark gegangen zu sein. Im Übrigen glaubt Margit nicht, dass du dir etwas hast zuschulden kommen lassen.«

»Ich muss schon sagen.«

»Genau genommen hat sie alle meine üblichen Argumente gegen mich verwendet.«

Vittoria nickte.

»Sie hat gesagt, sie findet deine Geschichte bezüglich des Verkaufs des Restaurants glaubwürdig und ich solle nicht so hart mit dir ins Gericht gehen, wenn es dir so wichtig sei, dass ich mich nicht mit dem neuen Besitzer ins Vernehmen setze. Anfangs wollte ich nicht auf sie hören, aber dann hat sie mich irgendwann darauf hingewiesen, wie unglücklich es die Kinder machen würde, wenn du nicht mehr hier wärst. Und damit war es entschieden.«

Sie schwiegen beide eine Weile. Dann sagte Vittoria: »Wie nett von Margit, Partei für mich zu ergreifen.«

»Margit ist eigentlich gar nicht so übel«, sagte Ejnar. »Bloß ein bisschen eigensinnig.«

»Ich werde mich bei Gelegenheit bei ihr bedanken.« Vittoria wollte die positive Stimmung nicht zerstören, indem sie ihre eigene Theorie zu Margits überraschender Parteinahme äußerte: dass Ejnars Schwägerin sie nämlich nur deshalb in Schutz nahm, weil sie auf gar keinen Fall wieder selbst für zwei Haushalte und vier Kinder zuständig sein wollte.

»Also … Wirst du bei Schwester Giovanna anrufen?«

»Ich werde drüber nachdenken.« Er sah sie an. »Eigentlich wäre das eine sehr gute Lösung.«

Vittoria schlug die Beine übereinander und zog sorgfältig den Rocksaum über das Knie. »Heißt das, ich kann wieder auspacken?«

Ejnar runzelte die Brauen. »Du hast schon gepackt?«

»Schon heute Vormittag. Ich wusste ja nicht, wie schnell ich gehen sollte.«

»Herrje, Vita! Ich würde dich und Mads doch niemals fristlos von einem Tag auf den anderen auf die Straße setzen.«

»Für mich wäre es nicht das erste Mal.«

Ejnar sah sie an. »Ist das ein Teil deines Geheimnisses?«

»Allerdings.« Sie wischte ein paar Staubkörner von der Armlehne. »Obwohl. Der Teil ist nicht so furchtbar geheim. Aber es macht sehr gut deutlich, warum ich nichts mit meinem Großvetter zu tun haben möchte...« Sie erzählte Ejnar, wie Sandro sie nach dem Tod ihrer Mutter vor die Tür gesetzt hatte.

»Ja, aber...« Ejnar sah sie an. »Deine Mutter ist doch im Oktober gestorben, oder?« Vittoria nickte. »Und Mads ist im Dezember geboren?« Sie nickte wieder. »Das heißt, dein Großvetter hat eine hochschwangere Frau aus ihrer Wohnung geschmissen?«

»Ja.« Vittoria räusperte sich. »Aber über weitere Einzelheiten möchte ich nicht reden.«

Ejnar seufzte. »Da ist sie wieder, die Mauer des Schweigens. Ich wünschte...«

»Ja?«

»Ich wünschte, du würdest dich mir anvertrauen und mir alles erzählen. Vielleicht könnte ich dir helfen. Vielleicht würde es...«

»Das geht nicht«, schnitt Vittoria ihm das Wort ab. »Ich habe versprochen, niemandem jemals die ganze Geschichte zu erzählen.«

»Wen versuchst du zu schützen, Vita? Massimos Vater?«

»Mehr kann ich nicht sagen.« Vittoria erhob sich. »Vielen Dank, dass ich bleiben darf, Ejnar. Bitte sag mir Bescheid, wenn du dich dazu entschließt, Kontakt zu Schwester Giovanna aufzunehmen.« Vittoria würde ihr noch heute Abend schreiben müssen und sie vor dem

Anruf warnen, der möglicherweise bevorstand. »Ich bin mir sicher, dass sie dich hinsichtlich des Geldes beruhigen kann.«

Ejnar sah sie noch einen Moment an und zuckte dann die Achseln. »Wenn du mir wirklich nicht mehr erzählen willst …«

»Eines Tages vielleicht«, sagte sie. »Eines Tages in vielen Jahren, wenn wir uns dann immer noch kennen.«

Ejnar zündete die inzwischen erloschene Pfeife wieder an, und Vittoria spürte seinen Blick in ihrem Rücken, als sie Jans Jacke aus dem Flur sowie ihre Nähsachen holte.

»Ach, übrigens«, sagte er, als sie wieder auf dem Sessel an der Tür Platz genommen hatte. »Hatte ich schon erwähnt, dass ich am Mittwoch ausgehe?«

»Nein«, sagte Vittoria. »Was hast du vor?«

»Bloß ein Abendessen.« Ejnar schaltete das Radio ein. Aus New York wurde ein großes Konzert zum Jahrestag der Vereinten Nationen übertragen. Die Klangqualität war nicht gerade die beste, aber es dauerte nicht lange, da war Ejnar wie üblich völlig in der Musik versunken.

Vittoria schnitt die Knöpfe von Jans Jacke ab, pulte die Fadenreste aus dem Wollstoff und machte sich daran, die Knöpfe neu anzunähen. Als sie mit dem ersten fertig war, betrachtete sie Ejnar verstohlen im Profil. Die markante Nase. Die gebogene Pfeife. Die robuste, etwas unmoderne Brille. Sie würde ihn nie verstehen, dachte sie. Den einen Tag wollte er sie rausschmeißen, den anderen spielte er sich als ihr Beschützer auf. Er drehte den Kopf und ertappte sie bei ihrer Musterung. Vittoria errötete und neigte sich schnell wieder über ihre Näharbeit.

28. Oktober bis 2. November 1958

»Hallo?«

»Conny Mortensen? Hans Villadsen hier.«

»Guten Tag, Herr Villadsen.« Schlagartig wurde Conny nervös. Vor einer Woche hatte sie ihre Stelle im Bella Notte aufgegeben, und sie hatte ganz sicher nicht damit gerechnet, noch einmal von ihrem dortigen Chef zu hören.

»Störe ich?«

»Nein. Wie geht es Ihnen?«

»Na ja. Wir kommen zurecht«, sagte er.

»Haben Sie Ersatz für mich gefunden?«

»Noch nicht. Im Moment machen wir es wie früher: Sørensen kümmert sich um die Dienstpläne, und ich verbringe mehr Zeit als sonst in der Bar, um ein Auge auf alles zu haben.«

Conny wusste nicht, was sie sagen sollte. Die Erleichterung darüber, endlich nicht mehr so viele kräftezehrende Nachtschichten arbeiten zu müssen, vermischte sich immer noch mit dem schlechten Gewissen darüber, quasi von einem Tag auf den anderen gekündigt zu haben, ohne Hans Villadsen eine Chance zu geben, rechtzeitig eine Nachfolgerin für sie zu finden. Aber als sie erst den Entschluss gefasst hatte, war es ihr schlicht unmöglich gewesen, noch einmal einen Fuß in den Nachtklub zu setzen. Villadsen hatte ihre Entscheidung erstaunlich ruhig aufgenommen. Eigentlich fast so, als hätte er sie erwartet. Mit keiner Silbe hatte er versucht, sie zum Bleiben zu überreden. Warum rief er sie dann jetzt an?

Nach einer kurzen, betretenen Pause fuhr ihr ehemaliger Chef fort: »Keine Sorge. Ich will nicht versuchen, Sie zurückzugewinnen.«

»Aha.«

»Obwohl Sie natürlich jederzeit herzlich willkommen wären.«

»Danke.« Conny griff nach ihren Zigaretten.

»Haben Sie viel zu tun?«

»Jetzt im Moment? Nein«, sagte sie und blies den Rauch mit spitzem Mund aus. »Ich räume ein bisschen auf und putze. Ich muss erst um fünf zur Arbeit.«

»Sie haben also Ernst gemacht? Sie sind jetzt Telefonistin?«

»Ich schiebe hier und da eine Schicht ein, um meine Honorare als Fotomodell aufzustocken, ja.«

»Und gefällt es Ihnen? Ihre neue Arbeit, meine ich?«

»Geht so. Ist ziemlich langweilig, aber ich kann davon meine Rechnungen bezahlen.«

»Sie sind also nicht auf der Suche nach etwas anderem?«

Conny lachte. »Das käme schon sehr darauf an, was es wäre.«

»Die Sache ist die.« Villadsen räusperte sich. »Ich schreibe gerade Texte für ein Winterkabarett im ABC-Theater. Anfang Dezember ist Premiere, die Proben sind bereits in vollem Gange.«

»Und?«

»Eine der Statistinnen hat sich den Fuß gebrochen, und wir brauchen dringend Ersatz. Am liebsten jemanden, der ab sofort bei den Proben dabei sein könnte. Da dachte ich an Sie.«

»Aber ich habe noch nie auf einer Bühne gestanden.«

»Sie sind doch schon öfter als Mannequin auf dem Laufsteg gewesen, habe ich gehört, und das hier ist etwas ganz Ähnliches. Es geht nicht um eine richtige Schauspielerrolle.«

Conny betrachtete die Glut ihrer Zigarette. »Wieso nehmen Sie nicht eine von den Tänzerinnen aus dem Ensemble?«

»Weil das in eben dieser Szene leider nicht geht. Da ziehen sich die Tänzerinnen gerade um.« Er räusperte sich noch einmal. »Wir brauchen eine langbeinige, vollbusige junge Frau, die auf der Bühne gut aussieht. Sie soll unter anderem in einem Sketch als Assistentin eines Zauberkünstlers agieren.«

Sie lachte wieder. »Klingt nach Netzstrümpfen, tiefem Ausschnitt und kurzem Rock.«

»Ganz genau. Und damit hätten Sie immerhin noch mehr an als die Tänzerinnen im Bella Notte. Für die Tätigkeit hatten Sie sich, wenn ich mich recht erinnere, doch auch mal interessiert?«

»Schon …«

»Es dreht sich natürlich nicht um eine Festanstellung. Nur ein paar Proben tagsüber. Und nach der Premiere sechs Abende pro Woche. Sieben Wochen lang, vielleicht auch etwas länger, wenn wir Erfolg haben. Hätten Sie Lust?«

»Ich habe da auch noch meine Fototermine. Natürlich nicht jeden Tag, aber …«

»Ich bin sicher, wir finden eine Lösung. Sie müssen bestimmt nicht bei allen Proben anwesend sein. Es handelt sich, wie gesagt, um eine kleine Rolle, und Sie sind ja ein blitzgescheites Mädchen.«

»Danke.« Conny tippte auf die Zigarette, die Asche fiel in den Aschenbecher. »Das klingt ... interessant.«

»Dann kommen Sie doch morgen früh mal zur Probe. Ich habe Sie bereits empfohlen, aber der Direktor möchte Sie gerne selbst in Augenschein nehmen.«

»Um zehn habe ich einen Fototermin.«

»Dann um neun. Nun sagen Sie schon Ja.«

Conny tat etwas länger als nötig so, als würde sie nachdenken. Sie hatte sich bereits entschieden, aber es konnte nicht schaden, sich ein bisschen zu zieren. »Okay«, sagte sie dann.

Als sie aufgelegt hatte, stand Conny auf, reckte die Arme in die Luft und jubelte. Das war genau das, worauf sie gewartet hatte. Ein Job an einem richtigen Theater! Mit richtigen Schauspielern! Wer weiß, vielleicht war ja Dirch Passer mit dabei, fantasierte sie und schenkte sich zur Feier des Tages einen doppelten Dubonnet ein. Und Kjeld Petersen. Sie ärgerte sich bereits, dass sie nicht nachgefragt hatte.

Conny baute sich vor dem großen Spiegel auf und prostete sich zu. Dann stellte sie das leere Glas ins Spülbecken und nahm wieder Seifenwasser und Wischlappen zur Hand. Vorgestern hatte sie sich von dem Geld ihrer Eltern einen gebrauchten Kleiderschrank gekauft, und heute räumte sie bereits den ganzen Tag in ihren überall herumliegenden Kleiderhaufen auf. Einiges war so verstaubt, dass sie es erst noch mal zum Waschsalon tragen konnte, alles andere hatte sie ordentlich zusammengelegt und eingeräumt. Beschwingt hatte sie dann die leeren Böden gefegt und alles herumstehende benutzte Geschirr ins Spülbecken befördert. Jetzt noch die Böden zu wischen war das i-Tüpfelchen. Wenn sie damit fertig war, konnte sie sich ausruhen.

Conny wrang den Aufnehmer aus und richtete sich auf. Stolz sah sie sich in der kleinen Stube um. Außer dem Schrank hatte sie sich auch eine moderne Schlafcouch mit Bettkasten in der Rückenlehne leisten können, und beim Gebrauchtwarenhändler hatte sie einen Esstisch mit zwei Stühlen sowie eine alte Kommode gefunden. Sie hatte einen Kaktus für die Fensterbank gekauft und im Park-Kino ein paar Filmplakate umsonst bekommen. Trotzdem sah es hier in der Wohnung immer noch etwas trostlos aus, musste Conny zugeben. Den gebrauchten Möbeln würde ein Anstrich gut zu Gesicht stehen, und die Wände schrien förmlich nach neuen Tapeten. Vorhänge hatte Conny auch noch nicht angeschafft, sie befestigte jeden Abend, wenn sie ins Bett ging, mit Reißnägeln Laken vor den Fenstern. Na ja, dachte sie, schnappte sich den Eimer und entleerte das schmutzige Wischwasser in die Toilette. Rom war auch nicht an einem Tag erbaut worden. Mehr konnte sie jetzt leider nicht tun.

Dabei hätte sie doch gerne alles ganz perfekt gehabt, falls sie – wenn alles nach Plan lief – morgen ihren ersten Gast hier empfing.

*

»Hier wohnst du also. Na, das …« Ejnar hatte sich im Bett aufgesetzt und ließ den Blick durch das kleine Zimmer schweifen. »Das kann doch richtig gemütlich werden«, beendete er den Satz ein klein wenig zögerlich.

»Danke.«

»Du bist wohl gerade erst eingezogen?«

»Ja, ist noch nicht lange her.« Conny schmiegte die Wange an seine Brust. Sie war noch ganz zittrig nach dem Orgasmus. Es war ihr erster zusammen mit einem Mann gewesen, und es kribbelte immer noch in ihren Fingern und Zehen. So konnte sich das also anfühlen, dachte sie. Schon erstaunlich, dass es bisher noch kein einziger Mann geschafft hatte, ihr dieses Gefühl zu bescheren.

Conny hatte schon geahnt, dass sie nach dem gemeinsamen Abendessen mit Ejnar beide höchstwahrscheinlich in ihrem schmalen Bett landen würden. Es war mittlerweile lange her, seit sie so spontan eine Einladung angenommen hatte, die ein recht unverhohlener Auftakt zu einem Schäferstündchen war, aber neulich abends in dem italienischen Restaurant … Es hatte so eindeutig geknistert zwischen ihr und Ejnar. Da war eine weit über das Übliche hinausgehende körperliche Anziehung im Spiel gewesen. Und gab es dagegen etwas einzuwenden, hatte sie gedacht. Zwei alleinstehende, erwachsene Menschen, die Lust aufeinander hatten. Was sprach dagegen, dass sie etwas Zeit miteinander verbrachten?

Conny war froh, am Vortag sauber gemacht zu haben. Selbst im frisch aufgeräumten Zustand war ihre Wohnung nichts, womit sie angeben konnte, und sie wurde den Verdacht nicht los, dass ihr neuer Liebhaber auf dem Absatz kehrtgemacht hätte, wenn ihn vor einer halben Stunde bei Betreten der Wohnung nicht die Wollust getrieben hätte. Aber das hatte sie. Er war so erregt gewesen, dass er nichts außer Conny gesehen und gespürt hatte. Seine Hände und Lippen waren überall gewesen, und auf den wenigen Metern, die sie von der Tür zum Bett stolperten, hatten hektische Finger Knöpfe geöffnet und Strumpfhalter gelöst. Erst hinterher hatte Ejnar begonnen, seine Umgebung richtig wahrzunehmen, und nun konnte Conny seine Missbilligung förmlich spüren. Selbst seine Atmung klang flach, als wagte er nicht, tief Luft zu holen, aus Angst, diverse Bazillen einzuatmen.

»Vittoria hilft mir mit dem Rest«, sagte Conny. »Sie kommt am Sonntag.«

»Ja, ist ja noch reichlich zu tun«, merkte Ejnar etwas spitz an.

»Ich habe übrigens einen neuen Job«, erzählte Conny, um ihn auf andere Gedanken zu bringen. »Also, nur vorübergehend, aber …«

»Ja?« Er legte sich wieder hin. Nase an Nase lagen sie auf der schmalen Matratze, und seine Miene wurde weicher. »Was Interessantes?«

»Und ob!«, sagte Conny und erzählte ihm von ihrer Anstellung bei der Winterrevue. Der Vorstellungstermin beim Theaterleiter war ein voller Erfolg gewesen, Conny sollte bereits ab Montag an den Proben teilnehmen. »Ich hab Osvald Helmuth da herumlaufen sehen«, plapperte sie weiter. »Und er hat mich sogar gegrüßt!«

Ejnar schwieg. Er lag einfach nur da und sah sie an, während sie redete. Sein Blick war auf ihre Lippen gerichtet, dann auf ihre Augen. Dann wieder auf ihre Lippen. »Ich muss gleich nach Hause«, sagte er, als sie fertig erzählt hatte. Bevor sie antworten konnte, küsste er sie. Der Kuss wurde schnell intensiver, fordernder, und Conny erwiderte ihn mit gleicher Leidenschaft. Sekunden später hatte sie ihre neue Arbeit völlig vergessen, und als seine kundigen Finger in das feuchte, pulsierende Zentrum ihres Bewusstseins krochen, war auch die Sorge um den

Zustand ihrer Wohnung vergessen. Sie spreizte die Beine und schob ihren Unterleib vor, als wollte sie seine Hand komplett in sich aufsaugen. Ach, dachte sie. Ach.

*

Wenige Tage später sah Connys Wohnung wieder genauso aus wie vorher. Wie von Zauberhand waren jede Menge Kleider aus dem Schrank gekrochen und hatten sich auf dem Fußboden und dem ungemachten Bett verteilt. Das Bettzeug, das Conny am ersten Tag noch begeistert in dem pfiffigen Bettkasten verstaut hatte, um das Bett in eine Couch zu verwandeln, hatte seither nie wieder den Weg zurück in die Rückenlehne gefunden. Der leere Kasten lag achtlos auf dem Boden herum, sodass sie jedes Mal drübersteigen musste, wenn sie durch das Wohnzimmer ging. Bettdecke, Kopfkissen und Laken waren zerwühlt, man konnte den orange karierten Bezug der Matratze sehen, und vor den Fenstern hingen Tag und Nacht die Laken. Schmutziges Geschirr, Besteck und benutzte Gläser tummelten sich gemeinsam mit Connys großzügiger Auswahl an Kosmetik auf Esstisch und Fensterbank.

Conny stand mit ihrer Kaffeetasse und der ersten Zigarette des Tages da und besah sich das Chaos. Sie verstand nicht, wie das hatte passieren können. Neulich war es doch noch so aufgeräumt und sauber gewesen. Wie stolz sie auf sich gewesen war! Und in weniger als einer Stunde würden Vittoria und Massimo hier sein. Sie musste langsam mal loslegen. Aber zuerst musste sie sich waschen.

Und das war kein leichtes Unterfangen. Die Wohnung verfügte zwar über eine eigene Toilette – so klein, dass man rückwärts hineingehen musste, um vorwärts wieder herauszukommen –, aber nicht über ein eigenes Badezimmer. Conny schob das Geschirr beiseite und putzte den Küchentisch ab, dann wusch sie sich am Spülbecken. Wie schön es sein wird, am Theater zu arbeiten, wo allen Mitwirkenden eine Dusche zur Verfügung steht, dachte sie, als sie den Kopf unter den hohen Wasserhahn hielt. Und wenn ihre Zeit dort wieder vorbei wäre, würde sie sich eben angewöhnen müssen, wie die anderen Bewohner des Hauses zweimal die Woche ins Volksbad zu gehen. Immerhin sorgte der Vermieter stets für ausreichend Koks für die Öfen, sodass heißes Wasser aus dem Hahn kam. Conny massierte etwas Shampoo ins Haar und spülte es aus. Dann drehte sie den Hahn zu und rubbelte sich die Haare mit einem Handtuch trocken.

Jetzt hatte sie gerade noch Zeit genug, um die Klamotten in den Schrank zu werfen, das Bett zu machen und den Rest aufzuräumen. Wenn sie in die Hände spuckte, würde sie auch noch den Abwasch schaffen. Apropos Hände … Conny betrachtete sie. Der mohnrote Lack splitterte an mehreren Fingern bereits ab. Vielleicht wäre es wichtiger, ihn zu erneuern? Sie vergeudete kostbare Sekunden, während sie tatenlos dastand und überlegte.

Als Vittoria mit Massimo auf dem Arm ankam, nahm Conny sie in ihrem Eingangsflur in Empfang. »Vorsicht«, sagte sie und spreizte die Finger mit den frisch lackierten Nägeln weit ab, während sie und Vittoria sich mit Wangenküsschen begrüßten. »Der Lack ist noch nicht trocken.«

»*Der Lack ist noch nicht trocken.*« Vittoria lachte. »Der Spruch muss auf deinem Grabstein stehen, Conny. Du und deine Fingernägel!« Sie ging in das Wohnzimmer. »Mann, ist das gemütlich hier!«, rief sie.

»Findest du?«

»Und wie!« Vittoria setzte Massimo auf der Schlafcouch ab und knöpfte seine Wolljacke auf. »So eine schöne kleine Bude. Die würde mir auch gefallen.«

»Hm…« Schlagartig hatte Conny das Gefühl, undankbar zu sein. Die Freude über ihre erste eigene Wohnung war in Rekordzeit Sorgen über Hausarbeit, Einrichtung und Nebenkosten gewichen. Hatte sie wirklich schon vergessen, was für ein Glück sie bei der Unterkunftssuche gehabt hatte? »Ich bin auch richtig froh, dass ich sie habe«, sagte sie und stellte fest, dass der Nagellack nun endlich trocken war.

Massimo sah sie neugierig an. Er war jetzt gut zehn Monate alt und damit genau in dem Alter, in dem Kinder ein wenig fremdelten. Darum war es auch nicht ungewöhnlich, dass Conny ihn nicht auf den Arm nahm und abküsste, wie sie es sonst immer getan hatte. Aber dass sie gleich mehrere Meter Abstand hielt – das war schon etwas seltsam.

»Ich habe überhaupt nichts eingekauft, wie peinlich«, sagte Conny. »Soll ich eben losdüsen zum Bäcker?«

»Ich habe Brot und eine Dose Kekse mit«, sagte Vittoria und hielt ihr Nylonnetz hoch, damit Conny die geblümte Metalldose sehen konnte. »Braune Kuchen und Vanillekringel.«

»Weihnachtsgebäck? Ist das nicht ein bisschen früh?«

»Ich übe schon mal, damit sie mir zu Weihnachten auf jeden Fall gelingen. Ich habe so den Eindruck, dass Kekse mit das Wichtigste sind bei einer dänischen Weihnacht.« Vittoria setzte ihren Sohn auf den Boden und ging Richtung Küchentür. »Ich stelle nur eben Massimos Milch in den Kühlschrank.«

»Nein«, sagte Conny schnell und streckte die Hand nach der noch verschlossenen Halbliterflasche aus. »Lass mich das machen. Ich will uns sowieso einen Kaffee aufsetzen.«

»Gut.« Vittoria zog sich die Jacke aus. »Hier fehlen ein paar Haken!«, rief sie aus dem Flur.

»Stehen auf dem Zettel«, antwortete Conny. Sie hatte den Kessel auf die hintere Flamme gestellt und riss ein Streichholz an, bevor sie das Gas aufdrehte. »Mir fehlt noch ganz viel.«

»Vorhänge«, sagte Vittoria, die nun zu ihr stieß. Sie nahm die schmutzigen Geschirrstapel zur Kenntnis, kommentierte sie aber nicht. »Und vielleicht ein Teppich vor der Couch.«

»Und Farbe und Tapeten und Wachspapier und Topfpflanzen und eine Badewanne auf Löwenfüßen.« Conny lächelte schief. »Ich weiß überhaupt nicht, wo ich anfangen soll.«

»Jetzt sind wir ja zu zweit«, sagte Vittoria. »Das heißt … So wahnsinnig viel Zeit werde ich leider nicht haben, um dir zu helfen. Schon gar nicht mit diesem süßen Klotz am Bein.« Sie lächelte zu Massimo hinunter, der seiner Mutter hinterhergekrabbelt war und nun inspizierte, ob die unterste Küchenschublade sich wohl öffnen ließe. »Aber ich kann dir beim Planen und Vorbereiten helfen, wenn du willst. Du könntest die Wände auch streichen statt sie zu tapezieren. Das ist viel einfacher.«

»Gute Idee.« Conny maß ein paar Löffel Kaffeepulver ab und häufte es in den Filter. »Ich habe zwar noch nie was gestrichen, aber ich könnte es ja mal versuchen …«

»Ist gar nicht so schwer, wenn man erst mal angefangen hat.«

»Du weißt doch, wie ungeschickt ich bin.«

Da fiel Vittoria auf, dass Massimo es geschafft hatte, die Schublade zu öffnen, und er jetzt damit befasst war, den Inhalt zu untersuchen. Schnell nahm sie ihm die Zuckertüte weg. »Hast du gar keine Kochlöffel?«, fragte sie und schloss die Küchenschublade, was Massimo mit ungnädigem Quäken quittierte. »Oder irgendetwas anderes, das nicht kaputtgehen kann?«

Gemeinsam gingen sie die Küche durch und fanden einen großen Holzlöffel, ein paar Küchenbretter und Connys einzigen Kochtopf. Der kleine Junge hörte sofort auf zu jammern und machte sich stattdessen daran, die hochinteressanten Objekte gegeneinanderzuschlagen.

»Komm, wir gehen ins Wohnzimmer«, sagte Conny, als der Kaffee durchgelaufen war. »Da gibt es nicht so viel, was ihm gefährlich werden kann.« Sie schloss die Küchentür hinter sich und schenkte Massimo ein Glas Milch ein. Die Keksdose stand bereits offen auf dem Tisch.

»Na dann …«, sagte Vittoria, als die beiden Freundinnen am Tisch Platz genommen hatten. »Lass mal hören, was du vorhast mit der Wohnung.«

Conny erzählte. Von den einigermaßen überschaubaren Kleinigkeiten und von den Projekten, mit denen sie schlicht überfordert war: neue, fest angebrachte Regale in Wohnzimmer, Flur und Küche, eine Lampe über dem Esstisch, Vorhänge für alle Fenster.

»Die Vorhänge kann ich dir gerne nähen. Und dann hängen wir sie zusammen auf, wenn ich fertig bin«, sagte Vittoria. »Wir müssen nur gleich mal Maß nehmen.«

»Das würdest du für mich tun?«

»Natürlich. Dafür brauche ich höchstens zwei Abende.

Ich habe ja Frau Møllers alte Nähmaschine. Wenn du willst, kann ich dir auch ein paar Kissenbezüge aus demselben Stoff nähen, für die Couch. Welche Farbe?«

Conny lachte. »Rate mal!«

»*Rote* Vorhänge? Das geht doch nicht!« Entsetzt sah Vittoria sie an.

»Warum nicht? Oder vielleicht orange, dann passen sie zur Couch.«

Lächelnd schüttelte Vittoria den Kopf. »Ich werde schon einen Stoff finden, der dir gefällt.«

»Das ist unglaublich nett von dir«, sagte Conny.

»Ach was«, winkte Vittoria ab. »Überleg doch mal, wie viel du mir am Anfang geholfen hast. Ich stehe auf ewig in deiner Schuld.«

Jetzt war Conny peinlich berührt. Sie fand eigentlich nicht, dass sie immer besonders nett zu Vittoria gewesen war. Beim Gedanken an den Zwischenfall im Bakken schämte sie sich sofort wieder, und wie oft hatte sie sich nicht an irgendwelche Verabredungen gehalten? Und jetzt auch noch die ganze Geheimniskrämerei rund um Ejnar. Selbstverständlich schuldete sie Vittoria keine laufende Berichterstattung über ihr Liebesleben, aber mit dem Arbeitgeber der besten Freundin ins Bett zu gehen, ohne ihr etwas davon zu sagen … Conny hatte das Gefühl, illoyal zu sein. Wenn Vittoria nicht so furchtbar prüde gewesen wäre, hätte sie es ihr jetzt sofort erzählt.

Gegen zwei Uhr schmierte Vittoria ein paar Brote für Massimo, der seine Fremdelei für heute aufgegeben hatte und nun quietschvergnügt auf Connys Schoß saß und aß.

»Ich dachte, wir könnten vielleicht einen kleinen Spaziergang mit dem Kinderwagen unternehmen«, schlug

Vittoria vor, als der Kleine fertig gegessen hatte. »Massimo muss jetzt schlafen.«

»Brrr.« Conny schauderte. »Ist doch eisekalt da draußen.«

»Dann gehe ich eben alleine.« Vittoria erhob sich. »Hier drinnen schläft er niemals ein, und schon gar nicht, wenn wir quasi direkt danebensitzen.« Sie holte die Jacken.

»Na gut, ich komme mit«, sagte Conny.

Draußen war es gar nicht so kalt, wie sie befürchtet hatte. Sie gingen hinüber zum Fælledparken, und nach nicht einmal zehn Minuten war Massimo tief und fest eingeschlafen. Conny schob den Kinderwagen und erzählte von ihrer neuen Arbeit.

Vittoria machte sich sofort Sorgen, ob ihre Freundin sich jetzt wohl wieder zu viel aufgehalst hatte. »Du warst doch völlig überlastet, als du die zwei Jobs hattest«, sagte sie. »Und jetzt hast du drei.«

»Ja, aber das ist nicht das Gleiche.« Geschickt manövrierte Conny den schweren Kinderwagen um eine Schlammpfütze. »Ich kann meine Arbeitszeiten bei der Telefongesellschaft eine Weile reduzieren – ich bin ja nicht in Vollzeit fest angestellt, sondern springe nur hier und da ein. Und der Theaterdirektor weiß von meinen Fototerminen und ist einverstanden damit, dass ich sie weiter wahrnehme. Das ist alles viel flexibler als im Bella Notte.«

»Wenn du meinst«, sagte Vittoria und steckte die behandschuhten Hände tief in ihre Manteltaschen. »Ich finde nur, dass du auf dich aufpassen solltest.«

»Das tue ich auch.« Conny bemühte sich, angesichts Vittorias bemutternder Art nicht gereizt zu klingen. »Und was ist mit dir? Wie geht es dir eigentlich so?«

Etwas verblüfft guckte Vittoria sie an. Einen Moment lang sah sie aus, als wollte sie Conny etwas erzählen, aber dann zuckte sie mit den Schultern. »Mir geht es wunderbar, danke.«

»Hast du noch mal mit dem Koch gesprochen?«

»Mit Tonio? Ja. Morgen kann ich die erste Lieferung abholen. Und die kleine Pastamaschine.« Vittoria lächelte. »Ach, ich freu mich so! Er hat mir auch etwas *prosciutto* besorgt.«

»Was für 'n Zeug?«

»Schinken. Richtig guten Schinken.«

»Schinken kriegt man doch auch in Dänemark«, stellte Conny verwundert fest.

»Ja, aber nur gekochten. Dieser hier ist getrocknet. Das ist etwas ganz anderes.« Vittoria sah sie an. »Warte nur ab, bis du ihn probiert hast!«

»Und wie läuft es mit deinem Freund?«

»Ach der …« Vittoria zuckte die Achseln. »Den sehe ich wohl nicht wieder.«

»Wieso das denn?«

»Ich habe ihm gesagt, dass ich nicht mit ihm zusammen sein will … also, du weißt schon. Nicht so. Er hat das mit Fassung getragen, aber …« Wieder zuckte sie die Achseln.

»Ach, Vittoria. Wenn du dich so zierst, findest du doch nie einen Mann!«

»Ich sage doch: Ich will gar keinen Mann. Jedenfalls zurzeit nicht.« Sie umrundete behände eine Pfütze. »Und wenn ich doch mal einen will, dann will ich in ihn verliebt sein.«

»Warst du denn nicht mal ein winziges bisschen in Karl verliebt?«

»Anfangs vielleicht, aber…« Vittoria zuckte mit den Schultern. »Wenn er nicht so ungeduldig gewesen wäre, dann hätte sich bestimmt alles anders entwickelt. Ich finde es unangenehm, wenn ein Mann so drängelt.«

»Ja, das kann wirklich etwas abstoßend sein, wenn die fast schon betteln.«

Schweigend gingen sie ein Stück. Conny rauchte, Vittoria schob den Wagen. »Das lief doch eigentlich ganz hervorragend mit euch beiden, neulich beim Abendessen«, sagte sie nach einer Weile. »Also, mit dir und Ejnar.«

»Was meinst du?«, fragte Conny. Hatte Ejnar Vittoria doch etwas erzählt? Oder schöpfte sie selbst Verdacht? Hoffentlich kam jetzt keine lange, ermüdende Moralpredigt.

»Na ja… Wenn man bedenkt, wie das am Anfang war, als ihr euch noch nicht richtig kanntet«, sagte Vittoria. »Da fandest du ihn arrogant und hast gesagt, er würde mich nur ausnutzen, und er… war anfangs auch nicht gerade begeistert von dir, oder? Aber an dem Abend habt ihr euch doch richtig gut verstanden, oder?«

»Ja. Ist eigentlich ein… ganz netter Kerl«, versuchte Conny neutral zu bleiben. »Und ich muss gestehen, er ist wirklich um dein Wohl bemüht.«

»Er ist einfach so…« Pause. Abermals wirkte Vittoria, als wäre sie kurz davor, Conny etwas zu erzählen, aber wieder ließ sie es bleiben. »Ich habe den Eindruck, dass er richtig Angst hat, ich könnte verduften und die armen Kinder im Stich lassen.« Sie sah Conny an. »Dabei würde ich das niemals tun.«

»Meinst du, er hat nur wegen der Kinder Angst davor?«, fragte Conny vorsichtig. »Oder vielleicht auch, weil *er* dich nicht verlieren will?«

»Er? Mich?« Vittorias Lächeln erstarb. »Ganz bestimmt nicht.«

»Wieso?«

»Er interessiert sich nicht die Bohne für mich als Frau.«

»Vielleicht hast du das bisher nur nicht bemerkt?«

»Ich glaube, er interessiert sich überhaupt nicht für solche Sachen.«

»Solche Sachen?«

»Frauen. Geschlechtliches. Du weißt schon.«

Conny verzog keine Miene. »Wie kommst du darauf?«

Vittoria zuckte die Achseln. »Ist bloß so ein Gefühl.«

»Vielleicht hat er ja eine heimliche Freundin«, sagte Conny. »Ihr verbringt ja schließlich nicht vierundzwanzig Stunden am Tag miteinander. Geht er nicht mal ohne dich aus?«

»Äußerst selten.« Vittoria lächelte schief. »Am Mittwoch war er zum ersten Mal seit Monaten abends weg. War, glaube ich, ein größeres Abendessen.«

Allerdings, dachte Conny. Inklusive ausgiebigem Nachtisch. Doch sie sagte: »Ganz gleichgültig kannst du ihm doch nicht sein.«

»Ist aber mein Eindruck.« Vittoria sah Conny an. »Leider.«

»Wieso leider? Ich dachte, du fandest ihn langweilig?«

»Ja, zuerst ... aber jetzt ...« Vittoria verstummte.

»Was jetzt?«

»Ich weiß nicht ... Ich denke immer mehr an ihn. Immer, wenn ich versuche, an Karl zu denken, und mir einreden will, dass ich doch ein bisschen in ihn verschossen bin, denke ich am Schluss an Ejnar. Er fehlt mir richtig, wenn ich ehrlich bin. Die ganze Zeit. Selbst wenn er ein kleines Stück entfernt von mir in seinem Sessel sitzt, fehlt er mir.« Sie sah Conny an. »Verstehst du, was ich meine?«

Es lag nicht nur an der kühlen Herbstbrise, dass Conny kalt wurde. »Du bist in ihn verliebt«, stellte sie nüchtern fest. »Das hast du bis jetzt aber ziemlich gut verborgen.«

4. und 5. November 1958

»Nehmen Sie doch bitte hier Platz, Herr Møller.« Der Inspizient, ein untersetzter Mann mit ebenso dicker Brille wie Ejnar, gestikulierte in Richtung eines roten Plüschsessels in der fünften Reihe. Ein paar Plätze weiter saß ein grauhaariger Mann in einem tadellosen dunkelgrauen Anzug und einem Notizblock auf den Knien. Er nickte Ejnar zu und konzentrierte sich dann wieder darauf, sich etwas zu notieren. Vielleicht war er Journalist, dachte Ejnar und legte seinen Mantel ab.

Ejnar wurde eine seltene Gunst zuteil. Conny hatte unter Aufbietung ihres ganzen Charmes den Inspizienten dazu überreden können, ihren Freund bei einer Probe zusehen zu lassen. Der Regisseur, der ebenfalls gefragt worden war, hatte den Gast mürrisch angesehen, aber nicht protestiert. Der Theatersaal war fast leer. In der ersten Reihe saßen zwei jüngere Frauen mit Lockenwicklern im Haar und unterhielten sich leise, und in der hintersten schlummerte ein korpulenter Herr in einem Overall.

In dem Sketch, an dem gearbeitet werden sollte, hatte Conny ihren großen Auftritt. Sie wirkte auch an anderen Stellen in der Vorstellung mit, aber in dieser Szene spielte sie tatsächlich so etwas wie eine richtige Rolle. Ursprünglich hatten sie und Ejnar sich einfach nach der Probe treffen und zusammen etwas essen wollen, bevor sie weitermusste zu einer Modenschau. Aber als sie ihm vorgeschlagen hatte, etwas früher zu kommen und ein wenig bei den Proben zuzusehen, hatte er sofort eingewilligt. Jede Minute, die er in Connys Gesellschaft verbringen konnte, zählte. Auch wenn andere Menschen dabei waren und sie praktisch nicht mal dazu kam, ihm kurz zuzuwinken.

Conny war nicht kostümiert, als sie nach einiger Wartezeit endlich auf der Bühne erschien. Sie trug ihre schwarze Hose und ein Paar flache Slipper sowie – zu Ejnars Enttäuschung – einen orangefarbenen Rippenpulli, der ihren gesamten schönen Oberkörper bedeckte. Aber sie bewegte sich, als steckte sie in einem verführerischen Gewand. Sie trippelte herum, blinzelte heftig und ließ ihre Hände auf eine Weise tanzen, die die Aufmerksamkeit des Publikums auf die Hauptfigur des Sketches lenken sollte: einen hochgewachsenen, hageren Herrn mit Zylinder und langem Umhang. Ejnar wunderte sich flüchtig, weshalb der Zauberer verkleidet war, seine Assistentin aber nicht, doch da zog der Schauspieler auch schon einen Blumenstrauß aus den Falten seines Umhangs, und Ejnar sah ein, dass das Kostüm in diesem Fall genauso unentbehrlich war wie der Mann, der es trug.

Der Regisseur blaffte Conny ziemlich an. Ständig stand sie am falschen Ort und machte die falschen Bewegungen zum falschen Zeitpunkt. Der Mann mit dem Notizblock beobachtete sie genauso aufmerksam wie Ejnar, und ab und zu notierte er sich etwas. Gar kein Zweifel, dass er von der Presse war, dachte Ejnar, und hatte bereits Mitleid mit Conny, die am nächsten Tag womöglich in der Zeitung lesen konnte, was sie alles falsch gemacht hatte.

Die Probe dauerte ewig. Immer wieder wurden dieselben Details durchgegangen. Die Pointe des Sketches war offenbar, dass der Zauberkünstler ein Blender war, der entlarvt wurde, weil seine Assistentin sich dumm anstellte. Umso ironischer, dass Conny ständig Schelte bekam. Aber ihre falschen Bewegungen waren offenbar die falschen falschen Bewegungen.

Nach anderthalb Stunden kam ein großer Mann den Mittelgang hinunter, und plötzlich stand auf der Bühne alles still. Der Regisseur erhob sich von seinem Platz in der ersten Reihe und reichte dem Mann die Hand, während die beiden jungen Damen mit den Lockenwicklern auf ihn zuwirbelten und ihn mit Wangenküsschen bedachten. Erst, als der große Mann sich ein wenig drehte, erkannte Ejnar ihn: Dirch Passer, den berühmten Schauspieler. Ejnar war wie vom Donner gerührt, obwohl es für Passers Erscheinen hier natürlich eine ganz einfache Erklärung gab – er wirkte nämlich in dem Stück mit, das derzeit jeden Abend für ein ausverkauftes Haus sorgte. Und selbstverständlich konnte er auch mal tagsüber seinen Arbeitsplatz aufsuchen.

»Schluss für heute!«, rief der Regisseur und verschwand mit seinem berühmten Gast zur Seitentür hinaus. Die jungen Frauen folgten ihnen auf dem Fuße. Der Dickwanst in der hintersten Reihe war aufgewacht, und nachdem er erstaunlich leichtfüßig zur Bühne geeilt war, fing er an, zwei Bühnenarbeiter herumzukommandieren.

Conny sprang von der Theaterbühne und lief direkt auf Ejnar zu, der aufstand, um sie in Empfang zu nehmen. Er vergrub das Gesicht in ihren Haaren und inhalierte ihren Duft, während sie ihn auf die Wange küsste. Dann wandte sie sich an den grauhaarigen Mann. »Herr Villadsen … Darf ich Ihnen meinen Freund Doktor Møller vorstellen … Oder haben Sie bereits …?«

»Nein«, sagte Ejnar und schüttelte Villadsens Hand. »Ich hatte noch nicht das Vergnügen.«

»Guten Tag«, sagte der Grauhaarige. »Und Sie sind Arzt?«

»In der Tat.«

»Wie fanden Sie es?«, fragte Conny.

»Sehr gut«, sagte Villadsen. »Nur ein paar kleine Änderungen, aber das bespreche ich mit dem Regisseur.«

»Herr Villadsen hat nämlich diesen Sketch geschrieben«, sagte Conny, an Ejnar gewandt.

»Ach, dann weiß ich, wer Sie sind«, platzte es aus Ejnar hervor. »Sie sind Connys ehemaliger Chef aus dem Nachtklub, richtig?«

Villadsen lachte. »Schuldig.«

»Ich habe schon viel von Ihnen gehört. Natürlich nur Gutes«, beeilte Ejnar sich hinzuzufügen. »Nur Gutes.« Er lachte künstlich. Er fühlte sich ein wenig unwohl zwischen diesen Menschen, für die es etwas ganz Alltägliches war, dem großen Dirch Passer höchstpersönlich über den Weg zu laufen.

»Ich gehe eben schnell runter und hole meine Sachen«, sagte Conny. »Dann können wir los.«

»Warum ist der Regisseur so streng mit Conny?«, fragte Ejnar, als sie außer Hörweite war. »Macht sie ihre Sache nicht gut genug?«

»Sie macht ihre Sache sogar sehr gut.« Hans Villadsen lachte. »Sie ist ein Naturtalent.«

»Aber er korrigiert sie doch die ganze Zeit.«

»Ist ja auch eine schwere Nummer. Da kommt es hochgradig aufs Timing an, und jede einzelne Bewegung muss sitzen.« Villadsen sah zur Bühne, auf der die beiden Arbeiter und der dicke Mann im Overall nun damit beschäftigt waren, die Requisiten für die Abendvorstellung aufzustellen. Von irgendwoher konnte man eine Frau laut lachen hören. »Fräulein Mortensens Rolle ist im Laufe der Probenzeit immer größer geworden«, fuhr er fort. »Wir hatten sie eigentlich nur für eine kleine Statistenrolle angeheuert, aber als wir dann ihre Begabung sahen, haben wir ihre Rolle immer größer geschrieben.«

»Und warum schimpft er ständig so mit ihr?«

»Ach, so ist der einfach. Das dürfen Sie sich nicht zu Herzen nehmen. Tut Conny ja auch nicht.«

»Ich finde das trotzdem befremdlich.« Ejnar verstand natürlich nicht viel von Connys Arbeit, weder von ihren Fototerminen noch von dem, was sie hier am Theater tat. Wenn sie nun von einer Karriere als richtige Schauspielerin geträumt und sich mit Ibsen und Shakespeare herumgeschlagen hätte und auf die Schauspielschule gegangen wäre, dann hätte er zur Not vielleicht etwas verstanden. Aber das hier… oberflächliche Revuenummern, hohle Modenschauen und Waschmaschinenreklame. Dass sie ihre Zeit mit so etwas verschwendete, ging über seinen Verstand, aber das würde er tunlichst nicht laut sagen.

»Und Sie sind also Connys Freund?«, fragte Hans Villadsen nach.

»Ganz genau.« Ejnar straffte die Schultern ein wenig.

»Sie Glückspilz. Ich wusste gar nicht, dass sie …« Er räusperte sich. »Wie lange geht das schon?«

»Wir kennen uns erst seit Kurzem«, sagte Ejnar.

»Soso.« Villadsen räusperte sich wieder. »Gut. Ich muss dann mal«, sagte er und legte den Notizblock in eine braune Mappe. »Ich habe noch ein paar Worte mit dem Regisseur zu wechseln, und dann geht's in den Klub.«

»Schöne Grüße«, sagte Conny, die wieder zu ihnen gestoßen war. Sie trug jetzt einen Mantel und einen dicken Schal. »Vor allem an Sørensen.«

»Richte ich aus«, sagte Villadsen. »Er vermisst Sie.«

»Haben Sie immer noch keinen Ersatz gefunden?«

Villadsen schüttelte den Kopf. »Leider nicht.«

Er nickte noch einmal und verschwand durch die Seitentür. Conny und Ejnar entschieden sich für den Foyerausgang, da der Saab auf der Frederiksberg Allé stand.

»Ist er in dich verliebt?«, fragte Ejnar, als sie im Auto saßen.

»Wer? Villadsen? Überhaupt nicht.« Conny sah ihn an. »Warum fragst du?«

»Ich weiß auch nicht …« Ejnar legte die Hand auf ihren Oberschenkel und ärgerte sich nun darüber, dass sie eine Hose anhatte. »Er hat mich ein bisschen ausgefragt.«

»Ach.« Conny lachte. »Ich glaube, er hegt so was wie väterliche Gefühle für mich …« Sie lehnte sich nach vorn und zeigte auf ein Haus auf der gegenüberliegenden Straßenseite. »Da wohnt er, direkt gegenüber vom Theater. Im dritten Stock. Mit Frau und zwei Kindern.«

»Als hätten Frau und Kinder je einen Mann davor bewahrt, sich anderweitig zu verlieben«, brummte Ejnar.

»Aber er ist doch viel zu alt für mich.«

»Ist er nicht in etwa in meinem Alter?«

»Jetzt hör schon auf! Der ist mindestens zehn Jahre älter als du!« Conny zog einen runden Spiegel aus ihrer Tasche und machte sich daran, sich die Lippen nachzuziehen. »Wohin fahren wir?«

Ejnar antwortete nicht. Sein Blick war auf den Lippenstift geheftet. Auf dessen glatte rote Spitze, die so zärtlich über Connys Lippen glitt, deren weiches Fleisch unter seinem Druck nachgab und dann wieder Form annahm.

»Was ist?«

Sein Blick war immer noch auf den Lippenstift gerichtet. Erst, als sie fertig war und mit einem Klicken den Deckel schloss, erwachte Ejnar aus seiner Trance. »Entschuldigung«, sagte er und räusperte sich.

Conny lachte. »Wo warst du denn ganz?«

Ejnar legte die Arme um sie und zog sie an sich, bis ihre Nasenspitzen sich berührten. »Wann genau musst du bei deinem Termin sein?«

»In zwei Stunden. Wenn wir ein Restaurant gleich hier in der Nähe finden, schaffen wir das gut. Wie wäre es mit A Porta?«

»Oder wir könnten das Abendessen ausfallen lassen und uns etwas viel Interessanterem widmen.« Er küsste sie, bevor sie antworten konnte, und ließ nicht nach, bis sie jenes leise Brummen von sich gab, das das sichere Zeichen für zunehmende Erregung war. Er zog den Kopf ein Stück zurück und sah sie an. »Was sagst du? Musst du vorher unbedingt noch etwas essen?«

Conny lächelte mit halb geschlossenen Augen. »Essen kann man immer«, sagte sie und zog ihn an sich. »Wir gehen zu mir.«

Sie küssten sich noch ein wenig, dann riss Ejnar sich los und setzte sich ordentlich hinter das Steuer.

»Warte«, sagte Conny, kaum dass er den Motor angelassen hatte. »Du hast überall Lippenstift im Gesicht.« Sie lachte, als er sich verlegen zeigte, und holte ein zerknülltes Taschentuch aus der Tasche.

*

Ejnar war schon gegen sieben wieder zu Hause und konnte die Kinder so selbst ins Bett bringen. Gut, dass er etwas ganz Konkretes zu tun hatte, dachte er, während er Zahnpasta auf den beiden kleinen Zahnbürsten verteilte. Ihm war, als befände er sich noch mitten in dem Geschlechtsakt, von dem er gerade kam. Seine Haut und sein ganzer Körper waren überempfindlich und fühlten sich an wie elektrisch geladen. Eine einzige Berührung würde seine Lust sofort wieder entfachen. Seine Lippen prickelten immer noch, und wenn sich die Hemdsärmel bei seinen Bewegungen eng um seine Oberarme legten, fühlte sich das an wie ein zärtliches Streicheln. Er war satt, hatte aber immer noch Hunger.

Als er ins Wohnzimmer kam, saß Vita mit ihrer Handarbeit an ihrem üblichen Platz. Normalerweise gab ihm diese Voraussagbarkeit ein Gefühl der Geborgenheit, aber heute Abend nervte sie ihn. Vita benahm sich, als wäre sie siebzig, dachte er.

»Wie lief das Treffen?«, fragte Vittoria.

»Ganz hervorragend, danke.« Ganz hervorragend?

War das vielleicht ein bisschen zu dick aufgetragen für ein Treffen mit ein paar Kollegen?

Doch Vita machte nicht den Eindruck, als würde sie über den Ausdruck stolpern. »Gut, dass du so früh zurück warst«, sagte sie und zog am Garnfaden, bevor sie eine neue Reihe anfing. »Helle will sich ihre Gutenachtgeschichte nun mal am liebsten von dir vorlesen lassen.«

Ejnar empfand einen Anflug von schlechtem Gewissen. »Ich bin so schnell gekommen, wie ich konnte«, entgegnete er etwas trotzig.

Leicht verblüfft sah Vita ihn an, dann konzentrierte sie sich wieder auf ihr Strickzeug. Ejnar schämte sich dafür, dass er so gereizt reagierte. Schließlich konnte Vita nichts dafür, dass er viel lieber woanders und mit einer anderen Frau zusammen wäre. Außerdem … Wenn Vita die Wahl hätte, würde sie vielleicht gar nicht das Dasein einer alten Frau führen. Sie langweilte sich sicher auch ab und zu. Fieberhaft suchte er nach einem interessanten Gesprächsthema.

»Ich habe heute Dirch Passer gesehen«, sagte er.

»Nein!« Vittoria ließ das Strickzeug sinken. »Wo das denn?«

»Im … Auf der Frederiksberg Allé. War wohl auf dem Weg zum Theater.«

»Zu welchem Theater?«

»Zum ABC. Er spielt da in einem Stück mit.«

»ABC? Da spielt Conny doch auch bei irgendetwas mit.«

»Ja, mag sein«, sagte Ejnar und bereute bereits, sich für ein Thema entschieden zu haben, das so gefährlich nah bei der geheimen Wahrheit lag.

»Ist aber nur eine winzig kleine Rolle«, fuhr Vittoria

fort. »Conny hat gesagt, sie müsse einfach nur dastehen und lächeln.«

»Na ja, ein bisschen mehr muss sie schon tun«, entfuhr es Ejnar, bevor er nachdenken konnte.

»Aha. Und woher weißt du das?«

»Ich … habe Conny heute getroffen«, sagte er. »Soll schön grüßen.«

»Tatsächlich?«

»Wir haben uns kurz unterhalten. Dann musste ich ja weiter zu meiner Verabredung.«

Vittoria sah ihn an. »Aber du hattest genug Zeit, um mit ihr über ihre Rolle zu reden?«

»Nur ganz kurz«, wiederholte Ejnar und ging zum Radio. Er musste dieses Gespräch dringend beenden, bevor er sich vollkommen um Kopf und Kragen redete.

*

Früh am nächsten Morgen rief Ejnar aus dem Sprechzimmer bei Conny an. Er konnte Frau Iversen im Vorzimmer herumpusseln hören, wusste aber, sie würde nicht hereinkommen, solange er telefonierte.

»Ja?« Connys Stimme klang verschlafen.

»Habe ich dich geweckt?«

Sie grunzte. »Was meinst du wohl?«

»Tut mir leid, aber … ich musste dich unbedingt erreichen, bevor du mit Vita sprichst.«

»Warum?« Ein Klicken und ein leises Sauggeräusch verrieten, dass Conny sich ihre erste Zigarette anzündete. Er konnte ihren Nachttisch vor sich sehen. Den alten Blechaschenbecher mit dem großen Haufen Kippen darin. Das Feuerzeug, das nun von einer Hand mit perfekt mohnrot lackierten Nägeln auf die Zigarettenschachtel gelegt wurde. Er erzählte ihr von seinem Fauxpas und der ziemlich dämlichen Lügengeschichte.

»Was bist du nur für ein Dummerjan«, sagte Conny und lachte.

»Ich weiß«, räumte er ein. »Aber es fällt mir wirklich schwer, den Mund zu halten. Du spukst mir die ganze Zeit im Kopf herum, da muss ich deinen Namen einfach manchmal laut aussprechen.«

»Du bist ja süß«, sagte Conny leichthin und zog wieder an der Zigarette.

»Es würde die Sache viel leichter machen, wenn wir es ihr einfach sagten«, fuhr er fort.

»Auf gar keinen Fall!« Mit einem Schlag klang Conny überhaupt nicht mehr verschlafen.

»Aber wir tun doch nichts Unrechtes.«

»Vittoria darf unter gar keinen Umständen von uns erfahren, Ejnar.«

»Und warum nicht?«

»Weil sie …« Er konnte hören, dass Conny sich im Bett aufsetzte. »Weil sie prüde ist. Das habe ich doch schon mal gesagt. Ich habe keine Lust, mir ihre Moralpredigten anzuhören.«

»Aber früher oder später müssen wir doch …«

»Wir haben uns jetzt gerade erst zweimal getroffen, Ejnar«, schnitt sie ihm das Wort ab. »Das ist alles. Und es ist viel zu früh, irgendjemandem irgendetwas davon zu erzählen.«

»Ich finde doch nur, dass …«

»Wenn wir uns nicht einig darüber sind, Vittoria nichts zu erzählen, Ejnar, dann ist sofort Schluss.«

Ejnar war es nicht gewöhnt, unterbrochen zu werden, aber er fand sich ausnahmsweise damit ab, und sie beendeten das Gespräch in versöhnlichem Ton. Ihm ging es nicht gut damit, Vita zu hintergehen, aber wenn es Conny nun mal so wichtig war, dachte er und legte auf.

Er sah zur Tür hinaus ins Vorzimmer. »Guten Morgen.«

»Guten Morgen, Doktor Møller.« Frau Iversen hatte die Schutzhülle von der Schreibmaschine entfernt und war gerade dabei, zwei Bögen Papier und ein Durchschlagpapier einzulegen. »Möchten Sie eine Tasse Kaffee?«

»Sehr gerne, danke.«

Ejnar zog sich ins Sprechzimmer zurück. Gleich würde der erste Patient kommen. Er dachte zurück an sein Gespräch mit Conny. Er hielt wirklich nicht viel von dieser Geheimniskrämerei, aber wenn er so darüber nachdachte … Hatte Vita das nicht auch ein bisschen verdient? Wenn einer Geheimnisse hatte, dann doch sie. Dann konnte er ja wohl auch eins haben.

11. November 1958

Die Nähmaschine ratterte in einem fort. Richtig laut und enervierend war ihr Geräusch immer dann, wenn eine lange gerade Naht anstand und man das Pedal ganz durchtrat und quasi Vollgas gab. Sobald man sich einer Ecke näherte oder kleinere Stücke nähen musste, verwandelte sich das Geräusch dagegen in ein dunkles, freundliches Summen. Der Lärm war der Hauptgrund dafür, dass Vittoria kleine Näharbeiten bevorzugte. Um Vorhänge, Tischdecken und Laken machte sie, wenn möglich, einen Bogen, aber nun hatte sie Conny ja versprochen, ihr zu helfen.

Vittoria saß im Esszimmer, damit das Rattern der Maschine weder Ejnar beim Radiohören störte, noch den schlafenden Massimo weckte. Das Licht der Esszimmerlampe war zwar nicht das Beste, aber ausreichend. Vittoria war sich sicher, dass Conny den Stoff mögen würde, den sie ausgesucht hatte. Er hatte schmale rote, weiße und gelbe Streifen und war so leicht, dass die Vorhänge sich immer ein bisschen bewegen würden, wenn man vorbeiging. Vittoria hatte ihre Ausgaben für Stoff, Gardinenband und Vorhangstangen genauso fein säuberlich für Conny notiert wie die Adresse eines Möbelgeschäftes auf der Amagerbrogade, in dem ein briefkastenroter Knüpfteppich zu verkaufen war. Vittoria fand die Farbe etwas grell, aber Conny würde sie sicher gefallen.

»Nein, was bist du fleißig, Vita.« Ejnar hatte den Kopf zur Tür hereingesteckt. »Sind das immer noch die Fenstervorhänge für Conny?«

»Stört Sie der Lärm?« Vittoria war sofort ganz betreten.

»Nein, nein, ich finde das gemütlich. Meine Frau hat auch oft hier gesessen und genäht.«

Vittoria lächelte ihn an, ihr fiel kein passender Kommentar ein.

»Apropos meine Frau …« Ejnar rückte seine Brille zurecht. »Ich finde, es ist an der Zeit, ihre Sachen wegzuräumen, aber …« Er stockte.

»Soll ich das für dich tun?«

»Das wäre nett. Ich bringe es einfach nicht richtig über mich.«

»Natürlich nicht«, sagte Vittoria. »Was soll ich wegräumen? Kleider? Schuhe? Toilettenartikel?«

Er nickte. »Alles. Ich würde dir ja anbieten, dir davon zu nehmen, was du gerne haben möchtest, aber … ich glaube, ich würde es nicht ertragen, dich in Gerdas Kleidern herumlaufen zu sehen.«

»Das kann ich gut verstehen. Ich werde es der Wohlfahrt geben«, sagte Vittoria. »Du brauchst dir keine Gedanken mehr darüber zu machen, Ejnar.«

»Danke.«

Er blieb mit der Pfeife im Mund auf der Türschwelle stehen, während Vittoria sich wieder ihrer Arbeit zuwandte. Sie fand es seltsam, von ihm beobachtet zu werden, und vernähte sich prompt.

»Wann sollen die Vorhänge denn fertig sein?«, fragte Ejnar.

Herrjemine, ist der plötzlich an meiner Handarbeit interessiert, dachte Vittoria und fädelte einen neuen Faden in die Maschine ein. »Am Sonntag. Dann hängen Conny und ich sie gemeinsam auf.«

»Sie ist sicher froh, eine Freundin wie dich zu haben.«

Vittoria sah zu ihm auf und lächelte. »Ja, ich glaube, das ist sie wirklich.«

»Braucht sie sonst noch Hilfe?«

»O ja.« Vittoria schob den halb fertigen Vorhang auf den Tisch und lehnte sich zurück. »Die ganze Wohnung muss gestrichen, Regale und Lampen müssen angebracht werden. Ich glaube nicht, dass sie viel davon selbst machen kann. Conny ist nicht besonders praktisch veranlagt.«

»Und was macht sie dann? Bestellt sie einen Handwerker?«

»Das kann sie sich nicht leisten«, sagte Vittoria. »Würde mich nicht wundern, wenn ich streiche, während sie dafür auf Mads aufpasst. Ist ja nur eine kleine Wohnung, das geht schnell. Aber ich kann ihr natürlich nur sonntags helfen.«

»Ich kann gerne mal einen Abend zu ihr fahren und ihr mit dem Rest zur Hand gehen. Obwohl ich nicht gerade der geborene Heimwerker bin.«

»Das würdest du tun?« Vittoria strahlte. »Das wird sie aber freuen. Soll ich mit ihr darüber reden?«

»Ja, gerne. Und sag ihr schöne Grüße von mir.«

Damit ging Ejnar und hinterließ den süßen, würzigen Geruch seines Pfeifenrauchs. Vittoria machte sich wieder an die Arbeit. Sie war froh, dass Ejnars Einstellung zu Conny sich zum Positiven gewandelt hatte. Für sie bedeutete das, dass sie die beiden Bereiche ihres Lebens nicht mehr streng getrennt halten musste, was eine enorme Erleichterung darstellte.

Gegen neun Uhr fegte sie alle Stoff- und Fadenreste vom Esstisch und packte die Nähmaschine ein. Bügeln wollte sie jetzt aber nicht mehr. Das kann bis morgen warten, wenn ich auch die Kittel für die Praxis plätte, dachte sie und ging ins Wohnzimmer. Ejnar saß am Telefon. Als er Vittoria sah, beendete er schnell das Gespräch und legte auf.

»Entschuldigung«, sagte sie. »Störe ich?«

»Nein, nein.« Hastig begann er, seine Pfeife zu stopfen.

»Hast du schon mit Helle über Hoppel geredet? Es wird langsam kalt draußen.«

Ejnar nickte. »Ich habe ihr versprochen, dass sie im Frühjahr einen Hundewelpen bekommt, wenn sie damit einverstanden ist, dass das Kaninchen morgen aufs Land zieht.«

»Aufs Land? Auf welches Land?«

»Das ist so eine Redensart, Vita. Hoppel bekommt eine Spritze, das ist ein schneller und schmerzfreier Tod. Aber das muss das Kind ja nicht wissen.« Er riss ein Streichholz an, hielt es an den Pfeifenkopf und sog mehrfach lang und kräftig am Mundstück.

»Wenn das Tier eine Spritze bekommt, kann ich wohl keine Mahlzeit daraus zubereiten?«

Ejnar blies das Streichholz aus, lachte und wedelte sich den dichten Pfeifenrauch aus dem Gesicht. »Nein, das kannst du ganz sicher nicht.«

»Das ist Verschwendung von gutem Fleisch.«

»Aus dem Fleisch eine Mahlzeit zu machen wäre barbarisch, Vita. Du kannst Helle doch nicht ihr eigenes Haustier servieren.«

Vittoria zuckte die Achseln. »Du hast hier das Sagen.« Sie richtete sich auf. »Eigentlich wollte ich auch nur fragen, ob du jetzt gerne deinen Tee hättest.«

»Bist du denn schon fertig mit Nähen?«

»Ja.«

»Zu einer Tasse Tee sage ich nicht Nein.« Er sah sie an. »Soll ich bald mal wieder Kindermädchen spielen?«

»Wie bitte?«, fragte Vittoria, doch im selben Augenblick ging ihr auf, was er meinte. »Nein danke.«

»Ist mit dem jungen Mann denn schon wieder Schluss?«

»Wir haben zumindest keine weiteren Verabredungen getroffen.« Vittoria ging in die Küche und füllte eine Keramikschale mit Pfeffernüssen. »Sie müssen mal ein paar kosten und mir sagen, ob die so richtig sind«, sagte sie und stellte die Schale auf den Couchtisch. »Oder ob vielleicht noch mehr Pfeffer nötig ist.«

Ejnar lächelte. »Ich bin mir sicher, dass sie perfekt sind, Vita. Wie alles, was du machst.«

*

Als Vittoria sich für die Nacht zurückgezogen hatte, schlüpfte sie in ihr Nachthemd und deckte Massimo gut zu, der immer wieder seine Decke wegstrampelte. Dann nahm sie einen alten Brief von Schwester Giovanna aus der Kommodenschublade, setzte sich auf die Bettkante und begann zu lesen.

Rom, den 5. November 1958
Liebste Vittoria!
Vielen Dank für Deinen Brief. Du glaubst ja nicht, wie froh ich bin, dass es Euch in Dänemark immer noch so gut geht. Ich denke jeden Tag an Euch und schließe Euch in jedes meiner Gebete ein. Ich bin zutiefst dankbar, dass Du standhaft geblieben bist, obwohl Dein Arbeitgeber Dich so unter Druck gesetzt hat. Selbstverständlich konntest Du nicht zulassen, dass er Sandro Contini anrief, aber die Alternative wäre nur noch schlimmer gewesen. Ich finde, Dein Vorschlag war ein guter Kompromiss. Dein Hausherr darf mich sehr gerne anrufen, wenn er das möchte. Du hast in den dänischen Zeitungen sicher über die dramatische Papstwahl gelesen. Glücklicherweise ist jetzt alles überstanden, und Papst Johannes XXIII. hat seine erste Messe gehalten. Die ganze Stadt stand

natürlich kopf. Drei Tage hintereinander haben Tausende von Pilgern auf dem Petersplatz auf weißen Rauch gewartet. Der kam auch mehrmals – und wurde immer wieder von schwarzem Rauch abgelöst. Auch in unserem kleinen Kloster haben wir unmittelbar die Folgen dieser nervenaufreibenden Tage spüren können. Mutter Anna hat sich verletzt, als sie beim Anblick des ersten weißen Rauchs auf die Knie fiel. Wir alle beten für ihre baldige Genesung.
Auch in meiner kleinen Nische des Klosters geht es derzeit hoch her. Vor zwei Wochen kamen plötzlich, über nur wenige Tage verteilt, gleich drei neugeborene Findelkinder dazu, die uns ganz schön auf Trab halten! Dir brauche ich nicht zu erzählen, wie anstrengend so kleine Wesen sein können. Und doch danke ich der Heiligen Jungfrau, dass sie diese unschuldigen Kinder zu uns kommen ließ. Ein Kinderheim mag nicht der beste Start ins Leben sein, aber wohl doch besser als die Umstände, unter denen diese Wichte bei ihren Müttern aufgewachsen wären (wenn sie dort überhaupt überlebt hätten). Jetzt suchen wir fieberhaft nach guten Familien für die Kleinen, und mit Gottes Hilfe werden wir sie auch finden.
An Allerheiligen habe ich das Grab Deiner Eltern besucht und später in der Kirche eine Kerze für sie entzündet. Das Grab sieht immer noch gut aus.
Am Todestag Deiner Mutter vor ein paar Wochen war ich auch da und habe Blumen abgelegt. Kaum zu glauben, dass nun schon über ein Jahr vergangen ist.
Gott befohlen.
Schwester Giovanna

Vittorias Augen waren ganz feucht. Ach, wie sie die grobschlächtige Nonne mit dem trockenen Humor und den schönen braunen Augen doch vermisste! Sie wünschte sich nichts sehnlicher, als eines Tages wieder mit ihr reden zu können. Als sie den Brief zurück in die Schublade legte, sah sie direkt in das fein gemalte Gesicht der Heiligen Jungfrau. Sie bekreuzigte sich und neigte den Kopf. »*Ave, o Maria, piena di grazia …*« Es gab so vieles, wofür sie beten, worum sie bitten und worauf sie hoffen konnte. So vieles, wofür sie dankbar sein konnte. Und so vieles, das sie verlieren konnte. »*… adesso e nell'ora della nostra morte. Amen.*«

3. und 8. Dezember 1958

Noch zwei Tage bis zur Premiere. Die erste Generalprobe mit Publikum. Die Stimmung in der Damengarderobe war auf dem Siedepunkt. Eben noch hektisch und völlig aufgedreht, dann übernervös und pessimistisch.

Conny musste erst im dritten Sketch auf die Bühne und durfte deshalb als eine der Letzten an den Schminktisch. Die Wartezeit überbrückte sie wie üblich: Sie fläzte sich mit einer Zigarette im Mund auf einem Sessel, ließ die Beine über die Armlehne baumeln und studierte ihre perfekt lackierten Nägel.

Ihr ganzer Körper kribbelte vor Aufregung, aber nicht mal das Lampenfieber ließ sie die bleierne Müdigkeit vergessen. Die Fototermine und die Theaterproben miteinander zu koordinieren hatte sich als wesentlich schwieriger erwiesen, als Villadsen ihr anfangs hatte weismachen wollen. Sie hatte mehrere Anfragen, auf Modenschauen aufzutreten, ablehnen müssen, weil diese zeitlich mit dem Probenplan kollidierten, der auf Wunsch einer einzigen Mitwirkenden ganz bestimmt nicht geändert würde. Dann hatte es Tage gegeben, an denen sie das Gefühl gehabt hatte, von einem Job zum anderen zu rennen. Wobei sie natürlich nicht rannte, sondern auf der Rückbank eines Taxis saß. Fahrradfahren hatte sie vorläufig aufgegeben. Sie konnte schließlich schlecht verschwitzt, mit verschmiertem Make-up und zerzaustem Haar an einem Arbeitsplatz auftauchen, an dem sich alles um ihre betörende Schönheit drehte. Die Taxikosten waren beträchtlich, aber im Moment verdiente sie auch gut, und so war die Ausgabe zu verschmerzen.

Heute war sie schon frühmorgens bei einem Fototermin gewesen und von dort direkt zu den letzten Kostümproben gefahren. Den ganzen Tag über hatte sie keine Zeit gehabt, etwas zu essen, und war am Ende so ausgehungert gewesen, dass sie von dem Smørrebrød, das die Sekretärin des Theaterleiters für alle geholt hatte, gleich drei Stück verschlungen hatte. Jetzt hatte sie einen richtigen Blähbauch, und das war gar nicht gut, wenn man bedachte, wie eng vor allem das eine ihrer Kostüme anlag.

»Conny! Telefon!«, rief der Inspizient. Er klang sehr verstimmt. Als Conny sich in dem schmalen Gang an ihm vorbeidrückte, versuchte sie es mit einem entwaffnenden Lächeln, aber seine einzige Reaktion darauf war ein »Mach's kurz!«. Dann drehte er sich auf dem Absatz um und eilte in Richtung Bühne davon.

»Ja bitte?«

»Ich bin's.« Ejnars Stimme.

»Ist was passiert?«

»Ich wollte dir nur viel Glück wünschen für heute Abend.«

»Das macht man nicht.« Conny klopfte von unten gegen die Platte des überfüllten Inspizienten-Schreibtisches. »Das bringt Unglück.«

»Was sagt man dann?«

»Toi, toi, toi.«

Er lachte. »Na, dann: toi, toi, toi, meine Schöne.«

Sie warf einen Blick in den Korridor, auf dem ihre Kolleginnen in mehr oder weniger bekleidetem Zustand wie aufgescheuchte Hühner hin und her liefen. »Du darfst hier nicht anrufen, Ejnar«, sagte sie.

»Ich musste aber dringend deine Stimme hören.«

»Ich muss jetzt auflegen. Wir sehen uns Montag um sieben. In Krogs Fischrestaurant, oder?«

»Ja, aber … Das sind ja noch fünf Tage bis dahin, Conny. So lange kann ich nicht warten.«

»Wir spielen jeden Abend außer montags. Das weißt du doch. Vor Montag habe ich keine Zeit.«

»Könnte ich nicht morgen Nachmittag mal schnell vorbeischauen?«

»Da habe ich einen Fototermin.«

»Und … was ist mit Samstagnachmittag? In der Frauenkirche wird das Weihnachtsoratorium aufgeführt, da könnten wir doch vielleicht …«

»Weihnachtsoral-was?« Conny kicherte. »Ist das was Unanständiges?«

»O-ra-to-ri-um. Und nein, das ist überhaupt nichts

Unanständiges.« Er klang beleidigt. »Das ist ein großes Chorwerk von Bach.«

»Ach so – kein Interesse.« Conny schenkte dem wieder zurückgekehrten und jetzt noch mürrischer aussehenden Mann ein entschuldigendes Lächeln. »Bis dann.« Sie legte auf, ohne noch eine Antwort abzuwarten. »Entschuldigung«, sagte sie, an den Inspizienten gewandt. »War nur eine ganz kurze Nachricht.«

»Raus jetzt, und ab in die Maske!« Er schob sie zur Tür.

Die Schminktische waren immer noch besetzt, darum machte Conny es sich wieder auf dem Sessel bequem. Sie wusste, eigentlich sollte sie sich darüber freuen, dass Ejnar so viel an sie dachte, dass er sie immer wieder mal anrief, aber ihre Gefühle für ihn waren, vorsichtig ausgedrückt, ambivalent. Einerseits hatte kein Mann sie bisher sexuell so befriedigt wie er – und es mangelte ihr wahrlich nicht an Vergleichsmöglichkeiten. Andererseits … waren da seine Herablassung angesichts ihrer mangelnden Schulbildung, sein Desinteresse an ihrer Arbeit und seine verächtliche Einstellung zu dem Leben, das sie lebte …

Und dann war da noch die Sache mit Vittoria. Deren Beichte bezüglich ihrer Gefühle für ihren Arbeitgeber hatte Conny doch überrascht. Seither war Vittoria immer wieder auf das Thema zurückgekommen. Ejnar hier, Ejnar da. Ejnar, Ejnar, Ejnar. Conny hatte nun nach jedem Zusammensein mit ihrem Liebhaber ein enorm schlechtes Gewissen. Sie wusste auch, dass es ihm schwerfiel, seine Haushälterin zu belügen, wenn er zu Conny fuhr, aber angesichts von Vittorias Verliebtheit in Ejnar – über die Conny natürlich Stillschweigen bewahrte – gab es da überhaupt nichts zu diskutieren. Und doch fühlte es sich an, als würden Ejnar und sie Vittoria betrügen, und Conny schämte sich so sehr, dass sie ihrer Freundin kaum noch in die Augen sehen konnte.

Das alles war gar nicht gut, dachte sie. Und auch völlig absurd, wenn sie bedachte, mit wie vielen verheirateten Männern sie im Laufe der Zeit so zusammen gewesen war. Normalerweise hatte sie da noch nie Skrupel verspürt, und in diesem Fall war ja noch nicht mal die Rede von echter Untreue. Zum einen war Ejnar verwitwet – und zum anderen existierte die Beziehung zwischen Ejnar und Vittoria nur in Vittorias Fantasie. Ejnar war diesbezüglich ahnungslos.

»Toi, toi, toi, Conny.« Einer ihrer Schauspielerkollegen sah zur Tür herein.

»Danke, Viggo«, sagte Conny. »Bis später.«

Er lächelte ihr zu und verschwand.

Sie setzte sich an einen Schminktisch, um endlich ihr Bühnen-Make-up aufzulegen, als zum ersten Mal der Gong erklang. In fünf Minuten würde er noch einmal erklingen, und dann wurde es ernst. Jetzt musste sie sich wirklich zusammenreißen und sich auf ihren Auftritt konzentrieren, dachte sie und zeichnete ihre sorgfältig gezupften Augenbrauen mit einem hellbraunen Stift nach.

*

»Ich finde, wir sollten heiraten.« Ejnar sprach die Worte sehr ruhig aus, wie eine ganz alltägliche Feststellung, damit die anderen Gäste in dem behaglichen Restaurant nichts von seinem Heiratsantrag mitbekamen. Es war Montag, und sie aßen wie verabredet in dem vornehmen Fischrestaurant am Gammel Strand zu Abend.

»Aha. Und warum?« Conny legte das Besteck ab.

»Weil ich dich liebe.«

Sie zog eine Augenbraue hoch. »Ach ja?«

»Ja, natürlich.« Er klang leicht gekränkt. »Ich muss immerzu an dich denken, ich träume ständig davon, mit dir zusammen zu sein, und habe ständig Lust auf dich.«

»Lust, ja. Die hast du wirklich«, sagte Conny. »Aber das ist nicht dasselbe.«

»Für mich schon«, entgegnete er stur.

»Richtig gern hast du mich nur, wenn das Licht aus ist.«

»So ein Quatsch. Wenn es nach mir ginge, würden wir das Licht nie ausmachen.« Er lächelte. »Du bist eine der schönsten Frauen, die mir je begegnet sind. Ich könnte dich den ganzen Tag nur ansehen.«

Conny merkte, wie sie errötete. »Das meinte ich nicht.«

»Deine Lippen. Ich liebe deine Lippen«, sagte Ejnar mit gedämpfter Stimme und in weniger prosaischem Tonfall. »Ich liebe deine Augen. Deine Haut. Manchmal muss ich während der Arbeit von einem Moment auf den anderen an deinen samtweichen Bauch denken, und dann bin ich so abgelenkt, dass ich den Patienten bitten muss, seine Frage zu wiederholen.« Er schob eine kunstvolle Weihnachtsdekoration beiseite und nahm Connys Hand. »Ich liebe dich.«

Das führt zu weit, dachte Conny. Sie kannten einander kaum, aber eins wusste sie: dass Ejnar nicht der Mann war, mit dem sie den Rest ihres Lebens verbringen wollte. Alles in ihr sträubte sich gegen diese Vorstellung. Alles außer ihrem Körper. Der reagierte mit demselben Hunger wie immer und war vollkommen unempfänglich für jegliche Vernunft und Logik. Sie nahm seine Hand, aber das reichte nicht. Sie musste ihn in sich spüren. »Wollen wir nach Hause?«, fragte sie. Ihre Stimme war rau vor Erregung. Inständig hoffte sie, der seltsame Heiratsantrag wäre vergessen, sobald sie zusammen im Bett lägen.

»Wollte ich auch gerade vorschlagen.« Seine graubraunen Augen hinter den dicken Brillengläsern glühten und wirkten seltsam fern. Sie kannte diesen Blick, er bekam ihn immer dann, wenn ihn die Wollust packte. »Komm, lass uns gehen«, sagte er und winkte den Kellner herbei.

Im Auto blieben sie zunächst sitzen und knutschten, bevor sie schweigend durch Kopenhagen fuhren. Das Licht von Leuchtreklamen, Straßenlaternen und weihnachtlichen Lichterketten glitzerte in den Regentropfen auf der Windschutzscheibe. Conny hätte am liebsten die Hand in den Schoß ihres Liebhabers gelegt. Es fiel ihr sehr schwer, sich zu beherrschen, aber sie wusste, welche Wirkung das auf ihn haben würde, und das wiederum hätte ganz sicher Folgen für die Verkehrssicherheit, dachte sie und umklammerte stattdessen den Griff ihrer Handtasche.

»Ist aber nicht aufgeräumt bei mir«, sagte Conny, als sie kurz darauf den Schlüssel ins Schloss der Wohnungstür steckte. »Ich hatte es vorhin ziemlich eilig.«

»Egal.« Ejnar stand hinter ihr, hatte die Hände um ihren Bauch gelegt und drückte den Unterleib gegen ihren Hintern. Die Wärme seines Gliedes war durch alle Stofflagen zu spüren. »Nun mach schon.«

Sie schafften es nicht einmal mehr bis zur Schlafcouch, sondern stolperten auf den neuen Knüpfteppich. Während Ejnar seine Brille abnahm, sah Conny rechts von ihrem Kopf auf dem Boden ein zusammengeknülltes Paar Strümpfe und einen benutzten Teller mit Spiegeleiresten. Dann versank alles um sie herum, und ihr Körper übernahm das Kommando. Sein Kopf zwischen ihren Beinen. Ihre Lippen, die dem schmalen Streifen Haar zwischen Geschlecht und Nabel folgten. Seine Zunge hinter ihrem Ohr. Ihre Hände auf seinem harten Rücken. Sein Glied, das in sie eindrang und sie erfüllte … Conny hörte ein lang gezogenes Jammern und bemerkte dann, dass es von ihr selbst kam. Hinterher blieben sie ganz still liegen, vollkommen miteinander verflochten. Sie spürte seinen heißen Atem an ihrem Hals und seine langsam schrumpfende Männlichkeit in ihrem Schoß.

Als Ejnar sich zurückziehen wollte, hielt sie ihn fest. »Bleib noch ein bisschen«, bat sie.

»Nein«, sagte er und schob bereits eine Hand zu seinem Schritt. »Sonst rutscht das Kondom ab. Und eine Schwangerschaft ist wohl das Letzte, was du jetzt gebrauchen kannst.« Er erhob sich.

Conny setzte sich auf die ungemachte Schlafcouch. Mit dem Fuß schob sie den Teller mit den Spiegeleispuren unters Bett. Sie sah zu Ejnar auf. »Das war der Wahnsinn.«

»Glaubst du mir immer noch nicht, dass ich dich liebe?« Er hatte einen Knoten in das Kondom gemacht und ging in die Küche zum Abfalleimer.

»Ich glaube, du liebst es, Liebe mit mir zu machen!«, rief sie ihm hinterher. Conny zündete sich eine Zigarette an und deckte sich zu. »Und ich liebe es, mit dir Liebe zu machen. Aber das ist nicht genug.«

»Dann sag mir, was genug wäre«, sagte Ejnar.

Sie kniff die Augen gegen den Rauch zusammen und musterte ihn. »Meinst du das wirklich ernst, dass wir heiraten sollen?«

»Vielleicht nicht jetzt sofort, aber demnächst.« Er schlüpfte zu ihr unter die Decke. »Wenn wir uns ein bisschen besser kennengelernt haben.«

»Wir haben doch überhaupt keine gemeinsamen Interessen. Also, von Matratzensport jetzt mal abgesehen.«

»Das stimmt nicht.«

»Dann lass mal hören.«

»Wir … gehen beide gerne zusammen essen.«

Sie schnitt eine Grimasse. »Mehr.«

»Wir interessieren uns beide für …« Ejnar verstummte. Lachte verlegen. »Das kommt schon noch, wenn wir uns erst etwas besser kennen«, sagte er. »Ich werde dich schon noch auf den Geschmack von klassischer Musik und guten Büchern bringen.«

Conny verzog verärgert das Gesicht. »Du meinst, die Liebe stellt sich ein, wenn ich mich geändert habe?«

»Nein, doch nicht so. Ich meine nur … Wenn zwei Menschen sich lieben, dann ergibt sich alles andere von selbst. Man wird ein Teil des Lebens des anderen und fängt natürlich an, Gemeinsamkeiten zu entwickeln. Da kann in der nächsten Zeit noch ganz viel passieren.«

»Vielleicht«, sagte Conny.

»Warte nur ab, bis du erst meine Kinder kennst.«

Sie räusperte sich. »Deine Kinder. Ja.«

Er sah sie an. »Was?«

Conny wich seinem Blick aus. Nach kurzem Zögern sagte sie: »Guck dich doch mal hier um, Ejnar.« Als er nicht zu wissen schien, worauf sie hinauswollte, wiederholte sie: »Guck doch mal, was für ein Schweinestall das hier ist.«

Er zuckte die Achseln. »Du bist nach deinem Einzug eben noch nicht ganz fertig mit allem.«

»Blödsinn. Ich wohne jetzt schon fast drei Monate hier, und ich habe Schrank- und Regalplatz genug. Und trotzdem fliegt alles herum.«

Abermaliges Achselzucken.

»Sieht das hier aus wie die Wohnung einer guten Hausfrau?«, fragte Conny. Als Ejnar Luft holte, um zu antworten, fuhr sie schnell fort: »Du brauchst eine Frau, die ein Teil der Familie werden kann, die du bereits hast.«

»Ja, aber ...«

Sie fertigte ihn mit einer Handbewegung ab. »Ich bin nicht die richtige Frau für dich, Ejnar. Ich kann nichts. Ich kann nicht kochen, putzen kann ich nicht ausstehen, und ich habe noch nie für jemanden anderen als für mich selbst Verantwortung übernommen.«

»Das kann man doch alles lernen«, sagte er wenig überzeugt.

»Das bezweifle ich.« Sie zog ein letztes Mal an ihrer Zigarette und drückte sie dann aus. »Wenn wir beide ganz von vorne anfangen würden, bei null, dann wäre es vielleicht etwas anderes. Aber du hast dich längst etabliert, du hast Kinder und ein Haus, das gepflegt werden muss. Das passt alles überhaupt nicht zu mir. Und außerdem«, fuhr sie schnell fort, bevor er das Wort ergreifen konnte, »habe ich keine Lust, mit der Arbeit aufzuhören. Ich arbeite *gerne* als Fotomodell. Könntest du wirklich mit einer Frau leben, die von einem Fototermin zum anderen düst und in ziemlich gewagten Kostümen im Varieté auftritt?«

»Also …« Er zögerte.

»Ohne meine Arbeit würde ich mich zu Tode langweilen.«

»Wer sagt denn, dass du aufhören müsstest zu arbeiten, Schatz?«

Sie lachte. »Anfangs würdest du wahrscheinlich versuchen, das in Ordnung zu finden. Aber ich glaube kaum, dass du dich längerfristig damit abfinden würdest. Was, wenn ich mit einer Vorstellung mehrere Monate auf Tournee gehen würde?« Conny schüttelte den Kopf. »Unglaublich. Jetzt muss *ich*, eine ungebildete Zweiundzwanzigjährige, einen erwachsenen Familienvater und Arzt zur Vernunft bringen! Kannst du denn nicht selbst sehen, dass das mit uns von Anfang an zum Scheitern verurteilt wäre? Ich würde deinen Haushalt im Nullkommanichts zugrunde richten. Ich will weder Haus noch Kinder, solange ich mir keine Haushaltshilfe leisten kann.«

»Dann müssen wir Vita eben dazu überreden zu bleiben«, sagte Ejnar und musste lachen, als er Connys Gesicht sah. »Ja, wieso denn nicht? Sie liebt ihre Arbeit – und sie macht sie sehr gut. Die Kinder vergöttern sie. Und sie ist deine beste Freundin. Das wäre doch richtig nett für euch, unter einem Dach zu wohnen!«

»Das ist nicht dein Ernst.«

»Man kann doch mal drüber nachdenken.«

Conny sah ihn an. »Du wünschst dir also einen Harem aus zwei Frauen – eine fürs Bett und eine für alles andere? Oder noch besser: drei. Denn die Zugehfrau soll wohl auch weiter kommen, oder?«

»Frau Sloth? Ich weiß nicht. Meinst du nicht, Vita und du, ihr könntet das mit dem Hausputz gemeinsam schaffen?« Er klang jetzt gar nicht mehr, als wollte er sie nur necken. Ejnar war von unverbindlichem Nachdenken direkt übergegangen zu ernsthaften Überlegungen.

Conny sprang aus dem Bett und fing an, ihre Kleider vom Fußboden aufzusammeln. Sie konnte seinen Blick auf sich spüren.

»Ist was?«, fragte Ejnar.

Wortlos schloss sie den BH.

»Sieh mich an«, sagte er.

Conny stemmte die Hände in die Hüften und gehorchte.

»Was ist los? Bist du sauer?«

»Das hier geht so nicht«, sagte Conny.

»Ja, und genau deswegen wäre es doch eine gute Idee, wenn wir …«

»Nein.« Sie zog sich weiter an.

»Wenn wir uns verloben würden, bräuchten wir uns auch nicht mehr heimlich zu treffen«, sprach er weiter. »Und wir könnten anderen von uns erzählen, vor allem …«

»Wir werden uns nicht verloben«, unterbrach sie ihn und schloss den Rock an der Seite. »Und wir werden auch nicht heiraten. Ich passe nicht in dein Leben, und du passt nicht in meins.«

Ejnar schüttelte den Kopf. Nun stand auch er auf und suchte seine Klamotten zusammen – ein Unterhemd hier, eine Hose dort. Er sah Conny nicht an, während er in seine Kleidung schlüpfte. Conny setzte sich auf einen Esszimmerstuhl. Wieso stellt er sich bloß so an?, dachte sie. Warum konnte er sich nicht einfach über das freuen, was sie jetzt hatten, statt sich noch mehr zu wünschen? Sie wäre traurig, wenn das jetzt das Ende ihres Verhältnisses bedeutete, aber irgendwie wäre sie auch erleichtert.

»Sehen wir uns Freitag?«, fragte Ejnar. »Ich könnte dich nach der Vorstellung abholen.«

Conny sah ihn kurz an. »Wenn du mir versprichst, nicht wieder vom Heiraten anzufangen.«

Er zuckte mit den Schultern. »Wenn es das ist, was du willst.«

10. Dezember 1958

Vittoria stand in Ejnars Schlafzimmer, um Gerdas Hinterlassenschaften aus Schränken und Schubladen zu entfernen. Die Sundkirche am Lodivej wollte gerne Kleidung, Schuhe und Taschen entgegennehmen. In der Gemeinde gebe es viele, denen das eine oder andere fehle, hatte der Pfarrer gesagt. Die Bewohner des Obdachlosenheims am Backersvej zum Beispiel wären sicher dankbar für kostenlose Bekleidung.

Massimo saß mit einer ganzen Kiste von Jans Modellautos in der Zimmerecke. Normalerweise war es ihm streng verboten, mit den Spielsachen des großen Jungen zu spielen – was die Sache für ihn natürlich nur noch interessanter machte –, und darum würden die Autos den Kleinen sicher lange genug beschäftigen, um Vittoria in Ruhe ihre Arbeit machen zu lassen.

Was für wunderschöne Sachen, dachte sie, während sie ein Kleid nach dem anderen zusammenlegte. Gerda hatte guten Geschmack gehabt. Ihre Kleidung war keine teure Markenware, aber jedes einzelne Stück war von ausgesuchter Qualität und in raffinierten, weichen Farben gehalten. In Perlgrau, Lavendelblau, Moosgrün, auch altviolette und bräunliche Töne fanden sich darunter. Einiges davon hätte Vittoria wirklich gerne selbst behalten, aber nun hatte sie Ejnar ja versprochen … Ganz hinten im Schrank hing in einem eigenen Kleidersack ein cremefarbenes Kleid mit kleinem, aufgesetztem Schoß. Das Brautkleid, schätzte Vittoria und entfernte die Hülle. In der Tat, da kam auch der Hochzeitsschleier zum Vorschein, mit einer Nadel am Ausschnitt befestigt. Sie hielt sich das Kleid an und bewunderte sich im Spiegel. Ein bisschen altmodisch vielleicht und ein bisschen zu lang, aber schön. Sehr schön. Und noch dazu offenbar in ihrer Größe. Schade aber auch. Sie hing ein paar Träumereien nach, dann tat Vittoria das Kleid zu den anderen in den Bettbezug, der ihr als Sammelsack diente. Den Schleier legte sie zur Seite. Er wäre eine wunderbare Aufmerksamkeit für Helle, wenn sie eines Tages heiratete, das müsste selbst der trauernde Witwer verstehen.

Mit den Schuhen war sie schnell fertig. Gerda hatte größere Füße gehabt als Vittoria, sie kam also nicht in Versuchung. Flache und hohe Schuhe, festliche Pumps und Stiefeletten – alles landete im Bettbezug. Dann war der große Schrank leer. Am besten bat sie Frau Sloth am nächsten Tag, ihn gründlich mit Wasser und Seife zu reinigen.

»Na, und was sagst du, *bambino mio*?« Vittoria ging neben Massimo in die Hocke. »Sind das feine Autos?«

Der Junge sah sie kurz an, dann konzentrierte er sich wieder auf das Schmuckstück in Jans Sammlung: einen rot lackierten Feuerwehrwagen mit langer, ausziehbarer

Leiter. Massimo saß wie gebannt da und zog die Leiter immer wieder heraus und schob sie wieder zusammen. Ein Speicheltropfen hing an seiner Unterlippe. Vittoria entfernte ihn mit dem Daumen und wischte diesen an der Schürze ab. Dann erhob sie sich wieder. Die Kommode. Sie zog die unterste Schublade auf. Cardigans und langärmelige Oberteile in denselben gedämpften Farbtönen wie die Kleider. Es tat Vittoria weh, die schönen Sachen wegzugeben. Wer würde sie wohl bekommen und tragen? Da fiel ihr plötzlich ein, dass unter Ejnars Patienten viele Obdachlose waren. Vielleicht würde er ab und zu ein Kleidungsstück wiedererkennen. Aber war er wirklich so aufmerksam? Zweifelnd betrachtete Vittoria einen sandfarbenen Angorapullover. Wohl kaum, dachte sie. Schließlich war er ein Mann. Außerdem war das ganz normale Kleidung von der Stange, es gab also mehrere Exemplare davon.

In der nächsten Schublade lagen dünne Sommerblusen, und in der zweiten von oben lagen Gerda Møllers Nachtwäsche und eine recht umfangreiche Unterwäschesammlung. Vittoria war bereits dabei, alles in den Sammelsack zu stopfen, da hielt sie plötzlich inne und fischte eins der Unterkleider wieder hervor. Es war ganz neu, stellte sie fest, zwischen den Stofflagen knisterte noch das Seidenpapier. Der Seidenstoff hatte die Farbe von Milchkaffee, und der Spitzenbesatz war elfenbeinfarben. Sehr erlesen. Vittoria faltete das Kleidungsstück auseinander, und eine kleine Karte fiel zu Boden. Sie hob sie auf. Auf der Vorderseite war ein Bild von einem Weihnachtsbaum, auf der Rückseite stand: »Weihnachten 1957. Für Dich, Liebe meines Lebens. Kuss von E.« Ihr letztes Weihnachten, sein letztes Geschenk. Vittoria spürte einen Kloß im Hals. Warum hatte Gerda das Unterkleid nie getragen? War es ihr zu fein gewesen? Oder hatte sie auf eine besondere Gelegenheit gewartet, die sich dann aber leider vor ihrem Tod nicht mehr ergeben hatte?

Vittoria befühlte den weichen Seidenstoff in ihren Händen und war viel ergriffener, als sie erwartet hätte. Das Unterkleid war wirklich wunderschön, dachte sie. Blitzschnell traf sie einen Entschluss und zog sich aus. Sie ließ den glatten Stoff über ihren Körper gleiten und betrachtete sich dann im Spiegel. Passte perfekt. Sie richtete sich auf, schob ihre bescheidene Brust hervor. Der tiefe Ausschnitt ließ ihren Hals noch ein Stück länger wirken. Wenn Ejnar mich doch nur so sehen könnte, dachte sie.

Massimo hatte nun genug von den Autos und meinte, sich mal mit den Kleiderhaufen beschäftigen zu können.

»Nein, Massimann, du bringst mir das jetzt nicht alles durcheinander«, sagte Vittoria und nahm ihn auf den Arm. Sie ging in Jans Zimmer. »Mal sehen, ob wir etwas anderes Interessantes für dich finden.«

Da hörte sie, wie unten die Haustür aufging. Ejnar rief: »Hallo, ich bin's! Bist du oben?«

Vittoria stürzte zurück ins Schlafzimmer und hob mit der freien Hand ihre Kleidung auf. Sie schaffte es gerade so, sich ins Badezimmer zu flüchten und die Tür abzuschließen, da war Ejnar auch schon die Treppe heraufgekommen.

»Ich bin hier«, rief sie. »Kleinen Augenblick!«

»Entschuldigung«, sagte er von der anderen Seite der Tür. »Ich wusste nicht, dass du ...« Er verstummte, vermutlich hatte er die Kleiderhaufen und Säcke mit den Sachen seiner verstorbenen Frau entdeckt.

Vittoria behielt das Unterkleid an und zog ihre eigenen Sachen darüber. Was sollte sie auch sonst damit tun, wie es vor ihm verstecken, dachte sie. Sie betätigte die Toilettenspülung und wusch sich die Hände, dann verließ sie das Bad.

»Du hast angefangen«, sagte Ejnar tonlos. Er stand im Schlafzimmer und ließ den Blick wandern. Vom leeren Schrank zu den prall gefüllten Bettbezügen neben der Tür und der Kiste mit Jans Spielzeugautos.

»Ich bin gleich fertig«, sagte Vittoria und legte eine Hand auf Ejnars Arm. Sie war ganz kurzatmig.

Er nickte. »Wirklich sehr nett von dir, dass du dich darum kümmerst, Vita.«

»Möchtest du etwas essen?«

»Ich bediene mich selbst. Ich weiß, ich bin etwas früh dran heute.« Er richtete sich auf und bemühte sich sehr zu lächeln. »Lass dich nicht stören.«

Massimo streckte die Arme nach ihm aus, und Ejnars Miene verwandelte sich in ein echtes Lächeln. »Na, du Räuber, willst du etwa zu mir?«, sagte er und nahm Vittoria den Jungen ab. »Willst du zu deinem alten Onkel Ejnar?«

»Er hat dich wirklich sehr gern«, sagte Vittoria.

Ejnar kniff dem Jungen zärtlich in seine Pausbacke. »Willst du vielleicht mit mir runtergehen und etwas essen?«

»Das ist wirklich nicht nötig.«

»Nein, aber ich fände es schön«, sagte Ejnar. »Und für ihn ist es doch sicher auch Zeit, oder?«

Vittoria sah auf die Uhr. »Huch, tatsächlich. Dann gehe ich mit runter.«

»Ehrlich gesagt wäre es mir lieber, wenn du hier oben bleibst und damit fertig wirst.« Ejnar deutete auf die offen stehende Kommodenschublade. »Ein Patient hat seinen Termin abgesagt, ich kann also etwas länger Mittagspause machen. Und ich kann meine Pause gerne in der fabelhaften Gesellschaft von Contini Junior verbringen. Oder, was sagst du, Mads?«

Vittoria sah ihnen nach, als sie die Treppe hinuntergingen. Ejnars Fürsorge für Massimo rührte sie. Als sie vor gut sechs Wochen jene Auseinandersetzung gehabt hatten, die ihrer Zeit im Haus am Italiensvej um ein Haar ein Ende bereitet hätte, hatte sie schon befürchtet, die vertraute Beziehung, die sie und Ejnar inzwischen aufgebaut hatten, habe Schaden genommen. Doch das Gegenteil war der Fall – als hätte die heftige Konfrontation dazu geführt, dass sie beide die Gemeinschaft, die sie bildeten, jetzt noch mehr wertschätzten. Einige Tage nach dem Zwischenfall mit dem Geld hatten sie einen sehr vorsichtigen, fast zu höflichen Umgangston miteinander gepflegt, aber nach und nach waren sie in ihre alten, vertrauten Rollen zurückgekehrt, und Ejnar hatte seinen Plan, Vittorias Geschichte auf ihren Wahrheitsgehalt zu überprüfen, nie in die Tat umgesetzt.

In letzter Zeit hatte Ejnar deutlich froher gewirkt als je zuvor, seit Vittoria ihn kannte, dachte sie, als sie nun die oberste Schublade aufzog. Er ging jetzt ab und zu mal abends aus, mehrmals pro Woche teilte er ihr mit, dass er zu einer Besprechung musste, zu einem Abendessen eingeladen war oder an einer Veranstaltung mit Kollegen oder alten Freunden teilnahm, und kam dann erst spät in der Nacht nach Hause. Jedes Mal entschuldigte er sich dafür, dass Vittoria dann abends alles ganz allein schultern musste, und jedes Mal winkte sie ab. Sie freute sich, dass er sich wieder mit anderen Leuten traf und dass sein Blick lebendiger geworden war. Die Trauer um seine Frau ließ sichtbar nach.

Vittoria selbst profitierte ebenfalls von Ejnars neuer Gemütslage. Er war noch zuvorkommender als früher, und er reagierte nur noch selten gereizt. Hin und wieder überlegte Vittoria, ob ihr Streit etwas mit Ejnars verändertem Verhalten zu tun haben mochte. Vielleicht hatte er danach plötzlich eingesehen, wie leicht die Harmonie in seinem Haus für immer entzweigehen könnte und dass ein Zusammenleben nur möglich war, wenn man Kompromisse einging. Vielleicht imponierte ihm ihre Dickköpfigkeit ja sogar – der Umstand, dass sie stets an ihren Prinzipien festhielt, genau wie er an seinen. Vielleicht, dachte sie, vielleicht würde seine Sympathie für sie sich mit der Zeit ja doch zu etwas mehr entwickeln. Vielleicht würde ihm eines Tages aufgehen, dass er dasselbe für sie empfand wie sie für ihn. Es wäre doch durchaus vorstellbar, dass … Stopp. Vittoria schob den Gedanken beiseite und machte sich daran, die Schublade zu leeren. Diese Art von Träumereien brachte sie nicht weiter.

Neben der Tür standen nun drei Säcke – zwei mit Kleidern und einer mit Schuhen. Die würden wohl in Vittorias Fiat passen, wenn sie sie gut zusammenstauchte. Sie schnappte sich den ersten und trug ihn hinunter in den Flur, stellte ihn an der Haustür ab und ging in die Küche, wo Ejnar an der Spüle stand. Ein Teller mit dunklen Brotkrümeln stand auf dem Küchentisch. Massimo saß in seinem Hochstuhl und war damit beschäftigt, kleine Brotwürfel mit dem Zeigefinger platt zu drücken.

»Also wirklich, Mads!«, sagte Vittoria und schob den Teller außer Reichweite. »Was machst du denn da für eine Ferkelei?«

»Lass ihn doch«, sagte Ejnar. »Er hat den Aufschnitt gegessen und die Butter abgeleckt und fast die Hälfte des Brotes verdrückt. Und jetzt spielt er ein bisschen.«

Vittoria schüttelte den Kopf und holte einen sauberen Lappen aus der Schublade. Sie befeuchtete ihn mit warmem Wasser und rückte Massimo damit zu Leibe. Finger, Wangen, Nase, Mund. Der Junge drehte und wand sich, um dem Lappen auszuweichen. »So«, sagte sie und hob ihn aus dem Stuhl auf den Boden. »Danke, Ejnar.«

»Bist du oben fertig?«, fragte er.

»So gut wie.« Vittoria sah ihn an. »Wenn du Feierabend machst, wird nichts mehr da sein. Ich fahre die Sachen zur Kirche, bevor ich Jan abhole.«

»Danke.« Er trank seine Milch aus und stellte Glas und Teller im Spülstein ab. »Ach, übrigens«, sagte er. »Am Freitag gehe ich aus. Wird sicher spät. Vielleicht …« Er sah sie an. »Vielleicht komme ich erst Samstagmorgen wieder.«

»Ist in Ordnung«, sagte sie. »Fahren Sie weiter weg?«

»Äh … ja. Nach … Ringsted.«

Irgendetwas an seiner Antwort, an seinem Ton, machte Vittoria stutzig. Oder lag es an dem leisen Zögern? Vittoria nickte, ohne sich etwas anmerken zu lassen, während gleichzeitig etwas in ihr zerbrach. Schlagartig begriff sie, dass es vielleicht eine völlig andere Erklärung für die gute Laune ihres Arbeitgebers gab, für die vielen Besprechungstermine und Abendessen … Und jetzt wollte er aushäusig übernachten? Er hatte eine neue Frau gefunden, so einfach war das. Vittoria kam sich unendlich naiv vor, weil sie nicht schon vorher darauf gekommen war. Flugs hob sie Massimo vom Boden auf.

»Ich muss dann mal weitermachen«, sagte sie, und ihre Stimme war kurz davor zu brechen. »Sonst schaffe ich das alles gar nicht.«

»Soll Mads jetzt nicht schlafen?«

»Ich versuche, ihn noch eine Stunde wach zu halten, dann kann er schlafen, wenn ich Jan abhole.« Vittoria wandte sich ab und ging in den Flur. »Bis später!«

Sie schaffte es bis in Ejnars Schlafzimmer, dann brach sie in Tränen aus. Das Gesicht in Massimos Locken vergraben, ließ sie sich auf das Ehebett sinken. Plötzlich ergab alles einen Sinn. Wie hatte sie nur so dumm sein können? Träumte seit Wochen davon, dass Ejnar ihre Liebe eines Tages erwidern würde, während er seine Fühler in eine ganz andere Richtung ausgestreckt hatte.

Massimo zappelte, und Vittoria setzte ihn ab. Sofort krabbelte er zur Drehleiter. Durch einen Tränenschleier beobachtete sie ihn, während ihre Gedanken sich überschlugen. Um wen handelte es sich bei Ejnars Auserkorener wohl? Jemanden, den er beruflich kennengelernt hatte? Eine Krankenschwester, wie seine verstorbene Frau? Oder eine … Vittoria überlegte, welche Berufe es für Frauen in der Medizinalbranche sonst noch gab. Eine Apothekenhelferin? Eine Laborantin? Und weibliche

Ärzte gab es doch wohl auch, oder? Sie versuchte, sich die andere vorzustellen. Gepflegt, respektabel, kultiviert. Mit einer Garderobe so geschmackvoll wie die, die Vittoria soeben in Säcke gepackt hatte.

Wieso bin ich nicht schon früher darauf gekommen?, fragte sie sich abermals. Selbstverständlich würde Ejnar sich irgendwann nach einer neuen Frau umsehen, schließlich war er ein Mann im besten Alter und brauchte eine Partnerin. Das war doch logisch. Und dass er sich nicht in Vittoria verliebt hatte, war auch keine wirkliche Überraschung. Was wollte er schon mit einer wie ihr? Er brauchte eine Frau, mit der er über seine geliebten Bücher reden konnte – Vittoria hatte sich immer noch nicht ganz von dem Roman von Rifbjerg erholt, den sie pflichtschuldigst von vorne bis hinten gelesen hatte, ohne zu verstehen, wieso Ejnar ausgerechnet ihn für ein passendes Geburtstagsgeschenk für sie gehalten hatte. Er brauchte jemanden, mit dem er ins Theater und zu Konzerten gehen konnte. Eine Frau, die ihm »intellektuell ebenbürtig« war – diesen Ausdruck hatte Vittoria in einer Radiosendung gehört.

Da ging ihr plötzlich ein weiterer, sehr unangenehmer Aspekt der ganzen Angelegenheit auf: Was würde aus ihr werden, wenn Ejnar wieder heiratete? Würde die neue Hausherrin sich ihrer entledigen? Oder noch schlimmer: Würde Vittoria mit einer anderen Frau unter einem Dach leben müssen, die in allem das Sagen hatte und noch dazu das Bett mit Ejnar teilte? Würde Vittoria hören können, wenn sie nachts miteinander schliefen? Diese Vorstellung löste einen neuen Tränenstrom aus, einige Minuten lang war sie vollkommen aufgelöst.

Dann riss sie sich zusammen, ging ins Bad und putzte sich die Nase. Es reicht, dachte sie. Schluss mit dem Selbstmitleid. Wenn sie heute alles erledigen wollte, was sie sich vorgenommen hatte, konnte sie es sich nicht leisten, in Liebeskummer zu versinken. Um nicht weiter über die Angelegenheit nachzudenken, sortierte Vittoria den Inhalt des Schminktisches und leerte die kleine Kommode, die Frau Møller als Nachttisch benutzt hatte. Sie stutzte, als sie eine kleine runde Dose mit gewölbtem Deckel fand. Darin lag ein weiches, schalenförmiges Gebilde aus dünnem, rosafarbenem Gummi und eine kleine Tube mit Salbe. So etwas hatte Vittoria noch nie gesehen, aber sie hatte die starke Vermutung, dass dieses seltsame Ding etwas mit der geschlechtlichen Seite der Ehe zu tun hatte. Sie warf es in den Abfallbeutel.

Die nächsten Stunden war Vittoria vollauf beschäftigt und konnte so die dunklen Gedanken fernhalten. Sie fuhr die aussortierte Kleidung zur Kirche, verfrachtete den schlafenden Massimo zu Hause aus dem Fiat in den Kinderwagen und machte sich zu Fuß auf den Weg, um Jan abzuholen. Von da an ging es dann Schlag auf Schlag – Hausaufgaben, Kinderbetreuung, kochen, Abwasch, Kinder ins Bett bringen und schließlich schweigendes Beisammensitzen vor dem ewig laufenden Radio.

Erst, als Vittoria sich viel, viel später am Abend bettfertig machen wollte, stellte sie fest, dass sie es immer noch trug: das Unterkleid, Gerdas wunderschönes Seidenunterkleid. Mit beiden Händen strich Vittoria über den Stoff. Er war so weich, so kühl, so durch und durch wunderbar. Die Entscheidung fiel wie von selbst: Die Wahrscheinlichkeit, dass Ejnar Vittoria jemals in Unterwäsche sehen würde, war verschwindend gering. Sie konnte es ja heimlich waschen und zum Trocknen in ihrem abgeschlossenen Zimmer aufhängen. Er würde nie dahinterkommen, dass sie es behalten hatte.

12. Dezember 1958

Ejnar fror. Der Wind hatte sich im Lauf des Abends etwas gelegt, drang aber immer noch eisig durch seine dicke Jacke und den Hut. Er hatte sich soeben zum zweiten Mal die mehr als banale Vorstellung angesehen und wartete nun am Bühneneingang des ABC-Theaters auf Conny. Sie hatte gesagt, sie sei in fünf Minuten fertig, aber jetzt waren bereits fünfundzwanzig vergangen, und Ejnar war mit seiner Geduld fast am Ende. Die anderen Schauspieler und Tänzer kamen in Grüppchen an ihm vorbei. Jeder einzelne von ihnen blieb kurz auf der Türschwelle stehen, zog sich Handschuhe an und die Schultern hoch und wappnete sich gegen die kalte Winternacht. Dann erst traten sie alle ganz hinaus auf den Gehsteig und verschwanden plaudernd und lachend in Richtung einiger Taxen, die auf der Frederiksberg Allé warteten. Haben die denn alle das gleiche Ziel?, fragte sich Ejnar und drückte sich noch tiefer in den schützenden Eingang.

Die Antwort bekam er kurz darauf, als Conny endlich in Begleitung einer jungen Blondine erschien – einer von denen, die mit Lockenwicklern in der ersten Reihe gesessen hatten, als Ejnar mal bei einer Probe zugesehen hatte.

»Komm«, sagte Conny, nachdem sie ihm einen Kuss gegeben und sich nicht dafür entschuldigt hatte, dass sie ihn so lange hatte ausharren lassen. »Hans Villadsen hat die ganze Mannschaft zu Drinks eingeladen. Im Bella Notte.«

Die Blondine lächelte Ejnar an. »Sind Sie der Arzt?«

»Ejnar Møller.« Er reichte ihr die Hand. »Ja, der bin ich.«

»Birgit Hald. Tänzerin.«

»Ich weiß, ich habe Sie ja gerade auf der Bühne gesehen.« Ejnar wandte sich wieder an Conny. »Bella Notte? Du willst in einen Nachtklub? Jetzt?«

»Nur ganz kurz«, sagte sie und hakte sich bei ihm unter. »Es ist schon so lange her, dass ich an meinem alten Arbeitsplatz war.«

Ejnar hatte sich, offen gestanden, sehr darauf gefreut, mit Conny unter die warme Decke zu schlüpfen und seine eisigen Zehen sowie ein paar andere Gliedmaßen kräftig aufzuwärmen, zuckte aber die Achseln. In letzter Zeit war er im Umgang mit seiner Geliebten etwas vorsichtiger geworden. Sie legte sehr ausgeprägte Launen an den Tag, manchmal fühlte er sich nur gerade so von ihr geduldet. Es bestand leider gar kein Zweifel daran, dass ihr Interesse an ihm nachließ, aber Ejnar war fest entschlossen, die Affäre so lange wie irgend möglich weiterlaufen zu lassen. »Wie du willst«, sagte er. »Ein Gläschen kann wohl nicht schaden.«

Conny bestand darauf, zu ihrer Kollegin auf die Rückbank zu schlüpfen. »Bibber soll doch nicht ganz allein hier hinten sitzen«, sagte sie, als Ejnar leisen Protest anmeldete. Den ganzen Weg bis zur Colbjørnsensgade redeten die beiden Frauen über Leute, die Ejnar nicht kannte und die er auch ganz bestimmt nicht kennenlernen wollte. Seine Laune war im Keller, als er den Wagen in der Istedgade parkte.

Im Lokal war es brechend voll und stark verräuchert. Auf einer achteckigen Bühne stand eine halb nackte Frau und räkelte sich zu den Klängen erbärmlicher Schlagermusik. Eine kleine Gruppe von Männern wartete begierig darauf, dass sie die letzten Hüllen fallen ließe.

»Conny! Bibber! Hier!«, rief ein Mann, der mit einigen anderen an einem Tisch saß. Zum Glück ein ganzes Stück von der Darbietung entfernt, dachte Ejnar, als sie sich ihren Weg dorthin bahnten.

Er wurde den anderen vorgestellt und umgekehrt. Einige der Gesichter kannte Ejnar von der gerade gesehenen Vorstellung, was ihn seltsam verlegen machte. Ganz gleich, wie schlecht die Aufführung gewesen war, in der diese Menschen mitgewirkt hatten – es verlieh ihnen einen seltsamen Glanz, noch vor einer Stunde im Rampenlicht gestanden zu haben.

»Und wir kennen uns ja bereits«, hörte Ejnar eine Stimme hinter sich. Hans Villadsen war an ihren Tisch gekommen.

Neben ihm stand eine dunkelhaarige Frau mit dem kürzesten Rock, den Ejnar je gesehen hatte, und hielt ein Tablett mit vielen Sektflöten und zwei Flaschen Champagner. Sie stellte es auf dem Tisch ab.

»Na, wie sieht's aus, Conny?« Hans Villadsen legte den Arm um ihre Schulter, und sie sah zu ihm auf. »Auch ein bisschen Champagner auf Rechnung des Hauses?«

»Sehr gerne, Hans, danke. Du bist ein Schatz.« Conny warf ihm einen Luftkuss zu.

»Ich hole noch eine Flasche.« Die Bedienung verschwand, nachdem Villadsen ihr zugenickt hatte.

»Die ist doch neu?«, sagte Conny an Hans Villadsen gewandt. »Wann hat sie angefangen?«

»Lilly? Gleich, nachdem du gegangen warst.« Villadsen machte sich daran, die Goldfolie von der Flasche zu entfernen.

»Aber eine neue Dame des Hauses gibt es noch nicht?«

»Wir haben versucht, Kisser zu befördern, aber …« Er zuckte die Achseln. »Lass es mich so sagen: Sie eignet sich besser als normale Bedienung. Wir suchen fieberhaft nach einer neuen Kraft.« Mit einem unterdrückten Knall öffnete er die Flasche und lächelte. »So.«

»Muss Champagner nicht spritzen?« Conny klang enttäuscht.

»Nur, wenn ein Amateur am Werk ist.« Villadsen schenkte ein. »Wenn man eine Sektflasche geschickt öffnet, klingt es, als würde eine Jungfrau seufzen.«

Die anderen lachten.

»Hans? Conny? Seit wann seid ihr denn per Du?«, fragte Ejnar Conny leise, während Villadsen sich auf das Einschenken konzentrierte.

»Seit der Premierenfeier.«

»Aha.« Es schmerzte Ejnar noch immer, dass sie ihn nicht zur Premiere eingeladen hatte. Außerdem hatte die anschließende Party bis in die frühen Morgenstunden gedauert, und sie hatte es nicht für nötig befunden, sich bei Ejnar dafür zu entschuldigen.

Nachdem Villadsen die Gläser verteilt und einen Toast auf die wunderbare Vorstellung ausgebracht hatte, schob er seinen Stuhl ganz nah an Connys heran, umarmte sie mehr oder weniger und wandte sich an Ejnar: »Und, wie hat Ihnen die Vorstellung gefallen, Herr Møller?«

»Nun ja …« Ejnar merkte, wie sämtliche Gespräche am Tisch verstummten und alle ihn ansahen. Ihm war auf sehr unangenehme Weise bewusst, dass er seine Worte mit Bedacht wählen musste. »Ich fand sie sehr … unterhaltsam«, sagte er.

»Sie haben sich also amüsiert?«

»Ja, sicher. Selbstverständlich.« Ejnar wollte grundsätzlich nur ungern jemandem etwas vormachen, aber ihm war klar, dass er noch etwas nachlegen musste, wenn seine Reaktion nicht als kollektive Beleidigung aufgefasst werden sollte. »Vor allem über den Sketch mit den beiden Bauern habe ich sehr gelacht.«

»Der ist ja auch zum Brüllen!«, rief die blonde Birgit vom anderen Ende des Tisches. »Sie haben guten Geschmack, Doktor Møller!« Sie hob ihr Glas.

Die angespannte Stimmung legte sich wieder. Ejnar hatte ein paar Minuten für sich, in denen er sich wieder sammeln konnte. Conny hatte ihm halb den Rücken zugedreht und war in ein lebhaftes Gespräch mit Villadsen sowie einem Schauspieler mit dichtem, pomadisiertem Haar vertieft. Gert hieß er wohl. Ejnar hatte seinen Namen nicht ganz mitbekommen, und da der Mann offenkundig davon ausging, dass man ihn kannte, wagte Ejnar nicht, noch mal nachzufragen. Conny hatte die Beine übereinandergeschlagen, und aus dem Augenwinkel bemerkte Ejnar, dass ihr Rock hochgerutscht war. So weit, dass ein langer, nylonglänzender Oberschenkel zu sehen war. Conny machte keine Anstalten, den Rock zurechtzuziehen. Stattdessen legte sie eine Hand auf

Villadsens Arm und warf lachend den Kopf in den Nacken. Sowohl Villadsen als auch der Schauspieler sahen sie an – mit diesem ganz bestimmten Blick. Sie flirtet mit ihnen, dachte Ejnar. Er saß hier direkt neben ihr, und sie flirtete schamlos mit anderen Männern!

»In welchen Produktionen haben Sie denn sonst schon so mitgespielt?«, fragte er den Schauspieler, um die Situation zu entschärfen. »Habe ich Sie schon mal gesehen, oder machen Sie ausschließlich Varieté?«

»Nein, nein«, antwortete Gert und straffte die Schultern. »Anfang der Saison bin ich in Odense in Strindbergs *Der Vater* aufgetreten. Und ich hatte gerade eine ziemlich bedeutende Rolle in einem Film, der im Frühjahr Premiere hat.«

»Strindberg? Respekt«, kommentierte Ejnar. »Sie beschäftigen sich also nicht nur mit Unterhaltung?«

Conny drehte sich um: »Hast du etwas gegen Unterhaltung, Ejnar?«, fragte sie.

»Ach was ...« Dass sein Lachen gekünstelt klang, konnte er selbst hören. »Ich meinte doch nur ... Für einen Schauspieler ist es doch sicher wichtig, sich breit aufzustellen, oder? Sowohl seriöse Rollen zu spielen als auch die etwas ... als auch in Varieté- und Kabarettnummern aufzutreten.«

Hans Villadsen nickte. Dann fühlte er Ejnar auf den Zahn. »Für Sie sind seriöses Theater und Unterhaltung also Gegensätze, ja? Sie glauben, einen Varietéabend auf die Beine zu stellen ist gar keine richtige Arbeit? Vermutlich glauben Sie auch, dass es viel einfacher wäre, etwas Lustiges zu inszenieren?«

»Nein, nein ...« Ejnar war jetzt ganz eingeschüchtert.

»Ich kann Ihnen sagen, es ist Schwerstarbeit, dafür zu sorgen, dass ein ganzer Theatersaal sich zwei Stunden am Stück amüsiert«, fuhr Villadsen fort.

»Aber das meinte ich doch auch gar nicht«, versuchte Ejnar zu erklären. »Ich finde doch nur, dass ...«

»Doch, Ejnar«, sagte Conny. »Das ist ganz genau das, was du meinst. Du versuchst bloß, es etwas netter auszudrücken, weil du ein so furchtbar kultivierter Mensch bist.«

Der Schauspieler, der möglicherweise Gert hieß, lachte laut, und Villadsen legte wieder den Arm um Conny. »Mein kleiner Hitzkopf«, sagte er und wühlte ein wenig in ihrem Nackenhaar.

Conny lächelte und warf Ejnar einen kurzen Blick zu, bevor sie sich wieder Gert zuwandte und anfing, ihm eine längere Anekdote zu erzählen. Ejnar kochte vor Wut. Am liebsten hätte er stante pede den Nachtklub verlassen, aber wenn er das täte, würde Conny wohl kaum mitkommen. Villadsen hatte ihr gerade nachgeschenkt, nachdem sie ihr Glas in Rekordzeit geleert hatte, und sie hatte ganz offensichtlich einen Heidenspaß in der Gesellschaft ihrer Kollegen.

»Nehmen Sie das nicht persönlich«, sagte Villadsen, der sich hinter Connys Rücken zu Ejnar hinüberlehnte. »Unsere kleine Conny kann schon mal etwas giftig werden, wenn sie müde ist.«

»Ich weiß, vielen Dank.« Ejnar erhob sich. »Würden Sie mir bitte sagen, wo die Herrentoilette ist?«

Hans Villadsen zeigte zu einer Tür am anderen Ende des Raumes. Nachdem Ejnar sich die Hände gewaschen hatte, stand er eine Weile vor dem Spiegel und betrachtete sich. In seinem Kopf drehte sich alles. Die laute Musik, der Champagner, der Zigarettenrauch, die vielen Menschen, die aufgeladene Stimmung. Er konnte beim besten Willen nicht verstehen, wie Conny hier hatte arbeiten können, wie sie das ausgehalten hatte. War sie tatsächlich eine der Bedienungen in den viel zu kurzen Röcken gewesen, die den aufgekratzten männlichen Gästen schöne Augen machten? Ihm war das unbegreiflich. Aber wenn er ganz ehrlich war, fiel es ihm nicht sehr schwer, sie sich in dieser Rolle vorzustellen. Er hatte bisher nur die Augen davor verschlossen, dass das eine Seite ihrer Persönlichkeit war.

Als er zum Tisch zurückkehrte, stand eine Sängerin auf der Bühne. Die hatte wenigstens etwas an, stellte Ejnar fest: ein stilvolles rotes Kleid und lange Handschuhe. Aber das Lied, das sie sang, war zum Davonlaufen: *Volare,* dieser rekordverdächtig platte Schlager, der Dänemark nun schon seit Monaten heimsuchte. Erst auf Italienisch, dann auf Dänisch, und jetzt sang sie doch tatsächlich auch noch eine englische Version davon. Wollte der Wahnsinn denn gar kein Ende nehmen? Der ganze Nachtklub sang, nein, grölte den Refrain mit. O nein! Ejnar sah auf die Uhr. Schon nach zwölf.

»Können Sie nicht singen, Doktor Møller?«, rief der Schauspieler Gert, als das Lied zu Ende war und der Applaus nachgelassen hatte.

»Ich?«

»Ja, Sie.« Gert lachte. »Wenn ich das richtig gesehen habe, waren Sie der Einzige, der nicht mitgesungen hat.«

»Ich glaube nicht, dass das was damit zu tun hat, ob er singen kann oder nicht«, mischte Conny sich ein. Sie hatte ganz rote Wangen und schenkte sich noch ein Glas

Champagner ein. »Er hat einfach nur was gegen Popmusik. Stimmt's, Schatz?« Sie tätschelte seine Wange, allerdings ein bisschen zu fest, als dass es als Streicheln durchgegangen wäre.

»Also wirklich!« Mittlerweile war Ejnar ernsthaft sauer.

»Ist das wahr?«, fragte Hans Villadsen, der nun an einer dicken Zigarre zog. »Welche Musik mögen Sie denn? Sind Sie mehr für Jazz?«

Noch bevor Ejnar antworten konnte, ergriff Conny schon wieder das Wort: »Nein, nein, wo denkst du hin? Das ist ihm alles nicht fein genug. Ejnar hört ausschließlich *Klaaaaaaaassik*«, quäkte sie. »Opern und Orgelkonzerte und so.«

Wieder verstummten die Gespräche am Tisch. Die zum Feiern aufgelegten Theaterleute glotzten Ejnar an wie ein exotisches Tier im Zoo.

»Klassische Musik ist doch völlig in Ordnung«, sagte Villadsen. »Ich gehe selber gerne ab und zu mal in ein Kammerkonzert.«

»Siehst du.« Ejnar blickte Conny an und versuchte, unbeschwert zu klingen. »Ich bin nicht der Einzige hier, der ein bisschen Bildung genossen hat.«

»Nein, aber du bist der Einzige hier, der glaubt, seine Bildung sei die einzig richtige.« Connys Lächeln war verflogen. »Du sitzt da und findest eigentlich, dass wir alle unter deinem Niveau sind.«

»Das stimmt doch überhaupt nicht«, sagte Ejnar und leerte sein Glas. »Ich finde, wir sollten jetzt gehen.« Er legte seine Hand auf ihre. »Kommst du mit?«

»Jetzt?« Conny zog ihre Hand weg und zündete sich

demonstrativ eine Zigarette an. »Ach, lass uns doch noch ein bisschen bleiben.«

Ejnar erhob sich, stand unentschlossen herum. Als er begriffen hatte, dass sie nicht nachgeben würde, neigte er sich zu ihr hinunter. »Ich will mit dir allein sein«, raunte er ihr ins Ohr. Eine rote Locke kitzelte seine Nase. »Komm doch bitte mit.«

»Weißt du was, Ejnar?«, sagte Conny und schob ihn ein Stück weg. »Du kannst mich mal.«

»Ach, Conny, jetzt sei doch nicht so ...«

Sie schnitt ihm das Wort ab: »Ich finde, du solltest jetzt gehen und dich nie wieder bei mir melden.«

»Du machst mit mir Schluss?«

Sie blies eine Rauchwolke in die Luft und erwiderte seinen Blick. »Hört sich fast so an, was?«

»Das kannst du nicht machen. Nicht hier.« Ejnar nickte zu den anderen hinüber, die sie aus dem Augenwinkel beobachteten, während sie sich weiter unterhielten. »Komm mit nach draußen.«

»In diese Kälte?«

»Dann wenigstens mit zur Garderobe.«

Conny zuckte mit den Schultern und erhob sich. »Ich begleite Ejnar eben nach draußen«, sagte sie. »Hältst du mir meinen Platz frei, Hans?«

»Selbstverständlich. Ich werde ihn mit Zähnen und Klauen verteidigen. Vielen Dank für die nette Unterhaltung, Herr Møller.« Villadsen reichte ihm die Hand. »Hat mich sehr gefreut.«

Schauspiel-Gert winkte und lächelte schief.

Conny marschierte Ejnar voran zur Garderobe. Sie wechselte ein paar Sätze mit der Garderobenfrau, die sie ganz offensichtlich kannte, stemmte dann eine Hand in die Hüfte und rauchte ihre Zigarette zu Ende. Kaum hatte Ejnar seinen Mantel ausgehändigt bekommen, drückte sie ihre Kippe in dem Aschenbecher auf dem Tresen aus.

Ejnar zog sie mit sich in Richtung Tür, so weit fort wie es ging von möglichen Lauschern. »Mein Heiratsantrag gilt immer noch«, flüsterte er.

»Jetzt hör schon auf, Ejnar. Ich habe keine Lust mehr, kapierst du das denn nicht?«

»Es ist also vorbei? Ganz aus?«

»Ich bin nicht die Richtige für dich.«

»Doch, bist du. Wenn du erst ein richtiges Zuhause hast und zur Ruhe kommst, dann …«

»Das werde ich aber nicht. Jedenfalls nicht vorläufig.« Ihre Augen wurden ein klein wenig wässrig. »Ejnar, du brauchst eine völlig andere Art von Frau. Du solltest lieber Vittoria heiraten.«

»Vita?« Ejnar wirkte ehrlich verwundert.

»Sie passt viel besser zu dir.«

Die Garderobenfrau tat, als wäre sie in ihre Zeitschrift vertieft, aber Ejnar war sich sicher, dass sie jedes Wort mithörte. Er wisperte: »Aber ich liebe doch dich.«

»Quatsch.« Conny zog Ejnar am Ärmel, damit er einen Schritt zur Seite trat. Zwei Herren kamen herein. Ein paar Minuten lang war es Ejnar und Conny nicht möglich weiterzureden. Conny lehnte sich gegen die Wand und wich Ejnars Blick aus. Sie war betrunken, stellte er fest. Das war natürlich keine Entschuldigung, aber vielleicht eine Erklärung für ihr Verhalten heute Abend.

Als die neuen Gäste den Klub betreten hatten, zog Ejnar Conny an sich. »Komm mit mir nach Hause«, sagte er.

»Ejnar.« Sie befreite sich. »Hör auf damit. Ich will nicht mehr.«

»*All right.*« Er hob ergeben die Hände. »Ich fahre zu mir. Aber wir können uns doch nächste Woche noch mal treffen und in Ruhe über alles reden, oder?«

»Da gibt es nichts zu reden. Das mit uns, das geht einfach nicht«, sagte Conny und sah plötzlich richtig traurig aus. »Außerdem ist es nicht fair Vittoria gegenüber.«

»Vita? Wieso redest du immer wieder von Vita? Die hat doch nicht im Entferntesten etwas mit uns beiden zu tun.«

Conny sah ihn an. »Du weißt es wirklich nicht, was?«

»Ich habe keine Ahnung, wovon du redest.«

»Du weißt nicht, was Vittoria für dich empfindet?«

Ejnar erstarrte. »Du meinst …?«

»Ganz genau.«

»O nein!«

»O doch!«

22. Dezember 1958

Ein orangerotes, leuchtendes Oval im Dunkel der Nacht. Wie eine fliegende Untertasse schwebte das hell erleuchtete oberste Stockwerk des Gebäudes weithin sichtbar über den Dächern der Stadt. Selbst jetzt, über zwanzig Jahre nach seiner Einweihung, wirkte der Komplex zwischen den klassischen Ein- und Zweifamilienhäusern des Viertels immer noch hypermodern. Die »Schule am

Sund« war nicht ohne Grund auch weit über Amager hinaus als architektonische Perle und futuristisches Wahrzeichen bekannt – selbst die erbittertsten Gegner moderner Baustile waren nicht umhingekommen, diesem Bauwerk eine gewisse Anerkennung zu zollen. Vielleicht nicht unbedingt von außen betrachtet, aber spätestens, wenn sie es betraten und die hellen, leicht erscheinenden Räume mit Glaswänden sowie die einzigartige ovale Aula bewundern konnten. In ihren Fußboden war eine riesige Karte über das Øresundgebiet eingearbeitet, und sie verfügte über eine durchgehende Fensterreihe unter dem Dach, wodurch den ganzen Tag Licht in das Gebäude fiel.

Vittoria wurde wie schon so oft von einer Art Glücksgefühl ergriffen, als sie um die Ecke auf den Samosvej bogen und die Schule durch den leichten Nebel sehen konnten. »Hach, ist das schön.«

»Ja«, sagte Ejnar und setzte Jan auf seine Schultern. »Ist es.«

Vittoria warf ihm einen Blick zu. So war er jetzt schon seit einigen Tagen. So kurz angebunden, fast schon abweisend. Ob seine neue Freundin ihm wohl den Laufpass gegeben hatte?, überlegte sie und manövrierte den Kinderwagen über die Bordsteinkante. Sie nickte einer Mutter aus Helles Klasse zu und sah wieder zu Ejnar, der stur geradeaus blickte. Er war jetzt ständig gereizt und geistesabwesend. Manchmal kam es Vittoria fast so vor, als wenn er ihrer und der Gesellschaft der Kinder überdrüssig wäre.

»Da seid ihr ja, ich dachte schon, ich müsste allein die Veranstaltung besuchen.« Margit Simonsen stand mit den aufs Säuberlichste gekämmten Zwillingen vor dem Schuleingang.

»Es geht doch erst in einer Viertelstunde los«, sagte Ejnar und küsste seine Schwägerin flüchtig auf die Wange.

»Ja, aber es wird allmählich voll.« Margit sah zum Kinderwagen. »Den nehmen Sie aber nicht mit da rein, oder?«

»Nein, nein, den lasse ich hier draußen stehen.« Vittoria lächelte. Seit Margit sie vor einigen Wochen in Schutz genommen hatte, bemühte sie sich nach Kräften, sich nicht über sie zu ärgern.

»Na, kleiner Mads?« Margit strich Massimo mit einem behandschuhten Finger über die Wange. »Ganz schön groß geworden, was?«

»Er ist vor ein paar Tagen ein Jahr alt geworden«, sagte Ejnar und setzte Jan auf dem Boden ab, damit er auf Augenhöhe mit seinen Vettern kam.

»Ein Jahr schon?« Margit nickte. »Herzlichen Glückwunsch. Dann müsste er ja auch schon laufen können?«

»Nein, noch nicht ganz«, sagte Vittoria. »Aber er zieht sich schon an Möbeln hoch.«

»Also, *meine* Jungs konnten ohne Hilfe laufen, bevor sie ein Jahr alt waren«, teilte Margit mit. »Dabei wurden sie sogar drei Wochen zu früh geboren.«

Vittoria lächelte und hielt den Mund. Merkwürdig, dass er gar nichts sagte, dachte sie und betrachtete Ejnar. Normalerweise schritt er doch immer ein, wenn seine übereifrige Schwägerin anfing, ihre Krallen auszufahren. Jetzt stand er einfach nur schweigend und geistesabwesend da und betrachtete die Grüppchen festlich gekleideter Eltern, die sich im Schulhof versammelten.

»Wollen wir reingehen?«, fragte Vittoria, nachdem sie

Massimo von den Kinderwagengurten befreit und ihn auf den Arm genommen hatte.

Die Aula war zu mehr als der Hälfte gefüllt. Auf dem Bühnenrand hatte der Hausmeister eine Reihe von erleuchteten Laternen aufgestellt, und von den Laubengängen, die entlang der gebogenen Wände der Aula verliefen, hingen selbst gebastelte Papiergirlanden und geflochtene Weihnachtsherzen herunter. Wenn man den Kopf in den Nacken legte, konnte man an der Decke einen riesigen Kompass bestaunen.

Margit setzte sich zwischen Ejnar und die Zwillinge. Neben Ejnar und Vittoria kniete Jan auf seinem Stuhl und schaute sich mit weit aufgerissenen Augen um. Er hatte wohl selten einen so festlich geschmückten Saal gesehen, dachte Vittoria und lächelte bei dem Gedanken daran, wie der kleine protestantische Junge wohl reagieren würde, wenn er einmal an einer ganz normalen katholischen Messe teilnähme. Die Gottesdienste in der kleinen Kirche aus Vittorias Kindheit waren ein Füllhorn an Sinneseindrücken gewesen: glitzerndes Gold, funkelnde Edelsteine, duftender Weihrauch, Chorknaben mit engelsgleichen Stimmen. Spitze, Brokat und Seide mit Hunderten von Lichtpunkten von flackernden Kerzen sowie bunte Fenster, die das Dunkel des alten Kirchenschiffes durchbrachen. Von dem Zauber, den Vittoria mit einer katholischen Messe verband, war ihrer Meinung nach in einem dänischen Gottesdienst keine Spur enthalten.

Der Schulchor fand sich auf der Bühne ein. Vittoria entdeckte Helle und zeigte Jan, wo sie war. Aufgeregt winkte er seiner großen Schwester zu. Sie stand mit geradem Rücken da und sah auf der Bühne enorm erwachsen aus. Ihre Zöpfe hingen ihr ordentlich und symmetrisch über die Brust.

Der Musiklehrer klopfte mit seinem Dirigentenstab auf das Rednerpult, das aus gegebenem Anlass um hundertachtzig Grad gedreht und so in ein Dirigentenpult verwandelt worden war. Das Gemurmel des Publikums ließ nach, und die ersten Töne von *Es ist ein Ros' entsprungen* erfüllten den Saal.

Verblüfft stellte Vittoria fest, dass ihr die Tränen kamen. Das Lied hatte ihre dänische Großmutter immer zu Weihnachten gesungen. Sofort vermisste sie sie so schmerzlich, dass sie Massimo immer fester an sich drückte, bis er sich zappelnd wehrte.

Zu Hause hatten sie immer zweimal Weihnachten gefeiert. Am 24. Dezember hatte Signe Contini stets aus *arborio*-Reis gekochten Reisbrei serviert und danach Entenbraten mit karamellisierten Kartoffeln. Die Familie hatte einen kleinen Myrtenstrauch von draußen hereingeholt, den Vittoria und ihre Mutter mit Kerzen, Glaskugeln und Spitztüten geschmückt hatten, und einen Reigen darum getanzt. Die dänischen Weihnachtslieder hatte Signe im Prinzip allein singen müssen, Vittoria tat zwar ihr Bestes, mit einzustimmen, aber ihr Vater begnügte sich damit mitzusummen. An Heiligabend hatten sie sich nur kleine, symbolische Geschenke gemacht. Die richtigen Päckchen hoben sie bis zum nächsten Tag auf, an dem italienisches Weihnachten gefeiert wurde: Sie gingen in die Weihnachtsmesse, und es gab ein festliches Essen mit vielen kleinen Gerichten, darunter knusprig gebratenem Spanferkel und einem göttlichen *panettone,* einer Mailänder Kuchenspezialität. Mit anderen Worten, sie hatten sich das Beste aus beiden Welten gegönnt, und Vittoria hatte Weihnachten mit jeder einzelnen Faser ihres Körpers geliebt.

Und dieses Jahr … dieses Jahr würde sie ein rein dänisches Weihnachten feiern. Sie war froh, dass Margit und Jørgen zu sich eingeladen hatten. Die Vorstellung, mit Margits kritischem Blick im Rücken ein traditionelles dänisches Weihnachtsessen zuzubereiten, behagte ihr gar nicht. Es reichte schon, nur ein allergnädigst geduldeter Gast zu sein. Vittoria wusste natürlich, dass Margit sie nur aus Pflichtgefühl dazugebeten hatte. Vittoria wünschte, sie hätte eine andere Verabredung gehabt, unter deren Vorwand sie die Einladung zu Familie Simonsen hätte ablehnen können.

Einen Abend würde sie wohl aushalten können, dachte Vittoria. Sie hatte Geschenke für die Gastgeberfamilie gekauft: Zinnsoldaten für die Zwillinge, eine Schachtel Pralinen für Margit und einen Schlüsselring für Jørgen. Für ihre »eigene« Familie hatte sie sich etwas mehr ins Zeug gelegt: einen selbst gestrickten Pullunder für Ejnar und einen Wassermalkasten inklusive Pinseln für Jan. Für Helle hatte sie einen richtigen Pfadfindergürtel besorgt, passend zur Pfadfinderuniform, die Ejnars Weihnachtsgeschenk für seine Tochter war. Massimo bekam ein mintgrünes Holzauto, das er an einer Schnur über den Boden ziehen konnte, und ein Paar nagelneue Winterstiefel. Zwar hatte Frau Møller die abgelegte Baby- und Kleinkindkleidung ihrer Sprösslinge säuberlich aufbewahrt, aber die gebrauchten Schuhe waren einfach *zu* gebraucht, und nun würde es ja auch nicht mehr lange dauern, bis der Kleine seine ersten eigenen Schritte unternehmen und dann bald allen davonlaufen würde.

Vittoria tupfte sich die Augen mit ihrem Taschentuch trocken und bemerkte, dass sie nicht die Einzige im Saal war, die eine Träne verdrückte. Vor allem unter den Großmüttern der singenden Kinder wurde so manches Auge feucht.

Den Rest des Konzertes gelang es Vittoria, ihre sentimentalen Anwandlungen nach außen hin zu verbergen, selbst, als Helle ganz alleine eine Strophe aus *Stille Nacht, heilige Nacht* sang. Sie wollte bei den Kindern keinesfalls Verwirrung stiften, stellte dann aber fest, dass in dieser Richtung keine Gefahr drohte: Massimo war auf ihrem Schoß eingeschlafen, und Jan pulte völlig versunken an einem losen Knopf seiner Jacke herum. Vittoria nahm seine Hand und lächelte, als er zu ihr aufsah.

»Wann sind die fertig?«, fragte er laut, kaum dass der letzte Ton des Chores verklungen war. Eine Dame in der Reihe vor ihnen drehte sich um und sah ihn streng an.

»Gleich«, flüsterte Vittoria ihm ins Ohr.

»Ich will nach Hause.«

»Warte mal«, sagte Vittoria und griff tief in ihre Manteltasche. »Hier.« Sie streckte ihm eine Faust entgegen, bis er seine Hand ausstreckte. »Das ist geheim«, flüsterte sie und ließ ein paar pastellfarbene Pfefferminzpastillen auf seine verschwitzte Handfläche purzeln. »Wenn du die lutschst, dauert es nicht mehr so lange.«

Als sie sich wieder aufrichtete, begegnete sie Ejnars Blick. Er lächelte ihr zu und sah dann schnell zur Bühne, auf der sich nun eine kleine Gruppe von Fünftklässlern anschickte, ein Lied auf der Blockflöte anzustimmen.

*

Als sie eine Stunde später über den Marsalavej nach Hause spazierten, sagte Vittoria: »Ich hatte da eine Idee, Ejnar.«

»Lassen Sie hören.«

»Margit und Jørgen kommen doch an Silvester zum Abendessen zu uns ... Wie wäre es, wenn wir auch Conny dazubitten?«

»Warum?«

Vittoria hob die Schultern. »Ihr kommt doch gut miteinander aus, oder nicht? Zumindest war es so an meinem Geburtstag. Du hast gesagt, es hat dir Spaß gemacht, die Regale für sie aufzuhängen ... Ich hatte den Eindruck, dass ihr euch mögt. Ich glaube, Conny würde sich über eine Einladung freuen. Ich weiß, dass sie an Silvester hier ist.«

»Ich halte das für keine gute Idee.« Er kickte einen kleinen Stein über den Gehsteig. »Margit wäre damit bestimmt nicht einverstanden.«

»Ich glaube, die beiden könnten richtig gute Freundinnen werden.« Das war gelogen. Vittoria war überzeugt, Margit würde vor Eifersucht vergehen und den ganzen Abend mit Argusaugen über ihren Mann wachen – aber Vittoria wollte Ejnar so gerne wieder froh und glücklich sehen, wie an ihrem Geburtstag im Restaurant, als er sich in Connys Gesellschaft ganz offenkundig prächtig amüsiert hatte. Aber just dieses Argument sollte sie wohl besser für sich behalten. Ejnar hatte es nicht gern, wenn man in sein Gefühlsleben eindrang. »Außerdem wäre es für mich eine große Hilfe, wenn Conny dabei sein könnte«, fuhr sie fort.

»Eine Hilfe?«

»Mads hat Zutrauen zu ihr. Es wäre schön, wenn jemand sich seiner annehmen könnte, während ich mich um das Essen kümmere.«

Ejnar schwieg ein paar Schritte. »Das geht nicht, Vita.« Wieder kickte er einen Stein weg. *Plonk.* »Ich kann mir einfach nicht vorstellen, dass das gut geht: Margit und Conny im selben Raum.«

»Vielleicht hast du recht«, sagte Vittoria. »Könnten wir Conny dann vielleicht mal an einem anderen Abend einladen?«

»Vielleicht.« *Plonk.* »Ich finde, zurzeit ist ziemlich viel los.«

»Aber das wäre doch schön, wenn …«

»Stopp«, warf Ejnar fast wütend dazwischen. »Du kannst dich in deiner Freizeit so viel mit Conny treffen, wie du willst, aber ich habe derzeit keine Kapazitäten frei für weitere Verabredungen.«

Sie waren zu Hause angekommen, und Ejnar marschierte mit dem Schlüssel wie mit einer Stichwaffe in der Hand zur Haustür hinauf, während Vittoria den Kinderwagen im Schuppen parkte. Sie hob Massimo heraus, drückte ihn an sich und ließ sich das Gespräch mit Ejnar noch einmal durch den Kopf gehen. Sie wollte ihn so gerne verstehen. Nichts wollte sie lieber. Aber das war gar nicht so einfach.

31. Dezember 1958

»Bingo!« Jørgen Simonsen freute sich wie ein Kind.

»Darf ich mal?« Seine Frau lehnte sich über den Tisch, um sich die Bingokarte ihres Mannes anzusehen. Margit trug einen rosaroten Papierhut, und etwas mattgrünes Konfetti hatte es sich in ihren frisch lackierten Locken bequem gemacht. »Blödsinn«, sagte sie dann. »Du hast nur eine Reihe.«

»Ja. War das nicht das Ziel?« Jørgen schob sich seine Kapitänsmütze in den Nacken und sah zu Ejnar. »Wir hatten doch gesagt, eine Reihe, oder?«

Ejnar lächelte. »Das war die letzte Runde, Jørgen. Jetzt müssen wir zwei Reihen haben. Und in der nächsten Runde alle.«

Am Tisch saßen auch die ebenfalls mit Hüten ausgestatteten Kinder und kicherten. Vor allem Jørgens Jungs amüsierten sich königlich. Es gab nichts Lustigeres, als wenn der eigene Vater sich doof anstellte.

»Schluss jetzt«, sagte Margit und stupste Lars an. »Benehmt euch.« Mit einem Seitenblick auf ihren Mann fuhr sie fort: »Wir müssen alle lernen, gut zuzuhören.«

»*Rien ne va plus!*«, rief Ejnar augenzwinkernd und riskierte einen verstohlenen Blick auf seinen Schwager. Selbst dessen Schnurrbart sah aus, als würde er sich schämen. »Dreiunddreißig!«, rief er gleich darauf, und sofort wurde es ruhiger, weil alle ihre Bingokarten nach der Dreiunddreißig absuchten.

Vita saß am anderen Ende des Tisches, hatte Jan auf

dem Schoß und überprüfte seine und ihre eigene Karte. Ihr Silvesterhut war ein Tropenhelm, Jans Kopf zierte eine goldene Königskrone. Normalerweise hätte er schon längst im Bett gelegen, aber Seine Kleine Majestät hielt sich tapfer und behielt den Stapel hübsch eingepackter Geschenke mitten auf dem Tisch fest im Blick: drei blaue für die Jungs, ein rotes für Helle und vier weiße für die Erwachsenen. So ein Spiel, bei dem es um Zahlen ging, musste für einen Vierjährigen doch furchtbar langweilig sein, dachte Ejnar. Wieso hatte Margit nicht daran gedacht? Sie hätten heute Abend doch eigentlich besser Memory gespielt. Aber seine Schwägerin war offenbar zum Zerplatzen stolz darauf, dass ihre Zwillinge alle Zahlen beherrschten, und wollte gerne vorführen, wie klug ihre Kinder waren.

»Und die Neunzig!«, rief Ejnar und hielt die Zahl hoch. »Neunzig!«, wiederholte er.

Vita begegnete seinem Blick und lächelte. Dann beugte sie sich vor und flüsterte Jan etwas ins Ohr. Der Junge strahlte.

»Bingo!«, rief er.

»Bist du dir auch sicher, dass du wirklich ganze zwei Reihen hast, mein Kleiner?«, fragte Margit.

Verunsichert sah Jan zu Vita auf.

»Natürlich hat er zwei ganze Reihen«, sagte Vita und drückte ihn zur Beruhigung an sich. »Sollen wir sie vorlesen?«, fragte sie, an Ejnar gewandt.

Nachdem sie die Zahlen vorgelesen hatte und tatsächlich alle stimmten, suchte Jan sich das größte der blauen Päckchen aus.

»Ich glaube, du würdest dich mehr über das hier

freuen«, sagte Margit und schob ein anderes Geschenk auf ihn zu.

»Ich will aber das hier.« Jan hielt das Päckchen fest.

»Aber vielleicht bist du noch ein bisschen zu klein für …«

»Das hier!«

Margit zuckte die Achseln.

Jan setzte sich auf den Boden, um seinen Gewinn auszupacken. Als er das Papier aufgerissen hatte, kam ein knallroter Werkzeugkasten aus Metall zum Vorschein – mit Hammer, Schraubendreher und Engländer in kindgerechter Größe. Sogar ein kleiner Behälter mit Nägeln und Schrauben war dabei.

»Ui!«, sagte er und hielt den Hammer hoch.

Margit schüttelte den Kopf. »Er ist *wirklich* noch zu klein für …«

»Das ist ja toll, mein Schatz«, schnitt Ejnar ihr das Wort ab. »Und bevor du anfängst, mit dem Werkzeug zu arbeiten, sehen wir uns gemeinsam an, wie du es am besten benutzt, ja?«

Jan nickte. Und nickte. Und nickte.

»Du schläfst ja gleich im Sitzen ein«, sagte Vita und stand auf. »Komm, ich bring dich ins Bett.«

Der kleine Junge ließ den Werkzeugkasten nicht los, während er sich geduldigst von seinem Vater und seiner Tante einen Gutenachtkuss geben ließ. Dann ging er mit Vita zur Treppe.

»Und was machen wir jetzt mit Vitas Karte?«, fragte Margit.

»Um die kümmere ich mich«, sagte Helle. »Und um meine auch, das kann ich schon.«

Sie spielten weiter, bis alle Gewinne verteilt waren.

Den restlichen Abend verbrachten die Erwachsenen rund um den Couchtisch, während die Kinder immer wieder nach draußen rannten. Auf dem mittleren Grünstreifen des Italiensvej tummelte sich bereits lange vor Mitternacht eine ganze Horde von Kindern und mit Zigarren bewaffneten Vätern, die Raketen abschossen und römische Lichter entzündeten. Ab und zu ging Jørgen mit den Kindern hinaus, aber eigentlich blieb er die meiste Zeit im Wohnzimmer sitzen und trank einen Whisky Soda nach dem anderen. Auch Ejnar sprach dem Whisky zu, allerdings in etwas gemäßigterem Tempo als sein Schwager. Margit hielt sich an Weißwein.

»Möchtest du gar keinen Drink?«, fragte Ejnar Vita, die sich seit dem Ende ihres Bingospiels an ein und demselben Sprudelwasser mit Zitrone festgehalten hatte.

»Nein danke, besser nicht.« Sie lächelte. »Mads schläft morgen ja nicht länger, nur weil ein neues Jahr angefangen hat.«

Ejnar zuckte die Achseln. Wie recht sie hatte. Vita war fast schlimmer als er selbst, dachte er. Viel zu vernünftig. Nie mal fünfe gerade sein lassen, immer alles unter Kontrolle haben. Er musste an Conny denken. Sie an Vitas Stelle wäre jetzt bereits sturzbetrunken und würde keinen Gedanken an den nächsten Tag verschwenden. Wahrscheinlich hätte sie sich vor lauter Langeweile volllaufen lassen, dachte er und ließ den Blick durch das Wohnzimmer schweifen, in dem nun überall bunte Luftschlangen, abgebrannte Wunderkerzen und Konfetti aus den Tischbomben herumlagen. Ejnar konnte sich nicht vorstellen, dass Conny Spaß daran hätte, einen ganzen Abend mit Bingospielen und ganz normalen Familiengesprächen zu verbringen. In dem Punkt hatte sie recht gehabt, dachte er. Sein Familienleben war nicht das richtige Umfeld für sie. Ejnar versuchte, nicht darüber nachzudenken, wo Conny sich jetzt wohl aufhielt und – nicht weniger wesentlich – mit wem. Bestimmt mit diesem Gert, dachte er noch, dann rief er sich selbst zur Räson.

»Wenn Sie sowieso nichts trinken wollen, Vita«, sagte Margit, »dann könnten Sie uns doch nach Mitternacht nach Hause fahren. Dann können wir uns das Taxi sparen.«

»Selbstverständlich«, sagte Vita, aber ihr Lächeln war ein wenig steif.

Kein Wunder, dachte Ejnar. Sie hatte sich im Laufe des Abends wirklich viel von Margit gefallen lassen müssen. Wenn sie jetzt keine Lust mehr hätte, ihre Gäste von vorne bis hinten zu bedienen, hätte er volles Verständnis dafür. Das reichhaltige Abendessen, für das Vita den ganzen Tag in der Küche gestanden hatte, hatte Margit mit so vielen kritischen Fragen und Kommentaren garniert, dass es Ejnar ein Rätsel war, wie Vita die Contenance wahren konnte. Die hübschen, wie Halbmonde geformten Hummerravioli, die Vita mit Olivenöl und abgeriebener Zitronenschale auf einzelnen Tellern angerichtet und serviert hatte, waren von Margit buchstäblich seziert worden. Margit hatte darauf bestanden, sämtliche Zutaten zu erfahren, während sie ihre Portion auseinanderpulte und misstrauisch die Füllung beäugte. Nachdem die Kinder gesehen hatten, wie ihre Mutter mit dem Essen umging, hatten sie die Vorspeise praktisch gar nicht mehr angerührt. Jørgen dagegen hatte die Pastakissen mit großem

Appetit und ohne jeden Protest verzehrt. Die gedünsteten Artischocken lösten ähnliche Vorbehalte aus, mit dem Hauptgericht – Lammcarré mit gratiniertem Gemüse, Kartoffelmus und Salat – ging es etwas besser. Lediglich das Dessert, ein Zitronensorbet mit getrockneten Pfefferminzblättern und einem Schlag halbgefrorenem Milcheis, war ohne jede kritische Anmerkung von ihr verspeist worden.

Ejnar war froh, dass die von Vorbehalten geprägte Einstellung seiner Gäste nicht auf seine eigenen Kinder abgefärbt hatte. Sie hatten – wie er selbst auch – gelernt, die vielen seltsamen Gerichte, die Vita ihnen auftischte, zu mögen, und das heutige Abendessen war bei Familie Møller sehr gut angekommen. Jedes Mal, wenn Margit etwas kritisierte, hatte er deshalb seine Haushälterin überschwänglich gelobt.

Er stand auf und ging zum Fenster. Mit tief in den Hosentaschen vergrabenen Händen sah er dem bunten Treiben auf der Straße zu. Irgendjemand hatte eine Sonne an einer Birke festgenagelt, und jetzt stand eine ganze Menschentraube davor und bestaunte lautstark die Funken sprühende, sich drehende Scheibe. Ob er auch mal hinausgehen sollte? Die Kinder würde es sicher freuen. Oder zumindest Helle, die es bestimmt nicht so toll fand, zwischen all den ausgelassen feiernden Nachbarn allein die Verantwortung für ihre kleinen Vettern zu haben. Jørgen interessierte sich mehr für das Feuerwerk, darum fiel diese Aufgabe ganz automatisch der Achtjährigen zu, die er alleine aufgrund ihres Geschlechts als geeignetes Kindermädchen betrachtete.

Doch Ejnar hatte keine Lust, musste er feststellen. Die

Mutlosigkeit, die er den ganzen Abend einigermaßen in Schach gehalten hatte, drohte ihn wieder zu übermannen. Das erste Weihnachten ohne Gerda. Das erste Silvester. Er vermisste sie so sehr. Ejnar wusste, es würde schwer – um nicht zu sagen, unmöglich – werden, noch einmal von vorne anzufangen. Früher waren seine Praxis, sein Haus und seine Kinder für ihn immer etwas Positives gewesen, aber seit Conny mit ihm Schluss gemacht hatte, war ihm klar geworden, dass dieses etablierte Leben auch ein Gefängnis war. Er war ja auch wirklich nicht mehr der Jüngste, dachte er, und mit zunehmendem Alter war er noch träger und unflexibler geworden, als er es von Natur aus bereits war. Mit jedem Jahr, das verstrich, würde es schwerer werden, eine neue Liebe in sein Leben zu integrieren.

Natürlich hatte Conny recht damit, dass das mit ihnen langfristig nie funktioniert hätte. Dazu waren sie und Ejnar einfach viel zu verschieden. Und mit noch etwas hatte sie recht gehabt – so ungern Ejnar es sich selbst gegenüber eingestand: Er hatte sie wirklich nicht geliebt. Nicht richtig. Alles hatte sich nur um das Körperliche gedreht. Conny hatte sein männliches Ego aufgebaut und seine sexuellen Bedürfnisse befriedigt, sonst nichts. Aber das machte die Sache nicht einfacher. Er war missmutig und niedergeschlagen. Sogar jetzt, sogar hier. Silvester im Kreise der Familie, umgeben von den Menschen, die ihm am allermeisten auf der Welt bedeuteten. Aber in seinem Inneren war alles schwarz. Ejnar hatte das Gefühl, alles durch eine Glaswand zu beobachten.

Die Einzige, die Notiz von seiner Gemütslage nahm, war Vita. Sie sagte nichts, aber er konnte ihre Beunruhigung spüren. Wenn jemand ihn verstand, dann sie. Das Problem war nur, dass er sich ihr nicht anvertrauen konnte. Nachdem Conny ihm erzählt hatte, dass Vita in ihn verliebt war, hatte Ejnar sehr darauf geachtet, wie er sich seiner Haushälterin gegenüber verhielt. Er mochte sie, natürlich mochte er sie. Vita war ein Geschenk des Himmels für ihn und seine Familie: Der Haushalt war noch nie so gut gelaufen, sie hatten noch nie so gut gegessen, die Kinder waren in ihrem Alltag noch nie so gut unterstützt worden. Das musste Ejnar gestehen – wobei er sich gleichzeitig im Geiste bei seiner verstorbenen Frau entschuldigte. Aber er würde Vitas Gefühle niemals erwidern können. Ejnar wollte seiner Haushälterin gerne zeigen, wie sehr er sie und ihre Arbeit schätzte, aber er wollte unbedingt verhindern, dass sie seine Anerkennung als Liebeserklärung missverstand. Ihm war, als ginge er auf rohen Eiern. Da stand Vittoria plötzlich neben ihm.

»Wollen wir rausgehen?«, fragte sie. »Es ist gleich zwölf.«

»Ich habe keine rechte Lust.«

»Ach, komm schon. Die Kinder würden sich so freuen!«

»Und was ist mit den beiden Kleinen? Können wir die allein im Haus lassen?«

»Margit bleibt drinnen«, entgegnete Vita und stellte sich auf die Zehenspitzen, um ihm ins Ohr zu flüstern: »Ich glaube, sie hat einen über den Durst getrunken.«

Ejnar sah zum Sofa, auf dem Margit in der Tat mit leicht vernebeltem Blick hing. Sie bemerkte, dass er zu ihr sah, und hob das Glas: »*Skål,* lieber Schwager!«

»*Skål!*«, sagte er und sah aus dem Augenwinkel, dass Vita das Gesicht abgewandt hatte, damit Margit nicht sehen konnte, wie sie grinste. »Ist es in Ordnung, wenn wir rausgehen, um das neue Jahr zu begrüßen, Margit?«

»Jaja. Ich habe sowieso Angst vor Feuerwerk«, sagte sie und stellte ihr Glas ab. »Ich bleibe hier und passe auf Jan auf.«

»Und auf Mads«, sagte Ejnar.

»Wie bitte?« Sie sah ihn verwirrt an, dann machte sie eine entschuldigende Handbewegung. »Ach so, ja. Und auf Mads. Natürlich.«

Vita und Ejnar wurden von der ausgelassenen Gesellschaft auf dem Grünstreifen herzlich aufgenommen. Jørgen steckte Ejnar sofort eine Zigarre zu – die Grundausstattung eines jeden Amateur-Feuerwerkers –, und die Kinder juchzten entzückt darüber, dass Vita vor Schreck einen Satz machte, als eine ganze Reihe von Chinaböllern wenige Zentimeter von ihren Füßen entfernt zu knallen anfing.

Auch das Ehepaar Larsen von nebenan war zugegen. Feierlich gaben sie Ejnar, Vita und Jørgen die Hand.

Ejnar hatte durchaus ein schlechtes Gewissen, als er sich ein paar Meter zurückzog und Vita ihrem Schicksal und Frau Larsens Redefluss überließ. Er schenkte ihr ein schiefes Lächeln, dann beugte er sich über seinen Beutel mit den Feuerwerkskörpern und entschied sich für eine Rakete. »Möchtest du die gerne anzünden, Helle?«, rief er und platzierte die Rakete in der Flasche, die Jørgen zu diesem Zweck aufgestellt hatte.

Helle nahm ihre Aufgabe sehr ernst. Sie gab gut acht, dass sowohl ihre beiden kleinen Vettern als auch die anderen Kinder weit genug weg waren, bevor sie die Lunte mit der brennenden Zigarre ihres Vaters anzündete. Dann lief sie schnell zu ihm und nahm seine Hand. Das kam nicht so oft vor, dachte Ejnar und freute sich. Gemeinsam standen sie da und sahen der himmelwärts aufsteigenden Rakete nach. Sie explodierte in viele grüne Sterne.

Ejnar war so fasziniert, dass er gar nicht bemerkte, dass Vita und das Ehepaar Larsen Gesellschaft von ein paar jüngeren Männern in Jeanshosen und schwarzen Lederjacken bekommen hatten. Erst, als einer dieser jungen Männer laut wurde, fielen sie ihm auf. Vita wirkte verlegen, während die Larsens mit entsetzter Miene zurückwichen. Der junge Bursche rief wieder irgendetwas.

Ejnar ging zu ihnen. »Was ist hier los?«, fragte er und stellte sich neben Vita, die sich sofort bei ihm unterhakte.

»Ach, ich will dieser kleinen Schwanzfopperin bloß Manieren beibringen«, sagte der Bursche. Da erst erkannte Ejnar ihn. Es war Karl, der junge, gut aussehende Mechaniker, der Vita ein paarmal mit seinem Roller abgeholt hatte. Er war ganz offensichtlich betrunken, seine Augen waren gerötet. Er schwankte ein wenig, als er noch einen Schritt auf sie zuging. »Schwanzfopperin!«, blaffte er Vita nun direkt ins erschrockene Gesicht.

»Würden Sie bitte Ihren Ton mäßigen, hier sind Kinder in Hörweite«, sagte Ejnar.

Karl richtete den Blick auf Ejnar. »Ja, wie würden Sie denn so eine Schlampe nennen, die sich ins Kino und zu Drinks einladen lässt und dann, wenn es zur Sache gehen soll, kneift?«

»Da möchte ich mich gar nicht einmischen«, sagte

Ejnar. »Aber ich werde nicht dulden, dass Sie hier mit solchen Wörtern um sich werfen.«

»Ach ja? Und wieso? Gehört Ihnen etwa die ganze Straße hier?« Das war Karls Kumpel, der sich da zu Wort meldete, ein breitschultriger, dunkelhaariger Bursche, dessen Gesicht mit Aknenarben übersät war. Er schien nicht ganz so betrunken zu sein wie Karl.

»Ich finde, Sie sollten jetzt gehen.« Ejnar blieb stehen, obwohl Vita versuchte, ihn von dort wegzuziehen.

»Sie sind wohl ihr neuer Macker, was?«, fragte der Kumpel.

»Vita arbeitet bei mir«, sagte Ejnar.

»Ach, sie lässt Sie also auch nicht ran?«, kommentierte Karl.

»Jetzt reicht es!« Aus dem Augenwinkel sah Ejnar, dass sich langsam Schaulustige versammelten. »Bitte gehen Sie.«

Die beiden jungen Männer sahen ihn an. »Wie würden Sie das denn nennen?«, fragte Karl noch einmal. »Wenn die Gute Sie plötzlich nicht ranlässt?«

»Ich weiß, dass Nein Nein heißt«, sagte Ejnar und bewegte sich langsam auf Jørgen und die Kinder zu, die die Szene mit großen Augen verfolgten. »Man kann eine Frau nicht mit einer Kinokarte kaufen. Sie müssten doch eigentlich alt genug sein, um das bereits kapiert zu haben.«

Die Faust bewegte sich direkt auf Ejnars Kiefer zu, aber dank Karls Trunkenheit so langsam, dass Ejnar ausweichen konnte und nur an der Schulter getroffen wurde. Der zweite Schlag wurde von Karls Kumpel ausgeführt und war deutlich effizienter. Er traf Ejnar direkt ins Zwerchfell. Ejnar krümmte sich vor Schmerz. Er konnte merken, wie Vita seinen Arm losließ, als er zu Boden ging. Wie durch einen dichten Nebel hörte er lautes Rufen und sah Füße vorbeihasten. Wenige Minuten später herrschte wieder Ruhe.

»Sie sind weg, Ejnar«, sagte Jørgen und half ihm auf die Beine. »Alles in Ordnung?«

»Ja.« Vorsichtig richtete Ejnar sich auf. Sein Bauch schmerzte so sehr, dass er kaum atmen konnte.

Vita war in die Hocke gegangen und hatte den einen Zwilling in den Arm genommen. Der Junge heulte völlig aufgelöst, sein Bruder stand mit versteinerter Miene daneben.

»Wo ist Helle?«

»Die ist ins Haus gelaufen, um die Polizei zu rufen«, sagte Vita.

»Typisch Helle.« Ejnar zwang sich zu einem Lächeln. »Denkt immer so praktisch. Wir gehen dann wohl auch mal besser rein.«

Jørgen übernahm das Trösten seiner Söhne, und Vita schloss mit Ejnar auf. Es ging schleppend voran, die Schmerzen ließen keine schnellen Bewegungen zu.

»Es tut mir sehr leid, dass ich dich in eine so missliche Lage gebracht habe«, sagte Vita.

»Du kannst doch nichts dafür, dass dieser Grobian hier aufkreuzt und Ärger macht«, sagte Ejnar. »Du hast nichts falsch gemacht.«

»Sicher?«

»Ganz sicher.«

»Aber vielleicht hatte ich da etwas missverstanden. Ist das in Dänemark so? Dass ein Mann, wenn er eine Frau einlädt, gewisse … Erwartungen an sie hat?«

»Ein Mann vielleicht, nämlich dieser Karl, aber ganz bestimmt nicht alle Männer«, sagte Ejnar und biss die Zähne zusammen.

»Da, wo ich herkomme, kann man nämlich einfach so miteinander ausgehen, ohne dass jemand sauer wird, weil nicht mehr daraus wird.«

»Ich habe Sie doch auch vor nicht allzu langer Zeit mal eingeladen, oder?«

Sie sah ihn an. »Ja.«

»Und habe ich eine Gegenleistung von Ihnen erwartet?«

»Nein, aber ...« Sie schüttelte den Kopf. »Sie haben sicher recht. Ich habe bloß so das Gefühl, dass ich besser hätte aufpassen sollen. Conny hatte mich ja gewarnt.«

»Zugegeben«, sagte Ejnar. »Es gibt gewiss Dinge, über die Conny besser Bescheid weiß als ich.«

Sie hatten die Haustür erreicht. Im Licht der Lampe sah Vita plötzlich so zerbrechlich aus wie eine Porzellanfigur. Ihre Haut wirkte durchsichtig vor lauter Müdigkeit, und sie hatte dunkle Ringe unter den Augen.

»Du brauchst Margit und Jørgen jetzt nicht nach Hause zu fahren«, sagte Ejnar und strich ihr, jede Vorsicht vergessend, mit einem Finger über die Wange. »Du musst dringend ins Bett, Vita.«

»Aber ich habe es den beiden doch versprochen ...«

»Du bist schon seit heute früh auf den Beinen und hast keine einzige Pause gehabt«, unterbrach er sie und öffnete die Tür. »Ich rufe den beiden ein Taxi. Du gehst jetzt schlafen.«

»Danke«, sagte Vita. Sie wollte die Tür hinter ihnen schließen und verharrte mitten in der Bewegung. »So ein Mist.«

»Was denn?«, fragte Ejnar.

»Jetzt muss ich mir eine andere Fiat-Werkstatt suchen.«

Verblüfft sah er sie an. Dann lachte er. »Ja, das wäre vielleicht das Schlauste.«

1. und 4. Januar 1959

»Stopp!« Conny legte beide Hände auf die Brust des Mannes und versuchte, ihn wegzuschieben, von sich herunter. »Moment mal.«

»Aah«, sagte er und machte unbeirrt weiter. »Hmm … das … ist …«, stöhnte er im Takt mit seinen Stoßbewegungen, »… so … gut … so … ah … so … gut … so …«

»Stopp!«, rief sie abermals, und dieses Mal schob sie mit so viel Kraft, dass sie sich unter ihm hervorwinden konnte.

Eine Hand packte sie am Arm, als sie von der Bettkante rollte. »Jetzt … bleib … schon … hier«, schnaufte ihr Beischläfer.

»Lass mich los!«, schrie sie und schlug seine Hand weg. Dann rannte sie quer durch das Wohnzimmer und auf direktem Weg zur Toilette. Der Raum war zu klein, um die Tür hinter sich zu schließen, und so kniete Conny auf der Türschwelle und reckte den nackten Hintern in den Korridor, während sie sich erbrach. Ist mir doch egal, dachte sie. Soll der Idiot doch denken, was er will. Wenn die von ihr ausgehenden Gerüche und Geräusche ihn in die Flucht schlugen, war ihr das nur recht.

Als die Krämpfe nachließen, blieb sie noch eine Weile sitzen, die Stirn auf dem Unterarm abgelegt. Sie zitterte. Die plötzliche Übelkeit wurde abgelöst von bleierner Müdigkeit. Conny war so fix und fertig von der Silvesterparty und dem vielen Alkohol, der dort geflossen war, dass sie im Stehen hätte schlafen können. Wenn ihre Beine wiederum imstande gewesen wären, ihr Gewicht zu tragen, und das waren sie nicht.

Sie merkte, dass ihr Gast hinter ihr erschien. Seine Beine streiften Connys Hüfte, und sie verkrampfte sich, da sie befürchtete, er würde versuchen, den Geschlechtsakt hier zu vollenden. Dann nahm sie wahr, dass er nur über sie hinweg nach der Kette des Spülkastens griff und daran zog. Kleine, eiskalte Tropfen spritzten ihr ins Gesicht, als das Wasser in die Schüssel rauschte.

»Komm«, sagte er und legte eine Hand auf ihre Schulter. »Ich bringe dich zurück ins Bett.«

»Ich kann überhaupt nichts, ich …«, sagte Conny und zermarterte sich das Hirn, wie ihr Gast wohl hieß. »Ich *kann* nicht mehr. Nicht mehr vögeln. Ich muss schlafen.« Vorsichtig richtete sie sich auf. Die Türschwelle bohrte sich in ihre Knie, und plötzlich stellte sie fest, dass sie fror. Ihre Zähne klapperten.

»Natürlich«, sagte er. »Nun komm schon.« Er schob die Hände unter ihre Achseln und half ihr auf die Beine. »Kannst du alleine gehen?«, fragte er, ohne sie loszulassen.

Als Conny stehen blieb und hilflos am ganzen Körper bebte, nahm er sie auf den Arm und trug sie wie ein Kind. Sie merkte, wie sie auf die Schlafcouch gelegt und zugedeckt wurde. Jemand lief im Wohnzimmer herum, aber sie konnte die Augen einfach nicht mehr lange genug offen halten, um mitzubekommen, was vor sich ging. Das Licht wurde gelöscht, und eine Sekunde später war Conny schon eingeschlafen.

Als sie wieder zu sich kam, war es hell in der Wohnung. Sie versuchte, den Kopf anzuheben, wollte nachsehen, ob sie allein war, aber die Bewegung verursachte ihr solche Schmerzen, dass sie jammernd aufgab.

»Bist du wach?«, hörte sie die Stimme des Mannes. Da tauchte ein Name in der schmerzenden Masse auf, die früher mal ihr Gehirn gewesen war. Arne hieß er. Und er hatte sogar einen Nachnamen, fiel ihr gleichzeitig ein: Olsen. Arne Olsen. Bei der Party gestern Abend hatte er mit einigen Schauspielern und ihren Kollegen aus Theaterkreisen zusammengesessen. Poul Reichhardt war auch dabei gewesen, dämmerte es ihr, und es hatte ausgesehen, als wenn er und Arne sich kannten. Und darum hatte sie angefangen, sich für den Mann zu interessieren: weil er in Begleitung ihres Lieblingsschauspielers war. Mehr wusste sie im Grunde nicht über ihn, ganz gleich, wie sehr sie auch versuchte, sich zu erinnern. Sie hatten getanzt, sie hatten gelacht, und sie hatten sich geküsst, als die Rathausuhr zwölf geschlagen hatte. Das war alles, an mehr konnte sie sich nicht erinnern. Conny hatte keine Ahnung, wie sie in ihre Wohnung gekommen waren.

»Conny?« Sie spürte eine Hand an ihrer Wange. Hoffentlich will er jetzt nicht da weitermachen, wo sie in der Nacht aufgehört hatten, weil sie … dachte sie und merkte, dass sie sich schon wieder übergeben musste. Sie musste irgendeinen Laut von sich gegeben oder eine Bewegung gemacht haben, denn er sagte nur: »Hier. Nimm den Eimer.«

»Danke«, murmelte Conny.

»Trink«, forderte er sie auf, nachdem ihr Magen sein Inneres nach außen gestülpt hatte, und hielt ihr ein Glas an die Lippen. Kaltes Leitungswasser. Köstlich! Das Beste, was sie je getrunken hatte. Sie ließ sich wieder in das Kissen sinken.

»Danke«, wiederholte sie. »Danke, Arne.«

»Meinst du, du kannst ein paar Alka-Seltzer bei dir behalten?« Auf seiner flach ausgestreckten Hand lagen zwei Tabletten.

Conny schluckte sie und döste weiter. Aus unerfindlichem Grund machte es ihr nichts aus, dass Arne Olsen da war. Sie hörte, wie er sich in ihrer Wohnung umherbewegte. Wie Wasser lief. Einmal hörte sie auch die Wohnungstür und dachte, nun sei er nach Hause gegangen, aber als sie ein paar Stunden später wieder aufwachte, saß er am Tisch und las ein Buch. Draußen war es dunkel geworden, aber die Lampe über dem Esstisch tauchte ihn in einen warmen Lichtkegel. Seine Haare waren genauso rot wie ihre. Das war ihr am Vorabend gar nicht aufgefallen. Oder doch? Ihre Erinnerung ließ immer noch zu wünschen übrig.

Conny setzte sich vorsichtig auf die Bettkante und wickelte die Decke um sich. Ihr Kopf tat immer noch weh, aber längst nicht mehr so schlimm wie vorher.

»Schönen guten Morgen«, sagte Arne und sah auf. »Na, lebst du noch?«

»Hast du überhaupt nicht geschlafen?«

»Doch, doch. Ich habe mich auf den Boden gelegt. Das ging prima.«

»Wo hattest du denn die Kopfschmerztabletten her?«, fragte sie. »Ich hatte keine im Haus.«

»Ich habe immer eine kleine Notfallapotheke bei mir.« Er legte ein Lesezeichen in sein Buch und klappte es zu. »Brauchst du noch mehr?«

»Gleich.« Conny sah sich in der Stube um. Sie war ganz aufgeräumt. Und Staub gewischt war auch. Conny lehnte sich etwas nach rechts, um einen Blick in die Küche werfen zu können. Das schmutzige Geschirr war verschwunden. Sie sah ihn an. »Hast du …«, sie machte eine unbestimmte Handbewegung, »… das alles gemacht?«

Arne lächelte schief. »Irgendwie musste ich mir ja die Zeit vertreiben. Du hast zehn Stunden geschlafen, junge Dame.«

»Warum bist du hiergelieben?«

Er lehnte sich auf seinem Stuhl zurück und verschränkte die Arme. »Weil man jemanden, dem es so schlecht geht, nicht sich selbst überlässt. Das wäre verantwortungslos.«

Sie runzelte die Augenbrauen. »Jetzt sag bloß nicht, du bist Arzt.«

Er lachte laut. »Wie kommst du denn bitte darauf?«

»Du sagst, du hast immer Medikamente bei dir und dass du es als deine Pflicht ansiehst, eine volltrunkene Frau nicht allein zu lassen. Klingt doch verdammt nach Arzt, oder etwa nicht?«

»Und wenn ich einer wäre?«

»Von Ärzten habe ich die Nase voll«, sagte Conny. »Reichst du mir bitte mal meinen Bademantel, Arne? Der hängt hinter der Tür …«

Er erhob sich und holte den roten Frotteemorgenmantel. »Ich habe ein kleines Reisebüro«, informierte er sie, als er ihn ihr reichte.

»Du schickst also Leute in die ganze Welt?«, sagte sie. »Nach Amerika? Und Indien? Und Australien?«

Wieder lachte er. »Die Reisen, die ich organisiere, gehen nun meist zu nicht ganz so exotischen Zielen. Paris, London, Zürich, Rom. Aber sicher, wenn jemand gerne nach Nairobi oder New York möchte, kann ich auch das arrangieren.«

»Wenn man sich das leisten kann«, sagte Conny.

»Das ist natürlich die Grundvoraussetzung, ja.« Arne stellte ihre Pantoffeln vor sie hin. »Viele von den Prominenten, mit denen wir gestern gefeiert haben, gehören zu meinen Kunden. Darum war ich eingeladen.«

»Du kennst ihn also tatsächlich? Poul Reichhardt?«

»Flüchtig, ja.«

Conny hatte die Arme in die Ärmel des Bademantels gesteckt und stand nun auf, um den Mantel zuzubinden. Die Bettdecke glitt zu Boden. Arne wandte diskret den Blick ab. Er sieht gut aus, dachte sie, während sie den Gürtel band. Kräftige Schultern und Oberarme. Offener Blick, große blaue Augen wie die eines jungen Burschen, obwohl er sicher schon über dreißig war.

»Ich muss mich entschuldigen«, sagte sie. »Für gestern, meine ich.«

»Was kannst du denn dafür, dass es dir plötzlich so schlecht ging?«

Arne machte Kaffee für sie und schmierte ihr ein Brötchen, an dem sie nur knabberte. Sie saßen am Tisch und unterhielten sich etwa eine Stunde. Dann erhob er sich, nahm sein Buch und reichte ihr die Hand. »Ich lasse dich jetzt allein, damit du dich in aller Ruhe erholen kannst.«

»Sehen wir uns wieder?«, rutschte es Conny heraus.

Ihr momentaner Allgemeinzustand trug auch nicht gerade dazu bei, ein Mindestmaß an Würde zu bewahren.

»Wenn du magst«, sagte Arne.

»Du könntest dir doch mal die Vorstellung ansehen«, schlug sie vor. »Sie läuft noch zwei Wochen. Ich kann eine Karte für dich zur Seite legen lassen. Und hinterher könnten wir vielleicht einen Happen zusammen essen gehen?«

»Klingt gut«, sagte er. »Nächsten Freitag?«

Conny brachte ihn zur Tür. Er neigte sich zu ihr und küsste sie auf die Stirn. Sie kam sich vor wie ein Kind. Als seine Schritte auf der Treppe verhallt waren, ging sie in die Küche, um noch mehr Wasser zu trinken. Er hatte ihr vier Alka-Seltzer auf einer Untertasse dagelassen und daneben seine Visitenkarte. Sie griff danach. Elfenbeinfarbener Karton mit leicht rauer Oberfläche. Ein Globus und die Silhouette eines Flugzeugs in der oberen rechten Ecke. Links stand sein Name. Er hieß gar nicht Arne, er hieß Hardy. Hardy Olsen. Na ja, die Musik war aber auch ziemlich laut gewesen, als sie einander vorgestellt wurden. Wenigstens hatte sie seinen Nachnamen richtig verstanden. Wie peinlich, dass sie ihn mit falschem Vornamen angesprochen hatte, dachte sie und schluckte zwei Tabletten.

*

Am Sonntag um eins kam Vittoria zu Besuch. Sie hatte Kuchen dabei.

»Ja, ich weiß, es ist eigentlich Mittagszeit«, sagte sie und setzte Massimo auf den Boden. »Aber ich hatte solche Lust auf was Süßes. Und du musst ja um drei im Theater sein, darum …«

»Den können wir doch gut zum Mittagessen verputzen.« Conny nahm die Pappschachtel mit dem Namen der Bäckerei darauf entgegen. »Sind ja keine Erwachsenen hier, die uns sagen, was wir zu tun und zu lassen haben.« Sie lachte. »Wenn wir nachher doch noch Hunger kriegen, können wir ja schnell ein paar Brote essen. Ich setze eben Wasser auf.«

Sie öffnete den Kuchenkarton. Darin befanden sich ein Mürbeteigtörtchen, eine Cremeschnitte sowie ein Stück Schokoladenkuchen, der sicher für Massimo gedacht war. Das Mürbeteigtörtchen war etwas eingedrückt, seine Sahnehaube inklusive Marmelade klebte am Pappdeckel, und auch die Cremeschnitte sah etwas mitgenommen aus vom Transport. Conny reparierte die Tortenstücke, so gut sie konnte.

»Das kommt davon, wenn man arbeitsscheue Verkäuferinnen einstellt«, sagte sie, als sie Vittoria hinter sich bemerkte. »Die hier war ja sogar zu faul, einen Karton in der richtigen Höhe herauszusuchen. Bei meinem Vater würde die sofort gefeuert werden.«

»Sie würde wahrscheinlich sagen, dass es einem egal sein kann«, meinte Vittoria. »Dass der Kuchen immer gleich schmeckt, egal, wie er aussieht.«

»Tja, ist wohl so eine Art Berufskrankheit von mir«, sagte Conny. »Mein Vater hat das allen Mitarbeitern in der Backstube und im Verkauf immer wieder eingebläut: Wenn es um Kuchen und Gebäck geht, ist das Aussehen das A und O.«

»Witzig. Mein Vater hat fast dasselbe gepredigt: Die Speisen müssen appetitlich angerichtet werden. Das Auge isst schließlich mit.«

»Genau.« Conny lachte. »Unsere Väter wären bestimmt prächtig miteinander ausgekommen.«

»Ja, mal abgesehen davon, dass meiner ausschließlich Italienisch gesprochen und verstanden hat.«

»Mein Vater weigert sich auch, nur ein einziges Wort einer Fremdsprache zu lernen.« Conny schüttelte den Kopf. »Er ist felsenfest davon überzeugt, dass alle Menschen auf der Welt Dänisch verstehen können, wenn man nur schön laut und deutlich spricht.« Sie arrangierte die Kuchenstücke auf einem großen Teller und suchte Tassen und Löffel hervor. Kuchengabeln gab es bei ihr nicht, darum mussten sie mit Teelöffeln essen. Aber das würden sie wohl überleben.

Als sie mit dem Tablett in das Wohnzimmer zurückkehrte, hatte Vittoria Massimo die warmen Sachen ausgezogen. »Sieht er nicht süß aus?«, sagte sie.

»Sehr süß.« Conny stellte das Tablett ab und ging in die Knie. »Eine richtige Latzhose! Er ist ja schon fast ein richtiger kleiner Mann.«

»Die hat er von Margit zu Weihnachten bekommen.«

»Hört, hört.« Conny zog eine Augenbraue hoch. »Heißt das, die dumme Ziege hat endlich bemerkt, dass es ihn gibt?«

»Pssst. Red nicht so von ihr.«

»Versteht er doch sowieso nicht.«

»Das kann man nie wissen. Ich möchte, dass wir ordentlich miteinander reden, wenn Mads dabei ist.«

»*Mads?* Nennst du ihn jetzt etwa auch so?«

»Alles andere ist einfach zu umständlich, Conny. Ständig muss ich überlegen, mit wem ich gerade spreche, um dann zu entscheiden, welchen Namen ich benutze. Und ganz oft wird dann Massi-Mads draus.« Vittoria lächelte. »Und das wäre nun wirklich nicht gut für ihn.«

»Stimmt. Wäre schon seltsam für ihn, wenn seine eigene Mutter immer überlegen müsste, wie er eigentlich heißt …« Conny lächelte. »Mads. Ich versuche, es mir zu merken. Soll ich dich dann auch Vita nennen?«

»Ach nein, lieber nicht.«

Conny lachte. Da fing der Wasserkessel an zu pfeifen. »Ich finde das lustig!«, rief sie von der Küche. »Du wirst immer dänischer.«

»Inwiefern?« Vittoria stellte sich auf die Türschwelle.

»Du hast so gut wie keinen Akzent mehr. Man muss schon sehr genau hinhören, um dahinterzukommen, dass du nicht hier aufgewachsen bist.«

»Danke.«

»Und dir fehlen nur noch selten irgendwelche Wörter. Am Anfang gab es so viele Ausdrücke, die du nicht verstanden hast.«

»Ja, kann schon sein … Darüber habe ich noch gar nicht nachgedacht«, sagte Vittoria.

»Und jetzt willst du Massimo auch Mads rufen. Vielleicht sprichst du ja bald besser Dänisch als Italienisch.«

»Hm. Kann schon sein.« Vittorias Mundwinkel wanderten nach unten. »Ein bisschen traurig, oder?«

Conny zuckte die Achseln. »Schließlich lebst du hier.«

Sie goss den Kaffee auf und brachte die Kanne zum Tisch. Conny entschied sich für die Cremeschnitte, Vittoria für das lädierte Mürbeteigtörtchen. Massimos Hände und Gesicht waren binnen kürzester Zeit ganz braun und fettig, und Conny musste einen Lappen holen – ein Wunder, dass sie auf Anhieb einen finden konnte! – und ihn gründlich damit bearbeiten, bevor er auf dem Boden mit seinen Spielsachen und einigen von Connys Küchenutensilien spielen durfte.

»Er kann alles haben«, hatte Conny erklärt, als Vittoria zum x-ten Mal etwas hochhielt, um zu fragen, ob er damit spielen dürfe. »Solange er sich damit nicht schneiden oder es verschlucken kann – fühlt euch wie zu Hause.«

Als Massimo sich fasziniert einem Schneebesen widmete, fragte Conny: »Wie war dein Silvester? Waren alle glücklich und zufrieden?«

»Ja, war alles in Ordnung. Nur leider endete der Abend etwas unschön.« Sie erzählte Conny von dem handgreiflichen Zwischenfall. »Ich hatte ja keine Ahnung, dass ich Karl so verletzt hatte.«

»Hab ich doch gesagt.« Conny sah sie an. »Wenn du dich wieder mit einem Mann verabreden willst, musst du dir wirklich gut überlegen, wie du auftrittst.«

»Wenn er mich nicht so bedrängt hätte, hätte ich bestimmt früher oder später nachgegeben. Ich habe mich anfangs wirklich zu ihm hingezogen gefühlt.«

»Wenn und hätte, wenn und hätte«, sagte Conny. »Auf jeden Fall hat er sich von dir schlecht behandelt gefühlt, so viel ist klar.«

Vittoria nickte. »Und wie war dein Silvester, Conny? Hast du Spaß gehabt?«

»Ich war bei einer großen Party mit einem Haufen Leute«, antwortete Conny. »Im Wivex.«

»Und? War's gut?«

»Schon …«, antwortete Conny zögernd. »Ich habe nur zu viel getrunken.«

»Schon wieder?« Vittoria reichte Massimo einen Teelöffel mit Sahne. »War dir schlecht?«

»Ob mir schlecht war?« Conny verzog das Gesicht. »Ich dachte, ich müsste sterben!«

Vittoria schüttelte den Kopf. »Du wirst es wohl nie lernen, was?«

»Wahrscheinlich nicht.« Conny erhob sich. »Apropos ... Ein Glas Dubonnet?«

»Ich werde furchtbar müde, wenn ich tagsüber was trinke. Aber trotzdem danke.«

Conny holte ein Glas aus der Küche und schenkte sich ein. »Also, nach so einem kleinen Glas geht mir einfach alles besser von der Hand.« Sie prostete ihr zu. »*Skål!*«

»Mit Kaffee stößt man nicht an«, sagte Vittoria. »Das bringt Unglück.«

Conny schüttelte lächelnd den Kopf und leerte das Glas.

»Wenn es dir so miserabel ergangen ist«, sagte Vittoria und ließ Massimo nicht aus den Augen, der sich an der Schlafcouch hochgezogen hatte und nun die Hand nach einem bunten Kissen ausstreckte, »dann hattest du wohl auch kein Glück in Sachen Männer?«

Conny zündete eine Zigarette an. »Wie man's nimmt. Ich habe einen kennengelernt. Und wir sind für Freitag verabredet.«

»Ist Freitag denn keine Vorstellung?«

»Doch, aber hinterher. Er hat ein Reisebüro.«

»Was du nicht sagst! Ist er reich?«

Conny pustete eine Rauchwolke in die Stube. »Vielleicht. Ich weiß es nicht. Er sieht jedenfalls nicht so aus.« Sie überlegte. »Und richtig reiche Leute sind normalerweise auch nicht so fürsorglich.« Sie erzählte kurz von ihrem Neujahrstag, ließ die etwas deftigen Details jedoch aus. »Er war richtig nett.«

»Ja, klingt tatsächlich so.« Vittoria stand auf und entrang Massimos kleiner Faust eine Flasche Nagellack. »Hier«, sagte sie, als seine Augen sich mit Tränen füllten, und reichte ihm als Ersatz ein Spielzeugauto. »Guck mal, ist das nicht toll?« Dann wandte sie sich wieder Conny zu. »Und wie heißt er, dein Gentleman?«

»Hardy Olsen.« Conny lachte. »Und ich hatte seinen Namen falsch verstanden und habe ihn die ganze Zeit Arne genannt. Aber er hat mich kein einziges Mal korrigiert. Hat bloß ganz diskret seine Visitenkarte hinterlassen, als er ging.«

»Also wirklich ein Gentleman.«

»Apropos Gentleman: Wie läuft es mit dir und Ejnar?«

»Ach.« Vittoria ließ sich auf den Stuhl sinken. »Ich bin nach wie vor Luft für ihn.«

»Immer noch?«

»Ja. Gut, als Karl mich an Silvester angepöbelt hat, da hat er mich in Schutz genommen, aber … Auf mich wirkt er plötzlich wieder genauso niedergeschlagen wie bei meiner ersten Begegnung mit ihm. Er verhält sich höflich, mehr aber auch nicht. Manchmal kann ich ihm ansehen, dass er etwas Lustiges oder Nettes sagen will, aber dann beißt er sich quasi auf die Zunge und verschließt sich.« Vittoria sah Conny an. »Er passt auf, was er sagt.«

»Er beißt sich auf die Zunge?« Conny lachte. »Da siehst du es: Dein Dänisch ist wirklich ganz hervorragend.«

»Manchmal habe ich fast den Eindruck, als hätte er Angst vor mir. Als hätte er einen Verdacht. Als ahnte er, was ich für ihn empfinde.«

»Eigenartig.« Conny beschlich ein schlechtes Gewissen, was sie zu verbergen versuchte, indem sie sich noch ein Gläschen einschenkte. War es wirklich nötig gewesen, Ejnar von Vittorias Verliebtheit in ihn zu erzählen? »Ich muss gleich los«, sagte sie dann. »Sonst schaffe ich es nicht rechtzeitig, und dann kann ich mir vom Inspizienten wieder was anhören.«

»Ich kann dich fahren, dann sparst du etwas Zeit«, bot Vittoria an.

»Ach, wärst du so lieb?«

»Ich muss nur eben unsere Sachen zusammenpacken.« Vittoria fing an, Massimos Spielzeug einzusammeln. Dann hob sie den Jungen hoch und schnupperte an seinem Hintern. »Puh«, sagte sie. »Ich muss auch noch seine Windel wechseln, bevor wir fahren. Bringst du mir bitte eine Schüssel warmes Wasser?«

AUFBRUCH

1. März 1959

»Ach, Menno, Papa. Schon wieder kein Schnee.« Jan stand auf einem Rodelhügel im Søndermarken-Park und blickte traurig den grünen Hang hinunter. »Ich habe meinen Schlitten überhaupt noch nicht ausprobieren können.« Der Vierjährige hatte zu Weihnachten endlich den Schlitten mit Lenkrad bekommen, den er sich schon so lange gewünscht hatte, aber seither hatte sich nicht eine einzige Schneewolke am Kopenhagener Himmel gezeigt. Der gesamte Februar war sogar ungewöhnlich mild gewesen. Nichts deutete darauf hin, dass Jan sein neues Spielzeug noch in dieser Saison zum Einsatz bringen könnte.

»Tut mir leid, mein Kleiner«, sagte Ejnar und wuschelte seinem Sohn durch die Haare.

Jan schob die Unterlippe vor und schmollte.

»Ich würde so ziemlich alles für dich tun, aber auf das Wetter habe ich leider keinerlei Einfluss.«

»Menno«, murmelte Jan. »Blödes Wetter.«

»Aber weißt du, was wir stattdessen machen können?«, rief Helle, wie immer bereit, ausgleichend zu wirken. »Wir können den Hang runterrollen!« Sie legte sich auf den Boden, streckte die Arme über den Kopf und sagte: »Wer als Erster unten ist!«

Dieser Versuchung konnte Jan nicht widerstehen. Im

Nullkommanichts hatte er seinen Ärger vergessen und sich wenige Meter von seiner Schwester entfernt ebenfalls in Startposition gelegt.

»EINS … ZWEI … und DREI!«, rief Helle. Und sie rollten los. Erst vorsichtig, dann immer schneller.

Ejnar und Vittoria blieben oben auf dem Hügel stehen und lächelten. Mads zeigte kein Interesse daran, es den beiden Großen nachzumachen. Er hatte einen langen Stock gefunden und war vollauf damit beschäftigt, ihn immer wieder in eine matschige Pfütze zu schlagen. Vittoria, die eine umständliche Waschaktion des hellblauen Overalls auf sich zukommen sah, hatte nach einigem Hin und Her ihre Versuche aufgegeben, ihn von dieser Schlammspritzerei abzubringen. Wenn es ihm doch solchen Spaß machte.

»Helle ist ein solcher Schatz«, sagte sie zu Ejnar.

»Ja, das ist sie«, pflichtete Ejnar ihr bei und winkte den Kindern zu, die nun am Fuß des Hügels angekommen waren. »Immer will sie ihre Mitmenschen fröhlich stimmen. Und vor allem ihren kleinen Bruder.«

»Ich bin mir ziemlich sicher, dass es ihr selbst gar nicht so großen Spaß macht, sich auf der Erde zu wälzen und schmutzig zu machen. Aber sie hat nicht eine Sekunde gezögert.« Vittoria sah Ejnar an. »Ich finde, einer von uns sollte ihr das sagen. Dass uns klar ist, was und warum sie es getan hat und dass wir das gut finden.«

Wir, dachte sie sogleich. *Wir*. Als wären sie ein Paar. Ein Elternpaar mit gemeinsamen Pflichten und ebenbürtigen Gefühlen für den Nachwuchs. Das war vielleicht etwas seltsam, aber ihr war aufgefallen, dass Ejnar sich in letzter Zeit ganz ähnlich verhielt. Unmerklich war aus

Arbeitgeber und Haushälterin ein *Wir* geworden. »Wollen wir heute mal mit den Kindern in den Søndermarken-Park gehen?«, hatte Ejnar zum Beispiel beim Frühstück gefragt. Dass sie eigentlich ihren freien Tag hatte, war ihm erst aufgegangen, als Vittoria mit Ja antwortete. Auch das passierte immer öfter. Die Sonntage gehörten eigentlich ihr – und Mads – alleine, aber sie verbrachte sie dennoch regelmäßig mit Ejnar und seinen Kindern. Vor allem, seit Conny Hardy kennengelernt hatte und darum nicht mehr solche Lust hatte, sie mit ihrer Freundin zu verbringen.

Das machte auch gar nichts, dachte Vittoria. Sie wollte ihre Freizeit lieber zusammen mit der ganzen Bande verbringen, statt sich jedes Mal zu überlegen, was sie so ganz allein mit ihrem Spross unternehmen könnte. Sie beugte sich zu Mads hinunter, der sich in einem unbemerkten Augenblick eine Handvoll Matsch in den Mund gesteckt hatte. »Iiiih«, schimpfte sie. »Igitt igitt, Mads. Komm schon, spuck das aus.« Sie entfernte so viel wie möglich von der dunklen Pampe aus seinem Mund und zog den Jungen von der spannenden Pfütze weg. »So«, sagte sie. »Hier hast du deinen Stock wieder.«

Sie richtete sich auf und sah, dass die beiden anderen Kinder inzwischen wieder oben angekommen waren und ihren Vater überredet hatten, dieses Mal mit ihnen den Hang hinunterzurollen. Tapfer legte Ejnar sich zurecht, allerdings mit vor dem Gesicht verschränkten Armen, um nicht ganz so schnell zu rollen wie seine Kinder. Als er am Fuß des Hügels angekommen war, warteten Jan und Helle bereits auf ihn und jubelten, weil er so langsam gewesen war. Lachend stand Ejnar auf und klopfte sich Gras und Laub von der Jacke.

Er sah auf und rief Vittoria zu: »Jetzt sind Sie dran!«

»Ganz bestimmt nicht.« Vittoria lachte. Sie wollte auf keinen Fall, dass ihr schöner Frühlingsmantel schmutzig wurde. »Irgendjemand muss schließlich auf Mads aufpassen!«, rief sie.

»Angsthase!«, rief Ejnar.

Die Kinder stimmten ein: »Angsthase, Pfeffernase!«, riefen sie im Chor.

Doch Vittoria gab nicht nach. Sie schüttelte den Kopf und winkte ab. Als die anderen es aufgegeben hatten, sie zu überreden, dachte sie, wie sehr es sie doch freute, Ejnar wieder so fröhlich zu sehen. Offenbar hatte er verwunden, was auch immer ihm widerfahren war. Vittoria tippte immer noch darauf, dass es sich um eine Romanze mit einer anderen Frau gehandelt hatte. Wann hatte sich das Blatt eigentlich gewendet?, fragte sie sich und beobachtete ihn, während er mit den beiden Kindern im Schlepptau den steilen Hang heraufächzte. Vielleicht zum ersten Todestag seiner Frau Ende Januar? Wäre gut vorstellbar, dass es da einen Zusammenhang gäbe.

»So, mir reicht's jetzt, ihr Racker«, sagte Ejnar. »Ich bin ein alter Mann. Aber ihr könnt gerne noch mal runterrollen, wenn ihr wollt.«

»EINS… ZWEI… uuuuuuund DREI!«, rief Helle wieder, und schon ging's wieder los.

Ejnar sah ihnen breit lächelnd nach, holte seine Pfeife hervor und machte sich daran, sie zu stopfen.

Vittoria fasste sich ein Herz. »Ich hätte da übrigens eine Idee«, sagte sie.

»Hmmm?« Seine Aufmerksamkeit konzentrierte sich auf den Tabakbeutel.

»Wie wäre es, wenn wir mal wieder mit Conny essen gingen?«

Ejnar hob den Kopf. »Gibt es einen besonderen Anlass?«

»Ich weiß nicht … Ich habe den Eindruck, als hättest du wieder etwas mehr Zeit.« Als er nicht antwortete, fuhr sie fort: »Und du musst zugeben, dass wir damals an meinem Geburtstag einen schönen Abend hatten.«

»Ja …« Ejnar schloss den Tabakbeutel und steckte ihn ein, dann holte er die Streichhölzer hervor, um seine Pfeife anzustecken. »Stimmt schon.« Er wölbte die Hände, damit der leichte Wind sein Vorhaben nicht sabotierte. Einen kleinen Moment später sah er Vittoria wieder an. »Ich weiß nicht recht.«

»Aber du mochtest Conny doch. Ihr habt euch hervorragend unterhalten.«

»Das ist wohl wahr, aber …« Er zog mehrfach an der Pfeife, um die Glut anzufachen. »Sieht das nicht etwas seltsam aus, wenn ein Mann mittleren Alters gleich mit zwei jungen Frauen ausgeht?«

Vittoria lachte. »Das hat dich doch letztes Mal auch nicht weiter gestört. Aber wenn das das Problem ist, können wir ja einfach Hardy dazubitten. Dann sind wir zwei Männer und zwei Frauen.«

Ejnar runzelte die Augenbrauen. »Hardy?«

»Connys Freund. Von dem hatte ich dir doch erzählt.« Da Ejnar sie immer noch ratlos ansah, fuhr sie fort: »Oder vielleicht nicht?« Sie lachte. »Na ja, wäre ja auch ein bisschen viel von dir verlangt, den Überblick über Connys viele Liebschaften zu bewahren. Ich habe das schon lange aufgegeben.«

»Wie lange ist sie denn schon mit diesem Hardy zusammen? Und was ist das für ein Bursche?«

»Ich bin ihm erst ein paarmal begegnet, darum weiß ich nicht besonders viel über ihn, aber er wirkt sehr nett. Die beiden sind seit Silvester zusammen. Ich glaube, das ist was Ernsteres.«

Da kamen Helle und Jan zum vierten Mal wieder oben auf dem Hügel an. Sie waren so außer Puste, dass sie kaum reden konnten.

»Na, wie sieht's aus? Reicht es euch jetzt auch?«, fragte Ejnar.

»Ich hab Durst«, sagte Jan.

»Ich auch«, sagte Helle. »Meinst du, im Toilettenhäuschen gibt es Wasser, Papa?«

»Ihr dürft niemals Wasser aus dem Hahn einer öffentlichen Toilette trinken«, mahnte Ejnar. »Da wimmelt es nur so vor Bakterien.«

»Hier«, sagte Vittoria und griff in ihr Nylonnetz. »Ich habe heißen Tee dabei. Der ist auch gut gegen Durst.«

Sie verteilte Melaminbecher an alle und schenkte den Tee aus. Sogar Mads sollte einen halben Becher bekommen, aber erst musste sie die heiße Flüssigkeit durch gründliches Pusten abkühlen. »Machst du bitte mal die Kuchendose auf?«, bat sie Ejnar zwischen zwei Pustern. »Ich habe uns ein bisschen Proviant mitgebracht.«

Lächelnd schüttelte Ejnar den Kopf, während er die gebutterten Milchbrötchen an die Kinder verteilte. »Du bist wirklich unglaublich, Vita«, sagte er. »Passiert in deinem Leben eigentlich jemals etwas, auf das du dich *nicht* vorbereitet hast?«

»Wenn du wüsstest«, sagte Vittoria und reichte

Mads, der nun aufrecht in seinem Sportwagen saß, den Becher.

Kurz darauf, nachdem die beiden großen Kinder ein fünftes und letztes Mal den Hang hinuntergerollt waren, gingen sie im etwas gepflegteren Teil des Parks spazieren. Auf der großen Rasenfläche mit dem zu dieser Jahreszeit abgeschalteten Springbrunnen tummelten sich viele Menschen. Den schönen Frühlingstag nutzten viele Kopenhagener für einen Sonntagsausflug – ältere Damen, die paarweise in ihrem feinsten Zwirn dahergingen, Familien mit Kindern in Kinderwagen oder auf Rollern, Spaziergänger jeden Alters mit Hund. Die anderen halten uns sicher für eine richtige Familie, dachte Vittoria und nickte einem älteren Herrn zu, der den Hut gelüftet hatte. Sie schielte zu Ejnar hinüber, der mit der Pfeife im Mund und hinter dem Rücken verschränkten Händen neben ihr herging. Ob er wohl das Gleiche dachte, überlegte Vittoria. Und ob es ihn wohl störte?

»Gut«, sagte Ejnar, nachdem er lange geschwiegen hatte. »Dann machen wir das.«

»Wie bitte?« Sie wandte sich ihm zu.

»Wir gehen mit Conny und ihrem Galan essen. Könnte doch wirklich ganz nett werden.«

»Wir könnten sie auch zu uns einladen. Ich koche gerne für uns alle.«

»Das bezweifle ich nicht.« Ejnar lachte. »Aber im Restaurant zu essen ist irgendwie… etwas unverbindlicher, oder?«

»Mag sein.« Er hatte recht, dachte Vittoria und schluckte ihre Enttäuschung darüber, Connys Freund nicht mit ihren Kochkünsten imponieren zu dürfen, herunter. Wenn man jemanden zu sich nach Hause einlud, würde eines Tages eine Gegeneinladung erfolgen. Und dann musste man auch wieder einladen – und bevor man sich versah, steckte man in einem endlosen Kreislauf von gegenseitigen Einladungen. Das konnte sehr schön sein, wenn alle sich gut verstanden – aber auch sehr unangenehm, falls sich herausstellen sollte, dass Hardy und Ejnar nichts miteinander anfangen konnten. »Abgemacht«, sagte sie laut. »Soll ich Conny anrufen und etwas verabreden?«

Ejnars Lächeln war ein bisschen steif, fand sie. Vielleicht war ihm kalt.

*

An diesem Abend aßen Ejnar und seine Kinder bei Margit und Jørgen, während Vittoria den Rest ihres freien Sonntags zu Hause verbrachte. Sie bereitete ein Käseomelette für sich und Mads zu und brachte ihren Sohn eine halbe Stunde früher als üblich zu Bett. Als er eingeschlafen war, überlegte sie, sich dem Berg von Bügelwäsche zu widmen, beherrschte sich aber. Schließlich war es ihr freier Abend.

Stattdessen setzte sie sich mit Schreibmappe und Füllhalter an den Esstisch. Herrlich, diese Stille, dachte sie. Kein in der Stube laufendes Radio, keine Kinder, die noch schnell ihre letzte Energie verbrauchen wollten, bevor sie ins Bett gingen. Durch die offene Tür zum Wohnzimmer hörte sie die Wanduhr ticken, und draußen fuhr ein Auto vorbei. Sonst war alles ruhig.

Vittoria schraubte den Deckel von ihrem Füllhalter und begann ihren monatlichen Bericht an die einzige ihr in der Heimat verbliebene Freundin.

Kopenhagen, den 1. März 1959
Liebste Schwester Giovanna!
Vielen Dank für Ihren letzten, so schön ausführlichen Brief. Ich freue mich immer sehr, zu hören, was es zu Hause Neues gibt, und ich bin Ihnen sehr dankbar, dass Sie sich so oft die Zeit nehmen, mir zu schreiben. Ich bin froh, dass Sie und die anderen Schwestern bei guter Gesundheit sind. Ich weiß ja, wie hart der Winter sein kann – vor allem für die älteren Schwestern. Ich bete jeden Tag für Sie alle.

Letzteres war gelogen. Aber Vittoria wusste, dass sie der älteren Nonne damit eine Freude machte und dass diese stutzen würde, wenn sie es nicht schriebe.

Hier in Dänemark hatten wir einen ungewöhnlich milden Winter, den Sie aber sicherlich dennoch als schrecklich kalt empfunden hätten. Die ersten Frühjahrsblüher sind schon lange da: Winterlinge, Schneeglöckchen und so weiter. Die Blüte des Falschen Jasmin im Vorgarten steht auch unmittelbar bevor.

Vittoria klopfte sich mit dem Ende des Füllhalters gegen die Zähne und grübelte. Das Wetter? Im Ernst? Ob Schwester Giovanna sich wohl überhaupt für die Temperaturen in einem so fernen Land interessierte? Tatsache war, dass es Vittoria immer schwerer fiel, Themen zu finden, von denen sie ihrer alten Mentorin berichten konnte. Ihre Gefühle für Ejnar waren in diesem Zusammenhang absolut tabu, und über ihre einzige Freundin könnte sie nur Dinge schreiben, die die wohlerzogene ältere Nonne unpassend gefunden hätte. Sie beschloss, zu einem Thema zu wechseln, das nie ein Ende nehmen würde.

Massimo ist wahnsinnig groß geworden. Sie würden ihn nicht wiedererkennen, Schwester. Seit über einem Monat kann er laufen, und das bringt natürlich ganz neue Probleme mit sich. Er kommt jetzt ÜBERALL heran und versteht noch keine Verbote. Darum muss ich jedes Mal, wenn ich etwas abstelle, aufpassen wie ein Schießhund. Dabei muss ich immer an Sie denken. Wissen Sie noch? Wie Sie mir mal erklärt haben, wie weit die Arme eines Kleinkindes reichen? »So weit, wie Du es Dir vorstellen kannst – plus fünfundzwanzig Zentimeter!«

Klick. Klick. Sie überlegte, was sie noch schreiben könnte, und fuhr fort.

Um Ihre Frage zu beantworten: Nein, ich kann nicht behaupten, viele Gedanken an das Casa Contini zu verschwenden. Jedenfalls nicht an das heutige Casa Contini. Ich erinnere mich immer wieder gerne an die Zeiten, zu denen meine Eltern noch lebten, aber wie es nun um das Restaurant bestellt ist, darüber möchte ich am liebsten auch gar nichts hören. Ich hoffe, Sie verstehen das.

Es bereitete Vittoria immer noch Sorge, an ihr letztes, rabenschwarzes Jahr in Rom zurückzudenken, in der sie eine schier endlose Kette an Schicksalsschlägen hatte erfahren müssen: die unheilbare Dickdarmkrebserkrankung ihrer Mutter, die diese Frau in der Blüte ihres Lebens binnen weniger Monate in eine abgemagerte, hilflose Greisin verwandelt hatte, der Verkauf des Restaurants und ihr plötzlicher Umzug. Und dann Aurelia … Vittorias Jugendfreundin hatte den abscheulichen Sandro geheiratet. Sie war eine strahlende, glückliche Braut gewesen, aber Vittorias bange Ahnungen sollten sich schon bald bewahrheiten. Sie hatte mehrfach versucht, mit ihrer Freundin über die ganz offensichtlich unglückliche Ehe zu sprechen, aber Aurelia hatte sie kategorisch abgewiesen. Es gehe ihr blendend, sagte sie, und Vittoria blieb nichts anderes übrig, als bei allem hilflos zuzusehen.

Im Wohnzimmer tickte die Uhr, und auf der Straße war es nun vollkommen still. Gleich würden Ejnar und die Kinder wiederkommen.

Ich muss jetzt schließen, liebste Schwester, aber
in einem Monat schreibe ich Ihnen wieder.
Die herzlichsten Grüße und Gottes Segen
Vittoria

18. März 1959

»Wünschen die Herrschaften Gebäck zum Kaffee? Wir haben einen schönen Hefekranz mit Zitronat.« Erwartungsvoll stand der Kellner da, Kugelschreiber und Bestellblock gezückt. »Oder wie wäre es mit einem Stück *Kransekage*?«

Hardy sah Conny an, die leise den Kopf schüttelte. Nein, weder Hefe- noch Marzipankuchen. Dann richtete er den Blick wieder auf den Kellner. »Nein danke. Einfach nur Kaffee und Cognac.«

»Sehr gerne.«

»Guck mal, wir legen ab«, sagte Conny und reckte den Hals. »Schade, dass wir keinen Fenstertisch haben.«

»Du kannst gerne raus aufs Deck gehen, wenn du Hundested am Horizont verschwinden sehen willst.«

»Bei dem Wetter? So dringend ist es auch wieder nicht.« Conny zündete sich eine Zigarette an.

Hardy legte kurz eine Hand auf ihre Wange. Es war ihre erste gemeinsame Reise, und obwohl ihr Ziel – Randers in Jütland – nicht besonders exotisch war, verspürte Conny jede Menge Schmetterlinge im Bauch: Ihnen standen nämlich zwei Übernachtungen im ersten Hotel am Platze bevor. Sie war erst einmal in ihrem Leben in Randers gewesen – zu einem Tanzwettbewerb, als sie in der zweiten Klasse gewesen war, zusammen mit einer ganzen Horde von anderen Kindern. Diesmal würde sie in einem Doppelzimmer mit Frühstück übernachten, und sie reiste nicht in einem von der Tanzschule angemieteten Bus an, sondern in Hardys neuem zweifarbigen Opel Kapitän.

Die Reise war eine von vielen ganz gewöhnlichen Geschäftsreisen, die Hardy immer mal wieder unternahm: Zwei Gesprächstermine mit Omnibusbetrieben in Bjerringbro beziehungsweise Hadsund sowie der Besuch einer Druckerei in Randers standen auf dem Programm. Die Druckerei hatte ihm ein schriftliches Angebot für die Produktion von Broschüren unterbreitet, das weit unter den Preisen lag, die er mit Kopenhagener Druckereien aushandeln konnte. Texte und Bilder mussten nun mit der Werbeabteilung durchgegangen werden.

»Ist es dir sehr wichtig, dass ich zu den Omnibusleuten mitkomme?«, fragte Conny jetzt.

»Du brauchst nicht an den Gesprächen teilzunehmen«, sagte Hardy. »Aber ich hätte gerne deine Meinung zur Innenausstattung der Busse. Du hast so einen guten Geschmack.«

Conny lachte. »Du willst mir doch wohl nicht erzählen, dass die Firma mit der schöneren Sitzfarbe den Zuschlag bekommt?« Sie blies ein paar Rauchringe in die bereits undurchdringliche blaue Dunstluft im Restaurant.

»Und außerdem sprichst du ihre Sprache.« Hardy lachte. »Vielleicht kannst du ein bisschen dolmetschen.«

»Werd bloß nicht frech.« Sie boxte ihn gegen den Oberarm. »Wenn du mich dabeihaben willst, komme ich natürlich mit.«

»Für dich ist das hier doch ein Heimspiel, oder?«

»Ja. Sozusagen.« Conny drückte die Zigarette aus und lächelte dem Kellner zu, der mit dem Kaffee kam. Die beiden Cognacgläser platzierte er mit einer Miene auf der Tischdecke, als würde er flüssiges Gold servieren. »Langå ist nicht weit von Bjerringbro entfernt.«

Hardy goss ein wenig Sahne in seinen Kaffee und rührte um. Dann sah er Conny an. »Ich hab eine Idee.«

»Ist es was Unanständiges?«

»Nein, diesmal nicht.«

»Lass hören.«

»Wie wäre es, wenn wir deine Eltern besuchen?«

»Ach, Hardy.« Sie sah ihn an. »Ich weiß nicht. Dazu habe ich eigentlich gar keine Lust.«

»Aber wenn wir doch schon mal in der Gegend sind. Der Termin in Bjerringbro ist morgen gegen Mittag, und wenn ich mich richtig erinnere, kommen wir am Nachmittag durch Langå. Genau zur Kaffeezeit.«

Conny rümpfte die Nase. »Ich war doch an Weihnachten erst ein paar Tage da.«

»Deine Mutter wäre sicher sehr enttäuscht, wenn sie hört, dass wir in der Nähe waren und nicht vorbeigeschaut haben.« Er nahm ihre Hand. »Und außerdem möchte ich sie gerne kennenlernen.«

»Schon…« Conny wollte am liebsten darauf verzichten, ihren durch und durch großstädtischen Freund mit den ausgesuchten Manieren ihren gänzlich provinziellen Eltern vorzustellen. Sie konnte bereits jetzt förmlich hören, wie ihr Vater seinen Minderwertigkeitskomplex kompensierte, indem er sich enorm irritierend über die Unterschiede zwischen »euch Seeländern« und »uns Jüten« ausließ, während ihre Mutter unablässig um sie herumscharwenzelte und alles Mögliche zu essen und zu trinken anbot. Conny reichte allein schon die Vorstellung, aber Hardy hatte natürlich recht. Es wurde wirklich langsam Zeit, dass er mit ihren Eltern bekannt wurde.

»Du bist schon dreimal mit mir bei meiner Mutter gewesen. Und meine Schwester und ihren Mann kennst du auch schon«, fuhr Hardy fort. »Ich möchte gerne auch deine Familie kennenlernen, Conny.«

»Du kennst Vittoria und Ejnar.« Vor ein paar Tagen waren sie mit ihnen essen gewesen. Eine Verabredung, die zunächst ein wenig steif verlaufen war, sich dann aber noch zu einem wirklich netten Abend entwickelt hatte. Hardy und Ejnar hatten, noch bevor das Hauptgericht serviert worden war, miteinander geredet, als würden sie sich schon seit Jahren kennen. »Sie sind meine Familie.«

»So ein Quatsch. Blut ist dicker als Wasser.« Er nahm ihre auf dem Tisch liegende Hand und küsste sie. »Bitte ruf deine Mutter an, wenn wir im Hotel angekommen sind.«

*

Sowohl die Besprechung mit dem Busunternehmer als auch der Besuch bei Connys Eltern hatte all ihre Erwartungen übertroffen. Conny hatte schnell herausgefunden, dass es etwas ganz anderes war, in Begleitung eines festen Freundes ins Elternhaus zurückzukehren. Normalerweise gab sie sich immer sofort geschlagen, wenn sie die enge Wohnung hinter der Bäckerei betrat: Kaum über der Schwelle, verwandelte sie sich wieder in das Nesthäkchen von damals. Zusammen mit den eleganten Schuhen streifte sie auch ihre großstädtische, erwachsene Identität ab und sprach sofort wieder den lokalen Dialekt. Sowohl ihr Vater als auch ihre Mutter korrigierten und kritisierten sie, als wäre sie immer noch ein unverbesserlicher, bockiger Backfisch, und ihr ältester Bruder, der immer noch als Geselle in der Bäckerei arbeitete, nannte sie »Bohnenstange« – das war der ihr so verhasste Spitzname aus der Zeit, in der es so ausgesehen hatte, als würde Conny den männlichen Familienmitgliedern über den Kopf wachsen –, während er ihr durch das sorgfältige frisierte Haar wuschelte und ihr mit seinen großen Mehlhänden ein bisschen zu eifrig die Schulter tätschelte.

Aber diesmal war alles anders gewesen. Mit dem hochgewachsenen, tadellos gekleideten Hardy an ihrer Seite war es ihr leichter gefallen, an ihrer neuen Identität als gereifte, erfolgreiche Frau festzuhalten. Hardy war sowohl ihren Eltern als auch ihrem Bruder mit einer von Anfang an entwaffnend wirkenden Mischung aus Respekt und Jovialität begegnet. Sogar die spitzen, kopenhagenerfeindlichen Bemerkungen des Bäckermeisters hatte Hardy gut gelaunt gekontert. Connys Mutter hatte er sofort für sich gewonnen, als er ihr bei der Begrüßung einen großen Strauß Tulpen überreicht hatte, und als er dann auch noch in den höchsten Tönen ihre mit Nippes gefüllte Wohnstube bewundert hatte, war sie sprachlos vor Verlegenheit gewesen.

Gleichzeitig hatte Hardy sich auch Conny gegenüber noch mehr als Kavalier erwiesen als sonst, und das schien auf die anderen abgefärbt zu haben. Zum ersten Mal hatte die gesamte Familie Mortensen Conny wie eine Erwachsene behandelt. Dafür – und für viele andere Dinge – war sie ihrem Freund von Herzen dankbar.

Nachdem sie sich später am Abend geliebt hatten, lag Conny im Dunklen und lauschte Hardys regelmäßigem Atem, bis er in ein leises Schnarchen überging. Ich liebe ihn, dachte sie. Ich liebe Hardy … so richtig. Wahrscheinlich war es das erste Mal in ihrem Leben, dass sie das von einem Mann sagen konnte. Sie setzte sich auf und suchte ihre Zigarettenschachtel, ohne das Licht einzuschalten. Sie beobachtete das aufglimmende Zigarettenende bei ihrem ersten Zug, dann lehnte sie sich an das Betthaupt.

Hardy war so ganz anders als Ejnar, mit dem Conny so ziemlich die erste einigermaßen feste Beziehung ihres Lebens eingegangen war. Von ihrem ersten Rendezvous eine Woche nach ihrem katastrophalen Silvesterbesäufnis an hatten sie und Hardy über alles miteinander reden können. Zwar waren sie nicht immer derselben Meinung, aber er hatte noch kein einziges Mal versucht, Conny zu ändern. Gleichzeitig genoss sie mit ihm so viel Freiheit, wie sie wollte: Sie ging mit ihren Fotomodellkolleginnen aus, konnte sich mit Vittoria treffen, wenn ihr danach war, und sie konnte ihre geliebten Schellackplatten hören, ohne dass er abschätzig die Augenbraue hochzog. Hardy für seinen Teil hatte genug damit zu tun, sein Geschäft aufzubauen, und war oft auf Geschäftsreise, um sich Hotels in fernen Hauptstädten anzusehen oder Verträge mit Kooperationspartnern abzuschließen, aber wenn er in Kopenhagen war, war er für Conny da.

Und das Körperliche? Conny streckte die Hand aus und legte sie auf seine nackte Schulter. Sie fühlte sich unter der weichen Haut so stark an. Und genauso agierte er auch im Bett. Mit Ejnar war es so gewesen, als würde sie von einem kundigen Fachmann manipuliert – mit Hardy dagegen hatte sie das Gefühl, als würde sie von einem Zug überfahren. Sie konnte nur eins tun: sich mitreißen lassen, die Kontrolle abgeben, loslassen. Und Conny ließ sich gerne überfahren, immer und immer wieder. So etwas hatte sie noch nie erlebt.

Hardy hörte auf zu schnarchen. »Bist du immer noch wach?«, fragte er verschlafen.

»Ich lege mich gleich hin«, sagte Conny und suchte tastend nach dem Aschenbecher. »Schlaf ruhig weiter.« Sie drückte die Zigarette aus und spürte, wie er sich umdrehte und mit der Vorderseite zu ihr gewandt liegen blieb.

»Hmmmm.« Er zog sie an sich heran.

»Ich schmecke nach Zigaretten«, flüsterte sie.

»Pssst«, sagte er nur. Und der Zug fuhr wieder los.

*

Am Nachmittag des nächsten Tages saßen sie im Auto auf dem Weg nach Hadsund. Die Besprechung mit dem Drucker am Vormittag war positiv verlaufen, Hardy war gut gelaunt.

»Er hat einen Zeichner, der mindestens so gut ist wie der, mit dem ich sonst zusammenarbeite«, sagte er und drosselte die Geschwindigkeit, als er den Wagen an einem schlingernden Fahrradfahrer vorbeimanövrierte. »Er hatte bereits ein paar Entwürfe für die neue Broschüre fertig. Die wird richtig klasse.«

»Ist das die Broschüre für die neuen Gruppenreisen?«, fragte Conny.

»Ja, genau. Erst mal nach Hamburg. Wenn das gut läuft, lassen wir neue Broschüren drucken mit Busreisen nach Paris und vielleicht Amsterdam. Mit Reiseführer und Hotel und Komplettverpflegung, damit die Gäste einfach nur die Reise genießen können und sich über nichts anderes Gedanken machen müssen.«

»Toll.«

»Mit Abreisen einmal pro Woche entweder ab Kopenhagen oder ab hier, mittleres Jütland.«

»Sagenhaft.«

»Ich glaube wirklich, dass das Potenzial hat.«

»Ganz bestimmt. Ich hätte auch mal Lust, an so einer Reise teilzunehmen.«

Hardy lachte. »Das lässt sich arrangieren. Aber ich fände es viel schöner, wenn du irgendwann mal mit mir eine viel abenteuerlichere Reise unternehmen würdest. Was sagst du zu London?«

»Mit dem Schiff?«

»Nein, nein! Mit dem Flugzeug. Nur du und ich und ein Fünfsternehotel. Was meinst du?«

Conny freute sich so sehr, dass es ihr ausnahmsweise einmal die Sprache verschlug. Abgesehen von ein paar Tagesausflügen nach Schweden war sie noch nie ins Ausland gefahren, und eine Flugreise war in ihren Augen immer etwas völlig Unerreichbares gewesen. Sie lehnte sich zu Hardy und küsste ihn auf die Wange. Er neigte ihr den Kopf ein wenig zu, ohne den Blick von der Straße zu wenden.

»Das verstehe ich jetzt mal als ein Ja.«

In den folgenden Minuten sponnen sie ein wenig herum, was sie in der britischen Hauptstadt so alles erleben wollten. Conny beschloss, eine Liste über die Platten anzufertigen, die sie sich dort kaufen wollte, und Hardy merkte gleich an, dass er, wenn er schon mal drüben war, ein paar Leute sehen wollte. Wann genau sie nach England fliegen wollten, würden sie entscheiden, wenn sie wieder in Kopenhagen wären und ihre vollen Terminkalender gegeneinander abgleichen könnten. Conny wusste schon jetzt, dass sie in den nächsten drei, vier Wochen ziemlich viele Fototermine hatte. Aber danach … Vielleicht könnte sie sich Ende April ja mal freinehmen, dachte sie.

Auf halbem Weg nach Hadsund sagte Hardy: »Ist übrigens irgendwie lustig. Der Busunternehmer, den wir gleich treffen … Achte mal darauf, wie der aussieht.«

»Warum? Sieht er gut aus?«

Lautes Gelächter. »Das würde ich nun nicht sagen. Er

ist ein ziemlich kleiner, runder Mann mit Glupschaugen. Aber guck ihn dir mal genau an. Wenn er nicht immer so gut gelaunt wäre, sähe er genauso aus wie Mussolini.«

»Aha?«

Hardy warf einen kurzen Blick auf sie und konzentrierte sich dann wieder auf den Verkehr. »Du weißt, wie Mussolini aussah?«

»Natürlich.« Conny bemühte sich, beleidigt zu klingen. »Was glaubst du denn? Dass wir hier in Jütland in der Schule gar nichts lernen?« In Wirklichkeit hatte sie keine Ahnung, wie der italienische Diktator ausgesehen hatte, sie war froh, sich überhaupt seinen Namen gemerkt zu haben. »Vittoria ist ihm mal begegnet«, sagte sie mit einer Miene, als verfügte sie über interessantes Insiderwissen.

»Vittoria? Wo?«

»Mussolini hat mal im Restaurant ihres Vaters gegessen, als sie klein war. Sie hat sich vor ihm verbeugt, als er hereinkam. Ihr Vater hatte ihr gesagt, dass sie das tun sollte.«

»Waren Vittorias Eltern denn Faschisten?«

»Das glaube ich nicht. Ich habe sie nie danach gefragt.« Als er schwieg, fügte sie hinzu: »Vittoria ist jedenfalls kein Faschist.«

»Hm.« Hardys Miene hatte sich verschlossen. Da fiel Conny wieder ein, dass sein Vater gegen Ende des Krieges von den Deutschen liquidiert worden war. »Weißt du mehr über ihre Familie?«, fragte er.

»Vittoria redet nicht viel über sich selbst. Hier und da kommt mal eine kleine Geschichte zutage, mehr nicht. Ich weiß, dass ihre Mutter Dänin und ihr Vater Italiener war.

Und dass ihnen ein ziemlich feines Restaurant in Rom gehört hat. Jetzt sind beide Eltern tot, und das Restaurant wurde verkauft.«

Hardy schaltete die Scheinwerfer ein. Um diese Jahreszeit wurde es noch früh dunkel. »Ich kann sie gut leiden«, sagte er. »Und Ejnar kam mir auch sehr sympathisch vor.«

»Er ist in Ordnung«, sagte Conny neutral.

»War sowieso insgesamt ein schöner Abend. Wir sollten uns mal bei ihnen revanchieren.«

»Hmmhm.«

Hardy konzentrierte sich eine Weile auf den Verkehr. Dann fragte er: »Hat sie eigentlich Geschwister?«

»Vittoria? Nicht dass ich wüsste. Ich glaube, sie hat fast gar keine Verwandten mehr. Bloß irgendeinen entfernten Vetter und … Sie hat mal was von einem alten Onkel erzählt, aber der ist jetzt auch tot. Der hatte wohl ganz gute Verbindungen. Jedenfalls hat er dafür gesorgt, dass das Restaurant während des Krieges überleben konnte.«

»Was denn für Verbindungen? War er Politiker?«

»Glaube ich nicht. Eher Geschäftsmann.«

»Und wie hat er dann geholfen?«

»Irgendwas mit den Behörden und Geldwechsel und …« Conny schüttelte den Kopf. »Das musst du Vittoria fragen. Ich kann mich nicht erinnern.«

»Der war bestimmt bei der Mafia«, sagte Hardy.

»Du meinst also, Vittoria ist Mitglied einer Verbrecherfamilie?« Conny lachte. »Ach, Hardy, das ist nun wirklich sehr weit hergeholt. Ich kenne niemanden, der sich so streng an Regeln und Vorschriften hält wie sie. Na ja, außer Ejnar vielleicht.«

Da lächelte Hardy schief. Ihm kam dieser Gedanke jetzt auch fast absurd vor.

Der Verkehr ging im Schneckentempo voran. Gleich hinter Gjerlev war eine Baustelle, deshalb stand nur eine Fahrbahn zur Verfügung. Ein Arbeiter spielte Verkehrspolizist und winkte immer zehn bis zwölf Fahrzeuge erst aus der einen, dann aus der anderen Richtung durch.

»Vielleicht ist Vittoria ja vor der Mafia geflüchtet.«

»Wie kommst du denn darauf?«

»Ich habe den Eindruck, dass sie Angst hat. Und mir fällt kein anderer plausibler Grund für ihre Geheimniskrämerei ein. Findest du es nicht merkwürdig, dass du jetzt schon seit einem Jahr mit ihr befreundet bist und immer noch nichts über Mads' Vater weißt?«

Conny zuckte die Achseln. »Die beiden waren verheiratet, und jetzt ist er nicht mehr am Leben.«

»Und du bist dir ganz sicher, dass sie verheiratet waren?«

»Das ist es, was Vittoria mir erzählt hat. Und ich habe mich entschlossen, ihr zu vertrauen. Wenn sie lügt, wird sie einen guten Grund dafür haben.«

»Aber das ist doch unlogisch, Schatz. Warum sollte sie ausgerechnet dir gegenüber lügen, wenn sie gar nicht verheiratet war? Du bist ja nun nicht gerade ein Ausbund an Tugendhaftigkeit.«

»Ach, das kann viele Gründe haben«, sagte Conny. »Vielleicht ist die Schwangerschaft das Ergebnis einer Vergewaltigung, über die sie immer noch nicht reden kann. Vielleicht hatte sie eine leidenschaftliche Beziehung mit einem verheirateten Mann ...« Conny verstummte. Dann schüttelte sie den Kopf. »Nein, das wohl nicht«, sagte sie dann. »Ich kann mir nicht vorstellen, dass Vittoria eine heimliche Affäre hatte. Aber das mit der Vergewaltigung könnte schon sein. Oder ihre große Liebe hat sie kurz vor der Hochzeit sitzen gelassen. Oder ist gestorben.«

»Das klingt alles gut, Conny, aber es erklärt nicht, warum sie danach ihre Heimat verlassen hat. Es ist einfach nicht normal, dass eine junge, frischgebackene Mutter sich und ihr Neugeborenes den Strapazen einer so langen Reise in ein fremdes Land aussetzt, in dem weder Verwandte noch Freunde, weder eine Arbeit noch eine Wohnung auf sie warten. Sie *muss* vor irgendetwas Angst gehabt haben. Siehst du das denn nicht?«

»Vielleicht hat sie ihre Schwangerschaft geheim gehalten und Mads zur Welt gebracht, ohne dass jemand davon wusste. Vielleicht wollte sie das Kind nach der Geburt töten oder weggeben und hat es dann doch nicht übers Herz gebracht.«

»Ja, das wäre eine mögliche Erklärung. Aber ich glaube trotzdem immer noch, dass das alles irgendetwas mit der Mafia zu tun hat«, sagte Hardy und machte ein stures Gesicht.

Conny lachte. »Du und deine Mafia.«

»Vielleicht ist Mads' Vater ein Mafioso, der mit einer anderen verheiratet war und das Kind nach der Geburt haben wollte, um es zusammen mit seinen legitimen Kindern aufzuziehen.«

»Du hörst mir nicht zu, Olsen: Vittoria würde sich niemals auf eine Affäre mit einem verheirateten Mann einlassen!«

»Dann war sie vielleicht selbst mit einem Mafioso verheiratet«, fuhr er unbeirrt fort. »Er hat sie misshandelt, und darum ist sie mit dem Kind geflohen.«

Conny lachte. »Du hast wirklich eine lebhafte Fantasie.«

»So«, sagte Hardy. »Da ist ein Schild. Noch sechs Kilometer bis Hadsund. Deine Aufgabe ist es, dich in den Bussen umzusehen, während ich mit dem Inhaber über das Geschäftliche rede. Hinterher besprechen wir unsere jeweiligen Ergebnisse – genau wie gestern.«

»Okay«, sagte Conny. »Ich freue mich schon darauf, den fröhlichen Mussolini zu sehen.« Sie lehnte den Kopf an die Nackenstütze, schloss die Augen und lächelte vor sich hin. Es war so schön, mit Hardy zu reden, ganz gleich, worüber. Ihr war, als wäre es ein Ding der Unmöglichkeit, dass sie beide sich miteinander langweilten. Conny wünschte, ihre Jütlandreise würde nie enden.

21. März 1959

Durch das Abendessen mit Conny und ihrem neuen Freund gingen Ejnar, dem es nicht leichtgefallen war, die Trennung von dem jungen Fotomodell zu verwinden, die Augen auf. Nachdem er die beiden zum ersten Mal zusammen gesehen hatte, war ihm, als würden sich diverse Puzzleteile zu einem logischen Ganzen fügen. Hardy und Conny waren beide rothaarig, redeten beide viel und lachten beide laut. Sie hätten Geschwister sein können – wenn da nicht die selbst für das Umfeld nicht zu übersehende sexuelle Anziehung zwischen ihnen bestanden hätte. Ejnar war rasend eifersüchtig, verstand nun aber endlich, warum Conny mit ihm Schluss gemacht hatte.

Auch Vita machte den Eindruck, den Abend zu genießen. Als sie und Ejnar sich von den beiden Turteltauben verabschiedet hatten und in einem Taxi nach Hause in den Italiensvej fuhren, sagte sie:

»Siehst du jetzt ein, dass du gut mit Hardy auskommst?«

»Ja, das kann ich nicht leugnen. Prima Bursche. Wirkt solide.«

»Ich hoffe ja so, dass Conny es diesmal auch ist! Ansonsten wechselt sie ja die Männer wie wir andere die … äh … Kleidung.«

Ejnar versuchte, zu verbergen, wie sehr ihn ihre gänzlich unschuldige Bemerkung verletzte, und lachte. »Kannst ruhig ›Unterwäsche‹ sagen. Ich bin ja schon groß.«

Vita senkte den Kopf und lächelte. Hätte es im Taxi Licht gegeben, hätte er sehen können, ob sie errötete, aber im ständig wechselnden Schein der Straßenlaternen war ihre Gesichtsfarbe für ihn nicht erkennbar.

Schon komisch, dachte er, nachdem er den Fahrer entlohnt hatte und Vita durch den Vorgarten zum Haus folgte. Irgendwie ähnelten er und Vita sich genauso wie Hardy und Conny – nur mit umgekehrten Vorzeichen. Vita und Ejnar waren beide introvertiert, beide auf Ordnung bedacht, beide stets beherrscht. Ihre Interessensgebiete waren vielleicht nicht ganz identisch, aber sie waren auf einer Wellenlänge, wenn es um die wirklich wichtigen Dinge ging: Familie, Haushalt, gepflegtes Miteinander. Wenn es doch nur auch sexuell wenigstens ein klein wenig zwischen ihnen knistern würde … Vielleicht war die mangelnde körperliche Anziehung genau dem

Umstand geschuldet, dass sie sich so ähnlich waren, dachte Ejnar. Die Frauen in seinem bisherigen Leben waren allesamt etwas extrovertierter gewesen, sie hatten Ejnar aus seinen Grübeleien reißen und zum Lachen bringen können. Letzteres konnte Vita allerdings auch, dachte er, und dass sie verantwortungsbewusst und ordentlich war, konnte er ihr wohl kaum zum Vorwurf machen. Aber ihre Geheimniskrämerei wurmte ihn.

Ejnar schloss die Haustür auf und ließ seiner Haushälterin den Vortritt. Summa summarum wäre Vita eigentlich nicht die schlechteste Wahl. Und was das Knistern betraf … Man konnte auch ohne leben. Eine Ehe konnte auf so viele unterschiedliche Weisen geführt werden, und man hatte nicht selten von glücklichen Vernunftehen gehört, dachte er, als er die Tür hinter sich zuzog.

*

Heute Abend war Ejnar auf dem Weg zu einer ganz anderen Abendgesellschaft: Margits vierzigstem Geburtstag. Vita und die Kinder waren nicht eingeladen, er konnte sich also ausnahmsweise mal ganz entspannen und war für nichts und niemanden zuständig, dachte er und drückte auf den Klingelknopf.

»Herein, herein!« Die Wangen des Geburtstagskindes glühten. »Komm herein, und nimm dir einen Drink, lieber Schwager!«

Selbstbeherrschung war noch nie Margits Stärke gewesen, darum machte sie sich sofort daran, das Geschenk auszupacken: sechs moderne, in Brauntönen bedruckte Stoffplatzsets und eine Schachtel farblich passender Kerzen, alles bei Illum ausgesucht und gekauft – von Vita.

Letzteres band Ejnar seiner Schwägerin nicht auf die Nase. Er beobachtete Margit, während sie das Präsent bewunderte. Warum war sie heute so aufgedreht? Sie sprach sehr laut, so, als wollte sie, dass alles, was sie sagte, auch in der Wohnstube zu hören sei, wo sich die anderen Gäste befanden.

»Was für ein schönes Kleid«, sagte Ejnar.

»Findest du?« Stolz strich sich Margit über den glänzenden, kunstvoll drapierten erdbeereisfarbenen Kunststoff. »Vielen Dank, Ejnar.«

Margit nahm ihn beim Arm. »Und das ist mein lieber Schwager Ejnar«, schrie sie fast schon in die Runde. »Der Arzt«, fügte sie mit einem triumphierenden Lächeln hinzu.

Ejnar gab allen die Hand. Jørgens Ingenieurkollegen, ein paar Nachbarn, einer Freundin von Margit. Einige der Gesichter kannte er bereits, aber die meisten waren ihm neu. Die weiblichen Gäste waren durch die Bank viel zu überschwänglich, während die Männer eher reserviert wirkten. Sie überlegten wahrscheinlich schon, wie sie den Angeber auf den Teppich herunterholen konnten – Mannomann, ein Arzt! Der hielt sich wohl für was Besseres? Ejnar sah Angriffslust in ihren Augen aufblitzen und Bewunderung in denen der Frauen – und fluchte innerlich. Das würde ein langer Abend werden.

Als er die Begrüßungsrunde hinter sich gebracht hatte, ging ihm auf, dass sämtliche sechzehn Gäste Paare waren – bis auf ihn selbst und Ingerlise Svendsen, eine hübsche Brünette, die wohl Ende dreißig sein mochte. Ach, Margit, dachte Ejnar, jetzt sag bloß nicht, dass du mich mit deiner Freundin verkuppeln willst.

»Wo sind die Jungs?«, fragte er, als Jørgen ihm kurz darauf ein Glas reichte, in dessen gelblichem Inhalt eine Orangenscheibe schwamm.

»Bei den Nachbarn«, antwortete Jørgen.

»Ich habe Ostereier für sie dabei. Hier.« Er reichte ihm zwei hübsch eingepackte, mit Süßigkeiten gefüllte Pappeier, und sein Schwager stellte sie auf ein Regal.

»Danke, da werden sie sich aber freuen, wenn sie morgen zurück sind.«

Ejnar nippte am Begrüßungsdrink. Es handelte sich um einen ziemlich süßen, zimmerwarmen Weißweinpunsch. Er bemühte sich, so zu gucken, als würde er ihm schmecken.

Da kam Margit auf ihn und Jørgen zu und schob Ingerlise Svendsen geradezu vor sich her.

»Ejnar, hast du Frau Svendsen schon richtig begrüßt?«

»Ja, ich meine schon.« Er lächelte der Frau zu, die genauso verlegen wirkte, wie er selbst sich fühlte. »Wohnen Sie auch in der Nachbarschaft?«, erkundigte er sich.

»Ja, in einer Mietwohnung im Skottegården«, antwortete Frau Svendsen.

»Wir kennen uns vom Spielplatz her«, erklärte Margit. »Ich bin da oft mit den Jungs.«

»Wohnen Sie schon lange hier?«, fragte Ejnar.

Frau Svendsen schüttelte den Kopf. »Wir sind vor vier Monaten da eingezogen.«

Wir? Dann war sie vielleicht doch nicht alleinstehend? Vielleicht war ihr Mann lediglich verhindert. In Gedanken bat Ejnar seine Schwägerin bereits um Entschuldigung, weil er ihr gewisse Hintergedanken unterstellt hatte, als Margit sich einmischte: »Ingerlises Mann ist im September gestorben.«

»Mein Beileid«, sagte Ejnar, ohne Frau Svendsen mitzuteilen, dass er ebenfalls verwitwet war. Das war auch sicher vollkommen überflüssig, dachte er. Margit war nicht gerade der diskreteste Mensch der Welt. Der Blick, den die beiden Frauen in dem Moment wechselten, bestätigte seine Vermutung. Er konnte förmlich hören, wie Margit ihrer Freundin von einer romantischen Verbindung mit dem gut aussehenden, alleinstehenden Arzt in der großen Villa vorgeschwärmt hatte.

»Er hatte Leukämie«, berichtete Frau Svendsen.

»Eine schreckliche Krankheit.«

»Früher haben wir in einem Einfamilienhaus am Sirgræsvej gelebt«, erklärte Frau Svendsen. »Aber nach dem Tod meines Mannes können wir uns das nicht mehr leisten.«

Jemand rief Margit zu, sie werde in der Küche gebraucht, in der eine eigens angeheuerte Köchin das Festessen zubereitete. Auch Jørgen war weitergezogen zu einer anderen Gruppe Gäste, sodass Ejnar nun ganz allein bei Frau Svendsen stand.

»Margit und Sie kennen sich vom Spielplatz? Sie haben also auch Kinder?«

»Zwei. Ein Mädchen und einen Jungen. Fünf und zwei.«

»Das ist sicher nicht leicht.«

»Wir kommen zurecht«, sagte sie. »Ich habe bei einem Steuerberater am Amager Landevej Arbeit gefunden. Das reicht für die Butter auf dem Brot.«

»Das freut mich.«

»Ich fühle mich allerdings manchmal etwas einsam. Ich muss mal wieder raus und unter Leute kommen.« Sie sah ihm in die Augen und kam ihm ein wenig zu nah. »Ist doch viel schöner, wenn man jemanden hat, mit dem man seinen Alltag teilen kann, nicht wahr?« Jetzt wusste Ejnar mit hundertprozentiger Sicherheit, dass Margit ihre neue Freundin gründlich über Ejnars Familienstand informiert hatte.

Sie unterhielten sich noch ein paar Minuten, dann ging ihnen der Gesprächsstoff aus. Ejnar nährte eine letzte, schwache Hoffnung, dass die liebeshungrige Witwe nicht auch noch seine Tischdame sein möge, aber die zerschlug sich, als Margit in die Hände klatschte und anfing, den Gästen ihre Plätze am festlich gedeckten Tisch zuzuweisen. Natürlich fand er Frau Svendsen zu seiner Rechten wieder, und natürlich saßen sie ihrer Gastgeberin gegenüber, damit diese während der gesamten Mahlzeit ein Auge auf sie haben und ihnen neue Gesprächsthemen soufflieren konnte, sobald der Redefluss wieder ins Stocken geriet. »Wusstest du eigentlich, dass mein Schwager auch aus Jütland stammt, Ingerlise?«, rief sie quer über den Tisch, und: »Ingerlises Mann war übrigens in deiner Branche tätig, Ejnar. Er war Zahnarzt.«

Es kam nur selten vor, dass Ejnar als Gast bei einem Abendessen den Reden entgegenfieberte, aber an diesem Abend war genau das der Fall. Wenigstens ein paar Minuten Ruhe, in denen keiner von ihm verlangen konnte, mit seiner Tischdame Konversation zu betreiben. Je weiter der Abend fortschritt, desto matter wurde der Blick der armen Witwe. Ihre Hoffnung, Arztgattin am Italiensvej zu werden, starb endgültig, als Ejnar auf die ihm direkt gestellte Frage hin mitteilte, er sei in keiner Weise bereit für eine neue Frau. Er habe eine ganz hervorragende Haushälterin, sagte er, und das genüge ihm bis auf Weiteres völlig. Nach dieser Aussage sprachen er und Frau Svendsen im Großen und Ganzen nicht mehr miteinander. Sie wendeten einander den halben Rücken zu und unterhielten sich mit ihren Tischnachbarn auf der jeweils anderen Seite.

Nach dem Essen wurde in der Wohnstube Kaffee serviert, und Ejnar und Ingerlise hielten größtmöglichen Abstand zueinander. Margit unternahm einen halbherzigen Versuch, sie wieder zusammenzuführen, musste aber schließlich einsehen, dass aus diesen beiden wohl kaum ein Paar werden würde.

»Ejnar, hilfst du mir mal eben?«, fragte Jørgen. Er hatte das Jackett abgelegt und die Krawatte gelockert. »Wir müssen im Esszimmer Platz machen, damit wir ein bisschen schwofen können.«

Ejnar war erleichtert, eine praktische Aufgabe zu haben, und war sofort zur Stelle. Einer der anderen Herren packte ebenfalls mit an, und es wurde richtig nett, als sie zu dritt den Esstisch auseinandernahmen und hinaus in den Garten trugen. Sie lachten und zogen einander auf wie Jungs, so froh waren sie, der feinen Gesellschaft einen Moment zu entkommen. Nachdem sie die Tischeinzelteile aus Palisander mit einer Plane abgedeckt hatten, holte Jørgen drei Flaschen Bier aus dem Schuppen und ebenso viele Zigarren aus seiner Hemdtasche. Diese zehn Minuten draußen auf dem nassen Rasen waren der Höhepunkt des Abends. Sämtliche dem Garten zugewandte Fenster des Hauses waren erleuchtet, sodass sie alles sehen konnten, was drinnen vor sich ging – ohne dass die anderen sie sehen konnten. Die Köchin, die bereits ihren Hut auf den grauen Locken befestigt hatte und eigentlich nach Hause wollte, aber doch noch einen letzten Lappen auswringen musste, bevor sie ging. Die Serviermädchen – Nichten der Köchin –, die Schnapsflaschen und -gläser auf der Anrichte im Esszimmer aufstellten. Und wie ein rosaroter Luftballon Margit, die an den müden Backfischen vorbeischwebte und ihnen irgendeine Anordnung zukläffte. Die drei Männer standen mehr oder weniger schweigend draußen im Dunklen und rauchten ihre Zigarren. Hin und wieder setzten sie die Flaschen an und tranken einen Schluck.

Gegen elf, nachdem er einen Pflichttanz mit Margit absolviert hatte, wollte Ejnar nach Hause. Er stand eine Weile vor der Haustür und überlegte, sich ein Taxi zu rufen. Er hatte zu viel getrunken und musste den Saab stehen lassen. Dann zuckte er die Achseln und machte sich zu Fuß auf den Weg.

Ejnar stellte den Kragen auf und vergrub die Hände in den Manteltaschen, als er um die Straßenecke bog. Die Nachtluft war kühl und klamm, und die Dunkelheit auf dem menschenleeren Kastrupvej wirkte ernüchternd. Die Häuser schienen so verschlossen, und die wenigen Autos, die ihn passierten, fuhren so schnell, dass er keine Menschenseele darin erkennen konnte. Er kam sich vor, als wäre er ganz allein auf der Welt. Das letzte Stück des Backersvej fiel er in einen leichten Trab. Er musste seinen Hut festhalten, damit der Wind ihn nicht mitnahm.

Als er vor seinem eigenen Haus stand, musste er erst mal ein wenig verschnaufen. Das Licht über der Haustür brannte, und im Erkerfenster war eine kleine Lampe eingeschaltet. Vita – sie dachte wirklich an alles. Er schloss auf, hängte Mantel und Hut auf und machte sich dann daran, seine Schuhe aufzubinden. Er musste sich an die Wand lehnen, um nicht das Gleichgewicht zu verlieren – offenbar hatte er mehr intus als gedacht.

Da hörte er ein Geräusch hinter sich und drehte sich um. Vita kam in einem langen Flanellnachthemd die Treppe herunter.

»Guten Abend«, sagte sie mit verschlafener Stimme. Sie hatte die Augen gegen das Licht im Flur zusammengekniffen, offenbar war sie gerade erst aufgewacht.

»Wo kommst du denn her?«, fragte Ejnar, den der Anblick der zierlichen Gestalt in dem einfachen Nachthemd zu seiner eigenen Verblüffung rührte. »Warst du oben bei Jan?«

»Er hat schlecht geträumt.« Vita stand nun so dicht vor ihm, dass er den Geruch ihres Haares wahrnehmen konnte. Es roch nach warmen Betttüchern. »Ich habe mich zu ihm gelegt, damit er sich wieder beruhigt. Und bin dann wohl selbst eingeschlafen.« Sie gähnte. »Hattest du einen schönen Abend?«

»Ja, danke, war ein nettes Fest.«

»Hat ihr das Geschenk gefallen?«

»Sie war begeistert. Vielen Dank für deine Hilfe, Vita. Mit dem Geschenk und mit den Kindern.«

»Keine Ursache.« Sie gähnte wieder und rieb sich die Augen. »Ich muss zusehen, dass ich wieder ins Bett komme.«

»Gute Nacht, Vita«, sagte er. »Schlaf gut.«

»Danke, gleichfalls.« Sie lächelte ihm über die Schulter zu und verschwand in ihrer Kammer.

1. April 1959

»Tut das weh?« Ejnar presste Zeige- und Mittelfinger in den Fußrücken. Mit in die Stirn geschobener Brille untersuchte er Vittorias Fuß. »Und das?« Er hatte eine Hand unter ihre Ferse gelegt und schob den Fuß nun so zurück, dass das Gelenk ein wenig gestaucht wurde.

»Nein. Es tut nur weh, wenn du ihn seitwärts bewegst.«

»Dann ist er weder verstaucht noch gebrochen, bloß ein bisschen gezerrt. Glück gehabt«, sagte Ejnar.

»Wir können also heute Abend wie geplant ausgehen?«

»Solange wir nicht den gesamten Kongens Have durchwandern.« Er lächelte sie an. »Aber du kannst problemlos in ein Restaurant humpeln – und wieder hinaus.«

»Großartig.« Vittoria zog sich ihren Strumpf wieder an, allerdings nur bis kurz über das Knie, da es sie in Verlegenheit brachte, ihn unter den Augen ihres Arbeitgebers am Strumpfhalter zu befestigen.

»Ich bin neugierig. Erzähl mir doch mal genau, wie das passiert ist.« Ejnar setzte sich wieder auf seinen Stuhl hinter dem Schreibtisch. Die Praxis hatte bereits geschlossen, sie saßen in seinem Sprechzimmer. »Ich habe das noch nicht ganz verstanden.«

»Also … Ich hatte gerade Jan vom Kindergarten abgeholt und wollte den Backersvej überqueren. Jan saß wie üblich auf seinem Sitz auf dem Kinderwagen, ich hatte also einiges an Gewicht zu schieben. Da kam ein Fahrradbote auf seinem Long John daher und geriet ins Schlingern und hätte uns beinahe umgefahren.« Vittoria schüttelte den Kopf. »Der hat so ein Lastenfahrrad vermutlich zum ersten Mal gefahren. Und dann war es auch noch mit einer Kiste Bier und jeder Menge Lebensmitteln beladen. Ich glaube, das Rad war einfach viel zu groß und schwer für diesen jungen Burschen, er konnte es kaum lenken.«

»Ganz schön verantwortungslos, ihn damit in den Verkehr zu schicken.«

»Versuchen Sie mal, das den Ladenbesitzern im Viertel zu erklären. Ich finde, die Laufburschen werden immer jünger. Na ja, jedenfalls kam er plötzlich direkt auf mich zu, und ich wollte ihm natürlich ausweichen und habe eine abrupte Bewegung mit dem Kinderwagen gemacht. Schwupps, saß das eine Rad in einer Straßenbahnschiene fest, als die Tram gerade heranfuhr. Jan und Mads sind zusammen ganz schön schwer, darum konnte ich den Wagen nicht einfach anheben, und der Junge war natürlich längst über alle Berge.«

Ejnar runzelte die Brauen. »Das hätte ganz böse ausgehen können, Vita.«

»Ich weiß! Ich habe mich fast zu Tode erschrocken, hab am Kinderwagen gezogen und geschoben, aber mir kam es fast so vor, als würde das Rad nur noch tiefer in die Schiene rutschen.«

»Und wie hast du es dann doch noch geschafft, ihn zu befreien?«

»Die Tram kam zum Glück rechtzeitig zum Stehen. Und dann ist der Straßenbahnfahrer rausgesprungen und hat den Kinderwagen aus der Schiene gehoben.«

»Das war sehr nett von ihm«, sagte Ejnar. »Aber ich verstehe nicht ganz, was das alles mit deinem Fuß zu tun hat.«

»Ja, das war ja das Blöde.« Vittoria schüttelte wieder den Kopf. »Ich war so durcheinander, da habe ich nicht richtig aufgepasst. Als alles vorbei war, wollte ich mich kurz umdrehen und unserem Retter zuwinken, und dabei bin ich über die Bordsteinkante gestolpert und habe mir den Fuß verstaucht. Der nette Straßenbahnfahrer musste, bevor er überhaupt wieder angefahren war, noch einmal aus der Tram steigen und hat versucht, mir auf die Beine zu helfen. Ich konnte überhaupt nicht auftreten, es hat so wehgetan, und …« Sie schnitt eine Grimasse, als sie von ihrer eigenen Armseligkeit berichtete. »Dann saß ich da auf dem Gehsteig und habe mit Mads um die Wette geheult. Der war nämlich inzwischen von dem ganzen Tumult wach geworden. Jan hat nicht geweint, aber ich glaube, er war auch ziemlich aufgewühlt.«

»Und wie bist du nach Hause gekommen?«

»Na ja, der arme Fahrer konnte den Betrieb natürlich nicht noch länger aufhalten, er musste weiter Richtung Formosavej. Aber da kam zufällig Herr Knudsen aus der Nummer einundsiebzig vorbei und hat mir geholfen. Zum Glück war es nicht mehr so weit.«

Ejnar hielt sich die Hand vor den Mund, aber Vittoria sah das Lachen in seinen Augen. »Entschuldigung«, sagte er und ließ die Hand sinken. »Aber die Vorstellung, wie du dich auf den alten Mann stützt und einen Kinderwagen voller schreiender Kinder mitzerrst … Das muss schon wirklich komisch ausgesehen haben.«

»Bestimmt.« Widerwillig ließ Vittoria ein Lächeln zu. »Was die Leute wohl gedacht haben?«

Ejnar schüttelte den Kopf. »Gut«, sagte er und erhob sich. »Du warst meine letzte Patientin heute. Am besten gehen wir rüber ins Wohnzimmer, dann können Sie den Fuß hochlegen, bis wir losmüssen. Frau Sloth kann das Essen für die Kinder aufwärmen.«

»Sollen wir es nicht lieber auf einen anderen Abend verschieben?«, fragte Vittoria.

»Kommt gar nicht infrage«, sagte Ejnar. »Und wenn ich dich tragen muss – wie beide gehen heute Abend essen. Wir haben ein Kindermädchen besorgt und den feinen Zwirn bereitgelegt. Und außerdem ist heute dein Jahrestag. Den kann man nicht verschieben.«

»Dreh dich mal kurz um«, sagte sie.

Ejnar tat, was sie ihm sagte, und Vittoria hob den Rocksaum an und befestigte den Strumpf am Halter.

»So«, sagte sie. Er bot ihr einen Arm, und sie hakte sich unter. Jetzt, da sie wusste, dass es nichts Ernstes war, konnte sie schon gleich wieder viel besser auftreten. Auf Ejnars Arm gestützt, humpelte Vittoria los. Sie roch den Duft der desinfizierenden Seife, die er in seinem Sprechzimmer immer benutzte, vermischt mit einem Hauch von Pfeifenrauch. Ich sollte mich öfter mal verletzen, dachte sie.

»Was würde ich nur ohne dich machen, Helle!«, rief sie, als sie die Stube betrat. Die Neunjährige hatte auf dem Teppich aus Sofapolstern und Kissen eine ganze Landschaft aufgebaut. Sie ließ die Teddys von Insel zu Insel hüpfen und machte dazu ziemlich alberne Geräusche, um Mads zu unterhalten. »Und du, Jan«, beeilte Vittoria sich hinzuzufügen, »du bist auch ein richtig gutes Kindermädchen!« Jan beschäftigte sich eigentlich mehr mit seinem Spielzeugbagger als mit Mads, aber durch seine bloße Gegenwart trug er zu der guten Stimmung bei.

»Mads kann ›da!‹ sagen«, verkündete Helle stolz. »Sag mal ›da!‹, Mads.«

Aber Mads wollte nichts sagen. Kaum sah er die beiden Erwachsenen, stand er auf und lief auf Vittoria zu. Sie ließ sich in ihren Sessel sinken und ihn auf ihren Schoß krabbeln, während Ejnar den Puff in ihre Nähe schob, damit Vittoria ihren verletzten Fuß darauflegen konnte. Dann ging er hinaus, und Vittoria vergrub die Nase in Mads' Locken. Er roch nach Käse und Leberpastete, dachte sie. Vielleicht konnte sie Frau Sloth bitten, ihn zu baden, bevor er ins Bett ging.

»Wisst ihr was?«, sagte sie, an die beiden großen Kinder gerichtet. »Am Samstag nach der Schule gehen wir zusammen zu Herolds Kaufhaus, und dann dürft ihr euch jeder eine Kleinigkeit aussuchen. Als Dankeschön für eure Hilfe.«

»Glanzbilder!«, rief Helle.

»Ein Schwert!«, rief Jan.

Ejnar kehrte ins Wohnzimmer zurück. »Ihr müsst euch nicht schon vorher entscheiden«, sagte er und lachte. »Vielleicht findet ihr etwas ganz anderes, wenn ihr erst da seid. Ihr wisst doch, bei Herolds gibt es viele tolle Sachen.« Er reichte Vittoria zwei Tabletten und ein Glas Wasser. »Hier, gegen die Schmerzen.«

»Papa, Papa, weißt du was? Vorhin hat ein Mann an der Tür geklingelt«, erzählte Helle.

Jan hielt sich beide Hände vor den Mund und kicherte.

»Ein Mann?«, fragte Ejnar.

»Der wollte uns fünf Hundwelpen schenken. War das nicht nett von ihm?«

»Schenken? Ja, aber ...«

»Er hatte sie in einer Kiste dabei. Ich habe sie natürlich angenommen«, fuhr Helle mit ernster Miene fort und ignorierte ihren kleinen Bruder, der sich kaum noch beherrschen konnte vor Lachen und schon ganz rot im Gesicht war. »Die sind jetzt unten im Keller. Alle fünf. Sind Cockerspaniels. Die sind soooooo süß!«

Ejnars Miene war köstlich. In einer Mischung aus Verblüffung und Ärger legte er die Stirn in tiefe Falten. »Helle, wir haben doch darüber gesprochen, dass du erst einen Hund haben darfst, wenn …«

»APRIL, APRIL!«, riefen die Kinder und kugelten sich vor Lachen zwischen den Kissen.

Auch Vittoria lachte. An ihr waren im Lauf des Nachmittags schon so einige mehr oder weniger witzige Aprilscherze ausprobiert worden.

Ejnar stand erst reglos da, dann fing auch er an zu lachen. »Du kleiner Frechdachs«, sagte er und versetzte seiner Tochter einen sanften Knuff. »Da bin ich dir doch glatt auf den Leim gegangen.«

*

Vittoria hatte selten das Gefühl gehabt, so verwöhnt zu werden wie an diesem Abend. Ejnar bat den Taxifahrer, sie direkt vor dem Eingang des Restaurants Kongens Have abzusetzen, dann half er ihr aus dem Wagen und stützte sie, bis sie sicher an dem Fenstertisch angekommen war, den er einige Tage zuvor reserviert hatte.

Zu Vittorias Erleichterung war nur für zwei Personen gedeckt. Zwar war ihr Geburtstagsabendessen mit Conny richtig nett gewesen, und auch den Abend mit Conny und Hardy neulich hatte sie genossen, aber Ejnar mal ein paar

Stunden ganz für sich haben … das wollte sie dann doch am allerliebsten.

»Bringen Sie uns bitte zwei Glas Champagner?«, hörte sie ihn zum Kellner sagen. Er bemerkte ihren Blick und lachte. »Ja, sollen wir dich etwa nicht feiern?«

Vittoria lächelte, wunderte sich aber auch ein bisschen. War das in Dänemark tatsächlich so üblich, wenn ein Mitarbeiter ein Jahr angestellt war, dachte sie und wusste sofort, dass die Antwort auf diese Frage Nein lautete. Umso mehr Grund für sie, sich zu freuen. Was für ein unverschämtes Glück sie doch mit der Stelle bei Ejnar gehabt hatte! Sie hatte so viel mehr bekommen, als sie zu hoffen gewagt hatte – damals, als eins ihrer dringendsten Probleme darin bestand, ihren Gaskocher vor der Belegschaft des Hotels Epsilon zu verstecken.

Der Kellner brachte den Champagner sowie die Speisekarten und verschwand diskret. Der denkt bestimmt, dass Ejnar und ich ein Liebespaar sind, dachte Vittoria. Oder frisch verheiratet. Sie stießen an und tranken. Der Schaumwein prickelte auf der Zunge. Für Vittorias Geschmack war er etwas zu trocken, aber sie äußerte sich dennoch positiv. Sie ging davon aus, dass Champagner in Dänemark sehr teuer war – schon der Preis für eine Flasche einfachen Rotweins war ja schockierend.

Nachdem sie die Vorspeise – Blätterteig-Tarteletten mit Huhn – gegessen hatten und auf den Braten warteten, räusperte sich Ejnar. Er machte den Eindruck, als wollte er eine Rede für sie halten. O nein, dachte Vittoria, bloß nicht. Sie sah sich um. Das Restaurant war zum Glück halb leer, und die anderen Gäste saßen einige Meter von ihnen entfernt. Mit etwas Glück würden sie gar nichts davon mitbekommen.

»Vita«, hob Ejnar ziemlich feierlich an. »Ich kann gar nicht beschreiben, wie sehr ich mich freue, dass du heute vor einem Jahr bei uns eingezogen bist.«

Vittoria lächelte etwas steif. Sie spürte bereits, wie ihr die Röte ins Gesicht stieg.

»Auch im Namen meiner Kinder kann ich sagen«, fuhr Ejnar fort, »dass du für uns ein Geschenk des Himmels warst und bist. Mir fehlen die Worte, um meine Dankbarkeit dafür auszudrücken, wie gut du zu den Kindern bist. Du passt nicht nur einfach auf sie auf, du gibst ihnen Liebe. Und Liebe ist genau das, was die beiden seit dem Tod ihrer Mutter so dringend brauchen.«

»Ach«, sagte Vittoria, die sich am liebsten unter dem Tisch verkrochen hätte. »Das mache ich doch gerne. Ich …«

»Lass mich bitte ausreden«, sagte Ejnar und räusperte sich wieder. Da erst fiel Vittoria auf, dass er nervös war. »Es gibt da nämlich etwas, das ich …« Räuspern. »Etwas, das ich dich fragen möchte, Vita.«

Und dann hielt er um ihre Hand an. Er tat das, wovon Vittoria schon so lange und intensiv geträumt hatte, aber sie konnte es überhaupt nicht genießen wie in ihren Träumen. Sie hörte seine Worte wie durch einen dichten Nebel, während er die vielen vernünftigen Gründe auflistete, die für eine Eheschließung sprachen. Sicherheit, Geborgenheit, Stabilität. Er begann sogar, zu erklären, warum sie aufgrund des Erbschaftsrechts am besten ihre jeweiligen Kinder adoptieren sollten, und erzählte von seinen Plänen, das Gästezimmer in Vittorias Kammer zu verlegen, damit Mads wie alle anderen ein Zimmer im ersten Stock bekommen könnte. Sie könnten standesamtlich heiraten, damit Vittoria weiterhin Katholikin bleiben könnte, falls sie das wünschte. Er hatte alles von vorne bis hinten durchdacht. Je länger er redete, desto weniger nervös wirkte er. Das anfängliche Stammeln mündete in eine eloquente, rationale Argumentation, deren Ergebnis war, dass ein Ja von Vittoria die einzige logische Antwort auf seinen Heiratsantrag sein musste. Eins jedoch sagte er nicht, und als der Kellner den Rinderbraten mit Gemüse servierte und Ejnar vorübergehend schwieg, dachte Vittoria über genau diesen Punkt nach.

Als der Kellner wieder gegangen war und bevor Ejnar seinen ziemlich unromantischen Antrag weiter ausführen konnte, sagte sie: »Das klingt alles wirklich gut. Aber liebst du mich denn auch, Ejnar?«

Er wand sich ein wenig. »Ich bin sicher, das ist etwas, das sich mit der Zeit …«

Vittoria unterbrach ihn: »Liebst du mich? Das ist doch eine ganz einfache Frage. Ja oder nein?«

Ejnar antwortete immer noch nicht direkt. Stattdessen hob er zu einem regelrechten Vortrag darüber an, dass er schon von so vielen Vernunftehen gehört habe, in denen sich über die Jahre tiefe Zuneigung und Liebe entwickelt habe. Das Wichtigste sei doch, erklärte er, dass man von der Persönlichkeit her zusammenpasse und gemeinsame Werte habe. Der Zusammenhalt, wenn es um die Kinder gehe, eines Tages vielleicht sogar ein gemeinsames Kind. Jemanden zu haben, mit dem man den Alltag und den Urlaub verbringe. Nie mehr alleine schlafen, nie mehr alleine aufwachen, nie mehr allein mit seinen Problemen dastehen. Ob sie das nicht sehen könne?

»Darf ich darüber nachdenken?«, fragte sie.

Ejnar, der gerade eine mit Essen beladene Gabel zum Mund geführt hatte, guckte etwas verdutzt, nickte aber. »Natürlich«, sagte er, nachdem er gekaut und geschluckt hatte. »Solange du möchtest, Vita. Wir haben Zeit.«

*

In dieser Nacht konnte Vittoria kaum Schlaf finden. Sie versuchte es mit allen Tricks, die sonst immer funktionierten: rechnete aus, wann sie das nächste Mal ihre Regel haben würde, ging das kleine Einmaleins durch, rief sich komplizierte Dessertrezepte in Erinnerung. Aber nichts half. Immer wieder schlug sie die Decke zurück.

Ejnars Heiratsantrag hatte Vittoria mehr erschüttert, als sie es zum Ausdruck gebracht hatte. Sie hatte sich ja vor langer Zeit entschlossen, sich nicht wieder mit einem Mann einzulassen, bis Mads erwachsen war, und sie hatte gedacht, sie könne ruhig ein bisschen von ihrem Arbeitgeber schwärmen, weil sie eine Beziehung mit ihm für völlig utopisch gehalten hatte. Allein dadurch, dass er ganz offenkundig keine romantischen Gefühle für sie gehegt hatte, war die Angelegenheit mit keinerlei Risiko verbunden gewesen. Von ihm zu träumen war viel ungefährlicher gewesen, als wenn sie sich zum Beispiel in Karl Dirksen verliebt hätte, der sich ihr praktisch auf einem Silbertablett serviert hatte. Gerade Ejnars Unerreichbarkeit hatte es ihr erlaubt, sich völlig gefahrlos nach ihm zu sehnen.

Aber jetzt gab es diese Utopie plötzlich nicht mehr, und

Vittoria sah sich einer völlig neuen Situation gegenüber. Ihr Körper und ihr Verstand mussten einen Kampf miteinander austragen. Der Körper schrie »JA!«, während der Verstand immer wieder »Nein, nein und nochmals nein« flüsterte. Vittoria hätte am liebsten die Vernunft über Bord und sich selbst Ejnar in die Arme geworfen, aber wenn sie das täte, brächte sie sich selbst und Mads in Gefahr. Vor allem, wenn Ejnar das mit der Adoption wirklich ernst meinte. Mads' neue Papiere reichten für den Hausgebrauch aus, aber Vittoria fürchtete, die Behörden würden sich bei einem Adoptionsbegehren die Herkunft des Jungen etwas gründlicher ansehen und sich an die italienischen Behörden in seinem Geburtsort oder an den Priester, der die Taufurkunde unterzeichnet hatte, wenden.

Und wenn sie das täten, würde womöglich ans Licht kommen, dass Mads' Vater noch lebte, und wenn der erst Wind von der Sache bekäme … Vittoria fröstelte.

8. April 1959

»Ich zeige dir einen Trick, den ich von meinem Vater habe«, sagte Vittoria und hielt kurz den Finger in die Milch, um die Temperatur zu prüfen.

Helle sah sie an. »War der Bäcker?« Als wäre das die einzig mögliche Erklärung dafür, dass ein Mann wusste, wie man Brot backte.

»Nein«, sagte Vittoria und packte den Hefewürfel aus. »Das weißt du doch. Mein Vater hatte ein Restaurant.«

»Und in einem Restaurant backt man?«

»Ja sicher. In Italien isst man immer Brot zu den Mahlzeiten, darum haben wir mehrmals am Tag selbst gebacken, allerdings etwas anderes Brot als das dänische.« Vittoria schob den Hefewürfel zu Helle hinüber, die in einer Küchenschürze von Vittoria auf einem Küchenschemel stand. »Du hast dir doch die Hände gewaschen, oder?«

»Ja.«

»Dann nimmst du jetzt die Hefe und löst sie in der Milch auf. Und jetzt kommt der Trick: Das machst du mit den Fingern.«

»Iiih, wie schleimig!« Helle rümpfte die Nase, als sie merkte, welche Konsistenz die Hefe beim Auflösen annahm. »Warum kann ich sie denn nicht mit einem Löffel reinrühren?«

»Weil der Teig besser geht, wenn man von Anfang bis Ende die Finger drin hat.«

»Das hat dein Vater gesagt?«

»Ja.« Vittoria lächelte vor sich hin. Sie sagte dem Mädchen weiter, was jeweils zu tun war, und je mehr die Zutaten einem richtigen Teig ähnelten, desto mehr schwand Helles Skepsis. Zum Schluss, als die Masse dick genug war, um auf dem Küchentisch durchgeknetet zu werden, hatte Helle ganz rote Bäckchen und schlug mit großer Begeisterung auf den Klumpen ein.

»Glaubst du, Papa wird überrascht sein, dass heute ich gebacken habe?«

»Ganz bestimmt.«

Als Helle kurz darauf über ihren Hausaufgaben saß und die Milchbrötchen im Ofen waren, räumte Vittoria in der Küche auf und spülte, bevor sie sich zu den Jungs ins Wohnzimmer setzte. Sie hatten heute wieder eine Kissenlandschaft gebaut. Jan hatte alle seine Spielzeugautos dazugeholt und war so gnädig gewesen, Mads die heiß begehrte Drehleiter zu leihen. Beide waren völlig zufrieden, doch sobald Vittoria die Manege betrat, wollte Mads nicht mehr spielen. Jammernd krabbelte er auf den Schoß seiner Mutter, als hätte er erst jetzt überhaupt gemerkt, dass sie ihn verlassen hatte.

»Wo sind die Brötchen?«, fragte Jan.

»Die sind noch nicht ganz fertig«, antwortete Vittoria. »Wir essen sie nach dem Abendessen, ja?«

Jan wandte sich wieder seinem Lieblingstraktor zu. »So einen hat Opa Poul«, erzählte er. »Das ist ein Massey-Ferguson«, wusste er weiter zu berichten und sprach den langen Namen langsam und deutlich aus.

»Ja, und der ist so toll«, sagte Vittoria, die den Spielzeugtraktor selbst gefunden und Jan zu seinem Geburtstag im September gekauft hatte. Ob sie wohl dabei sein würde, überlegte sie, wenn der nächste Besuch bei dem legendären echten Traktor und seinen Besitzern anstehen würde? Würden die Eltern der verstorbenen Frau Møller je akzeptieren können, dass der verwitwete Schwiegersohn neu heiratete? Vittoria glaubte schon. Allein der Kinder wegen. Vittoria war sich eigentlich ziemlich sicher, dass dieser Teil der Familie sie gut aufnehmen würde. Und auch Margit – mit der Zeit. Das hieß, wenn Vittoria Ja sagte – und das war überhaupt noch nicht sicher.

Seit seinem Heiratsantrag vor einer Woche hatte Vittoria gemerkt, dass Ejnar sich im Stillen sehr wunderte. Er hatte ganz offenbar erwartet, dass seine Haushälterin seinen Antrag sofort und ohne jegliche Vorbehalte annehmen würde. Er drängte sie nicht zu einer Antwort, jedenfalls nicht direkt, aber die Frage stand die ganze Zeit unsichtbar zwischen ihnen, und Vittoria spürte ständig seinen Blick auf sich. Ach, wenn sie doch bloß alle Bedenken über Bord werfen könnte!

Sie hatte an Schwester Giovanna geschrieben und ihr von ihrem Dilemma berichtet, aber sie hatte noch keine Antwort erhalten, und Vittoria sah ihr auch nicht so recht entgegen. Insgeheim wusste sie nämlich genau, was die alte Nonne dazu sagen würde. Sie würde Vittoria anflehen, Gott um Kraft zu bitten, ihre unreinen Gedanken zu beichten und an ihrem Entschluss festzuhalten. Sie würde Vittoria daran erinnern, dass sie, wenn sie Ja sagte, nicht nur sich selbst und Mads in Gefahr brächte, sondern auch Schwester Giovanna, die ihr bei ihrer Flucht geholfen hatte.

Vittoria drückte den Jungen an sich, bis er sich von ihr frei machte und zu Jan auf den Fußboden zurückkehrte. Er setzte sich direkt neben den etwas älteren Jungen und schielte zu ihm hinüber, während er die Hand nach dem Anhänger des Traktors ausstreckte, der sonst für ihn tabu war. Jan sah auf, begegnete Vittorias Blick und beschloss, sich ruhig zu verhalten.

»Das ist lieb von dir, Jan«, sagte Vittoria und lächelte. »Du bist auf einmal ein richtig großer Junge geworden.«

Jan und Mads wirkten immer mehr wie Brüder, dachte sie und betrachtete die spielenden Kinder. Wenn sie Ejnars Heiratsantrag ablehnte – was dann? Wäre er dann so gekränkt, dass sie sich eine andere Arbeit suchen und umziehen müsste? Dass sie die Kinder auseinanderreißen müsste? Jan und Helle nie wiedersehen dürfte? Das wäre ein sehr hoher Preis. Fast noch höher, als ohne Ejnar sein zu müssen. Je länger Vittoria darüber nachdachte, desto unsicherer wurde sie. In der vergangenen Woche hatte sie immer mehr Argumente dafür gefunden, sich von dem Versprechen, das sie sich selbst und Schwester Giovanna gegeben hatte, zu lösen. Denn abgesehen von dem Risiko, dass ihr Geheimnis gelüftet werden könnte, hatte Ejnar ja mit allen seinen Begründungen recht. Ihn zu heiraten wäre der beste Garant dafür, dass sich ihr Leben in dem weißen Haus am Italiensvej nicht ändern würde, und genau das war es ja, was sie sich am allermeisten wünschte – für sich selbst und für Mads.

Wenn sie an das längerfristige Wohl des Jungen dachte, gab es überhaupt keinen Zweifel. Wenn das mit der Adoption klappte, ohne dass jemand dahinterkäme, dass Mads' Vater gar nicht tot war, hätte der Junge eine ebenso sichere und privilegierte Zukunft wie Ejnars leibliche Kinder. Er wäre rechtmäßiger Erbe und könnte eine gute Ausbildung durchlaufen. Und er würde einen neuen Familiennamen annehmen, mit dem dann die letzte Verbindung nach Rom gekappt wäre. Mads Møller. Dänischer ging es nicht. Mads und Vita Møller. Selbst wenn irgendjemand eines Tages auf die Idee kommen sollte, nach ihnen zu suchen – hier würde sich die Spur verlieren, und das allein war ein schlagender Grund, das nicht ganz kleine Risiko einzugehen und zu heiraten. Und dann die vielen anderen Argumente, die Ejnar vorgebracht hatte.

Vittoria nahm ihr Strickzeug zur Hand und legte die Füße auf den Puff. Ihre Gedanken fuhren weiter Karussell, während sie die Maschen für einen winzigen Ärmel anschlug. Was riskierte sie schon? Falls es schiefginge, könnte sie ja jederzeit wieder türmen, versuchte sie sich selbst zu überzeugen.

Aber dann war da ja noch die Sache mit der Liebe. Ejnar hatte seinen guten Manieren zum Trotz nicht ganz verbergen können, dass seine Zuneigung zu Vittoria zwar absolut aufrichtig war, aber nichts mit Verliebtheit zu tun hatte. Hatte er nicht selbst das Wort »Vernunftehe« ins Spiel gebracht? Würde Vittoria damit leben können, dass ihr Mann nicht in sie verliebt war? Während sie so in ihrem Sessel saß, schloss sie wie zum Test erst das blaue und dann das braune Auge.

Ihr italienisches Ich sagte Ja. Abgesehen von der Ehe ihrer Eltern, hatte keine einzige auf Liebe gegründete Beziehung, die sie kannte, zu ewiger Glückseligkeit geführt. Da musste sie nur an Aurelia und Sandro denken. Das war wirklich Liebe gewesen, zumindest am Anfang. Aurelia war so rettungslos in Sandro verliebt gewesen, dass sie jeden, der auch nur den geringsten Zweifel an ihrem Verhältnis mit dem leicht aufbrausenden Koch angemeldet hatte, fortan mit kühler Missachtung strafte. Als Vittoria kurz vor der Hochzeit ein letztes Mal versucht hatte, ihre Freundin zu warnen, war Aurelia schier explodiert vor Wut. Daraufhin hatte Vittoria sich zurückgezogen und akzeptiert, dass Liebe offenbar blind machte. Nicht einmal, als Aurelia schon kurz nach der Hochzeit zum ersten Mal und dann immer wieder mit seltsamen blauen Flecken auf ihrer zarten Porzellanhaut bei der Arbeit erschienen war, hatte Vittoria eingegriffen. Niemand zweifelte daran, dass Sandro seine Frau schlug, aber Aurelia wollte nicht darüber reden. Nein, diese Ehe war bestimmt keine gute Reklame für Liebesheiraten, dachte Vittoria.

Und was war mit ihrer eigenen Faszination für Cesare? Sie hatte auch nur Unglück gebracht. Nicht auszudenken, was passiert wäre, wenn Vittoria und Cesare in ihrer ersten stürmischen Verliebheit geheiratet hätten und er erst später begriffen hätte, dass er eigentlich Männer vorzog. Eine Scheidung wäre nicht infrage gekommen, sie wären also zu einem unglücklichen gemeinsamen Leben verurteilt gewesen – sie hätte sich nach ihm verzehrt, während er sich gewünscht hätte, sie wäre keine Frau, sondern ein Mann. Das wäre eine Katastrophe geworden.

Jetzt, wo sie darüber nachdachte, fiel ihr auf, dass eine der glücklichsten Ehen, die Vittoria in ihrer Kindheit und Jugend kennengelernt hatte – abgesehen von der ihrer Eltern –, eine dieser berühmten Vernunftehen gewesen war. Ihr Nachbar in Rom, ein korpulenter Lastwagenfahrer mit grauem Schnurrbart, hatte mit seiner Mutter zusammengelebt, bis er fünfundvierzig war und seine Mutter starb. Er war noch nicht einmal in der Lage gewesen, sich selbst ein Ei zu kochen, er hatte noch nie in seinem Leben geputzt, Bettwäsche gewechselt oder ein Hemd gebügelt. Eine Haushaltshilfe konnte er sich nicht leisten, aber in seinem Viertel war kurz zuvor eine jüngere Frau zur Witwe geworden, die nun einen Versorger für ihre drei Kinder benötigte. Die beiden taten sich zusammen und heirateten. Sie war für den Haushalt zuständig, er für das Dach über dem Kopf und den Lebensunterhalt. Quid pro quo. Alle wussten, dass die beiden sich aus schierer Notwendigkeit zusammengetan hatten, und darum war die Überraschung groß, als das Paar bereits wenige Tage später erste Anzeichen von Verliebtheit zeigte. Sie hielten Händchen, warfen einander schmachtende Blicke zu und konnten kaum verbergen, dass sie am liebsten sofort nach Hause gegangen wären und etwas ganz anderes getan hätten. Die Kinder im Viertel kicherten, wenn der in die Jahre gekommene Mann eine Hand auf den runden Hintern seiner Frau legte. In ihrem geblümten Hauskittel war sie nicht gerade ein Pin-up-Modell, aber er fand sie offenbar ungeheuer anziehend. Der Lastwagenfahrer und die Witwe hatten gelernt, einander zu lieben, daran bestand gar kein Zweifel, und soweit Vittoria wusste, waren sie immer noch glücklich verheiratet. Vielleicht war es die körperliche Intimität gewesen, die ihr Verhältnis zueinander geändert hatte. Vielleicht hatten sie einander und sich selbst im Bett besser kennengelernt, auf eine Weise, die auch die romantische Liebe sprießen ließ? Und vielleicht würde es ihr und Ejnar ja genauso gehen, wenn sie seinen Antrag annähme, dachte sie und warf einen Blick auf die Jungs, die nun dabei waren, aus den Sofapolstern eine Höhle zu bauen.

Vittoria nahm ihre Handarbeit wieder auf, schloss im Geiste das braune Auge und versuchte, wie eine Dänin zu denken. Hier in Kopenhagen lagen die Dinge anders. Ihr fiel nicht eine einzige Vernunftehe ein. Es kam ihr so vor, als hätten alle geheiratet, weil sie einfach nicht die Finger voneinander lassen konnten. Liebe und Romantik waren hier das Einzige, das zählte. Conny und Hardy zum Beispiel. Wenn die beiden eines Tages heirateten, würden sie es aus Liebe tun. Und bei Margit und Jørgen war das damals sicher auch so gewesen, obwohl es Vittoria schwerfiel, sich vorzustellen, dass sie mal Hals über Kopf ineinander verliebt gewesen sein sollten. Ejnar und seine verstorbene Frau hatten sich jedenfalls wahnsinnig geliebt, das wurde aus allem, was Vittoria so hörte und sah, deutlich. Und sie wünschte sich das Gleiche für sich. Auch sie wollte auf einer rosa Wolke in den Stand der Ehe schweben. Aber weniger würde es natürlich auch tun, dachte sie jetzt. Wenn sie Ejnars Antrag annähme und wenn die Adoption reibungslos verliefe, würde sie sowohl den Mann bekommen, von dem sie träumte, als auch das Leben, das sie sich wünschte. Dann könnte sie den Rest des Stolzes wohl herunterschlucken, der irgendwo in ihr schlummerte und verlangte, dass ihre Liebe von Beginn an erwidert würde. In dem großen Puzzlespiel des Ehelebens waren ihre Gefühle in Wirklichkeit nur ein ziemlich kleines Teil.

»Ist der Teig jetzt gegangen?«, fragte Helle, die lautlos auf der Türschwelle erschienen war. »Eine Dreiviertelstunde ist um.«

»Bist du mit deinen Rechenaufgaben fertig?«

»Ja.«

Vittoria legte das Strickzeug in den Korb und stand auf. Mads lief sofort zu ihr und wollte auf ihren Arm. Mit dem Jungen auf der Hüfte ging sie in die Küche.

Helle zog das Tuch von der Teigschüssel, und Vittoria legte vorsichtig die Hand auf den matten hellgelben Klumpen. Er fühlte sich trocken und kühl an, aber nicht ganz so luftig, wie sie es gerne gehabt hätte.

»Eine Viertelstunde noch«, sagte sie.

»Woher weißt du das?«

»Das kann ich fühlen.« Vittoria legte das Tuch wieder über die Schüssel.

Helle verzog sich in die Stube, Vittoria in ihre Kammer, wo sie Mads' Windel wechselte. Sie sah auf die Uhr. Ejnar würde gleich Feierabend machen. Heute Abend würde sie ihm antworten, dachte sie. Sie konnte schließlich nicht ewig auf Schwester Giovannas Rat warten. Zumal sie ja inzwischen zu dem Schluss gekommen war, ihn ohnehin nicht zu befolgen.

12. April 1959

»Er hat mir einen Antrag gemacht!« Conny streckte die Hand mit dem Ring aus und bewegte die Finger so, dass der imposante Diamant schön funkelte. »Ich bin verlobt!«

Das verschlug Vittoria kurz die Sprache. Dann musste sie lachen. »Herzlichen Glückwunsch!«, rief sie und fiel Conny um den Hals. »Alles Gute! Ach, das freut mich für euch.« Dann trat sie einen Schritt zurück und streckte ebenfalls die Hand aus. »Guck mal.«

Es dauerte ein paar Sekunden, bis Conny begriff, was sie sehen sollte: einen schmalen, silbern glänzenden Ring mit drei winzigen Diamanten. »Ist nicht wahr!«, rief sie.

»Guck mal, wie gut der zu meinem Saphirring passt«, sagte Vittoria und hielt die beiden Hände nebeneinander. »Sie sind beide aus Weißgold.«

Conny hob eine Augenbraue. »Du willst deinen alten Ehering weiter tragen?«

»Du meinst den hier? Das ist kein Ehering. Den habe

ich von meinem Vater bekommen. Und von dem werde ich mich niemals trennen.«

Sie setzten sich ins Auto und fuhren Richtung Norden. Vittoria hatte Conny in der Vordingborggade abgeholt, und jetzt wollten sie zusammen zum Hirschpark. Mads saß hinten auf der Rückbank, neben sich den Sportwagen, den Vittoria mit einigem Geschick gerade so in den kleinen Fiat hatte pressen können.

Eigentlich hatte Vittoria sich selbst und Mads zu Conny nach Hause eingeladen, aber die Wohnung sah aus, als hätte eine Bombe eingeschlagen. Conny war heiß und kalt geworden bei der Vorstellung, dass Vittoria sich sofort daranmachen würde aufzuräumen. Darum hatte sie einen langen Spaziergang im Dyrehave vorgeschlagen. Nach ein paar sonnigen Wochen hatte sich wieder normales graues dänisches Wetter eingestellt, aber das würde schon gehen, dachte sie.

»Erzähl!«, sagte sie, nachdem Vittoria nach rechts auf die Østerbrogade abgebogen war. »Wann, wie und warum? Was hat er gesagt?«

Vittoria kicherte. Das kam nicht oft vor, aber die Verlobung hatte sie offenbar etwas übermütig gemacht. Sie erzählte von Ejnars Antrag und ihrer Bitte um Bedenkzeit.

»Bedenkzeit?«, wunderte sich Conny. »Wieso das denn? Du findest ihn doch toll.«

»Ja, aber …« Schlagartig wurde Vittoria ernst. »Es gab einfach so viel abzuwägen. Und außerdem verhehlt Ejnar kaum, dass er nicht so richtig in mich verliebt ist, und ich musste erst mal darüber nachdenken, ob ich damit leben kann.«

»Und wieso, bitte schön, will er dich dann heiraten?«

Vittoria erklärte es ihr. »Und außerdem sind wir einfach gerne zusammen«, sagte sie. »Wir sind uns zwar nicht immer einig, aber … wir sind ein gutes Paar, Conny. Wirklich.« Da Conny nur mit einem kurzen Nicken antwortete, fuhr sie fort: »Das mit der Liebe, das wird schon noch kommen. Meinst du nicht?«

»Doch, doch«, sagte Conny, die Vittoria nicht die Freude verderben wollte. »Soll ja schon öfter vorgekommen sein.«

»Und vielleicht ändert sich das ja auch nach der Hochzeit, wenn wir … Du weißt schon.«

»Du bist noch nicht mit ihm im Bett gewesen?«

»Natürlich nicht.«

»Und ihr seid *verlobt*? Also wirklich, Vittoria!«

»Wir warten damit bis nach der Hochzeit. Darüber sind wir uns völlig einig.«

Conny wusste nicht, was sie sagen sollte.

»Ich glaube …«, fuhr Vittoria fort, »… also, vielleicht interessiert sich Ejnar gar nicht so für … das Fleischliche.«

Conny musste kurz an zwei sehr kundige Hände denken, an eine fleißige Zunge, an graubraune Augen, die vor Erregung dunkel wurden, und an ein Glied, das so hart wurde, dass man seine Tasche daran hätte aufhängen können. Sollte sie Vittoria von ihrer Affäre mit Ejnar erzählen? Tat man so etwas nicht unter guten Freundinnen? Conny war kurz davor, ihr alles zu beichten, als sie plötzlich ihre eigenen Motive infrage stellte: War dieser Impuls, sich ihrer Freundin anzuvertrauen, nicht im Grunde ein ganz egoistischer Drang, klarzustellen, dass sie zuerst da gewesen war? Ging es nicht vielmehr um

Angabe als um Solidarität unter Freundinnen? Ganz genau, dachte sie. Am besten sagte sie nichts, schließlich gehörte die Affäre ohnehin der Vergangenheit an. Schluss, aus, vorbei. »Soll es ja geben«, bemerkte sie nur und drehte sich um. Mads war vom Rücksitz gekrabbelt, saß nun im Fußraum und spielte mit den Rädern des Sportwagens. Die waren sicher dreckig, dachte Conny und überlegte, ob sie eingreifen sollte. Ach was, dachte sie dann und drehte sich wieder nach vorn. Ein bisschen Dreck konnte so einem Jungen doch nicht schaden.

»Jetzt bist du dran«, sagte Vittoria und bremste für eine ältere Dame, die, mit schweren Einkaufsnetzen beladen, den Strandvej überqueren wollte. »Wann hat Hardy dich gefragt?«

»Letzten Freitag.« Conny lächelte. »Wir saßen im Flugzeug auf dem Weg von London …«

»Ach, stimmt, du warst ja in London!«, fiel Vittoria ihr ins Wort. »Das musst du mir auch noch alles erzählen!«

»Ach, das war einfach nur toll«, sagte Conny. »Ich könnte dir so viel berichten, dass es für einen ganzen Nachmittag reicht!« Sie lachte. Sie fühlte sich wie beschwipst, seit Hardy ihr den Antrag gemacht hatte. »Aber der Antrag …« Sie beschrieb Vittoria, wie Hardy und sie im Flugzeug gesessen hätten, immer noch ganz schwindelig und euphorisch nach fünf Tagen voller Bettakrobatik, gutem Essen, Tanz, Drinks und noch mehr Bettakrobatik. Als der Flieger seine endgültige Flughöhe erreicht gehabt habe, habe Hardy plötzlich seinen Sicherheitsgurt gelöst und sich im Gang niedergekniet. Er habe Conny diesen wunderschönen Ring gegeben, Conny habe geweint – ja, geweint! –, und die anderen Fluggäste hätten applaudiert.

Der Pilot – einer von Hardys vielen Bekannten in der Branche – habe sie zu sich ins Cockpit eingeladen, wo eine Flasche Champagner auf Eis auf sie gewartet habe. Ihren ersten gemeinsamen Drink als verlobtes Paar hätten sie also über der Wolkendecke mit Blick auf den blauen Himmel eingenommen.

»Wir haben auch Champagner getrunken, aber Ejnar hat sich nicht vor mir niedergekniet«, merkte Vittoria an.

»Na ja, muss ja auch nicht sein.« Insgeheim hatte Conny etwas Mitleid mit Vittoria, weil ihr ein richtig romantischer, märchenhafter Heiratsantrag entgangen war. Sie konnte sich ja selbst noch gut erinnern, wie sachlich Ejnar gewesen war, als er sie gebeten hatte, ihn zu heiraten. »Und was sagen die Kinder?«

»Jan hat gejubelt, obwohl er das ja noch gar nicht richtig versteht. Helle muss sich erst mal an den Gedanken gewöhnen, aber … Doch, sie macht eigentlich einen ganz frohen Eindruck.«

»Wie schön.«

»Und jetzt?«, fragte Vittoria. »Wann wollt ihr heiraten? Und wo werdet ihr wohnen?«

»So weit sind wir noch gar nicht.« Conny kicherte. »Im Moment genießen wir uns einfach nur. Wir sind sowieso fast immer nur bei ihm.« Hardy hatte eine moderne Dreizimmerwohnung im Blidahpark, mit Balkon, kompletter Küche und vor allem einem richtigen Badezimmer, in das man nicht rückwärts hineingehen musste. Es verfügte sogar über eine Sitzbadewanne mit Dusche. Der pure Luxus. Derweil war Connys Einzimmerappartement, das sie in letzter Zeit quasi nur noch als Garderobe und Stauraum verwendet hatte, langsam, aber sicher im Chaos versunken. Hardy weigerte sich, auch nur einen Fuß in die Wohnung zu setzen, und selbst Conny konnte das Durcheinander und den Dreck inzwischen nur noch schwer ertragen. In Hardys Wohnung durfte sie nicht so unordentlich sein. Wenn sie mal ein nasses Handtuch auf den Boden warf, bekam sie sofort einen Rüffel, und so langsam lernte sie auch, das Geschirr abzuwaschen, bevor die Essensreste daran festtrockneten.

Alles in allem war ihr Leben perfekt, fand Conny. Sie hatte einen Mann, den sie liebte, ein schönes Zuhause und ein abwechslungsreiches Arbeitsleben. Ihr wurden immer noch so viele Jobs als Fotomodell angeboten, dass sie sich die Rosinen herauspicken und manchen Anfragen eine Absage erteilen konnte. Hier eine Titelseite, da eine Modereportage und ab und zu mal eine Werbekampagne. Dazu kamen schöne, aber anstrengende Einsätze als Mannequin bei verschiedenen Modeschauen in den großen Kaufhäusern. Conny hatte ihre Schauspielpläne vorläufig auf Eis gelegt und schon seit Monaten keine Schicht bei der Telefongesellschaft mehr einschieben müssen.

»Was meinst du, wäre es vielleicht das Schlauste, am anderen Eingang zu parken?«, fragte Vittoria und ließ den Blick über die lückenlose Reihe von Autos vor dem Klampenborgportal schweifen. »Wie es aussieht, sind wir nicht die Einzigen, die Lust auf einen Waldspaziergang haben.«

Sie wendete und fuhr nach rechts auf den Dyrehavevej, bis sie den Bakken-Parkplatz erreichten, wo in der Tat noch einiges frei war. Gemeinsam schafften sie den Sportwagen aus dem Auto und setzten Mads und seinen geliebten Teddy hinein. Er war nach der langen Fahrt ein bisschen ungnädig. Conny hob einen knorrigen Zweig vom Boden auf und tat, als würde der Teddy ihn essen. »Happs!« Mads hörte auf zu jammern. »Happs!« Er lächelte zaghaft. »Happs!« Jetzt lachte er.

Da sie den Wagen nicht die steile Treppe am Hang hinaufbekamen, mussten sie den weiten Weg zurück zum Haupteingang gehen. Vittoria schob Mads vor sich her, während Conny nebenherging und mit dem Happs-Spiel weitermachte. Kaum im Park angekommen, beschlossen sie, sich einen Platz für ein Picknick zu suchen. Vittoria hatte wie üblich reichlich Proviant eingepackt – Conny indes hatte nicht einen Gedanken daran verschwendet.

»Weißt du noch, unser letzter gemeinsamer Ausflug?«, fragte Vittoria. »Mann, war ich da sauer auf dich!«

Conny lachte. »Ja, das wäre fast das Ende unserer Freundschaft gewesen. Habe ich mich eigentlich jemals richtig dafür bei dir entschuldigt?«

»Natürlich, und das weißt du genau.« Vittoria lächelte sie an. »Du warst damals so … jung. Ich weiß, es ist nur zehn Monate her, aber mir kommt es fast vor wie zehn Jahre.«

»Mindestens!« Conny schüttelte den Kopf und lachte wieder. »Guck mal, wie wäre es da drüben?«, sagte sie dann.

Sie zeigte auf eine umgestürzte Buche etwas abseits des Weges.

»O ja, perfekt!« Vittoria blieb stehen.

Sie hob Mads aus dem Sportwagen, als der Waldboden zu uneben wurde, und trug ihn das letzte Stück. Conny folgte ihr mit den Taschen.

»Hier sitzen wir gut«, sagte Conny, nachdem sie ihre

jeweiligen Lasten abgesetzt hatten. »Falls es Regen gibt, stellen wir uns einfach unter dem Baum da unter.«

»Genau.« Vittoria suchte etwas zu essen für ihren hungrigen Sohn hervor. Ein gebuttertes Milchbrötchen sowie Kakao in dem Märchenbecher, der inzwischen einige Kratzer und Beulen aufwies. Für die Erwachsenen hatte sie heißen Kaffee dabei. »Hier«, sagte sie und schenkte Conny ein. »Und jetzt will ich alles über London hören!«

*

Am selben Abend klingelte bei Hardy das Telefon. Er hatte es sich vor dem Fernseher bequem gemacht, die Füße hochgelegt und guckte seine Lieblingssendung, eine Tierdokumentation mit dem pfiffigen Ingvald Lieberkind.

»Gehst du bitte mal dran, Schatz?«, fragte er, ohne den Blick von der Mattscheibe zu wenden, auf der ein paar Rehkitze neben ihrer Mutter grasten.

Conny, die am Nachmittag im Hirschpark genug Rehwild gesehen hatte, löste sich aus seinem Arm und ging in das Zimmer, das Hardy sich als Büro eingerichtet hatte. Sie setzte sich auf den Schreibtischstuhl und zog das Telefon zu sich heran. »Bei Olsen«, sagte sie und zuckte fast zusammen vor Glück, als ihr aufging, dass sie bald auch so heißen würde. Genau wie Hardy.

»Conny? Ejnar hier.«

»Ach …« Sie warf einen Blick zur Tür, die weit offen stand. »Guten Abend«, sagte sie etwas gefasster.

»Du hast wohl gehört, dass ich mich mit Vita verlobt habe?«

»Ja, das hat sie erzählt. Herzlichen Glückwunsch.«

»Danke.« Er schwieg. »Sag mal… Du hast ihr doch nichts von uns beiden erzählt, oder?«

»Nein.« Mit dem Hörer am Ohr stand sie auf und schloss die Tür. »Warum?«

»Es wäre mir sehr wichtig, dass es dabei bleibt. Das würde sie nur verletzen. Kann doch unser kleines Geheimnis bleiben, oder?«

»Schon.« Conny biss sich auf die Lippe. »Aber ist das klug? Mit einer Lüge in die Ehe zu gehen, meine ich?«

»Es wäre ja keine richtige Lüge, nur ein Verschweigen.« Es war ein paar Sekunden still. Dann fragte er: »Du hast es doch auch nicht weitergesagt, oder? Also, Hardy gesagt, meine ich?«

Da musste Conny ihn enttäuschen, denn das hatte sie. »Aber er behält es für sich«, versicherte sie.

»Hm.«

»Er käme nicht im Traum darauf, etwas zu verraten«, betonte sie. »Hardy ist so ziemlich der anständigste Mensch, den ich kenne. Wenn ich ihm sage, dass Vittoria nichts davon erfahren soll, schweigt er wie ein Grab.«

Kurz darauf beendeten sie das Gespräch, und Conny kehrte zum Sofa zurück, wo Hardy immer noch Doktor Lieberkind dabei zusah, wie er die Zuschauer mit seinen Wurstfingern auf Spuren im Waldboden aufmerksam machte. »Wer war das?«, fragte er, ohne den Kopf zu drehen.

»Ejnar. Wollte fragen, ob wir Lust haben, am Siebzehnten zum Abendessen zu ihnen zu kommen, um die doppelte Verlobung zu feiern.«

»Ich glaube, da habe ich schon was vor«, sagte Hardy. Jetzt war die Tiersendung zu Ende, und die Ansagerin erschien auf dem Bildschirm. Hardy sah zu Conny. »Ich gucke nachher mal in meinen Kalender. Aber jetzt kommt eine Unterhaltungssendung mit Jazz und Gästen aus den USA. Das willst du doch auch gerne gucken, oder?«

»Klingt interessant«, sagte Conny und nahm ihren üblichen Platz an Hardys Seite ein. Sie zog die Füße hoch, und er legte den Arm um sie. Ihre Schulter schmiegte sich perfekt in seine Achselhöhle. Sie zündete sich eine Zigarette an und seufzte glücklich.

17. bis 19. April 1959

Es fuchste Ejnar mehr, als er zugeben wollte, dass Conny ihrem Verlobten von ihrer Affäre erzählt hatte. Was ging das denn bitte Hardy an?, dachte er und warf verstohlen einen Blick auf den hochgewachsenen, muskulösen Mann in dem zweireihigen Blazer. Er trug das rötliche Haar sehr modern in einer abgeschwächten Ducktail-Frisur und an den Manschetten goldene, zu den Messingknöpfen des Blazers passende Miniaturflugzeuge. Er sah sportlich aus. Und reich. Obwohl Letzteres sicher Fassade war, dachte Ejnar ein wenig bitter und konzentrierte sich dann wieder darauf, die Drinks für die Gäste zu mixen. Einen Teil Gin, einen Teil Wermut, zwei grüne Oliven pro Glas. Sämtliche Drink-Zutaten waren ein Verlobungsgeschenk von Hardy und Conny gewesen. Ein schönes Geschenk, noch dazu mit den passenden Martini-Gläsern, dachte Ejnar, ärgerte sich aber gleichzeitig auch. Ihm kam es vor, als wollte der aufstrebende Reiseunternehmer demonstrieren, wer von ihnen fescher war, wer mehr Geld verdiente und vor allem: wer die attraktivere Frau hatte.

Eigentlich mochte Ejnar Hardy – wie sollte man ihn auch nicht mögen, wie er so auf dem Sofa saß und sie alle mit lustigen Anekdoten von Connys und seiner Reise nach London unterhielt –, aber das unschöne Gefühl, auf den zweiten Platz verwiesen worden zu sein, nagte an ihm, als er die Getränke servierte. »Wir hätten die Flaschen vielleicht erst mal für ein paar Stunden in den Kühlschrank legen sollen«, sagte er. »Dry Martini trinkt man ja eigentlich am besten kalt.«

»Ach was«, sagte Conny und nahm sich ein Glas. »Den kriege ich schon runter!« An ihrem Arm reihten sich viele schmale Goldreifen aneinander, die ihren Verlobungsring akzentuierten. Der Ring hatte garantiert das Fünffache von dem gekostet, was Ejnar für Vittorias ausgegeben hatte. »Prost«, sagte Conny und hob das Glas. »Und uns allen vieren ganz herzlichen Glückwunsch.« Die Armreifen klirrten leise.

Sie hatten sich erst spät getroffen. Aus dem ursprünglich angedachten gemeinsamen Abendessen war nichts geworden, weil Hardy nachmittags einen Besprechungstermin in Helsingborg gehabt hatte und nicht rechtzeitig zurück sein konnte. Nun gab es stattdessen Drinks und Vitas selbst gemachte Snacks im Überfluss. Blätterteigschnecken mit Tomate, knusprige Käsekekse, im Ofen getrocknete Kartoffelchips mit einer cremigen Tunke. Dazu reifer Brie, Emmentalerstäbchen und eine Schale Weintrauben, die zu dieser Jahreszeit nur schwer zu bekommen waren und deshalb große Begeisterung auslösten. Die Kinder waren frühzeitig ins Bett gebracht worden, das Grammofon spielte einige von Connys fürchterlichen Popliedern, und irgendwie lag ein ausgelassener Abend unter Erwachsenen in der Luft.

Alle waren schick gekleidet. Die Herren in Anzug und Schlips, Conny in ein relativ züchtiges schwarzes Cocktailkleid mit Spitzendekolleté und Vita in das türkisfarbene Kleid mit Petticoatrock, das sie sich für ihr Geburtstagsessen gekauft hatte. Vormittags hatte der Friseur ihren kurzen Pagenkopf nach allen Regeln der Kunst onduliert. Ihre Freundin dagegen ließ ihre Locken diesmal ausnahmsweise lose herunterhängen. Immer wieder fasste Conny sich in ihre rote Mähne, fuhr mit den Fingern hindurch und strich schwungvoll jede Locke zurück, die ihr in die Stirn fiel.

Ejnar begehrte sie so sehr, dass es wehtat, doch im Lauf des Abends glitt er – auch mithilfe des Alkohols – immer weiter hinüber in einen Zustand der Schmerzfreiheit. Mit jedem Drink entfernte er sich mehr von den anderen. Wie durch ein umgekehrtes Fernglas beobachtete er Conny und Hardy, die sich bei jeder Gelegenheit anfassten und sich verzehrende Blicke zuwarfen. Ab und zu konzentrierte er sich auf Vita, die ständig zwischen Küche und Stube hin- und herflitzte, um immer mehr Köstlichkeiten zu servieren. Jedes Mal, wenn sich ihre Blicke begegneten, lächelte sie so glücklich, dass Ejnar sofort Gewissensbisse bekam. Sie liebte ihn. Warum konnte er sie nicht auch lieben?

Vielleicht musste einfach nur irgendwie das Eis gebrochen werden, dachte er. Wenn er und Vita dafür sorgten, in ähnlich intensiven Körperkontakt miteinander zu treten wie ihre Gäste, würden ihm vielleicht die Augen aufgehen, und er würde vielleicht seine zukünftige Frau begehren statt die kichernde Conny. Ärgerlich, dass sie keine zwei Sofas in der Wohnstube hatten. Dann hätten sie jetzt nämlich genauso eng beieinandersitzen können wie Conny und Hardy. So wie jetzt, jeder von ihnen auf seinem Sessel, war es ja unmöglich, Händchen zu halten oder andere Zärtlichkeiten auszutauschen.

Als Vita sich kurz darauf erhob, streckte Ejnar daher die Hand nach ihr aus: »Komm her, mein Schatz.« Er konnte selbst hören, wie künstlich die Worte klangen, aber der Alkohol und die Eifersucht taten das Ihrige, und er wiederholte: »Komm mal her zu mir.« Vita zögerte kurz. »Setz dich zu mir.« Ejnar klopfte auf seinen Oberschenkel.

Verblüfft sah Vita ihn an. Nicht einmal, wenn sie abends ganz unter sich waren, kam es zu mehr als ein bisschen vorsichtigem Schmusen. Ejnars Küsse waren in den letzten Tagen immer intensiver und ausgiebiger geworden, und das fand Vita auch völlig in Ordnung. Sie genoss es auch sehr, wenn er ihren Körper – im bekleideten Zustand – streichelte. Aber wann immer er weitergehen wollte, bremste sie ihn. »Nicht vor der Hochzeit«, sagte sie dann kurzatmig, kaum dass er anfing, an ihren Blusenknöpfen herumzunesteln oder die Hand unter ihren Rock zu schieben. Ejnar, der inzwischen mit Sicherheit wusste, dass er körperlich auf Vittoria reagierte, saß jeden Abend mit einem ziemlich blöden Gefühl da. Er musste sich darauf verlassen, dass sich alles ändern würde, wenn sie in hoffentlich nicht allzu ferner Zukunft das Bett teilen würden, dachte er und klopfte abermals wie zur Aufforderung auf seinen Schenkel.

Da endlich machte sich ein Lächeln in Vitas schönem Gesicht breit, und mit einem scheuen Seitenblick auf die Gäste näherte sie sich Ejnar. Sie raffte den ausladenden Rock zusammen und setzte sich etwas steif auf sein Knie, bis er sie an sich zog und sie nach hinten umkippte.

»Ejnar!« Sie lachte und sah wieder zu den beiden Rotschöpfen auf dem Sofa. Da die aber zu sehr mit sich selbst beschäftigt waren, als dass sie weiter auf ihre Gastgeber geachtet hätten, entspannte Vittoria sich ein wenig und blieb etwa eine halbe Minute in Ejnars Armen liegen. Sie schenkte ihm sogar einen Kuss, bevor sie sich befreite und wieder aufstand. »Der Kaffee ist gleich fertig«, verkündete sie und ging schnell hinaus.

Ejnar schäumte vor Wut. Warum musste sie ihn auf diese Art und Weise abfertigen, und dann auch noch vor Publikum? Er begegnete Connys Blick und meinte Mitleid darin lesen zu können. Den Platzhirsch neben ihr sah er besser gar nicht erst an.

»Na dann«, sagte Ejnar im Versuch, das unbeholfene Intermezzo aus dem Gedächtnis aller Anwesenden zu löschen. »Wenn es Kaffee gibt, hole ich mal besser den Cognac. Oder vielleicht einen Likör für die Damen?«

Conny zündete sich an der Glut der fast aufgerauchten Zigarette den nächsten Glimmstängel an und bat um einen Grand Marnier. Vita, die inzwischen mit dem Kaffeetablett zurückgekehrt war, lehnte dankend ab, schließlich sei morgen auch noch ein Tag.

Als Ejnar ein paar Stunden später seinen Pyjama anzog, fluchte er insgeheim immer noch. Er hatte versucht, Vita mit ihrem abweisenden Verhalten zu konfrontieren, nachdem die Gäste um kurz nach zwölf gegangen waren, aber sie hatte nur gesagt, er sei albern. Als könnten sie beide sich hinsetzen und in aller Öffentlichkeit schmusen! Ihm seien wohl die vielen Cocktails ein wenig zu Kopf gestiegen, hatte sie lachend gemeint.

Leider reagierte sein Körper nicht genauso gekränkt wie seine Seele. Der kurze Moment, den er Vita hatte im Arm halten dürfen, bevor sie in ihre Kammer verschwunden war, hatte gereicht, um ihm eine Erektion zu bescheren, die er nicht ignorieren konnte. Na gut, dachte er kapitulierend und holte eine Rolle Toilettenpapier aus dem Nachtschrank. Dann konnte er morgen früh ja mal mit dem Onanieren aussetzen.

*

Am nächsten Tag war Ejnar immer noch sauer auf Vita. Je mehr sie vor Glück über ihre Verlobung strahlte, desto mehr verdüsterte sich sein Gemüt bei dem Gedanken daran, wie viel ihm in puncto körperlicher Liebe vorenthalten wurde. Als sie abends auf ihren Stammplätzen im Wohnzimmer saßen, versuchte er, mit ihr darüber zu reden, aber sie entzog sich ihm wieder und sprach stattdessen über die Kinder.

Am Sonntag waren sie tagsüber nur wenig zusammen: Vita arbeitete im Gemüsegarten, der aufgrund des guten Wetters schon ziemlich weit war, und Ejnar fuhr mit allen drei Kindern zu Margit und Jørgen. Man könne sich genauso gut jetzt schon langsam daran gewöhnen, dass Mads bald sein Sohn sein werde und so behandelt werden müsse wie die beiden Großen, erklärte er seiner Schwägerin, als sie bei ihnen ankamen.

Margit, die inzwischen eine Woche Zeit gehabt hatte, die Nachricht von Ejnars und Vitas Verlobung zu verdauen, hob beim Anblick des dunkelhaarigen Kleinkindes die Augenbraue, sagte aber nichts. Vielleicht hatte sie sich am vergangenen Sonntag schon genug darüber ausgelassen, dachte Ejnar. Da hatte sie jedenfalls kein Blatt vor den Mund genommen. Jørgen hatte mit einem »Herzlichen Glückwunsch!« und einem kräftigen Klopfen auf die Schulter auf die Nachricht reagiert, während Margit kaum ihre Verärgerung darüber hatte verhehlen können, dass die junge Italienerin ihren Arbeitgeber verführt hatte. Ausgerechnet ihn, Ejnar, der doch jede andere, viel passendere Frau aus Margits Bekanntenkreis hätte haben können!

Aber man konnte von der Schwester seiner verstorbenen Frau sagen, was man wollte: So kratzbürstig sie Erwachsenen gegenüber auch war, sie war sehr kinderlieb. Solange die vier älteren Kinder im Garten Cowboy und Indianer spielten, sorgte sie dafür, dass auch Mads seinen Spaß hatte – sie setzte ihn mit Spielsachen in den Sandkasten, wechselte ihm die volle Windel und sorgte dafür, dass Helle ihn im Kinderwagen den Saltværksvej entlangschob, als er gegen zwei Uhr nachmittags müde wurde.

Der Verlauf des Tages hatte Ejnar positiv überrascht, und so war er, als er mit den Kindern zum Abendessen nach Hause kam, deutlich besser gelaunt als am Morgen. Vita hatte von der Gartenarbeit ganz rote Wangen und schwarz geränderte Fingernägel bekommen. Sie lachte glücklich, als sie ihn sah. Ihre Erleichterung darüber, dass Ejnar nicht mehr ärgerlich auf sie war, war ihr so deutlich anzusehen, dass es Ejnar einen Stich versetzte. Stolz zeigte sie, was sie in den Stunden, in denen sie ausnahmsweise mal nicht ihren Spross um sich gehabt hatte, alles geschafft hatte: Unkraut gejätet und Porree und Zwiebeln gesetzt. Radieschen, Möhren, Kartoffeln und diverses anderes Sommergemüse sprießten bereits. Dieses Jahr kümmerte sie sich um alles allein, Frau Larsen trug lediglich mit wortreichen guten Ratschlägen über die Hecke hinweg zur Gartenarbeit bei.

Vita und Ejnar gingen einander bei der Erledigung der letzten Pflichten des Tages zur Hand und folgten nach dem Abendessen völlig unbewusst dem üblichen Sonntagabendprogramm: Sie badeten ihre jeweiligen Kinder und brachten sie ins Bett, und während Ejnar den Abwasch übernahm, konnte Vittoria den Rest ihres sogenannten freien Tages in der Stube genießen.

Als Ejnar in der Küche fertig war, blieb er auf dem Weg zum Wohnzimmer im Flur stehen und zögerte. Durch den Türspalt konnte er Vitas Ellbogen und ein Stück ihres Beines sehen. Sie war mit ihrer Handarbeit beschäftigt. Das Radio war aus. Vermutlich lauschte sie mit einem halben Ohr auf Mads, der allein im Dunkel in ihrer Kammer lag und noch müde vor sich hinplapperte. Ejnar öffnete die Tür zur Kellertreppe und suchte tastend nach dem Lichtschalter. Dann holte er eine Flasche Rotwein aus der Speisekammer, einen guten Tropfen, den er vor geraumer Zeit einmal von einem Arzneimittelhersteller geschenkt bekommen hatte.

Vita sah von ihrer Strickarbeit auf, als Ejnar die geöffnete Flasche und zwei Gläser auf den Couchtisch stellte. »Wein?«, sagte sie. »Bekommen wir Gäste?«

»Der ist für uns«, sagte Ejnar. »Leg das da mal weg,

und komm her.« Er setzte sich auf das Sofa, schenkte ein wenig Wein in ein Glas, schnupperte daran und kostete. »Der muss erst noch ein bisschen atmen«, sagte er und holte eine Karaffe. »Nun komm schon, Vita«, wiederholte er, als er den Wein dekantiert hatte.

»Ich muss noch eben die Reihe fertig stricken.«

Dagegen konnte Ejnar schlecht etwas sagen. Er lehnte sich zurück auf das unbequeme Sofa und dachte nicht zum ersten Mal über eine Neuanschaffung nach. Die meisten seiner Wohnzimmermöbel waren Erbstücke oder stammten vom Gebrauchtwarenhändler, denn als Gerda und er das Haus und die Praxis gekauft hatten, war für die Einrichtung nicht mehr viel Geld übrig gewesen.

»So«, sagte Vita, legte ihre Handarbeit in den Korb und stand auf. Mit Kennerblick studierte sie das Etikett der Rotweinflasche. »Ein teurer Wein«, stellte sie fest und setzte sich zu Ejnar. »Gibt es einen besonderen Anlass?«

»Ich finde einfach nur, wir könnten uns selbst ein bisschen feiern.« Ejnar legte die Hand auf ihr Knie.

Sie lächelte und legte ihre Hand auf seine, und so saßen sie eine Weile da und küssten sich. Vita wirkte weich und nachgiebig, darum versuchte Ejnar es irgendwann noch einmal: Vorsichtig schob er die Hand über ihren bestrumpften Oberschenkel unter ihr Kleid. Diesmal kam er weiter als sonst, ganz bis zur nackten Haut oberhalb des Strumpfsaumes. Vitas Atmung wurde schwerer. Dann brach sie ihren Kuss irgendwie widerstrebend ab und schob seine Hand weg.

Ejnar ließ sie los und lehnte sich seufzend zurück. »Warum weist du mich eigentlich immer ab?«, fragte er und bemühte sich, dabei nicht aggressiv zu klingen. »Ich dachte, du liebst mich?«

»Das tue ich auch.« Vitas Wangen waren noch ganz rot vor Erregung, sie sah aus, als hätte Ejnar sie geschlagen.

»Vita«, sagte Ejnar mit Grabesstimme. »Wir müssen darüber reden.«

»Worüber?«

»Wir sind verlobt. Da ist es doch ganz natürlich, dass wir ein bisschen über das Küssen hinausgehen, oder? Obwohl das«, beeilte er sich hinzuzufügen, »natürlich auch sehr schön ist.«

»Wir sind noch nicht verheiratet«, sagte Vita und sah ihm in die Augen. So von Nahem betrachtet, waren ihre verschiedenfarbigen Augen noch faszinierender, dachte Ejnar und nahm ihre Hand. Die blaue Iris hatte grünliche Punkte, fast wie Unterwassersommersprossen, und die braune war fast einfarbig. Er liebte diese Augen, ging ihm da auf, und er sprach es aus. Sie reagierte mit weiterem Erröten.

»Ich verstehe ja«, sagte Ejnar jetzt, »dass alles, was mit Sexualität außerhalb der Ehe zu tun hat, für einen Katholiken eine ganz andere Bedeutung hat als für einen eingefleischten Atheisten wie mich.«

Vita antwortete nicht.

»Das war wohl auch das Problem mit diesem Karl, oder?«

Sie blickte hinab auf die Finger ihrer linken Hand, die in seiner lag, und nickte.

»Aber ich verstehe nicht«, fuhr er fort, »warum du die Sache so ernst nimmst. Ich bin doch nicht irgendein x-beliebiger Bursche aus einer Fiat-Autowerkstatt. Ich habe um deine Hand angehalten, du trägst meinen Ring. Ich werde deinen Sohn adoptieren, herrje, und in sechs, sieben Wochen werden wir heiraten. Wir werden den Rest unseres Lebens zusammen sein. Was ist so schlimm daran, jetzt schon miteinander ins Bett zu gehen?«

Vita sah auf, ihre Augen schimmerten. »Wir sind noch nicht verheiratet«, wiederholte sie.

»Sag mal, wie gläubig bist du eigentlich?« Er war sich bewusst, dass seine Verärgerung nun langsam durchschien. »Bist du überhaupt schon mal in einer Messe gewesen, seit du in Kopenhagen wohnst?«

»Natürlich«, antwortete sie eine Spur zu schnell.

Ejnar war sich ziemlich sicher, dass sie log, ging aber nicht weiter darauf ein. »Wenn du nun noch Jungfrau wärst, könnte ich das schon eher verstehen«, sagte er.

Sie runzelte die Stirn. »Wo wäre denn da der Unterschied?«

»Na ja, ich meine … dann wäre es dein erstes Mal. Aber so ist es ja nicht, du hast ja sogar schon ein Kind.« Da sie nicht antwortete, fuhr er fort: »Da könnte man doch meinen, dass die schlimmste Angst vor dieser Art von Intimität überwunden sein müsste.«

Vita schwieg. Eine Träne lief ihr über die Wange und hinterließ eine glänzende Spur. Ejnar wischte sie mit dem Daumen weg.

»Hast du schlechte Erfahrungen gemacht?«, fragte er etwas sanfter. »Hat dir jemand was angetan?« Als sie immer noch nicht antwortete, ging er noch einen Schritt weiter: »Hat dein Mann dich misshandelt?«

»Nein.«

»Aber was ist es dann? Irgendetwas muss doch passiert sein?«

Jetzt flossen aus beiden Augen Tränen. Vita ließ Ejnars Hand los und verbarg ihr Gesicht. Ejnar legte die Arme um sie und ließ sie weinen. Es schmerzte ihn, sie so unter Druck zu setzen, aber irgendetwas in seinem Inneren sagte ihm, dass es nötig war.

Als Vita sich wieder etwas beruhigt hatte, reichte er ihr sein Taschentuch – von ihr selbst gewaschen, gebügelt und zusammengelegt – und schenkte ihnen Wein ein, während sie sich die Nase putzte. Wortlos reichte er ihr ein Glas. Sie trank einen großen Schluck.

»Als ich dir den Antrag machte, hast du mich gefragt, ob ich dich liebe, weißt du noch?« Ejnar nahm wieder ihre Hand.

»Natürlich weiß ich das noch.« Sie lächelte zaghaft.

»Ich konnte nicht aus vollem Herzen Ja sagen. Und das war sicher der Grund dafür, dass du mich so lange auf eine Antwort warten gelassen hast, oder?«

Vita nickte.

»Ich wusste selbst nicht genau, was mir eigentlich fehlte, um mich so richtig in dich zu verlieben. Aber ich glaube, jetzt weiß ich es.«

Sie sah ihn an.

Ejnar räusperte sich. »An mangelnder sexueller Lust liegt es jedenfalls nicht«, sagte er. »Ich küsse dich wirklich wahnsinnig gerne, und ich möchte unbedingt mit dir ins Bett.« Er ignorierte ihren verschämten Blick und unterstrich: »Ich fühle mich sehr stark zu dir hingezogen.« Nicht ganz so stark wie zu Conny, funkte sein Reptiliengehirn kurz dazwischen, dann sprach er schnell weiter: »Das könnte man ja Verliebtheit nennen, aber es gibt da trotzdem immer noch etwas, das mich daran hindert, dich so zu lieben, wie du es dir erträumst.«

»Und was ist das?«, piepste Vita leise.

Ejnar legte den Arm um sie und zog sie mit sich zurück aufs Sofa, wo sie den Kopf an seine Schulter lehnte. »Ich bin in meinem Leben noch nicht oft verliebt gewesen, Vita, aber oft genug, um die Ähnlichkeiten zwischen den Frauen zu erkennen, zu denen ich mich hingezogen fühlte. Sie sind alle offen, fröhlich und sehr redselig gewesen.«

Sie richtete sich auf, um ihm ins Gesicht sehen zu können. »Ich habe fast immer gute Laune. Und ich kann gerne mehr reden, wenn du das möchtest.«

Ejnar musste unwillkürlich lächeln. »Daran habe ich nicht den geringsten Zweifel, aber … du bist nicht richtig offen, Vita.«

»Was meinst du denn damit? Ich erzähle dir doch von allem, was hier so los ist.«

»Ja, stimmt, du erzählst mir von allem, was *hier und jetzt* passiert.« Er sah, wie sich ihre Miene verschloss, als der Groschen fiel, aber er gab nicht auf. »Ich glaube, dass du von Natur aus viel weniger geheimniskrämerisch bist, als du dich gibst. Aber irgendetwas hältst du vor mir verborgen. Etwas Wichtiges. So wichtig, dass du dich im Restaurant mit einem anderen Namen vorgestellt hast, weil dir plötzlich der Gedanke kam, dass das Personal vielleicht deinen Großvetter kennen könnte. So wichtig, dass du lieber deine Stelle hier aufgegeben hättest, als dass ich überprüfen durfte, wo dein ganzes Geld herkommt …«

»Ich habe dir doch gesagt, du kannst gerne …«

»Jaja, das hast du gesagt. Weil du unter enormem Druck

standst. Aber du würdest heute immer noch nicht wollen, dass ich mich mit deinem Großvetter in Verbindung setze, oder?« Vita schwieg, und er fuhr fort: »Und weißt du noch damals, als ich dir dabei helfen wollte, eine neue Geburtsurkunde für Mads zu beschaffen? Mann, was bist du da auf die Barrikaden gegangen!«

»Ich wollte mich nun mal lieber selbst darum kümmern, Ejnar. Das habe ich doch gesagt. Und es ist mir ja auch gelungen, nicht wahr?«

Er schüttelte den Kopf. »Das ist doch gar nicht der Punkt, Vita. Der Punkt ist, dass ich nichts über deine Vergangenheit weiß. Nur ganz oberflächlich: dass du in einem Kinderheim gearbeitet hast, dass deine Eltern ein Restaurant hatten, dass du auf eine Klosterschule gegangen bist, dass eine alte Nonne deine Mentorin war. Sonst weiß ich nichts.«

»Ich habe dir von Cesare erzählt.«

»Von deinem Freund?« Er lachte trocken. »Du hast mir ein Foto von ihm gezeigt, aber das ist auch schon alles. Ich weiß nicht, wieso ihr euch getrennt habt, und ich weiß nicht, ob er Mads' leiblicher Vater ist.«

Vita schwieg.

»Über die wirklich wichtigen Dinge in deiner Vergangenheit weiß ich nichts, also über dein Privatleben. Du sagst, dein Mann ist tot. Aber woran ist er gestorben? Und warum bist du so ganz allein mit einem Säugling nach Dänemark gekommen? Weshalb trägst du deinen Mädchennamen?« Ejnar wartete ein paar Sekunden auf eine Reaktion. Als sie ausblieb, fuhr er fort: »Kannst du das denn nicht verstehen? Selbst jetzt schweigst du. Wenn du mir nicht genug vertraust, um mir all das zu erzählen, wie soll ich dich dann lieben können?«

Sie schüttelte den Kopf.

»Wenn es daran liegt, dass du wegen irgendetwas gelogen hast, dann möchte ich das wissen, bevor wir heiraten«, sagte Ejnar. »Wenn du mit Mads' Vater gar nicht verheiratet warst, will ich das wissen. Wenn das Geld gar nicht aus einer Erbschaft stammt, will ich das wissen. Wenn dein Vater … der König von England war, möchte ich das auf jeden Fall auch gerne wissen.«

Vita trank noch einen Schluck Wein. Es sah ihr gar nicht ähnlich, so viel zu trinken. Sie blickte ihn an. »Das heißt, wenn ich dir alles über meine Vergangenheit erzähle, dann kannst du mich lieben? Sicher?«

»Jedenfalls würde damit ein großer Stein aus dem Weg geräumt«, sagte Ejnar und zog sie an sich. »Küss mich.«

»Es ist nur … Es fällt mir so schwer, darüber zu reden«, sagte sie und machte sich los. »Ich würde ja gerne, aber ich muss dabei so viele Dinge bedenken, und … ich lüge nur ungern, Ejnar. Darum ist es besser, einfach gar nichts zu erzählen.«

»Niemand sagt, dass du mir die ganze Geschichte auf einmal berichten musst, wenn es dir zu sehr wehtut«, sagte Ejnar. »Du bestimmst das Tempo.«

»Solange du die ganze Geschichte noch vor der Hochzeit erfährst?« Vita klang plötzlich sehr geschäftsmäßig.

»Ja«, antwortete Ejnar. »Weißt du was?« Er strich ihr über das seidenweiche Haar. »Oft fällt es einem leichter, über solche Sachen zu sprechen, wenn man sich körperlich etwas vertrauter ist.«

»Du meinst, wenn man Geschlechtsverkehr gehabt hat?«

Er lachte. »Klingt sehr klinisch, aber ja. Körperliche Intimität ist eine wunderbare Grundlage, wenn man einander etwas anvertrauen will.«

Vita sah ihn an. »Du willst die ganze Geschichte kennen, bevor wir heiraten, und du empfiehlst mir Geschlechtsverkehr als das geeignete Mittel, um meine Zunge zu lösen?« Als er nickte, fuhr sie fort: »Ergo bestehst du darauf, dass wir noch vor der Hochzeit miteinander schlafen.«

Ejnar lächelte schief. »Du bist wirklich blitzgescheit.«

Sie nickte mit ernster Miene. »Gut«, sagte sie nach einer Pause. »Am sechsten Mai gehe ich mit dir ins Bett.«

»Am sechsten Mai? Aber das ist ja noch ewig hin!«

»Achtzehn Tage«, sagte sie. »Die gehen schnell vorbei.«

Das waren doch ganz gute Aussichten, dachte Ejnar und ließ seine Finger wieder unter ihrem Rock nach oben wandern. Gerade erhaschte er einen Blick auf den elfenbeinfarbenen Spitzensaum ihres Unterkleides, doch recht bewundern konnte er ihn nicht, weil sie den Rock wieder herunterzog.

»Na, na«, sagte sie und lächelte.

»Warum nicht jetzt, Vita?«

»Weil es am sechsten Mai noch genau einen Monat bis zur Hochzeit ist. Das ist doch eine schöne runde Zahl.« Als er den Mund öffnete, um dieser albernen – und ganz sicher selbst ausgedachten – Regel zu widersprechen, fuhr sie fort: »Außerdem möchte ich vorher zur Beichte gehen. Das kannst du mir wohl wenigstens zugestehen.«

Ejnar saß da und betrachtete die Frau, die eingewilligt hatte, ihn zu heiraten. Beichte? Es fiel ihm immer noch schwer, ihr so plötzlich gesteigertes Interesse an Religion zu verstehen. Auf der anderen Seite waren achtzehn Tage, insgesamt gesehen, wirklich keine lange Zeit, dachte er. Und ihre gesamte Annäherung war ja nicht gerade normal verlaufen. Da ergaben sich die Dinge vielleicht einfach nicht ganz so natürlich. Vielleicht war in Wirklichkeit überhaupt nichts dagegen zu sagen, dass Vita ihre Vorbehalte hatte. Wenn achtzehn Tage das waren, was sie brauchte, dann sollte sie ihre achtzehn Tage haben.

27. April 1959

»Und was sagt er dazu, dass du hier wohnst, wenn er nicht zu Hause ist?« Vittoria warf einen Blick durch die halb offene Tür in Hardys kleines Arbeitszimmer.

»Gar nichts. Ich habe meinen eigenen Schlüssel und kann kommen und gehen, wie es mir gefällt.« Conny lächelte schief. »Seine einzige Bedingung ist, dass ich hinter mir aufräume.«

»Und was ist mit der Wohnung in Østerbro?«

Achselzucken. »Die benutze ich kaum noch, außer als Kleiderschrank. Wir haben beschlossen, sie bald zu kündigen. Am ersten Juli wird eines von den etwas größeren Appartements hier im Blidahparken frei, und wenn wir die bekämen, wäre da auch genug Platz für meine Kleidung.«

Vittoria lachte. »Du und deine Kleider! Du solltest mal ein bisschen ausmisten. Wer braucht denn bitte so viele Sachen?«

»Ich«, sagte Conny. »Möchtest du etwas trinken?« Sie ging zu Hardys gut sortiertem Barschrank, in dem alle möglichen Flaschen mit exotischen Spirituosen aufgereiht standen, die er von seinen vielen Geschäftsreisen mitgebracht hatte. »Dry Martini hat dir gut geschmeckt, oder? Ich habe keine Oliven da, aber wir können einen Eiswürfel reintun.«

»Aber nur ein kleines Glas. Ich bin mit dem Auto hier.« Vittoria setzte sich in den neuen Sessel, der mit seinem stromlinienförmigen Design und dem Metallfuß aussah, als wäre er einer noch fernen Zukunft entsprungen. »Da sitzt man aber gut drin«, stellte sie verblüfft fest.

»Ja, natürlich«, sagte Conny über die Schulter hinweg. Sie war selbst ziemlich beeindruckt von diesem hypermodernen, kostbaren Möbel namens »Der Schwan«, wollte sich das aber nicht anmerken lassen. »Hardy hat ihn einem seiner Geschäftspartner im Hotel Royal abgekauft. Arne Jacobsen hat ihn exklusiv für das Hotel entworfen.« Der Name Arne Jacobsen war ihr selbst bis vor zwei Wochen noch völlig unbekannt gewesen, doch jetzt warf sie damit um sich, als gehörte seine Kenntnis zum Allgemeinwissen. »Hier.« Mit zwei Gläsern drehte sie sich zu Vittoria um und stellte das mit weniger Inhalt vor ihrer Freundin ab. »*Skål!*«

Es war seltsam, mit Vittoria alleine zu sein. Bis jetzt hatten sie sich noch nie ohne Männer oder den kleinen Mads in Hörweite getroffen, aber als Ejnar davon erfahren hatte, dass Vittoria heute Abend ihre Freundin besuchen wollte, hatte er sich erboten, auf den Kleinen aufzupassen. Conny war ganz gerührt davon, mit welcher Entschlossenheit Ejnar seine Rolle als Mads' rechtmäßiger Vater angenommen hatte. Die Adoption würde eine reine Formsache werden, dachte sie. Was das anging, hatte Vittoria wirklich unglaubliches Glück gehabt mit diesem Mann.

»Ich möchte dich gerne etwas fragen«, sagte Vittoria und stellte das Glas nach einem einzigen Schluck ab.

»Schieß los«, sagte Conny, schnappte sich Zigarettenschachtel und Feuerzeug und zog die Füße unter sich auf das Sofa.

»Kann ein Mann merken, ob eine Frau noch Jungfrau ist, wenn sie das erste Mal … Du weißt schon.« Wie üblich gelang es ihr nicht, auch nur ansatzweise Anstößiges über die Lippen zu bringen.

Conny unterdrückte ein Lächeln. »Wenn sie das erste Mal zusammen schlafen, meinst du?«

»Ja.«

»Warum fragst du?«

»Kann er es merken oder nicht?«

»Das kommt drauf an, wie erfahren er ist und wie stabil das Jungfernhäutchen. Das ist von Frau zu Frau verschieden.«

»Jungfernhäutchen?«

Conny sah sie an. »Du weißt nicht, was das ist?« Obwohl, wenn sie darüber nachdachte, wusste sie es eigentlich selbst nicht so genau. »Das ist so ein Häutchen in der Scheide, das kaputtreißt, wenn man zum ersten Mal miteinander intim wird. Also, richtig intim, wenn der Mann seinen …«

»Ich weiß, was richtig intim werden heißt«, beeilte Vittoria sich, ihre Freundin zu unterbrechen.

»Danach kann es vorkommen, dass die Frau ein bisschen blutet. Wenn der Mann nicht bemerkt hat, dass es beim Eindringen ein bisschen eng war, oder wenn die Frau während der ganzen Angelegenheit nicht über Schmerzen geklagt hat, dann kapiert der Mann es spätestens, wenn er das Blut auf dem Laken sieht. Falls die Frau denn blutet.«

Vittorias ovales Gesicht wurde eine Nuance blasser. »Die Wahrscheinlichkeit, dass er es merkt, ist also ziemlich groß?«

»Es sei denn, er ist betrunken oder unachtsam oder schläft sofort im Anschluss an den Akt ein, ja.« Conny zog lange an ihrer Zigarette, lehnte den Kopf an die Rückenlehne und blies den Rauch in einer dünnen Säule über sich in die Luft. »Aber das sind ja die meisten«, fügte sie nachdenklich hinzu.

Vittoria sagte nichts.

»Ich verstehe nur nicht ganz, wieso du nicht genau weißt, wie das vor sich geht«, sagte Conny. »Du hast doch irgendwann selbst mal deine Jungfräulichkeit verloren. Und du hast sogar ein Kind.«

»Schon …« Vittoria verstummte.

Conny richtete sich auf und sah sie durchdringend an. »Warum fragst du mich solche Sachen, Vittoria? Was ist los?«

»Nichts.«

»Spuck's aus.«

Vittoria seufzte tief. Dann sah sie ihre Freundin an. »Ich bin noch Jungfrau.«

»Du bist *was*?«

»Ich bin noch Jungfrau. Und Ejnar weiß das nicht.«

»Und warum nicht?«

Vittoria schüttelte den Kopf. »Er darf auf keinen Fall dahinterkommen!«

»Also, wenn irgendjemand irgendwann dahinterkommt, dann Ejnar!«, entfuhr es Conny, bevor sie nachdenken konnte. »Ich meine – er ist ja schließlich Arzt«, fügte sie schnell hinzu.

»Ich könnte ja vielleicht dafür sorgen, dass er betrunken ist, damit er es nicht merkt.«

Conny lachte. »Dann müsste er aber schon *sehr* betrunken sein.« Auf einmal begriff Conny auch die weiterreichenden Konsequenzen dessen, was Vittoria da gesagt hatte. »Aber… wenn du noch Jungfrau bist… dann ist Mads gar nicht dein Sohn? Wessen Sohn ist er denn dann?«

Vittoria wand sich. »Wenn ich dir die ganze Geschichte erzähle, behältst du sie dann auch für dich? Du darfst niemandem davon erzählen, nicht einmal Hardy. Und schon gar nicht Ejnar, er darf sie auf gar keinen Fall erfahren. Niemals.«

Conny drückte ihre Zigarette aus und zündete sich sofort eine neue an. »*Ama'r halshug!*«, sagte sie.

Vittoria runzelte die Stirn. »Was bedeutet das?«

»Ich glaube, früher hat man auf deiner geliebten Insel Amager Leute enthauptet. *Ama'r halshug* heißt so viel wie ›Ich schwöre es bei meinem Leben‹.«

»Aha.« Vittoria nippte an ihrem Drink.

»Nun erzähl schon.«

»Na ja, also…« Vittoria räusperte sich. »Mads ist der Sohn von meiner Freundin.«

»Von dieser… Arabella? Von der dunkelhaarigen Schönheit?«

»Aurelia, ja. Sie ist kurz nach der Geburt gestorben.«

»Das tut mir leid.«

»Und darum habe ich mich ihres Sohnes angenommen.«

»Aber was ist mit Mads' Vater? Ist das der… der, den du nicht besonders magst?«

»Sandro, ja. Er…« Vittoria zögert kaum merklich. »Er konnte sich nicht selbst um das Kind kümmern«, fuhr sie fort. »Alles kam so plöztlich. Aurelia ist bei einem … Autounfall ums Leben gekommen. An einem Bahnübergang.«

Conny schlug sich die Hand vor den Mund. »Wie schrecklich!«

»Ich habe an dem Tag für Aurelia auf Massi… Mads aufgepasst, darum …« Vittoria zuckte mit den Schultern. »Sie hatte keine Familie mehr, und Sandros Mutter ist alt und krank, darum … war es doch das Natürlichste, dass der Junge einfach bei mir blieb, oder?«

»Ja, selbstverständlich.«

»Aber ich durfte ihn nicht behalten, Conny. Die Kirche, die Behörden … sie alle waren dagegen, weil ich alleinstehend war und arbeiten gehen musste.« Sie zuckte wieder mit den Schultern. »Es hieß, ich könnte mich nicht ausreichend um den Kleinen kümmern.«

»Und was wollten sie stattdessen mit ihm machen?«

»Ihn zur Adoption freigeben.«

»Und du hättest dich nicht gemeinsam mit Sandro um den Jungen kümmern können?«

»Ich habe dir doch erzählt, dass wir uns nicht verstehen.«

»Und darum bist du mit Mads nach Dänemark gekommen?«

»Na ja.« Vittoria lehnte sich im Schwan zurück. »Ich dachte, wenn ich weit genug fort wäre, würden alle in meiner neuen Heimat einfach glauben, dass er mein Kind ist. Eine Frau mit einem Säugling … was sollte man da anderes glauben? Und es hat ja auch funktioniert.«

»Und Sandro?«

»Mit dem will ich nichts zu tun haben.«

»Aber er ist damit einverstanden, dass du seinen Sohn hast?«

»Natürlich.«

Conny war erschüttert. Zwar hatte sie geahnt, dass es für Vittorias Auswanderung nach Dänemark einen dramatischen Grund gegeben hatte – sie und Hardy hatten sich regelmäßig die absurdesten Geschichten von wollüstigen Mönchen und rachedurstigen Mafiagangstern ausgedacht. Aber das hier? Das war die wahre Geschichte, und sie war herzzerreißend. »Ach, Vittoria«, sagte sie schließlich. »Das muss unendlich schwer für dich gewesen sein. Wieso hast du mir das denn nie erzählt?«

»Je weniger darüber Bescheid wissen, desto besser. Wenn es jemand rausfindet und man mir Mads wegnimmt …« Sie wagte es nicht weiterzusprechen.

Conny nickte. »Aber Ejnar musst du das alles sagen«, drängte sie. »Er kommt sowieso früher oder später dahinter. Dass du noch nie schwanger warst, wird er durchschauen, sobald er dich nackt sieht. Vergiss nicht, dass er Arzt ist. Er sieht praktisch jeden Tag mehr oder weniger nackte Frauen.«

»Frauen sind nicht alle gleich. Nicht alle bekommen schlaffe Haut oder Schwangerschaftsstreifen.«

»Und was ist mit der Brust? Der kann man doch ansehen, ob schon mal gestillt wurde.« Conny musste an ihre ehemalige Kollegin Bodil mit dem üppigen Busen und den hervortretenden Brustwarzen denken.

»Ejnar weiß, dass ich nicht gestillt habe.«

»Und was ist mit der Adoption? Dafür braucht ihr doch Mads' Geburtsurkunde, und wenn er die erst sieht, dann …«

»Das dürfte kein Problem sein«, schnitt Vittoria ihr das Wort ab. »Ich habe neue Papiere besorgt, in denen ich als

Mutter verzeichnet bin. Den Namen des Vaters habe ich mir ausgedacht, und sein Todesdatum liegt vor Mads' Geburtsdatum.«

»Wie hast du das denn hingekriegt?«

Erneutes Achselzucken. »Hat jemand für mich geregelt. Falsche Papiere zu besorgen ist in Italien ein Leichtes, wenn man genug Geld hat und weiß, an wen man sich wenden muss.« Vittoria senkte den Blick. »Aber ich habe Angst ... Also, die dänischen Adoptionsbehörden sehen sich so eine Geburtsurkunde doch bestimmt ziemlich gründlich an, oder?«

»Vermutlich. Was würde passieren, wenn du auffliegst?«

»Dann würde sicher die dänische Polizei eingeschaltet, und dann würden sie kommen und Mads holen und ...« Vittorias Augen füllten sich mit Tränen. »Ich will mir das gar nicht ausmalen.«

»Soll das heißen ...« Conny sprach ganz langsam. »Soll das heißen, dass du dich und Mads dadurch, dass du Ejnars Antrag angenommen hast, in Gefahr gebracht hast?«

»Ich hatte fest beschlossen, mich nicht wieder zu binden, bevor Mads groß genug wäre, dass ihn mir niemand mehr wegnehmen könnte.« Sie wischte sich mit dem Handrücken über die Augen und holte tief Luft. »Solange ich mich von Männern fernhalten konnte, war das Risiko, dass alles herauskommt, minimal, aber ...«

»Aber du hattest nicht damit gerechnet, dich zu verlieben.«

»Genau. Und ich hatte erst recht nicht damit gerechnet, dass Ejnar mir einen Antrag machen würde. Das hat wirklich alles auf den Kopf gestellt. Und als er dann auch noch vorschlug, dass wir gegenseitig unsere Kinder adoptieren ...« Sie trank einen Schluck. »Und das ist genau der Punkt, das große Dilemma. Auf der einen Seite riskiere ich durch die Prüfung der Papiere durch die Behörden, dass alles auffliegt, und auf der anderen Seite wäre Mads nach der Adoption viel sicherer als jetzt mit der gefälschten Geburtsurkunde. Verstehst du?«

Conny leerte ihr Glas und machte sich daran, einen weiteren Drink zu mixen. »Möchtest du lieber eine Brause?«, fragte sie. »Wir haben Coca-Cola da.«

»Ja, bitte«, sagte Vittoria. »Von denen hier werde ich so müde.« Sie schob das Martiniglas zu Conny hinüber.

»Ich verstehe, dass diese Geschichte geheim bleiben muss«, sagte Conny, als sie sich wieder setzte. »Jedenfalls vor dem Rest der Welt. Aber Ejnar wirst du die Wahrheit anvertrauen müssen.«

»Das kann ich nicht.« Vittoria trank einen Schluck von dem süßen, kalten Erfrischungsgetränk. »Überleg doch mal, wie korrekt Ejnar ist. Er würde seine eigene Mutter anzeigen, wenn er dahinterkäme, dass sie etwas Unrechtmäßiges getan hätte. Er war ja auch schon mal kurz davor –« Sie holte tief Luft. »Ejnar würde sofort bei der Polizei anrufen, wenn er wüsste, dass ich kriminell bin.«

»Ach, komm schon.« Conny zündete sich die nächste Zigarette an. Der Haufen mit den lippenstiftverschmierten Kippen im Aschenbecher wuchs. »Kriminell ist doch wohl ein bisschen übertrieben, oder?«

»Ich habe gegen das Gesetz verstoßen«, insistierte Vittoria. »Und das würde er mir nie verzeihen. Ejnar ist so durch und durch anständig und ehrlich.«

Ehrlich? Ha, dachte Conny. »Ich bin mir sicher, dass auch er kleine Geheimnisse vor dir hat. Das hat doch jeder.«

»Aber das hier ist kein kleines Geheimnis, das ist ein riesiges Geheimnis.«

»Stimmt.« Conny sah ihre Freundin an. »Und was willst du jetzt machen? Wie willst du verhindern, dass Ejnar davon erfährt?«

»Was die Papiere betrifft, habe ich sowieso keinen Einfluss auf die Sache«, sagte Vittoria. »Das Adoptionsbegehren ist eingeschickt, und ich kann nur hoffen und beten, dass niemandem etwas auffällt. Aber wenn Ejnar herausfindet, dass ich Jungfrau bin, muss ich ihm natürlich alles erzählen.«

»Ja, das sehe ich genauso.« Conny lächelte schief. »Ich kann mir nicht vorstellen, dass er an die unbefleckte Empfängnis glaubt.«

»Könntest du mir nicht helfen?«

»Wobei?«

»Dabei, dieses Jungfernhäutchen loszuwerden?«

»Ich?« Conny lachte auf. »Ich würde ja wirklich viel für dich tun, Süße, aber dich entjungfern, dazu fehlt mir doch ein gewisses Körperteil.« Wieder lachte sie.

»Das meinte ich doch auch gar nicht. Ich dachte nur … vielleicht hast du einen guten Rat?«

Conny wurde wieder ernst. »Wir könnten versuchen, einen Frauenarzt zu finden, der das Jungfernhäutchen entfernen und dich ein bisschen weiten kann oder so. Das wäre ein ziemlich ungewöhnliches Anliegen, aber ich glaube schon, dass ich da jemanden ausfindig machen könnte, der …«

»Keinen Arzt!«, fiel Vittoria ihr ins Wort. »Ärzte halten zusammen wie Pech und Schwefel. Die haben alle zusammen studiert oder im selben Krankenhaus gearbeitet. Oder sie treffen sich auf irgendwelchen Konferenzen. Ejnar kommt regelmäßig von so etwas nach Hause und erzählt mir genau solche Geschichten ... Natürlich immer anonym, aber wenn ein Arzt etwas Ungewöhnliches erlebt, dann wird er mit ziemlich hoher Wahrscheinlichkeit einem Kollegen davon erzählen.«

»Und woran hast du dann gedacht?«, fragte Conny. So langsam nervte sie die Sache. Vittoria war ja schon immer ein Sturkopf gewesen, aber das hier war jetzt wirklich die Krönung. »Soll ich einen Kerl finden, der dich auf natürlichem Wege defloriert?«, fügte sie sarkastisch hinzu.

»Ja, bitte.«

Conny zog die Augenbraue hoch. »Das ist nicht dein Ernst!«

»Doch. Kennst du einen, der das machen würde? Und der es hinterher für immer für sich behalten würde?«

»Lass mich mal nachdenken.« Conny lehnte sich zurück und schloss die Augen. Sie würde ohne Weiteres einen willigen Kandidaten finden können. Sie müsste nur zur nächsten Bushaltestelle gehen und hätte sicher schon an jedem Finger einen, und wenn sie jemanden nehmen würde, der verheiratet wäre, wäre das praktisch die Garantie dafür, dass niemals über die Angelegenheit gesprochen werden würde. Aber ganz gleich, was Vittoria sagte, durfte es kein x-beliebiger Kerl sein, sondern einer, der sich mit dem weiblichen Körper auskannte und der wusste, wie man nicht zu viel Schaden anrichtete.

Der Erste, der ihr einfiel, war Ejnar. Er besaß alle Voraussetzungen dafür, dass Vittorias erstes Mal ein rundum sinnliches Erlebnis werden würde, bei dem der Penetrationsschmerz zur Nebensache verblasste. Conny bekam immer noch weiche Knie, wenn sie an Ejnars Kunstfertigkeit im Bett dachte, aber ihn konnte sie natürlich nicht vorschlagen. Auch Hardy war ein kundiger, ausdauernder Liebhaber. Aber würde Conny es über sich bringen, ihn zu verleihen? Kam gar nicht infrage! Nicht einmal für ein so ehrenhaftes Vorhaben wie dieses. Wer dann? In Gedanken ging sie alle ihre Verflossenen durch und verwarf einen nach dem anderen. Conny musste sich eingestehen, dass von all ihren Liebhabern einzig Ejnar und Hardy wirklich etwas getaugt hatten. Da kam ihr plötzlich die Idee, über den Tellerrand ihrer eigenen Eroberungen hinauszudenken. Sie schlug die Augen auf und sah ihre Freundin an.

»Was?«, fragte Vittoria, als ihre Blicke sich trafen.

»Ich habe eine Idee«, sagte Conny. »Aber ich bin mir nicht sicher, was du wohl von ihm hältst.«

»Von wem?«

»Er ist erfahren und die Freundlichkeit in Person. Er hat dir sogar schon mal geholfen. Und ich bin mir hundert Prozent sicher, dass er ein Geheimnis für sich behalten kann.«

»Und wieso bist du dir dann nicht sicher, was ich von ihm halte?«

»Er ist nicht mehr der Jüngste«, sagte Conny. »So um die fünfzig.«

»Das macht überhaupt nichts«, sagte Vittoria.

1. Mai 1959

»Hans Villadsen – Vittoria Contini.« Formvollendet stellte Conny sie einander vor.

»Guten Tag.« Vittoria reichte ihm die rechte Hand. Auf dem linken Arm saß Mads, den die Begegnung mit dem fremden Mann genauso verwirrte wie sie selbst. »Sehr erfreut, Sie kennenzulernen.«

»Die Freude ist ganz meinerseits.« Glücklicherweise spielte Herr Villadsen bei dem sehr formellen Ton mit. »Nun weiß ich auch endlich, wer die Frau ist, die nicht einmal zu einem Bewerbungsgespräch zu mir kommen wollte.«

»Daran können Sie sich erinnern?«

»Ich vergesse es nie, wenn ich einen Korb bekomme.« Er lächelte und führte sie in sein Wohnzimmer. Seine Lippen waren tatsächlich ziemlich abstoßend, dachte Vittoria, und auf einmal verstand sie, wie Connys früherer Chef zu seinem wenig schmeichelhaften Spitznamen gekommen war. Aber ansonsten war der Mann durchaus passabel. Eher schlank, ergrauendes Haar, gepflegte Nägel, intelligenter Blick. Das würde schon gehen.

Nachdem sie sich in dem hellen, etwas altmodisch möblierten Zimmer mit Erker zur Frederiksberg Allé umgesehen hatte, streckte Conny die Arme nach Mads aus, und der kleine Junge wechselte willig von seiner Mutter zu ihr. »Wir gehen auf den Spielplatz im Frederiksberg Have«, sagte sie. »Bei dem schönen Wetter … Du kommst dann und holst uns ab, ja?«

»Ja.« Vittoria reichte ihr das Nylonnetz. »In der Flasche ist Saft, und ein paar Becher sind auch dabei ... Und ich habe euch ein paar Brote geschmiert. Im Korb unter dem Sportwagen liegen ein paar Windeln und ein zusätzlicher Schnuller und ...«

»Danke«, unterbrach Conny sie und nahm das Netz entgegen. »Klingt großartig. Machst du winke, winke, Mads?«

Ganz kurz sah es so aus, als würde der Junge losplärren, aber dann stellte er fest, dass alle Erwachsenen – die zwei, die er kannte, und der fremde Mann – wie verrückt winkten. Mads hatte den Dreh mit dem Winken erst seit Kurzem raus und konnte dem Spaß dann doch nicht widerstehen.

Conny lächelte ihrer Freundin ein letztes Mal aufmunternd zu, dann waren Vittoria und Herr Villadsen allein. Villadsen hatte sich, ohne indiskrete Fragen zu stellen, sofort freundlich zur Verfügung gestellt, als Conny mit Vittorias etwas unorthodoxen Anliegen bei ihm angerufen hatte.

»Möchten Sie einen Drink?«, fragte er jetzt.

»Um elf Uhr vormittags?«

»Ach, kommen Sie. Ein bisschen Alkohol entspannt. Und Sie möchten es doch möglichst entspannt hinter sich bringen, oder?«

Sie nahm das ihr angebotene Glas an. Cognac.

»Runter damit«, sagte er.

»Ich möchte nicht, dass wir uns küssen«, sagte Vittoria und sah ihn an.

»Sie bestimmen«, sagte er und hob das Glas. »Ich werde nur das tun, worum ich gebeten wurde. *Skål!*«

Der Alkohol brannte in der Kehle, und Vittoria musste husten, aber kurz darauf wurde ihr klar, dass der Nachtklubbesitzer recht gehabt hatte. Je weiter die brennende Flüssigkeit in ihren Magen vordrang, desto mehr fiel die Anspannung von ihr ab. Ein zweites Glas nahm sie gerne an.

»Wollen wir dann loslegen?«, fragte Hans Villadsen, nachdem sie beide einen Moment etwas unschlüssig herumgestanden hatten.

Ohne ihre Antwort abzuwarten, öffnete er eine doppelflügelige Tür, die vom Wohnbereich abging. Dahinter kamen ein Doppelbett mit rotbraunem Überwurf sowie zwei Nachtschränke zum Vorschein. Auf dem einen lagen ein Stapel Bücher und ein Notizbuch, auf dem anderen stand ein Wecker auf einem halb fertigen Kreuzworträtsel.

»Sind Sie verheiratet?« Vittoria war auf der Türschwelle stehen geblieben.

»Meine Frau und die Kinder sind in Gilleleje, ich fahre später zu ihnen.«

»Ich weiß nicht recht, wie ich das finden soll, dass wir …« Sie spürte, wie ihre Wangen brannten. »Also, in Ihrem Ehebett, meine ich.«

Villadsen hatte sich bereits darangemacht, den Überwurf zu entfernen, und ließ nun die Hände sinken. »Möchten Sie lieber in ein Hotel?«, fragte er.

Das wäre eigentlich das Beste, dachte Vittoria, aber das wäre viel zu aufwendig, schließlich hatten sie nicht viel Zeit. Gut, jetzt war Conny mit Mads unterwegs, aber heute Nachmittag würde sie Jan aus dem Kindergarten abholen müssen, und Helle hatte heute Morgen verkündet, sie werde nach der Schule eine Freundin mit nach Hause bringen … »Nein, wir bleiben hier«, entschied sie.

Sie entkleidete sich, als wäre sie bei einer ärztlichen Untersuchung, legte das Kleid ordentlich zusammen und hängte es über einen Stuhl, Strümpfe, Schlüpfer und Hüfthalter darüber. Den Büstenhalter und Gerdas feines Seidenunterkleid behielt sie an. Ganz nackt wollte sie in Anwesenheit eines fremden Mannes dann doch nicht sein. Vittoria spürte seinen Blick auf ihr und zwang sich, gleichgültig zu bleiben, als sie sich auf das Bett legte.

Während Hans Villadsen sich auszog, sah Vittoria unverwandt aus dem großen Fenster und betrachtete die Kronen der Alleelinden, die noch nicht ausgeschlagen hatten. Verstohlen guckte sie zu dem nun fast nackten Mann hinüber. In Anbetracht seines Alters hatte er sich gut gehalten. Wenn man kritisch sein wollte, dann war er vielleicht ein bisschen zu schlank. Seine Haut war käseweiß, sein Glied deutlich dunkler, fast braun. Aber vielleicht sahen ja alle männlichen Geschlechtsorgane so aus? Diesen Teil der Anatomie kannte Vittoria nur von Skulpturen und Gemälden.

»So.« Villadsen legte sich auf die andere Seite des Bettes.

Sein Gesicht war ihrem plötzlich sehr nah, fand Vittoria, und sie war erleichtert, von vornherein ein Kussverbot ausgesprochen zu haben. Da spürte sie auch schon vorsichtig tastend seine Hand an ihrem Oberschenkel. Vittorias Instinkt sagte ihr, sie solle die Hand wegschieben, aus dem Bett springen und die Flucht ergreifen, aber sie wusste, dass das dumm wäre. Das hier war ihre Chance, eins der Probleme zu lösen, die sie gequält hatten, seit Ejnar ihr den Antrag gemacht hatte. Sie kniff die Augen zu und ließ Hans Villadsen tun, was er wollte. Die Hand bewegte sich an ihrer Seite hinauf, unter das Seidenkleid, und legte sich um ihre Brust. Vittoria zuckte zusammen.

»Kitzelt das?«, fragte Villadsen. Vittoria fand es seltsam, seine Stimme so nah bei sich zu hören. Sein Atem roch nach Zigarre und Cognac.

»Nein, höchstens ein bisschen.«

»Ich muss erst mal warm werden«, erklärte er. »Ich bin ja keine Maschine.«

»Nein, nein, natürlich, alles in Ordnung«, versicherte sie ihm.

»Und es kann auch nicht schaden, wenn Sie ein klein wenig Lust bekommen«, fügte er hinzu.

»Nein.« Während Villadsen weiter ihren Körper erforschte, versuchte Vittoria, sich mit geschlossenen Augen vorzustellen, er sei ein anderer. Zunächst Ejnar. Doch dann stellte sie fest, dass der Gedanke an den Mann, den sie liebte, es ihr nur noch schwerer machte, Villadsens Zärtlichkeiten auszuhalten. Sie musste sich an den einzigen anderen Mann halten, in den sie je verliebt gewesen war: an Cesare. Sie beschwor sein Bild herauf. Es funktionierte. Während Hans Villadsens Liebkosungen immer intensiver wurden, kniff Vittoria weiter fest die Augen zu und konzentrierte sich auf ihre erste große Liebe. Langsam begann sie, die Berührungen zu genießen, und als Villadsen seine Finger zwischen ihre Beine und in ihr Allergeheimstes schob, öffnete sie sich ihm willig. Kurz darauf spürte sie, wie er sich bewegte, eine andere Stellung einnahm. Jetzt passiert es, dachte sie – jetzt! – und bereitete sich auf den stechenden

Schmerz vor, vor dem Conny sie gewarnt hatte. Stattdessen spürte sie plötzlich seinen Kopf zwischen den Beinen und kurz darauf etwas Weiches, Nasses und ganz und gar Wunderbares … Vittoria holte tief Luft, sie keuchte und vergrub die Finger in Villadsens Haar. Jetzt konnte er mit ihr machen, was er wollte, dachte sie.

»So, sollen wir es dann mal versuchen?«, unterbrach Villadsens nüchterne Stimme ihre Träumereien. Er kniete zwischen ihren Beinen und hantierte mit einem kleinen Silberpapierpäckchen herum. Das dunkle, schrumpelige Glied hatte sich steif aufgerichtet, war heller geworden und glänzte an der Spitze rot. War das normal?, dachte Vittoria. Keines der Kunstwerke in den Museen in Rom oder Kopenhagen hatte sie auf diesen Anblick vorbereitet.

Plötzlich war ihre Erregung wie weggeblasen, und sie sah nur noch diesen Mann mittleren Alters und sein bedrohliches Glied vor sich. Im selben Augenblick wurde ihr klar, dass sie den Geschlechtsakt mit Hans Villadsen nicht durchführen konnte.

Er legte sich zwischen ihre Beine, stützte sich auf seine gestreckten Arme und sah ihr in die Augen. Seine schlaffen Lippen verzogen sich zu einem Lächeln, das wohl beruhigend wirken sollte. Vittoria schob ihn weg, als die Spitze des mit Gummi überzogenen Gliedes ihren Scheideneingang berührte.

»Was ist?«, fragte er ganz ruhig.

»Ich will nicht«, sagte sie.

»Haben Sie Angst?«

»Ich will nicht.«

»Ich werde ganz vorsichtig sein. Wir gehen die Sache ganz langsam und sachte an.«

Vittoria wand sich unter ihm hervor. In ihrer Panik schaffte sie es nicht, einfach aufzustehen, und fiel auf den Boden. Sie fing an zu weinen.

»Ach, Liebchen«, sagte Villadsen. Er stand nun neben ihr und reichte ihr die Hand, um ihr aufzuhelfen. Vor Vittorias Gesicht schwebte sein in Gummi verpacktes Glied, umgeben von grauen Löckchen. Ein rötliches, sackartiges Ding hing darunter. Vittoria schaffte es nicht einmal mehr, den Kopf abzuwenden, bevor sie sich auf den Orientteppich erbrach.

»Herrje, was ist denn das für eine Schweinerei!«, rief er wütend.

»Entschuldigung.« Vittoria wischte sich mit dem Handrücken den Mund ab. Ein scharfer Geruch von Alkohol und Magensäure machte sich breit. »Bitte entschuldigen Sie, Herr Villadsen.«

»Weg da!«, herrschte er sie an, und dieses Mal reichte er ihr keine helfende Hand. Seine Erektion war fast ganz abgeklungen, das Kondom hing schlaff herab. »Machen Sie, dass Sie da wegkommen!«

Vittoria rappelte sich auf. »Wo ist hier bitte das Badezimmer?«, fragte sie und raffte ihre Sachen zusammen.

»Erste Tür rechts«, antwortete er, ohne sie anzusehen. Verzweifelt beugte er sich über den Teppich. »Den muss ich sofort zur Reinigung bringen«, murmelte er. »Wenn meine Frau das sieht, dann …«

Vittoria stand im Bad und weinte erst einmal, bevor sie sich am Waschbecken säuberte. Gerdas Unterkleid hatte auch etwas von dem Erbrochenen abbekommen. Das Kleid war ruiniert, dachte Vittoria, und das war wohl auch besser so. Ejnar war schon ein paarmal kurz davor gewesen, sie darin zu sehen. Es war nur eine Frage der Zeit, bis er es wiedererkannte. Vittoria knüllte den dünnen Stoff zusammen, dann schlüpfte sie in ihre Kleidung. Zum Händeabtrocknen benutzte sie ein kleines Gästehandtuch mit gesticktem Monogramm: MV. Wie seine Frau wohl hieß, dachte Vittoria und hängte das Handtuch zurück neben das Waschbecken. Marie? Magda? Margrethe? Eigentlich war sie froh, dass sie es nicht wusste.

Sie hatte gehofft, sich unbemerkt aus der Wohnung stehlen zu können, vorbei an dem wutschnaubenden Mann, der immer noch den Teppich schrubbte, doch als sie ihre Tasche aus dem Wohnzimmer holte, stand er plötzlich vor ihr. Er hielt sich ein Kissen vor die Geschlechtsteile. Gott sei Dank, dachte Vittoria, die genug davon gesehen hatte.

»Na, dann bleibt der harte Teil der Arbeit wohl doch dem hochverehrten Doktor Møller überlassen«, bemerkte er. »Wollen mal hoffen, dass das nicht unter seiner Würde ist.«

»Herr Villadsen. Es tut mir wirklich schrecklich leid, dass ich …« Vittoria brach mitten in ihrer Entschuldigung ab. »Woher wissen Sie, wie mein Verlobter heißt?«

Sein Blick wurde unruhig. »Das … hat Conny mir erzählt.«

»Aber das klang eben so, als würden Sie ihn kennen?«

»Ich bin ihm ein einziges Mal begegnet.«

»Wo?«

»Bei einer Geselligkeit.« Villadsen schluckte. »Er … Wir haben uns ein bisschen unterhalten, und …«

»Conny hat mir aber versichert, dass Sie ihn nicht kennen.«

»Ja, aber sie … Das konnte sie ja nicht wissen.«

Vittoria ging Richtung Tür, drehte sich aber noch einmal um. »Ich verstehe das nicht… Wie konnten Sie wissen, dass er mein Verlobter ist? Wenn er doch nur eine Zufallsbekanntschaft war?«

»Conny hat seinen Namen erwähnt, als sie mich anrief, da habe ich mich an ihn erinnert.«

»Aber das haben Sie Conny nicht gesagt?«

»Doch, ich… ich glaube schon.« Villadsen machte eine wegwerfende Handbewegung. »Nun verschwinden Sie schon, ich muss noch zur Reinigung, bevor sie schließt.«

*

»Aber dafür konntest du doch nichts«, versuchte Conny, Vittoria zu trösten, als diese eine Viertelstunde später auf dem Spielplatz stand. »Als ich das erste Mal mit Hardy im Bett war, habe ich mich auch in einer Tour übergeben. Das war mordspeinlich, aber Hardy und ich sind immer noch zusammen.«

»Ist mir völlig egal, was Hans Villadsen denkt. Ich musste da einfach nur weg. Das Ganze war ein Desaster.«

»War er zu ungeschickt?«

Vittoria schüttelte den Kopf. »Überhaupt nicht, daran lag es nicht. Es war einfach nur… falsch. Ich kann das nicht, nicht mit einem völlig Fremden.«

»Das heißt, du bist immer noch…« Conny warf einen verstohlenen Blick zur Nachbarbank, wo eine junge Mutter mit einer älteren Dame sprach. »… Jungfrau?«, flüsterte sie in einem seltenen Anfall von Feingefühl.

»Ja.«

Conny ging zum Sandkasten und reichte Mads die kleine Blechschaufel, die ihm heruntergefallen war. Vittoria nutzte die kurze Abwesenheit ihrer Freundin, um ihr Unterkleid in einen Abfallbehälter zu werfen.

»Und was nun?«, fragte Conny, als sie zur Bank zurückkam.

»Ja, was nun?« Vittoria spürte, wie ihr Tränen in den Augen brannten, und blinzelte sie entschlossen weg. »Jetzt werde ich Ejnar wohl die Wahrheit sagen müssen.« Natürlich würde sie ihm nicht die ganze Wahrheit sagen können. Ejnar würde sich mit derselben Geschichte zufriedengeben müssen, die Vittoria sich vor wenigen Tagen für Conny zurechtgelegt hatte. Mit etwas Glück würde er wie sie reagieren, würde ihre Partei ergreifen, sich bereit erklären, Vittoria zu decken und den Behörden gegenüber zu lügen, damit sie Mads behalten konnte. Die Wahrscheinlichkeit war gering, aber immerhin doch vorhanden, versuchte sie sich einzureden. Selbst ein Paragrafenreiter wie Ejnar hatte ja seine Schwachstellen, und Vittoria musste einfach darauf setzen, dass sie selbst eine solche war. Sie war es einfach so leid, Geheimnisse zu haben, war es leid, ständig achtgeben zu müssen, wem sie was sagte. Apropos: »Hattest du mir nicht erzählt, dass Villadsen Ejnar nicht kennt?«

Conny riss die Augen auf. »Was hat er gesagt?«

»Nur, dass er ihm einmal begegnet ist.«

»Wo?«

»Bei einer Feier, glaube ich. Er hat gesagt, er hätte dir das erzählt, als du bei ihm angerufen hast.«

Connys Wangen röteten sich. »Weiß ich nicht mehr.«

»Das kann doch nicht sein, Conny«, insistierte Vittoria. »Du hattest mir versprochen, dass Villadsen und Ejnar sich nicht kennen. Wenn ihr aber sogar über ihn am Telefon geredet habt ... dann würdest du dich doch daran erinnern, oder?«

»Kann sein. Ich war ziemlich durcheinander an dem Tag. Wegen dem, was du mir erzählt hattest.«

»Aber wieso hast du überhaupt Ejnars Namen erwähnt, als du mit ihm sprachst? Das war doch überhaupt nicht nötig.«

»Du hast recht. Entschuldige bitte.«

Vittoria nickte. Erst hatte Hans Villadsen verlegen reagiert, als Ejnars Name fiel, und jetzt wich Conny ihr irgendwie aus. Da war doch etwas faul! Aber was? »Na ja«, sagte sie und lehnte sich zurück. »Hautpsache, er erzählt Ejnar nichts davon.«

»Das macht er ganz bestimmt nicht!«, sagte Conny schnell. »Dafür werde ich schon sorgen.«

1. Mai 1959

»Die beiden hatten wirklich Spaß zusammen«, sagte Vittoria, als Annettes Mutter abends um sieben kam, um ihre Tochter abzuholen.

»Zum Abendessen gab's Spaghetti«, erzählte Annette.

»Na, so was«, sagte ihre Mutter.

»So lange, weiche Nudeln. Wie Würmer.«

Ihre Mutter rümpfte die Nase. »Und die haben dir geschmeckt?«

»Jaaaaa! So was musst du auch mal kochen, Mama.«

Ein angestrengtes Lächeln. Annettes Mutter machte

nicht den Eindruck, als wäre sie besonders erpicht darauf, mit so etwas Exotischem herumzuexperimentieren.

Vittoria schloss die Haustür hinter dem Mädchen und seiner Mutter und sah Helle an: »Sag mal, habt ihr euch vorhin gestritten?«

»Ein bisschen«, sagte Helle. »Ich habe keine Lust mehr, mit ihr zu spielen.«

»Und warum?«

»Weil... Sie hatte zwei gleiche, große Engel-Glanzbilder, und ich wollte gerne eins davon haben, aber sie wollte es nur gegen zehn von den kleinen Hundebildern tauschen, die mit Glitzer, und da habe ich gesagt, das ist zu viel, ich...« Helle ratterte sämtliche Einzelheiten der schwierigen Verhandlung herunter, ohne ein einziges Mal Luft zu holen.

Vittoria hörte nur mit halbem Ohr zu, während sie die letzten Teller abtrocknete. Sie hatte Mads gerade erst ins Bett gebracht, und durch die halb offene Tür zu ihrem Zimmer konnte sie hören, wie er vor sich hin plapperte. Seine Stimme wurde von Tag zu Tag schöner, fand sie. Vittoria hätte sich am liebsten zu ihm gelegt, bis er eingeschlafen war, wusste aber, dass es dumm wäre, ihn an so etwas zu gewöhnen. Dann richtete sie ihre Aufmerksamkeit wieder auf die bald Neunjährige. Soweit Vittoria das verstand, hatte der Konflikt damit geendet, dass das große Engel-Glanzbild gegen einen halbgroßen Weihnachtsmann und einen Glitzerhund getauscht worden war, und damit hatte Helle sich denn auch zufrieden erklärt. Hauptsache, ihre Sammlung war nun um einen großen Engel reicher. »Und ich habe ihr auch nur Dubletten gegeben dafür«, betonte sie.

»Wunderbar, mein Schatz.« Vittoria legte den Wischlappen und das Geschirrtuch vor die Kellertür, damit sie sie mit in die nächste Kochwäsche steckte. Sie hängte ein frisches Geschirrtuch an den Haken und einen sauberen Lappen über den Wasserhahn. »Es freut mich, dass ihr euch einigen konntet«, fuhr sie fort, als Helle nicht antwortete.

»Jaja.« Helle sah aus, als hätte sie das Interesse an dem Konflikt mit ihrer besten Freundin bereits verloren. »Du, Vita?« Sie lehnte sich an den Türrahmen. Ihre Haare hatten sich im Lauf des Tages etwas aus der Frisur gelöst, wie kleine Antennen stachen sie aus den ordentlichen Zöpfen hervor. Eine Haarschleife war aufgegangen, die Bandenden hingen lose herunter. »Soll ich eigentlich Mama zu dir sagen, wenn du mit Papa verheiratet bist?«

Vittoria ging vor ihr in die Hocke und band eine neue Schleife. »Würdest du das denn gerne?«

»Vielleicht.« Helle sah sie forschend an, blickte ihr erst in das blaue, dann in das braune Auge. »Aber vielleicht ist das auch komisch, dich plötzlich anders anzureden. Jetzt bist du die ganze Zeit Vita gewesen. Und meine Mutter war ja meine Mama.«

»Du nennst mich nur so, wenn du das gerne möchtest«, sagte Vittoria und strich Helle über die Wange. »Mich würde es sehr freuen, wenn du Mama zu mir sagst, aber es ist auch völlig in Ordnung, wenn du es nicht tust.«

Helle nickte langsam. »Jan sagt manchmal Mama zu dir.«

»Jan ist auch jünger als du. Er kann sich kaum noch an eure Mutter erinnern. Für mich bist du jedenfalls meine Tochter, ganz egal, wie du mich nennst. Auch wenn die

Adoption noch nicht amtlich ist. Hier drin« – sie legte die Hand auf die linke Brust –, »hier drin, in meinem Herzen, seid ihr beiden, Jan und du, sowieso schon meine Kinder, genauso wie Mads. Verstehst du das?«

Helle nickte. Und dann war offenbar auch dieses Thema abgehakt: »Meinst du, Jan ist jetzt fertig im Bad?«

»Ich glaube schon.« Vittoria erhob sich. »Na komm, geh schon hoch und sieh nach, Süße.«

Sie warf einen letzten Blick in die Küche, dann löschte sie das Licht und trat in den Flur. Mads' Geplapper war noch nicht verstummt, aber es traten immer längere Pausen ein. In zwei Minuten würde er tief und fest schlafen, dachte Vittoria und zog die Tür weiter zu.

Sie horchte die Treppe hinauf. Ejnar und Helle redeten oben miteinander, und ein paar dumpfe Geräusche deuteten darauf hin, dass Jan sich kurz vor der Gutenachtgeschichte noch ein wenig austobte. Eine halbe Stunde noch, dachte Vittoria. Eine halbe Stunde, in der sie hier unten sitzen und sich sammeln konnte, um Ejnar die Wahrheit zu erzählen. Vielleicht hatte sie gerade einen kolossalen Fehler begangen, als sie Helle gegenüber bestätigt hatte, dass sie bald alle eine richtige Familie sein würden. Ejnar hatte den beiden großen Kindern erst letzte Woche erklärt, was genau eine Adoption war, aber heute hatte Helle ihrer zukünftigen Adoptivmutter das erste Mal eine direkte Frage dazu gestellt.

Die Frage war ein Vertrauensbeweis gewesen und Vittorias Antwort vollkommen aufrichtig – aber vielleicht hätte sie besser ein wenig ausweichen sollen? Vittoria nahm ihr Strickzeug zur Hand. Es zeugte wohl nicht gerade von Barmherzigkeit, wenn sie dem Kind das große Familienglück in Aussicht stellte, obwohl sie genau wusste, dass Ejnar die Verlobung mit größter Wahrscheinlichkeit lösen würde, sobald er von Vittorias Gesetzesverstoß hörte.

Die Ereignisse des Tages hatten Vittoria sehr durcheinandergebracht. Unglaublich, dass sie bereits vor ihrer Hochzeit kurz davor gewesen war, Ejnar mit einem anderen Mann zu betrügen! Abgesehen davon, hatte ihr gleichzeitig verwirrender und belebender Besuch bei dem bereitwilligen Herrn Villadsen ihr aber in anderer Hinsicht auch Klarheit gebracht – nie zuvor hatte Vittoria erlebt, dass ihr Körper so spontan mit einer solchen Lust reagierte. Es war ihr unangenehm, dass ihr das mit einem Mann passiert war, den sie nachgerade abstoßend fand, im Grunde jedoch war das ein gutes Zeichen für die Zukunft. Wenn sie und Ejnar nach dem heutigen Abend immer noch ein Paar wären, würde sie dem fleischlichen Vollzug ihres Verhältnisses viel ruhiger entgegensehen. Dann gab es nichts zu befürchten. Ganz im Gegenteil, ging ihr durch den Kopf, und dann zwang sie sich, an etwas anderes zu denken, weil sie sofort so ein Kribbeln zwischen den Beinen verspürte.

Jetzt konnte sie Ejnar von oben hören. Er las vor, seine Stimme klang ruhig und gleichmäßig. Jan war für *Die Abenteuer des Tom Sawyer* noch ein bisschen zu jung, aber Helle und ihr Vater liebten das Buch. Vittoria wusste, wie die drei jetzt in Ejnars Doppelbett lagen: Helle aufrecht ans Kopfteil gelehnt, ihr Vater in der Mitte und Jan mit dem Kopf an Ejnars Schulter, während die Geschichten der jugendlichen Helden durch ihre Köpfe schwirrten. Normalerweise schlief der Junge beim Vorlesen ein, und Ejnar trug ihn hinüber in sein eigenes Bett, nachdem er mit dem Kapitel fertig war. Vittoria musste bei dem Gedanken an Jans kleinen Körper im Flanellschlafanzug und an seine weichen, nach Seife duftenden Zehen lächeln. Und Helle. Helle in ihrem langen Lieblingsnachthemd mit Sternenmuster. Sie hatte einen Eckzahn verloren, und der Wackelzahn auf der anderen Seite war bereits so lose, dass sie sich mit allergrößter Vorsicht die Zähne putzte und zwischendurch immer wieder prüfend in den Spiegel sah. Wie sehr Vittoria die beiden Kinder doch liebte! Nicht auszudenken, sie möglicherweise zu verlieren. Kurz verfluchte Vittoria den Umstand, dass Ejnar um ihre Hand angehalten hatte. Wenn er das nicht getan hätte, hätte sie weiterhin einfach nur die Haushälterin sein und die beiden Großen aufwachsen sehen können. Sie hätte sich weiter um den Küchengarten kümmern und hier sein können, wenn Helles lang gehegter Wunsch nach einem Welpen in wenigen Wochen erfüllt und der kleine Vierbeiner zu einem Teil der Familie werden würde. Sie schüttelte den Kopf. Das waren törichte Gedanken. Die Ehe mit Ejnar würde glücklich und stabil sein. Sie würden jetzt dieses eine Hindernis überwinden, und dann würde alles gut werden.

»Wieso sitzt du denn hier im Dunklen, mein Schatz?«, fragte Ejnar, als er etwas später die Stube betrat.

»Aber es ist doch gar nicht ganz dunkel«, antwortete Vittoria, die lediglich eine Stehlampe eingeschaltet hatte – direkt neben ihrem Sessel, damit sie ihr das rechte Licht für ihre Handarbeiten spendete.

»Was strickst du da?«, fragte Ejnar und blieb mit der Hand auf ihrer Schulter neben ihr stehen. »Das sieht winzig klein aus. Hast du womöglich vergessen, mir etwas zu sagen?« Sie hörte ihm an, dass er lächelte.

Vittoria schmiegte die Wange an den Handrücken ihres Verlobten und schloss kurz die Augen. »Nein, nein, da ist nichts Kleines unterwegs. Wie auch?«

»Man weiß ja nie.« Er lachte.

Sie hielt die halb fertige Handarbeit hoch, damit er sie besser sehen konnte. »Das ist ein Puppenkleid. Ich stricke eine Garderobe für Helles Bella. Aus Garnresten.«

»Aha.« Ejnar drückte ihre Schulter ein letztes Mal und setzte sich dann Vittoria gegenüber aufs Sofa. Seinen Sessel benutzte er kaum noch, dachte sie. Seit ihrer Verlobung wollte er immer so nah wie möglich bei ihr sein. »Setzt du dich dazu?«, fragte er denn auch prompt.

»Ejnar«, sagte Vittoria und erhob sich. »Es gibt da etwas, das ich dir erzählen muss. Das wird dich bestimmt wütend machen, aber ...«

»Erst muss ich *dir* etwas erzählen«, unterbrach er sie.

Das war wirklich eine schlechte Angewohnheit von ihm, andere Leute zu unterbrechen, aber just diesmal war Vittoria der Aufschub ihrer Galgenfrist nur recht. »Ach ja?« Sie nahm neben ihm Platz.

»Ich habe unsere Hochzeitsreise gebucht!«

»Unsere Hochzeitsreise? Wohin?« Sämtliche Überlegungen, wie sie ihm das beibringen sollte, was möglicherweise das Ende ihres Verhältnisses bedeutete, waren wie weggeblasen. Vittoria brannte darauf, die Welt jenseits der Kopenhagener Stadtgrenzen zu sehen.

»Das ist ein Geheimnis.« Er lächelte. »Aber so viel verrate ich dir: Es geht ins Ausland. Hardy hat alles organisiert – Flug, eine Woche Hotel, alles. Und noch dazu zu einem vernünftigen Preis.«

»Hardy? Wann hast du denn mit ihm gesprochen?«

»Wir haben heute zusammen zu Mittag gegessen. Hast du gar nicht bemerkt, dass ich zwei Stunden weg war?«

»Nein. Ich war mit Conny auf dem Spielplatz im Frederiksberg Have. Und mit Mads natürlich.«

»Und sie hat nichts gesagt?«

»Conny? Ja, weiß sie denn, wohin unsere Reise geht?«

»Das glaube ich nicht, das haben wir nämlich erst heute ausbaldowert. Du wirst dich wahnsinnig freuen!« Ejnar küsste ihre Hand. »Nein, Conny kann davon nichts wissen«, fuhr er fort. »Aber sie weiß, wann es logeht. Sie und Hardy werden nämlich währenddessen hier wohnen und auf die Kinder aufpassen.«

»Ausgerechnet Conny?« Vittoria lachte amüsiert auf. »Eine ganze Woche?«

»Was ist daran so lustig?«, fragte Ejnar.

»Na ja. Unter Connys Obhut geht ja selbst ein Kaktus ein. Bin sehr gespannt, wie das wohl läuft.« Vittoria sah ihn an. »Aber sie mag die Kinder, und die Kinder mögen sie. Vielleicht können wir ja Frau Sloth bitten, jeden Tag mal für eine Stunde zu kommen, um das schlimmste Chaos zu beseitigen. Das wird schon.«

»Das glaube ich auch.«

»Nun sag schon«, drängelte sie. »Wohin fahren wir?«

»Ich schweige wie ein Grab«, antwortete er und lachte.

»Ich möchte es aber gerne wissen. Damit ich alles vorbereiten kann. Die richtige Kleidung mitnehme. Fahren wir nach London?«

Lächelnd schüttelte er den Kopf.

»Nach Paris? Mallorca? Stockholm?«

Ejnar lachte nur.

»Ach, komm schon«, sagte Vittoria. »Bitte, Ejnar. Dann könnten wir auch schon gemeinsam ein paar Reiseführer lesen und uns zusammen darauf freuen. Fändest du das nicht auch schön?«

Er sah sie an, dieses Mal etwas ernster. »Da sagst du was. Planung und Vorbereitung ist ja das halbe Vergnügen, nicht wahr?«

»Ja, genau!«

»Gut. Dann verrate ich es dir, du kleiner Quälgeist.« Er neigte sich ihr zu, bis ihre Nasen nur wenige Millimeter voneinander entfernt waren. »Es geht nach Rom, Vita.« Offenbar bemerkte er nicht, dass Vittoria leise zusammenzuckte, denn er fuhr voller Begeisterung fort: »Ich will in dem Restaurant essen, in dem du aufgewachsen bist. Ich will den Hinterhof sehen, in dem du gespielt hast. Ich will das Kloster sehen und das Kinderheim und die Kirche und den Marktplatz. Ich will die alte Nonne kennenlernen, von der du immer sprichst, und ich will in einem deiner Lieblingscafés diesen starken Kaffee aus den winzigen Tassen trinken. Ich will mit dir zusammen Rom erleben, Vita, und ich will alles über dein Leben dort erfahren, bevor wir wieder nach Hause zurückkehren.«

Mit jedem Wort hatte Vittoria sich mehr verkrampft. Ihre Kehle schnürte sich zu, ihr Bauch schmerzte so sehr, dass sie kaum noch aufrecht sitzen konnte. Sie versuchte, etwas zu sagen, brachte aber nur ein Krächzen heraus.

»Vita?« Ejnar war nun auch aufgefallen, wie entsetzt sie guckte. »Stimmt etwas nicht?«

Da fing Vittoria an zu schluchzen. Zu viel hatte sich

in den letzten Monaten in ihr aufgestaut, zu sehr hatten sie ihre eigenen Lügen und ihre Unehrlichkeit belastet, die doch im Prinzip gegen ihre eigene Natur waren. Die Anspannung in den letzten Wochen aufgrund ihrer noch bestehenden Jungfräulichkeit. Das heutige Fiasko mit Hans Villadsen. Die ständige Angst, ihre Vergangenheit könnte sie einholen. Die Scham darüber, ihren Verlobten betrogen zu haben. Die Sehnsucht nach ihrer Mutter … Schwester Giovanna … ihrem Vater, Cesare, Rom. Alles, was sie in sich hineingefressen hatte, brach nun hervor.

Während Vittoria so heulte und schluchzte, dass sie am ganzen Körper bebte, wurde ihr klar, dass es nicht reichen würde, Ejnar lediglich die halbe Wahrheit zu erzählen. Diese Version würde nämlich nicht hinreichend erklären, wieso sie auf gar keinen Fall nach Rom reisen konnte oder warum es lebensgefährlich sein könnte, wenn Ejnar zu Polizei ginge. Sie würde alle Karten offen auf den Tisch legen müssen, auch wenn Schwester Giovanna in dem Brief, der nun endlich angekommen war, sie anflehte, es nicht zu tun. Als der Weinkrampf abgeklungen war, holte Vittoria tief Luft. Einmal. Zweimal. Dreimal. Sie konnte nicht mehr, dachte Vittoria und vergrub das Gesicht an Ejnars Brust. Sein Hemd war bereits tränennass. *Konnte. Nicht. Mehr. Lügen.*

1. Mai 1959

»Ich kann nicht mit dir nach Rom fahren, Ejnar.« Vita hatte sich die Nase geputzt, fast ein ganzes Glas Wasser getrunken und sich wieder einigermaßen gesammelt. »Jetzt nicht und auch nicht in den nächsten Jahren.«

»Und warum nicht?« Ejnar bemühte sich, nicht verletzt zu klingen.

»Das ist eine etwas komplizierte Geschichte …«

Ejnar lehnte sich auf dem Sofa zurück. »Ich möchte sie gerne hören.«

»Alles fing damit an, dass meine beste Freundin Aurelia meinen Großcousin Sandro geheira…«

»Das hattest du bereits erzählt«, unterbrach Ejnar sie. »Die beiden haben deiner Mutter das Restaurant abgekauft und sind gleich nach ihrem Tod in eure Wohnung eingezogen.«

»Die Geschichte wird wirklich sehr lang, wenn du mich ständig unterbrichst, Ejnar«, sagte Vita, die mit rankem Rücken und im Schoß gefalteten Händen auf dem Sofa saß. Sie wirkte plötzlich sehr gefasst, als hätte allein der Entschluss, nun alles aufzuklären, eine beruhigende Wirkung auf sie.

»Entschuldige, erzähl weiter.«

»Hatte ich dir auch schon gesagt, dass er sie geschlagen hat?«

»Nicht dass ich wüsste.«

»Praktisch von Anfang an. Ich habe mehrfach versucht, sie dazu zu bewegen, ihn zu verlassen, aber das prallte alles an ihr ab. Aurelia war bis über beide Ohren in ihn verliebt. Als sie ein Jahr nach der Hochzeit schwanger wurde, hofften meine Mutter und ich, dass Sandro aufhören würde, sie zu misshandeln. Er schien so glücklich darüber zu sein, Vater zu werden, spendierte den Kollegen in der Küche eine Flasche Spumante und so weiter. Eine Zeit lang war er uns allen gegenüber fast schon freundlich.«

Ejnar fiel es immer noch schwer, einen Zusammenhang zwischen Vitas gewalttätigem Verwandten und der gerade für viel Geld gebuchten Hochzeitsreise zu erkennen, aber er bemühte sich, nicht ungeduldig zu wirken.

»Aurelia hörte auf, im Casa Contini zu arbeiten, sobald ihre Schwangerschaft sichtbar wurde, und darum sah ich sie kaum noch. Die beiden wohnten bei Sandros invalider Mutter in der Via della Renella. Die Alte war die reinste Hexe. Was wohl einer der Gründe dafür war, dass ich Aurelia so selten besucht habe – auch wenn ich wusste, dass Sandro arbeiten war. Wahrscheinlich hatte das auch damit zu tun, dass ich selbst im Herbst 57 so viel um die Ohren hatte. Meine Mutter starb an Dickdarmkrebs – das wusstest du, oder?« Ejnar nickte, und Vita fuhr fort: »Sie war zu Hause, bis sie starb. Ich habe mich die meiste Zeit um sie gekümmert, hatte aber ja auch meine Arbeit im Kinderheim, und da war mehr los als sonst. Und zu allem Überfluss kam dann auch noch Sandro und verlangte von mir, gleich nach dem Tod meiner Mutter aus der Wohnung auszuziehen, das heißt, auf einmal musste ich auch eine neue Bleibe finden. Es war …« Vita sah auf ihre Hände. »Es war ziemlich chaotisch«, sagte sie. »Und mir ging es gar nicht gut. Aber das ist natürlich keine Entschuldigung dafür, dass ich nicht besser auf meine Freundin aufgepasst habe. Schließlich wusste ich ja, wie schwer sie es hatte.«

»Ich bin sicher, dass du getan hast, was du konntest«, sagte Ejnar automatisch. »Man kann schließlich nicht alles schaffen.«

Vita schüttelte den Kopf. »Ich habe nicht getan, was ich konnte. Ich habe nur an mich selbst gedacht.« Sie holte tief Luft. »Als ich dann wieder einen besseren Überblick hatte, ging ich mal wieder bei Aurelia vorbei. Ich war schockiert, als ich sie sah. Sie war nicht wiederzuerkennen, sah um zwanzig Jahre gealtert aus. Das lag zum einen daran, dass sie ihre schönen Locken streng zu einem Dutt zusammengesteckt trug, wie es sich nach der Hochzeit für eine verheiratete Frau in Italien gehörte, zum anderen daran, dass sie auf die doppelte Größe angeschwollen war. Sie hatte so viel Flüssigkeit eingelagert, dass sie sich kaum bewegen konnte, und atmete ganz merkwürdig. Ich vermutete enorm hohen Blutdruck.«

»Schwangerschaftsvergiftung?« Ejnar konnte sich mit dieser Frage einfach nicht zurückhalten.

»Das dachte ich auch. Aber sie wollte nichts von einem Arzt hören, obwohl ich ihr sagte, sie könnte ihr Leben riskieren, wenn sie keinen aufsuchte. Ihr Mann hatte es ihr verboten, und die Schwiegermutter hielt natürlich zu ihm. Sie sagte nur, Aurelia würde sich anstellen, es sei normal, dass man im achten Monat so aussehe …«

»So ein Quatsch«, unterbrach Ejnar sie. »Wenn eine Frau …«

»Du hattest versprochen, mich ausreden zu lassen, Ejnar.«

Er machte eine Handbewegung und lehnte sich zurück.

»Ich verstand einfach nicht, wie Sandro seiner hochschwangeren Frau verbieten konnte, mit so ernst zu nehmenden Symptomen zum Arzt zu gehen. Ich erzählte ihr von den Neugeborenen, um die wir uns im Kinderheim gekümmert hatten, weil ihre Mütter an Schwangerschaftsvergiftung gestorben waren. Doch Aurelia schüttelte nur den Kopf. Als ich weiter auf sie einredete, stand sie plötzlich auf und zog ihr Kleid hoch. Ihr Körper war von großen blau-grünen Malen übersät. Am Brustkorb, am Rücken, auf den Oberschenkeln. Selbst auf den dicken Bauch hatte Sandro eingedroschen. Und darum wollte er nicht, dass sie zum Arzt ging. Er wollte nicht, dass Doktor Bartoli sie sah.«

»Das ist ja abscheulich. Was hast du gemacht?«

»Ich war außer mir. Habe sie angefleht, Sandro zu verlassen. Ihr angeboten, bei mir zu wohnen. Ihr vorgeschlagen, gemeinsam zur Polizei zu gehen und das Schwein anzuzeigen.« Vitas Augen füllten sich mit Tränen. »Aber Aurelia wollte nicht auf mich hören. Sie war eine verheiratete Frau, und ihr Platz war an der Seite ihres Mannes, sagte sie. Sie glaubte, alles würde gut werden, wenn sie erst in meine alte Wohnung eingezogen und das Kind auf der Welt wäre. Ich versuchte, ihr klarzumachen, dass sie sich da etwas vormachte. Mit der Gewalt hatte es ja schon lange vor ihrer Schwangerschaft angefangen, und ich war mir sicher, dass es auch nach der Geburt damit weitergehen würde. Abgesehen davon, bestand ja die Gefahr, dass er dann auch das Kind schlagen würde. Aber da war nichts zu machen. Aurelia wollte nirgendwo hin, und selbstverständlich würde Sandro nicht sein eigenes Kind schlagen, sagte sie. Als ich immer noch nicht lockerließ, warf sie mich raus.«

»Und was ist dann passiert?«, schaltete Ejnar sich in Vitas Bericht ein. »Ist sie an der Schwangerschaftsvergiftung gestorben?«

»Nein. Aurelia hat sowohl Schwangerschaft als auch Geburt überlebt.«

»Warte mal …« Ejnar runzelte die Stirn. »Das Ganze war im November 57, hast du gesagt?«

Vita nickte. Ihre Augen lagen dunkel in ihren Höhlen.

»Und Mads wurde Mitte Dezember geboren?«

»Ja.«

»Das heißt, ihr solltet beide zur selben Zeit entbinden?«

Vita nahm das fast leere Wasserglas zur Hand und richtete starr den Blick hinein, ohne zu antworten.

»Du warst damals doch auch schwanger, oder?«

Sie hob den Kopf. »Nein. Aurelia war schwanger. Ich nicht.«

»Aber …« Ejnar hatte das Gefühl, sein Gehirn laufe heiß. »Willst du damit etwa sagen, dass Mads … gar nicht dein Kind ist?«

»Ja.« Wieder flossen bei Vittoria die Tränen.

Vita flüchtete nach oben ins Badezimmer, bevor Ejnar sie aufhalten konnte. Er musste sich auch dringend ein bisschen bewegen. Er holte sich ein Bier und eine Zitronenlimo für Vita, während die Gedanken in seinem Kopf kreuz und quer durcheinanderschossen. Ihm war, als wären all die Puzzleteile, die er sorgfältigst zusammengelegt hatte, um seine geheimnisvolle Verlobte zu verstehen, plötzlich auseinandergerissen und neu gemischt worden. Vita war keine Mutter. Sie war nicht verheiratet gewesen. Sie war überhaupt nicht die, für die er sie gehalten hatte. Er betrachtete die schwarz-weißen Gesichter auf dem Gruppenfoto, das ihre Familie und die Belegschaft des Casa Contini zeigte, das Vittoria zwischendurch geholt hatte. Aurelia. Jetzt, wo er davon wusste, konnte er natürlich auch die Ähnlichkeit zwischen Mads und seiner leiblichen Mutter erkennen: die runden Augen, die Grübchen, die schwarzen Locken. Er ließ seinen Blick zu Sandro weiterwandern, der mit zusammengekniffenen Augen in der Sonne stand, einen Daumen hinter dem Revers seines frisch gebügelten hellen Jacketts. Ihm ähnelte der Junge nicht im Geringsten. Ganz vorne im Bild saß die blutjunge Vita. Sie lachte, als hätte sie noch nie die geringste Sorge im Leben gekannt.

Als Vita zurückkam, hatte sie sich wieder etwas gefangen. »Du hast recht«, sagte sie. »Mads ist Aurelias Sohn.«

»Aber du hast doch gesagt, sie sei nicht gestorben?«

»Doch, doch, sie ist gestorben.« Vita schenkte sich etwas Limo ein und trank einen Schluck. »Nur nicht an Schwangerschaftsvergiftung. Aurelia hat ihren Sohn ohne Komplikationen zur Welt gebracht. Ich habe sie kurz nach der Geburt besucht. Sie war glücklich. Nicht mal ihre verbiesterte Schwiegermutter konnte ihr die Laune verderben. Aurelia hat mit ihrem Kind an der Brust dagesessen und wieder fast so wie früher ausgesehen. Alles schien gut zu sein.«

Hinter Ejnars Schläfen begann sich ein dumpfer Kopfschmerz aufzubauen. Er machte sich daran, sich eine Pfeife zu stopfen, um seine Nerven zu beruhigen.

»Ich hatte angefangen, mich an mein neues Leben zu

gewöhnen«, fuhr Vita fort, ohne seine Rastlosigkeit zu bemerken. »Hatte mich in meiner neuen Wohnung eingerichtet, und Cesare half mir dabei, Vaters alte Karre zu verkaufen, damit ich mir den Fiat leisten konnte.«

»Und was ist mit Mads passiert?«

»Eines Tages wurde ein sechs Wochen alter Junge bei uns im Kinderheim abgegeben«, fuhr Vita fort. »Seine Mutter war von seinem Vater zu Tode geprügelt worden. Den Vater hatte man festgenommen.«

»Und der Junge war …?«

Vita nickte. »Der Junge war Mads. Beziehungsweise … Damals hieß er Sandro, nach seinem Vater.« Sie sah Ejnar an. »Ich habe ihm einen anderen Namen gegeben, als wir auf dem Weg nach Dänemark waren.«

»Aha.«

»Das, was da passiert ist …« Vita holte tief Luft und sah Ejnar in die Augen. »Oder … vielleicht sollte ich dir erst noch etwas anderes erzählen.«

Noch mehr Exkurse?

»Mein Vater war nicht in irgendetwas verwickelt, aber er hatte gute Verbindungen zu den öffentlichen Instanzen – zum Beispiel denen, die für Geldwechsel und Steuern zuständig waren.«

»Zur Mafia?«

»Mein Vater nicht, nein«, antwortete Vita schnell. »Und Sandro eigentlich auch nicht, der wollte nämlich genau wie mein Vater viel lieber kochen als … irgendwas anderes. Aber er war ja immer noch ein Contini, und Continis halfen einander, und er hatte natürlich gute Verbindungen im italienischen Rechtssystem. Da stand ich dann also mit dem schutzlosen Säugling. Seine Mutter war ermordet worden, und es war nur eine Frage der Zeit, bis der Täter nach Hause kommen und sein Kind zurückverlangen würde. Und was würde dann mit dem Kleinen passieren?, fragte ich mich. Selbst wenn Sandro die beste Haushälterin Italiens einstellte, würde sie ihn niemals beschützen können, wenn er dem Kind gegenüber gewalttätig werden würde. Sollte Mads wirklich in einer solchen Umgebung aufwachsen? Die Familie Contini … ist eine sehr mächtige Familie. Seit Generationen sitzen ihre männlichen Vertreter auf wichtigen Posten in den Verwaltungen und Unternehmen. Sandro konnte sich einen guten Anwalt leisten, und darum wusste ich …« Vita sah ihn an. »Ich wusste, dass es nur eine Frage der Zeit wäre, bis Sandro wieder auf freien Fuß käme. Aurelias Tod würde als tragischer Unfall deklariert werden – oder das Verfahren würde aufgrund irgendwelcher Formfehler eingestellt werden. Falls es zu einer Haftstrafe kommen sollte, würde sie sehr kurz ausfallen. Und ich hatte recht, wie sich später zeigen sollte. Sandro wurde längst aus der Haft entlassen und führte das Restaurant, als wenn nichts geschehen wäre.«

Ejnar schwieg.

»Ich beschloss, zusammen mit dem Kleinen zu fliehen, aber Schwester Giovanna kam dahinter und hielt mich zurück. Wenn das Kind und ich gleichzeitig verschwänden, sagte sie, könnten sich alle leicht ausrechnen, was los sei. Ich wäre den Rest meines Lebens auf der Flucht, Sandro, seine Brüder und seine Vettern würden immer nach mir suchen. Sie empfahl mir, mich an *ihren* Plan zu halten.«

»Sie war also auf deiner Seite?« Ejnar konnte seine

Verblüffung nicht verbergen. »Eine Nonne? Die Vorsteherin eines Säuglingsheims? Ein vertrauenswürdiges Mitglied der Gesellschaft?«

Vita zuckte mit den Schultern. »Schwester Giovanna wusste ja, wozu Sandro in der Lage war, und ihr war klar, dass ich dem Jungen ein besseres Zuhause würde bieten können als sein eigener Vater. Warum sollte sie da nicht auf meiner Seite sein?«

»Ich vermute, dass es auch in Italien ein Gesetz gegen Kindesentführung gibt?«

»Sicher. Aber manchmal muss man gegen das Gesetz verstoßen, wenn man damit Leben retten kann«, sagte Vita ruhig. »Das versteht ja wohl jeder Christ. Dann muss man den Herrgott eben im Beichtstuhl um Vergebung bitten. Mag sein, dass das für einen Protestanten nur schwer zu begreifen ist.« Als Ejnar den Mund öffnete, um einen Einwand anzubringen, sprach sie schnell weiter: »Lass mich bitte fertig erzählen. Ist nicht mehr viel.«

Ejnar verschränkte die Arme vor der Brust.

»Schwester Giovannas Plan war viel raffinierter als meiner. Am Nachmittag desselben Tages war eins der Findelkinder verstorben. Der Junge war schon bei seiner Ankunft im Heim todkrank gewesen. Schwaches Herz, hatte der Arzt gesagt. Seiner Mutter musste das klar gewesen sein, sonst hätte sie ihn nicht beim Kloster abgelegt. Vielleicht hatte sie gehofft, die Schwestern würden ihm helfen können, aber da war leider nichts mehr zu machen. Der Junge sollte am nächsten Vormittag begraben werden, und als geschäftsführende Leiterin des Kinderheims war es Schwester Giovannas Aufgabe, sich um seine Papiere zu kümmern. Für sie war es ein Leichtes, den Namen auf der Todesurkunde zu ändern. Und so hieß das verstorbene Kind Sandro Contini.«

»Urkundenfälschung? Vita!«

»Lass mich bitte zu Ende erzählen.«

»Den Rest kann ich mir denken«, sagte Ejnar. Ihn kribbelte es am ganzen Körper, und er musste sich sehr beherrschen, um auf dem Sofa sitzen zu bleiben.

»Sandro befand sich da ja in Haft und konnte deshalb nicht zur Beerdigung kommen, aber seine Mutter und ein paar andere Verwandte erschienen. Ich auch. Niemand hegte auch nur den geringsten Verdacht, dass da vielleicht ein anderes Kind im Sarg liegen könnte. So kleine Säuglinge ähneln sich ja doch sehr.« Vita holte tief Luft. »Ein paar Tage später habe ich gekündigt. Ich erzählte allen, dass ich eine Stelle als Kindermädchen bei einem wohlhabenden Mann in Lissabon bekommen hätte. Ich packte mein Auto, verabschiedete mich von den Nonnen, von den Nachbarn und von Cesare …«

»Stopp!« Ejnar erhob sich. »Ich will das nicht wissen!«

»Du hast selbst um die Wahrheit gebeten.« Auch Vita erhob sich. »Schwester Giovanna schmuggelte den kleinen Mads – den alle anderen für eins der anonymen Findelkinder hielten – mitten in der Nacht zu mir hinaus und erzählte den anderen Schwestern am nächsten Tag, er sei adoptiert worden. Und dann bin ich mit ihm nach Dänemark gefahren.«

»Deshalb hatte Mads also keine Papiere, als du hier anfingst? Die Geburtsurkunde war gar nicht unterwegs verloren gegangen, stimmt's? Es gab nie eine.«

Vita zuckte mit den Schultern. »Das Findelkind hatte keine Geburtsurkunde. Wie du weißt, hat Schwester

Giovanna dafür gesorgt, dass ich dann doch eine bekam, und die sieht sehr echt aus, da kann also keiner kommen und …«

»Sie hat auch noch eine *Geburts*urkunde gefälscht? Die, die wir den Adoptionsbehörden geschickt haben? Sag mal, seid ihr beiden denn vollkommen übergeschnappt?«, rief Ejnar. »Was, glaubst du, passiert, wenn die dänischen Behörden dahinterkommen?«

»Genau das ist mein schlimmster Albtraum«, räumte Vita ein. »Obwohl, nein, wenn ich ganz ehrlich bin, dann ist mein schlimmster Albtraum, dass Sandro mich findet. Ich mag mir überhaupt nicht ausmalen, was er wohl machen würde …« Sie hielt inne. »Ich möchte nicht, dass er meinen Aufenthaltsort erfährt. Stell dir doch bloß mal vor, er würde jemanden herschicken, und dieser Jemand fände heraus, dass ich ein Kind im selben Alter wie Sandros Sohn habe.«

»Deshalb durfte das Personal im Ristorante Italiano also nicht deinen richtigen Nachnamen wissen?«

»Das Risiko, dass sie jemanden kennen, der Sandro kennt, war einfach zu groß.«

»Und deshalb durfte ich nicht im Casa Contini anrufen, um mir die Geschichte zu deinem kleinen Vermögen bestätigen zu lassen?«

Sie nickte. »Anfangs habe ich mich hier in Dänemark ständig umgesehen. Ein paarmal fielen mir Autos mit Kennzeichen aus Rom auf und … Ich war mir so sicher, dass er plötzlich hier auftauchen würde. Mir ist angst und bange vor diesem Mann, Ejnar.«

»Was traust du ihm denn zu?«

»Alles. Dass er Mads entführt. Dass er mich windelweich schlägt. Alles. Verstehst du jetzt, warum ich unmöglich nach Rom reisen kann? Wenn Sandro nur den geringsten Verdacht schöpft... Nicht, dass irgendetwas darauf hindeuten würde«, beeilte Vita sich hinzuzufügen. »Schwester Giovanna hält Augen und Ohren offen, und es sieht ganz so aus, als nähme er die ganze Geschichte für wahr. Sie sagt, es sehe nicht so aus, als würde er jemals an seinen Sohn oder mich denken.«

Ejnar starrte Vita einige Sekunden lang an. Als sie keine Anstalten machte weiterzureden, fragte er, so ruhig er konnte: »Bist du jetzt fertig?«

»Mehr oder weniger, ja.«

»Und ich bin der Einzige, der von diesem ganzen Schlamassel weiß?«

»Conny glaubt, dass Mads' Vater weiß, dass der Kleine bei mir ist. Dass ich nur vor den Behörden fliehe, weil diese mich nicht anerkennen wollen als ...«

Ejnar ließ sie nicht ausreden. »Du hast Conny davon erzählt, bevor du zu mir gekommen bist?«

»Nicht alles, aber ...«

Den Rest wollte er gar nicht mehr hören. Nicht eine Sekunde länger konnte er ihren Anblick ertragen. Das hier war ein so enormer Verrat, dass er einfach fortmusste. Ohne ein weiteres Wort machte Ejnar auf dem Absatz kehrt.

*

Im Garten wurde es nie ganz dunkel. Da er sich an einer Straßenecke befand, lag er im Licht zweier Straßenlaternen, und wenn sich die Augen erst daran gewöhnt hatten, konnte man die einzelnen Bäume, Sträucher und Beete draußen gut erkennen.

Ejnar war aus dem Haus gestürzt, ohne sich eine Jacke überzuziehen. Unfassbar, dass Vita ihn derart getäuscht hatte! Ihn, der ihr gegenüber stets freundlich und hilfsbereit gewesen war, der ihr eine Arbeit und ein Dach über dem Kopf gegeben hatte, der ihr Kind angenommen und ihr seine Kinder anvertraut hatte. Dass sie imstande war, sich selbst und die zusammengewürfelte Kinderschar einer so großen Gefahr auszusetzen. Rachedurstige Gangster, Polizei, die Einwanderungsbehörden … Wie hatte er sich nur so von ihr hinters Licht führen lassen können?

Die Kälte drang durch sein Hemd und zwang ihn, sich zu bewegen. In diesem Aufzug wollte er nicht in den Nachbarstraßen gesehen werden. Wenn er nun einen seiner Patienten träfe! Ejnar überquerte den Rasen und blieb erst stehen, als er den Küchengarten erreichte. Am liebsten würde er in das sorgfältig angelegte Beet springen und darin wüten, bis jeder Keimling und jede Erbeerpflanze zertrampelt und die Zweige der Beerensträucher abgebrochen wären. In diesen Sekunden hasste er Vita so inbrünstig, dass es kaum auszuhalten war. Er hörte sich selbst vor Ohnmacht stöhnen, während er gegen seine Wut ankämpfte.

Er müsste diese Frau sofort anzeigen, dachte er. Entführung, Urkundenfälschung, womöglich sogar pietätloser Umgang mit einem Leichnam. Und dann diese geisteskranke alte Nonne! Sie trug die Verantwortung für zahllose Säuglinge. Wer konnte schon wissen, was sie im Lauf der Jahre noch so alles ausgeheckt hatte, wie viele Säuglinge von ihr für tot erklärt und dann an Fremde weitergegeben worden waren.

Das Problem war nur, dass er, wenn er Vita anzeigte, damit sich selbst und die, die er liebte, fast genauso hart strafen würde wie Vita. Zwar würden er und die Kinder wohl kaum im Gefängnis beziehungsweise im Kinderheim landen, wie es Vita und Mads mit Sicherheit bevorstünde. Aber Ejnar würde sicher stundenlang verhört werden und in Zukunft damit leben müssen, dass man ihm nicht recht glaubte und über ihn klatschte. Welche Auswirkungen würde das auf seinen Ruf haben, dass er eine Frau bei sich aufgenommen – und sich sogar mit ihr verlobt – hatte, die einen Säugling entführt hatte? Würde er wegziehen müssen? Eine Praxis in Jütland kaufen, sich und die Kinder entwurzeln?

Die Kinder, ja. Dazu käme, dass Ejnar sich für immer von Mads würde verabschieden müssen, der ihm mit der Zeit deutlich mehr ans Herz gewachsen war, als er es je für möglich gehalten hätte. Aber noch schlimmer stand es um seine eigenen Kinder und deren Verhältnis zu Vita – sie liebten sie. Neulich hatte Jan angefangen zu heulen, nur weil Vita ohne ihn in die Stadt wollte. Wenn sie im Gefängnis landete und die Kinder herausfänden, dass die Anzeige ihres Vaters der Grund dafür gewesen war … Ob sie ihm das jemals verzeihen könnten?

Er würde höchstwahrscheinlich nicht zur Polizei gehen. Den drei Kindern zuliebe würde er versuchen, beide Augen zuzudrücken, obwohl ihm das kolossal widerstrebte. Aber sie heiraten? Nein. Und weiter bei ihnen wohnen konnte sie auch nicht. Ejnar konnte keine Kriminelle bei sich unterbringen, wollte nicht mitschuldig sein an einem so haarsträubenden Verbrechen. Er sog die kühle Abendluft tief in die Lungen und ließ sie langsam wieder entweichen. Er würde noch ein paar Minuten hier draußen stehen bleiben und ganz ruhig atmen, bis er wieder in der Lage wäre, vernünftig zu handeln. Und dann würde er hineingehen und tun, was zu tun war.

9. Juni 1959

Rums! Vittoria wurde schwindelig. Sie beugte sich über den Küchentisch und blieb ein paar Minuten so stehen, während sie all ihre Kraft aufwandte, um nicht laut zu jammern. Sie wollte Mads keine Angst machen. Das war alles, woran sie dachte, während der lähmende Schmerz langsam abklang.

Ein Tropfen Blut landete auf der Tischplatte, dann noch einer. Vittoria fasste sich erschrocken an die Stirn, die sie sich gerade an der scharfen Kante des Küchenschrankes gestoßen hatte. Blut an ihren Fingern. Sie schnappte sich ein Geschirrtuch und presste es auf die Wunde, während sie sich vorsichtig aufrichtete und einen Blick in das Wohnzimmer warf, wo Mads auf dem Boden saß und spielte. Er schien nichts mitbekommen zu haben.

Vittoria stellte sich vor den einzigen Spiegel in der Wohnung und entfernte vorsichtig das Geschirrhandtuch. So schlimm war es nicht, nur ein etwa fünf Millimeter langer Riss direkt am Haaransatz. Kein Grund, deswegen ins Krankenhaus zu fahren, dachte sie und zog die Schublade auf, in die sie am Tag nach ihrem Einzug eine Packung Verbandsmaterial gelegt hatte. Beim Kauf hatte sie eigentlich mehr an Mads gedacht. Hautabschürfungen an den Knien, auf dem Spielplatz zugezogene Schrammen. Jetzt war sie es also, die Erste Hilfe benötigte.

Als die Wunde unter einem hautfarbenen Pflaster verschwunden war, setzte Vittoria sich an den Esstisch und wartete, bis ihr Schwindel sich legte. Sie sah sich um. Connys Wohnung in der Vordingborggade war nicht wiederzuerkennen. Vittoria hatte die Böden geschrubbt, die Fenster geputzt, die Toilette entkalkt und sämtliche Regale und Schubladen abgewischt. Putzen war in den letzten Wochen ihre Waffe gegen die Traurigkeit gewesen, die sie immer wieder zu ersticken drohte. Je mehr sie geweint hatte, desto gründlicher hatte sie geschrubbt. Vittorias Hände waren nach nur wenigen Tagen mit Blasen übersät gewesen und ihre Fingernägel so mitgenommen, dass sie sie ganz kurz schneiden musste. Aber sie hatte stur weitergearbeitet. Mit jedem Quadratzentimeter, den sie von Schmutz befreit hatte, war es ihr ein bisschen besser gegangen. Der Schock über Ejnars Reaktion war Stück für Stück einer eisernen Entschlossenheit gewichen, auch wenn sie immer noch ab und zu von ihren Gefühlen übermannt wurde, wenn sie mal innehielt. Nur wenn sie schuftete, bis ihr der Schweiß auf der Stirn stand, konnte sie das ewige Gedankenkarussell anhalten.

Wenn sie ganz ehrlich war, dachte Vittoria und ließ den Blick schweifen, dann gab es in dieser winzigen Wohnung eigentlich nichts mehr, das sie sauber machen könnte. Conny hatte ihr die Wohnung für unbestimmte Zeit überlassen, aber Vittoria wusste, dass sie nur eine Zwischenstation war. Früher oder später würde sie sich eine neue Arbeit suchen und wieder von vorne anfangen müssen. Vielleicht war die schmerzhafte Kollision mit dem Küchenschrank ja ein Zeichen dafür gewesen, dass es jetzt reichte. Vielleicht war das Gottes Art, ihr zu sagen, dass heute der Tag war, an dem sie sich zusammennehmen und ihre Zukunft in die Hand nehmen sollte.

Über fünf Wochen waren vergangen, seit Vittoria aus dem Haus am Italiensvej ausgezogen war. Am Morgen nach der großen Konfrontation mit Ejnar hatte sie ihre Sachen gepackt und bei Conny angerufen, die ihrer Freundin sofort half. Ein Lieferwagen hatte alles in Connys Wohnung gebracht, da Vittorias Auto für die vielen Dinge zu klein war. Ejnar hatte seiner des Platzes verwiesenen Haushälterin ohne Weiteres gestattet, Karre, Gitterbett und Hochstuhl mitzunehmen – aber von seinen Kindern durfte sie sich nicht verabschieden. Vittoria hatte sich damit einverstanden erklärt, hinterher aber viele Tränen darüber vergossen. Sie wusste, dass Jan und Helle an dem Nachmittag in ein Haus zurückgekehrt waren, in dem nichts mehr an ihre Vita erinnerte. Ausgerechnet in dem Moment, in dem die beiden langsam angefangen hatten, sie als ihre Mutter zu betrachten! Was sie jetzt wohl von ihr dachten? Wie hatte Ejnar ihnen ihren Auszug erklärt? Sicher fühlten sie sich von Vita im Stich gelassen. Es fiel Vittoria enorm schwer, nicht ständig an die beiden Kinder zu denken.

Sie erhob sich. Dann ging sie in die Küche und bereitete Mads' Mittagessen vor. Rührei, ein paar Scheiben Gurke und ein paar Käsewürfel. Sie selbst bekam keinen Bissen hinunter. Vittoria war nach dem Schlag etwas übel, aber das war nicht der einzige Grund. Wenn sie ehrlich war, war es inzwischen eher die Regel als die Ausnahme, dass sie Mahlzeiten ausfallen ließ. Der Kummer hatte ihr jeden Appetit geraubt.

Aber es lag nicht nur an ihrem Kummer, dachte sie, als sie Mads in den Hochstuhl setzte und ihm ein Lätzchen umband. Auch die Unsicherheit war schuld daran. Solange sie nicht wusste, ob Ejnar sie anzeigen würde oder nicht, war sie vollkommen handlungsunfähig. Die Angst vor der Zukunft, die sie mühsam über Monate abgelegt hatte, beherrschte sie wieder. Sie konnte unmöglich Pläne schmieden, sich unmöglich sicher fühlen, solange er diesbezüglich keine Entscheidung getroffen hatte.

Sollte Vittoria noch einmal fliehen müssen, würde Hardy ihr dabei helfen können. Das zumindest hatte Conny behauptet, als Vittoria nach dem Umzug zu Kreuze gekrochen war und ihrer Freundin die ganze Wahrheit erzählt hatte. Conny hatte sich längst nicht so aufgeregt wie Ejnar, war zunächst aber doch etwas beleidigt gewesen, dass Vittoria ihr nicht von Anfang an reinen Wein eingeschenkt hatte. Hardy hatten die beiden noch gar nichts erzählt. Ihn hatten sie mit einer fadenscheinigen Erklärung zu Vittorias und Ejnars Trennung abgespeist, an deren weiteren Einzelheiten er keinerlei Interesse zeigte. Falls Vittoria seine Hilfe benötigte, würde sie ihn natürlich auch einweihen müssen, aber wenn es sich irgendwie vermeiden ließe, würde Vittoria ihn im Ungewissen lassen. Es reichte, dass sowohl Conny als auch Ejnar Bescheid wussten.

So, und jetzt raffe ich mich mal auf, dachte Vittoria und half Mads vom Hochstuhl. Sie würde jetzt mit dem Jungen einen Spaziergang durch den Fælledparken machen. Ein bisschen frische Luft würde ihnen beiden guttun.

Schluss mit dem Gegreine über Dinge, die sie ohnehin nicht ändern konnte. Ejnar hatte viel Zeit verstreichen lassen, ohne etwas in der Angelegenheit zu unternehmen – für Vittoria ein Hinweis darauf, dass er es dabei belassen würde. Sie band Mads' neue weiße Leinenschuhe zu und nahm ihn auf den Arm. Eine Jacke war bei dem schönen Wetter nicht nötig.

Vittoria schob die Karre langsam die Vordingborggade entlang. Sie versuchte, sich ganz auf das Hier und Jetzt zu konzentrieren, aber die Gedanken kreisten wieder in ihrem Kopf. Zwar befand sich immer noch ein halbes Vermögen in ihrem Umschlag, aber früher oder später wäre das Geld aufgebraucht. Außerdem brauchte sie eine neue Arbeit, um sich abzulenken. Müßiggang, so hatte ihre Mutter einst gesagt, sei die Wurzel allen Übels. Ihr Vater hatte dann immer gelacht und erwidert, dass seine Frau sich mit solchen Sprüchen als waschechte Protestantin entlarve. Wenn es stimmte, dass Protestanten ihre Gottesfurcht durch harte Arbeit bewiesen, dann steckte in ihr wohl auch eine kleine Protestantin, dachte Vittoria. Außerdem war sie ein Mensch der Tat, also würde sie jetzt zur Tat schreiten.

»Da!«, rief Mads und zeigte auf einen Labrador, der friedlich neben seinem Frauchen hertrottete. »Da!«

»Ein Hund«, sagte Vittoria automatisch. »Wauwau.«

»Wouwouwou.« Mads zappelte, er wollte aus der Karre aussteigen. »Wouwou.«

»Nein, mein Schatz«, sagte Vittoria. »Erst, wenn wir im Park sind.«

Mads fing an zu jammern, aber als er begriff, dass Vittoria nicht nachgeben würde, fand er sich mit seinem Schicksal ab.

Sie warteten am Kantstein, bis die Linie 14 vorbeigefahren war, um die Østerbrogade zu überqueren. Vittoria sah sich nach der Frau mit dem Hund um. Helle hatte inzwischen sicher ihren Pudelwelpen bekommen, dachte sie. Wie gerne sie ihn gesehen hätte! Ob der junge Hund wohl gut allein zu Hause sein konnte, während Helle in der Schule war? Oder hatte Ejnar bereits eine neue Haushälterin gefunden? Wieder stiegen Vittoria brennende Tränen in die Augen.

Zehn Minuten später durfte Mads seine Sportkarre verlassen. Er lief wie ein betrunkener Seemann, dachte Vittoria. Auf leicht gebogenen Beinen schwankte er von rechts nach links. Der Kleine hatte kaum auf den Umzug reagiert, er war zufrieden wie immer. Hauptsache, seine Mutter war bei ihm. Seine Mutter? Ja, natürlich, Vittoria war seine Mutter. Man qualifizierte sich ja nicht ausschließlich durch die Geburt eines Kindes dazu. Nein, das war ein Titel, den man sich auch verdienen konnte. Und das hatte sie doch wohl, oder?, dachte Vittoria.

Sie breitete die Kinderwagendecke auf einer Rasenfläche etwas abseits des Weges aus und setzte sich. Mads schob mit solcher Begeisterung die Karre hin und her, dass Vittoria sich erlauben konnte, kurz unaufmerksam zu sein. Sie zog Schwester Giovannas letzten Brief aus der Tasche. Vom vielen Auseinander- und wieder Zusammenfalten war er schon ganz zerknittert. Vittoria hatte ihn bereits unzählige Male gelesen, und vor allem der letzte Absatz war ihr immer wieder ein großer Trost.

Jetzt habe ich für diesmal aber genug geschimpft, Vittoria. Und eins möchte ich auf jeden Fall noch hinzufügen: dass überhaupt kein Grund zur Beunruhigung besteht, solange Dottor Møller *nicht zu den Behörden geht. Hier sind alle fest davon überzeugt, dass der Kleine tot und begraben ist und Du immer noch in Lissabon wohnst. Niemand sucht nach Dir, niemand sucht nach Massimo, und so Gott will, wird sich daran auch nichts ändern.*
Du bittest mich um Rat, was Du tun kannst, damit es Dir wieder besser geht, und ich will Dir diesen einen Rat geben, cara *Vittoria, obwohl Du sicher schon ahnst, was ich meine: Geh zur Beichte. Ich weiß, dass Du noch kein einziges Mal in Kopenhagen in der Kirche warst, aber wenn Du Gott Deine Sünden beichtest und Dir Deine Sünden vergeben werden, wird sich alles viel leichter anfühlen. Mit Gott an Deiner Seite bist Du niemals allein. Du weißt ja, der Priester darf das, was Du ihm beichtest, niemandem verraten. Und außerdem – wer sagt schon, dass Du ihm sämtliche Einzelheiten samt Namen nennen musst …*

Vor einer guten Woche war Vittoria also schließlich Schwester Giovannas Rat gefolgt. Kaum hatte sie dem Priester ihre Geschichte erzählt, war ihr leichter ums Herz geworden. Der Priester hatte sie nicht verurteilt, sondern ihr einfach nur zugehört. Und die vielen Gebete, die er ihr zur Buße aufgetragen hatte, sprach sie mit Freuden. Nach der Beichte hatte sie drei Kerzen gekauft – für ihre Mutter, ihren Vater und Aurelia – und nach kurzem

Nachdenken auch noch ein viertes Licht entzündet – für das namenlose Findelkind im Familiengrab der Continis.

*

Als Mads am selben Abend eingeschlafen war, studierte Vittoria die Stellenanzeigen in den Zeitungen. Es wurden mehrere erfahrene Haushälterinnen gesucht. Ein alleinstehender Herr schrieb sogar, Kinder seien kein Hindernis, aber die Formulierungen in seiner Annonce erinnerten Vittoria sofort an den widerlichen Bauern aus Taastrup, weshalb sie ihn von vornherein ausschloss. Außerdem wohnte er ganz am Limfjord in Lemvig. Vittoria wollte aber gerne im Großraum Kopenhagen bleiben. Eine andere Anzeige weckte ihr Interesse: Zwei sehr beschäftigte Erwachsene mit einem Kind und eigenem Bekleidungsgeschäft in Vanløse. Das klang gar nicht schlecht, dachte Vittoria und kringelte sie ein. Und dann noch eine in Hellerup, sie klang auch vielversprechend, eine Familie mit drei Schulkindern. Ein weiterer Kringel.

Vittoria saß eine Weile im Dämmerlicht da. Draußen war es noch ganz hell, aber die dünnen Gardinen hatten nicht gereicht, um das Zimmer zu verdunkeln, damit Mads schlafen konnte. Deshalb hatte sie wattierte Decken vor die Fenster gehängt und war nun dazu verdonnert, diesen schönen Juniabend in einem düsteren Wohnzimmer zu verbringen. Fast wie im Herbst, ging ihr durch den Kopf, und sie dachte an das Leben im Italiensvej zurück, wo sie sich in der guten Stube oder im Garten hatte aufhalten können, wenn Mads im Bett war. Und wo sie auch andere Ansprechpartner als einen Anderthalbjährigen besessen hatte. Das hier – das hatte etwas von einem Gefängnis, dachte sie mit einer nicht geringen Portion Selbstmitleid.

Sie brauchte einen Neuanfang. Vittoria würde an die beiden potenziellen Arbeitgeber schreiben und das Beste hoffen. Und dieses Mal würde sie gleich erzählen, dass sie einen kleinen Sohn hatte. Vorher aber musste sie erst noch etwas regeln.

Das Kabel war gerade lang genug, um das Telefon mit in die Küche zu nehmen. Vittoria schloss die Tür, um Mads nicht zu stören. Die Nummer kannte sie auswendig.

»Störe ich?«, fragte sie, als sie Hardys Stimme hörte.

»Überhaupt nicht«, sagte er. »Das Fernsehprogramm ist gerade vorbei.«

»Gut.«

»Wie geht es euch?«

»Gut. Ich bin so froh, dass wir in Connys Wohnung sein dürfen«, sagte Vittoria.

»Wolltest du mit Conny sprechen?«

»Ja, bitte.«

Der Hörer wurde weitergereicht, dann sagte Conny: »Na, du? Wie geht's?« Sie zündete sich eine Zigarette an.

»Etwas besser.«

»Putzt du immer noch?« Conny lachte.

»Nicht mehr so viel«, log Vittoria. »Und ich dachte … es wäre vielleicht an der Zeit, dass ich weiterkomme.«

»Sag ich doch. Hat doch keinen Zweck, dass du dich hinter Seifenspänen und Wischlappen versteckst.«

»Ist richtig schön geworden hier«, sagte Vittoria.

Conny lachte abermals. »Das war es doch schon zwei Tage nach deinem Einzug.« Als Vittoria nicht in ihr Lachen einstimmte, fuhr Conny etwas ernster fort: »Tut mir leid, ich weiß, dass ich mich darüber nicht lustig machen sollte. Was wolltest du mir erzählen?«

»Ich lese gerade Stellenannoncen«, sagte Vittoria. »Und da sind sogar zwei dabei, die etwas für mich sein könnten. Es ist nur so, dass ...« Sie stockte.

»Nun sag schon.«

»Ich kann mir immer noch nicht ganz sicher sein, ob Ejnar mich vielleicht doch anzeigt. Wenn er es nun doch tut, dann wäre es blöd, jetzt eine neue Arbeit anzufangen. Weil ich dann ja vielleicht noch mal abhauen müsste, meine ich. Noch weiter weg.«

»Hmm.« Conny zog an der Zigarette. »Wieso fragst du ihn nicht einfach?«

»Das habe ich versucht. Aber er will mir das nicht beantworten. Er will überhaupt nicht mehr mit mir sprechen. Bei meinem letzten Anruf hat er einfach aufgelegt. Er ...« Vittoria musste tief Luft holen, um weitersprechen zu können. »Er ist so wütend, Conny. So unglaublich wütend.«

»Wenn der mal nicht eines Tages an seinen eigenen Prinzipien erstickt.«

»Ich dachte, du könntest vielleicht ...?« Vittoria verstummte.

»Du möchtest, dass ich ihn frage?«

»Er mag dich.«

»Schon ...« Conny zögerte. »Kann sein, aber ... Ich habe den Mann seit deinem Auszug nicht mehr gesehen. Ich glaube nicht, dass bei Ejnar und mir noch von Freundschaft die Rede sein kann.«

»Würdest du es trotzdem versuchen, bitte? Ich muss einfach wissen, woran ich bin.«

Schweigen. »Okay«, sagte Conny dann. »Wenn es dir hilft, dann tue ich das.«

10. Juni 1959

Ejnar war in der Tat sehr aufgebracht, stellte Conny fest, als sie ihn am nächsten Abend anrief. Die ersten Minuten ihres Gespräches vergingen damit, dass er seinen Aggressionen gegenüber Vita Ausdruck verlieh und sich kategorisch weigerte, zu sagen, ob er die Polizei unterrichten wollte oder nicht. Vittorias Verbrechen sei eine Sache – aber viel schlimmer sei laut Ejnar, dass sie ihn so lange an der Nase herumgeführt habe. Wenn sie es ihm doch nur erzählt hätte, wiederholte er immerzu. Wenn schon nicht gleich bei ihrer Anstellung, dann doch spätestens vor ihrer Verlobung. Wie hatte sie zustimmen können, einen Mann zu heiraten, dem sie etwas so Wichtiges nicht anvertrauen konnte? Wie stehe er denn jetzt da? Wie ein Volltrottel. Ejnar war ganz offenkundig in seinem Stolz verletzt.

»Als hättest du Vittoria alles erzählt«, sagte Conny.

»Ich habe nie einen Hehl aus meiner Herkunft gemacht«, sagte Ejnar in dem fast schon feierlichen Ton, den er immer anschlug, wenn er seine eigene Tugendhaftigkeit betonte. »Ehrlichkeit ist das Fundament für eine gesunde Ehe.«

»Ejnar!« Conny musste lachen.

»Was?«

»Soweit ich weiß, hast du sie nie über unsere Affäre

aufgeklärt, oder?« Als er nicht antwortete, fuhr sie fort: »Du hast sogar extra bei mir angerufen und mich gebeten, die Klappe zu halten.«

»Schon, aber …« Ejnar räusperte sich. »Das ist etwas anderes.«

»So ein Quatsch. Das ist genau das Gleiche, nämlich eine Lüge.«

»Es hätte sie doch nur unnötig verletzt, wenn sie dahintergekommen wäre, dass du und ich …«

»Du hast gelogen«, betonte Conny abermals. »Jeder lügt aus anderen Gründen, und kein Grund ist besser als der andere.«

Er sagte nichts.

Einige Sekunden lang hörte Conny nur ein leises Rauschen in der Leitung. »Ejnar? Hallo?«

Er räusperte sich. »Ja, ich bin noch da«, meldete er sich. Seine Stimme klang seltsam brüchig. Weinte er etwa? Das konnte Conny sich kaum vorstellen, so beherrscht und reserviert, wie Ejnar immer war.

»Wie geht es *dir* eigentlich?«, fragte sie etwas sanfter.

Immer noch kein Wort. Jetzt war sie sich sicher, dass Ejnar weinte.

»Du bist richtig traurig?«

Keine Antwort.

»Soll ich zu dir kommen? Willst du ein bisschen reden?«

»Ja, bitte«, kam es erstickt.

Conny legte auf und ging ins Wohnzimmer, wo Hardy auf seinem Stammplatz auf dem Sofa saß und die Nachrichten guckte. Er hatte die Socken ausgezogen und die nackten Füße auf den Puff gelegt. Selbst auf den großen Zehen wuchsen ihm rote, kräuselige Haare. Auch die liebte Conny, fiel ihr da auf. Sie liebte diesen Mann mit Haut und Haaren. Buchstäblich.

»Ich fahre eben zu Ejnar«, sagte sie. »Ihm geht's nicht gut.«

»Und was hat das mit dir zu tun?«, fragte Hardy. »In fünf Minuten kommt ein Strindberg-Stück im Fernsehtheater.«

»Das wirst du dir ohne mich ansehen müssen, mein Schatz.« Conny neigte sich zu ihm herunter und küsste ihn. »Bin in ein paar Stunden zurück.«

»Bis dahin bin ich im Bett«, sagte Hardy. »Und ich möchte nicht geweckt werden, ganz gleich, wie mitteilungsbedürftig du sein solltest. Ich habe morgen früh einen wichtigen Termin.«

»Ich werde mich zurückhalten.« Sie gab ihm noch einen Kuss. »Schlaf gut, mein Bär.«

Hardy sah sie an. »Nicht, dass er bei dir Anstalten macht.«

Conny richtete sich auf. »Wer?«

»Ejnar natürlich.« Hardy versuchte, sie wieder zu sich herunterzuziehen. »Dein alter Scheich. Der soll seine Flossen schön bei sich behalten.«

»Ach, hör schon auf.« Lachend befreite sie sich von ihm. »Bis später.«

Conny nahm sich ein Taxi. Sie hatte immer noch keinen Führerschein und hatte einfach keine Lust auf die Straßenbahn und die Umsteigerei. Außerdem konnte sie es sich jetzt ja leisten, hatte sie doch gerade einen Vertrag für eine internationale Carlsberg-Werbekampagne unterschrieben. Ihr Konto war daher ausnahmsweise mal gut gefüllt.

Ejnar öffnete die Tür, bevor sie klingeln konnte. Bis auf die leicht geröteten Augen sieht er aus wie immer, dachte Conny noch, da wieselte auch schon ein kleines weißes Wollknäuel um ihre Füße.

»Nein! Seit wann hast du denn einen Hund?«, fragte sie begeistert und ging in die Hocke. »Ist der süß!«

»Er heißt Flocke«, sagte er. »Und er gehört Helle. Na ja, natürlich war das nicht so gedacht, dass …« Er versuchte, den Welpen zu fangen, der zur Tür hinaus- und die Vortreppe hinuntergewackelt war und nun den Rasen ansteuerte. »Wenn ich gewusst hätte, dass Vita … dann hätte ich wohl kaum … Ach so, deshalb wolltest du raus, Flocke! Gut gemacht!« Er ließ den Hund sein kleines Geschäft erledigen, nahm ihn dann auf den Arm und kehrte zur Haustür zurück. »Andererseits hilft Flocke den Kindern in dieser schweren Zeit, es ist also gewissermaßen Glück im Unglück.«

Sie setzten sich in die Stube. Conny sah sich um, während Ejnar Wein aus dem Keller holte. Alles sah so aus wie immer, nur weniger … lebendig, dachte sie. Vielleicht kam das bloß von dem leeren Platz, an dem sonst immer Vittorias Strickkorb gestanden hatte. Oder von den ziemlich matten und wenig umsorgten Topfpflanzen. Das Einzige, das ein wenig Licht und Freude hier hereinbrachte, war der Welpe, für den Conny offenbar das Lustigste war, was ihm je begegnet war. Mit seinen winzigen, scharfen Zähnen schnappte er immer wieder nach ihren Hosenbeinen, bis sie ihn mit einem zerkauten Ball ablenkte, den sie auf dem Fußboden fand.

»Ich habe mich entschieden, ich werde Vita nicht anzeigen«, sagte Ejnar, als er kurz darauf mit einer Flasche Rotwein, einem Korkenzieher und zwei Gläsern wiederkam. Er machte sich daran, die Flasche zu öffnen.

»Ach, das freut mich. Das wird sie sehr erleichtern«, sagte Conny.

»Nicht, dass sie das verdient hätte«, fügte Ejnar hinzu und schnupperte am Korken. »Ich weiß nicht, wie gut der ist«, sagte er. »Ist ein Geschenk von einem Patienten …« Er schenkte sich ein wenig ein und kostete. »Doch, der geht.« Er füllte ihre Gläser.

»Das klingt, als wärst du immer noch sauer auf sie«, sagte Conny, die sich in der Zwischenzeit eine Zigarette angezündet hatte.

»Ich weiß nicht …« Ejnar starrte in sein Glas. »Inzwischen bin ich eigentlich vor allem enttäuscht, wenn ich ehrlich sein soll.«

»Vermisst du sie?«, fragte Conny.

Er zuckte mit den Schultern. »Hier herrscht das reine Chaos. Die Kinder sind kreuzunglücklich. Vor allem Jan, aber auch an Helle geht das alles nicht spurlos vorüber. Das war ja auch wirklich schlimm für sie, einfach so verlassen zu werden.«

»Und du? Vermisst du sie?«, wiederholte Conny ihre Frage.

Erneutes Achselzucken. »Wir haben eine etwas ältere Schülerin gefunden, die jeden Nachmittag kommt und ein bisschen hilft«, sagte er. »Sie holt Jan aus dem Kindergarten ab und sorgt für den Einkauf. Margit geht uns auch hin und wieder zur Hand, und für das Grobe habe ich ja immer noch Frau Sloth. Bis auf Weiteres kommen wir klar.« Dann schwieg er wieder.

Conny wollte gerade zum dritten Mal ihre inquisitorische Frage stellen, als er fortfuhr: »Aber natürlich wird jetzt deutlich, was Vita alles gemacht hat, das man nicht einfach so anderen übertragen oder in eine Stellenanzeige für eine neue Haushälterin schreiben kann.«

»Wie zum Beispiel?«

»Wie sie sich um den Küchengarten gekümmert hat. Wie sie für Abwechslung auf dem Speiseplan gesorgt und uns neue Gerichte aufgetischt hat. Die kleinen Zettel mit lustigen Zeichnungen, die sie in die Brotdosen der Kinder gelegt hat. Die Kleidung, die sie für die Kinder genäht und gestrickt hat.« Ejnar redete sich immer mehr in Fahrt mit seiner nicht enden wollenden Aufzählung: die stets tipptopp aufgeräumten Kinderzimmer, die Blumensträuße aus dem Garten, die Speisekammer voller Marmelade und eingemachtem Gemüse aus dem Vorjahr. Und dann die vielen Kleinigkeiten, mit denen er sich, solange Vita da gewesen war, überhaupt nicht habe befassen müssen: Handwerker bestellen, Rechnungen bezahlen, wichtige Abendessen in seinen privaten Kalender eintragen. »Sogar das Geburtstagsgeschenk für meine Mutter hat sie gekauft. Ich brauchte im Prinzip überhaupt nicht selbst zu denken, als Vita hier gewohnt hat. Jetzt tue ich nichts anderes.«

»Vielleicht tut dir das mal ganz gut«, sagte Conny und trank einen Schluck Wein. Der Welpe war inzwischen vom Spielen müde und machte es sich auf ihrem Schoß bequem.

Jetzt sprach Ejnar von Helles Rechenlehrerin, die Vita über den grünen Klee gelobt hatte, weil sie der nicht gerade mathematisch begabten Helle eine lustige Methode beigebracht hatte, um sich das Einmaleins zu merken. Und von Jans Kindergärtnerin, die beim jährlich stattfindenden Elterngespräch angemerkt hatte, wie schön es doch sei, dass der Junge so wunderbar gedeihe, obwohl er immer von der Hausangestellten gebracht und abgeholt werde. »Siehst du das denn nicht?« Hilflos sah er Conny an. »Ich stecke in einem furchtbaren Dilemma. Ich bin fest davon überzeugt, dass man sich an das Gesetz halten muss und dass Menschen, die das nicht tun, die Konsequenzen tragen müssen. Und zwar klaglos. Meine Prinzipien sagen mir, dass ich Vita sofort anzeigen muss, damit ich mich nicht mitschuldig mache an dem, was sie getan hat, aber …« Er schob die Brille hoch und knetete sich die Nasenwurzel, bevor er weitersprach: »Ich verdanke ihr sehr viel, Conny. Vita war die gute Seele des Hauses, ohne dass ich mitbekommen hätte, wann und wie sie das gemacht hat. Als sie hier anfing, war ich ein Schatten meiner selbst nach Gerdas Tod. Vita war es, die mich auffing, als es mir am schlechtesten ging. Die mich rettete – die uns rettete. Mit ihrer Fürsorge hat sie aus unserer Familie wieder eine richtige Familie gemacht, und jetzt ist sie fort.«

»Das heißt, du vermisst sie?«

»Ja«, sagte Ejnar nach einer kurzen Pause. »Ja, ich vermisse sie.«

»Und was willst du dagegen tun?«, fragte Conny, die sich die Schuhe ausgezogen hatte. Vorsichtig zog sie die Füße hoch, um den Welpen nicht zu wecken.

Ratlos schüttelte Ejnar den Kopf.

»So wie jetzt kann es ja wohl nicht weitergehen«, bemerkte Conny.

»Margit macht Druck, dass ich mich nach einer neuen Haushälterin umsehen soll«, sagte er. »Aber ich schaffe das nicht. Noch mal von vorne anfangen, meine ich. Mit einer ganz Neuen. Einer Fremden. Und außerdem … Keine wird je Vita das Wasser reichen können.«

»Also, das ist doch wirklich grotesk, das Ganze«, entfuhr es Conny. »Vittoria ist auf der Suche nach einer neuen Arbeit, und gleichzeitig sitzt du hier und jammerst, weil du keine Haushälterin finden kannst, die so gut ist wie sie. Das hier war genau die Arbeit, von der sie immer geträumt hat, und sie war dein Traum von einer Frau im Haus. Sag mal, hörst du nicht selbst, dass das total verrückt ist?«

»Vielleicht«, sagte Ejnar und leerte sein Glas. Er hatte bereits eine halbe Flasche getrunken, ging Conny auf. Wenn er in dem Tempo weitermachte, war er bald betrunken. »Da kann man eben nichts machen.«

»Aber natürlich kann man da was machen!«

»Und was?«

»Ihr beiden könntet euch zusammensetzen und wie zwei erwachsene Menschen miteinander reden, euch aussprechen, und dann könnte sie zu euch zurückkommen.«

»Nach dem, was sie getan hat?« Sein Ton wurde wieder schärfer. »Du glaubst doch nicht im Ernst, dass ich eine Frau heirate, die …«

»Niemand sagt, dass ihr heiraten müsst«, entgegnete Conny ruhig. »Es würde doch reichen, wenn du ihr ihre Arbeit zurückgibst.«

»Sie ist kriminell, Conny!«

»Jetzt hör mir mal gut zu, Ejnar.« Seine Tugendhaftigkeit ging Conny langsam auf die Nerven. »Gerade eben hast du mir erzählt, dass Vittoria dich und deine Familie gerettet hat. Dann war sie doch so was wie ein Engel für euch, richtig? Ein Geschenk des Himmels?«

»Ja.«

»Ist dir überhaupt noch nicht in den Sinn gekommen, dass sie genau das auch für den kleinen Mads war? Dass sie ihn auch gerettet hat?« Er öffnete den Mund, um zu protestieren, und Conny sprach deutlich lauter weiter: »Du lässt mich jetzt ausreden, Ejnar. Vergiss doch mal für eine Minute das Gesetz, und denk nach. Ein quasi Neugeborenes, dessen Mutter so sehr misshandelt wurde, dass sie an ihren Verletzungen starb. Ein Kind, dessen Vater für genau dieses Verbrechen im Gefängnis saß, weshalb es in ein Waisenhaus gebracht worden wäre, das in meinen Ohren nicht gerade nach einer besonders kinderfreundlichen Einrichtung klang, aber dennoch hundert Mal besser gewesen wäre, als nach der Entlassung bei seinem gewalttätigen Vater zu leben. Also, wenn du mich fragst, ist Vittoria eine Heldin!«

Ejnar schnaubte. »Eine Heldin! Als wenn ein Verbrecher ein Held sein könnte!«

Im selben Augenblick war Conny sich sicher, sich für die richtige Argumentationsweise entschieden zu haben. »Was verstehst du denn unter einem Helden, Ejnar?«

»Jedenfalls niemanden, der Babys entführt und Urkunden fälscht!«

»Sag mir einen Menschen, der deiner Meinung nach ein Held ist.«

Ejnar zögerte keine Sekunde. »Mein Studienkamerad Jens Peter. Er war einer der Besten in unserer Gruppe, und dann wurde er kurz vor der Befreiung im Ryparken erschossen, weil er im Widerstand war. Er hat wirklich alles geopfert.«

»Wieso wurde er erschossen?«

Ejnar zog die Schulter hoch. »Sabotage, soweit ich weiß. Und er stand im Verdacht, einen Spitzel liquidiert zu haben.«

»Zu Recht? Ich meine, hatte er tatsächlich einen Spitzel liquidiert?«

»Das kann ich ja nicht mit Sicherheit wissen, aber ... ganz unwahrscheinlich ist das nicht. Jens Peters Widerstandsgruppe war sehr aktiv.«

»Und wieso findest du dann, dass er ein Held war?«

»Er hat den Kopf hingehalten für uns. Jens Peter und die anderen im Widerstand haben für ein freies Dänemark gekämpft.«

»Aber er hat gegen das Gesetz verstoßen, oder?«

»Es blieb ihm ja nichts anderes übrig.«

»Ach, und dann kann man trotzdem ein Held sein?«

»Ja, aber ...« Ejnar begriff schlagartig, dass er dabei war, in eine Falle zu tappen. »Das ist etwas ganz anderes als ...«

»Würdest du mir bitte erklären, warum es heldenhaft sein soll, einen anderen Menschen umzubringen und irgendwelche Sachen in die Luft zu sprengen – aber nicht, ein paar Papiere zu frisieren und einen gefährdeten Säugling in Sicherheit zu bringen?«

»Das kann man doch überhaupt nicht vergleichen!«

»Ich verstehe das einfach nicht, Ejnar.« Conny sah ihn an. »Die Männer, die du Helden nennst, haben gegen das Gesetz verstoßen, um andere Menschen zu retten. Und genau dasselbe hat auch Vittoria getan, als sie mit Mads aus Rom floh.«

Ejnar schwieg. Er leerte noch ein Glas Rotwein.

»Ich finde, du solltest der Vorsehung dankbar dafür

sein, dass Vittoria ausgerechnet hier bei euch gelandet ist.«

»Das bin ich doch auch, das habe ich bereits gesagt.«

»Erst hat sie Mads gerettet, dann kam sie hierher und hat euch gerettet. Und wenn sie wieder jemandem begegnen würde, der dringend Hilfe benötigt, dann würde sie garantiert auch den retten. Vittoria ist eine Heldin, egal, wie du versuchst, die Sache zu verdrehen.«

»*All right*«, sagte Ejnar und schenkte sich ein weiteres Mal nach. »Sagen wir mal, du hast recht. Dass es in bestimmten Fällen in Ordnung sein kann, sich nicht ganz gesetzteskonform zu verhalten. Aber deswegen ist es doch nicht dasselbe, Conny. Mads hat einen leiblichen Vater. Zählt das denn gar nicht? Es gibt da einen Mann, der glaubt, sein einziger Sohn sei tot. Mag ja sein, dass er gewalttätig ist, und mag auch sein, dass er die Mutter des Jungen zu Tode geprügelt hat, aber er ist trotzdem ein Mensch. Hat der denn gar keine Rechte?«

»Doch, im Prinzip schon. Aber wenn der Mann je die Wahrheit erfahren sollte, sieht es sowohl für Vittorias als auch für Mads' Zukunft düster aus. Manchmal muss man, wenn man einem Menschen helfen will, mit den Rechten eines anderen etwas großzügiger umgehen. Würdest du das nicht auch sagen?«

»Vielleicht.«

Sie debattierten noch eine gute Stunde. Als Ejnar schließlich die ganze Flasche fast allein ausgetrunken und Conny keine Zigaretten mehr hatte, stand sie auf und wollte gehen.

»Es war wirklich sehr lieb von dir vorbeizukommen.« Ejnar schwankte ein wenig, als er sich erhob. »Jetzt habe ich erst mal genug, über das ich nachdenken kann.«

»Das freut mich«, sagte Conny. »Soll ich Vittoria ausrichten, dass du mit ihr sprechen möchtest?«

»Teile ihr nur mit, dass ich sie nicht anzeigen werde. Über alles andere kann ich jetzt noch nichts sagen.« Ejnar stand im Flur, die Hand auf dem Telefonhörer. »Soll ich dir ein Taxi rufen?«

Zusammen standen sie auf der Treppe vor dem Haus und warteten. Die Nacht war klar und mild, es duftete nach Flieder. In zwei Wochen war Sankt Hans, die Sonnenwendfeier. Keiner sagte etwas, doch als der Wagen kam, nahm Conny Ejnar zum Abschied in den Arm. Etwas unbeholfen versuchte er, sie auf den Mund zu küssen, aber sie konnte ihm ausweichen, bevor es peinlich wurde.

17. Juni 1959

»Ejnar!« Wegen der vorgelegten Kette hatte Vita die Tür nur einen Spalt weit öffnen können, sodass Ejnar lediglich eins ihrer Augen sehen konnte – das blaue mit den grünen Sprenkeln. »Was willst du?«

»Darf ich reinkommen?«

Sie zögerte. Dann schloss sie die Tür wieder. Ejnar hörte ein Rasseln, als sie die Kette entriegelte. »Bitte.« Sie trat einen Schritt zur Seite.

Ejnar war seit dem Ende seiner Affäre mit Conny nicht mehr in deren Wohnung gewesen. Wie eine Ewigkeit kam ihm das vor. Die Räume waren kaum wiederzuerkennen, dachte er und sah sich in der Wohnstube um. Das schmale Bett war gemacht, nichts lag herum, der Boden war sauber, und weiß blühende, sehr gepflegte Geranien schmückten die Fenster. Auf dem kleinen Esstisch standen eine Kanne Wasser und zwei Gläser, und im Hochstuhl saß Mads und verdrückte sein Abendessen: Frikadellen, Weißbrot und Tomatenschnitze.

Als er Ejnar sah, strahlte er plötzlich: »Da!«, rief er. »Pa!« Seine schwarzbraunen Augen glänzten. »Pa!«

»Das klingt ja fast wie Papa«, sagte Ejnar und hatte zu seiner eigenen Überraschung auf einmal einen Kloß im Hals. »Kann das sein?«

»Ich habe ihn das noch nie sagen hören.« Vita zog einen Stuhl unter dem Tisch hervor. »Aber das kann schon sein. Er hat ja immer gehört, dass die beiden Großen dich so nennen. Setz dich. Möchtest du ein Glas Wasser? Oder lieber eine Tasse Tee oder Kaffee? Etwas anderes habe ich nicht.«

»Ein Glas Wasser, bitte. Danke.« Ejnar setzte sich Mads gegenüber, der sich nun wieder auf sein Essen konzentrierte. Mit ernster Miene nahm der kleine Junge jeden einzelnen Bissen zwischen die Finger und betrachtete ihn, bevor er ihn in den Mund steckte. Kauend beobachtete er dann den Gast. »Er ist ganz schön groß geworden«, sagte Ejnar, als Vita mit einem dritten Glas aus der Küche zurückkam.

»Ja«, sagte sie. Da begegneten sich ihre Blicke zum ersten Mal. Vita sah flugs wieder weg. »Er wächst viel zu schnell.«

»Die Hose da …« Ejnar nickte zu Mads hinüber, der eine karierte Latzhose trug. »Die hat meine Frau gekauft, als wir mal zusammen in der Stadt waren. Jan muss damals ungefähr zwei gewesen sein. Er war in eine Pfütze gefallen, und wir hatten nichts zum Wechseln dabei.«

»Sie ist schön«, sagte Vita.

Ejnar nickte. Der Kloß in seinem Hals saß immer noch da. Er hatte sich diese Situation in den letzten vierundzwanzig Stunden unzählige Male ausgemalt. Er und Vita. Wie sie zusammen redeten, so wie Conny es ihm geraten hatte. Wie sie wie zwei erwachsene Menschen eine Lösung fanden. Er hatte geglaubt, sich gut vorbereitet zu haben, alles gründlich durchdacht zu haben. Aber er hatte nicht mit Mads gerechnet. Es erwischte Ejnar kalt, wie sehr er den Kleinen vermisst hatte. Und dann hatte der Junge ihn auch noch Papa genannt!

»Isst du denn selbst gar nichts?«, fragte er Vita, als sie ebenfalls Platz genommen hatte. »Du bist dünn geworden.«

»Tatsächlich?« Vita sah an sich herunter. Ihr Lieblingskleid, das blau karierte, saß deutlich loser als früher. Sie zuckte mit den Schultern. »Ich habe nicht so großen Appetit.«

»Du musst etwas essen, sonst wirst du krank.«

»Später«, sagte Vita leicht gereizt. »Du bist ja wohl kaum hier, um mit mir über mein Körpergewicht zu sprechen, oder?«

»Natürlich nicht.« Ejnar sah sie an. »Ich wollte gerne mit dir … über alles reden, wenn Mads im Bett ist.«

»Ha!« Sie verzog das Gesicht. »Dann müssen wir uns dafür aber ins Treppenhaus setzen. Wir können währenddessen ja wohl kaum direkt neben ihm sitzen, dann schläft er nie ein.«

Wieder etwas, das Ejnar nicht bedacht hatte. Natürlich

brachte es gewisse praktische Probleme mit sich, wenn man mit einem Kleinkind in einer Einzimmerwohnung wohnte. Wie dumm von ihm.

»Wir können mit Mads einen Spaziergang machen und uns dabei unterhalten«, schlug Vita vor. »Er wird schon keinen Schaden nehmen, wenn er mal eine Stunde später ins Bett kommt.«

Gesagt, getan. Kaum hatte Mads den letzten Bissen verspeist, gingen sie hinunter in den Fahrradkeller, in dem Mads' Karre stand.

»Wer passt jetzt auf die beiden Großen auf?«, fragte Vittoria, als sie kurze Zeit später über die Vordingborggade Richtung Strandboulevarden gingen.

»Heidi, die Älteste der Lassens«, antwortete Ejnar.

»Die Lassens vom Sorrentovej? Ein vernünftiges Mädchen.«

»Ja, das hoffe ich doch. Sie holt auch jeden Tag Jan ab.«

»Du hast also keine neue Haushälterin eingestellt?«

»Nein.«

Es wurde ein langer Spaziergang. Erst den ganzen Strandboulevarden entlang bis zur Classensgade, dann zu den Enten am Sortedams Sø und schließlich die Østerbrogade hinunter. Und die ganze Zeit redeten sie miteinander, wie sie noch nie miteinander geredet hatten. Vorbehaltlos, vorurteilsfrei. In Situationen wie dieser war es – so ging es Ejnar durch den Kopf – ein unschätzbarer Vorteil, dass er und Vita sich so ähnlich waren. Dass sie beide vernünftig sein und sich beherrschen konnten, auch wenn es um sehr schwierige emotionale Dinge ging.

Mads war eingeschlafen, als sie die Kreuzung Trianglen erreichten. Sie überquerten die Øster Allé auf der Höhe des Postamtes und setzten sich dann in eine ruhige Ecke des an diesem Ende wenig frequentierten Fælledparken.

»Also, Vita, was sagst du?«, fragte Ejnar, als sie nebeneinander auf einer Bank hockten. Die Karre stand in wenigen Metern Entfernung im Schatten. Wenn sie Glück hatten, würde Mads so lange schlafen, bis die Erwachsenen sich geeinigt hatten. »Möchtest du gerne deine alte Stelle wiederhaben?«

Vita hatte den Blick auf ein Rosenbeet gerichtet. Sie schwieg so lange, dass Ejnar fast glaubte, sie habe seine Frage womöglich nicht gehört. Doch gerade, als er sie wiederholen wollte, sah Vita ihn an. »Nur meine Stelle?«

»Das liegt ganz bei dir.«

»Du meinst … du würdest mir verzeihen? Dich wieder mit mir verloben?«

»Ja. Wenn du das willst.«

Sie runzelte die Stirn. »Du hast nie einen Hehl daraus gemacht, dass du mich nicht richtig liebst.« Sie sah, dass er sie unterbrechen wollte, und legte kurz die Hand auf seine. Dann zog sie sie wieder weg. »Lass mich ausreden, Ejnar. Ich habe das immer gewusst, aber … jetzt sieht alles etwas anders aus, findest du nicht? Vorher dachte ich, eine Vernunftehe wäre besser als gar nichts und dass die Liebe sich dann schon noch einstellen würde, aber … Ich weiß nicht«, sagte sie. »Jetzt geht es plötzlich um mehr. Verstehst du, was ich meine?«

»Vollkommen. Und genau deswegen möchte ich …«

»Nein, lass mich diesen Gedanken bitte zu Ende ausführen, Ejnar.«

Er verstummte.

»Dadurch, dass ich etwas Abstand gewonnen habe, sehe

ich die Sache jetzt ein bisschen anders. Und ich finde …« Vita überlegte und setzte neu an: »Eine Vernunftehe wäre mir jetzt nicht mehr genug. Ich will nicht einfach nur in dem Haus eine Wohngemeinschaft mit dir und den Kindern bilden, will nicht nur Geborgenheit – ich will alles. Ich will auch deine Liebe, Ejnar. Und wenn ich die nicht haben kann …« Sie hielt inne und richtete den Blick wieder auf das Rosenbeet. Ejnar sah, wie sie mit den Tränen kämpfte.

Er schob eine Hand in seine Jackentasche und betastete den Verlobungsring mit den drei kleinen Diamanten. Er ließ ihn, wo er war, und holte tief Luft. »Ich liebe dich«, sagte er und räusperte sich, als er merkte, dass ihm die Worte recht erstickt über die Lippen gekommen waren. »Ich *liebe* dich«, wiederholte er mit festerer Stimme.

Vita wandte den Kopf. »So richtig?«

»Ganz richtig, Vita.«

»Warum erst jetzt?«

»Ich weiß es nicht … Oder doch, natürlich, weil ich gemerkt habe, wie sehr du mir fehlst. Nein«, beeilte er sich zu sagen, als er sah, dass Vita etwas einwenden wollte. »Nicht nur als Arbeitskraft, nicht nur als Mutter für meine Kinder. Du fehlst mir abends im Wohnzimmer und nachts neben mir im Bett. Zu Anfang war ich richtig sauer auf mich selbst deswegen, aber nachdem Conny mir neulich eine Standpauke gehalten hat …«

»Conny?«

»Ach, hat sie dir das gar nicht erzählt? Sie hat mir gründlich den Kopf gewaschen, weil ich einfach nicht einsehen wollte, dass du eine Heldin bist.«

Vita errötete. »Ach was, jetzt übertreib mal nicht.«

»Ich übertreibe nicht«, sagte Ejnar. »Du bist eine Heldin – eine Familienheldin, eine Heldin des Alltags. Du gibst meinem Leben Sinn. Und als mir das aufging, da …« Er nahm ihre Hand, und diesmal ließ sie ihn gewähren. »Ich habe mich wirklich dagegen gewehrt, aber … ich liebe dich, Vita.«

*

Kurz darauf kehrten sie in die Wohnung in der Vordingborggade zurück. Der Verlobungsring saß wieder an Vitas Finger. Er war ihr etwas zu groß geworden, nun, da sie so viel abgenommen hatte, aber das würde er schon wieder ändern, dachte Ejnar.

Sie legten den immer noch schlafenden Mads auf die Rückbank des Fiat und holten gemeinsam Vitas Sachen aus der Wohnung. Bis auf das Gitterbett bekamen sie alles in ihren beiden Fahrzeugen unter.

»Macht nichts«, sagte Vittoria. »Das Bett holen wir morgen. Mads kann in einem der Gästebetten schlafen, dort können wir ihn auch hören.«

»Wir? Soll das heißen …?«

Sie lächelte angesichts seiner Verwirrung. »Na ja, ich gehe doch davon aus, dass ich heute Nacht bei dir schlafe?«

Sie blieben auf dem Gehsteig stehen und küssten sich. Lange. Zwei Männer in Arbeitskleidung kamen vorbei, riefen etwas Anzügliches und lachten, doch Ejnar und Vita nahmen keine Notiz von ihnen.

Kurz darauf saß Vita in ihrem Fiat 500, und Ejnar im Saab. Er hupte, als er losfuhr, und Vita folgte ihm dichtauf. Jeder saß in seinem eigenen Wagen, aber sie hatten dasselbe Ziel.

HOCHZEIT

1. August 1959

»Hast du das gesehen?« Conny zeigte auf die Titelseite von *Politiken*. »Helle Virkner und Jens Otto Krag haben gestern geheiratet!«

»Ja, habe ich gestern Abend schon im Radio gehört«, entgegnete Hardy und richtete den Blick weiter auf den Verkehr. »In Südfrankreich.«

»Und das hast du mir nicht erzählt? Du weißt doch, dass mich solche Sachen aus der Promiwelt interessieren!«

»Weil wir da gerade Funkstille hatten, schon vergessen?«

Conny antwortete nicht. Sie war immer noch sauer auf Hardy, der – ohne es mit seiner Verlobten besprochen zu haben – für den nächsten Tag seine Mutter eingeladen hatte, um ihr die neue Wohnung zu zeigen. Und dann auch noch zum Mittagessen! Als ob Conny Lust hätte, morgen völlig verkatert den ganzen Vormittag in der Küche zu stehen und für die überkritische zukünftige Schwiegermutter marinierten Hering und Rollwurst anzurichten. Noch dazu war das ihr letzter freier Tag, bevor sie und Hardy eine ganze Woche lang Vittorias und Ejnars Kinder im Italiensvej hüten würden. Hatte er denn überhaupt nicht nachgedacht? Conny überflog den Rest der Titelseite, die, abgesehen von der Prominenten-Hochzeit, nur ein Thema kannte: das gewaltige Unwetter, das am Vortag der seit Wochen herrschenden Hitzewelle ein Ende bereitet hatte. Überschwemmungen, Einschränkungen im S-Bahn-Verkehr, überflutete Autos – das Drama wollte kein Ende nehmen. Auch heute hingen die Wolken grau und schwer am Himmel, und der Dänische Wetterdienst hatte weitere Niederschläge angekündigt, aber das Schlimmste war wohl überstanden.

Conny blätterte weiter zur Seite acht, auf der der Bericht über die Hochzeit fortgesetzt wurde. Sie kniff die Augen zusammen, hielt die Zeitung etwas weiter von sich weg und versuchte, die eng beschriebenen Spalten zu entziffern. Abgesehen davon, dass sie nicht besonders gut lesen konnte, waren auch ihre Augen nicht mehr die besten. Conny wusste natürlich, dass sie im Grunde eine Brille brauchte, aber sie war einfach zu eitel und schob das immer wieder vor sich her. Und sie redete sich ein, Hardy bemerke nichts davon.

»Hach, wie romantisch!«, sagte sie jetzt. »Und Helle Virkner sieht *so gut* aus auf den Fotos!«

»Ich bin mir sicher, dass die heutige Braut mindestens genauso schön ist«, sagte Hardy, als er an einer roten Ampel hielt.

»Ach, hör schon auf«, sagte Conny und faltete die Zeitung zusammen, bevor sie sie auf die Rückbank warf. Hardy konnte es nicht leiden, wenn Conny sie als Papierkorb missbrauchte, aber heute machte sie das mit voller Absicht, um ihn zu ärgern. Sie war immer noch wütend wegen der Sache mit seiner Mutter. »Keine ist so schön wie Helle Virkner!«

»Doch. Du«, sagte er und legte eine Hand auf ihr Knie. Da sprang die Ampel um auf Grün, und er musste schalten.

»Ha!« Conny lachte. »Aber danke. Selbst die Komplimente, zu denen man selbst auffordert, sollte man nicht verachten.« Sie lehnte den Kopf an die Nackenstütze.

Ejnar und Vittoria heirateten im Kopenhagener Rathaus, die Feier sollte in einem Festsaal in der Elbagade stattfinden. Hardy trug einen neuen anthrazitfarbenen Anzug, Conny ein enges rotes Seidenkleid mit U-Boot-Ausschnitt und seitlichem Schlitz. Sie strich mit der Hand über den glatten Stoff und schloss die Augen.

*

Hardy riskierte einen kurzen Blick auf Connys Beine, dann sah er wieder auf die Straße. Diese Frau hatte die längsten und schönsten Beine und Füße, die er je gesehen hatte. Runde, einladende Knie, schlanke, elegante Waden, anmutige Fesseln und ein perfekt geformter Spann. Er konnte sich überhaupt nicht daran sattsehen, dachte er. An der ganzen Conny nicht.

Hardy war ganz sicher nicht naiv. Er wusste, dass es Seiten an Conny Mortensen gab, die ihn mit der Zeit wahnsinnig machen würden. Ihre Unordnung, ihre Schlampigkeit, ihre Sturköpfigkeit, ihr mangelndes Interesse an Kultur, Politik und Gesellschaft. Manche Menschen hätten sie wohl als oberflächlich bezeichnet – so wie seine Mutter, die es zur Zahnärztin gebracht hatte –, aber Hardy war so durch und durch verzaubert von seiner Verlobten, dass er bereit war, ihr alles nachzusehen. Conny hatte zwar keine Ausbildung, aber dumm war sie deshalb noch lange nicht. Und es machte Spaß, mit ihr zusammen zu sein, mit ihr zu tanzen, zu reisen, zu lieben… Außerdem verfügte sie über eine gute Portion Menschenkenntnis und ein weiches

Herz unter der auf Hochglanz polierten Fassade, und nur darauf kam es doch an. Die gewichtigen Themen konnte er ja mit seinen männlichen Freunden besprechen, dachte er. Mit Ejnar, zum Beispiel. Der interessierte sich nämlich sehr für die eher ernsten Seiten des Lebens. Hardy hatte den etwas trockenen, sehr kultivierten Arzt von Amager mit der Zeit schätzen gelernt.

»So«, sagte er und zog die Handbremse an. »Glück gehabt.« Er hatte an der Ostseite des Tivoli einen Parkplatz gefunden, wo das sonst ein schier aussichtsloses Unterfangen war. Vermutlich hatten viele Touristen aufgrund des Wetters umdisponiert.

Conny öffnete die Augen und streckte sich faul. »Sind wir zu früh?«

»Nur zehn Minuten.« Hardy schloss die Fahrertür ab, ging um den Wagen herum und half Conny heraus. »Das Geschenk bekommen sie erst hinterher, oder?«

»Ja.« Conny strich sich ein paar Fusseln vom Kleid und zog sich einen Trenchcoat über. Ein Blick zum bewölkten Himmel, und sie nahm auch den Regenschirm mit. Man konnte nie wissen, wann es wieder losging.

Eng umschlungen überquerten sie den H. C. Andersens Boulevard und steuerten die Rathaustreppe an. Das Brautpaar war nicht zu sehen, aber am Rande einer Gruppe festlich gekleideter Menschen entdeckte Hardy Helle und Jan. Sie standen bei einer Frau mittleren Alters, deren graues Haar einen Helm aus ondulierten Locken bildete. Der kleine Mads saß in seiner Karre, die Dame schob ihn ungeduldig hin und her.

»Wer ist das?«, fragte er. »Die da bei den Kindern?«

»Elvira Sloth, Ejnars und Vittorias Zugehfrau«, antwortete Conny. »Sie fährt nach dem Empfang mit den Kindern nach Hause, damit Vittoria in Ruhe feiern kann.«

Hardy hatte sich längst daran gewöhnt, dass Conny dabei blieb, Vita Vittoria zu nennen. Nur, wenn sie alle zusammen waren, verwirrte es ihn etwas, dass Ejnar diesen Namen benutzte und Conny jenen. Er selbst wechselte zwischen den beiden Formen hin und her und hatte nicht den Eindruck, als würde es Vita besonders auffallen.

*

Helle entdeckte Conny und Hardy erst, als sie bis auf wenige Meter herangekommen waren. »Conny!«, rief sie und winkte. Sie war stolz, als das stilvolle Paar zurückwinkte, und hoffte, ihr Onkel aus Jütland und Frau Sloth würden es sehen. Conny kam daher wie ein Filmstar, und Hardy war wahnsinnig elegant, dachte sie. Groß, mit glänzenden Knöpfen am Sakko und einem gestreiften Einstecktuch in der Brusttasche. Er strahlte Kraft und Energie aus und war immer gut gelaunt. Warum konnte ihr Vater nicht so sein wie er?

Conny klemmte sich einen zusammengeklappten orangefarbenen Regenschirm unter den Arm und drückte Helle an sich. Sie strömte einen intensiven, würzigen Duft aus, fiel Helle gerade noch auf, dann wandte Conny sich auch schon Jan zu. Der kleine Junge befreite sich ganz schnell wieder und lief zu Hardy, mit dem er sich einen kurzen, freundschaftlichen Boxkampf lieferte. Jan war ganz vernarrt in Hardy, dachte Helle. Vielleicht wünschte er sich auch, dass ihr Vater ein bisschen mehr wie er wäre. Sie war froh, dass Conny und Hardy und niemand anderes nächste Woche bei ihnen wohnen würden, während ihr Vater und

Vita auf Hochzeitsreise waren. Das würde bestimmt lustig werden!

»Da ist ja mein kleiner Schatz!«, rief Conny und ging neben der Karre in die Hocke. Mads gluckste und strahlte und griff nach Connys Sonnenbrille. Conny strahlte ebenfalls und ließ ihn gewähren. Unter dem Regenmantel trug Mads das kleinste weiße Hemd der Welt und natürlich eine Fliege in derselben hellgelben Farbe wie Jans. Helle war auf eigenen Wunsch von Kopf bis Fuß in Weiß gekleidet, an ihrem Haarband steckte eine der ersten zartlila Dahlien der Saison. Man hatte ihr natürlich erklärt, dass bei einer standesamtlichen Trauung keine Brautjungfern vorgesehen waren, aber Vita hatte ihr erlaubt, sich wenigstens wie eine anzuziehen.

Bald würde Vita nicht mehr Frau Contini heißen, sondern Frau Møller. Schon merkwürdig, dachte Helle. Aber noch merkwürdiger war, dass auch Mads jetzt Møller hieß. Neulich hatte ihr Vater einen Brief erhalten, in dem stand, dass der Junge jetzt offiziell sein Sohn war. Mads war genauso dunkel vom Typ, wie Jan hell war, dachte Helle und betrachtete die beiden Lockenköpfe. Darauf, die große Schwester dieser beiden zu sein, war sie fast genauso stolz wie auf ihre Bekanntschaft mit Conny und Hardy.

»Komm, Helle«, unterbrach Frau Sloth ihre Gedanken. »Wir müssen jetzt hoch in den Hochzeitssaal.«

»Ich nehme Mads«, sagte Conny sofort. »Wo soll ich die Sportkarre abstellen?«

Helle nahm Jan bei der Hand und ging zusammen mit den anderen die schöne, dunkle Treppe hinauf in den ersten Stock des Rathauses.

»Was glauben Sie wohl, wie es Flocke geht?«, fragte

sie Frau Sloth nun mindestens zum fünften Mal, seit sie die Haustür am Italiensvej hinter sich geschlossen hatten. Der Welpe war allein zu Hause. Helle hatte ihm eine Schüssel mit Wasser hingestellt, Vita hatte einen Stapel Zeitungen vor die Haustür gelegt, und Jan hatte hier und da Bälle ausgelegt, damit der kleine Hund etwas zum Spielen hatte. »Glauben Sie, sie vermisst uns?«

»Die schläft«, antworte Frau Sloth knapp. Sie teilte die Begeisterung der Familie für das neue Haustier nicht, so viel hatte Helle schon begriffen.

»Wenn wir nach Hause kommen, mache ich einen langen Spaziergang mit ihr«, sagte Helle.

»Bis dahin hat sie sicher überall hingepinkelt.« Frau Sloth nahm Jan bei der anderen Hand. »Und jetzt rein mit euch.«

Sie betraten den Hochzeitssaal. So einen schönen Raum hatte Helle noch nie gesehen. Mit den dicken runden Säulen und der hübsch bemalten Gewölbedecke sah er aus wie eine Märchenhöhle, dachte sie und guckte zu Jan hinunter. Seine großen grünen Augen waren jetzt noch größer geworden. Sie setzten sich in die erste Reihe neben ihren Papa und ihre … Mama. Helle probierte das Wort in ihrem Kopf aus. Sollte sie Vita ab jetzt Mama nennen? Das würde sie schrecklich freuen.

Vita beugte sich ein wenig nach vorn, streckte die Hand über Jan hinweg nach Helle aus, drückte zärtlich ihren Arm und zwinkerte ihr zu. Mama.

*

»Jørgen!« Margit knuffte ihren Mann mit dem Ellbogen in die Seite. »Glotz nicht so!«

»Ich glotze überhaupt nicht«, sagte Jørgen. »Ich habe sie bloß gegrüßt.«

»Dass sie es wagt, in dem Aufzug auf die Straße zu gehen«, sagte Margit. »Da wird nun wirklich nicht viel der Fantasie überlassen!«

»Sie hat ja auch nichts zu verbergen«, murmelte Jørgen in seinen Schnurrbart.

»Wie bitte?«

»Nichts, mein Schatz, gar nichts.«

Margit tat genau das, was sie ihrem Mann gerade vorgeworfen hatte: Sie glotzte Conny Mortensen an. Vor fast genau einem Jahr hatte sie Vitas Freundin zum ersten Mal gesehen, diese armselige, angemalte Puppe, deren Brüste hervorstachen wie zwei Torpedos. Jetzt war sie exklusiv gekleidet und hatte einen hochgewachsenen, sportlichen Mann an ihrer Seite. Margits Adlerauge hatte längst den glitzernden Stein an Fräulein Mortensens Finger registriert, und innerlich schnaubte sie verächtlich. Diese rothaarige Göre würde nie eine gute Hausfrau werden, aber genau das brauchte ein Mann von Hardys Kaliber. Unglaublich, dass er das nicht selbst sah.

Jetzt erhob sich das Brautpaar und stand vor dem Bürgermeister: Vita in einem schlichten cremefarbenen Kleid mit Spitzenärmeln, Ejnar in schwarzem Anzug. Margit fiel auf, dass er eine neue Brille trug. Das moderne Metallgestell mit den schwarzen Balken über den Augen stand ihm gut, er sah damit jünger aus. Jünger und glücklicher, als sie ihn seit Gerdas Tod vor anderthalb Jahren je gesehen hatte.

Der Bürgermeister beendete seine Ansprache, hörte von beiden ein Ja und erklärte sie zu Mann und Frau.

Ejnar schlang die Arme um Vita, hob sie hoch und wirbelte sie herum, während sie kokett die Füße in den hellen Pumps anhob und juchzte. Die Gäste lachten, die Kinder quietschten, und selbst der Bürgermeister konnte sich ein Lächeln nicht verkneifen. Als Vita wieder neben ihrem Mann stand, wurde ihnen der Umschlag mit der Heiratsurkunde überreicht, und damit war die Trauung vorüber.

Eine seltsame, unromantische Angelegenheit, dachte Margit und erhob sich. Eine richtige Hochzeit war eine kirchliche Hochzeit, das wusste doch jeder. Aber das ging natürlich nicht, wenn man unbedingt eine Katholikin heiraten musste.

*

»Herzlichen Glückwunsch!« Conny hatte die Hand voller Reis und warf ihn auf das Brautpaar. »Alles, alles Gute für euch!« Erst nahm sie die Braut in den Arm, dann den Bräutigam.

Ejnar sog den Duft ihres Parfums ein und hielt Conny einen winzigen Moment länger fest, als nötig gewesen wäre. Er fühlte sich immer noch körperlich zu ihr hingezogen, aber er musste nicht mehr ständig an sie denken. Die erste intime Nacht mit Vita war ein wenig unbeholfen gewesen, aber seither hatte seine nun frisch Angetraute sich als ein mehr als nur würdiger Ersatz für das langbeinige Fotomodell entpuppt. Nachdem Vita und er wieder zusammengefunden hatten, war die Vorstellung von einer pragmatischen Zweckehe der eines lustbetonten Gemeinschaftsprojektes gewichen. Seither hatten sie jede Nacht miteinander verbracht, sich geliebt und Pläne geschmiedet, und Ejnar war aufgegangen, dass er seine zukünftige

Frau mehr liebte, als er es je für möglich gehalten hätte. Er hatte Vita immer noch nicht von seinem längst abgeschlossenen Verhältnis mit Conny erzählt und gewiss auch nicht vor, etwas daran zu ändern.

»Komm, Ejnar«, sagte Vita und nahm seine Hand. »Jørgen will uns fotografieren, solange es nicht regnet.«

Ejnars Schwager war gründlich. Mit seiner teuren Spiegelreflexkamera schoss er auf der Rathaustreppe Bilder von dem Brautpaar. Mit Kindern, ohne Kinder. Sogar ein Quatschfoto, auf dem die beiden sich küssten, machte er.

»Und jetzt noch ein Foto von Conny und Vita!«, rief Ejnar ihm zu. »Den beiden Grazien.«

Kichernd wie zwei Schulmädchen, stellten die Freundinnen sich auf. Conny war einen halben Kopf größer als Vita, und der Kontrast zwischen dem roten und dem weißen Kleid sowie ihre strahlenden Gesichter waren schöne Vorboten des bevorstehenden Festes. Wie sie so nebeneinanderstanden, sahen sie fast aus wie die dänische Flagge, dachte Ejnar, als ihm auch noch eine dritte Farbe auffiel: der Brautstrauß in Vitas Hand. Weiße Hortensien mit jeder Menge Grünzeug. Grün, weiß und rot. Die italienische Flagge, dachte er. Hoffentlich hatte Jørgen einen Farbfilm in der Kamera.

*

Vittoria hörte Mads irgendwo zwischen den sich zerstreuenden Hochzeitsgästen weinen. Bestimmt wegen der blöden Fliege. Warum hatte sie auch darauf bestanden, dass er sie trug, wenn er sie nun so gar nicht leiden konnte?

Kaum war das letzte Bild im Kasten, lief sie los und fand den in Tränen aufgelösten Mads auf Elvira Sloths Arm.

»Was ist denn los, mein kleiner Schatz?«, fragte Vittoria und nahm ihn Frau Sloth ab. »Hast du dir wehgetan?«

»Jan und er haben mit der Karre gespielt, und dabei hat Mads sich den Finger eingeklemmt«, erklärte Frau Sloth laut, um das Geplärre des Jungen zu übertönen. »Und ich habe schon gepustet, nicht wahr, mein Kleiner?«

Mads' rechter Zeigefinger war gerötet, und auf dem Knöchel war etwas Haut abgeschürft. »Ejnar?«, rief Vittoria, während sie den verletzten Krieger sanft auf ihrem Arm wiegte. »Guckst du mal, bitte?«

Ejnar untersuchte den eingeklemmten Finger, erklärte die Verletzung für oberflächlich, gab seiner Tochter einen Fünfer und schickte sie zur Würstchenbude, um für alle Kinder etwas zu essen zu holen.

»Das ist immer noch der beste Trost«, sagte er und strich Mads liebevoll über die Wange. »Zu einem Würstchen würdest du doch nicht Nein sagen, oder, Madsilein?«

In einiger Entfernung war Donner zu hören, und kurz erhellte ein Blitz die Unterseite der dunklen Wolkendecke. »Das wird wohl nichts mit dem Empfang unter freiem Himmel«, sagte Vittoria, an Ejnar gerichtet, der seinerseits stirnrunzelnd dahin sah, wo gerade der Blitz gezuckt hatte. »Und drinnen können wir nicht alle stehen, da ist zu wenig Platz. Wir müssen uns sofort an die Tische setzen.«

»Ach, nun warte doch mal ab«, sagte er. »Die meisten haben doch einen Regenschirm dabei.«

Nachdem die Würstchen kurz darauf geradezu magisch für Ruhe unter den jüngsten Gästen gesorgt hatten, stellte Vittoria fest, dass die Festgesellschaft dabei war, sich aufzulösen. Die Ersten machten sich bereits auf den Weg zur Elbagade. »Wir gehen jetzt auch besser los«, sagte sie in dem Augenblick zu Ejnar, als ein weiterer Donnerschlag die Erde zum Beben brachte. »Ich hatte dem Chef gesagt, sie sollten um fünf den Sekt servieren, und jetzt ist es fünf.«

»Vielleicht sollten wir vier lieber direkt nach Hause gehen?« Frau Sloth sah aus, als würde ihr die schwere, feuchte Luft zu schaffen machen. Ihr schönes blau geblümtes Kleid wies große Schweißflecken unter den Armen auf. »Das wäre sicher das Beste für die Kinder.«

»Nein!«, rief Helle, den Mund voller Wurst. »Ich will auch mitfeiern!«

»Aber natürlich kommt ihr mit zum Fest«, sagte Vittoria und raunte Frau Sloth dann zu: »Nur eine Viertelstunde, dann können Sie mit den Kindern los.«

»Möchten Sie bei uns mitfahren, Frau Sloth?«, fragte Hardy, der zu der kleinen Gruppe rund um Mads' Karre aufgeschlossen hatte. »Sie und Mads? Die Sportkarre bekommen wir sicher in den Kofferraum.«

»Ich will auch bei euch mitfahren«, krähte Helle.

»Ich auch!«, stimmte Jan ein.

Conny lachte. »Na, dann wird die Rückbank ja voll«, sagte sie. »Aber gerne. Dann können die Frischvermählten ihr erstes Beisammensein als Ehepaar in aller Ruhe genießen.«

Vittoria setzte Mads in sein Gefährt. »Da! Wuast!«, rief er und zeigte allen sein halb weggenagtes Würstchen. Der eingeklemmte Finger war offenbar vergessen.

Kaum hatten die Kinder und Erwachsenen in Hardys Opel Kapitän Platz genommen, öffnete der Himmel seine Schleusen. Dicke, schwere Regentropfen fielen in einer Dichte, dass man innerhalb von Sekunden völlig durchnässt war. Ejnar öffnete seinen großen schwarzen Regenschirm, so schnell er konnte, aber nasse Haare bekamen sie trotzdem beide.

Vittoria lachte und schüttelte sich ein wenig. »Ich glaube, das ist ein Zeichen dafür, dass wir uns ein Taxi nehmen sollten.«

»Da drüben bei den Lurenbläsern stehen immer welche«, antwortete Ejnar. »Aber zuerst … noch zwei wichtige Dinge.«

»Ja?« Sie sah ihn an. Der Regen trommelte auf den Schirm, unter dem sie sich wie in einer eigenen Welt befanden.

»Das hier.« Er entfernte ein Stückchen rote Wursthaut von Vittorias weißem Spitzenärmel. »Und das hier.« Er küsste sie.

*

»Ich habe so einen Durst, ich könnte ein ganzes Planschbecken austrinken«, sagte Conny, an Hardy gerichtet, während sie über den H. C. Andersens Boulevard fuhren und die Scheibenwischer Mühe hatten, gegen den sturzbachartigen Regen anzukommen. Von hinten tönte es sogleich:

»Und ich könnte das ganze Bellahøjbad austrinken!«, behauptete Helle, die erst vor Kurzem zum ersten Mal in dem beeindruckenden Freibad gewesen war.

»Und ich könnte … das ganze Wasser am Amager Strand trinken!«, überbot Jan sie.

»Salzwasser kann man nicht trinken, du Döskopp«, sagte Helle. »Davon stirbt man!«

Jan schwieg. Conny sah über die Schulter und begegnete seinem Blick. Wie unglücklich er aus der Wäsche guckte. Wahrscheinlich verstand er das mit dem Salzwasser gar nicht, dachte sie.

»Jan muss doch nur eine Maschine erfinden, die aus Meerwasser Trinkwasser macht«, sagte Hardy, der die beiden im Rückspiegel beobachtete.

Jans Miene erhellte sich. »Genau«, sagte er. »Oder ich trinke den ganzen Regen.« Er streckte seiner Schwester die Zunge raus. »Ätsch.«

»Hast du denn gar kein Benehmen!« Frau Sloth schubste den Jungen ziemlich grob. »Ich will so etwas nicht sehen!«

Conny drehte sich wieder nach vorne um. Die Scheibenwischer kämpften gegen den dichten Regenvorhang. War wohl ganz gut, dass es nicht die wechseljahrsgeplagte Frau Sloth war, die die ganze nächste Woche auf die Kinder aufpassen würde, dachte sie.

*

Der Empfang sollte eine entpannte, informelle Angelegenheit in dem kleinen Park gegenüber des Festsaals werden. Unter einem gelben Sonnenschirm hatte das Servierpersonal einen Tisch mit reihenweise gefüllten Sektgläsern sowie Schälchen mit Kartoffelchips aufgebaut. Wenn das Wetter mitgespielt hätte, wäre alles wunderbar gewesen, aber der Sonnenschirm hatte nicht alles von dem Wolkenbruch abhalten können, sodass die Chips nun feucht waren und der Sekt vermutlich etwas dünner als vor dem Einschenken.

Als das Brautpaar die Elbagade erreichte, hörte es genauso schlagartig wieder auf zu regnen, wie es angefangen hatte, aber Vittoria ging sofort zu den Kindern und stellte sicher, dass sie ihre Regensachen anbehielten. War doch ganz gut, dass Frau Sloth sie gleich nach Hause bringen würde, dachte Ejnar. Sonst würde er im Lauf des Abends wohl nicht viel von seiner Braut haben.

»Hier, bitte«, sagte er und reichte Hardy ein Glas Sekt, aus dem die Kohlensäure inzwischen entwichen war.

Sie stießen an, Hardy gratulierte ihm noch einmal, und dann fragte er: »Alles klar für Montag? Ihr wisst, wo ihr am Flughafen hinmüsst?«

»Vita hat alles unter Kontrolle. Wann wir da sein müssen, wann und wo wir zwischenlanden, Pass und Geld.« Er lachte. »Du kennst sie ja.«

»Wenn ihr ankommt, nehmt euch einfach ein Taxi. Es lohnt sich nicht, Zeit und Energie darauf zu verwenden, sich mit öffentlichen Verkehrsmitteln zurechtzufinden, wenn man gerade erst angekommen ist und Gepäck bei sich hat. Taxis sind da auch viel billiger als hier. Du gibst dem Fahrer einfach einen Zettel mit der Hoteladresse, dafür musst du nicht extra die Sprache lernen.«

»Ich glaube, Vita wird darauf bestehen, es auf Portugiesisch zu versuchen. Sie kann die wichtigsten Wendungen auswendig. Und den Reiseführer.« Ejnar lächelte. »In den letzten zwei Wochen hat sie mich jede freie Minute in portugiesischer Geschichte abgehört.«

Hardy sah zu dem Weißdorn mitten auf dem Rasen, wo Vita vor Mads hockte und seinen Regenhut festband. »Da hast du dir eine sehr gute Frau ausgesucht, Ejnar«, sagte er. »Und klug ist sie auch noch.«

Ejnar nickte. »In der Tat. Wenn sie eine Ausbildung hätte, könnte sie es weit bringen.«

»Sie hat es doch schon weit gebracht«, sagte Hardy.

»Sieh sie dir doch mal an … Vita macht genau das, was sie am allerliebsten tut.«

Plötzlich stand Conny neben ihnen. »Darf ich noch eins?« Fragend nickte sie zu den Sektgläsern hinüber. »Ich hatte zwar schon eins, aber ich habe einfach so einen Durst!«

»Natürlich«, sagte Ejnar.

»Wo sind die Toiletten?«, fragte Hardy.

»Dritte Tür rechts«, antwortete Conny, noch bevor Ejnar den Mund öffnen konnte. »Da komme ich gerade her«, fügte sie mit einem verschmitzten Lächeln hinzu.

»Und wann heiratet ihr?«, fragte Ejnar, als Hardy Richtung Festsaal verschwunden war.

»Wir haben es nicht eilig.« Conny nippte an ihrem Schaumwein. »Also, natürlich möchten wir es auch gerne bald mal schriftlich haben«, fuhr sie fort. »Aber allein die Vorstellung, mit meinen blöden Brüdern und meinen einfältigen Eltern vom Land und Hardys übereifriger Mutter bei Suppe, Braten und Eis zusammenzusitzen …« Sie lachte. »Ich würde am liebsten ins Ausland verschwinden und da heiraten und es allen erst hinterher sagen.«

»So wie Virkner und Krag.«

»Ja, genau.« Sie hob das Glas und stieß mit ihm an. »Du weißt immer, was ich meine, Ejnar.«

»Und was sagt Hardy zu dem Plan?«, fragte Ejnar.

»Du weißt ja. Er und seine Mutter.« Conny verzog das Gesicht und rümpfte die hübsche, sommersprossige Nase. »Wenn ich je etwas Schlechtes über die Liebe meines Lebens sagen sollte, dann, dass er es nie geschafft hat, sich von ihrem Rockzipfel zu lösen. Ich glaube, Hardy würde es niemals wagen, seiner Mutter so etwas anzutun.

Sie würde einen Nervenzusammenbruch kriegen, und er käme den Rest seines Lebens nicht über sein schlechtes Gewissen hinweg.« Sie steckte sich eine Zigarette zwischen die Lippen, Ejnar gab ihr Feuer. »Nein, nein«, sagte sie. »Es wird wohl bei einem Traum bleiben. Für mich geht kein Weg an einer traditionellen dänischen Familienhochzeit mit Tüllkleid und Diadem vorbei.«

Vita hatte sich ihnen genähert und die letzten Sätze mitgehört. »Wir wären ganz schön traurig, wenn ihr ohne uns heiraten würdet«, sagte sie. »Stimmt's, Ejnar?« Sie sah ihn an.

»Ja, das wäre verdammt schade«, sagte er und legte den Arm um sie.

»*Verdammt* schade?« Conny lächelte. »Da geht wohl deine jütländische Herkunft mit dir durch, was, Ejnar? Aber gut, dann fühle ich mich wenigstens nicht so alleine heute.«

»Kopenhagen wird überschwemmt von Jütländern.« Ejnar drückte Vitas Schulter. »Neben anderen Einwanderern. Ich glaube, Hardy ist der einzige waschechte Kopenhagener auf der Gästeliste.«

*

Margit war etwas beleidigt gewesen, als sie dahinterkam, dass die Kinder des Brautpaares beim Empfang dabei sein durften. Warum musste sie dann ihre beiden Kinder unter der teuren Obhut eines Kindermädchens zu Hause lassen? Ja, natürlich hätten Lars und Bo sich höchstwahrscheinlich zu Tode gelangweilt – es ging ihr aber ums Prinzip.

Sie hatte schon vor der Trauung schlechte Laune gehabt, seit ihrer Ankunft in der Elbagade war diese allerdings noch mehr gesunken. Was war denn das für eine

Art, seinen Hochzeitsempfang in einem öffentlichen Park abzuhalten, wo Hinz und Kunz zugucken und glotzen konnten und wo man jederzeit von einem nicht angeleinten Hund angefallen werden konnte? Und was, wenn es wieder anfing zu regnen? Das wäre eine Katastrophe für ihre Frisur. Außerdem versank sie ständig mit den Absätzen ihrer schönen Schuhe in der aufgeweichten Rasenfläche und fand überhaupt keinen richtigen Halt. Sie schielte zu Vita, die damit überhaupt keine Probleme zu haben schien, obwohl ihre Absätze sogar höher und schmaler als Margits waren. Fräulein Mortensen dagegen hatte sich die Schuhe kurzerhand ausgezogen. Sie stand einfach barfuß da und sah genauso elegant aus wie immer.

»Jørgen!«, rief Margit, als ihr Mann auf die kleine Gruppe Gäste zusteuerte, die sich um das Brautpaar versammelt hatte. »Wo willst du hin?«

»Ich möchte eben ein paar Worte mit Hardy Olsen wechseln«, sagte Jørgen. »Ejnar hat erzählt, er überlegt, sich ein kleines Boot zu kaufen. Und ich glaube, ich könnte ihm einen ziemlich günstigen Außenbord...«

»Boot, Boot, Boot, ich höre nur noch Boot«, zischte Margit. »Olsen ist ein alter Angeber!«

»Das ist eigentlich nicht mein Eindruck. Ist doch keine Angeberei, Geld auszugeben, wenn man es sich leisten kann.«

»Ja, aber woher kommt eigentlich das ganze Geld?« Margit spähte hinüber zu dem gut aussehenden Mann. »So viele Dänen kann es ja wohl nicht geben, die die finanziellen Mittel haben, durch die Weltgeschichte zu gondeln.«

»Aber offenbar genug«, sagte Jørgen. »Die Busreisen durch Europa, die Herr Olsen anbietet, sind jedenfalls ziemlich beliebt. Und ich habe gehört, demnächst will er ähnliche Reisen mit dem Flugzeug dazunehmen.«

»Mit dem Flugzeug? Also, manche Leute müssen wirklich Geld wie Heu haben.«

»Wenn wir ein bisschen sparen würden«, sagte ihr Mann und strich sich mit einem Finger über den Schnurrbart, »dann könnten wir nächstes Jahr vielleicht selbst mal mitfahren. Was sagst du zu einer Reise nach … Spanien, zum Beispiel? Nur du und ich, mein Hase?«

»Du sollst mich nicht Hase nennen«, sagte Margit. Ganz tief in ihrem Inneren aber spürte sie, wie sich Freude regte.

*

Vittoria war zum Festsaal hinübergeschlendert und weiter in die kleine Küche. Dort ging es etwas hektisch zu, sie fühlte sich sofort wohl. Am liebsten hätte sie sich ein Messer und ein Schneidebrett genommen und irgendetwas zubereitet.

Das Essen wurde auf Vittorias Wunsch vom Ristorante Italiano geliefert. Ein junger Koch war vor Ort, um die Speisen anzurichten, außerdem hatte man nur für diesen Tag drei Kellnerinnen angeheuert. Ejnar und Vita hatten lange debattiert, woher das Menü kommen sollte, aber die Braut hatte gewonnen. An ihrem großen Tag wollte sie etwas genießen, von dem sie wusste, dass es ihr schmecken würde, ganz gleich, was Ejnars Familie davon hielt. Wenn nur genügend Brot und Butter auf dem Tisch stünde, würden selbst die wählerischsten Gäste wohl ein italienisches Abendessen überleben. Außerdem hatte Tonio ihnen einen sehr guten Preis gemacht.

»Und? Haut alles hin mit dem Zeitplan?«, fragte sie.

»Oder soll ich die Gäste noch eine Viertelstunde hinhalten?«

»Nein, nein, klappt alles«, sagte der junge Koch. Er sah überhaupt nicht auf, konzentrierte sich weiter darauf, frische Basilikumblätter auf die vor ihm aufgereihten Teller mit Tomate und Mozzarella zu legen. »Die Suppe und das Fleisch werden in einer halben Stunde aufgetragen, und der Kuchen steht da drüben im Kühlkasten. Sie können ganz beruhigt sein, Frau Møller.«

»Und der Wein?«

»Der müsste im Saal stehen. Wir hatten uns doch darauf verständigt, dass die Gäste sich selbst einschenken, oder?«

»Ja.« Vittoria hielt inne und sah ihm zu. Sie kannte diese effektiven Bewegungen, die kleine, professionelle Drehung im Handgelenk und die ruckartige, fast ungeduldige Art, die Basilikumblätter abzureißen. »Sind Sie sicher, dass ich Ihnen nicht helfen kann? Öl darüberträufeln, zum Beispiel?«

Verblüfft sah er zu ihr auf. »Sie sind die Braut, Frau Møller. Da sollen Sie doch nicht hier stehen und kochen.«

»Ach ja.« Sie lachte. »Sie müssen wissen, ich bin in einer Restaurantküche aufgewachsen, darum bin ich es gewöhnt …«

»Gehen Sie mal besser wieder zurück zu Ihren Gästen«, unterbrach er sie und wandte sich wieder seiner Arbeit zu. »Aber vielen Dank.«

Im Festsaal waren zwei Kellnerinnen dabei, Weinflaschen zu öffnen und Wasserkaraffen auf den Tischen zu verteilen. Auf einem improvisierten Tisch am Ende des Raumes türmten sich Geschenke, Blumengestecke verbreiteten ihren Duft. Die Luft stand still. Hier drin würde es ganz schön warm werden, dachte Vittoria. Und dazu noch der Rauch …

»Würden Sie bitte die Fenster öffnen?«, wandte sie sich an die jüngste der Kellnerinnen. »Alle? Sie können sich ja auf einen Stuhl stellen.«

»Und was, wenn es wieder anfängt zu regnen?«

»Wenn es reinregnet, machen wir die Fenster wieder zu.«

Vittoria ging zur Eingangstür und blieb dort stehen, bis sie sich sicher sein konnte, dass die junge Frau ihrem Wunsch nachkam. Der Wind fuhr Vittoria unters Kleid. Es war das schönste Kleidungsstück, das sie je in ihrem Leben besessen hatte. Es stammte nicht aus einer x-beliebigen Schneiderei, sondern war von Holger Blom angefertigt worden, der sonst nur für die ganz Reichen und Berühmten nähte. Vittoria hatte den berühmten Modeschöpfer aufgesucht und sich in eine hinreißende Duchesse-Seide sowie handgeklöppelte belgische Spitze verliebt. Sie hatte keine Miene verzogen, als man ihr die Summe genannt hatte. Für irgendetwas musste sie den Inhalt des braunen Umschlages ja ausgeben, schließlich heiratete man nur einmal. Den Rest des Geldes hatte sie auf beständiges Drängen Ejnars hin zur Bank gebracht – er wollte einfach nicht so viel Bargeld zu Hause herumliegen haben. Und letztendlich hatte Vittoria nachgegeben. Sie war also doch schon ganz schön dänisch geworden, hatte sie gedacht und gelächelt, als sie die vielen Scheine über den Schaltertresen geschoben hatte.

Die Kinder und Frau Sloth hatten soeben den wenige Hundert Meter weiten Weg nach Hause zu dem wartenden Hundewelpen angetreten. Mads, der sich inzwischen von den ihm angezogenen Gummistiefeln befreit hatte. Jan, der die Erlaubnis bekommen hatte, eine ganze Tüte Chips mit in den Italiensvej zu nehmen. Helle, die zu ihrer großen Freude etwas von der Tischdekoration hatte stibitzen dürfen: eine winzige Streichholzschachtel, die ein Brautpaar zierte, eine dazu passende Tischkarte und eine ganz entzückende Spitzenserviette. Vittoria freute sich bereits, sie alle drei am nächsten Morgen wiederzusehen, und geriet innerlich bereits in Panik bei der Vorstellung, ihre Kinder ab Montag eine ganze Woche lang entbehren zu müssen.

Es war so unglaublich viel passiert, seit sie und Ejnar wieder zueinandergefunden hatten! Und das Leben war so viel schöner, wenn man zu zweit war, und gemeinsam war es so viel leichter, ein Geheimnis zu bewahren. Natürlich hatte sie Ejnar nicht von dem Intermezzo mit Hans Villadsen erzählt – ein paar Dinge durfte man ja wohl auch in einer Ehe für sich behalten, dachte sie. Und darum hatte sie auch nie versucht, der etwas seltsamen Sache auf den Grund zu gehen, bei welchem Fest Villadsen und Ejnar sich wohl begegnet waren. Denn dann hätte sie ja wiederum erklären müssen, wann und wo sie mit Villadsen gesprochen hatte. Das würde alles nur verkomplizieren.

Vittoria ließ den Blick über die Gästeschar im Park schweifen. Wie bunte Vögel gingen sie auf dem nassen Rasen hin und her, redeten miteinander, leerten die Flaschen und tranken den letzten Regensekt. Für italienische Verhältnisse war diese Hochzeit mit knapp fünfzig Gästen eine eher bescheidene Angelegenheit. In Rom wären es mindestens zweihundert gewesen, aber Vittoria war zufrieden. Sie war traurig, dass ihre Eltern das nicht mehr erleben durften, aber davon abgesehen, war sie glücklich.

Im Osten zuckte ein Blitz, und wenige Sekunden später krachte Donner. Die Wolken ballten sich, gleich würde es wieder regnen. Sie mussten sich beeilen. *A tavola!* Vittoria lief über die Straße und in den Park. Sie nickte ihrem Mann zu. Ejnar pfiff einmal so laut auf seinen Fingern, dass sämtliche Gespräche verstummten. Die Gäste drehten sich zu ihnen um.

»Zu Tisch, bitte!«, rief Vittoria.

Danksagung

Diesen Roman habe ich bereits sehr lange schreiben wollen, und viele Menschen haben mir auf vielfältige Weise dabei geholfen, diesen Wunsch endlich wahr zu machen.

Ich stehe tief in der Schuld meines Mannes Jesper Christiansen, eines echten Amager Jungs, der sich meine Überlegungen angehört, Quellen vorgeschlagen, die ersten Entwürfe gelesen und über dreieinhalb Jahre lang geduldiges und begeistertes Interesse an diesem Projekt gezeigt hat.

Eine ganze Reihe von Erstlesern hat das Manuskript in verschiedenen Stadien unter die Lupe genommen. Vielen Dank an Pia Fris Laneth für ihre vielen guten Anmerkungen und an Vera und Claus Christensen sowie Per Vadmand, die sich alle noch erinnern können, wie es sich Ende der Fünfzigerjahre auf Amager lebte. Vielen Dank auch an das Rom-Team Helle und Alfredo Tesio sowie Thorsten Kirchhoff. Eure Anmerkungen zu Essen, Autos, Sprache und Gebeten waren von unschätzbarem Wert.

Dank auch an den Literaturausschuss der Dänischen Kunststiftung, der mir eine einmonatige Rechercheereise nach Rom, Recherchen im Archiv von Danmarks Radio sowie in der Königlichen Bibliothek finanzierte. Letztere verfügt über ein digitales Archiv sämtlicher Versandkataloge des Warenhauses Daell. Auch das digitale Zeitungsarchiv der Tageszeitung *Politiken* hätte ich nicht entbehren können. Hier fand ich alles von Nachrichten und Kleinanzeigen bis hin zu Wetterberichten und Radioprogrammen. Ebenfalls vielen Dank an Anne-Mette Riis Rasmussen, Gudrun Skov-Petersen, Edgar Dahlin, Adrian Lloyd Hughes, die Presseabteilung der Nationalbank, Danmarks Statistik, den ortsgeschichtlichen Verein für Sundby mit seinem Archiv, Bruno Berni, Thomas Harder und an viele, viele andere, die mir wichtige Details lieferten.

Viele Orte des Romangeschehens existieren tatsächlich, andere sind meiner Fantasie entsprungen. Den Nachtklub Bella Notte und das Hotel Epsilon habe ich mir ausgedacht, und wer in den alten Programmen des ABC-Theaters nach Connys erstem Revue-Auftritt sucht, wird nicht fündig werden.

Abschließend möchte ich einen riesigen Dank an meine strenge Lektorin Anne Christine Andersen sowie meine hart arbeitenden Agenten Lars Ringhof und Esthi Kunz richten. Ihr habt alle drei ganz wesentlich dazu beigetragen, dass *Gemeinsam sind wir einzig* zu dem wurde, was es jetzt ist. Danke!